HANNS HEINZ EWERS

FUNDVOGEL

Hanns Heinz Ewers

FUNDVOGEL

Roman

© 2016 by MetaGIS Books

Die originale Erstausgabe dieses Romans von Hanns Heinz Ewers
erschien 1928 in Berlin
bei der Sieben Stäbe Verlags- und Druckereigesellschaft
unter dem Titel »FUNDVOGEL. Geschichte einer Wandlung.«

Für diese ungekürzte Ausgabe wurde der Text
der neuen deutschen Rechtschreibung angepasst.

Redaktion: Matthias Werner, Maran Alsdorf & Horst Illmer
Vorwort: Horst Illmer

Lektorat & rechtschreibliche Überarbeitung: Maran Alsdorf
Korrektorat: Horst Illmer, Reichenberg
Umschlaggestaltung: Maran Alsdorf
Satz: MetaGIS Books, Mannheim

ISBN: 978-3-936438-85-7

Inhalt:

VORWORT

Von Horst Illmer

Ort: Der Planet Erde
Zeit: Die letzten 150 Jahre
Thema: Die sexuelle Identität des Menschen

Im Neuentwurf der Klassifizierung ICD-11 ist »Transsexualismus« als medizinischer Zustand enthalten (Condition related to sexual health), der als »gender incongruence«, d. h. »geschlechtliche Nichtübereinstimmung«, bezeichnet wird.
Damit wird nach dieser zukünftigen Klassifikation Transsexualität nicht mehr als Persönlichkeits- oder Verhaltensstörung bzw. psychische Störung angesehen.
Das Inkrafttreten der ICD-11 ist für 2017 vorgesehen.

Zu Beginn des Jahres 1872, knapp 2 Monate nachdem Hanns Heinz Ewers am 3. November 1871 in Düsseldorf zur Welt kam, tritt in Deutschland das neue Strafgesetzbuch in Kraft, dessen Paragraph 175 die gleichgeschlechtliche Beziehung zwischen Männern unter Strafe stellt.
Als Ewers am 12. Juni 1943 in Berlin stirbt, erleben Homosexuelle in Deutschland gerade die Zeit ihrer intensivsten und extremsten Verfolgung.
Der Paragraph 175 STGB wird erst am 11. Juni 1994 ersatzlos aus dem Strafgesetzbuch gestrichen.

Laut der internen Statistik von Google ist Bruce (bzw. Caitlyn) Jenner im Jahr 2015 die Person, nach der am zweithäufigsten gesucht wird. Bruce W. Jenner kommt am 28. Oktober 1949 als Junge zur Welt, gewinnt 1976 die olympische Goldmedaille im Zehnkampf der Männer und zeugt in (bisher) drei Ehen mehrere Kinder. In den 1980er Jahren beginnt er Hormone zu nehmen, um eine Angleichung an sein als weiblich empfundenes Geschlecht zu erreichen. Zudem unterzieht er sich diversen Operationen. Anfang 2015 erklärt Jenner, dass er eine Transfrau ist und sich ab sofort Caitlyn Marie Jenner nennt. Im September 2015 werden Namens- und Geschlechtsänderung gerichtlich bestätigt. Jenner sucht bewusst die Öffentlichkeit, lässt sich für Zeitschriften fotografieren und ihre Transformation mittels einer Fernsehserie dokumentieren.

Ab 1900 erscheinen die Hauptwerke Siegmund Freuds (DIE TRAUMDEUTUNG, ZUR PSYCHOPATHOLOGIE DES ALLTAGSLEBENS, DER WITZ UND SEINE BEZIEHUNG ZUM UNBEWUSSTEN) mit denen er zum Begründer der Psychoanalyse wird. Im Jahr 1913 folgt TOTEM UND TABU, in dem er sich mit dem Inzestverbot beschäftigt.
In diesen Jahren erscheinen die frühen Hauptwerke von Ewers (die Kurzgeschichtensammlungen DAS GRAUEN und DIE BESESSENEN sowie die Romane DER ZAUBERLEHRLING und ALRAUNE), die allesamt zu riesigen Erfolgen werden und es dem Autor erlauben, als Globetrotter um die Welt zu reisen.

In Deutschland haben gleichgeschlechtliche Paare kein Recht auf Eheschließung. Sie dürfen nur eine sogenannte »eingetragene Lebenspartnerschaft« schließen, welche im Vergleich zur Zivilehe mit den gleichen Pflichten, aber weniger Rechten ausgestattet ist. Seit dem 23. Juli 2008 ist es allerdings ausnahmsweise möglich, dass, wenn in einer verschiedengeschlechtlichen Ehe ein Partner sein Geschlecht ändert, die Ehe nach deutschem Recht weiterhin Bestand hat, obwohl beide Partner dann das gleiche Geschlecht haben. Die Ehe darf nach der ersatzlosen Streichung des § 8 Abs. 1 Nr. 2 Transsexuellengesetz ungeschmälert fortgeführt werden.

Der erste Weltkrieg überrascht Ewers auf Kuba. Nachdem er von dort in die USA gelangt ist, wird er vom deutschen Botschafter aufgefordert, für das Deutsche Reich Kriegspropaganda zu betreiben. Daraufhin wird er von den USA unter Beobachtung gestellt und zeitweise interniert. Erst 1920 darf er nach Deutschland ausreisen. Ewers wandelt sich in diesen Jahren scheinbar vom Kosmopoliten zum Nationalisten.

1919 eröffnet der Sexualforscher und Arzt Magnus Hirschfeld in Berlin das Institut für Sexualwissenschaft, die weltweit erste Einrichtung zur Erforschung der menschlichen Sexualität.

1928 erscheinen fast zeitgleich die Romane ORLANDO von Virginia Woolf und FUNDVOGEL von Hanns Heinz Ewers. In beiden Büchern geht es um den Wechsel des natürlichen Geschlechts einer Person in sein Gegenteil – allerdings könnten die beiden Bücher kaum unterschiedlicher sein, sei es der literarische Stil oder die »Methode«, mittels derer der Wandel erfolgt.
Ewers hat für seine »Geschichte einer Wandlung« intensiv in Berliner Kliniken und Instituten recherchiert und mit Ärzten, Psychologen und Patienten gesprochen. Die medizinischen und psychologischen Beschreibungen in FUNDVOGEL belegen dies eindrucksvoll – und sichern Ewers damit einen Platz in der Literaturgeschichte als Autor des ersten Romans in dem eine Geschlechtsumwandlung mittels moderner Medizintechnik durchgeführt wird.

Im Jahr 1931 berichtet der Mediziner Felix Abraham in der Zeitschrift für Sexualwissenschaft über die ersten gelungenen vollständigen Operationen zur »Geschlechtsumwandlung an zwei männlichen Transvestiten«.

*   *   *
  *   *
    *

AUTORENPORTRAIT

Hanns Heinz Ewers, geboren am 3. November 1871 in Düsseldorf als Hans Heinrich Ewers, war Schriftsteller, Filmemacher, Globetrotter und Kabarettist.
Er entstammte einer künstlerlischen Familie.
Ewers' Geschichten und Romane kreisen um die Themen Phantastik, Erotik, Kunst bzw. Künstler und Reisen in exotische Länder.
Seine teils äußerst drastischen Darstellungen machten ihn zum skandalumwitterten Bestsellerautor.

Hanns Heinz Ewers, Homburg 1928

Gleichzeitig mußte er sich immer wieder gegen den Vorwurf zur Wehr setzen, seine Werke seien trivial, unmoralisch oder pornografisch.

In seinem äußerst bewegten Leben vertrat Ewers auch einander wiedersprechende Positionen. So trat er 1931 der NSDAP bei und engagierte sich in der Propagandaarbeit, setzte sich aber zur selben Zeit für die Gleichberechtigung der Juden ein.
Nach dem Röhm-Putsch am 30. Juni 1934 soll Evers auf der Liquidationsliste der SS gestanden haben. Mit den Nürnberger Gesetzen 1935 war die Entrechtung der deutschen Juden vollständig – Ewers begann seine Abkehr vom Regime und unterstützte seine jüdischen Freunde, indem er ihnen Ausreisevisa in die USA oder Großbritannien beschaffte.

Bereits im Jahr zuvor war ihm ein generelles Publikationsverbot erteilt worden, das – nach endlosen Eingaben seinerseits – erst 1943, kurz vor seinem Tod, wieder aufgehoben wurde.

Er starb, gesundheitlich stark angeschlagen und durch persönliche und berufliche Niederlagen geschwächt, am 12. Juni 1943 in seiner Wohnung in Berlin. Seine Asche wurde am 15. Oktober desselben Jahres auf dem Düsseldorfer Nordfriedhof beigesetzt.

*   *   *
  *   *
    *

KAPITEL I

So liegen die Dinge.

The winds were foul, the trip was long,
Leave her, Johnny, leave her!
But before we go, we'll sing this song –
And it's time for us to leave her!

Oh, sing that we boys will never be,
Leave her, Johnny, leave her!
In a dirty bitch the like of she.
And it's time for us to leave her!

Well the rats have left – and we the crew,
Leave her, Johnny, leave her!
Oh, it's time by damn' that we went to!
Now it's time for us to leave her!

Matrosenlied um 1850

Andrea Woyland hielt einen Scheck in der Hand, starrte ihn an: zehntausend Dollar. Die Schrift war noch nass; sie hörte, die Treppe hinunter, die Schritte des Mannes, der ihn ausgestellt hatte. Das war Parker Aspinwall Briscoe von der ›Central Trust Bank‹, Briscoe, der Herr der ›Amalgamated Steel Company‹, der Mann, der Wolfram und Iridium in der ganzen Welt kontrollierte, der drei große Eisenbahnlinien im Land sein eigen nannte, dazu Kupferbergwerke in Chile, Platingruben im Ural, Ölfelder in Oklahoma, Mexiko und Persien. Nun, eben: Briscoe.

Und diese Zehntausend waren nur ein Anfang – sie würde mehr bekommen, viel, viel mehr. Sie würde eine runde Million auf ihrem Namen haben, auf ihrem eigenen Konto, frei zu ihrer Verfügung.

Würde das haben, wenn… Ja, wenn! Und: vielleicht!

Freilich, dafür hatte sie eingewilligt – jetzt eben, vor zwei Minuten erst – dass sie, sie, Andrea Woyland – nun, dass sie – aufhören würde, zu sein.

Das war es, was Briscoe von ihr verlangte, nichts weniger als das.

Sie hatte eingewilligt. Herrgott, was lag ihr an dieser Frau: Andrea Woyland? Die war fertig mit ihrem Leben, das wusste sie seit Monaten schon, ach, seit einem Jahr und mehr!

Nun aber, mit diesem Zettel in der Hand?! Nun – nach alldem, was ihr Parker A. Briscoe gesagt hatte?! Ah – Möglichkeiten!

Und, wie es auch kommen sollte, einstweilen hatte sie Zeit. Das ging nicht so schnell – viel war da noch zu tun. Langwierige Vorbereitungen – schwierigstes Austüfteln aller Einzelheiten. Wie groß immer Briscoes Tüchtigkeit sein mochte – und seine Macht und sein Reichtum – dies konnte er gewiss nicht. Er hatte gesagt, dass er schon jemanden auftreiben würde, der alles für ihn ordnen könne. Nun gut, das mochte sein – aber einstweilen war dieser Jemand nicht gefunden. Ob es überhaupt einen gab für solch eine Aufgabe – in diesem Land?

Dann – nach Europa musste sie für alle Fälle, so weit war Briscoe im Klaren. Das war ein Glück – gründlich leid war sie die Staaten und die Stadt New York. Auch: diesen Stadtteil, in dem sie wohnte, dieses Möchtegern-Zigeuner-Viertel: Greenwich Village. Ihre Trödelkramwohnung, zwei Zimmer und ein Küchenloch, die aufwartende Niggerschlampe, die dazu gehörte – sehr leid war sie das alles.

Andrea Woyland fuhr mit der Hand über die Stirn, lachte auf.

Ah – etwas könnte sie gleich haben. Heute noch, jetzt, im Augenblick! Sie sah auf die Uhr: eben Mittag vorbei. In ein paar Stunden konnte sie im Hotel sein.

Sie hörte die schwarze Aufwartefrau in der Küche hantieren, rief sie herein.

»Packen, Dinah,« befahl sie, »ich geh fort.«

Sie achtete nicht auf das Geschwätz der alten Negerin, ging durch die Zimmer, überlegte, was sie mitnehmen sollte. Manche Möbel gehörten ihr, dann Kleider und Wäsche und all der Krimskrams; aber sie beschloss, es stehen und liegen zu lassen, wie es lag und stand. Immer weniger schien ihr wert, mitgenommen zu werden – zwei Handkoffer füllte sie schließlich und ihren Schrankkoffer. Nicht einmal voll war der.

Dann rief sie das ›Plaza‹ an, bestellte Zimmer, befahl, gleich einen Pagen herzuschicken, ihr das Gepäck zum Hotel zu besorgen. Am Telefon fiel ihr der junge Rossius ein, von der ›Harald Tribune‹; der war schon lange scharf auf eine Wohnung im ›Village‹ – schwer genug konnte man da Zimmer bekommen und teuer obendrein. Der würde sich freuen – für ein Jahr noch hatte sie den Mietvertrag, und für diesen Monat war schon bezahlt.

All ihren Trödel mochte er haben, das, was sie Dinah nicht gab. Die konnte er auch gleich mit übernehmen, die war gewohnt an den Stall. Sie rief ihn an: noch am Abend, könne er einziehen, sagte sie, Dinah würde ihn erwarten. Tee sei noch da und ein paar Flaschen Wein und allerlei Vorräte – Dinah würde ihm alles zeigen. Sie? Nein, sie würde schon fort sein, würde niemanden mehr sehen von den Leuten des ›Village‹. Ja – Dinah habe die Schlüssel.

Sie lächelte, als sie auflegte. Rossius – warum gerade der? Der oder ein anderer – wie gleichgültig war das! Einmal, zweimal hatte sie ihn mitgenommen, spät nachts von ›Romany Mary's‹, wo die Boheme lärmte und schlechten Whisky trank, hatte mit ihm geschlafen, ach, wie mit anderen auch, so dann und wann. Nun würde sie ihn vergessen, nie wieder an ihn denken, wie sie die anderen vergaß.

Noch einmal lief sie durch die Zimmer; ihr Blick fiel auf den Schreibtisch, den sie übersehen hatte.

Papier, Schreibzeug – alles mochte liegen bleiben.

Nur die Füllfeder nahm sie. Sie riss die Schubladen auf, nahm die unbezahlten Rechnungen heraus; zehn, zwölf – sieh doch an, wohl tausend Dollar zusammen – die mochte nun die Bank zahlen.

Die Briefe zerriss sie zu Fetzen, warf sie in den Papierkorb. Fünf waren dabei von Gwinnie Briscoe, Parkers Tochter – einen Augenblick zögerte sie, dann vernichtete sie auch diese Briefe.

Gwinnie, Gwinnie Briscoe: Um die allein ging ja das alles! Von der würde sie noch manches Schreiben bekommen, viel mehr, als ihr lieb war, dutzende, hunderte. Eine letzte Schublade – da lagen zwei Briefe allein für sich, von ihrem Vetter Jan Olieslagers. Sie sah nach dem Datum: der eine, aus Bermuda, war ein Jahr alt, und der andere drei Jahre schon – aus Peking. Sie nahm sie auf, riss sie halb durch – dann stockte die Hand; gedankenlos gab sie die Briefe in ihre Handtasche.

Sie kam an dem Spiegel vorbei, warf unwillkürlich einen Blick hinein, wandte sich schnell ab. Nein, nein, sie wollte nicht wissen, wie sie jetzt aussah.

Am Morgen erst hatte sie hier gestanden, eine gute Stunde lang, hatte sehr sorgfältig sich zurechtgemacht, mit allen Künsten, für den Besuch Parker Briscoes. Aber Spiegel – Spiegel waren ja überall: im Hotel mochte sie sich stundenlang ansehen, wenn sie Abschied nehmen wollte von Andrea Woyland, von – sich selbst.

Sie war fertig. Gab Dinah Geld und letzte Befehle. Dann ging sie die Treppe hinab, aus dem Haus hinaus. Durch die Gasse, hinaus aus der Gasse. Durch die Straßen – fort aus dem ›Village‹. Nicht einmal wandte sie den Blick.

So, das lag nun hinter ihr; nie würde sie dieses Haus, nie die Minetta Lane wiedersehen. Nie wieder Greenwich Village, Gott sei's gedankt!

Indianersommer, letzte Oktobertage. Helle Sonne über den Steinmassen der Riesenstadt.

***

Sie nahm die Untergrundbahn, fuhr zur Wall Street. Schritt die William Street hinunter, die Pine Street, bog ein in die Nassau Street. Dort lag die ›Central Trust‹.

Sie zahlte ihren Scheck ein, ließ sich ein Konto einrichten. Gab Auftrag, die Rechnungen zu bezahlen, zog ein paar hundert Dollar. Das ging schnell genug.

Als sie aus der Tür trat, stieß sie mit Briscoe zusammen. Sie nickte ihm zu, er riss den Hut ab.

»Ah, Miss Woyland!«, rief er. »Ihren Scheck ein gezahlt?«

»Ja«, sagte sie. »Und – ich wohne jetzt im ›Plaza‹. Für den Fall, dass Sie mich sprechen wollen.«

»Gut«, nickte er, »ich werd's Gwinnie sagen. Ich war zu Hause, war bei Gwinnie – darum komm ich so spät her. Ich hab ihr Bescheid gesagt – so in großen Zügen wenigstens.«

»Oh«, machte Andrea Woyland. »Wie geht's ihr?«

»Besser, danke schön, viel besser!« rief Briscoe eifrig und rieb sich die Hände. »Diese Nachricht, dass Sie einverstanden sind, wird sie bald wieder hochbringen. Gefahr ist längst nicht mehr vorhanden, seit ihr Dr. Nisbett rechtzeitig den Magen auspumpte. Aber freilich wird sie noch manche Schmerzen auszustehen haben, bis alles wieder in Ordnung ist. Ungestraft trinkt schließlich kein Mensch Lysol! Aber vielleicht war's ein guter Denkzettel – vielleicht wird sie nun vernünftig werden.« Er seufzte; dann fiel ihm ein, dass sie immer noch in der offnen Tür standen.

»Verzeihen Sie, Miss Woyland,« sagte er, »ich bin unachtsam. Darf ich Sie bitten, in mein Privatzimmer zu kommen?«

Sie konnte es nicht gut abschlagen, nickte, folgte ihm. Sie gingen zum Fahrstuhl, fuhren hinauf, traten in sein Büro. Sie sah sich um, versuchte den Gedanken: Von hier aus also regiert Parker A. Briscoe…

Aber es gelang ihr nicht. Sie wollte ins Hotel fahren, für sich sein, allein. Sie dachte: ›Seul avec mon âme!‹ Wer sagte das doch? – Robespierre oder so einer! – Ah, sie hatte genug gehört an diesem Morgen. Sie bedauerte nun, dass sie zur ›Central Trust‹ gegangen war – warum nicht in eine andere Bank?

Er schob ihr einen Sessel hin, seitlich an den Schreibtisch, setzte sich dann selbst. Nahm die Gegensprechanlage, gab Befehl, nicht zu stören für zehn Minuten. Dann wandte er sich ihr zu.

»Es ist mir sehr lieb, dass ich Sie noch einmal traf, Miss Woyland, sehr lieb. Was ich Ihnen heute Morgen sagte, war geschäftlich, ich hatte mir's lange überlegt – fast Wort für Wort. Es war das Ergebnis meiner Besprechungen mit Edison, Steinmetz und ach, ich sagte Ihnen das wohl schon. – Sie können sich denken, was ich diese Woche durchgemacht habe. Erst dieser scheußliche Selbstmordversuch meiner einzigen Tochter – eben siebzehn, eben siebzehn! Und dann Gwinnies Eröffnungen – ihre Gründe für das, was sie tat! Verliebt – verliebt in eine Frau! Jesus, ich weiß, dass es das gibt, weiß, dass kein Kräutchen dagegen gewachsen ist. Nun – auch solche Menschen finden schließlich ihr Glück!«

Sie sah, wie dieser kräftige, sehr breitschultrige Mann sich zusammennahm, wie er sich in einen Gedankengang hineinzwang, der doch seiner innersten Natur zuwider war. Einen Augenblick zeigte er sein weißes, mächtiges Gebiss, seine Kaumuskeln arbeiteten, obwohl er gewiss keinen Gummi im Mund hatte.

Auf dem Tisch trommelte seine Hand. »Sehen Sie, Miss Woyland«, fuhr er fort »ich habe meine Frau sehr geliebt, habe nie eine andere Frau berührt außer ihr – werde es nie tun. Und ich sage Ihnen: ich bin heute froh, dass sie tot ist, bin froh, dass sie das nicht zu erleben braucht. Ich – ich verstehe das ja, muss es verstehen – aber sie würde nichts davon begreifen! Denken Sie doch, ihre Tochter, Evelyn Briscoes Tochter, verliebt sich in eine Frau und versucht Selbstmord, weil diese Frau von solchen Gefühlen nichts wissen will!!«

Er schwieg; Andrea hatte das Empfinden, dass sie nun etwas erwidern müsse.

»Um die Wahrheit zu sagen«, begann sie, »ich habe mir die redlichste Mühe gegeben. Gwinnie ist sehr hübsch, sauber und klug – ein Blinder muss sehen, wie entzückend sie gewachsen ist. Sie ist lieb und schmeichlerisch – war mir angenehm vom ersten Augenblick an. Ich merkte sehr bald, wie es stand mit ihr, merkte, wie sie sich mehr und mehr quälte, wie ihre – ihre Liebe zu mir mit jedem Tage wuchs. Ich versuchte immer wieder, sie abzulenken, allen Gelegenheiten nach Möglichkeit aus dem Wege zugehen. Aber Gwinnie hat ihren Willen – ihren eignen Willen, wie Sie, Mr Briscoe. Sie scheut sich nicht, geht grade zu auf das, was sie will. Sie erklärte sich und – und –«

Er unterbrach sie: »Ja, und Sie hatten Mitleid mit dem Kind – ich weiß, Miss Woyland.«

»Das auch«, erwiderte sie, »Mitleid wohl auch. In aller Frauen Liebe steckt ein wenig Mitleid. Aber es war, ich leugne es nicht, weit mehr als das. Eitelkeit war dabei – Parker Briscoes Tochter hoffnungslos verliebt zu meinen Füßen. Neugier auch – da mochte, tief schlummernd in mir, ein unbekanntes Gefühl plötzlich wach werden. Und vielleicht ein Kitzel und eine Lust – etwas reizte mich an ihr, das Schlanke vielleicht, das Knabenhafte ihres jungen Leibes. Kurz – ich versuchte es, dachte, es wird schon gehen. Doch ging es nicht, ging ganz und gar nicht. Ich tat, was mir möglich war – aber es wurde ein Fehlschlag, ein jämmerlicher, erbärmlicher Fehlschlag. Je mehr ich mich zwang, ihre Empfindungen, ihre Zärtlichkeiten zu erwidern, umso kläglicher wurde es –«

»Ich weiß, weiß«, unterbrach sie Briscoe, »Gwinnie hat mir alles erzählt – Sie sind eben ein echtes Weib, eine völlig – wie sagt man das? – völlig normale Frau! So gut verstehe ich Sie – immer widerlicher wurde Ihnen das. Schließlich kam es so weit, dass Sie Gwinnie nicht mehr ansehen, ihre Stimme nicht mehr hören konnten! Und da sie nicht nachgab, besessen war, immer wieder Sie mit ihrer Liebe – nun Sie wissen ja! Also dann krachte es, explodierte: Sie spien sie an, warfen sie hinaus. Und Gwinnie begriff endlich, dass es Schluss war und aus, dass nicht ein Fünkchen leisester Hoffnung für sie glimme. – Da nahm sie Lysol – Lysol, wie ein Stubenmädchen!«

»Ach, sie wird es gerade zur Hand gehabt haben«, sagte Andrea.

Er schüttelte den Kopf. »Nein, nein, nichts hat sie zur Hand gehabt – sie hat das Zeug eigens gekauft. Hat vermutlich davon in der Zeitung gelesen – sehr beliebt ist das in solchen Fällen.

Gwinnie spricht von Freitod! – Freitod! Ein Wort hungerleidender Literaturjünglinge – als ob das etwas anderes sei als Selbstmord! – Noch einmal, Miss Woyland, glauben Sie nicht, dass ich Ihnen den allergeringsten Vorwurf mache, Sie haben völlig recht gehandelt, haben mehr als genug für meine Tochter getan. Aber das ist's; ich liebe Gwinnie – sie ist das Einzige, was ich habe, ist ein Geschenk meiner Frau – ich muss zu ihr halten. Und ich bin gewohnt, die Tatsachen zu sehen, wie sie sind, mögen sie für mich noch so unangenehm sein. Ich kenne keine törichten Hoffnungen, keine verschwommenen, sentimentalen Gefühle, pflege mir niemals selbst etwas vorzulügen – es kommt nichts dabei heraus, sage ich Ihnen.«

Er griff die Shagpfeife, die vor ihm lag. »Darf ich rauchen?«, fragte er. Sie nickte; schweigend stopfte er die kurze Pfeife, brannte sie an, machte ein paar rasche Züge.

»Der Gedanke, Miss Woyland«, fuhr er fort, »den ich Ihnen vortrug, wuchs in meinem Hirn. Ich las wohl einmal davon in einem Blatt, ich weiß nicht in welchem – sicher war's in der Untergrundbahn. Es machte Eindruck auf mich, blieb mir haften – und jetzt, jetzt fiel's mir ein. Ich stand vor der Tatsache; Gwinnie ist – ist einmal so, wie sie ist. Daran ist nichts zu ändern – seit Sapphos Tagen auf dieser – Verzeihen Sie! – dieser gottverdammten Insel Lesbos! Gwinnie ist in eine Frau verliebt – so heiß, so hoffnungslos, dass sie um dieser Frau willen Gift nimmt, Gwinnie erklärt, sie würde nur diese Frau je lieben – nur diese, nie eine andere! Das sagt schließlich jeder und jede unglücklich Liebende, Aber: Gwinnie ist meine Tochter. Sagte ich Ihnen nicht schon, dass auch ich nur einmal liebte in meinem Leben? Nur eine einzige Frau – meine Frau! Darum glaube ich das, was Gwinnie sagt – Erbteil ist's.«

Er schob die Hände ineinander, rieb sie heftig, als ob er sich wasche. Leiser wurde seine Stimme: »Wer ist Gwinnie? Mein Kind, meiner Frau Kind – ihr Fleisch und Blut und meins. Ist sie, Gwinnie, da verantwortlich? Die Eltern sind's – ich bin's! – Was ich also tun kann, muss ich tun – ich möchte sie glücklich sehen. Wenn's nur die leiseste Möglichkeit dazu gibt – will ich sie ergreifen. Dann fiel mir ein: Das, was ich, vor manchen Monaten vielleicht, einmal in der Zeitung las, das, schien mir, war eine solche Möglichkeit. Ich fuhr zu meinen Freunden – ich brauche Ihnen wohl nicht zu sagen, dass es die besten Köpfe der Staaten sind. Ich sprach mit Thomas Alva Edison, sprach mit Hiram P. Maxim, sprach mit Proteus Steinmetz und mit Jacques Loeb vom Rockefellerinstitut. Und die lachten mich nicht aus – sagten mir, dass das, was ich versuchen wollte, theoretisch wenigstens durchaus im Bereich der Möglichkeit liege. Darauf suchte ich Sie auf, machte Ihnen meinen Vorschlag. Und Sie – Sie nahmen an!«

»Ja, das tat ich«, sagte Andrea Woyland. Sie verstand nicht, wo er hinaus wollte. Das alles, kühler freilich, geschäftlich, immer gespickt mit verlockenden Dollarziffern, hatte er ihr schon heute Morgen gesagt.

»Ich bin gleich zu Ende«, begann er wieder, »verzeihen Sie bitte, wenn ich Sie aufhalte. Eins muss ich Ihnen noch sagen: Ich sah bisher die ganze Angelegenheit nur von meinem Standpunkt aus, und von dem Gwinnies. Unser Interesse allein kam für mich in Frage. Dann sprach ich mit Ihnen. Natürlich sah ich Sie an – aber es wurde mir doch nicht recht bewusst, wer Sie waren, was Sie sind, wie Sie aussehen. Das fiel mir erst ein, als ich draußen auf der Straße war, vielmehr, erst auf dem Weg von Gwinnie zur Bank. Ich dachte an Sie, nicht nur an Gwinnie, in dem Augenblick, als ich Ihnen unten an der Türe in die Arme lief.«

Er sah sie an, ruhig und prüfend. »Sie sind eine schöne Frau«, sagte er langsam. »Schön – vielleicht klug – und sicher wertvoll.«

Sie machte eine Bewegung, aber er ließ sie nicht zu Wort kommen. »Man soll die Menschen nur nach der ersten Begegnung beurteilen – ich habe es immer so gehalten und mich selten geirrt. Man fühlt, wie sie sind – wenn man die Begabung dafür hat – fühlt es, ob man dies Gefühl auch gewiss nicht begründen kann. Darum, Miss Woyland, ist es mir lieb, dass ich Sie vorhin traf. Ich will Ihnen sagen, dass ich – vielleicht – dies Opfer nicht von Ihnen verlangen darf. Vielleicht habe ich Sie überrumpelt heute Morgen – man rühmt mir nach, dass ich es besser verstehe, Menschen zu überreden, als irgendeiner im Land, und dass darin der Grund meiner Erfolge läge. Wünschen Sie etwa Bedenkzeit, wollen Sie meinen Vorschlag noch einmal gründlich überlegen? Vielleicht spielt Ihnen Ihr gutes Herz einen Streich, Ihr Mitleid mit der armen Gwinnie – vielleicht werden Sie einmal bitter bereuen, dass Sie so leicht –«

Die Frau erhob sich. »Sie irren sich, Mr Briscoe. Kein Mensch hat mich je überredet, etwas zu tun, das ich nicht tun wollte. Ich benötige keine Bedenkzeit, will nichts überlegen – und ich gebe Ihnen mein Wort, dass ich nichts bereuen werde. Auch habe ich heute gar kein Mitleid mit Ihrer Tochter. Was aber mein gutes Herz angeht…« Sie brach ab, lachte auf.

Er legte seine Pfeife auf die Schale, stand auf, trat zu ihr hin. »Wollen Sie mir sagen, weshalb Sie es tun, warum Sie uns dies Opfer bringen?«

»Ja, das will ich«, erwiderte sie ruhig. »Ich bringe Ihnen dies Opfer – wie Sie es nennen – weil es für mich kein Opfer ist. Ich nehme Ihren Vorschlag an, um des Geldes willen, Verstehen Sie mich recht: nur darum!«

Er lauschte auf den tiefen Alt ihrer Stimme. Sah sie still an, sagte dann sehr bestimmt: »Das ist nicht die Wahrheit, Miss Woyland.«

Das verwirrte sie, nervös knüpfte sie an ihren Handschuhen. »Es ist – die – halbe Wahrheit«, flüsterte sie.

Parker Briscoe wiegte den Kopf. »Oh. Gut«, sagte er, »Sie wollen nicht mehr sagen, und ich habe kein Recht, mehr zu verlangen.«

Er riss einen Zettel von einem Block, nahm einen Bleistift, schrieb. »Hier ist meine Privatnummer – rufen Sie mich an, wann Sie wollen. Was Sie bedürfen, steht zu Ihrer Verfügung. Wenn Sie mir noch erlauben würden, Ihnen – gelegentlich, meine ich – im

Namen von Gwinnie natürlich…«

Er stotterte, rieb wieder die Hände, wie eine Fliege die Vorderbeine. Sie verstand ihn, half ihm rasch. »Ja, ja, Sie dürfen«, sagte sie mit einem harten Lachen, »dürfen nach Herzenslust! Ich werde nicht beleidigt sein – erlaube es Ihnen und Gwinnie auch. Sie dürfen mir Blumen schicken, so viel Sie wollen, Früchte und Zuckerzeug, Bücher, Pelze, Schmuck – alles. Und Geld auch, vergessen Sie das nicht, Geld auch – je mehr je besser!«

Briscoe lächelte, schüttelte den Kopf, »Danke«, sagte er, »Sie werden mich nicht an Ihnen irremachen. – Übrigens: Gwinnie wird fortreisen, nach Florida zu meinem Schwager – er hat einen Landsitz dort. Sie wird fahren, so bald es eben geht, wird Sie jetzt nicht mehr aufsuchen. Ich denke, dass das so besser ist – sie schien's auch einzusehen, hat mir's versprochen.«

Andrea nickte, das war gute Nachricht. Sie ging zur Tür; er öffnete, brachte sie hinaus zum Fahrstuhl. Sie zog ihren Handschuh aus, ehe sie ihm die Hand reichte, aber sie erwiderte kaum seinen Druck. Sie hielt seinen Blick und Briscoe begriff: Diese Frau wusste gut, was sie tat. Was er ihr auch geben würde – nie würde er ihr etwas schenken.

Würde dennoch immer in ihrer Schuld sein.

***

Er ging zurück in sein Arbeitszimmer; Tex Durham wartete auf ihn, sein Privatsekretär. Ein junger Bursche, blond und blauäugig, frisch von Harvard. Aufgeregt kam er ihm entgegen. »Endlich sind Sie da, Mr, Briscoe!«, rief er. »Ich muss Sie sprechen.«

»Geben Sie erst die Post, Tex«, befahl Briscoe.

»Liegt auf dem Schreibtisch«, rief der junge Mann, »da, wo sie immer liegt. Haben Sie sie noch nicht durchgesehen? Es ist ein Brief dabei – ich möchte mit Ihnen sprechen, ehe Sie den lesen!«

»Mein Gott, Tex«, lachte Briscoe. »Was haben Sie nur? Können Sie nicht eine halbe Stunde warten? Ist's so eilig?«

»Sehr eilig«, antwortete Durham. »Wenn Sie's wissen wollen: Mein Leben hängt davon ab – meines und vielleicht das Ihrer Tochter, Miss Gwendolin!«

Briscoe lachte wieder. »Ach, was Sie nicht sagen! Also so wichtig ist's? Wollen Sie mir zunächst verraten, warum Sie von meiner Tochter als ›Miss Gwendolin‹ sprechen? Es klingt ein wenig komisch, was? Kein Mensch hat sie je anders genannt, als Gwinnie – warum Sie nicht, Tex?«

»Gwin – Miss Gwendolin hat mir's verboten«, sagte der Sekretär. »Sie hat mir ausdrücklich befohlen, zu ihr und von ihr nur als Miss Gwendolin zu sprechen und zu denken. – Darf ich nun reden?«

Briscoe nickte: »Gott, ja, wenn's sein muss!«

Tex Durham ging zum Schreibtisch, nahm einen Brief, schob ihn nach vorn. »Dieser Brief ist von Ralph Webster – der ist auch verliebt in Miss Gwendolin. Er ist eifersüchtig, natürlich – darum schrieb er das. Es ist eine Gemeinheit; mein bester Freund war er, war mit mir auf der Schule, dann in Harvard…«

»Ja, ja«, drängte Briscoe, »ich weiß das. Machen Sie's kurz, Tex, ich habe wirklich keine Zeit.«

Der junge Mann nahm einen neuen Anlauf. »Was in dem Brief steht, ist durchaus richtig. Natürlich ist's nicht alles – alles weiß Ralph nicht. Aber es ist besser, dass ich's Ihnen sage, einmal müssen Sie's doch erfahren. Also hören Sie: Ich habe mich eingeschlichen in Ihr Haus, mich Ihnen aufgedrängt für meinen Posten, weil…«

Briscoe unterbrach ihn. »Reden Sie doch nicht solch erstaunlichen Blödsinn, Tex! Ich habe Ihnen diese Stellung gegeben, weil sie frei war. Ihren Vorgänger sandte ich nach Mexiko, wie Sie wissen. Und ich gab sie Ihnen, weil Ihr verstorbener Vater mein alter Freund war, weil Sie aus guter Familie und gut erzogen sind, weil Sie von der Universität die besten Zeugnisse brachten. Dann auch, weil Sie mir angenehm sind und ich manchmal lachen kann über Ihre Tapsigkeit. Und endlich, weil ich mir einbilde, dass Sie nirgends so viel vom Geschäft lernen können wie bei mir.«

»Aber ich will gar nichts davon lernen!«, platzte Durham los. »Es ist mir völlig gleichgültig! Ich bin für Golf zu haben, für Baseball und für mein Flugzeug! Ich habe Sie angelogen, Mr Briscoe, habe mich eingeschlichen bei Ihnen – wirklich, es ist schon so. Ralph weiß es auch – da in dem Brief steht's. Und ich hab es wegen Gwendolin getan: Wie konnte ich ihr leichter nahe kommen, als in dieser Stellung als Ihr Privatsekretär? Natürlich hab ich's ausgenutzt, nach besten Kräften. Ich konnte leicht jeden Tag erfahren, wo sie hinging – gut, da war ich auch. In der Oper, im Theater, im Konzert, in allen Läden! Und natürlich zu Hause bei Ihnen – nirgends war sie sicher vor mir. Gwendolin weiß davon, vor ihr hab' ich kein Geheimnis; sie lacht darüber – aber Sie werden's wohl nicht so leicht nehmen.«

Briscoe setzte sich an den Schreibtisch, brannte seine Pfeife wieder an. »Eine Frage, Tex. Wissen Sie, dass Gwinnie krank ist?«

»Natürlich weiß ich's«, rief Durham entrüstet. »Jerry, Ihr Butler, ruft mich alle paar Stunden an, um zu berichten, wie's ihr geht. Eine Magenverstimmung hat sie – von dem ewigen Eiswasser vermutlich.«

»Ja, ja, eine Magenverstimmung!«, bestätigte Briscoe händereibend. »Noch etwas: Haben Ihre Bemühungen um Gwinnie einigen Erfolg gehabt?«

Tex nickte: »Freilich haben sie das, sehr sogar; Miss Gwendolin hat mir ausdrücklich gesagt – und mehr als einmal! –, dass sie sich weder aus Ralph noch aus einem der anderen das Geringste mache: Sie gäbe nichts darum, wenn sie alle zusammen morgen früh der Schlag träfe. Das hat sie gesagt! Und mehr noch: von all ihren Verehrern sei ich ihr – bei weitem! – der liebste und bequemste.«

»So, so,« echote Briscoe, »der Liebste und – Bequemste. Sagen Sie, haben Sie sich Gwinnie sonst genähert? Ich meine – haben Sie ihre Hand gehalten, sie geküsst, in die Arme genommen?«

Der junge Bursch schüttelte den Kopf. »Nein, das nicht, das noch nicht. Miss Gwendolin ist komisch darin, sie hat nicht gern, wenn man sie anrührt. Sie ist sehr kitzlig, sagt sie. Aber, glauben

Sie mir, das wird schon kommen!«

»Meinen Sie?«, lachte Briscoe. »Na, Tex, dann weiß ich wirklich nicht, worüber Sie sich beklagen wollen.«

Der Sekretär starrte ihn an, hilflos genug, mit treuen, blauen Augen. »Beklagen – ich mich beklagen?! Ich dachte, dass Sie… Ja, werden Sie mich denn nicht hinauswerfen?«

Briscoe schüttelte den Kopf. »Eine Bedingung habe ich. Sie schwatzten vorhin so was – ›dass Ihr Leben davon abhinge‹! Nun, ich habe eine starke Abneigung gegen Selbstmorde und Freitode und alles, was damit zusammenhängt; selbst das Gerede davon mag ich nicht. Wir wollen die Entscheidung Gwinnie überlassen. Schließlich ist sie ihr eigner Herr, wird schon wissen, wen sie will und wen nicht. Sie aber, Tex, werden zufrieden sein, wie sie sich auch entschließen mag. Versprechen Sie mir das?«

Er streckte dem jungen Mann die Hand hin, die dieser kräftig schüttelte.

»Gewiss«, rief er, »ganz gewiss und aus vollem Herzen! – Sie aber, Herr, Sie hätten nichts dagegen?«

Briscoe lachte, doch sein Lachen klang bitter ernst. »Ich sage Ihnen, Tex, mir – mir wäre nichts lieber. Von mir aus können Sie mit Gwinnie Tag und Nacht zusammen sein, hören Sie: Tag und Nacht!« Seine Stimme hob sich, drohend klang es und doch fast verzweifelt, als er fortfuhr: »Wenn es nach mir ginge, Tex – ich möchte sie am liebsten nackt in Ihr Bett tragen – heute Nacht noch, mein Junge!«

Mit beiden Händen fuhr er sich übers Gesicht, als wolle er heißen Schweiß wegwischen. Dann nahm er die Pfeife wieder auf. »Sprechen wir nicht mehr davon«, sagte er. »Geben Sie mir endlich die Post.«

***

Tex Durham hatte nichts zu lachen an diesem Nachmittag in der ›Central Trust‹; nicht eine Minute Ruhe ließ man ihm.

Um fünf Uhr erst wurde er von Briscoe entlassen.

Was er nun zu tun hatte, war ihm völlig klar. Gewiss begriff er nichts von den Beweggründen Briscoes, hatte auch keine Zeit gehabt, darüber nach zudenken; aber das verstand er gut, dass ihm von Seiten des Vaters keine Schwierigkeiten gemacht würden.

Also kaufte er zunächst einen großen Busch Orchideen, fuhr dann in die Park Avenue zu Gwinnies Haus. Jerry, der Hausmeister, führte ihn gleich hinauf; oben freilich gab's einen Kampf mit der Krankenschwester, die ihn nicht kannte und nicht ins Schlafzimmer lassen wollte. Aber Tex Durhams Mut hätte heute schlimmere Feinde besiegt: Bald stand er, strahlend lächelnd, vor Gwinnies Bett.

»Ach, du bist's, Texie,« rief sie ihm entgegen, »das ist recht, dass du herkommst! Und Blumen bringst du auch – leg sie da auf den Tisch.«

Er machte Miene, seine Orchideen auf den Nachttisch zu legen, aber sie wies ihn gleich zurecht.

»Siehst du nicht, dass da kein Platz ist? Leg sie dort hinten hin.«

Er gehorchte, lief durch das große Zimmer, kam zurück. Blieb vor ihr stehen, blickte sie an und genoss in vollen Zügen diesen Anblick.

Entzückend sah sie aus in ihrem Bett. Blauäugig und blond, wie er selbst; Pagenlocken umrahmten das Köpfchen und ruhten auf dem Spitzenkissen. Nackt Hals und Arme, fein und zart die Gelenke. Wie aus Elfenbein geschnitten das Gesichtchen, blühendrot Wangen und Lippen. Den Daumen der linken Hand hatte die süße Docke im Mund, suckelte und lutschte eifrig daran.

»Du siehst gar nicht krank aus, Gwendolin«, sagte er bewundernd. »Ganz gesund sind deine Farben –«

»Du bist ein Dummkopf, Texie,« lachte sie, »gib mir den Lippenstift!«

Er nahm den Stift vom Nachtkasten, hielt ihn fest.

»Nimm erst den Daumen aus dem Mund,« verlangte er, »du weißt, dass ich's nicht leiden kann. Du bist doch kein Säugling mehr!«

Sie gehorchte – rund herum war ein roter Ring um den Finger; sie wischte ihn achtlos am Kopfkissen ab. Nahm den Lippenstift, trug noch ein wenig mehr Rot auf, ihre Gesundheit zu verbessern.

Dann zuckte sie, drückte beide Hände auf den Leib, wand sich hin und her, stöhnte auf.

Er erschrak. »Hast du Schmerzen?«, fragte er.

Sie fuhr ihn an: »Frag' nicht so dumm. Natürlich hab ich Schmerzen – hélas! Im Magen und in der Speiseröhre – im Mund auch. Bring die Schale mit Eis, Tex, sie steht hinten auf dem Schminktisch.«

Er fasste ihre Hand, die sie ihm gleich wegzog.

»Wie oft soll ich dir sagen, dass du mich nicht anfassen sollst! Hol das Eis.«

Durham seufzte. »Wie kann man nur an den Händen so kitzlig sein! – Und das Eis bring ich dir gewiss nicht, Gwendolin, deine ganze Krankheit kommt von diesem ewigen Eisessen und Eiswasser trinken. Kein Wunder – da muss man ja Läuse in den Bauch kriegen!«

Gwinnie pfiff, dann sagte sie: »Gleich bringst du das Eis, sonst schick ich dich fort.« Da ging er, holte die Schüssel.

»Steck mir ein Stückchen in den Mund«, befahl sie. »Und wenn's fertig ist, noch eins und dann wieder eins, hörst du? Und, dass du's weißt: Es ist sehr gut für mich – Dr. Nisbett hat's sogar verordnet. Überall brennt's inwendig, und das Eis kühlt.«

Er wollte sich auf den Stuhl setzen, aber der lag voll von Kleidern. »Setz dich aufs Bett«, meinte sie. »Willst du auch ein Stückchen Eis?«

»Nein«, sagte er, »aber du könntest mir Tee kommen lassen. Und ein paar Butterbrote – ich habe heute keinen Lunch gehabt.«

Sie schellte und bestellte Tee für ihn. Mittlerweile ließ sie ihn keine Minute in Ruhe, hatte immer neue Befehle. Bald musste er die Heizung abstellen, weil es ihr zu heiß war – gleich darauf wieder andrehen, musste ihr Zigaretten holen, dann Schokolade. Dabei wusste er nicht, wo er mit der Eisschüssel hin sollte, trug sie sorgfältig mit sich herum.

Er war froh, als die Krankenschwester den Teetisch heranrollte; da konnte er die Schüssel wenigstens absetzen. Traurig sah er die dünnen Sandwiches an – mit Salatblättern waren sie belegt und ein wenig Mayonnaise darüber.

Er wandte sich an die Pflegerin. »Möchten Sie nicht dem Butler sagen, dass er mir noch einige Sandwiches bringt?«

»Er soll Zunge bringen und Schinken und Krabben und Hühnersalat«, befahl Gwinnie. »Er soll alles bringen, was er da hat! Siehst du, Tex, ich lass dich nicht verhungern, wie mein Vater.«

»Sag nichts gegen deinen Vater«, antwortete er kauend. »Er hat ein sehr gutes Herz.«

Sie nickte. Sagte dann nachdenklich: »Das glaube ich, das muss er wohl haben. Denn sonst, Texie, sonst hätte er dich sicher längst hinausgeschmissen.«

Der große Junge nahm den Bissen aus dem Mund.

»Warum sollte er mich hinauswerfen, Gwendolin?«

Sie lachte: »Weil du so schrecklich blöd bist, Texie, darum!«

Er lachte mit ihr. »Nun – vielleicht hat er's noch nicht gemerkt. Aber, Gwendolin, wenn's dir recht ist, möchte ich einmal ganz ernsthaft –« Er unterbrach sich; Jerry brachte große Platten heran, baute sie vor ihm auf.

»Iss, Texie, iss«, mahnte Gwinnie.

»Möchtest du nicht auch?«, fragte er.

»Nein«, sagte sie, »das bekommt mir nicht – hélas! Gib mir lieber noch ein Stückchen Eis.«

Tex gehorchte, schob ihr das Eis in den Mund.

»Gwendolin«, sagte er, »gewöhn dir wenigstens dies scheußliche ›hélas‹ ab.«

»So«, echote sie, »scheußlich findest du das? Du kannst mir glauben, Tex, dass es sehr vornehm ist und sehr klassisch. Alle Heldendamen sagen es in allen klassischen Stücken der französischen Literatur. Außerdem steht es mir gut – schau nur!«

Sie schloss die Augenlider, öffnete sie langsam, stieß dazu einen herzinnigen Seufzer aus. Spitzte die Lippen, zog sie wieder zurück, holte tief Atem, hauchte ihr schmachtendes: »hélas«.

»Nun, Texie?« fragte sie.

Es stand ihr gut – das musste selbst Tex Durham zugeben.

Schweigend aß er, überlegte dabei. Ja, es war schon das Beste, gleich mit ihr zu sprechen – frei, offen, frisch von der Leber weg.

Es fiel ihm auf, wie still sie war. Er blickte sie an, sah, dass sie ein kleines gerahmtes Foto in der Hand hielt und anstarrte. »Wer ist denn das?«, fragte er.

Sie schrak auf, hielt ihm das Bild hin. »Kennst du sie?«

»Ach, eine Frau«, sagte er völlig beruhigt. »Ich fürchtete schon, es könnte Ralph Webster sein oder einer von den anderen Dummköpfen, die immer um dich scharwenzeln. Eine Freundin nur – na, da magst du meinetwegen Dutzende 'rumstehen haben.«

»Kennst du sie?«, wiederholte Gwinnie.

Jetzt erst sah er das Bild näher an. »Die da?«, überlegte er. »Ich denke, ich sah sie einmal mit dir in Carnegie Hall bei einem von diesen albernen Konzerten. Und – bist du nicht mal ausgeritten mit ihr, im Central Park? – Übrigens eine hübsche Frau«, schloss er sachverständig, »eine ganz nette Frau.«

»So? Meinst du?«, sagte Gwinnie. Dann sehr verträumt: »Sehr schön ist sie, sehr schön. Andrea heißt sie.«

Ihr Blick küsste zärtlich das Bildchen, das die schmale Hand vorsichtig und liebevoll hielt, wie einen edlen Schmuck. ›Ihr Haar ist braun‹, überlegte sie, ›aber es leuchtet, hat roten Schimmer, wenn das Licht darauf fällt. Sehr lang ist dies Haar – welche Frau wagt noch, langes Haar zu tragen in New York oder sonst wo in dieser Welt? Sie aber tut's. Andrea Woyland tut's. Hochgesteckt in Flechten – wenn sie die löst, kann sie sich hinein hüllen wie in einen Mantel.‹ – Oh, Gwinnie zitterte, als sie daran dachte – ›Und ihre Augen sind grau, groß und grau und glänzend. So tief sind diese Augen, man schaut und schaut und blickt doch nie auf den Grund. Sehr ebenmäßig das Gesicht – stark geschwungen die Lippen‹. Gwinnie schloss die Augen, jetzt sah sie klarer noch. Alle Einzelheiten, Wangen und Ohren, Brauen und Wimpern. Die

Stirn und das Kinn – wohlgeformt alles. ›So schön‹, dachte sie. ›Der war ein großer Künstler, der das schuf. Und das Ganze dann: ein stolzes Gleichmaß, in dem kein Missklang war. Schlank der Hals – wie edel der Ansatz zum Nacken! Welche Schultern, welche Arme – ach, und die Brust –‹.

Endlich war der Junge satt; viel war nicht übrig geblieben. Er gab sich einen Ruck, sagte rasch: »Ich habe heute mit deinem Vater gesprochen. Sehr ernstlich, über dich und mich – über uns beide.««

Sie antwortete nicht.

»Hörst du nicht, Gwendolin?«, rief er. »Leg doch endlich das dumme Bild weg.«

›Welch ein Gang‹, dachte Gwinnie. ›Und die Figur –‹.

»Sie ist so groß wie du, Tex«, flüsterte sie.

»Meinetwegen mag sie noch zwei Köpfe größer sein!«, rief er. »Hast du nicht ge…«

Sie blickte auf. »Doch – ich hab's gehört«, seufzte sie. »Du hast mit Vater gesprochen. Über dich und mich. Sehr ernsthaft.«

»Ja«, nickte er, »ganz offen, Auge in Auge – wie ein Mann zum anderen.«

»So«, dehnte sie, »wie ein Mann zum anderen? Das muss sehr langweilig gewesen sein. – Gib mal den kleinen Spiegel, Texie.«

»Gwendolin«, versuchte er, »ich möchte dich bitten, doch –«

Aber sie schnitt ihm das Wort ab. »Gib den Spiegel, Tex, hörst du nicht?«

Er reichte ihr den Handspiegel; sie malte wieder an ihren Wangen.

»Sag mal, Tex – ganz aufrichtig – findest du mich sehr hübsch? Nichts auszusetzen?«

Er rückte herum auf dem Bett, schnalzte ungeduldig mit der Zunge. »Tja – gewiss bist du sehr hübsch.«

»Auszusetzen?«, bestand sie. »Ich will wissen, was du auszusetzen hast. Nichts?«

»Doch«, rief er tapfer, »natürlich hab' ich allerhand auszusetzen. Du bist viel zu dünn, Gwendolin. Am Hals kommen die Knochen raus. Deine Arme – Ärmchen! Du musst eben mehr essen – von dem Eis kann kein Mensch fett werden und vom Daumen lutschen erst recht nicht. Und dann dein Busen und – da hinten rum –«

»Was du nicht sagst«, lachte sie. »Also darauf hast du auch schon geachtet?«

»Natürlich«, betonte er. »Beim Schwimmen. Du könntest wirklich etwas zunehmen, Gwendolin.«

»Vielleicht hast du recht«, gab sie zu, »Wie viel meinst du, dass ich zusetzen sollte?«

Er besann sich, zögerte. »In Pfund kann ich dir's nicht genau sagen. Aber die Brüste – weißt du, eine gute Hand voll dürfte es schon sein. Nicht deine – meine Hand – vielleicht auch ein bisschen mehr. Und hinten – ach, etwa so…« Er fuhr mit beiden Armen in der Luft herum, beschrieb einen Bogen.

Sie scherzten gar nicht, durchaus sachlich besprachen sie das. »Mag sein, dass du recht hast«, schloss sie. »Ich will mir's überlegen. Andrea ist sicher viel voller.« Sie legte den Spiegel fort, nahm wieder das kleine Bild.

»Da siehst du es«, sagte er triumphierend, »nimm dir ein Beispiel an ihr.« Dann fuhr er fort: »Also Auge in Auge sprach ich mit deinem Vater – er ist völlig einverstanden. Ihm ist's recht: je eher, je besser.«

Sie wandte keinen Blick von dem Bildchen.

»Was ist ihm recht?« fragte sie achtlos.

»Die Heirat!«, rief er. »Wir haben uns geeinigt, dir die Entscheidung zu überlassen. Entscheide dich bitte – am liebsten gleich, Gwendolin. Mir liegt sehr daran – und deinem Vater noch mehr; du würdest ihm eine riesige Freude damit machen, das hat er wörtlich so gesagt. Tu ihm doch den Gefallen – er hat's wirklich verdient. Und schließlich – deine Mutter ist tot, und er ist der einzige Vater, den du hast!«

»Ach«, seufzte sie, »daran habe ich noch gar nicht gedacht. Ich habe stets geglaubt, dass ich ein Dutzend hätte.«

Tex runzelte die Stirn. »Immer machst du dich lustig über mich«, rief er unwillig. »Du weißt ganz gut, wie ich's gemeint hab.

Bitte, sag: Ja!«

Sie dehnte die Worte: »Denkst du nicht, dass ich erst etwas dicker werden sollte?«

»Nein, entschied er, »das ist gar nicht notwendig. Ich werd' dich schon aufnudeln.«

»Ja«, sagte sie, »und dann wirst du mich anfassen wollen. Du weißt, Tex, dass ich das nicht vertragen kann!«

»Herrgott Jesus«, rief er, »das wird vorübergehen, dies Kitzligsein! Lass mich dich erst nur ganz leise ein wenig streicheln – du sollst mal sehen, wie schnell du dich dran gewöhnst!«

»Meinst du, Texie?«, antwortete sie. »Aber dann willst du auch nicht, dass ich Eis esse und ›hélas‹ dazu sage.«

Ganz verzweifelt schrie er: »Meinetwegen kannst du Tag und Nacht nichts anderes tun, als ›hélas‹ seufzen, Eisstückchen suckeln und am Daumen lutschen!« Dann nahm er sich zusammen; sanft und zärtlich wurde seine Stimme: »Sag ›Ja‹, Gwendolin! Du hast mir doch selbst gesagt, dass ich dir der Liebste sei von allen Jungen, die du kennst.«

Sie nickte. »Das bist du, Texie, wirklich, das bist du. – Grade weil du so dumm bist, mag ich dich, und du weißt gar nicht, wie ungeheuerlich blöd du sein kannst. Und darum will ich dir versprechen: Wenn ich je einen Mann heirate, soll er Tex Durham heißen.«

»Gut!«, rief er. »Gut! Nun sag mir nur, wann etwa…«

Heftig unterbrach sie ihn: »Gar nichts: Wann, Tex! – Ich hab jetzt genug von all dem dummen Zeug! Du wirst mir nie wieder davon sprechen, bevor ich es dir erlaube. Hörst du: nie wieder und nicht ein Wort! Ich hoffe, dass wir da klar sind, und dass du mich ganz richtig verstanden hast?«

Nichts hatte er verstanden. Eingeschüchtert senkte er den Kopf, flüsterte: »Ja! Wie du willst, Gwendolin.«

Sie schlug ihn leicht auf die Hände, zärtlich fast. »So ist's recht, mein Junge. – Und jetzt kannst du gehen.«

Er gehorchte sofort, stand auf.

»Warte noch, Tex«, zögerte sie, »du könntest mal telefonieren für mich. Ruf…« Sie überlegte, fuhr dann fort: »Ruf an: Spring 6688. Frag nach Miss Woyland. Sag ihr – sag ihr, du habest ihr Bild gesehen – und du fändest sie sehr schön.«

»Aber ich bin ihr gar nicht vorgestellt…«, wandte er ein.

»Tu, was ich sage!«, rief sie. Er gehorchte, nahm den Hörer vom Telefon, das auf dem Nachttisch stand, rief die Nummer an. Eine Männerstimme antwortete ihm; er fragte nach Miss Woyland.

»Was?«, rief er. »Ist nicht da, sagen Sie? Ist ausgezogen?«

Gwinnie flog hoch, riss ihm das Telefon aus der Hand, »Hier ist Gwinnie Briscoe«, rief sie erregt hinein, »Andrea – Miss Woyland ist ausgezogen? Wann denn? Wo ist sie hin?«

»Oh, danke sehr«, flüsterte sie dann. »Im ›Plaza‹? Danke sehr – danke sehr!«

Sie ließ den Hörer fallen, sank zurück in die Kissen. Wieder packte sie der brennende Schmerz; sie bog sich zurück, krümmte sich.

Durham fischte in der Schüssel, fand ein letztes Eisstückchen, schob es ihr in den Mund. Langsam beruhigte sie sich,

»Ist dir besser?«, fragte er.

Sie nickte, suchte herum mit den Blicken. »Wo sind deine Blumen?«, verlangte sie. »Bring sie her.«

Er tat es, hielt sie ihr hin.

Sie nahm sie nicht. »Orchideen«, hauchte sie. »Ich mag sie nicht – ob Andrea sie mag?« Sie hob die Stimme, fuhr fort: »Du musst gleich zum ›Plaza‹ fahren. Gib die Blumen ab – für Miss Woyland.«

»Aber, Gwendolin«, versuchte er, »ich habe sie doch für dich…«

Sie schüttelte den Kopf. »Oh, Tex! Tex!«, rief sie entrüstet. »Musst du denn immer widersprechen? Kannst du nie gleich tun, was man dir sagt?«

Er nickte, wandte sich zum Gehen. Als er in der Tür war, rief sie ihm nach: »Bestell der Schwester, es sei kein Eis mehr da – hélas!«

Still lag sie, wie eine süße Docke aus bemaltem Elfenbein. Langsam kroch die linke Hand aus den Spitzenkissen, leise stahl sich der Daumen in die roten Lippen.

***

Diese Blumen fand Andrea Woyland in ihrem Zimmer, als sie spät abends zum Hotel kam. Sie war nach ihrem Besuch in der ›Central Trust‹ zum Columbus Circle gefahren, wollte am Park vorbei zum ›Plaza‹ gehen, durch die 59th Street.

Doch fühlte sie sich unruhig und nervös; nahm ein Taxi, fuhr den Riverside Drive hinauf und weiter den Hudson entlang über Fordham und Spuyten Duivel zur Abbey Inn. Dort entließ sie das Auto, ging in die Wirtschaft, trank Tee. Sie wollte nachdenken, überlegen – aber ihre Gedanken verwirrten sich, schweiften ab, liefen in die Irre. Sie zahlte und ging die Landstraße zurück nach New York, hoffte, ein Taxi unterwegs zu finden. Aber sie fand keins.

So lief sie zu Fuß. Müde war sie; die ungewohnte Frische der Oktoberluft griff sie an, machte das Hirn schmerzen. Jedes Auto, das zur Stadt fuhr, rief sie an; aber die meisten waren voll besetzt, keines hielt.

Bitter stieß ihr auf: Über fünf Jahre war sie nun in diesem Land – nicht einmal ein eignes Auto hatte sie!

Endlich hielt doch ein Wagen – lärmend und johlend kam er heran. »Nehmt mich mit«, rief sie.

»Wohin?«, fragte der Mann am Steuer.

»›Plaza‹!« antwortete sie.

»Gut! ›Plaza‹!« lachte er gutmütig. »Immer rein, dass der Karren voll wird!«

Es war augenscheinlich eine Booze-Party – eine lustige Gesellschaft, die irgendwohin hinausgefahren war, wo's was zu trinken gab. Drei Burschen und vier Mädel – alle betrunken. Sie quetschte sich dazwischen – einer nahm sie lachend auf die Knie, fasste sie gleich um den Leib. Alle sangen und brüllten, zwei Weiber beschimpften einander, zankten und keiften. Und der Kerl am Steuer fuhr los wie ein Wahnsinniger.

Tritte, unabsichtlich, denen sie nicht ausweichen konnte, Griffe dazu, sehr absichtlich, die sie nicht abwehren konnte. Das Mädel neben ihr schlang den Arm ihr um den Hals, lallte: »Küss mich, Sissie!«

Und ein Bursch vorne neben dem Lenker begann loszuheulen, verlangte auszusteigen, übergab sich dann...

Ah – widerlich war es.

Irgendwo hielten sie – in Washington Heights.

Sie stieg aus, fand endlich ein Taxi, fuhr zum Hotel.

Sie ließ sich ihr Zimmer zeigen, bestellte Abendessen, badete, zog einen Kimono an, packte ihre Sachen aus. Aß sehr wenig, schickte das Essen fort.

Öffnete das Fenster, blickte hinaus in die klare Oktobernacht über den sterbenden Park. Fröstelte, schloss das Fenster, ließ sich auf den Sessel fallen.

Stand wieder auf, suchte nach Zigaretten, zündete eine an. Aber es schmeckte ihr nicht, und sie warf sie weg.

Nein, es würde ihr nimmer gelingen heute – keinen klaren Gedanken konnte sie fassen. Wenn sie nur jemanden da hätte, mit dem sie hätte sprechen können über all das! Einer – der sie gut kannte, einer, der ihr Stichworte bringen konnte.

Aber wer mochte das sein? Sie dachte an alle Menschen, die sie kannte in dieser Stadt. Wen sollte sie anrufen?

Keiner war da, keiner!

Ihr Vetter natürlich, Jan Olieslagers, mit dem hätte sie sprechen können. Wo war der in der Welt?

Sie nahm seine Briefe, die sie in ihre Tasche getan hatte; las sie beide durch, zerriss sie dann mit heftiger Bewegung. Sprang auf, schritt erregt auf und ab im Zimmer.

Was denn nur? Sie wusste doch seit einem Jahr, was in dem letzten Brief stand. Dass er Nachricht hatte aus Deutschland, von der Großmutter – seiner und ihrer.

Die Nachricht, dass ihre – ihre, Andrea Woylands – Tochter sich verlobt habe und verheiratet. Mit einem frühern Seeoffizier, Korvettenkapitän, einem tüchtigen und vermögenden Landwirt aus dem Allgäu; der würde nun Schloss und Land Woyland übernehmen und ihm neuen Glanz bringen.

Drei Zeilen schrieb der Vetter davon – ganze drei Zeilen!

Das war ein Jahr her – über ein Jahr. Und also würde das Mädchen, würde ihre Tochter – wie hieß sie doch noch, wie hieß sie doch noch? War es nicht Gabriele? Nein, so nicht…

Nicht einmal den Namen ihres Kindes wusste sie.

Seit einem Jahr war dieses Kind verheiratet. Ah, und würde vermutlich – sicher, ganz sicher! – heute selbst ein Kind haben.

Und dann war sie, war Andrea Woyland – Großmutter!

Sie rechnete. Sechzehn Jahre war sie alt, als sie dem Mädchen – dieser jungen Frau nun und Mutter – das Leben gab. Das war fast zwanzig Jahre her – zwanzig lange Jahre – so würde sie selbst, in wenigen Wochen, sechsunddreißig sein!

Die Schläfen schmerzten sie; sie suchte herum, fand schließlich Veronaltabletten. Schluckte eine hinunter – spülte Wasser nach.

Trat vor den Spiegel – lachte auf.

Was hatte Parker Briscoe gesagt? Eine schöne Frau sei sie, klug vielleicht und ganz sicher wertvoll.

Wertvoll, wertvoll – wo steckte denn ihr Wert?

Wie denn hatte sie ihr Leben gesteuert? Schiffbrüche und immer wieder Schiffbrüche! Klug?

Würde sie immer gescheitert sein, wenn sie wirklich klug wäre?

Und schön erst! Das, was da vor ihr stand, was sie angrinste aus dem Spiegel, das war in Wahrheit Andrea Woyland! Das allein – und nicht das, was Briscoe sah und die kleine Gwinnie!
Nirgends eine Farbe; bleich war ihr Gesicht. Nicht mehr so glatt und gespannt die Haut. Ein paar Krähenfüße schon um die Augen, leichte Falten von den Ohren herab und andere an den Mundwinkeln.

Kein graues Haar – hatte sie die nicht sorgsam ausgezupft, heute erst, ehe Briscoe kam? Aber mehr würden kommen und mehr, jeden Tag mehr. Und die Brust würde schlaff werden und der Hals… Sie trat weg vom Spiegel. Setzte sich aufs Bett. Schlug beide

Hände vors Gesicht.

Dann holte sie tief Atem. Und sie empfand deutlich: Sie hatte recht getan, als sie Briscoe ihr ›Ja‹ sagte und ihm die Hand darauf gab. Als sie ihm erklärte, dass sie bereit sei, das zu tun, was er verlange.

Andrea Woyland war fertig, ganz und gar fertig. Andrea Woyland hatte ausgelebt.

Mochte abtreten von dieser Affenbühne.

Wie es auch kommen würde: Andrea Woyland würde verschwinden, würde nicht mehr sein.

Und das war gut so, sehr gut!

Sie stand wieder auf. Nahm eine Schere, schnitt, dicht am Kopf, die langen Flechten ab.

›Irgendwo muss man anfangen‹, dachte sie.

Ging zum Schreibtisch. Nahm ihre Füllfeder, schrieb mit kleinen, scheuen Lettern oben auf einen Bogen:

ANDREA WOYLAND.

Besann sich dann. Dachte: ›Hier will ich hinschreiben, alles, was ich von ihr weiß!‹

Aber sie ließ die Feder fallen; sehr müde fühlte sie sich plötzlich, völlig schlaftrunken. Das Veronal wirkte.

Sie erhob sich, taumelte zum Bett. Fiel hinein, zog die Decke hoch.

Sehr fest schlief sie.

*   *   *

*   *

*

Kapitel II

Von Gänsen, Geistern und Blutegeln.

... – das sind die bunten Narren,
die gern in Märchen wildern
und wilde Märchen schildern,
die Büchsen schwingen und rütteln,
glitzernden Staub draus schütteln
und den Kindern aus leichten Sachen
können leuchtendes Gold wohl machen.

Gottfried von Straßburg

Sehr allein lebte Andrea Woyland in dieser Zeit. Wenn es dämmerte, lief sie wohl durch den Park, besuchte auch die Konzerte in der nahen Carnegie Hall. Später, als es kälter wurde, kaufte sie Schlittschuhe, ging zur Eisbahn, wie vor zwanzig Jahren.

Sie meinte, sie müsse alles verlernt haben; zögernd, ängstlich fast machte sie die ersten Schritte. Aber es ging nach wenigen Minuten, die Beine übersprangen die Zeit, taten ihren Dienst, wie sie einst getan. Eins nach dem anderen fand sie ihre kleinen Kunststücke: Bogenlaufen und Holländern, Achter, Dreier und Reben – ganz von selbst kam alles.

Jeden Tag lief sie ein paar Stunden – es war, als ob ein neues Leben sie erfüllte: ihr Leben und doch ein anderes.
Auch das war Erinnerung – wie die Beine längst verlorene Bewegung, so fand das Hirn längst vergessene Empfindung wieder.

Und dies Empfinden war wie das Ahnen einer Zukunft: bald musste ein früher Märzwind wehen, mussten Aprilschauer lärmen, musste die süße Maisonne junggrüne Wiesen küssen.

So war es damals, als sie am Niederrhein bei Schloss, Woyland eislief – alte Rheinarme, die alles Land überschwemmten. Eis, glattes Eis unendlicher Flächen, selten nur ein Mensch. So war es jetzt ob auch ringsherum sich die Menschen drängten, ob auch dieser Tümpel im Central Park jämmerlichster Notbehelf war. Sie sah die Menschen nicht. War allein für sich, warm erfüllt von diesem Ahnen neuen Frühlings.

Selten traf sie Bekannte. Dann grüßte sie wohl, wenn's nicht anders ging, sprach ein paar gleichgültige Worte, brach rasch ab, ging davon. Einige Male rief Briscoe an, öfter schrieb ihr Gwinnie – sie antwortete ihr, sprach auch mit ihrem Vater, aber schnell das alles, für Minuten nur. Und wischte es, gleich darauf, weg aus ihrem Gedächtnis.

Allein war sie. Viele Stunden lang saß sie in ihrem Zimmer. Sie kam nach Hause von der Eisbahn, Nerven, Muskeln, Adern heiß erfüllt mit dieser schwellenden Sehnsucht. Diesem halb bewussten Wünschen einer Larve, die fühlt, dass sie sich bald verpuppen wird. Dann, wenn sie ruhig daliegt und dahindämmert, dann werden ihr Flügel wachsen, und die enge Hülle wird fallen, und sie wird flattern und fliegen in alle Sonnen zum Äther hinauf.

Sie machte sich nicht mehr schön; unberührt blieben Lippenstift und Puderquaste. Dennoch tat es ihr leid um die verschnittenen Haare, selbst Zuhause trug sie ein Seidentuch um den Kopf, wand es wie einen Turban.

Sie lag auf dem Diwan, saß auf dem Sessel – vor ihr lag das weiße Blatt mit den Worten: ›Andrea Woyland‹. Alles, was sie von der wusste, wollte sie aufschreiben, Dutzende von Seiten, Hunderte.

Noch einmal durchlesen, dann – ja wem sollte sie das geben? Wer würde es verstehen – so wie sie es verstand? Und sie fand wieder keinen Namen als den ihres Vetters, Jan Olieslagers.

Der, immer der! Der sich kaum um sie kümmerte, der ihr sehr selten schrieb, den sie seit manchen Jahren nicht mehr sah. Nein, auch ihn wollte sie vergessen.

Niemandem wollte sie diese Seiten geben, ins Feuer sollten sie wandern, in Flammen versinken, so, wie sie selbst bald versinken würde.

Aber sie schrieb keine Zeile, nicht ein Wort schrieb sie.
Lag auf dem Diwan, dachte nur.

***

Schloss Woyland – ja! Einmal war's eine finstere Wasserburg. Gräben herum und dunkler, wilder Forst. Zugbrücke zu mächtigem Tor, viele Wappen darüber. Hier hausten alte Geschlechter; wenn das eine ausstarb, saß ein anderes da: verwandte Sippen, verlorne Blutstropfen. Die Schonenveldt und Eulenburg, die Zülnhart und Wickede, die Bronkhardt, auch die Croy und Spaen.

Dann, im siebzehnten Jahrhundert, flatterte über den Türmen der rote Adler von Brandenburg: der Große Kurfürst erwarb die Burg, als er endlich Kleve gewann, Mark und Ravensberg und die spanischen Truppen aus dem Lande wies, das schon sein Großvater erbte. Als er seine oranische Prinzessin heimführte und Louise Henriette mit ihren Falken nach Brandenburg brachte. Doch erst sein Urenkel hauste hier – als er noch kein alter Fritz war und noch kein großer König. Der junge Friedrich II., eben König geworden, hatte hierhin zum ersten Male Voltaire geladen, ihm zu Ehren wehte der schwarze, der preußische Adler.

Wohl fühlten sich die beiden gewiss nicht in dem düstern Kastell vergangener Tage – leichtes Spiel flimmernder Sonnenstrahlen brauchten sie, wenn sie des Tages Arbeit vergessen wollten: Sanssouci.

So verkaufte der preußische König die alte Wasserfeste.

Nun saßen die Woylands da – die bauten um. Schufen, in missverstandener Gotik, einen englischen Landsitz, ein weites Schloss, wie es Windsor ist. Schufen einen großen englischen Park, sorgsam gepflegt. Aber der Graben blieb; über die Brücke fuhr man zum efeuumrankten Schloss. Große bronzene Hirsche lagen zu beiden Seiten.

Bewaldetes Hügelland nach Kleve zu, da war der Woylander Forst mit dem Katzenbuckel, dann der Sternbusch. Im Westen, breit ausladend, der mächtige, uralte Reichswald – im Osten, zum

Rhein hin, Brüche und Wiesen, viel Wasser mit Weiden umrahmt – das zog sich nach Süd und Südost auf Kalkar zu – fette Bauern saßen hier. Südwestlich wieder welliges Waldland, hier lag Haus Forst, wo die Falken flogen.

Da herrschte die Großmutter, herrschte Roberta von Woyland, Erbexin auf Zülpich und Zentgräfin zu Kranenburg bei Rhein.

Andrea wusste nicht recht, wann man sie der Großmutter brachte. Ihr Vater starb, ehe sie zur Welt kam; sie blieb bei der Mutter vier, fünf Jahre lang, bis auch die starb. Aber sie hatte keine kleinste Erinnerung an diese Zeit bei der Mutter.

So war es auf Woyland: die alte Herrin – sie war gar nicht so alt damals, fünf oder sechsundvierzig vielleicht – dann das Gesinde. Und, irgendwo herumlaufend, das kleine Mädel Andrea.

Kein Mensch kümmerte sich um sie, am wenigsten die Großmutter. Wie Unkraut wuchs sie auf.

Die Leute nannten sie Fundvogel, das hatte die alte Griet aufgebracht, die Beschließerin, die das Leinen unter sich hatte. Fundvogel – weil sie eines Tages da war, wie vom Himmel geschneit. Dann auch, weil sie immer verlorenging, immer gesucht wurde – am Bach fand man sie, oben auf der Erle hockend, schlafend in der Scheune, im Futtertrog bei den Kühen. Aber bald suchte sie niemand mehr, nur der Name blieb ihr: Fundvogel.

Einmal kam sie zur Großmutter und fragte: »Was soll ich tun?«

Die Zentgräfin hatte keine Zeit für die Kleine, im Reitkleid stand sie da, mit hohem Hut, von dem die lange Straußfeder wippte, Pittje, der Reitknecht, schlug die Hände ineinander, sie trat hinein, schwang sich aufs Pferd – zur Reiherbeiz ritt sie mit ihren Falken.

Und sie rief lachend aus dem Sattel heraus: »Was du tun sollst? Geh – hüt die Gänse!«

Da lief die Kleine zu den Stallungen. »Was willst du, Fundvogel?« fragte der Stallschweizer.

»Die Gänse will ich«, begehrte sie, »und du musst sie mir geben!« Er wollte nicht, aber das kleine Mädchen bestand darauf, so beriet er sich mit den anderen. Es nutzte nichts, man musste ihr die Tiere geben, die Zentgräfin hatte es gesagt. Also schnitt ihr der Schweizer eine lange Weidengerte, oben waren ein paar Zweige dran, Blätter auch.

Und sie trieb die Gänse – siebenunddreißig große Vögel und elf Gösseln – über den Schlosshof, durchs Tor und über die Brücke. Durch den Park hinaus auf die Wiesen.

Nun hütete sie jeden Tag die Gänse. In einem Beutel um den Hals trug sie ihre Butterbrote, die aß sie, wenn die Sonne hoch am Himmel stand. Abends erst kam sie heim, lief in den Stall, trank ihre Milch. Fünf Jahre war sie damals alt, barfüßig lief sie herum.

Die Großmutter lachte.

***

Einmal, am späten Sommernachmittag, schlief sie unter den Weiden am Düsterbach, da schwammen ihre Gänse umher. Auf die passte der alte Ganser auf, den sie Philipp nannte – der war ihr guter Freund, mit dem sie ihr Mittagbrot teilte.

Da schrak sie auf, ein heißer Hauch schlug ihr ins Gesicht, Sie öffnete die Augen: ein riesiger Kopf dicht über ihr, braun, weiß unten – ein mächtiges Maul voll gelber Zähne. Warmer Schaum tropfte ihr ins Gesicht.

Sie schrie laut, griff mit beiden Händen in die weichen Nüstern, krallte sich fest in ihrer Angst. Der Gaul warf den Hals zurück, riss sie mit hoch. Da ließ sie los, sprang weg, barg sich hinter dem Weidenstamm. »Philipp!«, heulte sie, »Philipp!«

Mit aufgerichteten Flügeln, wütend zischend, pfeifend und fauchend stieß der Ganser heran, schlug den starken Schnabel gegen das Bein des Pferdes. Und im Augenblick waren die Gänse da, aus dem Wasser und die Böschung hinauf. Eine ganz junge griff noch an, flatterte hoch. Die anderen schlugen mit den Flügeln, schnatterten, knatterten, ratschten.

Das Pferd scheute, suchte sich hochzuheben auf der Hinterhand, sprang dann zur Seite. Da saß einer im Sattel, verlor die Bügel, hatte alle Mühe, sich oben zu halten.

Dann aber brach der Sturm, ganz plötzlich, wie er gekommen war.

Der Gänserich war der Kluge, er erkannte das Pferd. Oh je, das war doch die alte Lene, mit der er sich gut vertrug seit vielen Jahren – die Lene, zu der er manchmal in die Streu kam, hinein in ihre Box, wenn's ihm zu dumm war bei dem Gänsevolk! Im Augenblick schob er die Flügel ein, hörte auf zu zischen, fuhr mit dem Hals über der Stute Fuß – liebkosend fast. Und sogleich erstarb das Gelärm der aufgeregten Gänse.

Tiefer Frieden, als ob nichts geschehen wäre. Nur die junge Gans flog noch einmal auf, aber der Philipp biss sie weg, jagte sie in den Bach.

»Komm doch hervor hinter deinem Baum!«, rief eine helle Stimme. Das Gänsemädchen wagte sich vor.

Auf der alten Lene saß ein blonder Junge, sechs Jahre älter als sie – ihr aber kam er sehr groß vor.

»Bist du der Fundvogel?« fragte er.

»Ja«, flüsterte sie.

»Ich bin der Jan«, sagte er, »ich bin dein Vetter. Ich bin zu den Ferien auf Woyland. Ich soll dich heimholen, hat die Großmutter gesagt.«

»Nein«, sagte das kleine Mädchen, »ich muss die Gänse hüten. Ich komm, wenn's Abend ist.«

»Es ist doch Abend!«, rief der Junge. »Klettere hinauf zu mir, Barfüßel!«

Sie blickte auf, sah, wie tief schon die Sonne stand. So lange hatte sie geschlafen?

Sie reichte dem Buben ihre Gerte hinauf, machte sich an die Arbeit – das war nicht leicht. Sie kletterte hoch am Vorderbein, hielt sich an der Mähne – gutmütig wandte die Stute den Kopf, schaute ihr zu. Ein paar Mal rutschte sie herunter, aber sie gab nicht nach, versuchte es stets von neuem. Dann hing sie mit der Rechten am Bügelriemen, mit der Linken in der Mähne – der

Junge bog sich herab, zog und riss sie hinauf. Schließlich gelang es, rittlings saß sie vor ihm im Sattel, verschnauft und sehr außer Atem. Froh war sie, dass sie glücklich oben war – froh war auch der Bub – und die alte Lene nicht minder. Kein anderer Gaul hätte sich solche Kletterpartie gefallen lassen.

Sehr langsam ritten sie, in gemächlichem Schritt, wie es die Lene liebte. Das Gänsemädel seufzte – es ist nicht leicht, Gänse zu treiben so hoch oben in der Luft. Nie wären sie heimgekommen, wenn der Philipp nicht gewesen wäre. Aber der half, wollte der Lene einmal zeigen, was er vermochte bei der Gänseschar.

Sie waren im Stall, der Junge griff in die Tasche, holte Zucker heraus. Das Mädchen nahm die Stücke – nein, sie hatte keine Angst vor dem großen Tier – schob ihre kleine Hand tief ins Maul hinein. Die Lene schüttelte missbilligend den Kopf – so kann man doch nicht Zucker nehmen! Und schließlich – ein Birnbaum ist man doch auch nicht, auf dem die Kinder rumklettern.

Jan zeigte dem Fundvogel, wie man's macht – hübsch auf die flache Hand legt man den Zucker.

Draußen, im Hof, strich der Philipp herum, der ging nie zu Bett mit dem Gänsevolk. Die graue Katz kam daher, eine Maus im Maul. Sofort war der Philipp bei ihr, stellte sie, spielte den Grimmigen, sehr Erschrecklichen. Und die Katz ließ das Mäuslein fallen – schnapp, hatte das der Ganser im Schnabel – schlang es herunter. Das sah er nicht ein, warum nur die Katzen Mäuse fressen sollten.

»Zeig deine Finger«, forderte Jan. »Geh doch – wie schmutzig sie sind! Den Hals könntest du dir auch einmal waschen. Wer sorgt denn für dich?«

»Das Katerlischen«, sagte Fundvogel.

Der Junge hob seine Stimme, schrie über den Hof: »Kater-lischen! Katerlischen!«

Im Eilschritt kam die große, flachshaarige Magd daher, aber dem Knaben schien's nicht schnell genug. »So lauf doch«, rief er ihr zu. »Lauf, du faules Katerlischen! Heb die Röcke, wenn ich rufe!«

Da fegte die Magd heran; der Bub deutete auf das Mädel. »Nimm sie mit dir, Katerlischen«, befahl er. »Bring sie in Ordnung, zieh ihr ein reines Kleid an; sie soll heut Abend mit uns am Tisch essen, hat die Großmutter gesagt. Und schau dir ihren Hals an – der ist seit drei Wochen nicht gewaschen. Dass du mir besser achtgibst auf das Kind, Hände und Füße – alles! Hörst du, Katerlischen?«

»Ja, junger Herr«, antwortete die Magd.

Jan ging; ohne sich umzuwenden schritt er auf das Schloss zu. Die beiden starrten ihm nach, mit offnen Mündern und weit aufgerissenen Augen.

»Komm, Fundvogel«, sagte das Katerlischen und nahm die Hand der Kleinen.

Das Barfüßel riss und zerrte und machte sich los.

»Nein, ich mag nicht«, brüllte es, »ich will nicht und mag nicht – du sollst mich nicht an der Hand führen. Allein kann ich gehen.« Würde sie ihn vielleicht an der Hand führen, den Vetter Jan? Nicht wagen würde sie es! ›Junger Herr‹ hatte sie ihn genannt!

***

Sie saßen zum Nachtmahl in dem großen Saal, die drei allein an dem langen Tisch. Oben die Großmutter, auf der einen Seite, ziemlich unten, der Junge, ihm gegenüber, noch weiter unten, das Mädel. Sehr rein war sie gewaschen, das hatte manche Träne gekostet und heißen Kampf mit dem Katerlischen. Die Haare waren eng über den Scheitel gestrichen, hinten hingen zwei kleine, rosagebänderte Zöpfchen, die so fest gedreht waren, dass sie aussahen wie abstehende Schweineschwänzchen. Sie trug ein hellgrünes Kleidchen, frisch gestärkt und gebügelt, das kratzte sie am Hals. Weiße Strümpfe dazu und schwarze Schuh, die sie tüchtig drückten.

Die Großmutter lachte.

Auf dem hohen Stuhl saß die Kleine, kaum mit der Nase guckte sie über den Tisch. Der lange Klaas Schiettekatte, der aufwartete mit weißen Baumwollhandschuhen auf den mächtigen Pfoten, schob ihr mitleidig ein paar Kissen unter. Er wollte ihr das Fleisch zerschneiden, aber die Großmutter sagte: »Lass sie, Klaas, sie soll allein fertig werden.«

Fertig wurde sie mit allem, was er ihr auf den Teller gab. Aber wohl war ihr nicht dabei. Nichts schmeckte ihr an diesem Abend, nicht einmal ihre Milch. Im Kuhstall war's besser.

***

Der Junge sagte; »Ich soll mich deiner annehmen, hat die Großmutter gesagt.«

Fundvogel nickte und wartete. Im Busch saßen die zwei, oben auf dem Katzenbuckel.

Er wusste nicht recht, wie er das anstellen sollte. Endlich fragte er: »Kannst du beten?«

Sie nickte wieder. Das konnte sie, lange schon – jemand hatte sie's gelehrt – ja, die Mutter. Doch nun hatte sie's wieder vergessen.

Er überlegte, aber es fiel ihm nichts Rechtes ein. »Meinetwegen brauchst du nicht zu beten«, meinte er. »Ich tu's auch nicht mehr.«

Dann fragte er, ob sie Märchen kenne, erzählte ihr, was ihm so einfiel. Das ging stotternd und mühselig genug, doch allmählich kam er hinein, erfand selber, wenn er nicht mehr weiter wusste.

***

Einmal brach er eine Feldwinde ab, weiß und rot gestreift. »Wie sieht sie aus?«, fragte er.

»Wie ein Glas«, sagte das kleine Mädchen. »Vielleicht trinken die Elfen daraus oder die Zwerge.«

»Vielleicht«, meinte er, »aber ich hab's nie gehört. Ein Marienbecher ist es und die Muttergottes trinkt daraus. Manchmal geht sie spazieren und ist sehr durstig. Wenn du ihr dann begegnest und ihr etwas Wasser reichst in dem Marienbecher, dann freut sie sich und tut dir zuliebe alles, was du willst.«

»Dann soll sie machen, dass die Gänse nicht so weit fortlaufen«, sagte das Mädchen.

Der Junge lachte. »Das tut sie gern. Aber weißt du, Fundvogel, du musst nicht so streng mit deinen Gänsen sein. Vielleicht sind's kleine Mädchen, gerade wie du – nur verzaubert.«

Andrea dachte nach. »Aber der Philipp nicht«, entschied sie.

»Nein, der nicht«, stimmte Jan zu, »der ist viel zu gescheit dazu.«

Oder sie spielten ›Piff-Paff-Poltrie‹, das hatte sie gleich das erste Mal begriffen.

»Guten Tag, Ohm Lecketeller«, sagte der Junge mit tiefer Verbeugung, »ich bin der Piff-Paff-Poltrie. Könnt ich wohl Eure Tochter zur Frau kriegen?«

»Vielen Dank, Piff-Paff-Poltrie«, antwortete Fundvogel ernst, »wenn's die Mutter Schmutzeschuh, der Bruder Huschefusch, die Schwester Käsebraut und das schöne Katrinellje selber will, dann kannst du sie kriegen.«

»Wo ist die Mutter Schmutzeschuh?« erkundigte er sich.

»Die ist im Stall und melkt die Kuh!« sang sie ihm Bescheid.

Also gut, Piff-Paff-Poltrie trägt der Mutter Schmutzeschuh sein Anliegen vor, und die weist ihn weiter. Im Weidenbusch war Bruder Huschefusch. Im Kartoffelkraut Schwester Käsebraut. Zu allen geht Piff-Paff-Poltrie und macht seinen Antrag, bis er schließlich zum schönen Katrinellje selber kommt.

»Guten Tag, schönes Katrinellje«, grüßte Jan.

»Vielen Dank, Piff-Paff-Poltrie«, knickste Andreakind.

Und er fragte, ob er sie wohl zur Frau kriegen könne. Alle seien einverstanden: Ohm Lecketeller im Kohlenkeller, Mutter Schmutzeschuh bei der bunten Kuh, Bruder Huschefusch im Weidenbusch, Schwester Käsebraut im Kartoffelkraut.

Katrinellje meinte, dass dann alles in Ordnung sei, doch müsse er erst sagen, was er eigentlich gelernt habe.

»Vielleicht Bürstenbinder?«, fragte sie.

»Nein, die haben zu viel' Kinder!«

»Oder Kleiderschneider?«

»Sind alles Hungerleider!«

»Ackersknecht?«

»Das ist gar nichts Recht's!«

»Schornsteinfeger?«

»Ein Dreckableger!«

Endlich erklärte Jan stolz, dass er Trommler sei und eine lange Pfeife rauche: Piff-Paff-Poltrie! Aber nun müsse er auch wissen, was für eine Mitgift das Katrinellje bekomme?

»Ich hab einen Viertelgulden!«, erklärte Katrinellje.

»Und dreißig Groschen Schulden!« sang Piff-Paff-Poltrie. Aber sie trumpfte auf:

> »Einen Fingerhut voll Wein,
> Einen alten Pflasterstein,
> Ein Achtelpfund Hutzeln,
> Eine Hand voll Prutzeln,
> Eine uralte Katz,
> Einen toten Spatz,
> Ein Körbchen aus Binsen
> Und ganz voller Linsen!«

Da meinte er, dass sie beide ausgezeichnet zueinander passten und dass man die Linsen sehr gut zum Hochzeitsmahl gebrauchen könne. Sie sangen zusammen und dazu trommelte er:

> »Linsen, da sin' se!
> Sie höppen im Döppen,
> Sie kochen sieben Wochen,
> Bleiben hart wie die Knochen!«

Na, dann solle in sieben Wochen Hochzeit sein! Alle Gänse luden sie ein zu dem Fest, und die Gösseln sollten die Brautjungfern machen. Der Ganser Philipp sollte Pate stehen bei der Kindstaufe:

wenn's ein Junge war, wollten sie ihn Piff-Paff-Poltfie nennen, war's ein Mädchen, so sollte es Katrinellje heißen oder vielleicht doch besser Fundvogel, das wussten sie noch nicht recht.

***

Abendsonne über dem Schlosshof zu Woyland. Von den Wiesen kamen sie, laufend und lachend, Jan und das kleine Mädel Andrea. Hand in Hand – seine Hand nahm sie gern – das war ganz was anderes als die roten Pratzen des Katerlischens. Da hielt ihr der Junge den Mund zu: »Psst! Psst! Schweig still, Fundvogel!« Zog sie mit unter der Großmutter Fenster – Musik klang heraus.

Still standen sie da und lauschten; nicht eines Fingers Glied rührten sie.

»Sie spielt Bach«, sagte der Vetter.

Das kleine Mädel nickte. Sie verstand es nicht, glaubte, dass die Großmutter *den Bach* spiele, den Düsterbach, in dem ihre Gänse schwammen. Der rauschte und plätscherte – und das, dachte sie, das spielt die Großmutter auf dem Harmonium.

Aber der Junge sagte: »Es ist die ›Partita‹. Das heißt: Abschied und Abreise. ›Partire‹, lateinisch – abreisen! Merk dir's, Fundvogel. Und sie spielt es, weil meine Zeit nun bald um ist, weil ich fort muss von Woyland.«

Das kleine Mädel nickte. »Ja«, sagte sie, »darum spielt sie's.« Und sie drückte fest seine Hand.

In der Abendsonne standen sie auf dem stillen Schlosshof von Woyland. Lauschten, lauschten –

***

In den nächsten Ferien gab Jan ihr den ersten Schwimmunterricht. Er hatte selbst eine blaue Schwimmhose, so befahl er dem Katerlischen, ihr auch eine zu machen. Die machte ihr eine aus einer alten rotaufgelbgetupften Bluse, aber sie war so groß, dass man zwei Andreakinder hätte hinein stecken können – eins in jedes Bein. Das schade nichts, meinte das Katerlischen, sie würde mit der Zeit schon hineinwachsen. Vorderhand musste man's ohne Schwimmhose versuchen.

Andrea hatte Angst und ging nicht tiefer ins Wasser als bis zu den Knöcheln. Der Junge stieß und zog sie, aber weiter als bis zum Knie brachte er sie nicht hinein, dann riss sie sich los und rannte schreiend davon. Er spritzte und schalt sie, sagte, dass sie dumm sei wie eine Kartoffel oder wie eine Gurke – da könne sie auswählen. Schämen müsse sie sich vor der kleinsten Gössel – die könne schwimmen, sowie sie aus dem Ei kröche. Sie schämte sich auch, aber das half nicht viel. Fast eine Woche dauerte es, ehe sie wagte, bis an den Bauch ins Wasser zu gehen. Das blieb der Höhepunkt; all seine Versuche, sie die Bewegungen zu lehren, schienen nutzlos.

Da erklärte er, dass er mit ihr Blutegel fangen wolle, zu etwas anderem sei sie doch nicht zu gebrauchen, Er wusste einen faulen, braunen Tümpel, der war voll von solchen Tieren; er führte sie hin und hieß sie hineingehen – noch ein wenig und noch ein wenig mehr. Und da er ruhig am Ufer blieb und zuschaute und sie kein bisschen quälte, da auch das dickschmutzige Wasser den ganzen Tag in der Sonne gekocht hatte und hübsch warm war, so fasste sie Mut und ging tiefer hinein, so dass nur der Kopf herausguckte. Er sagte ihr, dass sie ganz ruhig stehen müsse, und um sie zu beschäftigen, schlug er vor, dass sie Piff-Paff-Poltrie spielen wollten. Dazu war sie immer bereit, sie spielten es gleich dreimal hintereinander, und das kleine Mädchen war so bei der Sache, dass sie gar nicht merkte, wie die Egel anbissen.

Endlich meinte er, dass es lange genug sei – sie möge herauskommen. Sie kam auch – aber wie kam sie! Gelb und braun floss die Brühe von ihr herunter, und überall hingen die Blutegel. Entsetzt riss sie die Augen weit auf; so starr war sie, dass sie nicht einmal schreien konnte. Der Vetter klatschte in die Hände vor Vergnügen, lachte vor Wonne, lobte sie sehr und sagte, dass es in der ganzen Welt keine bessere Blutegelfalle gäbe als Fundvogel!

Das beruhigte sie; er sagte ihr, der Schmutz schade nichts, sie brauche nur über die Wiese zu laufen; hinten am Bach, wo ihre Kleider lagen, könne sie sich reinwaschen – doch wolle er erst die reiche Blutegelbeute in Sicherheit bringen. Wenn er nur eine Kanne gehabt hätte oder wenigstens eine Pappschachtel, sie hinein zu tun! Aber nichts hatte er am Leib als seine Schwimmhose. Die legte er ab, zog die Schnur heraus und band damit unten die Beinlöcher zu – das gab einen Sack, in den konnte man die Beute einpacken. Nun wollte er die leckern Träubchen abpflücken, erst den ganz großen, dick aufgeschwollenen, der ihr mitten am Bäuchlein hing. Er brach einen kleinen Zweig von dem Weidenstrunk, schabte damit von unten herauf – es war ihm unangenehm, das eklige Tier mit den Fingern zu greifen.

Der Egel dachte nicht daran, loszulassen. Er sog und sog – so gut hatte es ihm in seinem ganzen Leben nicht geschmeckt!

Andrea sah zu – immer länger wurde ihr Gesichtchen, stille Tränen kamen in ihre grauen Äuglein, liefen die Backen herab.

Jan warf den Zweig weg, fasste sich ein Herz. Er griff den Blutegel mit drei Fingern und zerrte – aber das Tier ließ nicht los. Das tat weh, und Andrea schrie auf.

»Warte«, rief er, »ich werde ihn schon kriegen!« Fasste fest zu, riss ihn herunter. Im Augenblick strömte das Blut. Er erschrak; die krampfhafte Spannung des kleinen Mädchens löste sich, wild heulte es los, brüllte und schrie.

»Sei doch still, Fundvogel!« mahnte er. Aber es war ihm nicht sehr wohl dabei. Verzweifelt riss er einen zweiten Egel von ihrem linken Bein – hell strömte das Blut, mischte sich rot in die braune und gelbe Brühe. Wie ein Indianer sieht sie aus, dachte der Junge, wie ein Indianer am Marterpfahl.

Und so brüllte sie auch!

Da jagte der Philipp heran – hinter ihm die ganze Gänseschar. Oh ja, der Philipp wusste gut, wie sie schrie, wenn Gefahr war. Wie einen rettenden Erzengel sah ihn das kleine Mädchen heranstürmen.

»Philipp«, jammerte sie, »Philipp!«

Dicht bei ihr war nun der Ganser, zischte den Jungen an – war das der Feind? Dann stutzte er, zog die Flügel ein, bog den Hals – äugte und schnupperte. Blutegel?! Nein, man musste verzweifeln an dem Verstand der Menschen! Darum schrie sie und brüllte sie? Damit wollte er schnell fertig werden.

Sein Schnabel fuhr vor, wie ein Blitz – wieder zurück – wieder vor: im Nu hatte er zwei Blutegel erwischt und verschlungen.

Nur – Gänseschnabelhacken, noch so gut gemeint, ist wenig angenehm für ein fünfjähriges pudelnacktes Mädchen. Zum Gotterbarmen kreischte sie, rannte los, lief durch die Wiesen. Und der Philipp hinterher – und das Gänsevolk.

Mit dummem Gesicht stand der Junge da, wusste nicht, was er tun sollte. Dann rannte er auch – mein Gott, der starke Ganser würde das kleine Ding zu Tode hacken – jetzt schrie er auch. Durch den Park ging die Jagd, über die Brücke zum Schlosstor, schreiend und schnatternd und lärmend. Alles Gesinde lief zusammen.

Da stand die Großmutter – zurück vom Ritt; eben war sie vom Pferde gesprungen. Das gehetzte Nackedeichen lief ihr in die Arme.

»Nun, was hast du denn?« fragte sie.

»Blutegel«, heulte die Kleine.

Die Zentgräfin sah die Bescherung. »Nimm sie mit«, gebot sie dem Katerlischen, »gib Salz drauf, lös die Tiere vorsichtig ab. Wasch das Kind, bring's zu Bett.«

Sie wandte sich zu dem nackten Jungen. »Nun erzähl du!«, befahl sie.

Er gehorchte, schnappte nach Luft. »Ich hab' bloß den Fundvogel in den Tümpel gestellt, zum Blutegelködern – sie fängt sehr gut. Aber man kann die Tiere so schwer abreißen – es blutet.«

Die Großmutter lachte.

Dann aber griff sie ihm in die Haare, schleppte ihn mit, hob ihn hoch, legte ihn über den bronzenen Hirsch bei der Brücke.

Und sie schwang die Reitpeitsche nach Herzenslust.

Der Junge wusste: Wenn er schrie, gab's das Doppelte. Da biss er sich die Lippen blutig – grün und gelb wurde ihm vor den Augen. Wollte sie nie wieder aufhören?

Sie zog ihn herunter von dem Hirschrücken, stellte ihn auf, rüttelte ihn an den Schultern, »Weißt du, wofür du die Hiebe bekamst?«, fragte sie.

Er riss sich zusammen, »Ja«, sagte er, »weil ich Fundvogel als Blutegelköder benutzt habe.«

»Nein«, sagte die Großmutter, »gar nicht darum! Aber weil du nicht wusstest, dass man Salz nehmen muss, um sie abzulösen.«

Sie winkte die alte Griet heran. »Du wirst den jungen Herrn zu Bett bringen«, sagte sie, »er kann heute nicht gut bei Tisch sitzen. Außerdem bekommt er kein Abendessen.«

Die hinkende Magd wollte ein gutes Wort einlegen: »Frau Gräfin«, begann sie. Die Großmutter unterbrach sie. »Schweig, Griet! Ein Glas Wasser bekommt der junge Herr und sonst nichts.«

Die alte Hinkepote nahm ihn auf die Arme, trug ihn in sein Zimmer. Holte Öl, rieb ihn ein, legte ihn ins Bett. Auf dem Bauch musste er liegen, krampfte die Finger ins Kopfkissen und biss die Zähne hinein. Keine heile Stelle war auf der anderen Seite – Striemen vom Nacken bis zu den Kniekehlen. Er stöhnte und schluchzte vor Schmerzen.

Dann schlief er doch ein.

***

In dieser Nacht träumte ihm, dass die Türe aufging. Nein, nein – er träumte nicht, die Tür knirschte so laut, dass er wach wurde. Er hob den Kopf, sah auf – hell schien der Vollmond durch das große Fenster.

Die Tür ging wirklich auf, das kleine Mädchen kam herein. Entsetzlich bleich sah sie aus – er erschrak: fast glaubte er, dass sie tot sei. Ein langes Nachtkittelchen trug sie, die Locken fielen ihr auf die Schultern.

»Fundvogel?«, flüsterte der Junge,

Sie kam heran, dicht an sein Bett, nahm seine Hand. »Tut es noch weh?«, wisperte sie.

Er sagte: »Nein – gar nicht!« Machte doch eine ungeschickte Bewegung, die ihn aufstöhnen ließ.

Sie fuhr mit der kleinen Hand über seine glühheiße Stirn, zärtlich, liebkosend.

»Bist du mir böse, Jan?«, fragte sie.

»Warum soll ich dir böse sein?«, gab er zurück.

»Weil dich die Großmutter geschlagen hat«, sagte sie.

Er schüttelte den Kopf – nein, nein, das mache gar nichts, kaum gefühlt habe er das. Dann sah er, wie sie taumelte; fast fiel sie nieder, griff seinen Arm, stützte sich.

»Du bist so bleich!«, sagte er. »Ganz blass bist du und ganz kalt – du hast sicher viel Blut verloren.«

»Etwas schon«, meinte sie, »aber es schadet nichts. Wenn du willst, gehen wir morgen wieder Blutegel fangen. Ich schrei nicht mehr.«

»Nein, nein«, sagte er. »Ich weiß ja doch noch nicht, was ich damit tun soll.«

Sie hob ihr Köpfchen heran, rieb ihre Wange an der seinen. »Gute Nacht«, flüsterte sie. »Ich muss jetzt gehen, sonst merkt es das Katerlischen.«

Leise schlich sie hinaus auf den nackten Füßchen; er sah wohl, wie sie schwankte.

***

In diesen Ferien sah er die kleine Base nicht mehr. Sehr schwach war sie, Fieber bekam sie, und der Arzt wurde geholt. Zwölf Tage lang musste sie im Bett bleiben, und Jan durfte nicht zu ihr.

Derweil waren die Ferien zu Ende.

Die Blutegel hatte das Katerlischen in eine Flasche getan; sie meinte, dass man sie verkaufen könne in Kleve, sie wären viel Geld wert. Jan wollte sie haben, sie gehörten ihm, behauptete er; aber das Katerlischen sagte, sie seien ihr Eigentum, weil sie sie abgenommen habe. Da einigten sie sich, dass sie den Erlös teilen wollten – Jan beschloss, für seinen Teil dem kranken Bäschen was zu kaufen. Pittje musste die alte Lene satteln; da ritt er los.

Der Elefantenapotheker wollte die Blutegel nicht, meinte, dass er genug Vorrat habe; der vom Einhorn bot ihm nur fünf Pfennige für das Stück. Aber der Löwenapotheker, der das St. Antoniushospital belieferte, sagte, dass er zehn Pfennige zahlen wolle, wenn Jan dafür gleich was bei ihm kaufen würde.

Jan wehrte sich: die Hälfte wolle er in bar haben, die müsse er dem Katerlischen mitbringen. Das sah der Löwenapotheker ein; er zählte nach; neunundvierzig Stück waren es, aber einer war ziemlich tot, auch waren vier Rossegel darunter, die konnte er nicht gebrauchen. So gab er ihm zwei Mark und zwanzig Pfennige für das Katerlischen; für den Rest kaufte Jan ein: Lakritzen, Jungfernleder, Süßholz und Johannisbrot. Da würde sich Fundvogel freuen.

Aber der Weg ist weit von Kleve nach Woyland, wenn man auf der alten Lene reitet. Zuerst versuchte er, wie es schmeckte; dann bekam er Hunger, lutschte und kaute und suckelte: alles war aufgegessen, lange ehe er zurück war. Er tröstete sich – wahrscheinlich hätte das kranke Mädchen das Zeug doch nicht essen dürfen.

Dem Katerlischen gab er das Geld; fragte sie, ob sie nicht mit ihm hinauswolle, Blutegel fangen. Sie sei dreimal so groß wie der Fundvogel und sei dick und fett – bei ihr würden sie sicher gut anbeißen.

Das Katerlischen wollte nicht.

Er dachte nach, wen er als Köder gebrauchen könne. Gern hätte er die Großmutter genommen – er wagte es nicht, sie zu fragen. Dann dachte er an die alte Lene – aber die tat ihm zu leid. So fing er keine Blutegel mehr.

***

Im nächsten Jahr, als Jan wieder zu den Sommerferien nach Woyland kam, waren die Blutegel vergessen. Die alte Lene brauchte er nicht mehr zu reiten, die hatte ausgedient, war in Pension, durfte tun und lassen, was sie wollte. Innige Freundschaft verband sie nun mit dem Ganser Philipp, der sich auch längst selbständig gemacht hatte; beide zogen zusammen auf die Weide. Die Gösseln waren groß geworden, und neue waren hinzugekommen, aber die alten Gänse waren alle noch da, das hatte Fundvogel durchgesetzt. Sie hatte sich gewehrt, als zum Martinstag geschlachtet werden sollte, war zur Großmutter hingelaufen, hatte gesagt, dass es ihre Gänse seien – und außerdem sei es leicht möglich, dass verzauberte kleine Mädchen darunter wären. Das hatte die Zentgräfin eingesehen, hatte bestimmt, dass alle Gänse am Leben bleiben sollten.

In diesem Jahr wurden die Martinsvögel von den Bauern gekauft.

Jan durfte nun reiten, auf welchem Pferd er wollte. Der Enkelin hatte die Gräfin ein Pony geschenkt; darauf sollte sie reiten lernen. Kobold hieß es, doch die Leute nannten es Köbes; Pittje, der Reitknecht, sagte, dass es den Teufel im Leibe habe; es biss und schlug, sowie man ihm Decke oder Sattel umschnallen wollte. Aber Pittje verstand mit Pferden umzugehen; was beißt, erklärte er, das muss man wieder beißen. So biss er dem Köbes in die Ohren, erst rechts und dann links – da lernte das Pony, wie weh Beißen tut.

Erst muss man satteln lernen, ehe man aufs Pferd darf. Und darum musste Andrea zu allererst beißen lernen. Zwei Tage lang übte sie sich; biss sich fest in Leder und Tücher – Jan schleppte sie daran herum, und sie durfte nicht loslassen.

Dann versuchte sie ihre Kunst an dem Köbes.

Der Junge biss ihm ins rechte Ohr und Fundvogel ins linke, biss sich so fest, dass sie kaum wieder loskommen konnte. Da ließ sich der Köbes die Trense ins Maul legen und den Kotzen anschnallen. Ließ geduldig das kleine Mädchen aufsteigen.

Freilich lag es wieder unten im nächsten Augenblick; der Köbes verstand es wundervoll, sich auf die Vorderbeine zu stellen und, mit einem Satz, auf die Hinterhand. Auf dem Misthaufen krabbelte der Fundvogel.

Immer von neuem stieg sie auf – immer wieder warf sie der Köbes herunter. Braun und blau geschlagen kroch sie schließlich weg – heute hatte das Pony die Schlacht gewonnen. Nun machte sich Pittje an die Arbeit; Jan musste hinauf, und der Reitknecht ließ das Tier an der Leine im Kreis laufen und knallte ihm die Peitsche um die Ohren.

Jetzt sah der Köbes ein, dass es besser sei, sich mit dem kleinen Mädchen gut zu stellen, als sich von den beiden Bengeln schinden zu lassen.

Am nächsten Tag hatte er diese Weisheit wieder vergessen, und der Tanz begann von neuem.

Eine Woche dauerte, es, bis Köbes zahm war, und derweil bekam das kleine Mädchen mehr Beulen, als es Haare am Kopf hatte. Die Großmutter war verreist, und Jan hatte sich vorgenommen, dass das Bäschen reiten sollte, vor ihrer Rückkehr. Nachmittags nahm er sie dann zum Schwimmunterricht. Die gelbaufrotgetupfte Hose passte noch immer nicht, und der Fundvogel war also genau solch ein Fasernackedei wie im vergangenen Jahr; aber Jan meinte, sie sehe völlig angezogen aus mit all den Flecken: ein richtiges Regenbogenkleid habe sie an. Er hatte sich vom Sauhirten ein paar große Schweinsblasen geben lassen, die band er ihr um. Andrea hatte wohl Angst, doch zeterte sie nicht mehr in diesem Jahr.

Die Gräfin Roberta kam zurück, aber sie blieb nicht einmal zur Nacht auf Woyland, ritt gleich nach Haus Forst, blieb auf dem Jagdschlösschen, wo ihre Falken waren. So konnte Jan noch zehn Tage mit Fundvogel arbeiten.

Endlich kam die große Vorstellung. Er nahm die Großmutter mit hinaus zum Düsterbach, und Andrea musste zeigen, was sie konnte, erst mit und dann ohne Schweinsblasen. Viel war das gerade nicht, aber das Mädchen kam doch hinüber von einem Ufer zum anderen und wieder zurück. Dann, am Abend, musste sich Fundvogel auf den Köbes setzen. Jan führte das Tier an der Leine und ließ die Peitsche sausen. Wie ein dressierter Affe hockte Andrea auf dem Pony. Reiten konnte man es kaum nennen, aber sie blieb oben und fiel nicht herunter; über drei Hürden sprang sie. Jan erklärte, dass sie Talent habe, er würde sie ausbilden und sie müsse Zirkusreiterin werden; auch wolle er Seile spannen zwischen den vier Türmen des Schlosses, da könne sie sich im Seiltanzen üben.

Die Großmutter war sehr zufrieden an diesem Abend. Sie befahl, dass man Fundvogel von nun an mit ›Junges Fräulein‹ anreden solle.

Keiner vom Gesinde störte sich daran, alle riefen sie ›Fundvogel‹ nach wie vor, wenigstens, wenn die Zentgräfin nicht dabei war. Dem kleinen Mädel war das ganz gleich – nur beim Katerlischen bestand sie darauf. Die musste ›Fräuleinchen‹ zu ihr sagen – und ärgerte sich grün darüber.

***

In diesem Jahr war ›Kotts‹ auf einmal da – der blieb fast vier Jahre auf Woyland.

Kotts war ein Geist.

Ein Glück, dass er nur am Tage sein Wesen trieb und zur Nachtzeit schlief, sonst hätte es das Katerlischen keine Stunde mehr ausgehalten, wäre längst fortgelaufen von Schloss Woyland. Denn das Katerlischen hatte am meisten unter ihm zu leiden.

So war es: Eines schönen Tages, beim Halswaschen, schrie Fundvogel das Katerlischen an, sie solle sich in Acht nehmen, solle wegtreten – ob sie nicht sähe, dass Kotts dastehe? Das Katerlischen guckte und guckte und sah gar nichts.

Am Anfang neckte Kotts nur das Katerlischen. Sie wollte einen Teller mit Kirschen fortnehmen, den Andrea auf ein Fußbänkchen gestellt hatte, da rief das Mädchen, dass sie sich nicht unterstehen solle, dem Kotts sein Essen wegzunehmen. Dies Bänkchen gehörte Kotts – manchmal stellte Andrea eine Tasse mit Wasser hin, ein

Stückchen Seife und ein Taschentuch, damit er sich waschen könne. Das Wasser blieb, wie es war, aber Andrea sagte, dass Kotts so rein sei, dass er es nicht schmutzig mache.

Dem Katerlischen war nicht recht wohl dabei; sie sprach davon mit den anderen Mägden; alle lachten sie aus. Später lachten sie nicht mehr – Kotts wurde selbständiger und blieb nicht mehr nur in Andreas Zimmer.

Einmal, beim Abendessen, fuhr sie den langen Klaas an, der aufwartete: er solle sich doch vorsehen, den Kotts nicht umrennen. Die Zentgräfin, der die alte Griet von dem Geist erzählt hatte, fragte, wie groß er denn sei.

»So hoch«, zeigte Andrea, »bis an die Knie reicht er mir.«

»Und er heißt Kotts?«, fragte die Großmutter weiter. »Und du kannst ihn gut sehen?«

»Ja, Kotts!«, nickte Andrea. »Siehst du ihn nicht?«

Jan bog sich über den Tisch. »Da ist er ja«, lachte er, »ein bisschen nebelig sieht er aus.«

Die Großmutter sagte; »Wenn du Kotts mit zu Tisch bringst, musst du ihm auch zu essen geben.«

Fundvogel nahm den Kompottteller, gab etwas Kartoffelbrei drauf und steckte ein Gürkchen hinein, stellte das auf den Boden. »Das ist seine Lieblingsspeise«, erklärte sie.

Klaas Schiettekatte, der Hausmeister, machte ein dummes Gesicht.

***

Dann gab Andrea dem Kotts Reitstunde; Pittje musste das Pony an das Leitseil nehmen.

»Nicht so krumm, Kotts«, rief sie. »Grade musst du sitzen! Und die Beine eng an den Leib! Fühlung halten, hörst du, Fühlung halten!« Sie wandte sich an den Reitknecht: »Pittje, sei doch vorsichtig! Beinahe hättest du mit deiner dummen Peitsche Kotts getroffen.«

Pittje war froh, als die Reitstunde zu Ende war; es macht keinen

Spaß, unsichtbare Reiter auszubilden.

Abends saß der alte Kutscher auf der Bank vor dem Pferdestall, schmauchte seine Pfeife. Andrea kam vorbei, rief ihm zu: »Rück zur Seite, Jupp, du drückst den Kotts!«

Der Alte sah ihr nach, schüttelte den Kopf, spuckte aus. Dann sagte er bedächtig: »Dä Fundvogel hett ene Fimmel!«

Er tat ein paar kräftige Züge, aber die Pfeife wollte ihm nicht mehr recht schmecken. Scheu sah er zur Seite – saß vielleicht doch etwas neben ihm auf der Bank? Er stand auf, ging über den Hof, suchte sich einen anderen Platz aus.

Das ging so weiter. Manchmal wurde Kotts von Andrea vergessen, dann war Ruhe auf Woyland. Aber jedes Mal, wenn Jan zu Besuch kam, erkundigte er sich gleich: »Nun, wie geht's Kotts?«

»Danke«, sagte Andrea, »er hat den Schnupfen, hat eine etwas unruhige Nacht gehabt.«

»Gib ihm Malzbonbons!«, rief der Vetter.

Nun begann Kotts, allerlei kleine Streiche auszuführen. Jan hatte sich von dem Kutscher Rossstaub geben lassen – dies Zeug, das man abkratzt, wenn man Pferde striegelt – und den der Andrea zu Ostern geschenkt. Und dieses Dreckzeug, mit Hagebuttenhaaren vermischt, hatte das Katerlischen in ihrem Bett gefunden; sie war aufgewacht in der Nacht mit einem solchen Jucken überall am Leib, dass sie glaubte, verrückt zu werden. Sie kratzte sich blutig, aber es nutzte nichts. Außer sich lief sie am anderen Morgen zur Zentgräfin, sich zu beklagen; die fragte, wer es getan habe.

»Das Fräuleinchen sagt,« heulte die große Magd, »dass es der Kotts gewesen sei – ich möchte dem Kerl am liebsten den Hals umdrehen!«

»Dann tu das«, lachte Gräfin Roberta. »Meine Erlaubnis hast du.«

Aber nicht immer ging's so gut aus für den Kotts. Eine schöne Vase war zerbrochen, und der Verdacht fiel auf Andrea.

»Bist du's gewesen?«, fragte die Großmutter,

»Nein«, sagte die Kleine, »ich war's nicht; der Kotts hat's getan.«

»Sieh doch mal an!«, rief die Großmutter. »Da hat er Strafe verdient – meinst du nicht?«

Das Mädchen nickte; im Augenblick glühte ihr Gesicht von einer schallenden Ohrfeige, »Gib die dem Kotts«, lachte die Großmutter, »und grüß ihn von mir.«

Dennoch: zwischen Kotts und Andrea bestand ein sehr zärtliches Verhältnis. Stundenlang saß die Kleine auf dem Fußboden und unterhielt sich mit ihm; erzählte ihm Märchen und spielte mit ihm Piff-Paff-Poltrie. Sie war der Trommeljunge, und Kotts musste das schöne Katrinellje machen. Wenn es regnete, ging sie mit ihm aus, kam völlig durchnässt zurück – ach, den Schirm hatte sie über Kotts halten müssen. Sie brachte ihm Regenwürmer mit, Raupen und Engerlinge, einmal auch eine dicke Itsche weil er so tierliebend war.

***

Doch ist zu sagen, dass Kotts ein unrühmliches Ende nahm; das kam, weil das Katerlischen heiratete und nach Kalkar zog. Da bekam Andrea ein neues Kindermädchen, das hieß Petronella. Nellje, riefen sie die Leute: welche Petronella im Klever Land wäre je anders genannt worden? Gleich am ersten Tag gab es Auseinandersetzungen. Nellje weigerte sich, Andrea mit Fräuleinchen anzureden, und verbat sich, dass sie zu ihr Nellje sagte. Das brauche sie sich nicht gefallen zu lassen, darum wäre sie nicht so weit hergekommen!

So weit – aus Haus Forst kam sie, dem Jagdhaus der Gräfin, wo ihr Vater Vogelheger war. Die Großmutter wurde angerufen, die erklärte, dass es ihr ganz gleich wäre, wie die zwei sich gegenseitig anredeten, das möchten sie nur untereinander ausmachen. Entrüstet war der Fundvogel – hatte sie jemals das Katerlischen Katharina Elisabeth genannt? Schließlich einigten sich die beiden; halb setzte Andrea ihren Willen durch, bestand sogar auf Streichung des ›chen‹ und auf das glatte, reine ›Fräulein‹, da sie jetzt zehn Jahre alt sei. Dafür freilich verpflichtete sie sich, dem Nellje ihren ganzen schönen Namen zukommen zu lassen: Petronella. Kaum aber war dieser Frieden geschlossen, als neue Kämpfe ausbrachen – in denen Kotts auf Seiten Andreas eine wichtige Rolle spielte.

Die beiden Mädchen waren nämlich über die Stellung Petronellas durchaus verschiedener Meinung. Andrea wünschte sie als richtige Zofe, die sie ausziehen und ankleiden sollte, ihre Sachen in Ordnung hielt und immer da war, wenn man sie brauchte – als flinke Kammerjungfer, wie es die Fanny bei der Großmutter war. Das flachshaarige Katerlischen, der große, schlampige Trampel, war dazu gar nicht zu gebrauchen; aber die Petronella, braunäugig und braunlockig, klein, zierlich, schnell und gescheit, schien ihr ausgezeichnet zu passen. Man muss sie nur ein wenig erziehen, dachte Andrea.

Petronella war ganz anderer Ansicht. Sie war ein paar Jahre im Herz-Jesu-Kloster gewesen, hatte dort Erziehung genossen und wollte nun selbst erziehen. Sie konnte brav lesen, schreiben, rechnen, wusste den Katechismus auswendig, und in Handarbeit nahm sie's mit jeder auf in zehn Meilen in der Runde. Damit war's bei Andrea sehr schwach bestellt. Lesen – ja, das konnte sie. Der Vetter hatte es ihr beigebracht, und sie hatte es schnell gelernt, weil's ihr Freude machte. Aber schon beim Schreiben sah's Übel aus: kaum ihren eignen Namen konnte sie mühsam hinmalen. Im Rechnen war sie über das kleine Einmaleins nie hinausgekommen, vom Katechismus wusste sie kein Sterbenswörtchen, und was Handarbeiten anbetraf, so konnte sie keine Häkelnadel von einer Nähnadel unterscheiden. – Schämen solle sie sich, sagte Petronella.

Da kam sie schlecht an bei Andrea. Könne das gelehrte Wesen Petronella vielleicht reiten? fragte sie scharf. Sie möge doch gleich mit zum Stall kommen, das Pony herausholen und satteln – da könne sie zeigen, was sie wert sei! Oder schwimmen? Pah, nicht einmal Gänse hüten könne sie! Beschämt musste Petronella schweigen, das konnte sie alles nicht: Gänse gab es nicht auf Haus Forst. Und großartig erklärte Andrea, dass sie gern Katechismus lernen wolle, wenn die Petronella dafür die Gänse hüten lernte. Wenn sie aber auf dem Köbes durch den Hof ritte, dann wolle sie Unterricht nehmen im Strümpfestopfen.

Petronella schlug ein – das wäre noch schöner, wenn sie das

nicht lernen könnte, was das kleine hochnäsige Ding konnte! Am anderen Morgen, sehr früh, weckte Andrea ihre Petronella. Sie hing ihr den Beutel um den Hals und gab Brot hinein, erklärte, das sei ihr Mittagessen. Sie erlaubte nicht, dass Petronella Schuhe anziehe – Gänse müsse man barfüßig hüten. Sie nahm sie mit, die Gänse zu holen; sagte ihr Bescheid, wo sie hinmüsse – vor Abend dürfe sie nicht zurückkommen.

Sie freute sich – für heute wenigstens war sie den Quälgeist los. Doch fiel ihr ein, dass das nicht viel nützen würde: Gänsehüten ist nicht so schwer; sie selbst hatte es ja in einem Tage gelernt, als sie erst fünf Jahre alt war. Und dann musste sie morgen Katechismus lernen! Gab es denn gar nichts, um der Petronella das Gänsehüten zu verleiden?

Plötzlich jauchzte sie auf – der Philipp! Wo war der Philipp?!

Sie suchte herum – bei der alten Lene fand sie ihn im Heu. Sie rief ihn, lockte ihn, nahm ihn mit heraus aus dem Stall. Petronella war noch nicht fort vom Hof – konnte die weiße Schar nicht in Richtung bringen; das ist nicht leicht, wenn man keine Gerte hat. Die Mägde lachten sie aus, aber Pittje, dem die hübsche Dirne gefiel, hatte Mitleid mit ihr, rief ihr zu, dass er ihr einen Stock bringen würde.

Da kam Andrea hinten heraus mit dem Gänserich.

»Siehst du nicht, Philipp«, zischte sie ihn an – gerade wie er zischte sie, das hatte sie längst gelernt – »siehst du nicht: die will deine Gänse stehlen! Alle deine Gänse – und die Gösseln auch! Stehlen will sie, stehlen! Hörst du, Philipp?«

Sie zischte und hetzte und der Ganser begriff – über den ganzen Hof tobte er wie ein Besessener auf Petronella los. Die tat das Dümmste, was sie tun konnte – sie schlug nach ihm mit der Hand. Im Nu hatte Philipp ihren Arm erwischt, hackte zu mit dem großen Schnabel – dass sie laut aufschrie und davon lief. Aber der Ganser war schneller als sie, gleich hatte er sie bei der Wade. Flog dann an ihr vorbei, griff sie von vorne an, jagte sie herum auf dem Hof.

Petronella brüllte, und die Gänse schnatterten, und die Knechte und Mägde schüttelten sich vor Lachen. Übel wäre es ausgegangen, wenn nicht Pittje sie rasch in den Stall gestoßen und die Tür hinter ihr zugeschlagen hätte.

Ein großes Speckstück ließ sich Andrea geben, schnitt Scheiben herunter, fütterte damit den Philipp – der zog allein auf die Weide mit seiner Gänseschar.

Humpelnd kroch Petronella über den Hof.

Die Zentgräfin stand oben am Fenster. »Was hast du, Nellje?«, rief sie.

Jammernd klagte Petronella ihr Leid und beschwerte sich über den wütigen Gänserich.

Die Großmutter sah hinten ihr Enkelkind stehen, wie es mit dem Ganser schön tat und ihn fütterte. Sie rief sie heran: »Sag mal, wer hat den Philipp auf Nellje gehetzt?«

Ihre sanfteste Unschuldsmiene setzte Andrea auf. »Es ist der Kotts gewesen«, sagte sie überzeugt.

Die Großmutter lachte. »Der Kotts soll nicht zu viel Unfug anstiften!«, warnte sie.

Dann entschied sie über den Streitfall: Katechismus und Handarbeit brauche Andrea nicht zu lernen – dafür müsse sie umso fleißiger im Rechnen und Schreiben sein – gleich heute solle sie anfangen.

Nun aber trat Kotts in Erscheinung. Er sabotierte den Unterricht, tat das so gründlich, dass kein Tag ohne Störung verlief. Nicht nur, dass er stets allen Bleistiften und Stahlfedern die Spitzen abbrach, Haare, Wasser oder Fliegen ins Tintenfass hinein gab, alle Schreibhefte und Schulbücher so gut versteckte, dass man sie tagelang nicht finden konnte, er ging auch in unverantwortlicher Weise gegen Petronella vor. Oben auf der Treppe spannte er einen Draht, über den sie stolperte, so dass sie fiel und sich das Schienbein blutig schlug. Ihr Haar hing eines Morgens so voller Kletten, dass sie eine ganze Strähne ausreißen musste, in ihren Schubladen fand sie tote Ratten und Frösche, in ihrem Bett, am

Fußende, einen alten Igel, dessen Stacheln sie sich in die Zehen stieß, als sie die Beine ausstreckte.

Nicht einmal gelang es ihr, Andrea zu erwischen; die wies entrüstet die Zumutung zurück, dass sie so etwas getan habe. »Kotts war's«, erklärte sie seelenruhig.

Ja, sogar gegen Andrea selbst wandte sich dieser unheilige Geist. Er rieb ihr die Augen mit Sand ein: da bekam sie eine Bindehautentzündung – und brauchte vierzehn Tage lang keine Schularbeiten zu machen.

***

Dann kam die Zeit, wo die langen Gurken auf den Mistbeeten wuchsen – die aß sie leidenschaftlich gern. An diesem Sommermorgen war sie ausgeritten, stundenlang durch die Felder, kam zurück zur Mittagszeit in glühendster Sonnenhitze; die Zunge hing ihr aus dem Hals, so durstig war sie. Sie brachte ihr Pony zum Stall; da hatten Jupp und Pittje Bier und boten ihr an. Klever Alt, ein gräuliches Zeug, aber dem Mädel schmeckte es köstlich; drei volle Gläser goss sie hinunter. Dann ging sie zum Kuhstall und setzte ein großes Glas Milch drauf. Sie nahm ein Messer, lief zum Gemüsegarten, schnitt Gurken ab, schälte sie, aß sie. Aß mehr, und noch mehr – bis sie nicht mehr konnte. So lecker hatte ihr lange kein Mittagbrot geschmeckt.

Leider bekam es ihr nicht, bekam ihr gar nicht. Sehr explosiv war die Wirkung und ungeheuer plötzlich. Grün und bleich schlich sie nun in ihr Zimmer – viel zu spät. Sehr schlecht war ihr.

Petronella zog sie aus, wusch sie, brachte sie zu Bett.

Sehr elend fühlte sich Andrea, ließ alles schweigend mit sich geschehen. Als sie im Bett lag, flüsterte sie: »Bitte – nichts der Großmutter sagen!«

Petronella nickte; nahm Höschen und Röckchen, trug die Bescherung hinaus. In der Tür wandte sie sich, rief triumphierend: »Was soll ich der Großmutter sagen? Der Kotts hat's doch getan!«

Und sie schwang die braunweiße Fahne.

Nichts erfuhr die Großmutter von der Geschichte aber alle Knechte und Mägde erfuhren davon. Wo Andrea hinkam, kicherte es. Als sie wieder in den Stall ging, lachte Jupp, der alte Kutscher, so vor sich hin, laut genug, dass sie's hören konnte: »Dat Köttsje hett in de Bozz jedrisse!«

Glühend rot wurde Andrea – ohne ein Wort schlich sie aus dem Stall.

Das war das Ende vom Kotts. Solch üble Nachreden kann kein Geist vertragen, der etwas auf sich hält. Darum verschwand er von Woyland. Als Jan kurz darauf zu den Ferien kam und das Bäschen fragte, wie es Kotts gehe, da antwortete sie, ganz von oben herab: »Kotts? Der ist mir zu dumm geworden. Ich hab ihn fortgejagt.«

***

Aber damals war Andrea schon zehn Jahre alt. Schachspielen konnte sie schon lange, klimperte auch recht hübsch auf dem Flügel und auf dem Harmonium – das hatte sie die Großmutter gelehrt. Auch im Schlittschuhlaufen hatte sie die Enkelin unterrichtet, zu der Zeit, als das Katerlischen noch da war. Im letzten Winter, der sehr streng war, war sie immer mit ihr gelaufen, viele Stunden und ganze Tage.

Kunstlaufen lernte sie auf dem Schlossgraben. Die Großmutter zeigte ihr, wie man es machen müsse, dann übte sie. Manchmal musste der alte Jupp auf seiner Harmonika spielen, und sie liefen nach der Musik.

Einmal kamen Zigeuner vorbei, drei Wagen voll. Die Zentgräfin räumte ihnen eine leere Scheune ein, hinter dem Park; da hausten sie, blieben den Winter über, alle Pfannen und Kessel flickten sie, machten Körbe aus Binsen und Weidenruten. Zwei Männer waren dabei, die fiedeln konnten, und ein junges Weib strich die Bratsche. Die Großmutter ließ sie nachmittags auf die Schlossbrücke kommen, da spielten sie. Unten auf dem gefrorenen Graben lief sie Walzer mit der Enkelin.

Abends wurden dann brennende Pechpfannen auf die Brücke gestellt – es gab ein Fest auf dem Schlossgraben für das Gesinde und die Bauern und Bauernweiber ringsum, mit Tanz und glühheißem Bierpunsch, mit warmen Würstchen und ›Schnüßchen und Öhrchen‹. Bis um zehn Uhr durfte Andrea dabei sein, und das Katerlischen war ganz betrunken, als sie das Kind zu Bett brachte.

Wenn sie über Land liefen, musste Andrea andere Schlittschuhe anziehen: Holländische aus Holz, sehr lang, mit dünnen Stahlkielen, die sich vorne hoch bogen wie Schlittenkufen. Sie liefen, liefen über Kanäle und Bäche und Gräben, dann wieder lange Strecken über die Eisflächen überschwemmter Wiesen und der alten Rheinarme. Weiter und immer weiter – es war, als ob die vereiste Welt gar kein Ende nehmen wollte, Weidenbüsche und Erlen – weit in der Ferne der Wald. Manchmal ein Hof, Windmühlen. Dünne Schneeflocken in der Luft. Hand in Hand liefen sie durch den stillen Wintertag.

Mittags machten sie Rast. Kamen in ein Dorf, saßen in durchwärmter Gaststube, liefen zurück, waren daheim zur Dämmerzeit.

Den Blasiustag dieses Jahres aber – das ist der Tag, der nach Maria Lichtmess kommt –, den würde Andrea nie vergessen. Weit hinaus gelaufen waren sie, auf Kranenburg zu; sehr früh waren sie aufgebrochen an diesem Morgen. Zur Mittagszeit rasteten sie in einem Dorf; doch dauerte es länger diesmal; die Zentgräfin ließ ein paar Bauern in die Wirtschaft kommen, sprach mit ihnen über die Pferde, die sie kaufen wollte. Die schweren Ackergäule wurden vorgeführt; sehr genau besichtigte die Großmutter sie. Das dauerte lange Zeit, und es dämmerte schon, als sie aufbrachen. Sie liefen zurück; da stolperte die Gräfin über einen Holzknubben, der im Eis stak. Sie fiel hin, schrie leicht auf, setzte sich, fasste den Fuß. Andrea kam heran. »Was ist, Großmutter?« fragte sie.

Die Zentgräfin schüttelte den Kopf. »Nichts«, sagte sie, nahm ihr Taschentuch, band es fest um den Knöchel. Aber Andrea merkte wohl, wie sehr es schmerzte. Sie half ihr aufstehen; langsam liefen sie weiter – immer wieder musste die Großmutter Rast machen. Dunkel wurde es; nur mühsam fanden sie ihren Weg. Dann kam der Altmond heraus, und sie sahen wieder ein wenig. Stunden vergingen und Stunden.

Andrea lief voraus; nun waren sie näher bei Woyland, und sie kannten sich aus. Über den Düsterbach liefen sie, kamen an hohem Schilf vorbei auf den großen Hückesweiher. Sie lief zurück, sagte der Großmutter, dass sie bald zu Hause wären: sie wolle vorlaufen, Knechte zu holen mit einem Schlitten. Die Gräfin nickte; sah die Kleine davon jagen, dann – kaum zehn Schritte vor sich – verschwinden, ohne einen Laut.

Sie fuhr sich mit der Hand über die Augen, glaubte zu träumen. »Andrea«, rief sie, »Andrea!«

Nichts antwortete.

Die Zentgräfin lief hin zu der Stelle – ah, eine Wune, vier Meter im Geviert, frisch ins Eis geschnitten. Sie selbst hatte das befohlen, der Fische wegen, früh am Morgen, ehe sie aufbrachen. Sie sah die Spuren der Schlittschuhe: hier war ihre Enkelin abgeglitten und dort, dort drüben unters Eis geraten.

»Gerechter Gott«, stöhnte die Gräfin. Sie zögerte keinen Augenblick, zog die Pelzjacke aus, warf sie aufs Eis, löste hastig die Riemen der Schlittschuhe, zog sie aus. Sprang in das tödlich kalte Wasser, schwamm. Hielt sich drüben fest am Rande, holte noch einmal tief Atem, tauchte unter das Eis.

Wenn sie später davon erzählte, wusste sie nicht mehr recht, wie das war. Wusste nur, dass sie plötzlich einen Schlittschuh fasste und den Fuß, der daran hing. Dass sie mit dem Kopf gegen das Eis stieß, dass sie zog und zerrte und endlich doch herausfand, hochkam, Atem schöpfte in freiem Wasser.

Sie hob Andrea auf das Eis; versuchte dann selbst hinaufzukommen, glitt ab, immer wieder. Schob endlich das leblose Kind zurecht auf dem Eis, dicht ans Wasser, benutzte es, als ob es ein Balken wäre, stützte sich drauf, hob sich hoch. Brachte ein Knie hinauf, warf sich nach vorn.

Sie verschnaufte nicht einen Augenblick, zog die Enkelin nackt aus, rollte die nassen Kleider zusammen, schob sie ihr unter den Rücken, dass der Kopf tief lag. Kniete sich hinter sie, fasste die Vorderarme, presste damit den Brustkorb, riss dann die Arme nach oben zurück. Wieder und wieder und noch einmal. Arbeitete, dass ihr der Schweiß aus der Stirn brach, ob auch die Kleider ihr an den Leib froren. Sie gab nicht nach, nicht einen kleinen Augenblick. Bis die Kleine atmete, bis sie fühlte: sie lebt!

Sie rieb sie ab von Kopf zu Fuß, hüllte sie in den trockenen Pelz. Nahm sie auf die Arme, schritt durch die Nacht. Jeden Augenblick glaubte sie, umsinken zu müssen, so schmerzte der Fuß. Sie biss in die Lippen, schritt weiter. Über den Weiher erst, die Böschung hinauf – dann über Land.

Der Mond ging unter, da irrte sie in der Dunkelheit; dicht, immer dichter fielen die Schneeflocken.

Zuweilen rief sie, aber kein Mensch hörte, zuweilen setzte sie sich auf einen Weidenstrunk, stöhnte vor Schmerz, griff an den Fuß, der unförmig anschwoll. Und weiter, weiter durch Ewigkeiten.

Sie kam doch nach Woyland, kam in den Park, schrie nach ihren Leuten. Mit Fackeln kamen die, und Laternen. Fanny, ihre Zofe, war die erste, die bei ihr war; ihr gab sie das Kind. Klaas und Pittje schlangen die Hände ineinander, setzten die Herrin darauf, trugen sie in ihr Schloss.

Ein paar Tage nur musste Andrea das Bett hüten – ein wenig Schnupfen und Husten, das war alles. Damit wurde der Heilige Blasius schnell fertig – keiner versteht sich auf Erkältungen besser als er, und diesmal musste er schon ein Übriges tun, weil das ganze Unglück doch an seinem Namenstag geschehen war. Die alte Griet hatte zu ihm gebetet und ihm alles richtig auseinandergesetzt.

Aber bei der Großmutter versagte leider der Heilige Blasius, da musste schon der Herr Sanitätsrat Dr. Peerenboom aus Kleve selbst kommen. Eine schwere Lungenentzündung bekam sie, beidseitig – Wochen dauerte es, bis sie außer Gefahr war.

Und wie das so kommt, die ganze linke Gesichtsseite schwoll

ihr an, der Hals zuerst. Dann bekam sie ein bös eiterndes Zahn-
geschwür, das zog sich hinauf und griff das Auge an. Die alte Griet
gelobte, nach Kevelaer zu wallfahren, wenn es bald besser würde,
und sie betete fünfmal am Tag zum Heiligen Blasius für den Hals,
zur Heiligen Apollonia für die Zähne, zur Heiligen Odilia für das
Auge ihrer Herrin. Wie verhext war es – es wollte und wollte nicht
besser werden, monatelang litt die Frau Gräfin. Was aber den Fuß
anbetraf, so verging fast ein Jahr, ehe er wieder völlig in Ordnung
war – und das, obwohl die Griet dem Heiligen Judas Thaddeus –
und wer ist besser für Fußleiden?! – sechs dicke Kerzen versprochen
hatte. Sie sprach darüber mit Jupp; da schüttelte der alte Kutscher
bedächtig den Kopf.

»Se han schonn ihre Nucke, de lieven Heilije!«, meinte er,
»Manchmal kommt et mich vor, als ob se ä bißken zuvüll schlafe
täte. Da könnt doch dä Heilije Jeist emol mi'm Stock dazwische
fahre!«

***

Nichts aber, dachte Andrea, war schöner als das Schwimmen im
Rhein. Sie ritten weg vom Schloss über die satten Wiesen, Andrea
auf ihrem Pony, Jan auf dem starken Irländer, der war der beste
Springer auf Woyland; hinter ihnen kam Pittje. Am Rhein stiegen
sie ab, zogen sich aus. Die Rotaufgelbgetupfte war längst dahin,
hatte kaum eine Woche gehalten, als sie endlich passend geworden
war – das hätte das Katerlischen auch wissen müssen, dass man aus
alten Blusen keine guten Schwimmhosen machen kann!

Andrea hatte nun einen richtigen Schwimmanzug, blau mit
einem weißen Gürtel, genau wie der Vetter. Nur, dass der im
Gürtel ein kleines Täschchen hatte, darin nahm er sein Geld mit –
denn Geld brauchten sie auf ihren Schwimmfahrten.

Erst spielten sie eine Weile an dem sandigen Ufer zwischen
Krippen und Buhnen, ritten die Pferde in die Schwemme. Dann
ließen sie Tiere und Kleider unter Pittjes Obhut, schwammen

mitten hinein in den Strom. Sie mussten achtgeben, wenn ein Dampfer kam mit langen Schleppkähnen, hoch über die Köpfe schlugen ihnen die Wellen. Aber Andrea hatte längst keine Angst mehr, fühlte sich sehr sicher mit dem Vetter. Wenn sie ein wenig ermüdete schwamm sie zu ihm hin, legte die linke Hand auf seine Schulter, hing sich an ihn, ließ sich schleppen von ihm. Hinunter den Rhein schwammen sie in der Julisonne, dann quer hinüber und wieder talwärts, bis sie hinten die Türme von Emmerich sahen. Da war eine Stelle, wo die Schlepper ganz nahe am rechten Ufer vorbei mussten. Jetzt passten sie auf, schwammen heran, versuchten das Beiboot zu erwischen, das hinten am letzten Schleppkahn hing. Der Vetter zuerst, ein wenig später stieß sie ab, ein paar Dutzend Meter weiter hinauf. Jan schwang sich ins Boot, griff die Leine, die drin lag, warf sie ihr zu, zog sie heran und hob sie hinein. Oft misslang es, dann mussten sie zwei, drei Dampfer abwarten, wieder von Neuem versuchen. Allgemach bekamen sie solche Sicherheit, dass sie haarscharf Zeit und Entfernung abpassten, sich ohne Mühe mit dem Strom heran treiben ließen und ins Boot stiegen. Sie riefen den Schifferknecht: der kam nach achtern, zog das Boot heran, dass sie leicht auf den Schleppkahn klettern konnten. So fuhren sie den Rhein hinauf, langsam genug, kamen an die Stelle, wo Pittje wartete mit den Pferden. Winkten ihm zu, fuhren noch etwas weiter, sprangen kopfüber ins Wasser, schwammen zum Ufer zurück.

Das aber war das Schönste, wenn sie dicht bei einander auf dem Deck des Schleppkahns in der Sonne saßen. Jan zog sein Geld aus der Gürteltasche und sprach mit dem Schiffer. Sie zahlten ihre Fahrt; und der Schiffer brachte große Schnitten weißen Brotes, dick mit Butter geschmiert und oben drauf noch viel dickere Scheiben herrlichen Holländer Käses. Nichts in der Welt konnte leckerer schmecken als dieses Essen mitten im Rhein.

Und die Sonne lachte dazu, und alles war so jung, so jung!

Hand in Hand saßen sie, tief schweigend. Starrten auf die gelbgrünen Wogen mit den silberweißen Wellenkämmen. Auf den blauen Himmel, auf die leichten Schafwölkchen, die da herum flogen. Sehr still war alles – sie hörten ihre Herzen klopfen.

»Jan«, sagte Andrea.

»Was denn?«, fragte er.

Sie sagte: »Wenn ich groß bin, will ich dich heiraten.«

Der Junge lachte: »Da kannst du lange warten, Fundvogel! Ich mag nicht heiraten – die Mädchen sind mir zu dumm.«

»Ich auch?« fragte sie.

»Du?«, überlegte er. »Du bist noch viel zu klein.«

Sie beharrte: »Aber ich werde doch größer. Wenn ich groß bin, dann erbe ich ganz Woyland, das hat die Großmutter gesagt. Und dann heirate ich dich und schenke dir alles – hörst du, Jan?«

Verträumt blickte der Junge auf die ziehenden Wolken. »Nein«, sagte er leise, »ich mag Woyland nicht – das ist nur gut für die Ferien. Ich – ich will hinaus in die Welt.«

Da seufzte das kleine Mädchen. Doch seine Hand hielt sie fest.

*   *   *
*   *
*

Kapitel III

Falken auf Woyland.

Guet Vederspil hat Lobes vil!

Jagdruf (XVII. Jahrhundert).

Andrea Woyland spielte so herum in ihrem Zimmer im ›Plaza‹. Zog die Schubladen auf, schaute an, was da lag; nahm ein Hemd, einen Strumpf, ein Taschentuch – schob es ein wenig zur Seite. Tat irgendwas unendlich Gleichgültiges, sah mit den Augen, fasste mit der Hand – wusste doch kaum, was sie tat. Leer, schemenhaft war diese Gegenwart, Und sie träumte von dem, was einmal war – fühlte auch, dass nun wieder etwas kommen müsse. Manchmal empfand sie einen plötzlichen Ekel vor sich und vor allem, was mit ihr zu tun hatte – wie der Raupe vor sich selber übel wird, wenn sie beginnt, Flügel zu ahnen.

Sie lachte, wie sie ihr Reitzeug hängen sah. Warum hatte sie das nur mitgeschleppt aus Greenwich Village? Bis zum Frühjahr würde sie doch nicht mehr im Central Park reiten können – bis dahin längst in Europa sein. Dort aber – nein, all das würde sie gewiss nicht mehr anziehen. Wenn sie je wieder auf einem Gaul sitzen sollte – sicher nicht mehr in diesem Zeug. Sie riss es heraus, warf es über einen Stuhl – Rock, Hose, Hut, Stiefel. Oben drauf die Reitpeitsche. Dann klingelte sie dem Stubenmädchen.

»Nehmen Sie das«, sagte sie, »ich brauch's nicht mehr.«

Das Mädchen sah sie erstaunt an. »Nehmen Sie!«, wiederholte sie, »Ich schenk's Ihnen – Sie werden es schon verkaufen können.«

Das Stubenmädchen legte alles hübsch zusammen, trug es hinaus;

nur die Peitsche vergaß sie. Andrea nahm sie auf, schwippte in der Luft – beschrieb einen schwirrenden Kreis von unten herauf, wie die Großmutter immer getan, Roberta, Herrin von Schloss und Land Woyland, Erbexin auf Zülpich, Zentgräfin zu Kranenburg bei Rhein. Halblaut sprach sie die Worte wie das klang! Sie – sie war nur Andrea Woyland und nichts sonst.

Zentgräfin war die Großmutter – hatte sie jemals Gericht gehalten? Und Erbexin – was bedeutete das noch? Sie sann nach – gewiss hatte sie es einmal gewusst, aber längst vergessen. Nun, wo wieder ein Mann die Zügel führte auf Woyland – ihr Eidam, dieser Korvettenkapitän aus Bayern, dessen Namen sie nicht kannte – nun würde der wohl diese schönen Titel bekommen. Freilich war Deutschland Republik, und all das gab es nicht mehr – aber auf Woyland würde es dennoch so sein. Die Großmutter würde es mit den Jahren schon durchsetzen; sie würde die nassauschen Herrschaften aufsuchen in Weiferdingen oder in Het Loo: die Freundschaft der luxemburgischen Hoheit oder der holländischen Königin würde das leicht zuwege bringen.

Wenn es anders gekommen wäre? Wenn sie gewartet hätte auf den Vetter Jan, ihn geheiratet, auch gegen seinen Willen? Dann, gewiss, würden auf ihrer Karte diese Namen stehen; sein Name Olieslagers dazu – aber auf den würde kein Mensch achten.

Gott – zweimal war sie verheiratet gewesen, hatte zwei andere Namen getragen – und sie weggeworfen mit ihren Männern. War geblieben, was sie war, und würde es immer bleiben; Andrea Woyland.

Nein, nein, nicht immer! Jetzt nicht mehr, nicht lange mehr – Woyland schon, aber…

Und sie dachte: Nun nimmt Fräulein Achilles Abschied von den Töchtern des Lykomedes.

***

Achilles – davon erzählten die Wandteppiche, die im Großen

Saal zu Woyland hingen. Brabanter Gobelins nach Skizzen von Rubens gewebt, acht sehr große Stücke und sechs kleinere. Wie köstlich allein die Borte war! Breite Früchtekränze mit Vasen und Pfauen und Putten, unten in der Mitte eine heroische Landschaft – laut sang hier die flämische Lebensfreude der Weber Bob Strecken und Jan van Leefdaff. Aber Rubens selbst, allen Fleisches Meister, lebte in den Bildern; Göttinnen und Halbgötter, Helden und Zentauren strotzten von Niederlands Kraft.

Und die Farben! Leuchtend und frisch, als seien sie gestern gewebt. Nur einer war dabei – von den kleineren einer, aber immer noch acht Fuß zu fünf – der hatte die Blaukrankheit. Das Blau fraß sich durch in den Jahrhunderten, wurde tief und satt, deckte andere Farben – nicht alle freilich. Aber selbst dieses kranke, fieberglühende Blau – wie schön war es!

Achilles – von ihm wusste Andrea, als sie nichts anderes konnte als Gänsehüten. Alles hatte die Großmutter ihr erzählt, alles erklärt, was da zu sehen war auf den vierzehn Bildern, Thetis, des Meergottes Nereus Tochter, vermählt sich mit dem Helden Feleus – sie ward die Mutter des Achilles.

In den Acheron taucht sie kopfüber den Knaben – stahlhart macht ihn das Wasser des Stromes der Unterwelt. Nur da, wo sie ihn hielt, an des linken Fußes Ferse, ist er verwundbar. Und dennoch fürchtet die Mutter für den Sohn; so schickt sie ihn nach der Insel Skyros zu König Lykomedes, um ihn zu bewahren vor dem drohenden Männerschicksal, dem Tod in der Schlacht. Dort wird er als Mädchen auf gezogen mit den sieben Töchtern des Königs, reitet in Mädchenkleidern auf dem Pferderücken seines Erziehers, des Zentauren Chiron: ein Mädchen so sehr, dass er selbst glaubt, eins zu sein. Aber Odysseus, der Herr aller Ränke, weiß, dass ohne Achilles kein Hektor erschlagen und nimmermehr der Trojaner stolze Stadt besiegt wird. Mit seinem Freund, dem Helden Diomedes, segelt er übers Meer, spürt ihn auf, erkennt den Knaben unter den Mädchen, nimmt ihn mit – in fünfzig Schiffen führt der junge König seine Myrmidonen zum Kampf gegen Priamus' Feste.

Homer nun: Streit der griechischen Könige – Achilles sitzt grollend im Zelt, weil ihm Agamemnon die schöne Sklavin Briscis fortnimmt. Übermütig werden die Trojaner, Hektor tobt aus dem Tor, greift das griechische Lager an, verbrennt die Schiffe. Immer noch grollt Achilles und sitzt müßig da, doch Patroklos, sein Freund, zieht zum Kampf – ihm gibt er Rüstzeug und Waffen. Hektor tötet den Patroklos – jammernd wehklagt Achilles. Dann stürmt er los, den Freund zu rächen, jagt Hektor im Streitwagen rund um die Mauer – erschlägt ihn. Ihn aber trifft des Paris Pfeil in die Ferse – dieser giftige Pfeil, den Aphrodite lenkt. So stirbt Achilles, der schönste und schnellste und tapferste aller griechischen Helden.

Einmal – dreizehn Jahre war sie alt – stand sie im Rubenssaal mit Petronella; die wusste sehr gut Bescheid in den Legenden der christlichen Heiligen, aber nichts von den Sagen des klassischen Altertums. Da packte Andrea ihre Weisheit aus. Sie standen vor dem großen Wandteppich, der die Entdeckung des jungen Helden durch den klugen Mann aus Ithaka schilderte. Acht Mädchen – wer kennt sich da aus? Petronella sollte herausfinden, welches von ihnen Achilles sei – sie riet immer daneben.

Odysseus war klüger: er legt sein Schwert hin, und *ein* Mädchen nur greift danach.

»Siehst du, das ist Achilles!« zeigte Andrea.

Petronella betrachtete lange den jungen Helden in Mädchenkleidern. »Er sieht genauso aus wie das Fräulein!« sagte sie dann.

***

Das fiel ihr ein, daran dachte Andrea Woyland in ihrem Zimmer im ›Plaza‹. Achilles greift das Schwert, Achilles nimmt Abschied von den Gespielinnen, legt die Weiberkleider ab und folgt dem klugen Odysseus: *Achilles wird ein Mann und ein Held.*

Damals glich sie dem Mädchen Achilles. Aber keiner gab ihr das Schwert, das sie zum Mann machte.

Zwanzig Jahre gingen dahin – da kam einer zu ihr, klug, wie es

Odysseus war: Briscoe. Etwas bot er ihr – war das ein Schwert? Ein Schwert, das die Frau zum Mann wandeln würde?

Andrea Woyland lächelte. Sie dachte: ›Ein sehr scharfes, sehr schneidendes Schwert! An beiden Seiten geschliffen…‹

***

Wie Großmutter Roberta jetzt wohl aussehen würde? Großmutter? Urgroßmutter lange schon, Urahne jetzt. Freilich nur sechs oder siebenundsiebzig heute – nicht älter. Nein, reiten, Schlittschuhlaufen würde sie nicht mehr – ob sie die Falken noch hatte? Der alte Kutscher war sicher tot, die hinkende Griet auch – und alle, alle Tiere, die sie gestreichelt hatte. Petronella war längst wohl verheiratet, und das Katerlischen hatte Kinder wie Orgelpfeifen, und alle waren solch flächserne Trampelschlampen wie sie selbst.

Nichts verband sie mehr mit dem, was heute Woyland war, kein Mensch und kein Tier, nichts als die Erinnerung. Und – vielleicht Jan. Der!? Hatte ihr hochmütiger Vetter mehr erreicht im Leben als sie? Das alles hätte er haben können mit ihr und sie dazu! Für ein Lied und ein Butterbrot – nur den kleinen Finger brauchte er auszustrecken. Und hatte es weggestoßen mit der Fußspitze – wie einen alten Hut im Gassenkot!

Jan, so ein Mensch, dem alles Tun und Handeln nie Mittel, immer nur Zweck war! Immer, immer begann er etwas, das ihm wichtig schien und sehr wert heißester Arbeit. Führte es durch – verlor dann erst die Lust, warf es fort. Ah, bei ihr war es anders: sie versagte, ehe das Ziel erreicht war. Die Dinge waren stärker als sie, er aber war ihr Herr.

Das machte: Ein Mann war er, und sie war ein Weib.

Das war es, das allein, dachte sie.

***

Nur zu den Ferien kam der Vetter nach Woyland – auch nicht

immer. Kein Pol war er, keine Achse, um die ihr Leben schwang, war ein Meilenstein nur an ihrem Lebensweg: Eine Spanne Zeit war vorbei, wenn er auftauchte. Vor sich sah sie den Stein an der Landstraße, kam heran, ging vorbei und sah ihn nicht mehr – doch wusste sie gut, es würde ein neuer Stein kommen, und dieser neue Stein würde genau so aussehen wie der andere – würde wieder Jan sein, ihr Vetter.

Als sie sechs Jahre zählte – und der Vetter doppelt soviel – brachte er zu den Osterferien sein Tesching mit, aber die Großmutter beschlagnahmte die Büchse. Sie war Herrin der Jagd, und sie jagte mit Falken: wie der Jäger den Bauern verachtet, der mit dem Knüttel das in der Schlinge oder im Eisen zappelnde Wild totschlägt, so war ihr der Jäger verächtlich, der mit der Büchse herumknallt. Auf Haus Forst hielt ihr Wildheger ein paar Dackel, die konnten den Fuchs und den Dachs schliefen, auch Frettchen und einen Iltis, die mochten Kaninchen im Bau ausheben. Aber das war unterirdischer Kleinkram: Jagd, echte und edle Jagd war für sie nur der stolze Flug ihrer Beizvögel.

Keinen Fuchs und keinen Hasen durfte Jan schießen, nicht einmal ein Kaninchen. Schließlich gestattete sie ihm, Nesträuber abzuknallen, Krähen, Eichelhäher und Elstern, auch wildernde Katzen. Das sei kein Wild, sagte sie, das sei Ungeziefer, das man ausrotten müsse. Der Junge maulte; hatte er nicht vor ein paar Jahren schon seinen ersten Bock geschossen oben im Spessart? Da setzte die Großmutter Preise aus, zehn Pfennig für jeden Krähenkopf, eine Mark für Elstern und Häher und fünf für eine Katze. Dennoch machte es ihm keinen Spaß – das sei für Kinder, meinte er, und für Dienstboten. Dann nahm er Andrea mit, lehrte sie schießen; hob selbst das Tesching nur, wenn sie etwas angeschossen hatte.

Als sie ihre erste Katze schoss, schenkte er ihr die Büchse. Darüber sei er nun hinaus, erklärte er, er müsse bald eine richtige Jagdflinte haben, zweiläufig, oder gar einen Drilling. Wenn er nur mit der Schule erst fertig wäre – hinaus wolle er mit seiner Flinte.

Und er fabelte von Sümpfen, wo Krokodile hausten und Nashörner trampelten, von Dschungeln, wo Pardel und Tiger schlichen, von Wüsten, wo Löwen auf Giraffen sprangen.

Doch reizte ihn das Schussgeld. Vielleicht, wenn er genug zusammenbekam, konnte er einen Drilling kaufen. Mit Eichelhähern und wildernden Katzen war nicht viel zu verdienen – das war nur ein Glückszufall, wenn man so was zum Schuss bekam, Krähen freilich waren genug da, ganze Kolonien hausten im Woylandforst und im Sternbusch. Er überlegte, sprach mit der Großmutter; wenn er hier schon Unkraut jäten sollte, wollte er's gleich an der Wurzel fassen. Und also: hinauf auf die Bäume und die Nester zerstören, Eier und Junge, alles. Die Großmutter war's zufrieden, erhöhte die Preise; noch am selben Morgen ritt sie zum Jagdschlösschen, brachte ihm gute Steigeisen mit.

Er zog mit dem Bäschen in den Wald; schnallte die Eisen an, stieg auf die Bäume und wieder hinab. Jedes Mal, wenn er hinaufkletterte, träumte er: viel leicht ist's ein Geiernest. Und der alte Geier fliegt heran, seine Jungen zu verteidigen. Oder ein Greif oder ein Vogel Rock – viel, viel fliegt in den Lüften. Er fasste in die Tasche, ob er sein Messer bereit habe...

Immer nur Krähen, armselige Krähen – es war eine schmutzige Arbeit.

Doch gab er nicht nach. Andrea durfte mit dem Tesching knallen, auf die Alten schießen, die den zerstörten Horst umflogen. In der großen Jagdtasche trugen sie die Trophäen heim, Eier und Köpfe.

Am letzten Ferientag rechnete er ab. Es langte bei weitem nicht für die Jagdflinte, aber die Großmutter war großmütig, legt ihm das übrige Geld zu.

Da lehnte er ab, sagte, dass sie das Geld behalten möge oder einem armen Mann schenken. Was solle er mit dem Drilling – da er doch noch fünf Jahre auf der Schule hocken müsse?

***

Später dann kamen die Schwimmfahrten auf dem Rhein; einmal war er auch zur Weihnachtszeit da, lief Schlittschuh mit Andrea. Eine Menge Kunststücke zeigte er ihr, die die Großmutter nicht kannte, auch Springen über Bänke und Fässer. Auf den Holländern freilich kannte er sich nicht aus; wenn sie über Feld liefen, ließ sie ihn weit zurück. Aber er lernte es bald und war dann schneller als sie.

Als er fertig war mit der Schule und in Straßburg studierte, brachte er sein Fechtzeug mit. Er müsse in Übung bleiben, sagte er; also schnallte er Andrea das Brustwams an, schob ihr den Fechtkorb über den Kopf und gab ihr den Schläger in die Hand. Erst musste sie nur stillstehen, so als Puppe, an der er üben konnte, dann lehrte er sie die einzelnen Hiebe und ließ sie losschlagen. Bald zog er ihr die längst weich geschlagene Filzmaske über, und die Hiebe dröhnten, dass ihr der Schädel brummte. Nicht mucksen durfte sie, verlangte er; ausgezeichnet sei das, um Selbstbeherrschung zu lernen.

Dann blieb er ein Jahr lang fort – das war die Zeit, in der Andrea die Jagd lernte.

***

Sehr gründlich ging die Zentgräfin vor; denn das ›Vederspil‹ das ist nicht Jagd und Sport allein, das ist, wie der Stierkampf, auch Wissenschaft und Kunst.

Eines Wintermorgens führte sie die Enkelin in den Saal, wo die Rubensteppiche hingen; Petronella musste mit. Verhängt waren alle Fenster, aber die Kronleuchter brannten. Starke Holzscheite glühten in dem mächtigen Kamin; ein paar große Armsessel waren herangerückt, auch ein langer Tisch, der übervoll lag von Büchern. Da solle sich Andrea unterrichten – wenn sie etwas nicht verstehe, solle sie Petronella fragen. Die sei des Vogelwarts Tochter, sei groß geworden mit den Falken und wisse Bescheid. Sehr feierlich machte die Großmutter das, sagte, dass Klaas ihnen das Mittagessen herbringen würde; dann ging sie und verschloss die Tür.

»Womit wollen wir anfangen?«, fragte Andrea.

Da stellte sich heraus, dass Petronella noch nie in ihrem Leben ein Buch über Falknerei gelesen hatte. Ihr Vater habe wohl das eine oder das andere, aber der schaue auch nicht hinein.

Andrea seufzte, ging herum in dem großen Saal. Schlug einen Vorhang zurück, schaute aus dem Fenster. Klarer, schöner Wintertag – und sie sollte Bücher lesen, statt Schlittschuh zu laufen? Dennoch, es war nicht zu ändern: hinauskommen würde sie heute nicht mehr aus diesem Saal. Und die Großmutter würde sie morgen wieder einsperren und übermorgen auch – es war schon besser, sich heran zumachen an die große Weisheit, sich durchzufressen, so rasch wie möglich. Sie kam zurück zum Tisch, setzte sich auf den Sessel, griff aufs Geratewohl ein Buch – einen alten Schweinslederband. Reichte ihn Petronella.

»Lies mir vor!«, befahl sie.

Nellje schlug den Band vorne auf und hinten, dann in der Mitte, gab ihn mutlos zurück. »Das kann man nicht lesen«, erklärte sie.

Andrea nahm das Buch, öffnete es. »Das ist Griechisch«, erklärte sie, »es kann auch Latein sein.« Sie blätterte, fand hinten eine Bemerkung von der Großmutter Hand: ›Friedrichs, des zweiten Hohenstaufenkaisers, Buch über die Beizjagd, von König Manfred vermehrt‹.

»Schreib das auf, Petronella!« sagte sie. »Das Lesen sparen wir uns: die Großmutter hat's gewiss auch nicht lesen können!«

Sie nahm ein zweites Buch, suchte diesmal gleich nach einer Notiz, fand sie hinten an derselben Stelle. Auch das musste Petronella aufschreiben: ›Monsieur Leroy, Jagdleutnant König Ludwig des XV‹.

»Es ist Französisch«, entschied Andrea, »und davon verstehst du wieder einmal kein Wort!«

»Sie verstehen ja selber nichts davon, Fräulein«, entrüstete sich Petronella.

»Gott sei Dank nicht«, sagte das Fräulein, »da brauchen wir's nicht zu lesen.« Eine Hoffnung wuchs in ihr und die täuschte sie nicht; noch manche der Bücher waren in fremden Sprachen geschrieben. Sie ordnete nun; all das, was sie nicht lesen konnte, wurde zusammengeschoben, nur die Titel wurden aufgeschrieben, damit sie sagen konnte, dass sie sich damit beschäftigt habe. Eine ganze Reihe von Bänden war dabei, die waren wohl in Deutsch geschrieben, aber in einem so altertümlichen und geschraubten, dass sie nur mühsam einen Satz herausbringen, aber keine Seite lesen konnte. Endlich blieben nur sieben Bücher übrig, zwei holländische und fünf deutsche – die holländischen hätte sie auch gerne auf den großen Stoß gelegt, wagte es nicht, da die Großmutter wohl wusste, dass sie diese Sprache wenigstens recht gut verstand.

Für heute, meinte Andrea, habe man genug getan; sie legte die sieben Bände, die sie studieren sollte, misstrauisch zur Seite, Griff dann wieder nach dem abgelegten Haufen – fast alle Bände waren voll von Bildern, und die konnte man immerhin betrachten, um die Zeit totzuschlagen.

Sie buchstabierte an einer Unterschrift: Hierofalco gyrfalco. »Was ist das für ein Tier?« fragte sie.

Petronella starrte lange auf den alten Holzschnitt.

»Ich glaube, es ist ein Falke«, sagte sie. »Es kann aber auch ein Habicht sein.«

Andrea meinte: »Wenn Falco darunter steht, wird's wohl ein Falke sein. Es ist nicht zu sagen, wie dumm du bist. Du bist doch mit dem Zeug groß geworden – da sollte man wirklich hoffen, dass du die Vögel unterscheiden könntest!«

»Ich kann sie sehr gut unterscheiden – in Wirklichkeit!« rief Nellje ärgerlich. »Aber auf den alten Bildern kann man nichts erkennen – das könnte gerade so gut ein Papagei sein!«

»Vielleicht ist's einer« begütigte das Fräulein, »hab dich nur nicht so. Mir ist's ganz gleich, was es ist.«

Manches erkannte Nellje doch auf den Bildern, so lernte Andrea. Und allgemach fand sie Freude daran – da verging die Zeit. Sie wunderte sich, dass es schon Mittag war, als der lange Klaas Schiettekatte mit dem Essen kam. Er brachte noch ein paar Bücher:

Dombrowskis Geschichte der Beizjagd und das große Düsseldorfer Prachtwerk von Schlegel und van Wulverhörst – das war auch in Französisch geschrieben, aber es hatte so viele schöne Bilder, dass es Andrea fast leid tat, kein Wörtchen zu verstehen.

Ah, zu uralter Zeit schon betrieb man die Beizjagd! Da waren Bilder von alten Ägyptern mit ihren Vögeln, andere von Kelten und Germanen – von denen lernten es die Römer. Federspiel überall im weiten Asien, bis nach Indien und China. In der Wüste ritten mit ihren Jagdfalken die Beduinen Arabiens; mit dem Adler jagten im Kaukasus Tscherkessen den Wolf, Kirgisen den Wildesel in den Steppen.

Aus Bagdad, Teheran, Samarkand zogen die Edlen mit Pferd und Vogel und Hund, reich geschmückt, zur vornehmsten Jagd auf die windschnelle Gazelle.

Und so sehr war die Beizjagd in Europa beliebt, dass die Edeldamen sogar zur Messe in die Kirche kamen mit dem bekappten Lieblingsfalken auf dem Handschuh.

Fünf Tage lang sperrte die Zentgräfin die beiden Mädchen im Rubenssaal ein, bis zum Sonntag; dann schickte sie sie aufs Jagdschlösschen. Dort blieben sie vier Wochen lang, und Andrea erhielt Unterricht von dem alten Heger, Petronellas Vater. Hendrick van der Lohr hieß er, war aus altem Falknerstamm, kam aus Valkensvaard in Nordbrabant, dem einzigen Fleck in der Welt, wo heute noch, wie vor manchen Jahrhunderten, alle guten Falken zuhause sind. Bei Jan Wellm, dem Düsseldorfer Kurfürsten, war Hendricks Urahn Falkenmeister; der hatte zehn Knechte unter sich, acht Pferde, vierzig Beizvögel und vier Windspiele; sein Sohn Peter gebot über weit mehr noch, war des prachtliebenden kurkölnischen Erzbischofs Klemens August Falkner auf Schloss Falkenlust bei Brühl.

Andrea war ein wenig enttäuscht; sie hatte ganz andere Ziffern aus ihren Büchern gelernt. Hatte nicht des Königs Franz von Frankreich Oberfalkenmeister dreihundert Falken unter sich, fünfzehn Edelleute und über fünfzig Falkner, so wie Löhr einer war? Dazu viele Hunderte von Knechten, Hunden und Pferden! Hatten nicht die Kaiser Karl der Große und Friedrich Rotbart noch viel mehr und wurde deren Aufwand nicht geschlagen von manchem persischen Schah, türkischen Sultan und indischen Mogul? Bis hinauf zu Kublai Khan, der mit Elefanten zur Falkenjagd ritt und über zwanzigtausend Falken gebot! Wo waren die Rubine und Diamanten, die Smaragden und Saphire an den Falkenkappen und am Federspiel? Nicht einmal mit Glasperlen waren die auf Haus Forst geschmückt.

Der alte Falkner lachte. So schön aufgeputzt wie in alter Zeit waren seine Beizvögel freilich nicht, dafür aber hatten sie's besser. ›Aufgebräutet‹ wurden sie seit langer Zeit nicht mehr, man nähte ihnen nicht mehr die Augenlider zusammen, um sie für einige Zeit während der Abrichtung zu blenden. Dafür hatte man ja die Falkenkappe eingeführt, an die sich der Vogel sehr schnell gewöhnte. Und das Freibaumeln machte man auch nicht mehr; schon Hendricks Vater war davon abgekommen; man konnte die Tiere auch so zahm und lock machen, ohne sie Tage hintereinander in steter Bewegung zu halten und am Schlaf zu hindern. Andrea stimmte ihm zu – aber war das ein Grund, ihnen die edlen Steine zu entziehen? Schließlich waren fast alle Vögel Weibchen – und Frauen lieben nun einmal den Schmuck. Sie war ganz stolz, als sie erfuhr, dass die weiblichen Greifvögel stärker und größer seien als die Männchen und deshalb weit höher geschätzt. Nicht einmal nach der Art benannt wurden die Männchen! Fausta und Fenga, Flora und Frida rief der Heger die Falken, Hella und Hilde die Habichte, Steffi, Sofie, Sybilla die Sperber, Maja und Monika die zwei kleinen Merline. Aber die Männchen hießen überhaupt nicht, das waren alles nur Terzel. Terzel, weil im Horst stets drei Junge seien und das dritte davon, das kleinste und schwächste, ein Männchen!

»Die Weibchen sind besser!«, nickte Andrea und warf den Kopf hoch.

»Nur bei den Beizvögeln, Fräulein«, lachte der Falkner, »sonst nicht. Und ganz sicher nicht bei den Menschen.«

Andrea überlegte. »Aber die Großmutter?«, erwiderte sie.

Hendrick van der Lohr kraute sich im grauen Haar, »Die

Zentgräfin —«, zögerte er. »Wie soll man das sagen? Ist ja kein Zentgraf da — aber wenn's einen gäbe auf Woyland, glaub' ich nicht, dass er ein Terzel wär'!«

Andrea stimmte ihm zu; wenn sie einmal Zentgräfin sein würde, wollte sie auch keinen Terzel zum Mann haben.

Auf Holzrecken saßen die Raubvögel, einen halben bis anderthalb Meter hoch; die schönste aber war Isa — ein blendendweißer Großer Blaufuß, den die Gräfin selbst von Island mitgebracht hatte.

Andrea lernte, wie man ihnen das Geschühe anlegt, die Lederhosen; wie man daran die Kurzfessel befestigt, die die Fänge miteinander verbindet. Petronella verbesserte sie: Hand heißt der Fuß bei den Beizvögeln und nicht Fang! An die Kurzfessel kam die Langfessel, die hielt den Vogel am Reck fest.

Und der Falkner zeigte ihr neue Unterschiede; Nestlinge, Ästlinge und Wildfänge. Nestlinge, aus dem Horst ausgehoben, waren am leichtesten zu zähmen. Ästlinge: jung gefangene Vögel, die auf den Ästen herumturnten, freilich noch nicht recht flügge. Wildfänge aber waren schon erwachsen, als man sie fing — und ein echter Wildfang war die weiße Isa. Solche Vögel waren am schwersten lock zu machen, wurden nie so zahm, wie die jungen Vögel, dafür aber taugten sie viel besser zur Beiz, da sie die Jagd bereits kannten.

Dann lernte Andrea die Tiere atzen; Spatzen und Ratzen und Krähen und Mäuse bekamen sie, die wurden noch mit Knochenmehl bestreut, um den Knochenbau zu kräftigen. Das war die Hauptsache, dass die Vögel nur kröpften, wenn sie auf der Hand saßen, sonst jede Speise verweigerten: um sie das zu lehren, war das Federspiel da. Zwei weiße Taubenflügel, auf einen Bügel genäht und mit roten Bändchen geschmückt, da man Rot am besten eräugen kann. Nellje schwenkte das Federspiel an langer Schnur, lockte damit einen jungen Vogel heran. Der, seiner Fesseln entledigt, flog heran, schlug das Federspiel — riss die Maus ab, die daran befestigt war, Nellje nahm sie ihm ab, gab ihm bessere Atzung dafür, die er, auf ihrem Lederhandschuh sitzend, kröpfte. An die Stelle des Federspiels trat dann eine Taube — im Freien ließ der Falkner an einer langen Schnur einen Vogel steigen und auf die Taube stoßen: wenn er sie gutwillig sich abnehmen ließ, galt er als jagdreifer Falke. Und die Vögel kannten gut die Falknertasche, die stets gefüllt war mit leckerer Atzung.

Auch massieren lernte Andrea die Vögel. Rücken, Brust und Fußmuskeln. Wenn der Wind ging, musste sie sie auf dem enganliegenden Falkenhandschuh tragen, stets so, dass der Wind gegen die Brust stand – je fester der Vogel im Wind sitzt, umso tüchtiger wird er für die Beiz.

Nicht leicht war es, die Atzung für all die Vögel zu beschaffen. Spatzen und Krähen gab's freilich genug, aber die Greifvögel wünschen Abwechslung. Der alte Hendrick hatte drei junge Burschen unter sich, von denen einer täglich ein paar Stunden hinaus musste, Nahrung zu schaffen; dazu gesellten sich noch zwei freiwillige Helfer. Der eine war ein uralter schwarzer Kater. Der strich den ganzen Tag auf dem Feld herum und fing Mäuse, aus alter Gewohnheit. Sie schmeckten ihm längst nicht mehr, der Milchnapf in der Küche war ihm viel lieber. Alle paar Stunden kam er heim, lieferte seine Jagdbeute ab: es gab Tage, an denen er wohl ein Dutzend Mäuslein erwischte. Aber ihn übertraf ein großer Bussard, den Hendrick einst im Sternbusch gefunden und heimgebracht hatte, ganz jung, als er mit verletztem Fang aus dem Horst gefallen war. Drückje, seine Frau, pflegte ihn gesund; das Tier wurde so zahm, gewöhnte sich so sehr an das Haus, dass es frei herumflog. Brigitta hieß der Vogel – und das, obwohl es ein Terzel war; Petronellas Mutter behauptete sogar, dass er völlig stubenrein sei. Sie hatte das sehr schwache Tier künstlich aufgepäppelt, bei der Gelegenheit hatte es Leber, Milz, Herz und solche Dinge als besondere Leckerbissen kennengelernt. Brittje flog täglich auf Jagd, fraß draußen an Haarwild und Federwild, was ihm schmeckte, auch Frösche, Heuschrecken und Engerlinge; brachte aber viel nach Hause, um es gegen ein kleines Stückchen Leber einzutauschen. Diese Beute, meist Mäuse und Spatzen, zuweilen auch einen Maulwurf, legte er stets auf die Fensterbank – sie waren ein sehr willkommener Beitrag zur Küche der Jagdvögel. Nie hatte Brittje Unterricht gehabt wie diese; doch flog er heran, bäumte auf, sowie jemand den Falkenhandschuh über den Arm schob. Seine höchste Lust war es, sich gegen den Wind tragen oder gar massieren zu lassen; Frau Drückje van der Lohr erklärte, dass er dann vor Wonne schnurre – das habe er von dem alten Kater gelernt.

***

Als Andrea fünfzehn Jahre alt war, erschien Jan wieder einmal auf Woyland; nun war er bald fertig auf der Universität, sollte sein Doktorexamen machen. Dann – ja, das wusste er noch nicht. Die Großmutter hätte ihn gern auf Woyland behalten; mit keinem Wort sagte sie das, doch war es leicht zu sehen; alles tat sie, um ihm diesen Aufenthalt angenehm zu machen. Sie hatte Absichten, die Andrea wohl erriet – sie war kein Kind mehr, war voll erwachsen nun. Ihr Blut sang, als sie den Vetter wiedersah.

Nur Jan merkte nichts davon.

Zum ersten Male nahm die Zentgräfin ihn mit zur Beizjagd. Die war ihr strenges Vorrecht durch all die Jahre, war das Liebste für sie und Schönste, was es gab, ihr ›einzig Pläsier‹. Das Wort sprach sie gern dem Kurfürsten Jan Wellm nach, den sie liebte und tief bedauerte, weil er nun, in Erz gegossen, seit zwei Jahrhunderten, statt zur Beiz zu reiten, auf dem Düsseldorfer Marktplatz das Geschwätz der Gemüseweiber anhören muss.

Die Zentgräfin dachte: was kann den Jungen halten, wenn es die Reiherbeiz nicht tut? Groß und schön war der Herrensitz Woyland, schön und jung blühte nun Woylands Erbin. Dennoch – beides mochte er auch anderswo in der Welt finden – wo aber, wo sonst stiegen die Falken in die Luft?

Andrea empfand das recht gut – ah, darum musste sie die Falknerei lernen! Falkenflug, Woyland und sie – das gehörte zusammen, fest und unzertrennlich: mit einem Lächeln wollte die Großmutter es dem Vetter geben – ein königliches Geschenk.

Nicht einen Augenblick kam Andrea die Frage: Warum denn ihm? Gab es sonst keinen Mann ringsum? Nein, keinen gab es, weder für sie noch für die Großmutter. Der einzige Verwandte war er, ihn waren sie gewohnt, ihn kannten sie, liebten sie; selbstverständlich erschien es beiden Frauen, dass nur für Jan allein das alles da sei.

Späte Märzsonne lachte, als Jan ankam, draußen blühten die Weidenkätzchen. Frühling wurde es auf Woyland.

Andrea führte den Vetter ein auf Haus Forst; was sie eben gelernt, konnte sie ihm nun zeigen. Sie rief Brittje heran, der in der Küche hinter den Röcken der Löhrin herum sprang; nahm ihn auf den Handschuh, stellte ihn dem Vetter vor. Und der Terzel, der bei Frauen das sanfteste Lämmchen war, von Männern aber so wenig wissen wollte, dass ihn kaum Hendrick selber berühren konnte, dieser Terzel Brigitta ließ sich sofort von dem Vetter angreifen. Nicht sehr willig zwar und nicht allzu gern, aber er tat es doch. Jan kraute ihm hinten den Kopf und den Hals, wie einem Kakadu, eine Liebkosung, die der Bussard ganz und gar nicht gewohnt war. Er zog den Kopf fort, hackte auch mit dem scharfen Schnabel – in die Luft, aber nicht nach dem Finger.

Dann flog er ihm auf die Schulter, von dort, sowie Andrea dem Vetter den Handschuh überstreifte, auf den Arm. Sie massierte den Vogel, und Jan machte es nach – der Terzel ließ es geschehen, als ob er ihn seit Jahren gekannt hätte. Das war ein großer Erfolg für Jan.

Am Abend erzählte es Andrea der Großmutter. »Brittje hat dabei geschnurrt!«, sagte sie. »Drückje Lohr hat gehört, wie er geschnurrt hat.«

Die Zentgräfin lächelte – oh, sie wusste wohl, dass Jan ein guter Falkner werden würde! Sie fühlte es – wie es der Bussard fühlte. Leicht strich sie Andrea über das Haar und die Wange.

»Brittje mag ihn«, sagte sie still, »magst du ihn auch?«

»Ja«, sagte Andrea. Sie wurde rot – aber gar nicht über dies ›Ja‹. Das war ihr natürlich – was hätte sie sonst sagen sollen? Nein, sie errötete, weil sich die Großmutter zu ihr hin beugte, weil sie – ganz plötzlich und unvermutet – fühlte: nun wird sie dich küssen.

Gräfin Roberta küsste die Enkelin nicht. Hatte es nie getan und tat es auch jetzt nicht. Über das Haar strich sie ihr mit leichten Fingern. Über Stirn auch und Wangen.

Wie es die Großmutter bestimmt hatte, so führte Andrea den Vetter in die Beizjagd ein, genauso. Nahm ihn mit in den Woylandforst; der Falknerjunge Matthes schulterte die Trage, Matthes Huckepack, der wasserblaue Stielaugen hatte und ein richtiges Schellfischgesicht. Ein paar Sperber nahm sie dieses erste Mal mit und einen Merlin, von edlen Beizvögeln noch zwei blaufüßige Wanderfalken – aber die waren Terzel. Durch den Busch streunten sie, dann durch die Kusseln zum Katzenbuckel. Es roch nach Mulm im Wald, noch lag überall Altlaub. Durch eine Schneise schritten sie, kamen zum Heideland, wo die Machandeln wuchsen. Da stand hinten eine Brandföhre – auf ihren Ästen gnatschte es und jappte.

»Eine Elster!«, flüsterte der Junge. Er setzte die Trage hin, schlich zum Baum, sie hochzumachen.

Derweil löste Andrea einem Sperber die Langfessel, nahm ihn auf den Handschuh, zog ihm die Kappe vom Kopf. Warf ihn hoch, als die Elster aufflog.

»Greif, Sybilla, greif!«, rief sie.

Der Sperber stieg, schlug ein paar Bogen, eräugte sein Wild. Die Elster flog über die Heide, laut schackernd, sie fühlte über sich den Verfolger, strich ab dem Walde zu, verschwand dort – hoch über den Bäumen zog der Sperber. Sie liefen ihm nach, suchten, sahen nichts mehr, hörten nur sein ›Käh! Käk!‹ aus den Bäumen.

Sybilla schlug ihre Beute, kam zurück damit, ließ sie fallen und bäumte willig auf Andreas Hand; die gab ihr die Belohnung aus der Falkentasche. Doch war es ein Fehlschlag – was liegt dem Falkner an der Beute? Das Flugspiel will er sehen, hoch in den Lüften.

Der kleine Merlin schlug eine Drossel; sonst erbeuteten sie nur Spatzen an diesem Morgen. Frei und sicher arbeiteten die Sperber, aber die jungen Wanderfalken versagten. Der eine kam zurück auf die Faust, aber ohne Beute; der andere schlug einen Vogel, wollte ihn durchaus nicht hergeben.

»Die Sperber sind bessere Jäger«, meinte der Student.

»Gewiss sind sie besser«, antwortete Andrea, »wusstest du das nicht? Freilich sind die zwei Falken nur Terzel!«

Am anderen Morgen zogen sie zum ›Niedern Flug‹; diesmal kam auch Hendrick mit. Nur Sperber saßen auf der Trage, außerdem Hella, der kleinere der beiden Habichte; vor ihnen her zogen zwei Wachtelhunde. Die stöberten ein verlaufenes Rebhuhn auf; das flog hoch, ging sogleich wieder zu Boden, als es den Sperber über sich sah. Steffi stieß herab, schlug das Huhn, kehrte zurück auf die Faust.

Auf der Pfarrwiese trafen sie junge Karnickel; eins nach dem anderen schlugen die Sperber. Dann machten die Stöberhunde Fasanen hoch; der alte Hendrick zögerte, den Habicht zu entkappen. Fasanen? Nein, nicht um diese Zeit!

Aber Andrea bestand darauf. »Die Großmutter hat es erlaubt«, rief sie, »der Vetter soll die Beiz auf jedes Wild sehen.« Sie löste Hella von Fessel und Kappe.

Der Habicht flog hoch, strich übers Feld, es war, als wähle er, welchen Vogel er stoßen solle. Dann ging er nieder, schlug den großen Fasanenhahn zu Tode.

Auch einen Hasen nahm Hella. Der schoss über die Heide, duckte sich, schlug Haken über Haken. Das nutzte alles nichts; der Habicht stieß hinter ihm her, fasste ihn mit beiden Händen. Und so kräftig war der Sprung des Hasen, so windschnell in derselben Richtung der Flug des Habichts, der sofort nach oben strebte, dass er den Hasen hob und volle zehn Schritt weit über den Boden durch die Luft trug.

Jans Augen leuchteten. »Gefällt es dir?«, fragte Andrea.

Er nickte nur.

Die Tiere fielen herab; Hella kehrte sofort auf Andreas Handschuh zurück, während Hendrick den Hasen griff. Er untersuchte das Tier – eine trächtige Häsin. Sie war fast unverletzt; der Habicht hatte das dicke Fell gefasst. Nur wenn sie ins Herz schlagen, töten die haarscharfen Krallen. Er streichelte der Häsin über den geschwollenen Leib.

»Junge Häschen«, lachte er, »ein halbes Dutzend wohl! Die hätten auch nicht gedacht, dass sie so jung schon eine Luftreise machen würden!«

Er setzte das Tier auf den Boden; da saß es still und zu Tode erschrocken, ließ sich beschnüffeln von den Heidewachtelhunden. Der Falkner stieß es leicht mit dem Fuß. »Keine Angst, Häschen«, rief er, »die tun dir nichts. Die Gefahr ist vorbei. Lauf, Häschen, lauf!« Einen kleinen Satz machte die Häsin und noch einen – dann jagte sie über die Heide.

Einen Spatzen nach dem anderen fingen die flinken Sperber. Ein rotes Eichhorn lief den Stamm hinauf – sie schickten den Habicht danach. Der flog von Ast zu Ast, verfolgte das gewandte Tier in den Busch hinein. Sie sahen ihn, wie er ruhig auf einer Eiche hockte, als wolle er keinem Geschöpf ein Leid antun. Da lauerte er – flog plötzlich ab, stieß zu, kam zurück mit dem kleinen Rotrock.

Den ganzen Tag beschäftigte sich Jan mit den Vögeln, atzte sie, trug sie im Wind, massierte sie. Und die Zentgräfin freute sich, wenn sie abends heimkamen zum Woylandschloss; dann berichtete ihr Andrea. »Du hast recht, Großmutter«, sagte sie, »er wird ein guter Falkner.«

»Er hat Woylandblut«, nickte die Frau.

Aber dies Blut verhinderte nicht, dass Jan Olieslagers sehr zerfahren war, trotz aller Lust an der Beizjagd.

Zuweilen bekam er einen Brief – dann war er auf halbe Tage nicht zu gebrauchen, sprach davon, dass er fortmüsse. Die Großmutter war klug, fragte ihn nie, was er habe. Jeden Tag könne er gehen, sagte sie. Nur – vielleicht – möchte er gern noch eine Reiherjagd sehen? Und dann – Bauern von Zappenrath seien da gewesen, die hätten einen starken Keiler gesichtet, der mit ein paar Säuen hinübergewechselt sei. Die Tiere machten viel Schaden; ob er sie nicht schießen wolle?

»Ist ja keine Jagdflinte im Schloss!«, sagte der Student. »Oder soll ich die Schwarzkittel mit Andreas Tesching schießen?«

Die Großmutter brachte eine Flinte, eine sehr gute Mauserbüchse ihres Mannes. Jan nahm sie und zog aus mit den Bauern. Eine Wildsau schoss er; zwei Tage darauf den Keiler.

Jan blieb, blieb immer wieder; die Vögel hielten ihn, vielleicht auch Andrea. Er sah noch immer nur das Kind in ihr: nicht einmal kam ihm zu Bewusstsein, dass sie längst aufgeblüht war. Erwachsen wie er – mehr vielleicht. Doch ging von ihr etwas aus, das ihn beruhigte, ihn abzog von Gedanken, die ihn verwirrten. Seine Sinne schliefen, träumten von einer da draußen.

Nicht, dass er Andreas junge Pracht nicht sah – aber er begriff sie nicht. Wunderte sich wohl – vergaß es im nächsten Augenblick.

Beim Nachtmahl saßen sie, dicht bei der Großmutter jetzt, nicht mehr unten am Tisch wie früher. Die Zentgräfin vermisste ihr Taschentuch; Andrea sprang auf, lief, eins zu holen. Wie sie zurückkam, fiel sein Blick auf sie. »Weiß der Himmel, Fundvogel«, rief er erstaunt, »du bist groß geworden und schön!«

»Das siehst du jetzt erst?«, lachte die Großmutter. »Seit Wochen bist du den ganzen Tag mit ihr zusammen.«

»Und hast es mir schon dreimal gesagt«, rief Andrea, »genau dasselbe.«

Das verwirrte ihn; er wurde unsicher. Gewiss, er erinnerte sich nun gut, dass er es bemerkt, ihr auch gesagt hatte, »Ach – ich hab's nur vergessen«, stotterte er.

Nach dem Essen gingen sie zum Rubenssaal; er warf neue Kloben in den Kamin, Andrea kam dicht zu ihm, fasste seinen Arm, »Willst du mir nicht sagen, was du hast, Jan?« flüsterte sie.

Er schüttelte sie ab, »Nichts hab ich«, gab er zurück, »gar nichts. – Und außerdem: Dich geht's nichts an.«

Die Großmutter kam; er rückte ihr einen Sessel ans Feuer. Dann schleppten sie Bücher heran – all die alten Bände über die Beizjagd, die Andrea nicht lesen konnte. Sie lagen auf dem Boden, zu Füßen der Großmutter, schauten die Bilder an; Jan übersetzte ihr.

»Es ist unglaublich, wie ungebildet du bist«, schimpfte er.

»Lass sie nur«, sagte die Großmutter. »Das Leben ist lang – viel Zeit zum Lernen. Du magst sie ja unterrichten, wenn du willst.«

Die Führung beim ›Hohen Flug‹ nahm die Zentgräfin. Sie saß auf ihrem Apfelschimmel, hinter ihr ritten Jan und Andrea. Die hätte gern Petronella beritten gemacht, wollte sie durchaus auf ihr altes Pony setzen – aber der Köbes streikte und Nellje auch. So lief sie zu Fuß, wie ihre Herrin im Bubenjagdanzug – sie führte die Whippets. Sechs Whippets – doch die zwei Heidewachteln und der alte schwarze Schipperke liefen frei neben dem Falkner. Dann kamen Hendricks drei Burschen, jeder schulterte eine Falkentrage. Zum Schluss ritt Pittje auf einem schweren flandrischen Kaltblut; geschoren war der Fuchs bis zu den Beinen, so dass es aussah, als ob er Hosen trüge. An beiden Seiten hingen große Körbe mit dem Frühstück und die Netze für die Jagdbeute. Früh in der Dämmerung zogen sie aus. Kein Sperber trug heute die Kappe und kein Terzel. Edelfalken nur saßen auf den Tragen und mit ihnen Hilde, der starke Habicht, Baumfalken, blaufüßige Wanderfalken, drei große norwegische Gerfalken.

Aber Isa, die schneeweiße Isa, bäumte auf der Zentgräfin Faust.

Sie zogen nach Westen über die jungen Wiesen.

Beim Weidebruch am alten Rheinarm waren sie, da rief einer der Falknerbuben: »Ein Milan! Ein Milan!«

Sie wandten sich, schauten auf – hinten von Haus Forst her flog etwas in der Luft.

»Es ist kein echter Milan«, sagte die Zentgräfin zu Jan. »Nie kommt ein Milan her zu uns – die Falkner nennen's nur so von alter Zeit her. Es ist ein Königsweih – das ist heute ein glücklicher Tag!«

Sie löste dem Islandfalken die Fessel, erzählte, dass Isa schon öfter einen Weih geschlagen habe.

Aber dieser Vogel war kein Königsweih, so wenig, wie es ein Milan war. Schnurstracks flog er auf die Jäger zu: Brittje war's, der Bussard. Kam herab, setzte sich auf Jans Schulter, dann auf Andreas

Faust. Stellte sich gegen den Wind, ritt mit über Feld. Flog wieder auf, stand rüttelnd still in der Luft, stieß herab, fing einen Frosch und verzehrte ihn. Kam den Jägern nach, schlug dicht bei ihnen eine Feldmaus. Schrie triumphierend ›Miäh, Miäh‹, kreiste ein paar Mal über der Kavalkade, flog dann heim zu Frau Drückjes Küche.

Am Erlenbusch lockten die Falknerjungen Ringeltauben hoch. Die Zentgräfin ließ ein paar kleine Baumfalken steigen – die zogen auf die Reise mit hellem ›Gät! Gät! Gät!‹. Flogen wie Schwalben, stießen auf das Wild, brachten es zu Boden. Nellje lief heran, im Winde wehte ihr Haar. Sie nahm die Beute, trug die Falken auf der freien Hand zur Trage zurück. Eine der Tauben, die nicht verletzt war, warf sie wieder hoch; da enthaubte Hendrick einen Wander-falken, die blaufüßige Fausta.

Die Taube vertraute der Luft nicht mehr, duckte sich auf den Boden, geschützt durch niedere Büsche.

Fausta stieß, verfehlte ihr Ziel. Flog wieder auf, stieß noch einmal – vergebens. Dann flog sie immer wieder kurz über die Taube weg, um sie zum Auffliegen zu veranlassen – aber die hütete sich wohl. Ermüdet und entmutigt kehrte die Falkin endlich zurück auf die Faust.

»Schlechter Vogel!« schalt Jan. »Ist sie noch nicht jagdfertig?«

Die Zentgräfin lachte. »Die Fausta? Sie ist meine beste Jägerin! Kein Wanderfalke kann das Wild vom Boden nehmen, wenn es im Strauchwerk hockt.«

Sie ritten am Buschrand – ein Häher ging hoch.

Andrea warf Frida auf ihn, einen anderen Wanderfalken. Die machte wenig Umstände, überflog den Häher, schlug ihn. Da jagte es aus den Erlen heran – laut krächzend griff eine Krähe den Falken an.

Der suchte seine Beute zu retten – aber Schwarz auf Schwarz kam's über die Erlen. Keine Furcht kennt die mutige Krähe, jeden Raubvogel greift sie unweigerlich an. Der Falke wehrte sich, schien zu ertrinken in dem schwarzen Schwarm. Er ließ seine Beute fahren, schrie sein ›Kja! Kja!‹ den Feinden entgegen, schlug sich durch –

kam arg zerfleddert auf die rettende Faust.

Sie ritten zum Hückesweiher; machten halt, Andrea nahm einen Gerfalken auf den Handschuh.

»Welchen willst du haben?«, fragte sie den Vetter.

Er wählte den Habicht.

Die Zentgräfin schüttelte den Kopf, »Nimm Falada«, riet sie, »oder die schlanke Fenga.«

»Ich möchte lieber die Hilde«, beharrte er, »ich habe mehr Vertrauen zu ihr.«

»Oh, hast du?«, lachte die Großmutter. »Gerade darum sollst du sie nicht nehmen. Ein Habicht schlägt mehr Wild als ein Dutzend Falken. Schießt du den Hirsch mit Schrot, wenn du auf Pirsch gehst? Warte nur, die Hilde wird schon Arbeit bekommen.«

Die Burschen gingen zum Rohr, umstellten es im Halbkreis mit den Whippets. Die Wachtelhunde zogen hinein mit dem Schipperke.

Hendrick reichte dem Studenten Falada hinauf, einen Wander-falken. »Die Frau Gräfin hat recht«, sagte er. »Wenn's nach mir ginge, würde ich überhaupt nur Falken halten, weder Sperber noch Habichte! Bessere Jäger sind diese, erbeuten immer ihr Wild, ob es fliegt oder sitzt oder läuft oder schwimmt, zu Wasser, auf der Erde und in der Luft – die Wildtaube eben hätte mein kleinster Sperber sofort am Boden geschlagen. Habichte sind viel schwerer abzurichten als alle Falken – sind sie aber fertig, so sind sie unfehlbar. Doch sind sie unedel und undankbar, fressen ihre eigenen Geschwister und Kinder und Eltern – was stärker ist, schlägt das Schwächere! Räuber sind sie und gemeine Strolche!«

Da schlug tief im Röhricht der Schipperke an; im Augenblick strichen zwei Wildenten hoch. Andrea warf ihren Falken, gleich darauf Jan die Falada.

Die stieg hinauf, rüttelte dicht über ihm – er hörte das Brausen. Und beide Vögel schlugen ihr Wild, fassten es in die Gurgeln, hielten sie zu, erdolchten und erwürgten.

Neue Enten machten die Hunde hoch; eine nach der anderen schlugen die Falken. Die Whippets jagten über Feld, brachten die

Beute an: Pittjes Jagdnetz füllte sich, leerer wurden die Falken-
taschen.

Sie ritten weiter; doch ein Wachtelhund blieb zurück. Immer
wieder gab er Laut, stets von derselben Stelle.

»Es muss eine kranke Ente sein«, sagte Hendrick, pfiff nach
dem Hund. Der kam nicht – da stöberten auch die anderen Hunde
wieder ins Röhricht.

Plötzlich ein wütendes Gekläff; ein Kampf spielte sich ab im
Schilf. Heulend kroch ein Whippet heraus, am Kopf blutend, den
linken Vorderlauf gebrochen. Und dann, endlich, hob es sich aus
den Binsen, strich über den Weiher – groß und gewaltig, blendend
weiß.

»Ein Schwan, mein Gott, ein Schwan!«, rief Jan.

Im Augenblick hatte die Zentgräfin ihrem Falken die Kappe
abgezogen. »Ein Wildschwan!«, jauchzte sie. »Flieg, weiße Isa!«

Die Isländerin fuhr in die Luft, nicht eine Sekunde brauchten
ihre scharfen Seher, das Wild zu eräugen. Sehr kurz war die Jagd –
wie der Sturmwind stieß sie zu, saß dem stolzen Vogel am Hals.
Der strich dahin mit mächtigem Flügelschlag, weiß auf weiß ritt
auf ihm Isa. Sie spornten ihre Pferde, jagten hinterher; weit voraus
die Zentgräfin; kläffend folgten die Hunde. Der Schwan wandte
sich, flog in großem Bogen zurück, schien ein Dickicht zu suchen,
sich zu verbergen.

Aber die weise Isa zwang ihn zu Boden.

Sie waren heran, sprangen von ihren Pferden; Isa ließ ihre
Beute, kehrte zurück auf der Herrin Faust. Die liebkoste sie, öffnete
die Tasche, atzte sie.

Der Schwan lag am Boden, rotes Blut färbte den Hals. Die
Hunde kläfften ihn an, er hob sich halb, gab einem der Whippets
einen Flügelschlag, dass er fünf Meter weit in die Luft flog. Pittje
trabte an auf seinem schweren Flamen; dann lief Hendrick heran.
Er koppelte erst die Hunde fest, ließ sie von Pittje wegführen, dann
fasste er zusammen mit der Zentgräfin den Schwan. Der wehrte
sich nicht, ließ sie ruhig machen; es war, als ob er fühle, dass ihm

jetzt kein Unheil mehr drohe. Hendrick band ihn, die Flügel erst, dann den Schnabel, endlich die Füße; sehr sorgsam untersuchte er den verwundeten Hals.

»Nicht zu gefährlich«, stellte er fest. Hob ihn auf, legte ihn in einen Tragkorb auf Pittjes Pferd.

»Was willst du mit ihm machen, Großmutter?«, fragte der Student.

»Ihn gesund pflegen«, antwortete die Zentgräfin, »ihm einen Ring ums Bein geben, zum Andenken an diesen Tag – dann ihm die Freiheit schenken.«

***

Sie lagerten in der Aprilsonne; Nellje öffnete die Frühstückskörbe. Sie und Andrea bedienten; die Zentgräfin schenkte den Wein in schmale silberne Becher. Dann winkte sie Pittje; der hielt ihrem Fuß die verschlungenen Hände: das war sein Vorrecht, das er von keinem sich nehmen ließ. Sie schwang sich aufs Pferd, aß und trank im Sattel. Jeder musste zu ihr hintreten, und mit jedem trank sie – den weißen Falk auf der Faust.

Jan blickte sie an; fünfundfünfzig war diese Frau!

»Großmutter…«, begann er, zögerte dann. Seit er denken konnte, hatte er sie Großmutter genannt. War sie denn jünger geworden mit den Jahren?

»Großmutter –«, wiederholte er, »wie kann man dich nur Großmutter nennen?! Du – du: Großmutter?!« Er hob seinen Becher, rief begeistert hinaus in den Frühlingstag: »Es lebe Roberta, die Herrin der Falken von Woyland!«

Keiner nahm es auf, keiner schrie mit ihm; schwer sind die Leute am Niederrhein. Nur ihre Augen sprachen, schweigend leerten sie mit ihm die Silberbecher.

Aber die Zentgräfin lachte. »Hast du gehört, Isa?«, sprach sie. Und dann zu dem Studenten: »Das war lieb von dir, Junge – ich danke dir.«

Und vielleicht war ihr Auge ein wenig feucht – wer mag das wissen?

Sie warf ihren Becher Pittje zu, der fing ihn in der Luft. Sie nahm ihre Reitpeitsche, wippte, beschrieb einen schwirrenden Kreis, von unten herauf. Ließ den Apfelschimmel anspringen, jagte voraus, hin zum Reiherstand beim Ürdesbruch.

Jan starrte ihr nach.

Die Leute packten zusammen, hoben die Falken tragen, zogen durchs Feld.

»Willst du nicht mitkommen?«, rief Andrea.«

Er wandte sich, sah sie schon im Sattel. Ein Bügel war verdreht, er trat heran, brachte ihn in Ordnung. Da beugte sie sich hinab, griff seinen Kopf – küsste ihn.

»Wofür?«, lachte er.

»Für deinen Trinkspruch«, sagte sie. »Die Großmutter wird dir's gedenken.«

Er errötete und wusste nicht warum, »Wieso?«, sagte er verwirrt. »Dummes Zeug – so habe ich's nicht gemeint.«

Sie spornten die Gäule, ritten den anderen nach.

Drei Pappeln reckten sich hoch, dort begann der Sumpf, der nach Norden zu in klares Wasser überging. Ein schwacher Knüppeldamm führte hinein; mitten im Wasser lag ein kleiner Wert, dicht mit Weidenbäumen bewachsen – die leuchteten weiß, von oben bis unten bedeckt von dem Kot von Jahrzehnten. Man sah die großen flachen Horste, ein halbes Hundert wohl, ohne viel Kunst zusammengebaut aus Schilf, Binsen und Reisig.

Bei den Pappeln strichen Krähen herum; die Zentgräfin beobachtete sie unmutig durch ihr Fernglas.

»Wo nur die Träger bleiben!«, rief sie ungeduldig. »Da ist Arbeit für den Habicht!«

»Warum wirfst du nicht die Isländerin?«, fragte der Student.

Sie schüttelte den Kopf: »Isa ist zu gut für das Schmutzvolk.«

Sehr frech, ohne jede Scheu waren die Krähen; sie wussten recht gut, dass diese Menschen da keine Büchsen trugen. Sie strichen über die Reiherinsel, äugten herab, ob in den Nestern nicht was zu holen wäre.

»Sie wollen Junge rauben«, meinte Andrea.

»Junge?«, entrüstete sich die Großmutter. »Die Reiher sind eben zurück vom Nil – kaum ein Ei werden sie im Horst haben.«

Es schien, als ob die Krähen auf diese Worte gewartet hätten – eine flog hernieder auf eine hohe Weide, schrägen Flugs in einen Reiherhorst, raubte mit größter Unverschämtheit ein erstes Ei, verzehrte es gleich an der Stelle, ohne sich im geringsten um die feigen Reiher zu kümmern. Die kreischten los: ›Kräik! – Kräik!‹, schlugen die Flügel, rissen die Schnäbel weit auf, aber wagten es nicht, den viel schwächeren Vogel anzugreifen, den sie doch mit einem einzigen Stoß leicht hätten spießen können. Ach, solange man nicht selbst angegriffen wird! Wozu sich wehren? Was liegt an einem Ei? Man legt eben ein neues…

Als die Krähe abzog, ritt Pittje heran; der fischköpfige Matthes hatte sich mit seiner Falkentrage hinter ihm aufs Pferd gesetzt.

»Das ist gescheit«, rief die Zentgräfin. »Hast du den Habicht? Hilde? Wirf sie nach der Krähe!«

Der Junge gehorchte. Warf hoch vom Pferde den Vogel in die Luft. Die Krähe nahm ihn sofort an, erwiderte sein ›Iwjä!‹ mit einem wütenden Gekrächze, das im Augenblick ihr Volk aus den Pappeln lockte. Aber der Habicht verlor seine Ruhe nicht in der dichten schwarzen Wolke. Schoss plötzlich zu Boden, gefolgt von den Krähen, huschte über die Erde, stieg wieder auf, wandte sich immer von neuem – so zerteilte er den dichten Schwarm der schwarzen Feinde. Dann stieg er hoch, als ob er entfliehen wollte, überflog die Feinde, stieß jäh hinab, schlug die Krähe, die am tiefsten flog. Griff sie fest, mit einer Hand in den Rücken, mit der anderen in die Gurgel, riss sie heraus. Warf die Beute weg, fasste gleich darauf eine zweite Krähe, tötete sie. Nicht einen Augenblick ließen die furchtlosen Schwarzröcke von ihm ab, hackten nach ihm, folgten ihm fast auf Andreas Faust. Noch einmal stieg der Habicht, schlug eine dritte Krähe – die anderen verscheuchten die herbeieilenden Falkner mit Schreien und Steinwürfen.

»Das ist Hendricks Kunst!«, rief die Zentgräfin.

»Kein Raubvogel der Welt macht der Hilde das nach; keiner schlägt sich besser als sie mit der schwarzen Bande herum. Aber darum bleibt sie doch ein Strolch: nur Räuber verstehen, mit Raubgesindel umzugehen!«

Sie sandte einen der Jungen mit den Wachtelhunden über den Knüppeldamm; hin zum Reiherwert schwammen die Hunde: hochgemacht stiegen ein paar Reiher in die Luft.

Zwei norwegische Gerfalken warfen sie hoch, einen Baumfalken und drei Wanderfalken: Frances und Fenga; Flora; Fausta, Frida und Falada. Die Reiher stiegen, mit zurückgeworfenem Hals – über sie flogen die Falken. Stießen hinunter, saßen auf den Reihern, stürzten mit ihnen herab. So schnell ging das alles, dass Jan den Kampf kaum verfolgen konnte, zumal, plötzlich fast, sich die Sonne verdunkelte. Er blickte zurück, bemerkte jetzt erst, wie die Wolken von Westen heranzogen, tiefer und tiefer, wie sich der Himmel rings verfinsterte. Bald würde ein Aprilschauer niederkommen.

Die Jungen liefen heran, brachten die Falken und die Reiher, die kaum verletzt waren. Man nahm ihnen die Schmuckfedern, band sie sorgfältig, gab sie in die Jagdkörbe.

»Was wollt ihr damit?« fragte Jan.

»Mit nachhause nehmen!«, erwiderte der Falkner. »Unsere jungen Falken sollen an ihnen lernen. Es geschieht ihnen nichts, junger Herr: sie bekommen einen Halsschuh von Leder, um sie zu schützen, und einen Schnabelschuh, um die Falken zu schützen. So tut keiner dem anderen was zu leide – nach vierzehn Tagen schon fliegen sie zurück zum Reiherstand mit einem Ring am Ständer – früh genug, Eier zu legen und zu brüten.«

Wieder machten die Stöberhunde einen Reiher hoch, einen alten, sehr großen Vogel; der strich über den Knüppeldamm hin, ging nahe bei ihnen in die Höhe. Die Zentgräfin warf ihren Islandfalken. Beide Tiere zogen in die Luft, suchten sich gegenseitig die Höhe abzugewinnen. Die weiße Isa war schneller; bald war sie über ihn hinaus, stieg noch höher hinauf, verlor sich dann in der düstern, tief hängenden Wolke, so dass man sie nicht mehr sah.

Aber der Reiher strich nicht ab, obwohl auch er die Feindin kaum mehr sehen konnte, stieg auch immer höher, stets den Hals nach hinten, den langen Schnabel kerzengrade nach oben. Dann, aus der Wolke heraus, raste der Falk, fasste sein Ziel gut, als ob er Korn nähme und Kimme.

»Jetzt – jetzt!«, rief Andrea.

Wie der Blitz schoss der Reiher den speerscharfen Schnabel vor, spießte mit mörderischer Waffe durch und durch die weiße Isa.

Ein wilder Schrei gellte über die weite Fläche: »Isa!« Dann rief die Zentgräfin: »Werft den Habicht!«

Der Reiher flog herab, warf den Hals nach unten, schüttelte sich, schleuderte den toten Falken zur Erde. Schon sah er den neuen Feind kommen, stieg wieder empor; ihm nach jagte Hilde. Hoch in die Wolken verloren sich die beiden Tiere, dort kämpften sie ihren Kampf. Stürzten herab aus der Höhe – im Nacken des starken Reihers krallte die Siegerin Hilde.

Die Falkenjungen liefen über die Wiesen. »Schlagt den Reiher tot!«, rief ihnen die Zentgräfin nach. Gleich darauf widerrief sie den Befehl. »Nein – bringt ihn her.«

Jan blickte zu ihr hin – leichenfahl sah sie aus. Sie bog die Reitpeitsche zusammen, als ob sie sie zerbrechen wolle, zog dann den Falkenhandschuh aus, warf ihn zur Erde. Kurz, stoßweise ging ihr Atem. Alles still um sie her, keiner sprach ein Wort.

Die Jungen brachten den Habicht zurück, brachten den geschlagenen Reiher. Von der anderen Seite kam der alte Schipperke heran, die tote Isa im Maul.

Hendrick untersuchte den Reiher. »Der Hals ist ein wenig gerissen«, stellte er fest, »das wird bald wieder heil. Und zwei Ringe trägt er schon – vor drei Jahren schlug ihn Frances und Fenga das Jahr darauf.«

Die Gräfin bewegte die Lippen.

»Was soll mit ihm geschehen?« fragte der Falkner.

Ihre Stimme zitterte, »Nehmt ihn mit«, befahl sie, »pflegt ihn – gebt ihm die Freiheit, sowie er gesund ist. Ich will Euch Gold geben, Hendrick; Ihr sollt einen goldenen Ring ihm schmieden, weil er die weiße Isa erstach.«

»Gib mir die Isa«, rief Andrea dem Jungen zu, »ich will sie im Park begraben.«

Die Zentgräfin hob die Hand, »Nein«, rief sie fest, »das ist nicht Falknerbrauch – dem Falk und dem Falkner gehört, was da fällt auf der Falkenjagd!«

Sie wandte sich an den Jungen: »Hat der Habicht schon seine Belohnung? – Gib ihm die Isa!«

Matthes nahm Hilde auf den Handschuh, gab ihm die seltene Atzung. Tückisch und boshaft rollte des Habichts gelbes Auge. Gierig griff seine gelbe Hand den toten Falk; vorne am Halse zupfte er eine kleine Stelle kahl, dann begann er zu kröpfen.

Das war das Ende der weißen Isa.

***

Im Kreise schwirrte die Zentgräfin ihre Reitpeitsche.

»Heute ...«, begann sie zögernd, »... es ist genug für mich heute.«

»Wir reiten mit dir, Großmutter!«, rief Andrea rasch.

»Nein«, bestimmte sie. »Es ist kein Grund, euch den Spaß zu vergällen, weil mir die Laune verging. Ein weißer Falk – was liegt daran? Lasst andere Falken steigen! – Hendrick braucht noch ein paar Reiher für seine Kinderstube.«

Sie nickte allen zu, riss den Gaul herum, warf ihn in Galopp.

»Nie vergisst sie die Isa«, sagte der Falkner.

Nellje nahm ihren Lieblingsfalken auf die Faust, die junge Wanderin Fatme, die eben erst abgetragen war. Die Stöberhunde machten wieder einen Reiher hoch; Hendrick ließ mit Fatme die norwegische Fenga steigen, eine alte, geübte Jägerin: die sollte ihr den letzten Schliff beibringen. Die Anfängerin machte ihre Sache gut – hinab stürzte der Reiher mit den zwei Falken.

Da lief drüben am flachen Ufer ein kleiner Strandläufer.

»So früh schon zurück aus dem Mohrenland?«, begrüßte ihn der Falkner. »Geben Sie acht, Fräulein Andrea, jetzt werden Sie ein hübsches Spiel sehen.«

Er sandte Matthes um das Wasser herum: im Augenblick, als der Vogel aufflog, schickte Nellje ihre Fatme auf die Reise. Die Vögel sahen einander – aber der Strandläufer dachte gar nicht an Flucht. Er ließ sich mitten aufs Wasser nieder, saß wie eine Ente ruhig am selben Fleck. Fatme stieß ein über das andere Mal – aber stets daneben. Nun ließ der Falkner Frida und Fausta fliegen; alle drei Falken wechselten ab, stießen immer von neuem und stets zu hoch – der Strandläufer schaukelte seelenvergnügt auf dem Wasser, das eine Brise leicht wellte.

Jan sah, wie der Falkner die Langfessel der Hilde löste, die noch gierig kröpfte, »Nein, Hendrick«, rief er, »lassen Sie den Habicht!«

»Sie sollen sehen, wie Hilde das schwimmende Wild greift«, entgegnete der Falkner, »nicht einen Fehlstoß wird sie machen!«

»Der kleine Vogel soll am Leben bleiben!«, beharrte der Student. Murrend gehorchte Hendrick, machte den Habicht wieder fest.

Noch ein paar Reiher schlugen die Falken; dann ritten sie heim. Nicht mehr so hoch schlug ihr Herz, seit die Großmutter fort war. Durch die weiten Wiesen trabten sie, sprangen über Gräben und Stubben, waren zurück auf Schloss Woyland zur Dämmerzeit.

***

Andrea sprang die Treppen hinauf zur Großmutter, fand sie allein, still vor sich hin sinnend.

»Ist's um Isas willen?«, fragte sie.

»Nein«, sagte die Großmutter. Sie nahm einen Brief vom Tisch, gab ihn der Enkelin, »Hier – der Brief ist für Jan gekommen – bring ihn ihm. Und sag ihm, dass ich euch beide zum Tee erwarte – gleich.«

Andrea nahm den Brief – oh, sie hätte ihn zerreißen mögen! Brachte ihn dem Vetter; der drehte ihn herum in der Hand, steckte ihn in die Tasche.

Sie saß beim Tee mit der Großmutter; Jan kam nicht.

»Soll ich ihn holen?«, fragte das Mädchen.

Die Zentgräfin schüttelte den Kopf. Schweigend saßen die Frauen.

Das Nachtmahl hatte die Großmutter als Jagdessen richten lassen, hatte selbst die Tafel geschmückt. Sie war in großer Toilette; Andrea musste ihr Abendkleid anziehen – ihr erstes: wie eine junge Dame sah sie aus.

Sie warteten wieder; dann befahl die Zentgräfin, aufzutischen. Nach der Suppe erst erschien der Student, sichtlich erregt; ungeschickt und holpernd entschuldigte er sich. Die Großmutter tat, als bemerke sie es nicht, ließ ihm nachservieren, schien strahlender Laune.

Von Falkenjagden sprach sie. Erzählte, wie sie, fast ein Kind noch, mit ihrem Vater in England beim Herzog von Bedford zur Beiz geritten sei; dort habe sie ihren Mann kennengelernt – der habe die besten Falken gehabt: Woylandfalken. – Ein paar Anekdoten erzählte sie von der Kaiserin Katharina, die so verliebt in ihre Merlinfalken war, dass sie sie sogar mit ins Bett nahm. Einen Kurländer, der ihr alljährlich Merline auf Moorhühner abrichtete, machte sie zum Baron, zwei ihrer Falkner nacheinander zu ihren Geliebten. Ein sächsischer Gesandter, der frisch an ihren Hof kam, fragte, wer ihr derzeitiger Günstling sei, und erhielt die Antwort: ›Monsieur de Merlin!‹ Der Diplomat wollte gleich seine Aufwartung machen, erkundigte sich, wo der Kavalier wohne, wer er sei und was er tue? Man sagte ihm, dass er alle Hühner für der Kaiserin Küche fange, dass er tagsüber auf ihrer Hand wohne und nachts auf ihrem Nachtkasten, dass er von Beruf ein Jäger sei und ein rechter Luftikus!

Von ihrem Sohn erzählte die Zentgräfin, von Andreas Vater; der sei aufgewachsen mit den Falken. Wäre als kleiner Junge auch am liebsten mit ihnen zu Bett gegangen, wie die Kaiserin Katharina. Einen Habicht habe er selbst lock gemacht und immer mit sich herumgetragen, sogar nach Kleve zur Schule. Einmal aber, aus heiterem Himmel, griff ihn der Habicht an, fuhr ihm ins Gesicht mit den scharfen Fängen, richtete ihn jämmerlich zu – ein Jahr brauchte es, um dem Jungen das Auge zu retten.

Nur die Zentgräfin sprach. Sie merkte wohl, wie Jan aufmerksam wurde, wie sie ihn wegführte von seinen Gedanken, ihn hineinzog in ihr Königreich: Woyland! Dann spielte sie ihren Trumpf aus; in diesem Sommer würde man zur Beiz reiten – mit dem Adler!

Andrea fuhr auf; Jan legte Messer und Gabel hin, starrte sie an. »Was sagst du, Großmutter? Mit dem Adler?«

Die Zentgräfin nickte, »Mit dem Adler!« bekräftigte sie. »Aus Tirol bekomme ich ihn, von den Wolkensteinern auf Rodenegg – die haben mit Adlern gebeizt, seit Oswald von Wolkenstein Minnesänger war.«

»Wann soll er kommen?«, fragte der Student.

»In drei Wochen – in vierzehn Tagen vielleicht«, erwiderte sie. »Einer ihrer Falkner bringt ihn her, noch ein paar Sakerfalken dazu. Er soll ein halbes Jahr auf Haus Forst bleiben, um Hendrick anzulernen, der nie in seinem Leben einen Adler gesehen hat – der wird sich wundern, wenn er auf seine alten Tage noch Unterricht bekommt.«

Sie sah Jan an, fragte leichthin: »Vierzehn Tage – drei Wochen – bleibst du so lange?«

»Gewiss bleibe ich«, rief der Student.

Da winkte sie Klaas, gab ihm einen Schlüssel, hieß ihn, den Falkenbecher zu bringen.

Sie öffnete den Lederkasten, nahm den großen Becher heraus, altnürnberger Silberarbeit, von Wenzel Jamnitzers Meisterhand. St. Agilolf, der Kölner Erzbischof, war da zu sehen, wie er, den gehaubten Falken auf der Hand, die Beizjagd segnet. Dann Falkner und Falknerinnen zu Fuß und zu Ross, springende Hunde, steigende Reiher und stoßende Falken.

Mit Champagner ließ sie den Becher füllen, eine ganze Flasche fasste er. Dann reichte sie ihn Andrea.

»Worauf willst du trinken?«, forderte sie.

»Auf ›Guet Vederspil‹!«, sagte das Mädchen.

Die Zentgräfin nahm ihr den Kelch vom Mund, gab ihn Jan – wo Andreas Lippen ruhten, da sollte er ansetzen. »Wem gilt dein Spruch?«, fragte sie.

Auf Woyland trank er.

Sie nahm ihm den Jagdbecher aus der Hand, hob ihn hoch: »Ich trinke auf dich und Andrea – auf euch beide trinke ich.«

Dann brach sie auf. »Du musst den Becher leeren, mein Junge«, lachte sie. »Es darf kein Tropfen darin bleiben. Bist ein Student, wirst schon damit fertig werden. Wenn du mehr wünschst – ruf Klaas.« Sie wandte sich an Andrea. »Und du – unterhalt' mir den Vetter. Streng dich ein wenig an – hast kein Wort gesprochen beim Essen!«

Ihre Blicke trafen sich. Andrea empfand: Etwas will die Groß-mutter. Sie wusste nicht, was das war, aber sie fühlte, dass sie es dennoch tun würde. Weil die Großmutter das so wollte – etwas, das auch sie wollte.

»Ja, Großmutter«, flüsterte sie. Brachte sie hinaus.

***

Andrea kam zurück, sah Jan am Tisch stehen, die Hand an dem Silberkelch.

»Komm«, sagte sie, »im großen Saal hab ich Feuer machen lassen; Klaas wird den Wein hintragen.«

Sie saßen beim Kamin; Jan trank. Leer wurde Meister Jamnitzers Jagdpokal; Andrea füllte ihn wieder.

»Die Großmutter freut sich, dass du zur Adlerbeiz bleibst«, sagte sie.

»Oh, ich weiß noch nicht«, meinte er.

Sie fragte; »Was willst du tun, wenn du fortgehst?«

Er wich ihr aus. »Mein Examen machen, das weißt du doch.«

»Und dann, was dann?«, beharrte sie.

Jan zuckte die Achseln. »Ich weiß nicht – wird sich schon finden.

Was willst du denn tun, Fundvogel?«

Sie nippte am Wein. »Ich«, sagte sie langsam, »ich bleibe auf Woyland. Ich warte auf dich, bis du fertig bist – dann will ich dich heiraten.«

Er lachte. »Das hast du schon einmal gesagt, als wir beieinander saßen in der Sonne – auf dem Schleppkahn im Rhein. Weißt du noch?«

Sie nickte. »Gewiss weiß ich's – damals hast du mich ausgelacht.«

»Und das tu ich auch jetzt!«, rief er. »Warum soll ich dich heiraten?«

»Weil die Großmutter es will, und weil –«

Er unterbrach sie. »Die Großmutter!? Hat sie das gesagt?«

»Nein«, antwortete Andrea. »Aber ich weiß wohl, dass sie es wünscht. Und ich will es auch – und du auch!«

»Nein, nein!«, rief er heftig. »Ich will es gar nicht. Und ich hab' gute Gründe dafür – man bekommt idiotische Kinder, wenn man unter nahen Verwandten heiratet. Du und ich – wir sind Vetter und Base.«

Sie schnalzte die Zunge. »Ach, das sagen wir so. Du bist gar nicht mein rechter Vetter, das weißt du doch: Deine Mutter war ein Kind von des Großvaters Schwester. Ein paar Blutstropfen vom Urgroßvater her – wo bleibt da die Verwandtschaft? Außerdem glaube ich nicht dran! Wir züchten Whippets auf Woyland, Holsteiner Kurzhorn und Yorkshireschweine, alle Sorten von Hühnern und Gänsen und Enten – immer nächste Verwandtschaft; es genügt, wenn nur zuweilen ein wenig Blutauffrischung von außen kommt. Die Jungen sind wie die Alten, besser oft, weil wir nur die besten Tiere zur Zucht nehmen – nichts ist da zu merken von Entartung. Dabei sind's Geschwister meist! Ich hab keine Angst vor der Gefahr – ich würde dich heiraten, auch wenn du mein Bruder wärst.«

Heiß wurde ihm; er setzte den Becher an die Lippen. Fuhr mit den Fingern über ihren Arm.

»Ja dann – dann wohl…«, flüsterte er.

»Was meinst du: dann wohl?«, fragte sie ruhig.

Er schämte sich, schüttelte den Kopf. »Ach, gar nichts«, sagte er, »das begreifst du nicht. Wollen wir nicht von etwas anderem sprechen, Andrea? Das hat ja keine Eile! Eine unreife Zwetschge bist du – viel zu jung bist du zum Heiraten.«

»Zu jung?«, rief sie. »Meine Mutter war siebzehn, als sie Hochzeit machte, und die Großmutter eben sechzehn. Frag sie doch! Du musst ja fertig studieren, und dann ist man erst noch eine Zeitlang verlobt – da bin ich längst alt genug.«

Er wehrte sich. »Zu jung für mich, mein ich. Sechs Jahre bin ich älter als du: da bist du zu jung jetzt und – später zu alt. Verstehst du das nicht? Eine Frau wird schneller alt, als der Mann: wenn du vierzig bist, bist du eine alte Frau und viel zu alt für mich.«

Sie wiegte den Kopf hin und her. »Bald zu jung, bald zu alt – wie es dir grade passt. Meinst du, ich wüsste nicht, dass das alles nur dumme Ausreden sind? Was ist's mit den Briefen, Jan?«

Unwillkürlich fuhr er mit der Hand an die Brusttasche. »Briefe?«, stotterte er. »Ach, das ist gar nichts, das ist nur…« Er unterbrach sich, fasste ihre Hand, strich nervös darüber hin.

»Nun, Jan?«, forderte sie.

»Lass mich doch, Fundvogel«, bat er. »Das – das mit den Briefen – das wird schon vorübergehen. Ich bleib ja hier, bleib, bis der Adler kommt.« Er lachte, trank wieder, setzte ihr den Silberkelch an die Lippen. Sprach weiter, rasch – von dem Adler aus Tirol. Was der wohl schlagen würde? Wölfe gab's nicht auf Woyland, Gazellen nicht, noch Wildesel.

»Weißt du, Fundvogel«, rief er, »dann musst du immer mit einem Regenschirm ausgehen, sonst geht's dir wie dem Aischylos!«

»Wer war das – Aischylos?«, fragte sie.

Er seufzte. »Ich wollte, die Großmutter schickte dich mal ein Jahr lang in eine Schule, damit du ein klein wenig lernst! Du bist ganz gescheit, Andrea – aber geradezu unanständig ungebildet. Also hör zu: Aischylos war ein griechischer Dichter, der hat die ganze Gesellschaft auf die Theaterbühne gebracht, die da rumläuft auf den Rubensteppichen. Den Achilles natürlich, den Odysseus, den Diomedes und den dickköpfigen Ajax.«

»Ich war noch nicht im Theater«, meinte sie. »Du kannst mich mal mitnehmen – dann lern' ich was von Aischylos.«

»Schwerlich.«, sagte er. »Man redet nur von ihm, aber spielen tut man ihn nicht.«

»Und er lief immer mit einem Regenschirm herum?«, fragte sie.

»Eben nicht!«, erklärte der Student. »Damals gab's noch keine Regenschirme – das war sein Pech. Ein Adler warf ihm eine alte Schildkröte auf seinen Kahlkopf – da war's aus mit ihm.«

»Seit wann werfen Adler mit Schildkröten?«, lachte Andrea.

»Sie tun's wirklich«, rief Jan. »Sie fangen sie, können sie aber nicht knacken – da lassen sie die Schildkröten aus der Höhe auf Felsen fallen, um die Schale zu zertrümmern. Vermutlich hat der Adler die Glatze des Dichters für einen Felsen gehalten.«

»Dann muss er sehr kurzsichtig gewesen sein«, meinte Andrea. »Es ist gut, dass es bei uns keine Schildkröten gibt.«

»Er kann auch Kürbisse werfen«, sagte der Vetter, »nimm doch lieber deinen Regenschirm mit!«

Sie lachten, tranken und plauderten. Er vergaß seine Sorgen und sie ihre Pläne. Wie die Kinder waren sie wieder, harmlos und frei. Lagen vor dem mächtigen Feuer, rollten sich zusammen, wohlig und warm, wie junge Tiere.

Endlich stand sie auf. »Nun muss ich gehen, Jan«, sagte sie.

Er sah auf zu ihr. »Wie du gewachsen bist, Fundvogel! Wenn das so weiter geht, lass ich dich auf den Kirmessen sehen als Riesendame.«

Er zog sich hoch an dem Sessel, stand dicht bei ihr. »Und schön bist du, Andrea, wirklich, das bist du. Hast die grauen Augen von der Großmutter geerbt.«

Er nahm die Flasche aus dem Eiskübel, goss den letzten Rest in den Becher. »Einen Schluck noch für jeden – trink, Andrea.«

Wie sie trank, dann tief atmete, sah er, wie ihre Brust sich hob – jetzt erst fiel ihm auf, dass sie ein ausgeschnittenes Kleid trug. »Mein Gott!«, lachte er. »Und einen Busen hast du auch schon!«

Sie griff ihr Tuch vom Sessel, warf es über die Schulter. »Das geht dich gar nichts an«, rief sie. »Du willst mich doch nicht heiraten – da brauchst du nicht zu wissen, wie mein Busen aussieht.«

Das reizte ihn, lachend riss er das Tuch herab. Seine Hand berührte ihren Nacken – kühl war ihre Haut.

Aber – das brannte. Er zog die Finger ein, streckte sie wieder aus im nächsten Augenblick. Er bebte – fühlte auch, wie sie erbebte. Langsam glitt seine Hand von ihrer Schulter.

Dann trafen sich die Blicke – ein Schimmer lag dazwischen, als ob sie durch Nebel sähen. Feucht waren die Augen.

»Andrea!« flüsterte er. Ihre Lippen bewegten sich – kein Ton kam heraus.

Da zog er sie an sich, beugte sich zu ihr, seine Lippen fanden sich zu ihren – sie wich ihm nicht aus, zitternd empfing sie ihren ersten Kuss. Sie schloss die Augen, fühlte, wie seine Hand hinab glitt, ihre rechte Brust eng umspannte, fühlte auch, wie ihre Lippen sich öffneten.

Er küsste sie, küsste sie. Presste sie an sich, empfand selig, wie ihre junge Brust sich ihm entgegen drängte.

Dann löste sich das – so kurz war es, so kurz.

Sie standen, wie sie soeben standen, dicht beieinander. Waren zwei Menschen wieder, – Jan und Andrea.

Sie wiederholte die Worte: »Nun muss ich gehen, Jan.«

Er nickte nur. Da sagte sie: »Gut Nacht, Jan. Und – auf morgen.« Fuhr ihm leicht übers Haar, über Stirn und Wange – so wie die Großmutter tat.

Dann ging sie.

***

Sie entkleidete sich, setzte sich auf den Bettrand. Nein, sie wusch sich nicht – ihren Mund hatte er geküsst, seine Hand hatte ihre Hände gepresst, Nacken, Schultern, Arme und – ihre Brust.

Aber die Zähne – die Zähne? Das ging wohl nicht anders, das

musste sie wohl tun. Sie stand auf, nahm die Zahnbürste, mischte ihr Mundwasser. Spülte und bürstete, machte es sehr vorsichtig, dass die Lippen nicht berührt wurden.

Setzte sich wieder aufs Bett. Seufzte. Lachte. Und seufzte wieder.

Wie war das nur? Er würde sie nicht heiraten, hatte er gesagt; hatte Ausflüchte gefunden, immer andere. Sie wusste: eine Frau war im Spiel; sie hatte die Aufschriften gelesen – es war eine Frauenschrift und stets dieselbe. Und – ja, das hatte er gesagt –: es würde vorübergehen, das mit den Briefen.

Bleiben würde er, bis der Adler käme, würde dann erst wegfahren und sehr bald wiederkommen. Dann, dann – oh, an seinen Lippen hing sie heute Nacht.

Ob es das war, was die Großmutter wollte? Gewiss war es das! Und vielleicht sollte sie hinlaufen zur Großmutter, ihr alles erzählen, heute noch...

Sie sprang auf, ging ans Fenster. Nein, da war kein Licht mehr in den Räumen der Großmutter. Aber vom Seitenflügel, wo Jan hauste, drang Licht aus den Fenstern. Er war noch wach.

Ob er an sie dachte, wie sie an ihn? Und was er wohl sagen würde morgen früh? Sie sah seinen Schatten dort am Fenster – hin und her schritt er, hin und her.

Sie ging wieder zurück zum Bett. Morgen früh müsste sie gleich mit der Großmutter sprechen. Später, wenn er fort war, würde man alles vorbereiten. Und sie müsste viel lernen – sehr ungebildet sei sie, hatte er gesagt, geradezu unanständig ungebildet!

Sie lachte – das würde sich schon geben. Ach, sie konnte gut lernen, wenn sie wollte.

Ob er dann seine Zimmer behalten würde, da drüben im Seitenflügel? Sie, hier oben, die ihren? Oder ob die Großmutter...

Das Brautkleid – darum brauchte man sich nicht zu sorgen. Das war noch da von der Urahne her. Die Großmutter hatte es ihr einmal gezeigt. Sie hatte es auch getragen am Hochzeitstag und dann die Mutter – aus schwerem Atlas war es, und acht Meter Schleppe waren dran. Ein wenig umgeändert wurde es jedes Mal –

das würde die schwarze Fanny schon machen.

Brautblumen? Die Großmutter hatte Orangenblüten getragen; das war, weil sie in England geheiratet hatte. Die Mutter hatte Myrten gehabt – aber die mochte sie nicht. Als das Katerlischen Hochzeit machte, hatte die Großmutter von Düsseldorf Myrten schicken lassen – nein, wirklich, die rochen wie Frankfurter Würstchen. Erst hatte sie geglaubt, dass es das Katerlischen selber sei, sie hatte ihr den Brautkranz vom Flachshaar genommen, sie ganz mit Kölnisch Wasser begossen und dann beide berochen: nach Eau de Cologne roch nun das Katerlischen und nur der Myrtenkranz nach Würstchen.

Wenn die Hochzeit so übers Jahr sein würde, konnte man Blüten nehmen – Apfelblüten, Kirschblüten. Nur – die fielen gleich ab. Und dann: Die Großmutter würde es doch bestimmen, und wenn sie Myrten wollte, musste man eben Myrten tragen und den ganzen Tag nach Frankfurter Würstchen riechen, wie das Katerlischen.

Waren denn die Menschen so dumm, dass sie den Geruch nicht bemerkten? Oder vielleicht merkten sie es und fürchteten sich nur, es zu sagen, weil, weil? Ja, waren diese Wurstblümchen etwas Heiliges? Sie musste mit Jan drüber sprechen, der würde es wissen! Und er konnte auch mit der Großmutter reden: er würde es leicht durchsetzen, dass sie nicht nach Frankfurter Würstchen zu riechen brauchte an ihrem Hochzeitstag.

Dann, ganz plötzlich, war da was mit dem Herzen. Sie fuhr mit der Hand nach der Brust – es krampfte sich, aber weh tat es nicht. Was war das nur?

Nun wusste sie: Sie hatte Angst. Angst?

Sie stand wieder auf, ging ans Fenster. Immer noch Licht in des Vetters Zimmer, immer noch die Schatten hin und her. Was denn nur? Warum schlief er nicht?

Ah, sie fühlte: An diese Briefe dachte er und an die Frau, die sie schrieb! Ach, wenn sie doch den Brief zerrissen hätte, heute Nachmittag! Wenn sie bei ihm wäre, jetzt, in dieser Nacht, wenn sie ihm wieder die Lippen böte, dann würde das vorübergehen; über ihren Kuss würde er die Frau vergessen und ihre lockenden Briefe.

Sie lief zur Tür, griff die Klinke. Blieb stehen, öffnete nicht. Gestern Nacht – gestern wäre sie zu ihm gegangen ohne Bedenken – ihr Vetter war er und nichts sonst. Aber heute – war es anders. Sie würde zu ihm kommen als – als…

Als seine Geliebte würde sie zu ihm kommen, das war es. Umfassen würde er sie und küssen und… Das würde er wollen – ja, und das würde sie auch wollen.

Nun – und war es nicht gut so? Warum sollten sie warten, bis sie die Blumen im Haar trug, die nach Frankfurter Würstchen rochen? Die Frau, diese fremde Frau würde er vergessen in ihren Armen – darauf allein kam es an.

Sie öffnete die Tür – schloss sie wieder. Wenn sie sich irrte? Wenn er gar nicht an diese Frau dachte, wenn es gar keine Gefahr hatte damit? Hatte sie sich ihm nicht genug aufgedrängt heute Nacht? Sollte sie um ihn herumstreichen, wie im Hof das Huhn um den hochmütigen Hahn? Sollte sie betteln gehen um…

Wie wusste sie denn, dass er sie wollte, heute wollte – in dieser Nacht?

Sie verschloss die Tür. Warf den Schlüssel zum Fenster hinaus in den Hof. Atmete schwer – so, nun war es unmöglich: da konnte sie nicht hinunter, zwei Stockwerke tief an der glatten Wand.

Aber dann – gleich – kam es wieder: Angst hatte sie, Angst! Und ganz sicher fühlte sie nun: Von dieser Frau träumte er und nicht von ihr. Sie musste ihn fortziehen von der Fremden, und alles andere war gleichgültig.

Sie riss an der Tür – Eichenplanken und Stahlschloss: Nie würde sie die aufmachen können.

»Petronella!« rief sie, »Petro…«

Sie unterbrach sich – Petronella schlief nicht nebenan. Die war heute mit dem Vater nach Haus Forst gegangen, blieb dort über Nacht. Was sollte sie tun?

Aufs Bett warf sie sich, – weinte und stöhnte. Grub den Kopf in die Kissen, jammerte, schluchzte.

Schlief ein am Ende.

***

Sehr spät erwachte Andrea. Sie ging ans Fenster, sah Fanny im Hof, der Großmutter Zofe. Sie rief sie an, hieß sie, den Schlüssel zu suchen und ihr hinauf zubringen.

Die schwarze Fanny fand den Schlüssel und brachte ihn. Jetzt erst stehe das Fräulein auf? Der junge Herr habe in aller Frühe schon anspannen lassen, sei fortgefahren mit seinen Koffern.

Andrea wunderte sich nicht. Fühlte: meine Schuld ist es, meine.

Sie badete, kleidete sich an. Suchte die Großmutter, fand sie im Musiksaal am Flügel.

»Jan ist fort«, sagte sie.

Die Zentgräfin nickte. »Vor acht schon; auf eine Minute nur kam er, Lebewohl zu sagen.«

Andrea flüsterte: »Es ist – wegen der Briefe, Großmutter, wegen der Briefe.«

»Ich weiß«, sagte die Zentgräfin. »Das wird vorübergehen, Kind.«

Sie strich ihr über die Haare, über Stirn und Wange, wie sie immer tat – da sah sie die Tränen in den Augen der Enkelin.

»Nicht weinen«, rief sie, »man weint nicht auf Woyland!« Ihre rechte Hand ruhte auf dem Schoß, die linke griff ein paar Akkorde.

»Das ist nicht das letzte Mal, dass du Jan siehst, hörst du, Andrea?«

Dann begann sie zu spielen – die Partita war es. Andrea blieb hinter ihr stehen, lauschte still, bis sie zu Ende war.

»Für Jan«, flüsterte sie, »du spielst es für Jan, Großmutter.«

Die Zentgräfin wandte sich um. »Was denn?«, fragte sie.

Andrea antwortete; »Nun, die Partita. Das meint doch: Abschied und Abreise!«

»Dummes Zeug«, sagte die Großmutter. »Es ist der Name für eine musikalische Form, so wie Suite, wie Sonate oder Passacaglia. Hat nichts zu tun mit Scheiden! – Wie kommst du nur darauf?«

»Jan hat es mir so erklärt«, erwiderte sie, »vor vielen Jahren schon. Lateinisch sei es, sagte er, komme von ›partire‹ – das heißt ›abreisen‹.«

»Ein dummer Junge ist er«, rief die Zentgräfin. »Hoffentlich weiß er's heute besser.«

Aber Andrea beharrte: »Nein, nein – es klingt daraus wie ein Abschiednehmen. Jan fühlt das auch.«

Die Großmutter sah sie an, lächelte. Sagte dann: »Jan auch? – Nun, dann mag es so sein – für Woyland!«

$$* \quad * \quad *$$
$$* \quad *$$
$$*$$

Kapitel IV

Der Mann vom Pustertal.

Me dicas vriardâ de jorpoy,
bus ne sino braco!

Zigeunerisches Sprichwort

Gwinnie Briscoe saß in ihres Vaters Privatbüro; wartete auf ihren Freund Tex. Sie war sehr unzufrieden mit ihm; um Punkt zwölf Uhr hatte sie ihn herbestellt – nun war es dreiviertel eins, und er war noch nicht da.

Seit ein paar Tagen war sie zurück in New York. Sie hatte gleich Andrea Woyland angerufen – die hatte gewünscht, dass sie Tex Durham mit bringe, wenn sie zum Plaza komme. Wie konnte sie das, wenn der dumme Junge im Gefängnis saß?

Endlich erschien er; Gwinnie empfing ihn sehr ungnädig. Um zehn Uhr schon sei er entlassen worden – wo habe er denn solange gesteckt?

Tex entschuldigte sich: er habe warten müssen. Der Gefängnisdirektor habe zu tun gehabt, dann ihm noch eine lange Rede gehalten, dass er sich bessern solle: das nächste Mal würde er statt einer Woche mindestens drei Monate bekommen.

»Sie hätten dich gleich ganz behalten sollen auf Blackwells Island!«, rief Gwinnie. »Du hast es verdient, weil du mich solange warten ließest!«

Er seufzte und schwieg – Gwinnie Briscoe hatte ihre eigene Logik, und dagegen war nicht anzukämpfen. Die kleine Tatsache, dass er gar nichts getan hatte und nur ihretwegen eine Woche brummen musste, war ihr völlig gleichgültig.

So war es: Er sollte Gwinnie mit seinem Wagen nach Florida fahren, aber sie wollte ihn nicht ans Steuer lassen. Sie war sehr schlecht gelaunt und raste los, wie sie aus der Stadt heraus waren. Eine Viertelstunde drauf fuhr sie einen alten Mann um – sie erklärte natürlich, dass es nur seine Schuld gewesen sei, da er einfach ins Auto hineingelaufen sei.

Es war ihm nichts geschehen; er war äußerst zufrieden, als ihm Tex eine Zwanzigdollarnote für die beschmutzten Hosen gab. Weniger zufrieden war der Motorradschutzmann, der herankam; er hieß sie, den Mann in den Wagen nehmen und umkehren. Dann fuhr er mit ihnen zurück, um sie dem Richter vorzuführen.

Unterwegs überlegten sie, was zu tun sei. Gwinnie war schon fünfmal wegen Zuschnellfahrens bestraft, und das letzte Mal hatte man sie gleich einen Tag im Polizeigefängnis behalten – das hatte sie in sehr schlechter Erinnerung. Sie erklärte, dass es durchaus kein Aufenthalt für junge Damen sei; Tex müsse also die Schuld auf sich nehmen. Er war gleich dazu bereit, obwohl auch er ein paar Mal wegen des gleichen Vergehens vorbestraft war. Er machte also den Kavalier, gestand dem Richter, dass er am Steuer gesessen habe; der angefahrene Mann bestätigte das. Der Richter war augenscheinlich an dem Tag genau so schlecht gelaunt wie Gwinnie – hundert Dollar Strafe bekam Tex und dazu eine Woche Gefängnis. Kaum eine halbe Stunde dauerte das – dann durften sie weiterfahren. – Und diese Woche hatte er nun abgesessen.

»Es ist sehr rücksichtslos von dir«, schimpfte Gwinnie. »Du wusstest genau, wann ich von Miami zurückkommen würde – warum hast du deine Strafe nicht früher angetreten?«

Tex verteidigte sich: »Das kann man sich nicht aussuchen, Gwendolin. Man bekommt einen Zettel ins Haus, und dann muss man kommen. Und außerdem habe ich doch für dich gesessen.«

Was das wohl damit zu tun habe, fragte Gwinnie; lauter dumme Ausreden mache er.

»Nun, ich werd's nicht wieder tun«, entrüstete sich Tex. »Das nächste Mal kannst du deinen Salat allein essen!«

Da lenkte sie ein: »Wenn du mir versprichst, Texie, dass du immer für mich sitzen willst, dann…«

Er unterbrach sie: »›Immer?‹ Bei deiner Art zu fahren, könnte ich mein halbes Leben im Gefängnis zubringen!«

»Lass mich doch ausreden!«, rief sie. »Ich wollte dir ganz was Besonderes geben, wenn du mir's versprichst.«

»Was denn?«, verlangte er.

»Erst musst du mir's versprechen«, meinte sie, »dann sag ich dir's. Du wirst dich sehr, sehr darüber freuen.«

Sie handelten hin und her, endlich gab er nach. Reichte ihr seine Hand, versprach fest, immer die Schuld auf sich zu nehmen und nicht nur beim Auto fahren.

Da sagte sie großartig: »Tex, von heute ab darfst du mich Gwinnie nennen!«

Er war wenig entzückt davon, Gwinnie habe er sie früher stets genannt, bis sie es ihm verboten habe. Gwinnie – pah, jeder Mensch nenne sie so! Jetzt habe er sich schon an Gwendolin gewöhnt; das sei ihm lieber, weil er's ganz allein sage.

Sie fuhr ihn an: »Wenn du noch einmal Gwendolin sagst, darfst du nie wieder zu mir kommen. Ein ganz unausstehlicher und undankbarer Mensch bist du – hélas! Außerdem ist's nicht wahr, dass alle Leute Gwinnie zu mir sagen – nur der engste Kreis darf das. Alle Dienstboten und viele andere Menschen müssen mich Miss Briscoe anreden.«

Das gefiel ihr gut, das mit dem ›engsten Kreis‹. Sehr huldvoll klang es, als sie sagte: »Tex Durham, ich habe dich in meinen engsten Kreis gezogen.«

›Halb New York gehört zu deinem engsten Kreis‹, dachte er. Er seufzte und schwieg – was nutzte es, mit Gwinnie Briscoe zu streiten?

Dann erteilte sie ihm ihre Aufträge. Er müsse sofort herausfinden, wer die besten, nämlich die aller, allerbesten Fotografen seien. Mit denen solle er sich in Verbindung setzen und mit jedem von ihnen eine Absprache treffen für morgen Nachmittag.

»Und wenn sie besetzt sind?«, wandte er ein.

»Du musst auch immer Schwierigkeiten machen!«, rief sie. »Wenn sie besetzt sind, sollen sie eben die anderen Absprachen absagen. Das ist doch ganz einfach, konntest du wirklich nicht selbst auf den Gedanken kommen?«

Alles, was Gwinnie Briscoe anordnete, war kinderleicht und unendlich einfach – das wusste Tex Durham aus Erfahrung. Aber wenn man's ausführen wollte, kostete es elende Mühe. Telefonisch war gar nichts zu erreichen; welcher Fotograf, der etwas auf sich hält, lässt sich telefonisch sprechen? Übersnoben muss man das Snobpublikum! Nur die Sekretärinnen bekam Tex zu sprechen, die meinten herablassend, dass vielleicht in vier Wochen…

Er lief treppauf und treppab, wartete stundenlang, tat schön bei den Empfangsdamen, bestach sie, setzte schließlich durch, was Gwinnie wollte – freilich würde es das Dreifache kosten! Es nahm ihm all seine Zeit; mit knapper Mühe war er am anderen Tage zur Lunchzeit in der Halle des ›Plaza‹.

»Ich warte schon fünf Minuten auf dich«, empfing sie ihn vorwurfsvoll.

»Aber, Gwinnie«, wandte er ein, »du bist wirklich zu früh. Du hast mich um halb zwei herbestellt, und es ist erst…«

Sie unterbrach ihn: »Du hättest eben früher kommen sollen – man lässt eine Dame nicht allein warten.«

Andrea Woyland kam herunter; sie gingen zum Speisesaal. »Das ist Tex Durham«, stellte sie ihn vor. »Er steht Ihnen ganz zur Verfügung – wann immer Sie ihn brauchen. Nicht wahr, Tex?«

»Gewiss«, murmelte er. Das fehlte gerade noch, dass auch diese Frau ihn als Laufjungen benutzen sollte!

Natürlich sprach er kein Wort bei Tisch und Andrea nicht viel mehr; auch Gwinnie zeigte eine gewisse Scheu. Etwas gedrückt war die Unterhaltung. ›Die Frau ist ziemlich langweilig‹, dachte Tex.

Als sich Gwinnie das vierte Glas Eiswasser eingoss, zog ihr Andrea die Karaffe fort. »Nun ist's genug, Gwinnie«, lachte sie.

Tex horchte auf; das gefiel ihm. Weit aber riss er Augen und Ohren auf, als Gwinnie das volle Glas fortschob, als sie sagte: »Oh,

Verzeihung – ich wusste nicht, dass Sie es nicht gern sehen.« Er dachte: ›Langweilig mag sie sein – aber sehr vernünftige Ansichten hat sie.‹

Andrea betrachtete den schlanken Jungen; sie war froh, dass er da war – das sicherte sie vor jedem Ausbruch Gwinnies. Sie empfand, wie komisch das war: der hübsche Tex als Anstandsdame zwischen Gwinnie und ihr! Sie lachte nicht darüber, hatte nur den Wunsch, wieder allein zu sein in ihrem Zimmer, Durham tat ihr leid in seiner hilflosen Abhängigkeit und Ahnungslosigkeit – und gewiss bedauerte sie Gwinnie. Entzückend sah die aus, wie ein Spielzeug, wie eine süße, blitzsaubere Puppe – aber eine, die sehr lieben kann und sehr leiden. Sie hätte gern ihre Hand gedrückt, sie leise gestreichelt. Sie wagte es nicht – wie würde Gwinnie antworten, trotz Tex Durham, trotz der dicht besetzten Tische ringsum? Und am Ende – wenn sie schon mit dem Bedauern anfangen wollte, war sie selbst nicht die Erste dazu? Kleine Seelenleiden der beiden, große vielleicht – das mochte vorübergehen. Sie aber, Andrea Woyland, würde einen Weg gehen ins Ungewisse, den noch kein Mensch vor ihr gegangen war, solange die Erde bestand.

Sie fuhren zu den Fotografen, zu Arnold Genthe zuerst, zu Baron de Meyer und Nicholas Murray. Tex wunderte sich: nicht sich selbst ließ Gwinnie aufnehmen, immer nur Miss Woyland.

Baron de Meyer war eigensinnig; er duldete im Aufnahmeraum keine anderen, da mussten die beiden im Empfangszimmer warten.

»Hör zu, Tex!«, sagte Gwinnie. »Du musst sie bitten, ein Bild mit mir zusammen machen zu lassen.«

»Frag sie doch selbst«, antwortete Durham.

»Nein, nein«, rief sie, »das geht nicht. Das ... das sieht zu unbescheiden aus – hélas! Du musst tun, als ob's von dir ausginge. Wenn sie's erlaubt, sollst du einen Abzug bekommen.«

Das war wieder so ein Geschenk – er hatte schon zwanzig Bilder von ihr, und was lag ihm am Bild der anderen? Aber gerade das betrachtete sie als etwas ganz Außerordentliches. Er starrte sie an. Wer war denn diese Frau, vor der Gwinnie Briscoe solch grenzenlosen Respekt hatte?

Er tat ihr den Willen, wie immer; bat die Deutsche um ihre gütige Erlaubnis; die nickte. Da ließ Gwinnie gleich ein Dutzend solcher Aufnahmen machen.

Als sie hinunterfuhren im Fahrstuhl, kam Andrea ein hässlicher Gedanke. Seit manchen Jahren hatte sie sich nicht aufnehmen lassen, nun gab's wieder Dutzende Bilder von ihr. Und diese Fotos konnten – ah, würden sicher! – in die Zeitungen kommen, wenn – wenn das alles vorüber war! Man würde dann neue Bilder machen und die daneben setzen – so wie bei einer Haarwuchsmittelreklame: ›Vor und nach dem Gebrauch!‹

Sie wandte sich an Gwinnie: »Ich will nicht, dass die Platten bei den Fotografen bleiben; sie müssen unter allen Umständen vernichtet werden.«

Gwinnie nickte eifrig: »Hörst du, Tex? Du musst dir die Platten geben lassen und bei mir zerschlagen.«

Tex seufzte. Er wusste gut, dass die Fotografen ihre Platten nicht hergeben – das würde wieder eine endlose Arbeit kosten, Bitten und Reden und Geld genug!

***

Müde war Andrea Woyland, als sie endlich zurück war. Anstrengend war dies ungewohnte Stellungmachen, diese gequälte, unfreie Unterhaltung. Sie warf sich aufs Ruhebett, atmete auf, Gott sei Dank, nun war sie Gwinnie los für eine ganze Woche, für vierzehn Tage vielleicht.

Ihr Vater, Parker A. Briscoe, war nur einmal bei ihr gewesen im ›Plaza‹; hatte regelrecht seine Aufwartung gemacht mit Blumen und Pralinen. Von diesem und jenem hatten sie gesprochen, kaum ein Wort von ihrer Angelegenheit. Es sei doch viel schwerer, als er angenommen habe, meinte er, aber nun habe sein Freund Steinmetz in Schenectady ihm fest zugesagt, dass er ihm bald jemanden schicken würde; der wisse Bescheid. Wenn es überhaupt möglich wäre, würde dieser Mann alles auf den Weg bringen.

Wer es sei? fragte Andrea. Er kenne den Namen nicht, meinte Briscoe, glaube aber, dass es ein Landsmann des alten Steinmetz sei, ein Deutscher.

Dann erzählte er wieder von seiner Frau – seit zwei Jahren sei sie nun tot. Nur sie habe er geliebt, nie eine andere angesehen…

›Er spricht ein bisschen zuviel von ihr‹, dachte Andrea.

Natürlich fühle er sich einsam, sehr einsam. Und wenn nun diese Sache so ausginge, wie sie alle hofften, wenn er Gwinnie verliere an – an Miss Woyland, ja, dann würde er ganz allein in der Welt sein. Aber was solle er tun? Keine Frau, keine, könne ihm die Verstorbene ersetzen. – Sie freilich, Miss Woyland – manchmal denke er, dass sie schon fähig wäre, einem Manne wirklich zur Seite zu stehen. Wer weiß, vielleicht würde Gwinnie hinauswachsen über ihre unglückselige Leidenschaft – ehe es zu spät sei.

Und schließlich, das alles sei ja Wahnsinn, was er von ihr verlange und wozu sie sich hergeben solle! Wider die Natur sei es und wider den Willen Gottes!

»Glauben Sie an Gott, Miss Woyland?«, fragte er.

Sie wiegte den Kopf. »Zuweilen«, antwortete sie.

Er empfahl sich; ließ ihr einen sehr hohen Scheck zurück. Traute sich nicht, ihn ihr zu geben, schob ihn unter die Blumen.

Andrea fühlte, dass sie diesen Mann haben konnte, trotz aller blinden Liebe zu seiner toten Frau und seiner lebenden Tochter. Wenn sie das wollte, konnte sie Mrs Parker Aspinwall Briscoe werden und Gwinnies Stiefmutter. Das war etwas sehr Sicheres und Festes – und ein wüster Traum nur war alles andere. Freilich würde auch das letztlich ein Fehlschlag sein. Gwinnie würde gewiss wieder Dummheiten machen und mit Tex Durhams ahnungsloser Hilfe etwas Wirksameres finden als Lysol. Und darüber würde Briscoe…

Ach, wozu weiter denken? Sie würde Briscoe nicht nehmen und damit fertig! Sie würde das andere vorziehen, das, was er nun Wahnsinn nannte.

Auf ihrem Ruhebett lag Andrea Woyland und träumte.

***

Wie war es noch, damals, als Jan Olieslagers geflohen war von Woyland? Denn sie verstand wohl, dass es eine Flucht war. Vor ihr und hin zu der anderen. Sie weinte nicht; sie biss die Lippen und weinte nicht. Sie hoffte.

Aber Jan schrieb nicht, keine Zeile schrieb er.

Ein paar Wochen später kam der Adler. Vier Falken noch, große, fahlbraune Sakerfalken – mit ihnen kam der Tiroler. Hendrick van der Lohr war mit Pittje nach Kleve gefahren, um die Gesellschaft abzuholen; beide erklärten, dass es sehr schwer sei, sich mit ihm zu verständigen. Er könne zwar Deutsch, verstehe auch so ziemlich, was sie sagten, rede aber selber ein ganz unverständliches Zeug zusammen. Ein Schwein nenne er ›Fack‹, ein Zicklein ›Hedai‹, einen Schnaps ›Gigges‹, ein Mädchen ›Gitsch‹, zwei Mädchen aber ›Menscher‹! Auch habe er keinen Hut mit einer Spielhahnfeder auf dem Kopf, sondern ein ›Hüatl af'n Grind mit an Schneidhakel‹!

Die Zentgräfin meinte, dass sie ihn zum alten Jupp bringen sollten; mit dem möge er sich anfreunden, da würde er bald rheinisch lernen.

Sie hatte für ihn und seine Tiere die hübsche Waldhütte herrichten lassen, die zwischen dem Schloss und Haus Forst lag; sie gab Befehl, dass er am Nachmittag zu ihr kommen solle.

Andrea saß mit der Großmutter beim Tee, als der lange Klaas den Tiroler meldete. Er war ein hübscher Bursch, Ende der Zwanziger, braun das Lockenhaar und das Schnurrbärtchen, braun die kleinen lustigen Augen. Die Zentgräfin hieß ihn willkommen, erkundigte sich, wie die Reise gewesen sei. Dann fragte sie ihn nach seinem Namen.

»Tschurtschentaler«, antwortete der Bursch.

»Tschur – wie war das?«, fragte die Zentgräfin nach, »wie heißt du?«

»Wie i hoaß?«, dehnte er. »Hoassen tu i net Tschurtschentaler – hoassen tu i Mutschlechner.«

Die Gräfin wurde ungeduldig: »Wie man dich ruft, möcht ich wissen!«

Er nickte voller Verständnis: »Ah so, wie sie mi rüefen! Rüefen tuen sie mi holt Großrubatscher.«

»Was?«, rief sie, »Großrubatscher?«

»Sell woll!«, grinste er. »I bin jo, weil'n Schule gehen, bei'n Groß-vatter am Rubatscherhof gewed'n. In der Obervintl im Pustertal.«

Die Zentgräfin gab ihm Bleistift und Papier, reichte es ihm hin. »Schreib's einmal auf. Junge, da geht's vielleicht besser.«

Er nahm den Bleistift, kratzte sich bedenklich damit hinterm Ohr. »Jo wissen's, Frau Gräfin, schreiben tu i mi anders. Schreiben tu i mi Kluibenschädl. Weil i decht der Bürgl Kluibenschädl ihr lediger Bui bin, vor dass sie den Tschurtschentalerbauer vom Mutschlechner-hof g'nomme hat!«

»So, so!«, lachte die Gräfin. »Nun, im Namen sammeln bist du uns jedenfalls über, da können selbst die Woylands nicht mithalten. Aber du wirst doch einen Vornamen haben, was?«

»Ah, sell woll«, erwiderte er stolz, »vier hon i und sell ganz schiache schiane! Der richtige is Barthlmä, aber sie hoaßen mi holt den Pfnutterer Lois, weil i a kloans Hölzl im Maul hau, wenn i a Räusch'l han.«

»Also gut«, entschied die Zentgräfin, »so wollen wir dich Bartel nennen!«

***

Bartel war ein großer Erfolg auf Woyland. Seine Würgfalken arbeiteten gut und sicher, standen den Woylandschen Gerfalken kaum nach, obwohl sie von ihm nur ›sakrische Saker‹ gerufen wurden und nicht einmal einen Namen hatten – die Zentgräfin sagte, dass er die wohl alle für sich selbst verbraucht habe. Sie gab den Vögeln hübsche Namen: Salome und Sara, Sabina und Susanna – aber damit war Bartel wenig zufrieden. »Dös sein lei Viecher«, meinte er, »und Viecher sein koane Christenleit, weil's koa Seel'n net han. Derewegen brauch'ns koan Numen net!«

Über den Adler war die Zentgräfin zunächst enttäuscht. Es stellte sich heraus, dass es keineswegs ein Steinadler aus den Alpen war, vielmehr ein weißköpfiger Seeadler, am Plattensee in Ungarn auf dem Luder gefangen und dann nach Burg Rodenegg gebracht. Der Vogel war ausgezeichnet abgetragen und sehr lock, aber er war nur zur Jagd und keineswegs zum Fang zu gebrauchen; zu gefährlich verwundeten seine riesigen Krallen. Nur einmal nahm ihn die Zentgräfin zur Reiherbeiz und ließ ihn dann nur einen Reiher schlagen; noch weniger befriedigte sie die Jagd auf Katzen und Füchse, die Bartel in Szene setzte; schon der Gedanke, dass man das Wild erst fangen und dann auf dem Feld laufen lassen musste, war ihr zuwider.

Beide Tiere nahm der Adler mit großer Sicherheit; schlug ihnen einen Fang um den Leib, den anderen um den Kopf, um ihnen die Möglichkeit des Beißens zu verwehren. Die Katze trug er sofort her; man musste sie totschlagen. Der Fuchs wehrte sich sehr tapfer. Er warf sich auf den Rücken, wälzte sich herum mit dem Adler, so dass dieser die Fänge löste und von ihm abließ. Aber kaum glaubte Reinecke entschlüpfen zu können, als der Adler von neuem angriff – das wiederholte sich noch zweimal. Ein Auge hatte der Fuchs gleich beim ersten Angriff verloren, von seinem scharfen Gebiss vermochte er nicht ein einziges Mal Gebrauch zu machen. Schließlich ließ seine Kraft nach, der Adler brachte seine Beute. Der Fuchs lebte noch, man musste ihm mit dem Knüppel den Gnadenschlag geben. Mit scheelen Augen hatte Hendrick van der Löhr diese Kunststücke angesehen; er strahlte, als die Zentgräfin jede weitere Jagd auf Füchse und Katzen verbot.

Doch dauerte es nicht sehr lange, bis sich Bartel mit seinem Adler bei der Zentgräfin dennoch in hohe Gunst setzte, das war, als sie das Tier bei der Wasserjagd sah. Enten schlug er mit einem Fang, brachte sie zurück auf den Handschuh, stieg sofort wieder auf, eine andere zu holen. War er dann müde, so setzte er sich wie eine Möwe aufs Wasser und ließ sich schaukeln, kam zurück auf

Bartels Lockruf – dann hob er die Flügel steil hoch und erhob sich mit einem einzigen kräftigen Flügelschlag. Er beherrschte das Wasser genau so wie Luft und Erde, kein Tauchvogel war vor ihm sicher. Die scheuen Haubensteißfüße flohen vor ihm aus dem Rohr sofort ins Wasser, tauchten tief und lange; dann kreiste er ruhig über der Oberfläche. Sowie einer nach oben kam, nur den Kopf herausstreckte, um Luft zu schnappen, war er sicher da, jagte ihn wieder in die Tiefe. Das ging so lange, bis der Tauchvogel hinaus musste, um nicht zu ersticken – im nächsten Augenblick war er erfasst und erwürgt.

Am Rheinufer standen sie; zwanzig, dreißig Meter hoch kreiste der Adler über dem Strom, strich auf und nieder, rüttelte auch wie ein Falke an derselben Stelle. Plötzlich stieß er in schräger Richtung wie ein Sturmwind hinab, tief in die Wogen hinein. Kam wieder hoch, schüttelte sich wie ein Pudel, hob sich hoch – brachte einen mächtigen Hecht auf die Faust des jungen Falkners.

Gräfin Roberta war entzückt und Andrea nicht weniger; selbst Hendrick musste anerkennen, dass auch in unserer Zeit man nicht nur in Vaalkenswaard sich auf die Beizjagd versteht. Die Zentgräfin ließ sich von Bartel einen starken Handschuh fertigen; der alte Jupp musste ihr am Sattelknopf eine Stütze machen, auf die sie die rechte Hand bequem auflegen konnte. So ritt sie hinaus auf ihrem Apfelschimmel, den stolzen Vogel auf dem Arm.

Attala nannte sie ihren Adler.

Und sie besprach mit der Enkelin, was man beizen solle, wenn Jan zurückkäme,

»Wenn iatz lei a Gamswond do war, nacher tat der Aarvogel woll gschwiud a Gamsl acher holn!« hatte Bartel erklärt. »Ob mer net oan Goasbock af die Mahder auß'ntreiben möget oder a kloans Hedai?«

Die Zentgräfin lehnte es ab, weder eine Ziege noch ein Zicklein wollte sie für den Adler in die Wiesen jagen, auch kein Stück Rehwild sollte er haben. Vielleicht könnte man von Hagenbeck ein paar Schakale kommen lassen oder einen Wolf?

Das müsste schon eine Lust sein, über die Felder zu reiten, hinter dem Wolf her, hoch den Adler zu werfen! Aber nein, nein – es war erlogene Jagd, unedel und feige! Das starke Tier erst im Zwinger halten, pflegen und füttern, dann ihm die Freiheit geben, nur um es zu Tode zu hetzen, hinein in die Sümpfe! Dort es greifen zu lassen von dem Adler und schließlich abzuknallen oder dem totwunden Tier mit dem Knüppel den Garaus zu machen!

Andrea hatte einen Gedanken – und die Großmutter streichelte sie dafür. Einen Keiler – ja den konnte man beizen, mochte Attala sehen, wie sie mit ihm fertig wurde, Wildschweine brachen oft vom Reichswald her über Woylands Grenzen, taten schweren Schaden den Bauern ringsum. Das war ein ehrlicher Kampf, Und die Zentgräfin gab Befehl, dass man ihr gleich Nachricht geben solle, wenn sich Schwarzwild zeige.

Aber Jan kam nicht nach Woyland, kam nicht und schrieb nicht. Zwei Frauen hofften jeden Tag auf ihn und sehnten sich.

***

Oh, der Bartel vom Rubatscherhof war schon ein Erfolg im Unterland. Im Schlosshof saß er am Maiabend, legte die Zither auf die Knie, spielte und sang dazu – dann scharten sich alle Mädchen um ihn.

»Da kuck dich enns dat Jedrängele von die Weibslück an, Jüngke«, sagte der alte Jupp zu ihm. »All die Weiber sin' knatschjeck för dich.«

Bartel lachte und sang:

»Und mir sein halt lebfrische Pustererbuibn
Und grod Geld han mir koans, aber Schneid han mir gnu'!
Und beim erschten Wirtshaus, jo do kehrn mir ein.
Wo lauter schiane Gitschen drin sein,
latz trinken mir ünsern Wein gor aus,
Noch'r jog'n mir unsere Menscher aus!

Ho la diä, ri di e, ho la dio!
Ho la diä, ri di e, ho la diä, ri di e.
Ho la diä, ri di e, ho la dio!«

Andrea hörte den Jodler, kam ans Fenster; sie sah dicht bei ihm die deftige Stina vom Kuhstall stehen, die Schwester vom Katerlischen und grad solch ein flachsköpfiger Trampel wie die. Ihre rote Hand lag auf des Tirolers Schulter, als wenn sie ihn für sich festhalten wollte. Bei ihr standen und saßen Marizzebill, Zöfke, Mieke und all die anderen. Etwas entfernt, bei der Bank, auf der Jupp und Pittje saßen, stand Nellje und bei ihr die alte Griet; die war nicht minder begeistert. Selbst die feine Fanny war heruntergekommen, stand hinten auf der Treppe, schaute mit verlangenden Augen hinüber zu dem hübschen Bartel.

Der alte Jupp griff mit mächtigen Fäusten in seine Harmonika.

»Dös is g'scheit«, rief der Tiroler, »spiel lei a bissei af deiner Bauchorgel!«

»Dat is keene Bauchorjel, Jüngke«, belehrte ihn Jupp, »dat is enne Quetschbüdel.« Dann sang er, anzüglich genug, zu seiner Musik:

»Dat Stina muss enne Mann han,
Et is de höchste Zick,
Dat Stina muss enne Mann han,
Sons'wät se uns noch verrück'!«

Da lachten die Jungen und Mädchen; Kuhstalls Stina aber wurde puterrot und zog ihre Hand von der Schulter des Zitherspielers.

»Ehr söd doch enne jemeine Minsch!«, rief sie Jupp zu.

Aber der alte Kutscher lachte: »Wat säste? So ne Mann – und nu noch so enne staatse Mann, wie dä Bartel mit kozze Bozze und näcke Knie – dat is doch en Delikateß! Wat Stina?« Dann fing er gleich ein anderes Liedchen an:

»Enne Mann, enne Mann,
Dä schaff ich mich jetz' an!
Un' wenn hä auch nix kann –
Enne Mann is' doch enne Mann!«

»I konn schon eppes!«, rief Bartel. »Jodeln konn i und mit die Menscher karressier'n und Burzigagilan mochen konn i a!« Er reichte der Stina seine Zither, sprang auf und schlug ein paar prächtige Purzelbäume.

»Dat nennt mer bei uns Tummeleut!«, sagte der Kutscher, »Et war auch höchste Zick, Bartel, dat de langsam ä bißken reden könns', wie enne richtije Christenminsch!« Und gleich krähte er los zu seiner Harmonika – das war seine Stärke, immer ein Liedchen zu finden, das einigermaßen paßte:

»Minge Jung kann Kopp stonn.
Häng jonn, Rad schlonn…«

Die schwarzäugige Fanny ging über den Hof, so als habe sie was zu besorgen, kam von ungefähr näher heran, blieb beim Brunnen stehen. Der Tirolerbub sah sie – die zierliche Zofe gefiel ihm schon besser als die Mägde vom Stall und von der Küche. Er nahm seine Zither, setzte sich auf den Brunnenrand, sang auf zu ihr:

»Diand'l wo host denn dei Liegestatt,
Liegestatt,
Diand'l, wo hast denn dei Bett?
Über drei Staff'l muss i afisteig'n,
afisteig'n,
Drunt af'n Hof is es net!

Wenn i das Fanneri in die Kirch'n siech,
Kirch'n siech,
Schaug i koan Heilig'n mehr an.

Freu i mi heunt wieder grod af d'Nacht,
grod af d' Nacht,
Dass i ba'n Fanneri sein kann!«

Die Leute verstanden recht gut, was er sang. Nicht jedes Wort,
aber den Sinn doch; den betonte er kräftig genug, den sprachen
deutlich seine kecken Augen. Und sie freuten sich und kicherten,
dass er der Fanny das grad ins Gesicht sang, der feinen Zofe, die
immer so vornehm tat und die keiner recht leiden mochte. Die
hübsche Kammerjungfer merkte das wohl. Sie hätte fortlaufen
mögen – aber das ging nicht, da hätten alle laut losgelacht.

Der Pustertalerbub zwinkerte mit den braunen Augen und sang
in gequetschtem Sopran, eine Frauenstimme nachmachend:

»Wenn i mei Bett af'n Hof drunt hätt',
Hof drunt hätt',
Schauget der Mond mir hinein.
A jeder Bui, der do vorüberkimmt,
'rüberkimmt,
Mecht in mei Liegestatt 'nein!

Was schlagt denn da drauß hinterm Tannenbaum,
Tannenbaum,
Dös is jo koa Nachtigall net!
Dös sein ja drei lustige Jagersbuib'n,
Jagersbuib'n,
Die wöllen halt a in mei Bett!

Der oan aber, der hat koan Pulver net,
Pulver net.
Dem anderen, dem föhlt es an Blei.
Dem dritten, dem steht ja das Hahnd'l net,
Hahnd'l net:
Leckt's mi – alle drei'!«

Das war ein Fressen für die Leute! So knallig, so deftig, so mitten ins Gesicht! Sie schrien und brüllten vor Lachen.

»Dat hast de jut jemacht, Bartelje!«, jubelte Pittje. »Da könnt ich dich ene Kuß för jäve, wenn du en Weib wärst!«

Fanny schlug nach dem frechen Burschen; der duckte sich. Da wandte sie sich um, lief über den Hof, so schnell sie konnte. Bartel legte die Zither aus der Hand, sprang auf wie ein Ball, stand im Augenblick bei der Bank, wo Jupp und Pittje saßen.

»Kennscht dö die drei Gültigkeiten vom Pustertal?«, fragte er Nellje. »A Haberermuis ünd a Rüibensuppen und nacketer ba'n Weibets lieg'n!«

Eh sie sich noch entrüsten konnte, schmetterte er den Passeirer Jodler:

> »Hui ti ri, ho lei diä, do Ii a,
> Hui ti ri, hu lei diä, do Ii a.
> Hui ti ri, ho lei dio, hui ri dio!«

Und er gab noch einen wilden Juchzer zu: »Juh! Hu, hu, hu, hudio!«

So einer war der Bartel Tschurtschentaler aus Tirol.

***

Lange blieb Jan fort und immer länger noch – kein Brief kam, keine armselige Karte. Wach lag Andrea in den Sommernächten. Sie wollte lernen für den Vetter, hatte mit der Großmutter einen schönen Stundenplan gemacht. Manchmal ritt oder fuhr sie nach Kleve, manchmal auch kamen die Professoren nach Woyland. Das ging gut eine Zeitlang, dann ließ sie es laufen. Sie war unstet und rastlos, nahm ein Buch und warf es fort nach wenigen Minuten – völlig fruchtlos war dieser Versuch, zu arbeiten. Einen nach dem anderen verabschiedete sie die Lehrer und Lehrerinnen, und die Großmutter ließ sie gewähren. Oh, das würde schon alles von selbst kommen: was sie heute nicht lernte, würde sie morgen lernen.

Andrea wartete, wartete, wie die Zentgräfin wartete. Aber Jan schrieb nicht und kam nicht.

So ritt sie mit der Großmutter oder lief umher in Feldern und Wäldern. Oft allein, dann wieder nahm sie Nellje mit, hetzte sie herum. Zuweilen zog sie mit Bartel aus und mit seinen Falken. Der Tiroler hatte keine Scheu, war frei und keck, gab sich, wie er eben war. Er nannte sie ›Fräulein‹ wie die anderen taten; sie sagte ›du‹ zu ihm, wie die Großmutter tat. Er nahm sie als Herrin, tat aufs Wort, was sie sagte. Manches, was sie verlangte, kam ihm närrisch vor, aber er tat dennoch, was sie wollte, viel mehr als der alte Lohr oder einer der Falknerjungen. Die scheuten sich nicht, ihr ein ›Nein‹ entgegenzusetzen, wenn sie sich dazu berechtigt glaubten, antworteten ruhig, dass sie erst die Zentgräfin fragen würden: Wenn die es so anordne, würden sie's tun und sonst nicht. Bartel fragte nicht.

Er sagte: »B'föhl is B'föhl« und ließ ihr die Verantwortung. So gewöhnte sie sich an ihn.

Von dem fischköpfigen Matthes forderte sie Frances und Fenga, auch den Habicht Hella und ein paar Sperber: sie wolle hinaus mit den Vögeln, die sollten Lerchen schlagen. Der Junge weigerte sich, die Vögel auf die Trage zu nehmen, rief seinen Meister. Der alte Hendrick schlug es ihr glatt ab – die Zentgräfin würde es nie gestatten. Und selbst wenn sie es erlauben würde, würde er sich dennoch weigern: kein Falkner aus Vaalkenswaard würde seine Falken auf Lerchen steigen lassen. Andrea schrie ihn an, sagte, dass man wieder und immer wieder in frühern Zeiten auf Lerchen gebeizt habe. Aber der Falkner schrie noch lauter: Das wisse er recht gut, und sie brauche ihm keinen Unterricht zu erteilen! Heute täte man's nicht mehr und ganz gewiss nicht auf Woyland; eine Schweinerei sei es, und seine Falken seien zu gut dazu!

Außer sich war Andrea, schlug die Tür krachend hinter sich zu. Dann ging sie zum Waldhäuschen, wo Bartel hauste. Der nahm seine Trage und seine Falken, ohne ein Wort zu verlieren.

Sie schritt hinter ihm durch die Felder. Ihr Kopf schmerzte: Müde war sie nach schlafloser Nacht. Wirr waren ihre Gedanken – warum nur wollte sie auf Lerchen beizen?

Lerchen – der Vetter nannte sie: singende, springende Löweneckerchen, weil sie im Märchen so heißen. So lieb klang das und so sonnenwarm: singende, springende Löweneckerchen, Jan hatte gesagt: das ist kein Wort zum Nachdenken, das ist ein Märchenwort, nur so zum Hinsagen: singende, springende Löweneckerchen!

Die stiegen jubelnd hinauf in die Luft, kerzengrade, höher und höher empor in den blauen Äther. Da, wo der Himmel sich öffnet, grade da – würden Bartels Würgfalken sie zerreißen. Was hatte sie nur? Wie kam ihr nur der Gedanke, den Falken auf Lerchen zu werfen?

Ja, das war es: Jan liebte die Lerchen, liebte sie mehr als jeden anderen Vogel. Und er kam nicht und schrieb nicht, war draußen in der Welt mit einer schlechten Frau. War mit einer, die sang oder sprang – mit so einer war er!

Zwei Lerchen flogen auf – da schleuderte sie die Saker, Sara und Salome. Warf sich ins Gras, schaute hinauf, angstvoll, mit weit aufgerissenen Augen. Zum Himmel stiegen die süßen Vögel – hinter ihnen jagten die Würger.

Die Falken brachten die Beute; in ihrer Hand hielt sie die toten Löweneckerchen, blutig und zerrissen. Herab hingen die Köpfchen: die würden nie wieder singen und springen. So warm waren sie noch – so warm. Hielt sie nicht zwei Herzen in der Hand, ihres und Jans?

∗∗∗

Am Hückesweiher saß sie mit dem Tirolerburschen.

»Sing zu!«, befahl sie.

Da sang er vom Wildschütz, der in der Sonntagsfrüh ins Gamsgebirg steigt. Der vom Jäger verfolgt wird, Unterschlupf findet bei der schönen Sennerin droben auf der Alm. Ein Schnippchen schlagen die zwei dem Jägersmann, dieweil er aufs Wild pirscht – den Gamsbock jagt der Wildschütz ihm ab und das Mädel dazu.

> »Kloane Kugeln giaßn, große Gamsl schiaßn,
> Saubre Gitschen liabn, dös muss ma all's probiarn,
> Daweil mir jung, jung sein, da rieht man ein das
> Bald mir älter sein, is a nix mehr!«

Andrea träumte, hörte nur halb zu. Draußen in der Welt ist der Jägersbub, pirscht auf sein Wild – bei seinem Dirndel aber sitzt der Wildschütz…

Immer wieder ließ sie ihn jodeln, lernte bald, wie man's im Wattental macht, wie im Vintschgau und wie auf dem Jochberg. »Sing den Schleifjodler!«, befahl sie. Oder den ›Triapla ho‹, den ›Erdäpfeler‹, den ›Seiseralmer‹ und den ›Melcherbuab'nJodler‹.

Sang auch selbst, konnte den ›Leuckentaler‹ und den ›Hosennaggeler‹:

> »Drei ho la ria, rei ho la ri,
> Dri ho la ria, dri ho la diol
> Drei ho la ria, rei ho la ri,
> Dri ho la ria ho!«

Ihre Brust atmete hoch, wie befreit fühlte sie sich, wenn sie die Jodler in die Luft schrie.

***

Das war Feiertagmorgen im Juni, am Peter und Paulstag. Sie hatte mit der Großmutter gefrühstückt, war dann durch die Stallungen gegangen. Sie gab Pittje Befehl, ihre Stute zu satteln, ging auf ihr Zimmer, sich umzukleiden.

Ausgezogen war sie, als Fanny hastend herein kam: sie möge sofort zur Großmutter kommen. Die habe einen Brief bekommen

– schlimme Nachricht müsse es sein. Aufgesprungen sei sie, ganz bleich sei sie geworden. Ja, und fast ohnmächtig. Sie habe sich am Tisch gehalten, schwer auf den Sessel fallen lassen. Sie, Fanny, habe ihr Tokaier holen müssen – nun gehe es etwas besser.

Andrea warf den Frisiermantel über, sprang die Treppen hinab.

»Von Jan?«, fragte sie.

Die Großmutter schüttelte den Kopf. »Nein, nicht von Jan.« Sie füllte ein Glas, schob es ihr hin.

»Trink, Mädchen.«

Andrea hob das Glas an die Lippen, leerte es. Herb schmeckte dieser Wein und doch süß.

»Nein«, wiederholte die Großmutter, »der Brief ist nicht von Jan. Ich habe mich bei Freunden erkundigt, was er macht, da er selbst nicht schreibt. Hier ist die Antwort. Er hat sein Examen bestanden.«

»Oh«, flüsterte Andrea. »Und…«

»Nein, nein«, rief die Großmutter, »er kommt nicht! Er ist fort – nach Paris, nach Spanien – das wissen sie nicht. Fort mit einer Tänzerin!«

Andrea schluchzte auf – die Großmutter füllte ihr das Glas. »Nein, nein, weine nicht«, mahnte sie. »Trink einen Schluck.«

Dann fuhr sie fort: »Mit einer vom Variete ist er, einer, die schmutzige Lieder singt und die Beine dazu zeigt. Sehr berühmt soll sie sein – berühmt auf dem Tingeltangel!«

Andrea sog an ihrem Wein, starrte auf die Flasche. ›Tokajer Ausbruch‹ stand da. ›1846. Gewächs Graf Geza Andrassy‹. Und dann: ›Sechsbuttig‹. Was sollte das nur heißen – sechsbuttig?

Die Großmutter schob ihr den Brief hin. »Willst du lesen?«

Sie schüttelte den Kopf. Nun war er fort, ganz fort – würde nie wiederkommen. War in Paris – oder in Spanien, war mit einer Tänzerin – war mit der Frau, die ihm die Briefe schrieb.

»Steh auf«, herrschte sie die Großmutter an. »Ich will nicht, dass du weinst – wisch dir die Augen ab.«

Was denn nur – weinte sie denn? Sie gehorchte, stand auf, nahm ihr Taschentuch – da waren Tränen.

»Gieß dir ein«, befahl die Großmutter. »Trink! Es wird vorübergehen – das mit der Tänzerin, hörst du? Er wird doch zurückkommen nach Woyland, wird doch zu uns kommen, verstehst du mich?«

»Ja«, sagte sie tonlos, »ja.« Leerte ihr Glas, stand da, wartete.

»Geh nun«, sagte die Großmutter.

Sie ging aus dem Zimmer, machte langsam die Tür zu. Schlich die Treppen hinunter, stand im Hof. Ah, die Sonne schien!?

Über den Hof ging sie, durch den großen Torweg. Über die Brücke an den Hirschen vorbei. Kam in den Park, ging hindurch, über die Wiesen, in den Woylandforst.

Die Sonne scheint, dachte sie, und Peter und Paul ist heute. Dann fror sie – da fiel ihr ein, dass sie kaum etwas anhatte. Das seidene Hemd nur und den Frisiermantel drüber, Strümpfe und hohe Reitstiefel dazu. Nein – deshalb konnte sie doch nicht frieren – warm schien die Sonne!

Sehr still war es, sehr still. Sie müsse umkehren, dachte sie, so könne sie doch nicht durch den Wald laufen…

Aber sie ging weiter.

Sechsbuttig? Was war das nur: sechsbuttig? Komisches Wort. Der Kopf brannte ihr – wirr war das alles. Drei Glas Tokajer hatte sie getrunken. War es, weil sie den Ungarwein nicht gewohnt war? Oder: sechsbuttig – weil er sechsbuttig war? Sie lachte auf.

Setzte sich auf einen Baumstumpf, sprang wieder auf, lief weiter.

Mit einer vom Tingeltangel war Jan – einer, die ihre Beine zeigt. Ah, einer, die sang und sprang! Und berühmt war sie…

Mit einem Löweneckerchen war er in Paris, mit einem singenden, springenden und sehr berühmten!

Sechsbuttig war der Wein – sechsbuttig. Heiß war ihr nun.

Sie musste sich wieder setzen – die Bäume drehten sich im Kreis. Da war eine Stelle, oben auf dem Katzenbuckel, sehr versteckt – Moos unter hohen Buchen. Da mochte sie sich ausstrecken.

Weiter lief sie bergauf. Nie würde Jan wieder nach Woyland kommen, nie. Warum schien nur die Sonne?

Und der Hügel, war der auch sechsbuttig? Katzenbuckel –

Ausbruch – sechsbuttig?

Sie wusste wohl, dass sie betrunken war. So auf Sekunden, schien ihr; dann war sie wieder ganz klar. Wo war nur die Quelle? Unten zum Sternbusch hin – da würde sie trinken können. Wasser, quellfrisch…

Nun stieg sie wieder hinab.

Sie hörte ein Summen und Surren. Wie eine dicke Brummfliege, aber stärker noch, viel stärker. Dazu – ja wirklich, da war eine Melodie. Sie blieb stehen, steckte die Finger in die Ohren – war das ihr Kopf, der so brummte?

Sie lauschte wieder. Nein, nein, das war in den Büschen. Aber so brummte keine Brummfliege – wie käme die auch in den Wald? Ein größeres Tier musste es sein, ein Vogel vielleicht? Wie ein Singen klang das Gesumm – nie hatte sie das gehört.

Ganz deutlich hörte sie nun – von derselben Stelle her kam es – gewiss war es ein Vogel! Ob sie ihn fangen könnte? Sie würde ihn der Großmutter bringen – den Brummvogel.

Sie zog den Frisiermantel aus, hielt ihn bereit, über das Tier zu werfen. Äugte scharf durch die Blätter, schlich sich heran. Langsam und vorsichtig, näher. Schritt um Schritt.

Bartel saß auf dem Moos. Hielt etwas an den Mund, brummte darauf. Dicht vor ihm stand sie.

Fliehen wollte sie, fliehen?! Aber nein – fürchtete sie sich denn? Vor dem – vor Bartel?

Sie warf den weißen Mantel auf den Boden, setzte sich drauf. »Worauf brummst du?«, fragte sie.

»In Gott's Nam' oben, bin i derschrocken«, rief er. »Hob i grod gmoant, dass a Waldhex'n doherkemmat!«

Er atmete hastig, der Schreck war ihm in die Glieder gefahren. Dann reichte er ihr sein Instrument, einen kleinen eisernen Ring mit einer Stahlfeder in der Mitte. »Dös is a Maultrommel«, sagte er. »Ah iader Pustererbui hat so oan im Sack.«

Er zeigte ihr, wie man drauf spielt, hielt das Ding mit der einen Hand an den offenen Mund, ließ mit einem Finger der anderen die

Feder schnellen. Das summte und brummte, nahm die Resonanz aus der Mundhöhle.

Maultrommel, dachte sie, sechsbuttige Maultrommel. Sie schloss die Augen, hatte ein Gefühl, als ob sie sich irgendwo festhalten müsse.

Dann hörte sie wieder seine Stimme. »Is warm heint, Fräulein«, sagte er, »i han schon 's Jankerle ausg'zochn. Aber so viel kommod wia das Fräulein han i mir's decht net g'macht.«

Sie blickte auf, jetzt erst sah sie, dass er Jacke und Hut auf einen Ast gehängt hatte. Wadlstrümpf trug er und Kniehosen, dann den breiten, schwarz ledernen Gürtel und das Hemd. Das war weiß und rein – dem Feiertag zu Ehren, Peter und Paul.

Sie sah wohl, wie seine Blicke nach ihr verlangten. Heiß und gierig – scheu doch. Sicher fühlte sie sich; nie würde er wagen, sie anzurühren. Hochmütig lachte sie auf.

»Was steht auf deinem Gürtel?«, fragte sie. Er nahm ihn ab, reichte ihn ihr. Ein paar brennende Herzen waren da mit Federkielen eingestickt. Und der Spruch ringsum: ›Wahre treuy und zertligkeit bindet uns auf ewigkeit‹.

»Hat dir das deine Liebste gestickt?«, lachte sie.

»Na, na«, sagte er. »Dem Großvatter sein Weibets hat's ihm gemocht; geerbt hab i den Ranzen.«

»Sing«, forderte sie, »aber nicht zu laut.«

Sogleich begann er, mit halber Stimme:

»Ja, Diandl, d' schian Menscha, dös war voll mei Freid,
Wenn i's aussuach'n derfet, wie du d' Manderleit!
Der Bischof von Brixen braucht di für sein Suhn,
Und der Kaisa selba hat mi a g'fragt schun.
Ob's versproch'n bist schun?«

Sie hörte kaum, was er sang; lehnte sich zurück, drückte den Kopf auf das weiche Moos.

Nein, Jan würde nicht kommen! Die Großmutter hatte er vergessen, wie den Adler, wie sie – ach, sie erst recht. Wusste er denn noch, dass er sie einmal geküsst hatte? In seinen Armen gehalten und geküsst? Eine andere küsste er – eine vom Tingeltangel!

»Weißt du, was ein Tingeltangel ist?«, fragte sie.

»Sell woll«, sagte der Bartel. »Wia i bei die Kaiserjäger in Brixen g'stonden bin, war de an Oberjäger, der kam von die Deutschmeister von die Wienerstadt – der hot derzöhlt von die Tingltangl. Große Theater sein's, mit schiane nackete Weiber – die kosten a sakrisches Geld, weil's so große Künstlerinnen sein.«

Große Künstlerinnen, dachte Andrea. Eine große Künstlerin war diese fremde Frau – was war sie daneben? Eine dumme, unreife Zwetschge vom Land…

Da sang Bartel:

> »Und Diandl, wann's willst, da mach mir üns Geld,
> Du bist a schians Schaustück auf der ganz'n Welt!
> Von Spanien bis England und in den Frankreich,
> In Tirol und Boarn war dir koane gleich
> Und in dem ganz'n Reich.«

Heftig richtete sie sich auf, über die Schulter glitt ihr das Hemd. »Was, Bartel?«, rief sie. »Meinst du, ich könnt mich sehen lassen?«

»Dös glab i a«, nickte er eifrig. »Sie möcht schon jeder Bui abbussln, Fräul'n!«

Nur einer nicht, dachte sie, nur Jan nicht! Aber sie sagte: »Warum küsst du mich denn nicht?«

»I mecht schon«, flüsterte der Bursch.

Tokajerwein, dachte sie, Ausbruch. – Und Jan küsste die Fremde – nie würde er zu ihr kommen…

»I mecht schon«, wiederholte Bartel, »aus der Weis gern mecht i …«

Sehr wirr war ihr Kopf – wenn nur die Quelle da wäre! Von weit her hörte sie seine Stimme: »Gern mecht i …«

Und sie dachte: ›Worauf wartest du denn?‹ Nein, sie dachte das nicht – ganz laut hatte sie es gesagt.

Ganz laut – sie fuhr zusammen, erschrak, fast wie ein Befehl klang es: »Worauf wartest du?«

Immer noch zögerte er, ›Spinnen tuit sie!‹, dachte er. Wie's beim Fensterln zugeht, das wusste er gut genug. Das kostet manche Mühe und lange Zeit und ein gutes Stück Geld im Wirtshaus und beim Tanz, kostet viel Schöntun und Schmeicheln und Bitten und Reden, bis das Dirndl einen einlässt in seine Kammer. Und dann muss es stockfinstre Nacht sein, dass kein Mensch nichts davon weiß. Hier aber im Unterland lief das Fräulein am hellen Tag ihm nach in den Wald, am Feiertagmorgen zur Kirchenzeit. Im Hemd lief sie ihm nach, legte sich zu ihm, aufs Moos, tat nicht erst gschamig – nein, rief ihn selbst! Ganz verdreht musste sie sein.

Andrea sah ihn an, schürzte die Lippen hoch. Sie hatte die Falken auf die Lerchen geworfen, weil Jan die liebte! Der Vetter hatte sie vergessen, als er die andere küsste – sie würde ihn küssen, den da, Bartel, so wie sie Jan geküsst – das würde seine Küsse von ihren Lippen wischen!

Ein Kuss, das war rasch geschehen – dann war sie quitt mit dem Vetter. Dann konnte sie aufstehen, konnte heimgehen – keinen Blick mehr würde sie auf den Burschen werfen. Hinter ihr herlaufen mochte er, ihr den Frisiermantel tragen!

»Komm«, sagte sie. Fasste seinen Kopf, küsste ihn – mitten auf den Mund.

So – das war getan. Aber er ließ sie nicht los. Hielt sie fest, griff sie fester noch. Was wollte er denn von ihr?

»Geh!«, rief sie. »Geh!« Stieß ihn vor die Brust, schlug nach ihm, traf ihn gut – mitten ins Gesicht.

Bartel fuhr zurück, sein Gesicht brannte. Was war das? Sie küsste ihn – schlug ihn dann? War er ihr Hund, den sie treten konnte? Sein Blut jagte – das durfte kein Dirndl wagen – und kein Fräulein! Nackt lag sie da, und er griff nach ihr.

Dann war es ein Kampf. Sie schrie laut, wehrte sich mit Hand und Fuß; biss seine Hand, krallte ihm die Nägel ins Fleisch, wie die Falken taten. Sein Hemd zerriss – über sich sah sie seine Brust hässlich, dicht bedeckt mit schwarzen Haaren.

Er schonte sie nicht mehr, stieß ihr den Kopf zurück, griff ihre Brüste mit Eisenklammern. Kniete auf ihrem Leib, trat mit dem Nagelschuh ihr Bein zurück.

Und so wirr war ihr Kopf – alles kreiste umher. Sie fühlte, wie die Kraft sie verließ – als ob sie versänke war es, mitten im Rhein. Wie ein Krampf war es – und die Wogen schlugen zusammen.

Still lag sie, schluchzend und zitternd, blutbedeckt. Ließ es geschehen – ließ das alles geschehen.

***

Die Augen schlug sie auf, blickte um sich. Bartel war verschwunden – auch, dort vom Busch, sein Federhut und die grüne Jacke mit den Hirschhornknöpfen. Sie erhob sich – da lag ihr Hemd – blutige Fetzen. Sie band es um den Leib, so gut es gehen wollte, zog den Frisiermantel über. Schlich durch den Wald, begann dann zu laufen über die Wiesen. Lief, lief. Zum Park kam sie, mied die Wege, brach durch die Gebüsche.

Mittagshitze, kein Mensch auf der Schlossbrücke. Sie eilte hinüber – und durch den Torweg. Ganz still war der Hof, sehr verlassen. An den Wänden schlich sie entlang, jagte die Treppen hinauf in ihr Zimmer. Niemand hatte sie gesehen, niemand.

Auf ihr Bett warf sie sich, starrte in die Luft. Unbeweglich – erstarrt fast – lange, lange Zeit. Dann, allmählich, löste sich das – sie weinte, schluchzte und stöhnte. Ihr Leib bog sich und wand sich, mit den Armen griff sie die Kissen, grub den Kopf hinein.

Ganz klar war sie nun, wusste alles, was geschehen war, ihre Schuld war es, ihre allein. Damals, als sie Jan ziehen ließ, sich einschloss in ihr Zimmer, den Schlüssel hinunterwarf. Dass sie *nicht* zu ihm ging in jener Nacht – ihre Schuld war es.

Und heute, heute – ihre Schuld war es wieder, ihre allein.

Oh, nichts mochte sie freisprechen! Das freilich hatte sie nicht gewollt, das nicht; gewehrt hatte sie sich, blutig gewehrt. Niedergerungen hatte er ihre trunkene Kraft, sich auf sie geworfen wie ein

Tier. Mit Gewalt sie genommen, roh und brutal.

Und doch war es ihre Schuld! Nackt, nackt lief sie durch den Wald, setzte sich zu ihm aufs Moos. Reizte seine Gier, peitschte sein Blut – bot ihm selbst ihren Mund. Da nahm er auch ihren Leib – war das nicht sein Recht?

Laut schrie sie in jämmerlicher Pein, grub die Hand in den Mund, biss hinein. Lag da, zerschlagen und zertreten, still wimmernd durch viele Stunden. Dunkel war es, ein wenig Mondschein stahl sich durchs Fenster. Nun stand sie auf; nass war ihr Kissen, sehr trocken die – brennenden – Augen, Sie kleidete sich an, ging aus ihrem Zimmer und aus dem Schloss. Zum Waldhäuschen lief sie, wo Bartel wohnte.

Kein Wort sprach sie. Doch blieb sie bei ihm die ganze Nacht.

***

Wie eine Irre war sie in dieser Zeit. Tagsüber lief sie herum, saß auch irgendwo, wo's grade war, starrte in die Luft. Sie quälte Petronella – schenkte ihr dann Wäsche und Kleider. Ritt umher, planlos und ziellos; sprang ab, ließ ihre Stute laufen. Allein kam die Trakehnerin zum Stall, schäumend und schweißbedeckt.

Die Großmutter merkte es wohl. Sie streichelte sie über Stirn und Wange. »Es geht vorbei«, sagte sie, »glaub mir, Kind. Er wird doch zurückkommen nach Woyland.«

Sie antwortete nicht; doch lachte sie, als sie allein war. Jan auf Woyland – was sollte ihr das nutzen jetzt!? Mochte er bleiben, wo er war – hier war kein Platz mehr für sie beide.

Jede Nacht schlief sie bei Bartel, jede Nacht.

Wenn sie bei Tag mit ihm auszog zur Beiz, behandelte sie ihn schlimmer als den letzten Knecht, keinen der Leute auf Woyland hätte sie so anfahren dürfen. Er tat, was sie befahl, aufs Wort tat er das. Lachte nur mit den braunen Augen – oh, er wusste schon, was er wusste.

Sie schrie ihn an, wenn er sang; nicht mehr hören mochte sie seine Jodler. Manchmal ekelte sie sich so vor ihm, dass sie sich abwandte, um ihn nicht zu sehen. Treten hätte sie ihn mögen, ins Gesicht speien.

Aber zur Nacht war sie doch im Waldhäuschen. Ihre Sparkasse hatte sie zerschlagen; ein mächtiges Tonschwein, wie ein Kamin so groß, Taler hatte die Großmutter hineingeworfen, auch Goldstücke, wenn sie gut gelaunt war. Andrea nahm das Geld, brachte es Bartel; sie hatte ein Gefühl, als ob sie ihn bezahlen müsse. Für die Beleidigungen wohl, die sie ihm tagsüber zufügte. Oder für…

Sie schüttelte den Kopf, schleuderte die Gedanken fort. Wozu denken? – Wie eine Irre war sie in dieser Zeit.

***

Dann, plötzlich, schlich sie nicht mehr zur Nacht aus dem Schloss. Blieb, wo sie war, schlief in ihrem Bett. Vermied ihn auch bei Tage, sah ihn kaum. Hoffte, dass die Großmutter ihn nun fortschicken möchte, nachhause in seine Berge.

Ruhiger wurde sie und stiller. Manchmal war ihr, als ob das alles gar nicht gewesen wäre, als habe sie nur einen hässlichen Traum geträumt. Wochen gingen so hin.

Da kam Nachricht von Jan. Eine Postkarte – von Madeira. Die Großmutter las sie ihr vor – dass er an Woyland denke und an die Großmutter. Er würde kommen, sowie er zurück sei in Deutschland, im Spätherbst vielleicht.

Die Großmutter frohlockte. »Er sehnt sich nach Woyland«, lachte sie, »und nach uns. Sagte ich's nicht, dass er kommen würde? Wie alle Männer ist er – läuft anderen Weibern nach! Jede Frau macht die Erfahrung – du hast sie früh gemacht, Andrea.«

Sie seufzte leicht. »Ich, ich hab's spät erst erfahren, dann ist's nicht so leicht zu ertragen. Da nutzt kein Klagen – man muss die Dinge nehmen, wie sie sind, und die Männer auch. Wie eine Krankheit ist das, die vorübergeht.« Sie streichelte die Enkelin mit der schmalen, weichen Hand, reichte ihr die Postkarte.

›Gruß an Fundvogel‹, las Andrea.

Lange lag sie schlaflos in dieser Nacht. Sie dachte an Jan – ja, nun würde er doch kommen. Dann hatte er die andere vergessen – dann war die Krankheit vorbei. Und sie – war sie nicht auch schon längst fertig mit Bartel? Es ist doch dasselbe, ganz dasselbe, dachte sie. Doch sie fühlte gut, dass es gar nicht dasselbe sei.

Aber Jan würde nichts davon wissen – lange schon würde der Tiroler fort sein, wenn Jan käme. Kein Mensch wusste darum – wenn sie es auch vergessen könnte, ganz und gar, dann war's, als ob nichts gewesen wäre!

Nur freilich – ja…

Vielleicht würde er das nicht merken. Man trinkt viel beim Hochzeitsmahl. Und die Großmutter würde sicher den silbernen Falkenbecher hervorholen und mit Champagner füllen. Auch könnte man bei den Vorspeisen Tokajer ausschenken, sechsbuttig…

Sie schüttelte sich. Ah – sechsbuttig…

Oder vielleicht könnte sie etwas tun, das…

Was denn nur? Und wen sollte sie danach fragen?

Oder war es nicht besser, ihm alles zu sagen? Vielleicht würde er nur darüber lachen. Die Frau, mit der er herumzog, die vom Tingel-tangel, die war gewiss keine Unschuld! Und wenn man eine Witwe heiratete oder eine geschiedene Frau – war's dann nicht auch so?

Nein, nein, sie durfte es ihm nicht sagen. Viel besser war es, wenn er gar nichts wusste und merkte, wenn kein Schatten zwischen ihnen stand. Sie allein musste damit fertig werden. Oh, es würde schon gehen – sie würde ihm zutrinken aus dem Falkenbecher, noch einmal und wieder.

Sehr spät schlief sie ein, glücklich fast. Träumte von Jan und von Hochzeit…

***

Sie erwachte mit einem Schmerz in der Brust. Wie ein Drängen war es und Reißen. Sie stand auf, schwindlig war ihr, am Stuhl hielt sie sich fest. Dann – ein heftiges Erbrechen.

Und gleich, im Augenblick, wusste sie, was das bedeutete: Heilige Jungfrau, sie würde ein Kind bekommen!

Schnell ging das vorbei, so schnell, wie es gekommen war. Langsam kleidete sie sich an, ging hinunter, frühstückte mit der Großmutter. Ritt mit ihr aus, kam zurück. Nachmittags erst, als sie wieder allein war, fand sie Kraft zum Nachdenken.

Ein Kind – was sollte nun geschehen? Aus war es mit Jan und dem Falkenbecher. Hochzeit ah, jetzt würde sie wohl Bartel freien müssen – Bartel, den sie hasste! War das nicht so? Musste ein Mädchen, das ein Kind bekam, nicht den Mann heiraten, der der Vater war – dankbar noch sein, wenn er sie nahm? Bartels Frau – Frau Bartel Tschurtschentaler! Nein – wie war doch der richtige Name, der ganz richtige? Kluibenschädl – Andrea Kluibenschädl!

Was sollten sie tun – sie und Bartel? Natürlich mussten sie fort von Woyland. Er war ein guter Falkner, und sie selbst wusste kaum weniger Bescheid mit den Vögeln. Sie würden schon eine Stellung finden, in Holland vielleicht oder in England – Lords und Ladies ritten da auf die Beiz.

Dann fiel ihr ein, dass sie Geld hatte, eigenes Geld, Erbteil der Mutter – die Großmutter hatte einmal davon gesprochen. Sie wusste nicht, wie viel es war, aber vielleicht würde es hinreichen, ein kleines Gut zu kaufen – da konnte man Falken lock machen. Dann brauchten sie nicht in Stellung zu gehen – konnten die Vögel verkaufen.

Ja, das würde schon gehen. Aber – sie würde Bartels Frau sein, weil sie sein Kind trug. Würde mit ihm sein müssen, immer und immer, ihm zu Willen, wenn er nur wollte...

Sie biss die Zähne zusammen – das war nicht zu ändern. Er war ein guter und lustiger Bursch, gewiss war er das. Und er liebte sie ja, betete sie an. Sie müsste allen Ekel hinunterwürgen, müsste sich gewöhnen daran. Wie sagte die Großmutter? Man muss die Dinge nehmen, wie sie sind. Es würde schon gehen – weil es gehen musste.

Sie machte sich auf, sie musste mit ihm sprechen, das war das Wichtigste nun, ihm alles sagen.

Sie kam zum Waldhäuschen, ging hinten herum, wie sie stets getan, an den Gittern vorbei, wo die Falken auf ihren Recken saßen, und die Adlerin Attala. Seine Stimme hörte sie, war jemand bei ihm? Dann musste sie warten, bis der fort war.

An dem Verschlag drückte sie sich vorbei, schlich zu dem kleinen Fenster, das halb offen stand, blickte hinein.

Da saß Bartel auf seinem Bett – auf dem Schoß hielt er, eng umschlungen, die flinke Fanny. Halb ausgezogen war sie, aufgelöst das blauschwarze Haar.

»No, kumm schun, Gitsch«, lachte er, »was zierst di heint so?«

Starr blickte Andrea, es war ihr, als ob sie fest gewachsen wäre am Boden, nicht mehr loskäme.

Mühsam wandte sie sich um, kroch zurück, langsam und leise, an dem Verschlag vorbei, an den Gittern, wo die Falken saßen…

$$***$$

Wochen, lange Wochen. Zuweilen war sie ganz stumpf, kaum imstande, einen Gedanken zu fassen. Dann wieder machte sie Plan auf Plan, saß die Nächte wach, grübelte fieberhaft.

Gab es denn nichts, um dies Kind loszuwerden, dieses Kind, das kein Mensch auf der Welt haben wollte? Wenn sie nach Kleve fahren würde – nein, das war unmöglich, jeder Mensch kannte sie dort. Nach Arnheim vielleicht oder Nymwegen? Oder besser noch nach Düsseldorf, das war eine große Stadt. Da gab es Hebammen oder auch Ärzte…

Aber wie sollte sie die finden?

August verging, nun war es September. Ein Tag verstrich um den anderen – entsetzt blickte sie an sich hinunter, wenn sie zu Bett ging. War sie nicht schon wieder stärker geworden? Misstrauisch betrachtete sie jeden, der vorbeiging. Schielten nicht die Mägde auf sie, tuschelten sie nicht hinter ihrem Rücken?

Einmal, morgens, als sie gerade aus dem Bad kam, hinkte die alte Griet ins Schlafzimmer, um frisches Bettzeug zu bringen.

»Mariajosef, Fundvogel«, rief sie, »wie dick dat de wirst! Zu faul biste in letzter Zeit, en bißken mehr Bewegung sollste dich machen!«

Glührot wurde sie, zog das Hemd über die schwellenden Brüste.

Wie eine Wahnsinnige ritt sie an diesem Tage. Vielleicht würde sie stürzen, vielleicht würde dann…

Nichts geschah – und die Zeit verging. Und immer noch war Bartel auf Woyland. Bis Jan käme, solle er bleiben, hatte die Großmutter gesagt. Ah – dann würden sie beide da sein und dann, gerade dann, war nichts mehr zu verbergen!

Immer dies Erbrechen, immer die Übelkeit, wenn sie aufstand. Einmal wurde sie ohnmächtig, nach Tisch, gerade als die Großmutter hinaus war aus dem Zimmer. Dann wieder im Pferdestall. Sie führte die Stute hinein, wurde schwindlig, wäre hingefallen, wenn der alte Jupp sie nicht gehalten hätte. Pittje holte ihr ein Glas Wasser.

Da pfiff jemand über den Hof. Sie hörte Jupp sagen: »Mädches, die feife, und Hühnches, die krähn, soll mer beizeite die Häls' erumdrehn!«

Sie blickte aus der Stalltür – da tänzelte die Zofe am Brunnen vorbei. Schlank und flink, wie immer, nein, der war gar nichts geschehen! Wie sie es nur anstellte, die schwarze Fanny, kein Kind zu kriegen?

Da strich sie her, pfiff das Lied hinaus, das sie vom Bartel gelernt hatte: »Diandl, wo hast denn dei Liegestatt, Liegestatt…«

Andrea stampfte mit dem Fuß. Dann fasste sie Jupps Arm, zischte: »So dreh ihr doch den Hals um, der Dirne!«

Der alte Kutscher sah sie erstaunt an, »Tu et doch selbs', Fundvogel, wenn dich dat Spaß macht!«, meinte er.

Es ging nicht mehr weiter – sie musste Hilfe suchen. Und sie wählte die schlechteste, die sie finden konnte auf Woyland, wählte Griet, diese alte, vertrocknete Jungfer, die keine Katz vom Kater unterscheiden konnte. Als sie sich ihr anvertraute, ihr sagte, dass sie ein Kind erwarte, fragte die Griet nicht einmal, von wem es denn sei. Sie schlug die Schürze übers Gesicht und heulte – das war ihre einzige Antwort. Und nur einen Rat hatte sie: man müsse es der

Großmutter sagen. Andrea weigerte sich, doch war sie so verzweifelt, so völlig ratlos, dass sie der Alten zurief: »Sag du's ihr!«

Schnurstracks hinkte die Griet zur Zentgräfin.

***

Andrea saß in ihrem Zimmer und wartete. Erst zwei Stunden später klopfte es; die Fanny trat herein, brachte den Befehl, zur Zentgräfin zu kommen. Oh die, grade die musste es sein!

Im Schlafzimmer saß die Großmutter auf dem großen, gotischen Bett, sie schien ruhig und gefasst; bei ihr stand schluchzend und weinend die Griet. Ob das wahr sei, was die Alte sage?

Andrea nickte. Wann es gewesen sei? »Ende Juni«, gestand sie.

»Sag die Wahrheit!«, verlangte die Gräfin. Andrea merkte wohl, wie ihre Stimme zitterte. Und sie begriff diese Frage; wenn es früher geschehen war, im März oder April etwa, mochte es Jan gewesen sein.

Sie schüttelte den Kopf, sagte tonlos: »Es ist die Wahrheit. Ende Juni war's.«

Die Großmutter seufzte, tief und schwer, als begrübe sie eine letzte Hoffnung. Sie schwieg Minuten lang, dann sagte sie tonlos: »Eine Frage noch, dann kannst du gehen. Wer war es?«

Andrea wusste, dass sie das fragen würde. Sie war vorbereitet, alles zu sagen, wie es gewesen sei, nichts zu verheimlichen. Nun aber war's, als ob ihr die Zunge gelähmt sei, nicht ein Wort konnte sie herausbringen.

Die Großmutter verstand sie, ließ ihr Zeit. Nach einer Weile fragte sie: »War's einer aus Kleve?«

Andrea schüttelte den Kopf. »Einer von Woyland?«, forschte die Zentgräfin. Wieder verneinte sie.

Die Zentgräfin erhob sich, drohend klang ihre Stimme: »Wer war's also?«

Immer noch schwieg Andrea. Da kam die Großmutter zu ihr, dicht heran. »Ich will es wissen, und ich werde es wissen«, verlangte sie. »Wer war es?«

»Ich kann es nicht sagen«, flüsterte Andrea.

Die Zentgräfin lachte auf. »Bring meine Peitsche«, rief sie Griet zu. »Und eine starke Wäscheleine.«

Dann wandte sie sich wieder zu der Enkelin: »Du hast Zeit, bis sie zurückkommt – überleg's dir gut.«

Andrea rührte sich nicht. Schließlich sagte sie: »Ich will es aufschreiben.«

Die Großmutter nickte eifrig: »Tu das!« Andrea ging zum Nachttisch, nahm einen Bleistift.

Die Alte kam zurück.

»Hast du es aufgeschrieben?« fragte die Zentgräfin.

»Nein«, sagte Andrea.

»Und willst es auch nicht sagen?« rief die Großmutter.

Wieder ihr trostloses ›Nein‹.

Da kam der Befehl: »Zieh dich aus!« Andrea gehorchte: langsam, Stück um Stück, legte sie alles ab. Man drängte sie nicht, ließ ihr alle Ruhe, Minuten und wieder Minuten. Sie brauchte es nur zu sagen, nur das eine Wörtchen: Bartel – da blieb ihr der Schimpf erspart.

Stumm blieben ihre Lippen.

Die Großmutter nahm die Leine, band sie an den Bettpfosten. Hinten schluchzte die alte Griet. »Geh hinaus!«, kam der Befehl.

Als die Tür ins Schloss fiel, nahm die Großmutter die Reitpeitsche.

»Sag, wer es war!« Aber kein Befehl war es diesmal; es war eine heiße, flehende Bitte.

Keine Antwort – stöhnend ließ sich die Zentgräfin aufs Bett fallen. »Sag es, Andrea, ich bitte dich, sag es«, flüsterte sie.

Kein Wort, kein Wort.

Da sprang sie auf, da pfiff die Peitsche durch die Luft, schlug einen glühenden Striemen über den nackten Rücken, von der Schulter quer hinüber zur Hüfte. Andrea schrie.

Die Zentgräfin zögerte, hielt ihr die Peitsche vors Gesicht. »Schreist du schon?«, rief sie heftig. »Die hier – die wird dir den Mund schon öffnen!« Dann senkte sich ihre Stimme, wurde noch einmal weich und flehend: »Sag es, Andrea, erspar das mir und dir.«

Andrea atmete schwer, kämpfte. Konnte es doch nicht sagen, hätte sich eher die Zunge abgebissen, als das schmähliche Wort zu sprechen: Bartel.

Und die Zentgräfin schlug zu. Hieb um Hieb, mitleidlos.

Andrea zuckte zusammen, wand sich, bäumte sich. Das zischte durch die Luft, das brannte und schnitt, traf, wie es traf, von den Waden hinauf bis zum Hals. Immer mehr und mehr, schneller und stärker. Doch schrie sie nicht – zerbiss sich die Lippen, um das eine Wort nicht zu sagen.

Außer sich war die Zentgräfin, maßlos erregte sie dieser Widerstand – sie musste ihn brechen. Nun hieb sie zu mit all ihrer Kraft, wahllos, ziellos, wohin sie traf – über die Brüste, quer durchs Gesicht.

Dann stöhnte Andrea, dann zeterte sie, schluchzte, dann heulte, schrie sie ohne Unterlass.

»Schrei nur!«, rief die Großmutter. »Schrei das Gesinde zusammen, dass es im Hof dein Konzert hört! Brüll zu, mach nur Musik – ich schlag den Takt dazu!«

Wie eine Rasende schwang sie die Peitsche, unerbittlich, unmenschlich sausten die Hiebe.

Andrea schrie nicht mehr, wimmerte nur. In die Knie sank sie – am Pfosten hingen die gebundenen Hände. Es sang in ihrem Kopf – wie Lerchen sang es. Hoch in die Lüfte stiegen die süßen Vögel – und sie, sie warf die Falken. Die Würger flogen, schlugen die Lerchen mit scharfen Krallen. Brachten sie zurück: tot und zerrissen lagen die Vögelchen auf ihrer Hand. So warm noch, so warm.

Die Zentgräfin hielt inne, beugte sich herab.

»Willst du es sagen?«, keuchte sie. »Wer war es?«

»Singende, springende Löweneckerchen …«, kam es in wirrem Hauch von Andreas Lippen.

Die Großmutter warf die Peitsche fort, ließ sich schwer in einen Sessel fallen. Sprang wieder auf.

»Griet!«, rief sie, »Griet!«

Ging hinaus aus dem Zimmer mit schweren, schleppenden Schritten.

***

In ihrem Bett lag Andrea durch manche Tage. Die alte Griet pflegte sie, humpelte um sie herum. Sonst kam niemand zu ihr.

Dann konnte sie aufstehen, durfte aber aus ihrem Zimmer nicht heraus. Griet brachte das Essen, sie hatte die Schlüssel am Schlüsselband hängen, verschloss die Türen; sie war die einzige Verbindung mit der Außenwelt.

Immer wieder fragte Andrea, ob der Vetter gekommen sei. Sie fürchtete das – und ersehnte es doch wieder: mit ihm würde sie sprechen können, ihm alles sagen. Das war ja für immer aus, dass sie seine Braut werden könnte, seine Frau einmal – so aber war es, wie früher: seine Gespielin war sie, seine Schwester. Hilfe brauchte sie – die würde er nicht versagen.

Jan kam nicht.

Dann verlangte sie nach der Großmutter. Verreist war sie.

***

Sie stand am Fenster, hinter den Vorhängen, als der Wagen der Zentgräfin in den Hof rollte: nun würde sich entscheiden, was mit ihr geschehen sollte.

Sehr früh am anderen Morgen kam die alte Griet, weckte sie, brachte ein paar Koffer und packte die Sachen. Andrea fragte nicht, erhob sich, kleidete sich an. Sie würde wegfahren, mehr wusste sie nicht: Befehl der Zentgräfin.

Sie gingen die Treppe hinunter, stiegen in den geschlossenen Wagen, den Jupp kutschierte. Über den Hof und durch das Schlossportal. Das war das Letzte, was sie von Woyland sah: die bronzenen Hirsche der Schlossbrücke.

Nach Kleve fuhren sie und gleich zum Bahnhof: Griet hatte schon die Fahrkarten. Schweigend verabschiedete sich der alte Kutscher – Andrea merkte, wie gern er gesprochen hätte. Aber er hatte wohl Befehl, durfte nicht.

Nach Holland hinein – eine Stunde, noch eine Stunde. Dann kamen sie nach Zutphen; am letzten Oktobertag war das.

Ein freundliches Haus und sehr rein. Ein hübsches Zimmer bekam Andrea und ein anderes daneben die alte Griet. Frau Stroobakker – Mevrouw, de weduwe Stroobakker, koninklijkgediplomecrde en praktizeerende Vroedvrouw – war dicklich, rund und gesund; wie ein paar rote Äpfel leuchteten ihre Backen. Sie war gewohnt an solche Gäste, die sich für einige Monate still zurückziehen wollten, hielt das für das Natürlichste von der Welt. Sie bestand sofort auf einer gründlichen Untersuchung, stellte fest, dass alles in bester Ordnung sei, und dass Andrea gewiss zu ihrer Zeit ohne jede Schwierigkeit ein kräftiges Kindlein in die Welt setzen würde. Sie brauche sich nicht zu fürchten, es habe gar nichts auf sich – Gott, solche Sachen kämen doch tagtäglich vor.

Andrea konnte tun und lassen, was sie wollte, Spazierengehen, Lesen, Arbeiten – völlige Freiheit hatte sie.

Vierzehn Tage vergingen, dann kam die Großmutter. Sehr verhärmt sah sie aus; mit ihr war ein kleiner, bebrillter alter Herr, den Andrea öfter auf Woyland gesehen hatte – der Notar war es. Die Großmutter sprach erst allein mit ihr. »Willst du nun sagen, wer es war?«, fragte sie. Aber sie wartete nicht auf Andreas Antwort. »Bartel war es«, fuhr sie fort, »er hat es gleich gestanden, als ich ihn zur Rede stellte. Du allein trügest die Schuld, sagte er, ist das wahr?«

Andrea nickte, »Wenn du es verlangst, Großmutter«, sagte sie leise, »will ich ihn heiraten.«

»Oh, willst du?!«, rief die Zentgräfin. »Das wäre gewiss eine glänzende Partie für dich. Leider ist er längst verheiratet, hat eine Frau und vier Kinder daheim in Tirol – davon hat er freilich kein Wort verlauten lassen auf Woyland.«

Dann rief sie den Notar herein; der öffnete seine schwarze Tasche, nahm große Aktenbogen heraus, las sie vor. Andrea hörte kaum hin, verstand nur hie und da ein Wort oder einen Satz. Dass sie verzichte auf ihre Erbansprüche auf Woyland – dass sie sich auch aller Rechte begäbe auf das Kind – dass dafür die Zentgräfin…

»Bist du damit einverstanden?«, fragte die Großmutter. Sie schob ihr die Bogen über den Tisch: »Hier, lies es noch einmal durch, wenn du magst.«

Mit allem war Andrea einverstanden. »Soll ich das unterschreiben?«, fragte sie.

Der Notar nahm die Papiere wieder an sich, »Nein, das geht nicht, Fräulein,« erklärte er, »solange Sie noch minderjährig sind. Ich werde dafür sorgen, dass Sie nach Ihrem sechzehnten Geburtstag mündig gesprochen werden – dann erst können Sie unterschreiben.« Er stand auf und mit ihm die Zentgräfin.

»Großmutter«, flüsterte Andrea.

Sie sah, wie sich ihre Hand hob, als wolle sie sie streicheln, wie sie so oft getan. Über das Haar, über Stirn und Wange…

Aber die Zentgräfin ließ ihre Hand wieder fallen, warf den Schleier übers Gesicht; sie richtete sich hoch mit einem Ruck, schritt wortlos aus dem Zimmer.

***

Der Herbst verging und der Winter, ein Tag war wie der andere. Nichts unterbrach diese stille Ruhe.

Doch, doch, einmal kam ein Brief von Jan. Ein paar Zeilen nur, aber lieb und warm, wie von einem Bruder. Es sei ein Jammer, dass das so gekommen wäre. Nun sei es wohl nicht zu ändern. Vorderhand könne man nichts tun, doch möge sie ihm schreiben, wenn sie je ihn brauchen könne. Und dann gab er eine ständige Adresse an.

Acht Tage nach dem Osterfest kam der Klever Notar. Er brachte das Papier ihrer Mündigkeitserklärung und legte ihr seine Papiere zur Unterschrift vor. Ob sie es inzwischen sich überlegt habe? Er dürfe sie nicht dazu überreden – und sie müsse sich klar sein, dass es ein schwerer Verzicht sei. Andrea begriff das recht gut. Doch unterschrieb sie ohne Zögern – es kam ihr vor, als ob sie damit einen Teil ihrer Schuld bezahle. Als ob sie nun freier umherblicken könne.

Kurz darauf bekam sie ihr Kind, ein Mädchen war es. Sie brachte es so leicht zur Welt, wie nur je eine Frau. »En Kat lap't hem niet gauwer – keine Katz kann das besser«, lobte die Witwe Stroobakker.

Sie sah ihr Kind nicht, durfte es nicht an die Brust legen. Die Griet nahm es mit, die alte Hinkepote, am nächsten Tage schon.

Nun war sie allein bei der ›Vroedvrouw‹. Die zeigte ihre Kunst, wickelte sie und fatschte sie, massierte sie und ließ sie Turnübungen machen. »Jetzt müssen wir aus der Mutter wieder ein ›moie Meisje‹ machen«, lachte sie. »Kein Mensch soll merken, dass Sie jemals ein Kind gehabt haben, Fräulein!«

Überaus zufrieden war die Hebamme mit den Fortschritten – schlank wieder und mädchenhaft wurde dieser junge Leib.

Und der Mai lachte über den Hyazinthenfeldern. Andrea atmete wieder, dehnte die Brust. Nun war der Winter vorbei.

Doch kamen zwei schwarze Nonnen mit einem Brief der Zentgräfin. Die nahmen sie mit in das Limburger Land – zum Erziehungskloster der Englischen Fräulein. Kein strengeres gab es am Rhein und in den Niederlanden.

*   *   *
*   *
*

Kapitel V

Von Englischen Fräulein und Sonnigen Inseln.

And I will have thee still, my dear
Though a' the seas gang dry!

Schottische Ballade.

Nie erfuhr Andrea, ob die frommen Schwestern wussten, was mit ihr geschehen war; nie fragte man sie danach, behandelte sie genau so, wie die Hunderte anderer Kinder im Institut.

Nur, sie war eben kein Kind mehr.

Nicht, dass sie die Älteste war. Mädel waren da von sechs Jahren bis hinauf zu achtzehn; ein paar waren noch älter. Aber alle waren dies Leben gewohnt, kannten es nicht anders; waren Blümchen, vom Gärtner in Töpfchen gepflanzt, in Reih und Glied gestellt und groß-gezogen. Sie war ein wildes Unkraut.

Als sie ankam, war das Schuljahr fast zu Ende. So wurde sie nicht in einen der Schlafsäle gesteckt, kam zu einer Schwester ins Zimmer. Sie musste zu den Messen und Andachten, sonst ließ man sie ziemlich in Ruhe in den ersten Tagen. Ein paar Kleider ließ man ihr machen, wie sie alle Zöglinge im Kloster trugen: dunkelblaue mit weißen Kragen. Einen großen Florentiner Strohhut bekam sie mit blauen Bändchen, gleich auch einen anderen für den Winter aus blauem Filz mit weißem Band, nach demselben Florentiner Schnitt. Dann einen blauen Umhang und drei schwarze Schürzen mit Aloysius-kragen, die sie nur zu den Mahlzeiten und Spaziergängen ablegen durfte. All ihre Sachen wurden ihr abgenommen, nur ihre Leibwäsche durfte sie behalten.

Ein paar Tage dauerte das, dann zogen die Kinder nachhause in die Ferien; Andrea musste bleiben. Man prüfte sie, in einem Fach nach dem anderen, und eine der Klosterfrauen nach der anderen schüttelte bedenklich den Kopf. Dann setzte die Frau Präfektin einen Lehrplan fest – um fünf Uhr morgens begann er. Mit Handarbeiten wurde sie verschont, weil sie so viele Lücken auszufüllen hatte, dass dazu keine Zeit blieb; auch bekam sie noch keinen Religionsunterricht, da der Geistliche Herr zu den Ferien verreist war.

Sie tat alles, was man ihr sagte, arbeitete von früh bis spät, schlürfte gierig diese billige Schulweisheit. Jeden Tag machte sie einen langen Spaziergang mit einem der Klosterfräulein; auch diese Zeit wurde stets zum Unterricht benutzt. Es war nicht leicht, aber sie fand sich drein, gewöhnte sich an die strenge Zucht – so viel heißen Willen brachte sie mit, ihre Schuld wiedergutzumachen.

Fest glaubte sie an diese Schuld. Schuld gegen die Großmutter, Schuld, noch mehr vielleicht, gegen Jan. Wie eine große Buße war es und dafür lebte sie. Nie aber, nicht einen einzigen Augenblick, dachte sie an ihr Kind.

All die Nonnen sagten ›du‹ zu ihr und ›Andrea‹. Sie sprach sie zunächst mit ›Schwester‹ an, wie sie das gewohnt war bei den Nonnen, die sie bisher gesehen hatte; man belehrte sie, dass man im Orden der Englischen Fräulein nur die dienenden Nonnen ›Schwester‹ anrede, die Lehrdamen jedoch mit ›Fräulein‹. – Auf Woyland war's anders! Da war sie das ›Junge Fräulein‹, seit sie sechs Jahre alt war, seit Jan und Pittje sie reiten gelehrt hatten auf dem Pony Köbes. Sie war das Fräulein und sie allein – alle anderen duzte sie und nannte sie bei ihren Namen. Hier waren die anderen die Fräulein, und sie war nur Andrea. Sie nahm es hin: Auch das war ein Teil ihrer Buße.

Im September waren die Ferien zu Ende. Sie hatte gearbeitet, was sie konnte in dieser Zeit, war dennoch so weit zurück, dass man sie einstweilen in die Klasse der Vierzehnjährigen steckte. In einen großen Schlafsaal kam sie nun, in einen kleinen Verschlag. Das Bett war so schmal, dass sie bei jeder Bewegung fürchtete, hinauszufallen; dann war noch ein Waschtisch da mit einem kleinen Napf voll Wasser. In dem Napf stand das gefüllte Wasserglas – nicht einmal einen Krug gab es. Sechsundfünfzig Mädchen schliefen um sie herum, jedes in seinem Verschlag, dazu zwei Klosterschwestern.

So war ihr Tag: Um fünf Uhr schellte es, da mussten sie heraus aus dem Bett – eine halbe Stunde gab man ihnen zum Waschen, Ankleiden, Haare machen. Dann die Messe; um sechs Uhr das Frühstück. Schon um halb sieben Uhr saßen alle im Studiensaal mit ihren Aufgaben, eine Stunde später fing die Schule an. Um halb zwölf Mittagessen, zwölf bis eins der gemeinsame Spaziergang. Dann wieder Schule – um fünf Uhr gab's einen Apfel und ein Stück Brot. Danach zwei Stunden Handarbeit – aber da hatte Andrea Nachhilfestunden. Dann eine Andacht – um sieben das Abendessen. Gleich wieder in den Studiensaal, Schulaufgaben zu machen – um neun ging es zu Bett.

Und alles im strengsten Stillschweigen, nur beim Spazierengehen durfte gesprochen werden; während des Essens wurden Heiligenlegenden vorgelesen. Ein paar Wochen nach Schulbeginn waren Exerzitien. Ein Prälat kam aus Maastricht, als Exerzitienmeister; der predigte dreimal am Tag in der Klosterkirche, frühmorgens, mittags und zur Dämmerzeit. Zwischendurch lief man herum mit dem Gebetbuch und dem Rosenkranz oder saß und kniete irgendwo. Betete, sammelte sich unter strengstem Schweigen, erforschte sein Inneres, um eine gute Beichte zu machen. Nur mit Gott durfte man sprechen und mit seiner Seele, mit dem Heiligen Herzen Jesu, mit Maria, der schmerzensreichen Jungfrau, und mit den lieben Heiligen als Fürbittern und Mittlern. Andrea wusste von diesen Dingen; sie waren ihr vertraut genug von Woyland her. Doch hatte sie nie darüber nachgedacht – War das nicht nur für das Gesinde da? Weder Jan noch die Großmutter kümmerten sich darum, auch der alte Hendrick mochte nichts davon wissen. Selbst Nellje, die doch zwei Jahre im Herz-Jesu-Kloster gelernt hatte, selbst die lachte die humpelnde Griet aus, wenn die immer wieder von ihren Heiligen erzählte.

Hier aber war das alles große, ernste und einzige Wahrheit, war das Wichtigste, was es gab im Menschenleben.

Andrea tat, wie die anderen taten. Ging zur Beichte wie sie, als die drei Exerzitientage zu Ende waren. Auf ein Zettelchen schrieb sie: »Was soll ich beichten?« – das reichte sie dem Fräulein Marcelline, bei der sie Französisch lernte. Die las es und schrieb darunter; »Alle deine Sünden – von dem Tage an, an dem du zu uns kamst.«

Sie sann eifrig nach, sagte her, was sie finden konnte. Herzlich wenig war es – der Geistliche Herr war zufrieden mit ihr, fragte nur noch, ob sie sich unkeusch berührt habe. Sie wusste nicht, was das war, verneinte es. Da absolvierte er sie rasch. Er hatte ohnehin genug zu tun mit all den Beichten an diesen Tagen.

Erstaunliche Fortschritte machte Andrea in manchen Fächern: es zeigte sich, dass sie eine ungewöhnliche Sprachbegabung hatte. Dafür aber versagte sie völlig in Mathematik; nicht die einfachste Rechnung vermochte sie richtig zu lösen.

Man schlug sie nicht; keines der Mädchen wurde geschlagen, selbst die kleinsten bekamen kaum einen Klaps. Doch erhielten sie andere Strafen, die Andrea weit schlimmer deuchten. Man stellte sie in die Ecke, in der Klasse oder während der Mahlzeiten, man schickte sie vor die Tür, ließ sie draußen knien eine halbe Stunde lang.

Alle drei Wochen durften sie baden. Zehn Badewannen standen in einem kleinen Saal, Vorhänge um jede einzelne. Da wurden sie hingeführt; jede ging in einen Verschlag, zog sich aus, kroch in das lauwarme Wasser. Aber das Hemd musste man anbehalten. Und eine dienende Schwester schritt auf und ab zwischen den Verschlägen: es war eine große Sünde, andere nackt zu sehen – nicht einmal sich selbst durfte man so anschauen.

In alles schickte sie sich, tat, was man von ihr verlangte. Und nur langsam, sehr allmählich wuchs in ihr das Empfinden, dass das keine Buße sei. Den anderen Mädchen erging es genau wie ihr – und die hatten nichts getan. Erziehung war es und nichts sonst. Aber auch dann – wenn diese Erziehung für sie eine Strafe und

Buße war –, sollte das immer so sein und ewig und ihr ganzes Leben lang?

Geschenke und Briefe bekamen alle von ihren Eltern zu Weihnachten – sie allein erhielt nichts. Durfte auch selbst nicht schreiben, wie die anderen: die Großmutter wünsche es nicht, erklärte die Frau Präfektin. Sie solle arbeiten und beten; solle zeigen, dass sie etwas lerne. Dann, in zwei Jahren vielleicht oder drei…

Da erschrak sie: solange sollte sie hier aushalten? Und sie fühlte dumpf, dass das nie und nimmer gehen würde. Aber erst am Aschermittwoch wurde ihr das völlig klar. Sie erwachte um Punkt fünf Uhr durch das Läuten, war, wie immer, mit einem Satz aus dem Bett, wusch sich. Da hörte sie aus einem Verschlag einen erschreckten Schrei, dann ein gellendes, anhaltendes Jammern – wie ein Hilferufen klang es. Sie streckte den Kopf aus dem Vorhang, sah hinten im Gang die dienende Schwester herbei eilen. Doch die herzschwache Schwester Walburga war selbst durch das plötzliche Geschrei so entsetzt, dass sie fast ohnmächtig wurde, sie hielt sich an einem Vorhang fest, japsend und nach Atem ringend. Das Mädchen, das dort hauste, schob ihr einen Stuhl hinaus, auf den sich die alte Schwester fallen ließ. Überall kamen nun Köpfe heraus, liefen halbangezogene Mädchen auf den Gang, trotz des strengen Verbots. Manche zu der Schwester, ihr zu helfen, andere zu dem Verschlag, aus dem das Hilfegeschrei kam. Sie rissen den Vorhang zurück, da stand vor ihrem aufgeschlagenen Bett die Anna – voll von Blut waren Hemd und Bettlaken. Nichts Schlimmes war geschehen – nur war aus dem Kind in dieser Nacht eine Jungfrau geworden. Die Anna begriff das nicht – sie glaubte, eine schwere Krankheit zu haben. Doch nicht darum schrie sie und nicht deshalb entsetzte sie sich – aus Angst nur, aus Furcht vor der Strafe, weil sie ihr Bett beschmutzt hatte.

Von der anderen Seite lief Schwester Klothilde heran; sie jagte mit heftigen Gebärden und scharfen Worten die Mädchen wieder zurück in ihre Verschläge. Man zog sich an, wie gewöhnlich unter tiefstem Schweigen, ging hinunter zur Messe, dann zum Frühstück.

Nur die Anna fehlte. Ein wenig vor acht Uhr aber, ehe die Schule begann, kam der Befehl, dass die ganze Klasse sich aufzustellen habe, zu zwei und zwei. Man eilte aus dem Arbeitssaal auf den Flur, noch zwei weitere Klassen mussten sich anschließen – dann ging es die Treppen hinauf in den Schlafsaal. Dort hing bei der Tür, breit an der Wand, das schmutzige Laken, und dabei stand die Missetäterin Anna. Hundertundzwanzig Mädchen mussten an ihr vorbeiziehen, ihre Schande zu sehen.

Oh, sie hatte schon recht, ihre Strafe zu fürchten! Nie in ihrem ganzen Leben vergaß Andrea diesen Eindruck. Damals aber, im Kloster, litt sie darunter, träumte davon in der Nacht, vermochte das hässliche Bild nicht loszuwerden.

Von dem Tag an setzte ihr Widerstand ein, wurde der Wunsch in ihr wach, von hier wegzukommen, koste es, was es wolle. Sie arbeitete immer noch, erfüllte immer noch jede ihrer hundert Pflichten, aber ihr Hirn dachte in all den Minuten, die es für sich selbst denken konnte, nur diesen einen Gedanken.

Bald bekam sie eine schwere Strafe. Multiplikation und Division machten ihr nach wie vor unüberwindliche Schwierigkeiten; wie sie sich auch anstrengte, sie konnte nicht damit fertig werden. Sie stand vor der Tafel, sollte dreihundertachtundneunzig mit zweiundsechzig vervielfachen und das Ganze durch siebenundvierzig teilen. Wie verzerrte Fratzen starrten die Zahlen sie an; sie hatte nur den Wunsch, sie auszuwischen und so aus der Welt zu schaffen. Dennoch versuchte sie ihr Bestes, nahm die Kreide, rechnete und rechnete. Eine halbe Stunde lang ließ sie die Lehrerin vor der Tafel stehen, achtmal machte Andrea die Aufgabe: stets kam etwas anderes heraus, nur das Richtige nicht.

Sie musste fasten an diesem Tage, durfte nur ihre Suppe essen. Dann wurde von zwei Schülerinnen die Tafel mit Andreas Rechenkunststücken in den Speisesaal getragen und aufgestellt: sie musste vom Tisch aufstehen und sich neben die Tafel knien. Alle Mädchen starrten sie an, wenn sie nicht gerade auf die Teller guckten. Plötzlich sprang Andrea auf, nahm ihr Taschentuch und wischte die Tafel ab – mit schnellen Schritten eilte sie aus dem geräumigen Speisesaal. Man rief ihr nach – sie hörte es nicht. Nachmittags wurde sie zu Mutter Anastasia, der Frau Präfektin, befohlen; die hielt ihr eine tüchtige Predigt. Und zur Strafe musste sie vom selben Tag an statt der Nachhilfestunden den Handarbeitsunterricht mitmachen.

Lang und schmal waren Andreas Hände, doch sehnig und stark, wie die der Großmutter. Sehr geschickt waren diese Hände, die Zügel zu führen oder den Strom zu teilen, Falken zu massieren und hochzuwerfen. Aber sehr ungeschickt waren sie beim Nähen und Stopfen und Sticken und Stricken. Es war ein trostloses Versagen; ihre rechnerischen Leistungen waren noch Wunderwerke daneben. Und dennoch musste sie dasitzen, jeden Tag zwei Stunden lang, musste sich abmühen mit den Geheimnissen des Kreuzstichs, des Knopflochstichs und des Stielstichs. Die Handarbeitslehrerin, Fräulein Klementine, hatte eine rührende Geduld mit ihr, setzte sich neben sie, zeigte ihr immer von Neuem, wie man die Finger halten, wie man die Nadel führen müsse, wie der Fingerhut richtig sitzen müsse. Schließlich ging sie selbst zur Frau Präfektin, bat sie, Andrea fortzulassen von der Handarbeit.

Mutter Anastasia tat das: statt zur Handarbeitsklasse musste Andrea zur weiteren Strafe in den Waschkeller hinunter: Hier herrschte die starke Schwester Genoveva. Die kannte nur eins: angreifen und zufassen. Darum galt der Waschkeller als die schwerste Strafe, weil kaum eines der halbwüchsigen, mangelhaft genährten Kinder dieser anstrengenden Arbeit gewachsen war. Andrea aber hatte genug überschüssige Kraft, ihre Muskeln waren froh, wieder einmal zeigen zu können, was sie vermochten. Schwester Genoveva konnte solche Hilfe gebrauchen und behandelte sie sehr wohlwollend; Andrea selber war nicht weniger zufrieden.

Gleich am ersten Abend gab ihr die Schwester zu verstehen, dass sie diese Zufriedenheit ja nicht zur Schau tragen solle – nur solange würde sie das Waschkellerparadies genießen können, wie die Frau Präfektin glaubte, ihr damit eine Höllenpein anzutun. Andrea beachtete diesen Wink; wann immer ein Klosterfräulein sie fragte, seufzte sie über die schwere Arbeit bei den Waschtrögen.

Aber es war noch etwas anderes, das Andrea in die trüben Dünste und Schwaden des Waschkellers lockte. Alle Arbeiten der großen Klosterschule wurden von dienenden Schwestern verrichtet; die Frau Präfektin war stolz darauf, dass sie für die Gartenarbeit und Schreinerarbeit Ordensschwestern zur Verfügung hatte. Selbst die Klempnerarbeiten und die elektrischen Anlagen wurden im Hause gemacht; Fräulein Rachildis mit drei Schwestern machte das so sachgemäß wie der beste Handwerker. So war neben dem Herrn Kaplan kein Mann im Haus; von Frauen aber, die nicht zum Kloster gehörten, waren nur die Waschfrauen beschäftigt – außer der Schwester Genoveva hielt es keine andere Schwester im Waschkeller aus. Freilich durfte Andrea auch beim Waschen neben dem, was durchaus zur Arbeit nötig war, nichts sprechen, aber Schwester Genoveva nahm das nicht so genau. Sie sprach selbst unaufhörlich, kannte nur den einen Ehrgeiz, dass ihre Wäsche blendendweiß an die Oberwelt kam – mochten die anderen sich um Zucht und Erziehung kümmern.

So kam es, dass Andrea mit den Waschfrauen Freundschaft schloss und besonders mit der schmalbrüstigen, kurzatmigen Frau Vermeulen, die immer seufzte und seufzte. Ihr Mann war tot – aber elf lebendige Kinder hatte sie und kein Geld.

Zum Karfreitag hatte die Präfektin, wie alle Jahre, einen fremden Prediger von Ruf kommen lassen. Ein Kapuziner war es diesmal, Pater Hyazinth hieß er. Übervoll war die Klosterkirche: Dicht drängten sich die Mädchen auf den Bänken, alle Klosterfräulein und alle Schwestern waren da. Auf die Kanzel stieg der feiste, braunkuttige Mönch, fuhr sich mit den Händen durch den langen, roten Bart. Dann legte er los, mit einer Stimme, die die hohen Fenster erklirren und die Wände erdröhnen ließ.

»Feuer!« gellte er, »Feuer! – Feuer! – Es brennt! – Es brennt! – Es brennt!«

Eine Pause machte er. Brüllte weiter: »Wo brennt es? Wo?«

Wieder zögerte er, die gespannte Erwartung zu steigern. Machte seine Stimme ganz zart, ganz sanft und lieblich; schleimig wie nackte Waldschnecken krochen seine Worte: »Im Herzen des Heiligen Aloysius, der keuschen Lilie von Gonzaga!«

Das war selbst diesen frommen Seelen zu viel. Es kicherte in den Bänken, die Mädchen hielten Hände und Taschentücher vors Gesicht – selbst auf dem bleichen, strengen Gesicht des Fräulein Marcelline sah Andrea ein kleines Lächeln. Missbilligend wandte sich die Frau Präfektin um, warf mahnende Blicke über ihre Herde.

Aber der brave Pater Hyazinth merkte nichts davon; er predigte ruhig weiter auf seiner Kanzel, säuselte und donnerte, wie es ihm der Heilige Geist eingab.

***

Einen Brief schrieb Andrea an ihren Vetter Jan. Hier im Kloster sei sie – sie hätte alles getan, aber es ginge nicht mehr: Sie würde zugrunde gehen, wenn sie länger bleiben müsse. An die Großmutter dürfe sie nicht schreiben; so wende sie sich an ihn um Hilfe. Wenn sie nur herauskönne, nur weg von hier, dann würde sie sich schon weiter helfen. Vielleicht würde sie eine Stellung als Falknerin finden – ob er nicht wisse, wo man eine brauche? Auch habe sie gut waschen gelernt und bügeln, könne als Waschfrau gehen, wenn es sein müsse. Er möge ihr doch sofort Geld schicken, solle es anweisen an die Frau Vermeulen; die Anschrift stehe hinten auf dem Briefumschlag. Die sei ihre Freundin, die Frau Vermeulen, und sei auch eine Waschfrau.

Sie gab den Brief, eine Seite aus ihrem Schulheft, der neuen Freundin, schrieb ihr Jans Adresse auf. Keinen Kupfercent hatte sie; Freimarken und Briefumschlag musste Frau Vermeulen kaufen.

Dann aber kam eine neue Schwierigkeit: die Frau Präfektin nahm sie fort aus dem Waschkeller und ließ sie wieder ihre Nachhilfestunden nehmen: Vielleicht hatte Andrea doch zu viel geklagt. Sie sann nach, was sie anstellen könne, um zurück in Schwester Genovevas Reich zu kommen. Aber sie fand nichts Rechtes – nur ein wenig Eckestehen bekam sie als Strafe, etwas Fasten und Hinknien.

Pfingsten war vorbei, als sie Frau Vermeulen wieder sah, beim Spaziergang. Die war auf der anderen Seite der Straße, wartete in einem Torweg, ging dann den Mädchen entgegen. Als sie Andrea sah, nahm sie ein Papier heraus, blieb stehen und las darin. Andrea verstand: Das war die Antwort von Jan. Wenn sie nur über die Straße hätte laufen können – wie ein gottgesandter Engel erschien ihr die Waschfrau!

Noch während des Spaziergangs kam ihr der große Gedanke, wie sie es anstellen könne. Es hatte geregnet in der Nacht und den ganzen Morgen über; sie stapfte, wo es möglich war, durch den dicksten Kot! Als sie zurück waren im Kloster, bat sie, die Stiefel wechseln zu dürfen – bekam als Antwort die Strafe, mit den völlig beschmutzten Schuhen in der Hand während des Abendessens in der Ecke zu stehen. Sie gehorchte willig: sowie sie aber abends im Schlafsaal war, wischte sie die Stiefel an dem reinen Bettleinen ab. Die dienende Schwester bemerkte es am nächsten Morgen, meldete es sofort der Frau Präfektin – die verhängte eine exemplarische Strafe. Andrea musste sich mit dem beschmutzten Bettlaken hinstellen, diesmal in den Flur – vier Klassen marschierten vorbei. Dann musste sie selbst das Laken in den Waschkeller bringen und dort den alten Dienst wieder antreten.

Schwester Genoveva grinste, als sich die rückfällige Sünderin bei ihr meldete. Sie befahl ihr, das Leinentuch selbst zu waschen, hielt ihr eine lange und sehr wohlgemeinte Rede dazu. Es sei ja klar, dass sie sich zum Studium nicht eigne, sagte sie, aber eine gute Wäscherin sei sie, das sei nicht zu leugnen. Warum sie denn nicht eintreten wolle bei den Englischen Fräulein als dienende Schwester? Da könne sie immer mit ihr waschen, den ganzen Tag und das ganze Jahr über!

Andrea nickte, nahm ihr Leintuch und machte sich an die Arbeit, zitternd vor Aufregung. Es dauerte nicht lange, bis Frau Vermeulen zu ihr hinkam; sie steckte ihr ein Telegramm und sechs Scheine zu – sechs weiße Hundertguldenscheine. Andrea schenkte ihr drei davon, steckte die anderen samt dem Telegramm in ihren Busen; sie hatte viel Mühe, die Papiere durch den Kragen zu zwängen. Die beiden sprachen nichts, doch hatten sie die Augen voller Tränen. In dem Waschtrog, tief im Seifenwasser unter schmutzigen Hemden und Unterröcken drückten sie sich die Hände.

Im Bett las Andrea das Telegramm. Es war von Capri abgesandt – wo das wohl sein mochte? Als Text war nur gesagt, dass Jan an die Frau Vermeulen sechshundert holländische Gulden überweise, dann die Worte: ›Brief folgt‹.

Aber sie konnte diesen Brief nicht abwarten. Wenn man das Geld bei ihr fände, würde man es ihr sogleich abnehmen. Nein, nein, dies musste die letzte Nacht sein, die sie bei den Englischen Fräulein verbrachte.

Nicht einen Wimpernschlag schlief sie. Hielt ihr Geld fest in der Hand, fürchtete zitternd, dass sich der Vorhang öffnen, eine Schwester ans Bett kommen möge…

Fünf Uhr in der Früh – und es läutete. Wie langsam krochen die Stunden des Vormittags! Messe und Frühstück, Schularbeiten im Studiensaal. Dann Naturgeschichte, Rechnen, Erdkunde, Französisch zuletzt, Mittagbrot – und endlich, endlich der Spaziergang. Den Umhang über und den Hut auf den Kopf – nun zogen sie hinaus auf die Straße.

Sie hatte gut überlegt, was sie tun wolle, fürchtete doch, dass sie es nicht ausführen könne – so pochte ihr Herz. Das half ihr am Ende; leichenblass war sie, ein Schüttelfrost fasste sie, als sie dem führenden Klosterfräulein sagte, dass sie sich krank fühle. Fräulein Klementine fasste ihre Hand und erschrak, rief zwei Schülerinnen und befahl ihnen, Andrea sofort zum Kloster zurück zu bringen. Dann zog sie weiter mit ihren Lämmlein.

Sehr langsam ging Andrea mit den Mädchen, stützte sich auf ihre Arme. Das war kein Schauspielen – zum Umfallen elend fühlte sie sich. Wenn sie jetzt noch versagen sollte, jetzt in letzter Minute?

Bei einer Haltestelle der Straßenbahn blieb, sie stehen, nach Atem ringend. Eine Tram zog vorbei und noch eine – endlich kam die, die sie sich wünschte: ›Bahnhof‹ stand darauf. Sie wartete, bis der Wagen schon in Bewegung war, dann lief sie über den Damm, sprang auf. Hing auf der Treppe; ein Briefträger zog sie hinauf. Sie wandte sich um, aber sie sah die beiden Mädchen nicht mehr; scharf um die Ecke bog der Wagen.

Der Schaffner gab ihr den Fahrschein, mit Mühe holte sie ihr Geld aus dem Busen. Die Leute lachten, der Briefträger fragte, ob er ihr nicht helfen dürfe? Wieder eine Schwierigkeit: Der Schaffner konnte den Hundertguldenschein nicht wechseln. Aber der Briefträger war galant, zahlte für sie, sagte, dass er stets alle Briefe ins Kloster bringe und sich morgen das Nickelstück schon abholen würde; sie solle es der Schwester geben, die die Post ab nähme. Wo sie denn hinwolle, fragte er. Sie antwortete, dass sie zum Bahnhof müsse, um ihre Großmutter abzuholen.

In die Bahnhofshalle stürmte sie – jetzt erst fiel ihr ein, dass sie nicht einmal wusste, wohin. Da ging der Schaffner vorbei, schellte mit seiner Glocke, rief breit und kräftig: »Instappen voor Maastricht –Aerschot–Löwen–Brüssel!«

Einsteigen – das war das Beste! Nur fort von hier, gleichgültig wohin. Zum Schalter rannte sie, verlangte eine Fahrkarte nach Brüssel. Der Mann warf einen Blick auf sie – gab ihr eine Karte dritter Klasse. Wie langsam er machte mit dem Wechseln – Jesusmaria, der Zug würde abfahren!

Durch die Sperre kam sie, sprang in den Zug. Warum fuhr er denn nicht? Angstvoll blickte sie aus dem Fenster – kamen da nicht die Klosterfräulein? Schwarze Schleier und weiße Kragen?

Dann pfiff es, der Zug rollte aus der Halle.

***

»Plaza 1740!«, rief Tex Durham ins Telefon. Er bekam das Hotel, dann Miss Woyland. Dringend müsse er sie sprechen – Andrea bestellte ihn zum Lunch ins ›Biltmore‹.

Tex hatte ein Paket mit: sorgsam eingewickelt die zerbrochenen

Platten von Andreas Bildern; dreiundachtzig waren es, wohl gezählt. Sie lachte – er solle sie ruhig in den Hudson werfen oder in den Harlemfluss, wenn ihm das mehr Freude mache.

Sie war gut gelaunt an diesem Mittag. An ihre Zeit bei den Englischen Fräulein hatte sie heute Morgen gedacht. Und sie war froh bei dem Gedanken: wie sie endlich dort ausbrach, wie der Zug sie hinüberbrachte über die Grenze, ratternd und pustend einlief in die Bahnhofshalle zu Brüssel. War das nicht gestern erst oder vor einer Woche?

Sie lächelte – bald zwanzig Jahre lagen da zwischen.

Tex Durham druckste herum, kam nicht heraus mit seinem Anliegen. Sie musste ihn drängen und aufmuntern, bis er den Mut fand: um gut Wetter bei Gwinnie wollte er bitten. Es sei nicht zu sagen, wie die ihn quäle, jeden Tag habe sie andere Launen. Er könne tun, was er wolle, recht machen könne er ihr doch nie etwas. Wenn Miss Woyland gelegentlich ein gutes Wort für ihn einlegen wolle…

Nun verlange Gwinnie, dass er sie in seinem Flugzeug zum Yellowstone Park mitnähme. Das wolle er gerne tun, aber jetzt im Februar sei das Wetter wirklich zu schlecht; sie würde nur frieren und ihn dann dafür ausschimpfen. Außerdem habe er nur zum Allein-fliegen ein Führerzeugnis, noch keins, um Passagiere mitzunehmen. Käme es heraus, so würde er sein Zeugnis verlieren; würde obendrein wieder ins Gefängnis wandern, wenn etwas passiere. Gwinnie möge doch bis zum Sommer warten – da sei gute Zeit zum Fliegen, und dann habe er sicher das Passagierzeugnis. Gwinnie wolle eben keine Vernunft annehmen. Nur sie, Miss Woyland, könne da helfen.

Andrea versprach es, sie würde noch heute mit ihr sprechen.

Bewundernd sah Tex sie an: Wie sie es nur anstellte, mit Gwinnie fertig zu werden? Er beugte sich vor, rieb sich die Hände, so wie es Briscoe tat. »Miss Woyland«, sagte er, »ich möchte Ihnen einen ernstgemeinten Vorschlag machen: Würden Sie, wenn Gwinnie und ich geheiratet haben, zu uns ziehen?«

»Warum nicht!«, lachte Andrea. »Als was denn?«

»Oh«, machte Tex Durham, »so als Tante und Gouvernante. Ihr Einfluss auf Gwinnie wäre ausgezeichnet – und, wissen Sie, für meine Nerven wäre es sehr wohltuend.«

Andrea dachte daran, wie ihr Schwester Genoveva vorschlug, als Wäscherin bei den Englischen Fräulein einzutreten – was hätte die wohl zu Tex' Angebot gesagt? Ihr Wert stieg mit den Jahren – nun hielt man sie schon für tauglich als Gouvernante!

Sie gingen die Fifth Avenue hinauf; Tex Durham begleitete sie. »Überlegen Sie es, Miss Woyland«, sagte er. Andrea nickte; ja, ja, das wolle sie tun.

Kein Zweifel: Diese Familie wollte sie haben, mit Haut und Haaren! Vor wenigen Tagen erst war sie mit Parker Briscoe in der Oper gewesen – zu Gwinnies Stiefmutter wünschte der sie. Tex zu ihrer Muhme. Gwinnie selber freilich ging ein wenig weiter mit ihren Wünschen…

Sie standen in der Halle des ›Plaza‹, als ein Page durchfegte, laut ihren Namen rief. Sie winkte ihn heran, der Junge bestellte, dass sie dringend am Telefon verlangt werde.

»Es ist sicher Gwinnie«, meinte Durham. »Darf ich mitkommen?«

Sie nahm den Hörer: »Hallo, Gwinnie!« Tex drängte sich heran, möglichst viel mitzuhören.

Eine Männerstimme war es. Andrea ließ den Hörer sinken; Tex sah, wie sie bleich wurde. Und ihre Stimme zitterte. »Du – du bist es, Jan!? Woher weißt du, dass ich im ›Plaza‹ bin?«

»Das war nicht schwer auszufinden,« kam es zurück, »ich war in deiner alten Wohnung in Greenwich Village – der Jüngling, der jetzt da haust, hat mir gesagt, wo du steckst.«

Tex Durham starrte sie verwundert an: Sie, Miss Woyland, war sichtlich erregt, mühsam suchte sie nach Worten. Wer war der Mann, der das zustande brachte?

»Seit – seit wann bist du in der Stadt?«, stammelte sie.

»Seit heute«, kam die Antwort. »Aber ich muss gleich wieder fort, einen alten Freund aufzusuchen – muss zu Steinmetz nach Schenectady.«

Mechanisch wiederholte sie: »Nach Schenectady zu Steinmetz…«

Tex Durham wurde aufmerksam, »Proteus Steinmetz ist in der Stadt«,« flüsterte er. »Er war heute Morgen bei Briscoe im Büro.«

»Proteus Steinmetz ist in der Stadt«, sprach sie nach.

So – sie kenne ihn? Wo er denn wohne in New York?

»Wo wohnt er?«, fragte Andrea. »Im ›Astor‹«, belehrte sie Tex. Und sie rief zurück ins Telefon: »Im ›Astor‹ wohnt er!«

So müsse er gleich ins ›Astor‹. Er würde sie anrufen, würde zu ihr ins Hotel kommen, morgen Vormittag, vielleicht heute Abend noch.

»Ja – ja«, antwortete sie. Legte den Hörer auf; setzte sich, schwieg. Heftig ging ihr Atem.

Tex beobachtete sie. »Miss Woyland«, begann er. »Wenn der Mann Ihnen unangenehm ist – wenn Sie ihn nicht sehen wollen, sagen Sie's mir. Ich werde schon zusehen, dass er Ihnen nicht lästig fällt – verlassen Sie sich drauf.«

Andrea fuhr auf – was wollte der Junge?

»Wenn er sich lästig macht,« wiederholte Tex eifrig, »sagen Sie's nur. Ich werfe ihn selbst die Treppe hinunter.«

»Was geht Sie das an?«, rief sie. »Mischen Sie sich nicht…« Sie besann sich, lachte bitter. »Eifersüchtig, Tex Durham? Das war mein Vetter Jan. Auf den braucht kein Mensch eifersüchtig zu sein. Weder Briscoe noch Gwinnie noch Sie, mein Junge. Auf den nicht – auf keinen Menschen in der Welt weniger als auf meinen Vetter Jan!«

Sie eilte zum Fahrstuhl, fuhr hinauf, ging in ihr Zimmer. Also Jan war in New York. Wann hatte sie ihn zuletzt gesehen? Fünf Jahre, war das her oder sechs…

Und wie immer war es: zunächst hatte er Wichtigeres zu tun – sie, Andrea, kam erst in zweiter Linie. Zu wem wollte er noch? Steinmetz? Ja: Proteus Steinmetz. Wer hatte ihr doch von dem erzählt – wer denn nur und was? Des Namens erinnerte sie sich gut – und dieses seltsamen Vornamens: Proteus. Sie hatte auch in der Zeitung ein Bild von ihm gesehen – klein war er und verwachsen.

Sehr bekannt musste er sein – ein berühmter Ingenieur oder so etwas.

Also zu dem wollte Jan – darum allein kam er. Und dann – bei der Gelegenheit – würde er auch ihr ›Guten Tag‹ sagen. Gewiss – höflich war er, liebenswürdig und loyal! Er würde sicher fragen, ob sie Geld brauche, würde sein Scheckbuch herausnehmen…

Nein, das würde er diesmal nicht tun – sie würde ihm zuvorkommen. Würde ihn fragen, wie viel er ihr denn gegeben habe, alles zusammen, dann und damals und wieder, würde es ihm zurückgeben mit allen Zinsen. Die sechshundert Gulden zunächst, die er ihr ins Kloster sandte…

Drei Scheine für sie, drei für die Frau Vermeulen. Unten im Waschtrog hatten sie sich die Hände gedrückt. Voll von Tränen standen ihre Augen: Das war das Glück, das war die Freiheit, nach einem Jahr der Knechtschaft!

∗∗∗

Im Bahnhof in Brüssel war sie, wechselte ihr Geld, kaufte Obst und aß es. Lief herum, schaute alle Fahrpläne an, traute sich nicht in die Stadt. Eine Klosterschwester sprach sie an, eine von der Bahnhofsmission, fragte, wo sie hinwolle, bot ihr Unterkunft an. Andrea verstand es nicht, glaubte an eine Falle – die Nonne war gewiss von der Frau Präfektin verständigt, suchte sie, sollte sie zurückbringen. Sie zitterte vor Angst, sagte, dass sie gleich weiterfahren müsse…

Hier konnte sie nicht bleiben, hier würde man sie sicher finden. Hier und überall! Sie brauchte jemanden, der sie beschützte – und kannte nur einen, den Vetter. Er hatte das Geld geschickt, er würde auch weiter helfen. Sie eilte zum Schalter, verlangte einen Fahrschein nach Capri. Wo das wäre, fragte der Beamte – sie nahm ihr Telegramm heraus, zeigte ihm das Wort. Er suchte lange in einem dicken Buch, schüttelte den Kopf, schickte sie dann zu einem anderen Schalter – da würde man ihr Auskunft geben.

Es war weit, schien es, sehr weit, dieses Capri. Sie müsse nach Paris fahren und durch ganz Frankreich. Durch Italien nach Neapel – dann zu Schiff. Welche Klasse sie wünsche?

Andrea überlegte. Die Großmutter reiste stets erster Klasse; als die Schwestern sie zum Kloster brachten, waren sie Zweiter gefahren. Aber sie musste haushalten mit ihrem Geld – wer wusste, ob es überhaupt so weit reichen würde. Dritter Klasse verlangte sie. Der Mann stellte die Fahrscheine aus – gleich ein ganzes Heft war es. Schrieb ihr einen langen Zettel auf, was sie unterwegs tun solle. In Paris müsse sie aussteigen – zu einem anderen Bahnhof fahren. Umsteigen – warten – wieder umsteigen. Aber sie könne sich ausruhen zwischendurch, könne die Fahrt unterbrechen.

Andrea ruhte nicht aus, unterbrach die Fahrt nur, wenn sie irgendwo stundenlang auf einem Bahnhof auf den nächsten Zug warten musste. Ab und zu aß sie ein Butterbrot, und überall kaufte sie sich Obst und verdarb sich gründlich den Magen. Sie versuchte sich reinzuhalten, wusch ihr Taschentuch immer wieder aus, wischte den Staub von Gesicht und Händen. Dann verlor sie es, da ließ sie den Schmutz, wo er war; die Menschen um sie herum waren auch nicht reiner. Sie wechselte Geld in Paris, dann in Ventimiglia – sie merkte, dass sie betrogen wurde, wagte nicht, etwas dagegen zu sagen. Wieder und wieder fragte sie nach dem nächsten und besten Zug, aber mit ihrer Fahrkarte durfte sie den nie benutzen.

Drei Tage und zwei Nächte durch verbrachte sie durchgeschüttelt auf den Bummelzügen. Kam um Mitternacht in Neapel an. Blieb auf dem Bahnhof, bis man sie des Ortes verwies, lief dann durch die Straßen, fragte sich zum Hafen durch. Geriet am frühen Morgen auf das Marktboot, lag zwischen Körben und Kisten, kam gegen Mittag nach Capri. Lief umher auf der Großen Marina, fragte jeden Menschen nach ihrem Vetter – keiner kannte den Namen. Jemand riet ihr, in die Stadt zu gehen, beim Postamt zu fragen – dort würde man vielleicht Bescheid wissen. Sie stieg hinauf in der glühenden Hitze, krank und zerschlagen. Fand endlich die Post, doch sie war geschlossen. Lange musste sie warten.

Sie schrieb Jans Namen auf, reichte den Zettel dem Mann im Schalter – der nickte, setzte ihr hübsch auseinander, wie sie gehen solle. Sie verstand kein Wort – da rief er einen zerlumpten Jungen von der Straße, der sie führen solle. Durch enge Gassen erst, nun langsam hinauf zwischen Gartenmauern. Landhäuser hier und dort, eine kleine Kirche – dann öffnete der Bengel eine Tür, führte sie durch einen Garten zu einem weißen Haus; dicht rankte sich Crimson Rambler hinauf. Der Junge schlug an die Tür, aber niemand kam, da lief er um das Haus herum. Andrea hörte seine Stimme, verstand das Wort ›Signore‹ – begriff, dass er nach dem Herrn fragte. Eine kreischende Frauenstimme – Andrea erschrak: Das war gewiss die Frau, mit der er lebte, die vom Tingeltangel! Der Gassenjunge kam zurück, redete auf sie ein, sprach mit Augen und Händen und Füßen. Sie verstand ihn endlich: Der ›Signore‹ sei nicht zu Hause. Aber sie möge hier warten, er würde ihn schon finden und her bringen. Sie gab ihm ein paar Silberstücke – Hals über Kopf rannte der Bengel fort.

Auf der Marmortreppe saß Andrea und wartete. Ein Singen klang aus dem Hause – hässlich kam es ihr vor. Vielleicht war das nur, weil sie so müde war und so jämmerlich elend. War die da drinnen nicht eine berühmte Künstlerin? Sehr langsam krochen ihre Gedanken. Hier würde sie nicht bleiben können, gewiss würde diese Frau sie nicht dulden. Aber Jan würde sie schon irgendwo unterbringen – wenn er doch käme, endlich käme! Ihre Eingeweide schmerzten, ihr Kopf dröhnte. Hungrig war sie und durstig – keinen Schluck hatte sie getrunken seit gestern. Wie sie nur aussehen mochte? Alles klebte an ihr. Und müde war sie, so müde.

Jemand rüttelte an ihrer Schulter; sie fuhr auf. »Il Signore!«, jubelte der Gassenjunge. »Il Signore!« Sie sprang auf von der Treppe, blickte umher. Nichts sah sie. Der Junge lief zurück durch den Garten und durch die Tür – sie hörte ihn laut schreien: »Signore! Signore!«

Dann kam er. Weiße Schuhe, weiß Hosen und Hemd, über dem Arm die Jacke. Groß und blond, braunrot gebrannt von der

Sonne. Strahlend sah er aus.

Sie versuchte, ihm entgegenzugehen, aber sie wankte, blieb stehen, starrte zu ihm hin.

Gleich erkannte er sie, »Was – du, Fundvogel?«, rief er. »Meingott, Kind, siehst du aus!« Er lachte laut: »Sag mal, hast du dir das Waschen ganz abgewöhnt und für immer?« Er sah, wie schwach sie war, schlang den Arm um sie, gab ihr einen herzhaften Kuss.

»Jan,« versuchte sie, »Jan – ich will gleich wieder gehen – will nur –«

Aber sie kam nicht weiter, hielt sich fest an ihm, um nicht umzusinken.

»Antonia!«, rief er, »Costanza!« Zwei Frauen stürzten aus dem Hause, eine alte und eine junge. Jan gab ihnen Befehle, zu dritt schleppte man sie ins Haus. Andrea fühlte, dass der Vetter sie streichelte, sehr von ferne hörte sie seine Stimme.

»Nun, nun, Fundvogel, das ist nichts, ist gar nichts. Wird schon wieder gut werden.«

Dann war es wie ein Traum. Zwei Frauen waren um sie, führten ihr ein Glas an die Lippen – Wein war es. Sie trank, sie aß auch, aber sie wusste nicht, was es war. Man zog sie aus – in einer Badewanne saß sie. Ohne Hemd – ganz ohne Hemd. Braune Hände wuschen sie, trockneten sie ab. Im Bett lag sie.

Ganz leise flüsterte sie: »Nun lieg ich im Bett, und ich schlafe.« Nichts war mehr da, außer diesem weichen Gefühl – nichts durch lange Zeit. Köstlichste, tiefste Ruhe. Und nur manchmal ein leises Aufdämmern, ein süßes Empfinden: »Nun lieg ich im Bett, und ich schlafe.«

***

Ein Schlürfen hörte sie, als sie die Augen aufschlug und sich aufrichtete. Sah eine alte Frau vor sich stehen – die lachte sie an, lief hinaus, rief mit lauter Stimme: »Signore!«

Andrea blickte um sich – viel Sonne lag im Zimmer auf den Marmorfliesen. Weit offen stand das Fenster – Crimson Rambler rankte da.

Jan kam herein. »Wie geht's, Fundvogel«, rief er. »Achtunddreißig und eine halbe Stunde hast du geschlafen. Sag mal, hast du Sachen mitgebracht?«

»Nein,« lachte sie, »nicht mal ein Taschentuch.«

Er zog sein Tuch heraus, warf es ihr hin. »Nimm meins einstweilen. Das ist das einzige, was ich vergessen habe. Ich hab mir schon gedacht, dass du dich beim Abschied vom Kloster nicht mit viel Gepäck abgeben würdest.« Er zeigte auf einen Stuhl. »Das hab ich mit Antonia zusammengekauft – ein Kleidchen, Wäsche, Strümpfe, Schuhe, hoffentlich passt es. Du musst dann selber einkaufen – für heute wird's schon gehen. Und nun eil dich, Fundvogel, ich warte auf dich mit dem Frühstück – draußen auf der Terrasse.«

Die alte Costanza half ihr beim Ankleiden; dann kam auch die junge, die Antonia, band ihr die Schuhe zu, machte ihr die Haare. Sie redeten viel, aber Andrea verstand nur das eine Wort: ›Signorina‹.

›Signorina‹, das war sie – war wieder ein Fräulein! Brauchte nicht mehr am Waschtrog zu stehen – oh nein, man bediente sie.

Weißes Brot gab es zum Frühstück und Butter, so viel sie wollte. Honig und Marmelade – Schinken und Eier. Frische Feigen auf dem Teller und große Pfirsiche. Sie erzählte dem Vetter von ihrer Flucht; sagte ihm dann, dass sie nur gekommen sei, mit ihm Ratschlag zu halten. Sie wisse, dass sie nicht bei ihm bleiben könne, würde gehen, sowie er's verlange.

»Warum soll ich dich wegschicken?«, fragte er.

»Nun, wegen der Frau«, sagte sie. »Sie wird mich doch nicht hier dulden.«

Er sah sie erstaunt an. »Welche Frau soll dich hier nicht dulden wollen? Die Antonia vielleicht? Oder die alte Costanza?«

Sie hielt seinen Blick. »Du weißt schon, wen ich meine. Die Frau, mit der du lebst – die vom Tingeltangel. Die berühmte

Künstlerin, mit der du nach Paris gingst und nach Madeira – die dir die Briefe schrieb.«

»Halt, Fundvogel,« lachte er, »das ist ein bisschen viel auf einmal. Es ist nichts Weibliches im Haus – außer den Dienstboten. Auch auf Madeira war ich mit keiner Frau zusammen – wenn du nicht eine Engländerin meinst, die dort ein wenig mit mir geflirtet hat – ganze drei Tage war die dort. In Paris – das stimmt. Dahin nahm ich allerdings eine Frau mit – nicht gerade vom Tingeltangel, aber doch vom Theater. Eine kleine Schauspielerin war es – ich hatte versprochen, ihr Paris zu zeigen, wenn ich glücklich durchs Examen käme; dafür hat sie mir den Daumen gehalten. Zwei Wochen war ich mit ihr zusammen, dann musste sie zurück zum Theater. Aber berühmt war sie nicht und wird's auch kaum werden. Und Briefe hat sie gewiss nie geschrieben, dafür war sie nicht – mehr als eine Ansichtskarte habe ich nie von der bekommen. Was für Briefe meinst du denn, Fundvogel?«

»Die Briefe, die du nach Woyland bekamst.« Sagte sie, »als wir zur Reiherbeiz ritten. Du warst stets unruhig, wenn einer ankam;– Großmutter und ich merkten es wohl.«

Er besann sich. »Oh ja,« rief er, »freilich! Aber die waren doch von einer ganz anderen. Von einer Bardame – jeder Student hat ein Gspusi mit so einer oder mit einer Kellnerin. Ja, ja, die Anny war's vom Monopol! Unruhig war ich, sagst du? Das ist schon möglich – es war eine Heidenmühe, auf anständige Weise von der loszukommen.«

Andrea lehnte sich zurück in ihrem Korbsessel. Wie die Großmutter es gesagt hatte, so war es: Anderen Frauen lief er nach, wie alle Männer. Das kam, und das ging vorüber. Ganz gut hatte sie das damals verstanden – und dennoch nicht so, wie es war.

»Was ist dir, Andrea?«, fragte er.

»Nichts, nichts,« erwiderte sie rasch, »ich darf also bleiben?«

Er nickte. »Gewiss, solange du magst. Brauchst weder zu waschen, noch Handarbeiten zu machen.«

Sie schwieg eine Weile, fragte dann: »So hast du sie gar nicht geliebt – diese Frauen?«

Er lachte wieder. »Gewiss hab ich sie geliebt – was man so lieben nennt. Die und noch ein paar andere dazu. Nur, weißt du, hat's nie lange gedauert.«

›Und darum…‹, fühlte Andrea. ›Darum? Was denn? – Ja doch, diese Hölle im Kloster. Das und –‹

»Oh, Jan,« begann sie langsam, »weshalb tatest du es denn?«

»Aber Fundvogel,« rief er, »was hast du nur? Hast du bei den Englischen Damen die ›Moral‹ so von Suppenlöffeln gefressen, dass ich dir unsittlich vorkomme, weil ich mit einem halben Dutzend Frauen die Zeit verplempert habe? Das ist doch wirklich nicht so schlimm – ein Kind habe ich jedenfalls von keiner…«

Er zerbiss den Satz – Andrea war bleich geworden, rasch aufgesprungen. Eine halbe Minute blieb sie stehen, setzte sich langsam wieder.

Sie sah, wie er die Achseln zuckte, hörte ihn sprechen.

»Verzeihung, Fundvogel, ich wollte dich nicht verletzen – sagte das so hin – dachte nicht einmal an dich dabei!«

Sie schüttelte den Kopf. Das war es nicht – oh nein! Nur – sie hatte es vergessen, ihr Kind. Nicht mit einem kleinen Gedanken hatte sie daran gedacht all die Zeit über im Kloster. Verschwunden war es, war nicht mehr in ihrer Welt. Sie erschrak – weil es doch in der Welt war und weil er darum wusste.

Sie sah ihn an, tief und verhalten klang ihr weicher Alt. »Ich will dir was sagen, Jan. Das alles kam, weil ich dich hasste – um dieser Frauen willen. Auf die Lerchen warf ich die Würgfalken, auf die Löweneckerchen, die singenden, springenden. Das tat ich, das, und – das andere auch. Weil ich dir Böses antun wollte. Das gelang mir nicht – ich hab' dich nicht gekränkt; keine kleine Sekunde hast du darum weniger geschlafen. Warst gar nicht beleidigt, hast es mir nicht übel genommen. Nur gelacht hast du – und ein bisschen Mitleid gehabt mit der Großmutter und vielleicht auch mit mir. Und – siehst du – Jan, das ist es, das allein, was so weh tut.«

Er hörte sie an, wandte den Blick ab. Sah hinunter, die Felsen hinab und über das tiefblaue Meer. Langsam antwortete er: »Glaubst du, dass ich das nicht wüsste, Andrea? Manchmal denke ich, dass kein Mensch mir so nahe ist wie du. Aber wie nah du auch bist – du bist dennoch niemals ich. Nie, nie begreift ein Mensch den anderen – zwischen ihnen gähnt immer und immer die tiefe Kluft, die nichts überbrücken kann.«

Sie sagte bitter: »Wie klug du bist, Jan.«

Er wiegte den Kopf, »Das weiß ich nicht, ob es sehr klug ist, darum zu wissen. Ich hab das auch nicht gelernt, hab's stets nur gefühlt, seit ich denken konnte. Nur klarer ist's mir geworden, so allmählich. Aber es ist so, ist ganz gewiss und gewiss so: Du bist du und ich bin ich und das bleiben wir. Und haben nichts gemeinsam und können nie und nie zusammenkommen. Immer und ewig ist man sehr einsam und sehr allein, und darum ist alle Liebe nur eine Lüge. – Das weiß ich wohl, dass es süß ist, zu lügen und süß, die Wahrheit zu vergessen – wenn's einem gelingt, hält man das Glück!«

Er fuhr mit der Hand durch das Haar; traurig klang seine Stimme: »Die Großmutter sagte einmal, ich möge dich bilden, Fundvogel – weißt du noch? Aber das ist schlechte Weisheit, die du da von mir lernst – man verpfuscht sein Leben damit. Eins nur gibt es, meine ich, wie man doch damit fertig wird, das ist: nie etwas Ernstes – ernst nehmen. Ernst nehmen mag man das lächerlich Alltägliche: Sport oder Geldverdienen, Politik, Wein oder Kunst – was es auch sei. Nimm deine Kleider ernst, Fundvogel, und deine Dienstboten, aber mach dich lustig über dieses Leben. Und über den Tod – und die Liebe – und Gott! Lach darüber, Fundvogel, mach einen Witz, wenn du kannst.«

***

Sie streiften herum auf der Insel, von der Kleinen Marina hinauf den Monte Solaro und hinab zur Damekuta oder zum Faro. Den Monte Tiberio empor – und hinunter zum Meer. Sie fuhren in den Mondnächten hinaus mit einem Fischer zum Tintenfischfang oder paddelten die besonnten Felsen entlang im Sandolin. Manchmal nahm er sie mit zum Klettern; Natale und Peppino, zwei Bergbauern, trugen die Seile und die lange Leiter, die er sich vom Dome auslieh. ›Wie in Woyland ist's‹, dachte Andrea, ›er setzt mich aufs Pferd, da muss ich reiten, wirft mich ins Wasser – und ich muss schwimmen.‹ Keine Woche noch war sie auf Capri, da nahm er sie mit auf die Stella, den größten der Faraglionifelsen, den das Meer rings umbrandete. Bewegt war das Wasser, das Boot schaukelte – steil reckte sich der Fels empor.

»Wo willst du denn landen?«, forschte Andrea.

»Landen?«, lachte der Vetter. »Du springst ab vom Boot und hältst dich fest – das ist alles.«

Der Schiffer fuhr dicht am Fels vorbei. »Dort ist der Weg«, zeigte Jan. Aber sie sah nichts. Nacktes Gestein, ein wenig Gestrüpp hie und da.

Jan stand auf; wie das Wasser das Boot hochhob, sprang er hinaus. Hing am Felsen, kletterte sieben, acht Meter auf einen Absatz. Gleich nach ihm sprang Natale hinüber, stieg ihm nach, das gerollte Seil über dem Arm.

»Nun du, Fundvogel«, rief der Vetter.

Sie warfen ihr das Seil zu; Peppino schlang es ihr um die Brust.

Sie erhob sich, konnte kaum stehen in dem schwankenden Boot. »Jetzt! Jetzt!«, rief Jan. Sie sprang ab, von unten warf Peppino sie hoch. Mit der Rechten erwischte sie einen Zweig, suchte mit den Füßen nach einem Halt. Unter den Schultern straffte sich das Seil, sie fühlte, wie man sie hochzog. Eine große Woge schlug herauf, nässte ihr die Beine bis übers Knie. Über sich hörte sie Jans Stimme: »Setz die Füße, wie du nur kannst, die Bastschuhe halten schon. Greif Myrten und alles, was du kriegen kannst – aber keine Wolfsmilch, die bricht ab. Hörst du – keine Wolfsmilch!«

Sie wusste nicht, wie Wolfsmilch aussah, hielt sich fest an allem, setzte vorsichtig die Füße, einen um den anderen. Sie fühlte, wie das Seil locker wurde, sich wieder spannte – die dort oben stiegen höher hinauf. Ein paar Mal rutschte sie aus, einmal baumelte sie frei an dem Strick, bis sie wieder einen Halt fand. Dann kam ein Kamin, in den sie sich ein wenig hineinzwängen konnte, dann wieder nackter Stein, verwittert und zerbröckelt, der ihr die Hände blutig riss. Eine freie Stelle endlich – da hockten Natale und der Vetter – hier konnte sie verschnaufen.

»Schau hinunter, Fundvogel«, sagte Jan.

Sie tat es, tief unten brandeten die blauen Wogen – ganz steil schien der Fels, sie begriff nicht, wie sie hier hinaufgekommen war. Da schaukelte das Boot – wie klein es aussah! Peppino machte sich fertig zum Sprung, den Rucksack auf dem Rücken, der das Frühstück barg.

»Sind wir bald oben?«, fragte sie.

»Etwa zur Hälfte«, meinte Jan. Löste ihr den Strick ab, gab ihn dem Bauern. »So, Fundvogel, das letzte Stück kannst du allein klettern.«

»Ist's nicht mehr gefährlich?« fragte sie.

»Gefährlich?«, lachte er. »Grad wie vorher ist's.«

»Und wenn ich falle?«, wandte sie ein.

»Dummes Zeug!«, rief er. »Warum solltest du fallen? Pass auf, wie es Natale macht, und mach's genau so.«

Dicht hinter ihr blieb er, setzte ihr die Füße; grinsend zeigte ihr Natale von oben jeden Stein und jeden Strauch, an dem sie sich halten konnte. Nach wenigen Minuten schon fühlte sie sich auch ohne Seil ganz sicher zwischen den beiden Männern.

Eine Fläche endlich. Gras und niederes Gesträuch.

Ringsum zeigte Jan. »Nun bist du oben, Andrea. Nun gehört das alles dir. Sag doch, ob's nicht der Mühe wert war?«

Lange Grashalme brach er, knüpfte kleine Schlingen an die Spitzen. »Jetzt kommt ein neues Spiel, Fundvogel – blaue Eidechsen sollst du fangen.«

»Blaue?«, fragte sie.

Er nickte. »Ja, ja, so blau wie das Meer dort unten – die gibt's nur auf diesem Fels und sonst nirgends in der Welt. Ich muss welche nach Deutschland schicken – ein Dutzend brauche ich, grade so viel und keine mehr.«

Er zeigte ihr, wie man das machte; suchte herum, spielte mit dem Grashalm einer Eidechse vor den Augen, strich dem neugierigen Tierchen leicht über den Rücken. Warf ihm dann die Schlinge über den Kopf, zog zu – da baumelte die Blaue in der Luft.

Andrea versuchte es – eine fing sie und wieder eine. Nun sah sie im Grase ein paar große Eier, gelbgesprenkelt, bückte sich darnach.

Aber der Vetter hielt ihr den Arm. »Lass sie liegen, Fundvogel, das ist zweites Gelege oder drittes schon. Junge Möwen sollen draus werden. Warum hast du deinen Klosterfrauen nicht früher Lebwohl gesagt? Im Frühjahr hab ich ein paar Dutzend Eier heruntergeholt – Costanza hat mir Rührei davon gemacht.«

Sie frühstückten; dann kam der Abstieg. Sorgsam band Jan ihr den Strick um den Leib, prüfte die Knoten.

»Meinst du nicht, dass ich's allein kann?«, fragte sie.

Er schüttelte den Kopf. »Hinauf ist's ein Kinderspiel, runter ist's nicht ganz so einfach.« Wieder kletterte er unter ihr, setzte ihr Fuß um Fuß in die Felsritzen. Oben hielten sie die beiden Bergbauern am Seil. Sie rutschte manchmal, hing frei in der Luft, wenn die Zweige brachen oder ein Stein, den sie griff, sich löste. Mit der Nase klebte sie am Fels – unendlich langsam ging es; es schien ihr, als ob sie die vierfache Zeit brauchten. Dann hörte sie den Vetter den Bauern etwas zurufen – die zogen das Seil an und ließen es plötzlich los. Sie verlor den Halt, versuchte sich festzuklammern mit den Händen, aber die dünnen Zweige brachen. Da fiel sie, am Vetter vorbei, klatschte ins Wasser. Sie kam wieder hoch, sah Jan über sich am Felsen hängen, hörte ihn laut lachen. Er sprang ihr nach, löste das Seil, das sie behinderte, schwamm mit ihr ans Ufer.

***

Weit hinter Ischia sank die Sonne ins Meer. Aber die Farben glühten hoch hinauf zum Himmel. Andrea blickte von der Terrasse – versuchte das festzuhalten, was nicht zu halten ist.

Glutrot dort unten, dachte sie, und rosa weiter hinauf. Blau noch dort, wo die weißen Wolken ziehen, schwefelgelb dahinter. Aber immer verschob es sich, wechselte; ocker wurde das Gelb, tiefviolett das lichte Blau.

Jan kam, hielt einen Brief in der Hand. »An die Großmutter schrieb ich«, sagte er. »Hab ihr gehorsame Grüße von dir bestellt.«

Sie erschrak. Wenn die Großmutter wusste, wo sie war – würde sie sie nicht zurückbringen lassen ins Kloster?

Jan beruhigte sie. »Das wird sie nicht tun, Fundvogel. Sie kann es nicht, weil sie dich mündig sprechen ließ, hätte dich nie hinschaffen dürfen, wenn du dich gewehrt hättest. Auch ohne das würde sie dich gewähren lassen. Ich war in München mit ihr zusammen vor einem halben Jahr – sie hielt das Kloster für eine gute Schule für dich. Solange du selbst bliebst, hätte sie dich sicher dort gelassen – jahrelang; nun, da du gingst, ist sie's auch zufrieden. Du bist dein eigner Herr, Fundvogel.«

Sie horchte auf, »Aber wie denn?«, fragte sie. »Auf Woyland war ich bei der Großmutter, hier lebe ich bei dir. Wenn du mich fortjagst, wie sie es tat – was dann?«

»Unsinn!«, lachte er. »Auch vergisst du, dass du eigenes Vermögen hast, das deiner Mutter. Die Großmutter hat noch hinzugetan – für deinen Verzicht. Eben deswegen schrieb ich ihr.«

»Wie viel ist es?«, fragte Andrea.

»Ich weiß es nicht,« meinte er, »vier, fünfhunderttausend werden's sicher sein. Genug, dass du bequem davon leben kannst.«

Sie saßen schweigend eine Weile. »Du solltest ein wenig arbeiten, Fundvogel«, begann er wieder.

»Was arbeitest *du* denn?«, verlangte sie. »Und warum bist du eigentlich hier?«

Ganz ernst sagte er: »Eben zum Arbeiten. Gibt's einen Fleck auf der Erde, der stiller ist und sonniger? Wie geschaffen scheint das zur Arbeit.«

Sie sah ihn erstaunt an. »Nun – und was hast du getan?«

»Nichts«, erwiderte er. »Kein Mensch kann hier arbeiten,

wirklich arbeiten – es scheint nur so. Zu schön ist's auf dieser Insel – Phaiakenland! Man lebt in den Tag, tut alles morgen – und nie etwas heute. Wenn man das erst merkt, sich bewusst wird, wie viel schöner es ist, als Lilie auf dem Felde zu leben und den lieben Gott für alles andere sorgen zu lassen, dann mag man überhaupt nicht mehr fort.«

»So willst du ewig hier bleiben?«, fragte sie.

Er schüttelte den Kopf. »Ich nicht. Ich träume, aber ich werde schon einmal wach werden. Dann geh ich fort.«

»Aber du arbeitest nichts,« wandte sie ein, »sagst, dass man nichts arbeiten könne hier. Und doch meinst du, dass ich arbeiten soll?«

»Ja, ja, Fundvogel,« rief er, »es ist immer gut, wenn man andere zur Tugend ermahnt. Anzustrengen brauchst du dich nicht – nur das tun, was dir so spielend zufällt. Italienisch lernen zum Beispiel. Auch ist morgen mein Fechtmeister wieder da – er war verreist. Er kommt jede Woche zweimal von Neapel herüber. Da kannst du fechten lernen.«

»Ich denke, du kannst gut fechten«, sagte sie. »Hast mir doch in Woyland oft genug den Kopf zerprügelt.«

»Rapier«, antwortete er, »und schwere Säbel, wie's die Studenten machen. Das kann ich schon. Jetzt lerne ich, mit dem Stoßdegen umzugehen und mit dem leichten Säbel.«

»Wozu?«, fragte sie.

»Mein Gott, Fundvogel«, rief er, »aus demselben Grund, aus dem ich die Faraglioni hinaufklettere oder alle paar Wochen mal einen Brief schreibe. Man muss doch etwas tun in diesem Schlaraffenland.«

***

Gut gewachsen und sehr elegant war der Ritter Della Torre. Schwarz die Haare und die mandelförmigen Augen, ein kleines schwarzes Bärtchen auf der Oberlippe. Bleich, fast alabastern die Gesichtsfarbe, lang und schmal die weißen Hände. Wie der Teufel focht er, war Jan weit überlegen auf Hieb wie auf Stich. Entzückt schaute ihm Andrea zu.

»Der kann's besser als du«, stellte sie fest.

Jan schnalzte mit der Zunge. »Auf dem Fechtboden gewiss. Aber ich möchte ihn nicht vor der blanken Klinge sehen, den biedern Neutitscheiner!«

»Wie?«, fragte sie. »Wie nennst du ihn?«

Er deklamierte lachend: »Ein Dutzend Juden und neunzig Zigeuner kommen nicht auf gegen einen Neutitscheiner!«

»Stammt er daher?«, fragte sie wieder. »Und wo ist denn das – Neutitschein?«

»Im Kuhländchen liegt's«, sagte Jan, »und das ist in Mähren. Natürlich stammt er gar nicht daher: er ist nur ein seelischer Neutitscheiner. Der brave Cavaliere behauptet, ein Krautwälscher zu sein, aber ich hab ihn schwer in Verdacht, dass er ein Levantiner ist.«

»Ein Levantiner?«, rief sie. »Was ist das schon wieder?«

Jan lachte. »Da sieht man, Fundvogel, wie sehr deine Bildung im Kloster vernachlässigt wurde – keine Ahnung hast du von Geographie. Also hör zu und bilde dich! Da im Mährischen legt der Zigeuner den Bauern hinein; der Jude zieht wieder dem Zigeuner das Fell übers Ohr und wird selber vom Neutitscheiner über den Löffel balbiert. Hast du's soweit begriffen? Gut also, im Orient – in der Levante – wird der Christ und Jude, Türke und Zigeuner und selbst der gerissenste Neutitscheiner vom Griechen angeschmiert – den betrügt der Armenier wieder nach Strich und Faden. Nun aber kommt der ehrenwerte Levantiner – ihm gegenüber ist auch der gerissenste Armenier ein armes, blindes Waisenmädchen.«

»Wo wohnen sie denn, die Levantiner?«, fragte Andrea.

Er antwortete: »Eigentlich nirgends, doch trifft man sie überall ums Mittelmeer herum. Sie sprechen alle Sprachen und fehlerlos jede einzelne. Was die Religion betrifft, schwören sie bald auf die Bibel, bald auf den Koran oder auf den Talmud – was grade am vorteilhaftesten ist. Und genau so halten sie's mit der Nationalität. In Wirklichkeit sind sie gar nichts, aber sie haben immer irgendeinen Konsul, der sie schützen muss, weil sie auf dem Papier seine Landsleute sind.«

Della Torre machte sich viel Mühe mit Andrea; gab ihr nicht nur im Fechten, auch in Sprachen Unterricht, tat es mit stets liebenswürdiger Geduld und mit rückhaltloser Hochachtung. Für Jan war sie nie etwas anderes als das kleine, dumme Mädel, über das man lacht und mit dem man kameradschaftlich herumtollt; der Cavaliere behandelte sie stets als Dame. Sie fuhr nach Neapel, um Einkäufe zu machen; er holte sie am Dampfer ab, lief den ganzen Tag mit ihr von einem Geschäft ins andere. Jan war es gleichgültig, wie sie angezogen war; der Cavaliere zeigte großen Geschmack, wählte durchaus sicher und verstand von all dem viel mehr als sie selbst. Er kümmerte sich darum, dass alles sorgsam verpackt und pünktlich aufs Boot gebracht wurde – sehr zufrieden kam sie mit ihren Schätzen nach Capri zurück.

»Er ist wirklich ein Kavalier«, berichtete sie dem Vetter. »Nicht nur auf der Visitenkarte. Mittags sind wir bei Bertolinis gewesen; er hat mich ein geladen, hat nicht geduldet, dass ich für mich zahlte.«

»Na, das wird schon dabei rausgekommen sein«, lachte Jan. »In jedem Geschäft hat er sich wenigstens zwanzig Prozent Provision zahlen lassen – die hat man aufgeschlagen auf deine Einkäufe.«

Sie entrüstete sich. »Wenn du das so genau weißt, warum bist du nicht selbst mit mir gefahren?«

»Ich hab mir's überlegt«, sagte er. »Doch erstens hätte ich dich gewiss ins Museum geschleppt, dann den Vesuv hinauf und nach Pompeji. Darüber wärst du nie zu deinen Einkäufen gekommen und wenn wir eine Woche drüben geblieben wären – mit dem Fechtbruder aber wurdest du an einem Tage bequem fertig. Und dann, weißt du – ist da noch etwas. Wenn ich erst einmal in Neapel bin, so fürchte ich, dass ich plötzlich auf dem nächsten Zug sitze und wegfahre, dass ich Schluss mache mit diesem Lilienleben auf Capri. Das wäre gewiss sehr vernünftig, doch sollte ich wenigstens so lange bleiben, bis ich deine Geschichten geordnet habe.«

»Oh«, rief sie, »also ich halte dich nicht hier – für keinen Tag und keine Stunde!«

Er sah sie erstaunt an. »Die Insel hält mich – und grade du und deine Geschichten. Das hab ich dir doch erst im Augenblick gesagt.«

Sie seufzte. »Ja, ja, meine Vermögensangelegenheit. Du wirst alles hübsch für mich in Ordnung bringen, was? Aber ich – ich selbst – was geh ich dich an?«

Er rückte mit dem Stuhl. »Ach was, Fundvogel«, rief er, »werd nur nicht sentimental. Das macht mich kribblig – solche Ausbrüche der Seele.«

Sie streichelte ihm leise über die Hand. »Wie die Großmutter bist du – und schlimmer noch. Allen Leuten wollt ihr weismachen, dass ihr kein Gemüt hättet und keine Seele. Stellt euch steinhart – damit kein Mensch merken soll, wie weich ihr seid. Wie marmorkalte Halbgötter gebt ihr euch und möchtet euch doch nur ausweinen in den warmen Armen der Mutter. So ist die Großmutter – und so einer bist auch du, Jan!«

Er zog seine Hand fort, sah sie groß an, sagte langsam: »Gesagt hat dir das keiner, Andrea, also ist's wohl in deinem eigenen Hirn gewachsen. Vielleicht hast du recht – aber wenn wir so sind, wie du meinst, sind wir's, weil wir recht gut wissen, dass keine Mutter da ist und dass uns nie und nie ein anderer Mensch helfen wird. Die Großmutter und ich – wir verleugnen unsre Seelen, meinst du? Vielleicht – aber wie sollen wir dann zarte Rücksicht nehmen auf die der anderen? Wir wollen sie nicht, wollen nichts davon wissen.«

Sie nickte. »Nein, ihr wollt sie nicht, das ist es. Die Seele nicht und den Leib auch nicht, der doch dazu gehört.«

»Was hat das damit zu tun?«, fuhr er auf.

Ganz still sagte sie: »Merkst du denn gar nicht, wie ich mich nach dir sehne?«

Er stand auf, antwortete nicht. Lief ein paar Mal auf und ab auf der Terrasse. Ging fort, ohne sich umzuwenden.

***

Jan kam nicht zurück diese Nacht, noch am nächsten Tag. Abends kam ein Gassenjunge, bestellte, dass er oben in Anacapri sei, bei seinem Freund, dem Maler. Erst nach drei Tagen kam er wieder; tat, als ob nichts geschehen sei.

Jeden Tag schwammen sie im Meer. Er bestellte seinen Schiffer irgendwohin, dann fuhren sie aus. Entkleideten sich im Boot, sprangen ins Wasser. Saßen auf den Felsen und sonnten sich.

Um den Berg Tiberio gingen sie in der Morgensonne. Kamen am Arco vorbei, stiegen all die Stufen hinab zur Mithrasgrotte. Kletterten weiter hinab, den steilen Abhang zum Meer. Saßen unten auf dem schmalen Strand, warteten auf ihren Schiffer mit dem Badezeug. Dann fiel ihm ein, dass er ihn heute zur anderen Seite bestellt hatte, in die kleine Bucht beim Fortino.

»Da müssen wir so baden,« rief er, »deine Nonnen schauen ja nicht zu und kein anderer Mensch. Die Sonne wird uns auch ohne Laken trocknen.«

Sie schwammen zwischen den Felsen; kleine Muscheln sammelte er, öffnete sie, brachte sie ihr zum Essen. Dann tauchte er, holte große, violette Seeigel herauf. Zerbrach sie mit einem Stein, zeigte ihr die orangefarbenen Eier.

»Das soll ich essen?«, fragte sie.

»Gewiss sollst du«, redete er ihr zu, »sehr lecker ist's. Wenn Carlo Spadaro unser Frühstück beim Monte Michele spazieren-fährt, muss ich schon sehen, was ich hier für dich finde – satt wirst du freilich kaum werden.«

Ganz glatt war das Meer, kein Lüftchen regte sich, Einsiedler-krebse und Taschenkrabben liefen zwischen den Steinen, unten am Grund konnten sie die kleinen Fische sehen. Schwarzweißgestreifte mit großen Köpfen waren dabei und andere wieder, langflossige, rote mit gelben Tupfen.

»Wie deine Schwimmhose auf Woyland sehen sie aus«, rief er. »Weißt du noch, Fundvogel?«

Dann kam ihm der Gedanke, dass in der Nähe eine Grotte sein müsse, die er nicht kannte. Sein Schiffer hatte ihm die Stelle öfter gezeigt, aber mit dem Boot konnte man nicht hinein, und jedes Mal war das Meer zu bewegt gewesen zum Schwimmen.

»Ist es weit?«, fragte sie.

»Eine halbe Stunde vielleicht«, antwortete er. »Ich weiß es nicht genau. Aber wir werden sie schon finden.«

Sie schwammen hinaus, rings um das Vorgebirge, weit hinten sahen sie die Faraglionifelsen aus dem Meer ragen. Dicht am Fels hielt er sich, suchte, fand nichts. Die Zeit verging, ein wenig matt fühlte sie sich.

»Wie lange schwimmen wir schon?«, fragte sie.

Er sah hinauf zur Sonne. »Das mag eine Stunde sein«, erwiderte er, »mehr wohl noch. Bist du müde?«

Sie schüttelte den Kopf, schwamm ihm nach; sie wusste gut, dass er doch nicht umkehren würde. Hundert und mehr Grotten kannte er auf der Insel; wenn er diese endlich finden würde, würde er sie ihr zeigen: ›Da ist sie!‹ Sonst nichts. Aber solange er suchte, solange schien sie ihm das Wichtigste auf der Welt.

Lauwarm war das Wasser, dennoch wurde ihr kalt. Und immer trieb er und drängte…

Dicht unter dem steilen Felsabhang schob sich eine flache Steinmasse ins Meer. »Da kannst du ausruhen«, sagte er.

Sie schwammen heran. Doch der Fels war ein paar Meter hoch, keine Möglichkeit, aus dem Wasser hinaufzuklettern. Er suchte, hörte plötzlich ein Gurgeln und Rauschen. »Hier ist es«, rief er. »Halt dich am Stein, ich schwimme hinein.«

Sie griff eine Felskante, hielt sich fest. Unmöglich schien es ihr, die weite Strecke wieder zurückzuschwimmen.

Nach einer Weile kam er zurück; seine Augen leuchteten. »Eil dich, Fundvogel«, jauchzte er, »wundervoll ist die Grotte, wundervoll!«

Sie schwammen um eine Spitze, er zeigte auf eine Stelle am Fels; aber sie sah nicht die Spur einer Öffnung. Nur das Wasser bewegte sich ein wenig auf und nieder, oben spritzte zuweilen aus einem daumenbreiten Loch ein wenig Wasser. »Du musst tauchen,« sagte er, »unter dem Felsen durch. Fass nur meinen Fuß und folg mir.« Er ließ ihr keine Zeit zur Überlegung, tauchte unter mit Kopf und Armen, warf die Beine in die Luft. Mechanisch griff sie seinen Fuß, tauchte ihm nach. Dann kam sie hoch, stieß unter Wasser mit dem Kopf an den Fels, ließ den Fuß fahren. Im nächsten Augenblick fühlte sie sich an den Schultern ergriffen, nach unten gestoßen und vorwärts gezogen – eine Menge Salzwasser schluckte sie.

Gleich darauf kam sie wieder nach oben und mit dem Kopf aus dem Wasser; sie prustete, hustete und spuckte. Sie fühlte Grund unter den Füßen, richtete sich auf; ein Halbdunkel umfing sie. Jan griff ihre Hand und führte sie; auf feinem Sand schritt sie daher. Lichter wurde es und heller; über ihnen öffnete sich ein wenig der Fels: die Sonne schielte in die Grotte. Sacht stieg der Boden auf, ein weicher Sandstrand nahm sie auf. Da lag sie, die Beine bis zum Knie in dem lauen Wasser; auf ihrer Brust spielte ein warmer Sonnenstrahl.

Schnell erholte sie sich, richtete sich auf, saß nun. Halb im Wasser lag Jan vor ihr, wie gletscherblauer Marmor schien seine Haut, wo sie das Wasser um spülte, warm und braun aber über der Oberfläche.

»Nun, wie gefällt's dir hier?«, fragte er.

Sie blickte um sich. Schmal war das Loch oben im Felsdach, zackig dazu, nur der eine zitternde Sonnenstrahl fiel schräg herein. Fast weiß glitzerte unten der Sand, tiefblau schien rings die Luft. Über ihr hatte der Fels einen rotbraunen Glanz, weiter hinein war er gelb und schwarz. Hellgrün leuchtete unter dem Felsspalt das Wasser, lichtblau dort, wo es ihre Füße umspülte. Hinten aber war es tiefblau, violett fast, völlig schwarz im letzten Grund.

Immer noch war ihr kalt, sie zitterte leicht. Da kam er zu ihr herauf, strich sich mit den Händen das Wasser von Leib und Gliedern; leuchtend sprangen die Silbertropfen in das Blau. Er setzte sich zu ihr, rieb ihr Füße und Hände, dann Arme und Beine, den Leib endlich. Sie lächelte ihm zu, fühlte ihr Blut warm durch die Adern pulsen.

Er ließ sie fahren, nur ihre Hand lag noch in seiner. »Nun sind wir nicht Menschen mehr«, sagte er leise. »Wesen aus dem Wasser sind wir, Kinder der Sonne.«

Träumerisch ruhte sein Blick über den Farben. »Ein Meeresungeheuer haust in dieser Grotte – sagen die Fischer. Aber das sind nur die Aufgeklärten, die so wie Carlo denken. Die Frommen sagen, dass es kein Meertier sei – Dämonen seien es, heidnische Götter der See. Ihre Stimmen könne man hören, sagen sie, durch das Loch da oben.«

Dicht saß er an ihrer Seite, schlang seinen Arm um ihre Schultern. Warm wurde ihr, und sie fühlte, wie diese Wärme von ihr zurück drang, wieder ihn umhüllte. Ganz nah drängte sie sich an ihn.

»Wenn nun ein Fischerjunge oben über die Felsen klettert,« sagte er, »wenn er uns hier hört – wird er denken: wir seien die Heidengötter der stillen Grotte.«

»Sind wir's denn nicht?«, flüsterte Andrea.

Mit der Hand fuhr er durch ihr Haar, sie half ihm, nahm das Band ab, das sie herumgewunden, zog die Kämme heraus. Da fielen die Flechten. Sie löste sie – rings hüllte sie das lange Haar. Dunkel schien es, schimmerte doch rötlich in dem blauen Licht.

Näher drängten sie aneinander und näher, Fleisch eng an leuchtendes Fleisch. Wie er den Kopf über sie bog, hob sie die Lippen – »Jan«, flüsterte sie.

Auf weißem Sand lagen sie – halb vom Wasser umspült. Tief unten im Fels, tief unten im Meer – nur ein Sonnenstrahl sah, was da geschah.

***

Sie ließ ihr Haarband in dieser Grotte, ließ ihre Kämme zurück und die wenigen Nadeln.

»Folg mir nach,« sagte er, »tauch unter und mach die Augen weit auf. Wo du Licht siehst, da schwimm hin.« Er machte es ihr vor, schwamm ein paar Mal hinaus und wieder hinein.

Sie folgte ihm; nun waren sie wieder draußen im Meer in der vollen Sonne. Ein Fischer fuhr vorbei; Jan rief ihn an, und sie stiegen ins Boot. Auf dem Rand saß Andrea, träumte zurück – dort lag die Stelle, wo sie glücklich war. Immer würde die bleiben, solange die Erde stand – und war nur allein ihr Hochzeitsbett und je und je keiner anderen!

Sie fuhren zu dem kleinen Strand, fanden ihre Kleider, stiegen auf zur Mithrasgrotte. Und weiter hinauf all die Stufen, am Arco vorbei und rings um den Berg Tiberio. Langsam gingen sie, Hand in Hand, sprachen kein Wort. Ein süßes Empfinden lebte in Andrea: als ob es immer so war und nie anders sein könne.

Und wenn sie etwas wünschte und leise ersehnte auf diesem seligen Wege, war es das eine nur: die Großmutter möchte daher kommen, ihnen entgegen. Möchte sie sehen, so wie sie da gingen, Hand in Hand.

Alle Tage waren verschieden und war doch einer wie der andere – so voll von Glück. Sie streiften durch die Berge, sie schwammen im Meer, sie kreuzten die Klingen miteinander und mit dem Fechtmeister.

Die Trauben reiften, und der Herbst kam und ging – aber die Sonne lachte, und Sommer blieb es auf ihrer Insel. Wie Jan lebte Andrea, atmete und fühlte wie er – und wie die Graslilien, die immer wieder zwischen den Felsen blühten: die Lilien auf dem Felde.

Ruhig und still blieb sie, als es ein Ende nahm. Einen Brief bekam er eines Morgens, las ihn, sprang erregt auf; »Da lies!«, rief er. »Ich soll sie in Kairo treffen, Didi Granstetten und den kleinen Halden – endlich! Zum Blauen Nil hinauf wollen wir – Elefanten schießen, Löwen, Nilpferde – was da so herumläuft.« Wie ein Schuljunge lachte er.

»Wann willst du gehen?«, fragte sie leise.

»Morgen!«, rief er. »Nein – heute noch. Ich kann das letzte Boot nach Neapel noch bequem erreichen. Ich muss mich doch in Kairo ausstatten – da können meine Sachen ruhig hier bleiben. Nur den

Handkoffer nehm' ich mit.«

Sie nickte. Sie half ihm packen, sie brachte ihn hinunter zur Großen Marina. »Ich schreib dir«, sagte er. »Ich komme zurück, wenn es aus ist. Dann will ich dir erzählen…«

Er merkte nicht, wie sie zerbrach – das merkte sie selbst nicht an diesem Tag. Langsam ging sie hinauf zum Städtchen, über den Domplatz, durch enge Gassen und zwischen Gartenmauern. Sie sagte still: »Nun fährt er nach Ägypten. Zum Blauen Nil fährt er zur Jagd. Dann wird er zurückkommen – dann wird es sein, wie es war.«

Aber sie wusste gut, dass das nie wieder sein würde.

Sie lebte in ihrer Villa: Antonia und die alte Costanza bedienten sie. Einer Münchner Bank hatte Jan ihr Vermögen überweisen lassen, von da erhielt sie allmonatlich Geld, viel mehr als sie brauchte. Sie machte Spaziergänge, streifte durch die Insel bergauf und bergab, wie sie mit Jan getan – wenn sie die Augen schloss, glaubte sie, dass er neben ihr ging.

Soviel hatte sie ihm zu sagen – sagte es still für sich hin. Schreiben – sie wusste nicht wohin…

Dann auch – was sie so dachte, konnte sie doch nicht schreiben. Hätte es kaum sagen können oder nur in seltenen Augenblicken.

Ein halbverhungerter Hund war ihm zugelaufen – nun lief er mit ihr herum. Sie war gut zu ihm, weil Jan gut zu ihm war; sie verstand seinen Blick: Was soll aus mir werden, wenn du fortgehst? War sie nicht selbst ein verlassener Hund?

Der Fechtmeister kam wie zuvor, zweimal die Woche. Blieb den ganzen Tag, focht mit ihr, gab ihr Sprachunterricht. War entzückt von ihrem raschen Fortschritt, überhäufte sie mit Lob. Sie war froh darüber – dachte: ›Vielleicht wird es Jan erfreuen.‹

Als es Frühjahr wurde, schickte sie nach den Bergbauern Peppino und Natale. Fuhr mit ihnen zu den Faraglionifelsen, ließ sich anseilen, kletterte hinauf. Blaue Eidechsen fing sie mit der Grasschlinge, wie Jan sie gelehrt hatte, spielte mit ihnen, ließ sie wieder laufen. Elf Möweneier fand sie, brachte sie der alten Costanza heim; die musste ihr Rührei davon machen – wie sie für Jan getan.

Manchmal nahm sie seine Sachen heraus, die er zurückgelassen hatte, Anzüge und Wäsche; betrachtete sie, zärtlich fast, gab sie wieder zurück in den Schrank. Oder sie streichelte seinen Stoßdegen und den Säbel, Fechtmaske und Wams. Und jeden Tag sprach sie von ihm mit ihren Frauen.

Zuweilen kam Nachricht. Eine Postkarte – auch wohl ein Brief. Herzlich und warm – aber kein Wort von Liebe stand darin.

Nein, das hatte er nie zu ihr gesagt, dass er sie liebe. So wenig, wie ihr die Großmutter je es gesagt hatte. Die fuhr ihr mit der Hand übers Haar, zuweilen nur, über Stirn und Wange: Das war ihre einzige Liebkosung. Nie hatte sie ihr einen Kuss gegeben.

Jan – Jan hatte sie geküsst. Hatte die Arme um sie geschlungen – bei ihm hatte sie gelegen an versteckten Plätzen auf felsigem Strand – unter Steineichen und Kastanien auch am Abhang des Monte Michele. Hatte sein Lager geteilt durch so manche Nacht, bis die Sonne durchs Fenster lachte, sie wachzuküssen.

Nun begriff sie: er nahm sie, weil – sie dazu gehörte. Weil er Woyland liebte und den Rhein, die frohen Ritte durch Feld und Wald und den schnellen Eislauf über vereiste Wiesen, weil er die Zentgräfin liebte und ihre stolzen Falken – darum liebte er auch sie, liebte das Kind, den Fundvogel, der dazu gehörte. Und weil er das blaue Meer liebte und die Felsengrotten, diese Berge und wilden Schluchten, den Himmel und die warme Sonne – weil er das alles liebte auf diesem glücklichen Capri – darum nahm er auch sie, die nun dazu gehörte.

Ein Teil war sie von dieser Insel, wie sie einst ein Teil war von Woyland.

So war seine Liebe.

***

In ihrem Zimmer im Hotel ›Plaza‹ in New York wartete Andrea Woyland auf den Vetter. Den Nachmittag lang und den ganzen Abend.

Einmal schellte das Telefon – sie sprang auf, nahm ab. Es war nicht Jan – Gwinnie Briscoe war es.

Sie antwortete zerstreut – was hatte sie mit der zu schaffen heute Abend? Von der Sonneninsel hatte sie geträumt, von der tiefen Meeresgrotte ihres Glückes.

Dann fiel ihr ein, was sie Tex Durham versprochen hatte. »Hör, Gwinnie,« sagte sie, »hast du heut' die Zeitung gelesen? Von dem Flugunglück bei Salt Lake City? Versprich mir, dass du nicht fliegen wirst.«

Sie fühlte, wie Gwinnies Stimme zitterte. »Oh, besorgt bist du um mich? Danke dir – Dank! Ich werde gewiss nicht fliegen, wenn du es nicht haben willst.«

Ob sie nicht zu ihr kommen dürfe heute Abend – hélas – auf einen Augenblick nur? Aber Andrea wies sie ab; sie fühle sich nicht recht wohl. Morgen möge sie kommen – nein, besser noch übermorgen.

Zehn Uhr war es, als es wieder klingelte. Jan war am Telefon: er erwarte sie unten in der Halle. Sie möge herunterkommen – aber schnell; sehr eilig sei er. Im Augenblick zog sie den Hut auf, warf den Mantel um, lief über den Gang, fuhr hinunter im Fahrstuhl. Sie lächelte, wie selbstverständlich sie aufs Wort ihm gehorchte – heute, wie immer im Leben.

Jan sprang von seinem Sessel auf, kam ihr entgegen. »Ich hab Steinmetz gesehen,« rief er, »hab ihn eben zum Bahnhof gebracht. Es ist eine verrückte Geschichte, die er von mir will – etwas, das noch nie da war. Ich würd's dir erzählen, Fundvogel, wenn ich nur fünf Minuten Zeit hätte. Aber ich muss gleich wieder hinüber zum Knickerbockerklub, muss da einen Mann aus der Wall Street sprechen – eben in dieser Sache. Kam am ›Plaza‹ vorbei, wollte dir rasch ›Guten Abend‹ sagen. Wie geht's denn, Fundvogel?«

»Oh, danke«, sagte sie.

»Ich werde sehr bald nach Europa fahren,« fuhr er fort, »mit dem nächsten Dampfer. Ich rufe dich morgen an – sowie ich Bescheid weiß. Hol dich hier ab – oder bestell dich irgendwo hin, hörst du? Und nun verzeih, Fundvogel – ich muss wirklich fort.«

Er nahm seinen Pelz vom Sessel, zog ihn an. Griff in die Tasche, nach den Handschuhen, da flatterten ein paar Dollarscheine auf die Erde. Er hob sie auf, steckte sie in die Hosentasche. »Ja, so, Fundvogel,« sagte er, »brauchst du vielleicht…«

Sie unterbrach ihn, lächelte. »Nein, Jan, gar nichts brauch ich.«

»Gut,« rief er, »gut.« Suchte in der Tasche, gab ihr ein Schächtelchen. »Da, Fundvogel, das hab ich dir aus Mexiko mitgebracht. Ein Huitzilopochtli ist's.«

»Ein – was?« fragte sie.

Er nahm einen Bleistift, schrieb das Wort auf, gab ihr den Zettel. »Da, lern es gut; Huitzilopochtli. Ein Aztekengott – ein sehr tüchtiger Heiliger. Viel Glück bringt er, wenn man ihn gut behandelt.«

Sie sah ihm nach, wie er hinaus schritt aus der Halle. Langsam ging sie in den Speisesaal zum Abendessen.

Jan – würde er denn nie älter werden? Genau so sah er aus, wie damals auf Capri – groß, blond, sonnenverbrannt. Genau so lachte er, genau so strahlten die hellen Augen, Immer derselbe blieb er – in jeder Geste derselbe. Natürlich brachte er ihr etwas Altes, etwas irgendwie Heiliges und Mystisches.

Sie öffnete die Schachtel, ein komischer Gott, zwei Zoll groß, aus Milchopal geschnitten. Der hässliche, kleine Kerl leuchtete im Schein der Tischlampe.

Wie der Wind wehte Jan herein – und wieder hinaus. War er überhaupt da gewesen? Oh, sicher – seinen Opalgott hielt sie in der Hand.

›Jan …‹, dachte sie, ›Jan! Wie ein Stück Seife ist er, das man in der Badewanne verloren hat. Immer sieht man's, und wenn man's greifen will, springt's aus der Hand!‹

$$* \quad * \quad *$$
$$* \quad *$$
$$*$$

KAPITEL VI

SCHIFFBRÜCHE.

Then blow, ye winds, hioh,
For Californio,
There's plenty of gold, so I've been told,
On the banks of Sacramento!

Matrosenlied, 1849

Durch Manhattans nasskalte Straßen lief Andrea in der März-nacht. Kam zurück, durchnässt und verfroren. Sie fühlte, dass sie kaum schlafen würde – so nahm sie Heroin, drei große Tabletten.

Sie erwachte vom Lärm des Telefons. Völlig dunkel noch war es – sie drehte das Licht an.

Jan rief an – sie möge herunterfahren zum Büro des Norddeutschen Lloyd; dort erwarte er sie.

Sie sah auf die Uhr – zwölf vorbei. Düster und neblig war der Tag – sie blickte durchs Fenster, konnte die Bäume drüben im Park nicht erkennen. Sie kleidete sich an, frühstückte hastig; suchte nach einem Auto, fand keins. Lief über die grauen Straßen zur Unter-grundbahn.

»Gut, dass du kommst!«, rief ihr der Vetter entgegen, »ich dachte schon, du hättest dich verlaufen in der Finsternis.«

Er führe heute noch mit der ›Dresden‹, erklärte er. Er habe den Auftrag angenommen.

»Um was handelt's sich denn?«, fragte Andrea.

Er zuckte die Achseln. »Ich darf's dir nicht sagen. Zu dumm, dass ich's dir nicht gestern Abend erzählt habe. Aber ich habe mit dem Herrn – dem Freund von Steinmetz – gestern Nacht und heute

Morgen lange verhandelt: er stellte sehr genaue Bedingungen. Ich habe ihm versprechen müssen, mit keinem Menschen hier drüber zu reden. Ich soll in Europa Leute auftreiben, moderne Ärzte, die – die einen wissenschaftlichen Versuch ausführen sollen, eine Operation. Eine verdammt interessante Geschichte, aber ich darf nicht einmal andeuten, was es ist.«

Sie fühlte, wie sie bleich wurde, bat ihn um eine Zigarette, rauchte hastig. »Seit wann beschäftigst du dich mit Medizin?«, fragte sie.

»Gar nicht«, rief er, »ich hab nichts damit zu tun, soll nur die Ärzte finden, die es tun können und wollen. Ich weiß, dass das nicht leicht ist – zunächst wird mir jeder ins Gesicht lachen. Es wird gut bezahlt – sehr, sehr gut; dennoch bin ich auf mehr als eine Absage gefasst. Aber ich werde es durchsetzen, werde schon den richtigen Mann finden – ich muss sehen, was aus dieser Sache wird. Es ist ein grandioser Witz, den die Herren hier freilich ernst nehmen…«

Sie unterbrach ihn: »Ein Witz ist es, sagst du?«

Er nickte. »Ja, gewiss, nichts anderes, wenn's auch auf Leben und Tod geht. Ein sehr frecher Witz, ob's gelingt oder nicht – und ich möchte gern einmal wieder herzlich lachen. Darum bin ich dem alten Teufel Karl Proteus Steinmetz dankbar, dass er an mich dachte und dass ich nun meine Finger in dem verrückten Pudding habe.«

Sie dachte: ›Ich bin der Pudding!‹ – »Wann fährt dein Dampfer?«, fragte sie.

»Sowie ich an Bord bin«, lachte er. »Ich warte nur auf den Lloyd-agenten, fahre mit ihm hinüber nach Hoboken. Wenn du mir schreiben willst, Fundvogel – Berlin, Hotel ›Bristol‹.

»Also gleich fährst du,« sagte sie, »gleich – wie immer!« Sie lehnte sich zurück in ihren Sessel, schloss die Augen; eine schlaffe Müdigkeit über kam sie.

»Zum Kuckuck, was hast du nur?«, lachte er. »Da liegst du, zerknüllt und zerknittert, wie eine Maske, die vom letzten Karneval übrig blieb!«

Der Agent kam heraus; Jan schüttelte ihr rasch die Hand, küsste ihre Wange. »Auf Wiedersehen, Fundvogel!«

»Auf Wiedersehen«, flüsterte sie.

Als er fort war, ging sie zur Fahrkartenausgabe, erkundigte sich nach dem nächsten Dampfer, wählte eine Kabine. Man verlangte eine Anzahlung sie griff in die Tasche, sah, dass sie nur ein paar Dollar bei sich hatte. Sie ließ sich das Telefon geben, rief die ›Central Trust‹ an, bat Tex Durham, er solle sofort zum Broadway kommen – zum Lloydbüro, ihr Geld zu bringen.

Sie wartete zehn Minuten lang; nicht sein Sekretär kam, sondern Parker A. Briscoe selber, sichtlich erregt.

»Tex sagte mir, dass Sie hier seien;« rief er, »ich bringe das Geld.« Er ging zum Schalter, reichte dem Beamten ein paar Scheine. »Nehmen Sie die besten Kabinen für Miss Woyland!«

Dann wandte er sich ihr zu, führte sie zurück in den Empfangssaal, setzte sich neben sie.

»Miss Woyland«, begann er, »Sie sehen, dass ich keine Schwierigkeiten mache: fahren Sie nach Europa. Es ist vielleicht besser so – Sie werden da auf andere Gedanken kommen. Aber erlauben Sie mir, Ihnen zu wiederholen, dass ich auf unserer Abmachung nicht mehr bestehe. Die moralische oder vielmehr sehr unmoralische Verpflichtung, die ich Gwinnie gegenüber eingegangen bin, werde ich lösen. Ich habe mit ihr noch nicht drüber gesprochen – aber ich gebe Ihnen mein Wort, dass ich sie lösen werde.«

»Sie vergessen etwas«, antwortete Andrea. »Sie sind auch mir gegenüber Verpflichtungen eingegangen.«

»Ich weiß, ich weiß,« rief er, »und vergesse das gar nicht. Bis zum letzten Dollar werde ich Ihnen zahlen, was ich versprach.«

»Mr Briscoe,« sagte sie ruhig, »Sie irren sich – damit allein erfüllen Sie nicht unseren Vertrag. Sie hatten einen Gedanken und dazu – kauften Sie mich. Ich nahm Ihr Geld – aber nicht als Geschenk, verstehen Sie wohl!«

Er rieb sich die Hände, presste sie ineinander, als wenn er Nüsse zerknacke.

»Und wenn ich nicht will, wenn ich mich weigere?«, rief er.

Sie schüttelte den Kopf. »Machen Sie das mit Ihrer Tochter aus. Wenn ich zurücktrete, wie Sie das heute von mir verlangen – wird auch Gwinnie darauf eingehen. Aber wenn ich drauf bestehe – wird sie es nie tun, das wissen Sie so gut wie ich, Mr Briscoe.«

Er schwieg, seufzte. Sehr verändert klang seine Stimme, als er fortfuhr: »Steinmetz schickte mir gestern einen Mann, einen Deutschen natürlich – immer sind es Deutsche, die die unmöglichsten Dinge möglich machen. Ich habe mit ihm verhandelt, habe ihm freie Hand gegeben. In dem Augenblick aber, als er heute früh mein Büro verließ, wusste ich, dass es ein gemeines Verbrechen ist und nichts anderes! Die Ärzte – die werden schon zugreifen – das ist ihr Geschäft und ihr Ehrgeiz. Und dieser Deutsche wird sie auftreiben – der tut's um der Dollars willen und weil's ihm obendrein Spaß macht, mit dabei zu sein. Aber dieser wahnsinnige Gedanke stammt von mir allein – ich bin die Ursache – und Sie, Sie, Miss Woyland, werden darüber zugrundegehen!«

Sie antwortete: »Lassen Sie, Mr Briscoe. Ob ich dabei sterbe oder nicht – die Gefahr nehme ich auf mich. Es wird Ihnen nicht gelingen, mich um zustimmen.« Sie unterbrach sich, schwieg. Fuhr langsam fort: »Dazu gibt es nur eine Möglichkeit.«

»Welche?« verlangte er heftig,

Sie stand auf, machte ein paar Schritte, blieb stehen. Ging weiter durch den leeren Saal, kehrte um, kam zurück zu ihm. Sah ihn starr an, wandte sich wieder ab, ging von neuem durch den großen Raum. Sie sann, sann – was suchte sie nur? Und was hatte sie eben gesagt? Eine Möglichkeit gab es? Welche denn – und wofür?

Der Beamte kam herein, brachte die ausgeschriebene Fahrkarte, gab ihr einen großen Fragebogen, bat sie, den auszufüllen…

»Gleich, gleich«, murmelte sie.

Klar bewusst war ihr plötzlich, was sie empfand. Wenn Jan, wenn ihr Vetter Jan –? Das war die eine kaum hoffbare Möglichkeit, war das letzte still flackernde Träumen ihrer armen Seele; wenn Jan käme, wenn er spräche: ›Das ist ja alles Unsinn – lass es laufen!

Komm zu mir, Fundvogel!«

Sie ging zu Briscoe, sagte leise: »Es gibt eine Möglichkeit, eine einzige. Und weil ich die fühlte und erwünschte, oh, ganz unbewusst – darum bestellte ich vorhin die Karte nach Bremen.«

Er blickte sie an – klar war ihr Auge, wie immer. Aber mühsam kamen die Worte aus ihren Lippen, wie von Tränen erstickt.

»So möge der allmächtige Gott...«, begann er.

Sie unterbrach ihn heftig: »Lassen Sie Gott aus dem Spiel, Briscoe – er hat nichts zu schaffen mit diesem Geschäft.«

Er griff ihre Hand, drückte sie, als wolle er sie zerpressen: »Versprechen Sie mir, Miss Woyland, dass Sie alles tun werden, um diese eine Möglichkeit zur Wirklichkeit zu machen.«

»Ich will es tun«, flüsterte sie.

Sie saßen schweigend beieinander. Nach einer Weile sprach sie: »Ich will es versuchen – muss es versuchen. Vielleicht – vielleicht...«

Er fühlte, wie ihre Hoffnung auch die seine wurde. »Vielleicht?«, rief er. »Sicher, ganz sicher! Wenn Sie nur fest wollen! Ich habe nicht die leiseste Ahnung, um was es geht – und ich will Sie nicht quälen, nicht in Sie dringen. Doch muss es sich um andere Menschen handeln, nicht wahr? Nun es gibt keinen Menschen auf der Welt, der unter diesen Umständen Ihnen, Ihnen, Miss Woyland, seine Hilfe versagen kann.«

Sie sah ihn an, lächelte still. »Einen doch! Den, den Sie heute nach Europa sandten.«

»Was?«, rief er. »Dieser Deutsche? Dieser Herr O–li...«

Sie nickte. »Olieslagers heißt er. Jan Olieslagers. Mein Vetter – hier in diesem Raum saß ich mit ihm, vor einer halben Stunde erst.«

Briscoe fuhr auf: »Und er sagte Ihnen...«

Sie unterbrach ihn: »Nein, nein, er hat mir nichts gesagt. Er hat Ihnen Schweigen gelobt – und hält es. Niemand hätte aus dem, was er sprach, entnehmen können, zu welchem Zweck er nach Europa fährt, niemand außer mir.«

»Und Sie, Miss Woyland,« rief Briscoe, »sagten ihm dann, dass es sich um Sie handle?«

Sie schüttelte den Kopf. »Nein, nein! Weder von Ihnen, noch von mir kennt er den Namen des – Schlachtlämmchens. Aber Sie hätten keinen bessern wählen können: mein Vetter Jan wird nicht eher Ruhe geben, bis er das Haus findet, in dem der Metzger wohnt.«

Eiskalt überlief es ihn. »Sie wählen die rechten Worte, Miss Woyland«, sagte er. »Eine Frage noch möchte ich stellen. Sie sagten einmal, dass Sie verheiratet waren: War Ihr Vetter Jan Ihr Mann? Und ist *er* es, von dem diese – diese Möglichkeit abhängt?«

Sie zögerte einen Augenblick, sagte dann: »Ich will Ihnen nichts verbergen, Briscoe. Ich war nie mit ihm verheiratet. Doch war ich einmal – seine Geliebte. Das ist lange her, zwanzig Jahre bald. Sie rieten gut; er allein ist es, der mich umstimmen könnte.«

»Und wenn er's nicht tut? Wenn er – Sie abweist?«, fragte Briscoe.

Sie erwiderte: »Dann muss ich den anderen Weg gehen.«

Er gab nicht nach, machte einen letzten Versuch. »Etwas noch möchte ich von Ihnen, Miss Woyland! Ich schwöre Ihnen, dass ich mich nach Ihrem Willen richten werde – nur versprechen Sie mir, nichts zu tun – sich keinem – keinem Metzger drüben zu übergeben, ehe ich noch einmal Gelegenheit hatte, mit Ihnen zu sprechen.«

Sie reichte ihm die Hand: »Auch das will ich Ihnen zusagen. Glauben Sie, dass Ihnen dann gelingen wird, was Ihnen heute nicht gelingt? Für Sie möchte ich es wünschen, Parker Briscoe – und wer weiß – fast auch für mich.«

***

Die Aprilsonne strahlte über Manhattan. Auf dem mächtigen Fährboot stand Gwinnie neben Tex Durham; sie fuhren über den Hudson nach Hoboken, Andrea Woyland Lebewohl zu sagen. Vor wenigen Tagen erst hatte Andrea von ihrer Abreise gesprochen – Gwinnie zuckte zusammen, aber zeigte sich tapfer. Jeden Tag dann kam sie zum ›Plaza‹ – doch der Ausbruch, den Andrea befürchtete, blieb aus.

Mit einer Riesenschachtel schleppte sich Tex – das war sein Abschiedsgeschenk.

»Ich wette, dass es Pralinen sind«, rief Gwinnie.

Tex nickte. »Die größte und teuerste Packung, die aufzutreiben war«, sagte er stolz.

Sie nahm das Paket, wog es mit beiden Händen.

»Zwanzig Pfund, was?«, fragte sie.

»Fünfundzwanzig!«, rief er.

Sie blickte um sich, sah hinten eine Frau stehen mit einem Jungen und zwei kleinen Mädchen. Sie lief sofort hin, Tex hinter ihr her.

»Da,« sagte Gwinnie zu dem Buben, »da könnt ihr das ganze Jahr lang Schokolade futtern!« Sie stellte das Paket auf die Bank – verzweifelt griff Tex danach.

»Lass es stehen«, rief sie. »Wenn ich die Kinder nicht gefunden hätte, hätte ich deine blöden Pralinen in den Hudson geworfen.«

»Es ist ja noch was anderes dabei,« stotterte er, »das will ich abnehmen.« Er löste einen großen, festen Briefumschlag ab, der unter das Paket gebunden war. »Und sag doch, Gwinnie, warum soll ich Miss Woyland nicht die Pralinen geben? Jeder schenkt jedem Pralinen – wenn einer nach Europa fährt.«

Gwinnie schüttelte nachdenklich den Kopf. »Nun kennst du sie seit sechs Monaten, Texie, und weißt nicht einmal, dass sie nie Schokolade isst.« Sie nahm den gelben Briefumschlag, fuhr fort: »Was hast du da für einen Unsinn drin? Willst du ihr vielleicht dein Bild schenken? Sie würde sich gewiss sehr freuen!«

Tex nahm ihr den Umschlag aus der Hand; zum ersten Mal in seinem Leben log er. »Es ist – ist ein Bild von George Washington. Das ist das Beste und Vornehmste, was Amerika hervorgebracht hat«, sagte er großartig. »Non plus!«

»Und du, Texie,« erwiderte sie mit tiefer Überzeugung, »weißt du, was du bist? Du bist das Vertrottelteste und Idiotischste, was dieses Land hervor gebracht hat! Das Nonplus aller Nonplusse – das bist du!«

Er antwortete nicht; war nur froh, dass sie den Umschlag nicht aufriss.

Sie gingen nach vorn, die Treppen hinunter.

»Warum fährt sie eigentlich nach Europa?«, fragte er.

»Das wirst du nie begreifen«, sagte sie mitleidig. »Und wenn alles fertig ist und wenn du sie dann wiedersiehst, dann wirst du Mund und Nase und Ohren aufreißen und das Wunder anstaunen und – hélas! – wieder nichts begreifen!«

»Wenn's ein anderer verstehen kann,« wehrte er sich, »versteh ich's auch. Sicher so gut wie du. Ich hab mir schon gedacht, dass irgendwas mit ihr los ist – und ich finde es wenig nett von dir, Gwinnie, dass du mir nicht Bescheid sagst.«

»Aber ich kann dir doch nicht Bescheid sagen«, rief sie. »Erstens ist es ein großes Geheimnis, und dann weiß heute noch kein Mensch, was geschehen soll und wie es geschehen muss. Das ist sicher: es stehen große Operationen bevor.«

Er erschrak, »Operationen? Ist sie denn krank?«

»Nein, nein!« antwortete Gwinnie. »Sie ist gar nicht krank. Es handelt sich vielmehr um – um den systematischen Neuaufbau eines maskulinen Prinzips – so, nun weißt du's.« Sie war froh, dass sie diese schönen Worte gefunden hatte, setzte großartig hinzu: »Miss Woyland wird eben die herrlichste Blüte – nein – das herrlichste Opfer der Wissenschaft.«

»Was?«, rief er. »Ein Opfer der…«

Gwinnie ärgerte sich; *so* wollte sie das nicht sagen. Sie meinte schon etwas – wusste doch nicht recht, was.

»Es ist abscheulich von dir, Tex,« entrüstete sie sich, »dass du nie den rechten Sinn verstehst! Du solltest nicht immer an den Worten kleben, mehr zwischen den Zeilen lesen.«

»Ach was,« erwiderte er, »ich werde Miss Woyland selber fragen. Die ist klüger als du – bei der braucht man nicht zwischen den Zeilen zu lesen.

Aber Gwinnie wusste schon, wie sie ihn nehmen musste. »Oh, Tex,« sagte sie, »ich traue dir ja manches zu – doch so taktlos wirst du nicht sein. Es gibt wirklich Dinge, über die man mit Damen nicht sprechen kann.«

Das Fährboot hielt; sie sprangen in ihr Auto, fuhren an Land und hin zu den Lloyddocks. Sie eilten die Laufbrücke hinauf zum Deck – da stand Andrea Woyland, Parker Briscoe neben ihr – einen großen Busch Rosen in der Hand.

Sie sprachen rasch, gleichgültiges Zeug. Über das herrliche Sonnenwetter, über den neuen Dampfer, über die schöne Fahrt, die sie haben würde.

Eine dicke Dame rauschte an Bord mit ihren zwei Töchtern. »Mr Briscoe!«, rief sie freudig. »Fahren Sie auch mit?« Derweil stürzten sich die beiden jungen Mädchen auf Gwinnie.

Tex Durham sah seine Gelegenheit – schnell übergab er Andrea den großen Umschlag. »Bitte, Miss Woyland, wollen Sie das lesen, sowie der Dampfer abfährt. Das, was von den Pralinen drinsteht – das gilt nicht mehr. Gwinnie hat sie mir abgenommen und auf der Fähre verschenkt. Fünfundzwanzig Pfund waren es.«

»Ach,« sagte sie, »nicht mehr? Einerlei, Tex Durham – vielen Dank!«

Er schielte nach hinten – noch hatte sich Gwinnie nicht losmachen können. »Miss Woyland«, begann er wieder, »Gwinnie hat mir soeben ein paar Andeutungen gemacht. Ein Geheimnis sei es, sagte sie – aber es ständen schwierige Operationen bevor. Wenn es sich vielleicht um den Blinddarm handeln sollte – deshalb brauchen Sie nicht nach Europa zu fahren. Ich kenne einen Arzt, der hat meine Schwester ganz prachtvoll operiert – nach zehn Tagen konnte sie schon wieder rumlaufen. Da wäre es wirklich besser, dass Sie hier blieben, Gwinnies wegen! Und – auch sonst...«

Sie sah ihn an, lächelte, »Auch sonst, Tex?«

Bis über die Ohren errötete er, schämte sich. Sagte verbissen: »Ja – auch sonst!«

Dann kam Briscoe heran und gleich darauf Gwinnie. Andrea nahm die Rosen, gab jedem der beiden eine und eine dritte Tex. Ein Steward lief über Deck, schwang mit vollem Arm seine große Glocke.

»Wir müssen von Bord«, sagte Briscoe.

Andrea zog ihre Handschuh aus, reichte ihm die Hand. »Auf Wiedersehen!«

»Auf Wiedersehen drüben!«, erwiderte er.

»Ich komme bald«, flüsterte Gwinnie.

»Ich auch«, brummte Tex.

Andrea legte die Arme um Gwinnie, küsste die Zitternde leicht auf beide Wangen. ›Wie ein Spielzeug ist sie‹, dachte sie, ›gemaltes Porzellan! Und so zerbrechlich.‹

Starr wurde Gwinnies süßes Lächeln, puppenhaft. Weit öffneten sich ihre großen Blauaugen, schlossen sich dann mit lang deckenden Wimpern. Ohne ein Wort sank sie um.

Ihr Vater hielt sie; Andrea öffnete ihre Tasche, wusch der Docke das Gesicht mit Kölnisch Wasser. Die frischen Farben gingen ab, klebten am Taschentuch, sehr bleich war Gwinnie. Aber das süße Lächeln blieb auf ihren Lippen. Langsam öffnete sie die Augen.

Tex Durham hob sie auf die Arme, trug sie wie ein Kind die Laufbrücke hinab. Sie nahm ihr Tuch, winkte, als der mächtige Dampfer den Hudson hinabglitt.

***

Andrea riss den Briefumschlag auf – fand einen anderen Umschlag, an Tex Durham adressiert, dazu ihr eigenes Bild und einen kurzen Brief. Erst ein paar Worte über die Pralinen und Wünsche für gute Fahrt, dann die Bitte, ihren Namen auf das Bild zu schreiben und es dem Lotsen mitzugeben, wenn er bei Sandy Hook vom Dampfer stiege. Sie ging ins Schreibzimmer, unterschrieb das Bild, gab es in den Umschlag und schickte es durch den Steward dem Lotsen.

Sie fragte nach ihrer Kabine – oh, ein Wohnzimmer, ein Schlafzimmer, ein Badezimmer! Blumen überall; dazu lagen Tische, Stühle und Bett voll von Paketen und Schachteln. Nun, sie würde sich nicht langweilen an Bord, hatte genug zu tun, die Geschenke der

Briscoes auszupacken.

Sie hörte laute Stimmen, dann ein aufgeregtes Laufen auf Gängen und Treppen – alles stürzte auf Deck. So ging sie auch hinauf, starrte dahin, wohin alle starrten, hoch in die Luft. Ein Flugzeug flog dort, ein großer Doppeldecker – die Leute riefen hinauf, klatschten und schwenkten die Tücher, als es nach ein paar kühnen Sturzflügen gen Osten zog.

Der erste Ozeanflieger in diesem Jahr!

Sehr einsam fühlte sich Andrea in diesem Augenblick; fühlte, dass sie nichts gemeinsam hatte mit all diesen Menschen an Bord, noch mit den vielen Tausenden und Millionen zu beiden Seiten des Ozeans. Das war das Wichtigste nun, was es gab, heute und morgen – rasende Begeisterung, wenn der Flieger glücklich hinüberkam, tiefste Trauer, wenn er verunglückte. Mit dem Geschrei über die Heldentat der Eintagsfliege da oben würde man genug Zeitungspapier bedrucken, um die ganze Erde darin einzuwickeln.

Langsam stieg sie die Treppe hinab. Lächerlich und erbärmlich erschien ihr, was die ganze Welt bestaunte. Fliegen – oh ja, wenn man Flügel hätte. Aber so, in einen Kasten eingesperrt, mit dem widerlichen Lärm der Propeller in den Ohren? Mit höchster Erwartung war sie das erste Mal in ein Flugzeug gestiegen und bitter enttäuscht wieder hinaus – durch nichts unterschied sich der Luftkutscher vom Autokutscher! Wie jämmerlich war dieser Flug, verglichen mit dem ihrer Falken!

Nein, nein, nicht die unbeholfene Technik dieser Tage löste das Problem des Fluges. Die Fantasie des Dichters tat es, der den Ikarusmythos ersann, oder des anderen, der zum ersten Male von den Engeln träumte, die vom Himmel herabglitten. Wer mit eigenen Schwingen durch den Äther schwebte – nur der war frei wie der Vogel in der Luft!

Damals, als sie mit dem Vetter in Capri war, oben auf dem Monte Solaro, strich ein Vogel über sie hin.

»Sieh doch, ein Wanderfalke!«, rief er, »Vielleicht ist's die Falada, die von Woyland entflog. In einem Tag jagt sie übers Mittelmeer.«

Am Abend war das, bevor er abfuhr – sie verließ und die Insel.

Nicht eine Bekanntschaft machte Andrea auf dieser Fahrt. Oben auf Sonnendeck träumte sie in ihrem Liegestuhl. Zurück – immer zurück. Sie musste fertig werden mit diesem alten Leben, ehe sie das neue begann.

***

Wie war es doch? Jan kam nicht zurück nach Capri – schrieb, dass er nach Indien fahre und weiter dann. So war sie allein.

Immer näher trat ihr der Fechtmeister, Cavaliere Della Torre, wurde ihr unentbehrlich mit der Zeit. Er besorgte ihren Briefwechsel mit der Bank, half ihr bei ihren Einkäufen. Gewiss nahm er ihr Geld für die Stunden, aber er zahlte für sie, wenn sie in Neapel ausgingen, kam nie herüber zur Insel ohne eine kleine Aufmerksamkeit. Er führte sie ein in den Fechtklub in Neapel, bestimmte sie, sich im Herbst an dem Preisfechten zu beteiligen – sie trug den ersten Preis davon. Wenn sie jeden Tag mit ihm arbeite, erklärte der Cavaliere, würde er sie so fit machen, dass sie zum Frühjahr in Wien beim Wettkampf um die Weltmeisterschaft mitmachen könne und sicher gut abschneiden werde.

Das reizte sie – sie ließ ihn ganz nach Capri übersiedeln. Erst wohnte er im Hotel; dann räumte sie ihm ein paar Zimmer in ihrer Villa ein. Er enttäuschte sie nicht, nahm sich nie das Geringste heraus, begegnete ihr stets mit der gleichen zurückhaltenden Höflichkeit. Sie gewöhnte sich an ihn und vertraute ihm.

Sie fuhren nach Wien; Andrea schlug alle ihre Gegnerinnen der Juniorenklasse; nur vor der langjährigen Übung der Olympiameisterin musste sie ihre Klinge beugen.

Sehr gut wählte der Ritter Della Torre den Augenblick seines Antrags – als die Aufregungen der Fechtwoche zu Ende und die Preise verteilt waren. Weit in der Welt war der Vetter, keine Hoffnung für sie, nach Woyland zurückzukehren – wo sollte sie hin? Sie liebte ihn nicht, fühlte wohl, dass nie die kleinste Gemeinschaft sein würde zwischen ihrer Seele und der seinen. Doch war er ihr nicht unangenehm, hatte vollendete Formen, machte überall gute Figur – sie konnte sich schon mit ihm sehen lassen, in der Oper wie in den besten Hotels und nicht nur auf dem Fechtboden. Sie sagte ihm, was auf Woyland geschehen war, sagte ihm, dass sie Jan geliebt und mit ihm gelebt habe. Er zuckte die Achseln, dankte ihr für die Offenheit. Erzählte ihr, dass er selbst kein Heiliger sei und ein großes Vermögen durchgebracht habe – er sei es nun leid, mit Fechtstunden sein Leben zu verdienen. Wenn sie ihn nähme, könnte man zusammen durch die Welt ziehen – sie würde zufrieden mit ihm sein. Und in keiner Weise würde er ihr lästig fallen.

Er betonte das: ›in keiner Weise‹ – und sie verstand ihn gut. Sie heiratete ihn, und er hielt sein Wort. Blieb wie zuvor immer höflich, immer gleich liebenswürdig; führte sie aus, brachte sie heim, küsste ihr die Hand an ihres Zimmers Tür und ging nebenan in das seine.

Sie lebten in Paris, dann in London, waren zwischendurch in den großen Bädern. Neben dem Fechten nahm sie das Reiten wieder auf, hielt ein paar Springpferde, beteiligte sich an den Reitturnieren. Stets unter seinem Namen; Della Torre – so wurde sie bekannt in der internationalen Gesellschaft, die sich überall zu den Preiskämpfen wiederfand. Ihr Leben schien abwechslungsreich genug und war doch im Grunde sehr einfach und stets gleich: Training tagaus und tagein, vom Fechtwams ins Reitkleid – dann abends in großer Aufmachung. Die Verwaltung ihres Vermögens überließ sie ihrem Mann, gab ihm Generalvollmacht – der schien recht gut damit zu wirtschaften, tüchtig zu verdienen. Er erzählte ihr zuweilen, dass er dies oder jenes Geschäft getätigt habe, vergaß nie, ihr dann einen Schmuck zu kaufen, Perlen und Diamanten.

In Rom war sie, als nach einigen Jahren diese Herrlichkeit zusammenbrach. An dem Tag kam sie von ihrem Morgenritt ins Hotel zurück – in der Halle erwarteten sie ein paar Polizeibeamte. Man fragte sie über den Verbleib ihres Mannes aus – sie wusste nicht einmal, dass er fort war; noch am Abend zuvor war sie mit ihm im Theater gewesen. Man suchte ihn wegen einiger groß angelegter Schwindeleien – aber man fand ihn nicht; er blieb verschwunden wie das erbeutete Geld. Es schien, dass er rechtzeitig Wind bekommen hatte; jedenfalls hatte er Zeit gefunden, die meisten ihrer Schmuckstücke mitzunehmen. Ihr Vermögen war verloren, ihre Pferde, der Rest ihres Schmuckes, ja selbst ihre Abendkleider wurden ihr beschlagnahmt. Man verhaftete sie nicht, doch durfte sie ihr Hotelzimmer nicht verlassen; vor der Tür lungerten zwei Carabinieri.

Während dieser Jahre hatte sie vom Vetter nichts gesehen, war nur durch gelegentliche Briefe mit ihm in Verbindung geblieben. Sie wusste nicht einmal, ob er in Europa war; war sehr erstaunt, als er, einige Tage später, frühmorgens in ihr Zimmer trat. Er hatte von der Geschichte in den Zeitungen gelesen, war hergefahren, ihr zu helfen – so herzlich wie immer war sein Lachen, als er die Gendarmen vor ihrer Türe sah.

»Gleich zwei auf einmal!« rief er. »Es scheint, dass du ein Schwerverbrecher bist.«

Er klingelte dem Kellner, bestellte Frühstück. »Entschuldige, Fundvogel, ich habe einen Mordshunger. Dreißig Stunden bin ich unterwegs, bekam heute Nacht keinen Schlafwagen. Und nun muss ich mich erst einmal waschen.«

Er ging in ihr Badezimmer mit seinem Handköfferchen, sie hörte ihn gurgeln und plätschern. Er kam zurück in einem ihrer Kimonos, schellte wieder, riss dann die Türe auf, als das Stubenmädchen nicht gleich kam. Ohne weiters gab er einem der Carabinieri seinen Anzug und die Stiefel – er möge das reinigen lassen. Der Kellner kam derweilen mit dem Mädchen – Andrea hörte ein lebhaftes Sprechen und Gelächter draußen: das Trauerspiel der letzten Tage schien im Augenblick in eine Komödie umgeschlagen. Dann kam Jan zurück, setzte sich zu ihr, trank seinen Tee und aß dazu in strahlender Laune. Nur einmal raffte er sich zu einem milden Vorwurf auf.

»Mein Gott, Andrea«, lachte er, »warum hast du den Kerl eigentlich geheiratet? Ich sagte dir doch, dass er ein Levantiner sei

– die begaunern noch in der Hölle des Teufels Großmutter und im Himmel die Erzväter und Moses dazu! Hast du denn all die Zeit nicht gemerkt, welch Geistes Kind er war?«

Andrea schwieg. Nein, nein, sie hatte nichts davon gemerkt. Dieser Mann war ihr nie näher getreten; sie hatte ihn immer nur so gesehen wie an dem Tag, als er zum ersten Male in Neapel mit ihr Einkäufe machte: sehr höflich, liebenswürdig, und zurückhaltend. Ein Kavalier vollendeter Form – aber stets ein Fremder.

»Der Cavaliere –«, begann sie.

»Ach was«, lachte der Vetter. »Er ist so wenig Cavaliere, wie er Della Torre heißt – hast du die Zeitungen nicht gelesen? Sein echter Name ist Boris Delijannis – vorausgesetzt, dass das stimmt. Er wird von Saloniki und von Alexandria gesucht – hatte sich still als Fechtmeister zurückgezogen – und ist dann mit deinem Geld auf neue Raubzüge ausgezogen.«

»Was soll ich nun machen?« fragte sie.

»Na, vorderhand musst du dich scheiden lassen,« erwiderte er, »dann kann man ja weiter sehen.«

Er nahm sie mit nach Berlin, brachte sie dort in einer Pension unter. Besorgte ihr einen Anwalt, der die Scheidungsklage einleitete und durchführte. Es stellte sich heraus, dass aus dem mütterlichen Vermögen noch ein Haus in Köln da war; das hatte ihr Mann trotz mancher Versuche bisher nicht zu Geld machen können. Jan verkaufte es für sie und legte den Kaufpreis in Hypotheken an – so bekam sie immerhin so viel, dass sie bescheiden davon leben konnte. Er half ihr gut; aber sie sah ihn wenig, meist nur einige Stunden; selten kam er auf ein paar Tage nach Berlin, fuhr bald wieder hinaus in die Welt.

***

Dann kam der Krieg.

Andrea tat, was so viele tausend Frauen und Mädchen taten; sie meldete sich zum Roten Kreuz.

Sie wurde ausgebildet als Krankenschwester, später im Osten einem Lazarett zugeteilt. Doch war sie denkbar ungeeignet: sie hatte, was keine Schwester haben sollte, ein Herz, fühlte mit ihren Kranken und litt mit ihnen. Sie biss die Zähne aufeinander und tat ihren Dienst, recht und schlecht. Ein Stabsarzt verliebte sich in sie; sie nahm seinen Antrag an, weil man zur Hochzeit einen Urlaub bekam und weil es eine anständige Gelegenheit war, für eine Weile dem Krankenhaus zu entfliehen. So heiratete sie den jungen Arzt und war drei Wochen mit ihm zusammen; dann musste er zurück an die Front – fiel ein paar Monate später, als eine Fliegerbombe sein Feldlazarett zerstörte. Sie trat ihren Dienst als Krankenschwester wieder an; steckte sich an, lag Wochen mit schwerem Typhus.

In dieser Zeit bekam sie in Berlin eine Karte von ihrem Vetter, die, in französischer Sprache, nichts enthielt als einen Glückwunsch zum Geburtstag. Die Karte war nach Stockholm an eine schwedische Bekannte adressiert, ihr von dort zugesandt worden. Und sie kam – aus Paris.

Lange Stunden sann sie über dieser Karte – es war ihr, als ginge etwas seltsam Lockendes davon aus. In Paris war er? Wie war das möglich in dieser Zeit?

Sie wartete, bis sie völlig wieder gesund war, auch den letzten Schatten ihrer Krankheit überwunden hatte. Dann ging sie ins Kriegsministerium, fragte sich durch. Man wies sie von einer Tür zur anderen; es war schwer, nach ihren unklaren Andeutungen zu verstehen, wohin sie eigentlich wollte. Schließlich stand sie in einem kleinen Zimmer vor einem Major, trug ihm vor, was sie wollte. Der Offizier ließ sie nicht drei Worte sprechen, erklärte, dass man für derartige Vorschläge keine Verwendung habe. Er schellte, befahl dem Soldaten, der sofort erschien, die Dame unverzüglich hinaus-zugeleiten. Das ging so schnell, dass sie nicht einmal Zeit hatte, den Mann anzusehen, der sie hinausgeworfen hatte, Sie folgte dem Soldaten; der brachte sie über Gänge und Treppen, öffnete schließlich eine Tür und ließ sie hinaus. Sie stand auf der Straße – aber nicht auf der, von der sie hineingekommen war. Sie ging langsam weiter, dann hatte sie das Empfinden, das jemand hinter ihr her lief. Sie blieb stehen, wandte sich um – mit hastigen Schritten kam ein junges Mädchen auf sie zu, drückte ihr, ohne ein Wort zu sprechen, einen Zettel in die Hand, rannte weiter.

Andrea las die rasch mit Bleistift hingekritzelten Worte: ›Kommen Sie nicht wieder hierher. Seien Sie um acht Uhr heute Abend in der Halle des Hotels ›Eden‹.

Sie saß im ›Eden‹ auf einem Ledersessel und wartete. Nach einer Weile kam ein Herr vorbei, bat sie im Vorübergehen, ihm unauffällig zu folgen. Sie ging ihm nach auf die Straße; der Herr wies mit den Augen auf ein Auto, dessen Tür sich öffnete. Sie stieg ein; im selben Augenblick fuhr das Auto an.

Ein Herr saß neben ihr, ein anderer ihr gegenüber, beide nahmen sie in scharfes Verhör. Nach jeder kleinsten Einzelheit ihres Lebens fragte man sie, gab ihr dabei zu verstehen, dass es nur Zweck habe, die reinste Wahrheit zu sagen, da man sich doch über alles ganz genau erkundigen würde. Man unterhielt sich mit ihr in Englisch, Französisch, Italienisch, fragte sie, ob sie nicht diesen oder jenen Dialekt sprechen könne? Besonders erfreut schienen die Herren darüber, dass sie die holländische Sprache völlig beherrschte.

Über zwei Stunden fuhren sie im Auto durch die Straßen Berlins, hielten endlich vor einer Grunewaldvilla. Andrea wurde ins Haus geführt, dann in ein Zimmer, in dem man sie allein ließ. Nach reichlich zwanzig Minuten kamen die Herren zurück, mit ihnen ein dritter, dem sie augenscheinlich Bericht erstattet hatten – ein großer, glatzköpfiger Mann mit einem sehr gutmütigen, kindlich-naiven Vollmondgesicht. Er verbeugte sich vor ihr, bat um Verzeihung, dass man sie so lange habe warten lassen.

»Ich glaube, wir werden Sie gebrauchen können, gnädige Frau«, sagte er. »Aber Sie werden gewiss hungrig sein – darf ich Sie zu einem kleinen Nachtmahl bitten?«

Er bot ihr den Arm, führte sie in ein anderes Zimmer, wo ein Tisch für vier gedeckt war. Kein Diener und kein Mädchen kam – die Herren warteten selbst auf. Jetzt erst konnte sie ihre Begleiter näher betrachten: ein schlanker, junger Mann war der eine, dunkle Augen und Haar – er sprach mit leichtem Wiener Akzent. Der andere war breitschultrig und stiernackig, hatte kleine, helle Augen mit stechendem Blick.

Es war zu Ende des dritten Kriegswinters, und das Mahl war recht kärglich. Doch gab es ein Ei für jeden und ein Glas guten Moselweins. Der glatzköpfige Herr stieß mit ihr an, reichte ihr dann die Schüssel mit dem zerkochten Runkelrübengemüse.

»Überessen Sie sich nicht, gnädige Frau«, meinte er. »Sie werden bald Gelegenheit haben, besser zu speisen als wir.«

Sehr genau unterrichtete man sie in den nächsten Wochen. Sie lernte, Briefe zu schreiben, die unter scheinbar harmlosesten Mitteilungen geheime Nachrichten übermitteln sollten; eine Menge Namen musste sie auswendig lernen, Karten und Pläne studieren. Sie wurde belehrt über alles, was wissenswert erschien, über vielleicht mögliche Wege, zu diesem Wissen zu gelangen. Am Abend ihrer Abreise gab man ihr einen holländischen Pass nach England, stattete sie reichlich mit Geld aus, überreichte ihr eine Anweisung auf eine Amsterdamer Bank, von der sie nach Bedarf abheben könnte.

Der Herr mit der Glatze und dem Kinderlächeln drückte ihr die Hand zum Abschied. »Was Sie auch bei uns gelernt haben mögen, gnädige Frau,« sagte er ernst, »ungleich wichtiger ist es, selbst im richtigen Augenblick das Richtige zu finden. Die Reise, die Sie antreten, ist viel gefährlicher als die Fahrt an die Front – ganz allein sind Sie, und kein Mensch ist da, der Ihnen hilft. Auch ist nicht Ruhm noch Ehre dabei zu erwerben – weder Freund noch Feind will vom Spion etwas wissen. Und doch haben Sie ein hohes Ziel: Sie können uns Nachrichten geben, die mehr wert sind als ein Armeekorps. Um dies Ziel zu erreichen, gnädige Frau, muss Ihnen jedes Mittel recht sein – merken Sie das wohl: jedes!«

Sie vergaß die Worte nicht. Als Krankenschwester hatte sie völlig versagt – hier konnte sie Großes tun für ihr Land und ihr Volk. Tat nicht Jan dasselbe?

Sie fuhr noch in dieser Nacht, verließ den Zug am anderen

Morgen in Duisburg, ging ins Hotel. Am Nachmittag stand auf die festgesetzte Minute ein Auto auf der Straße, sie stieg ein. Längst war es dunkel, als sie auf der Landstraße hielten – dort stand ein zweites Auto, in das sie umstieg. »Wo sind wir?«, fragte sie ihren neuen Begleiter.

»Eine Viertelstunde von Kleve!«, antwortete der.

Ihr Herz schlug, sie sah angestrengt hinaus – würden sie über die Woylandstraße kommen? Doch erkannte sie nichts in der Dunkelheit.

Sie fuhren über einen Waldweg, der den Wagen kaum durchließ. Dann querfeldein über Wiesen und gefrorenen Ackerboden, lenkten endlich wieder auf die Landstraße ein.

»Sind wir über die Grenze?« fragte sie.

Der Mann am Steuer nickte, sah auf seine Armbanduhr, fuhr plötzlich langsamer.

»Wir sind zu früh«, sagte er. »Es ist besser, wenn wir genau zur Abfahrt ankommen.«

»Wo?« fragte sie.

»In Arnheim«, antwortete er. »Sie sollen dort den Nachtzug nach Amsterdam nehmen – hier ist die Fahrkarte.«

Als der Zug einlief, trafen sie am Bahnhof ein. Kein Dienstmann stand draußen – da sprang der Fahrer von seinem Sitz, griff ihre Handkoffer, lief mit ihr auf den Bahnsteig, half ihr in den Zug.

Sie öffnete ihre Tasche, ihm ein Trinkgeld zu geben, er wies es lächelnd zurück. »Danke«, sagte er, »ich bin Leutnant.« Er griff ihre Hand, küsste sie. »Mögen Sie zurückkehren von dort, wo Sie hinfahren!«

Noch in der Nacht war sie in Amsterdam – zwei Tage später in London.

***

Der Anfang schien nicht allzu schwer. Sehr bald hatte sie alte Bekanntschaften aufgefrischt, neue gemacht. Man hatte von dem Skandal in Rom gehört, begriff, dass sie sich nicht mehr Della Torre nennen wollte, sondern wieder ihren Mädchennamen trug Andrea Vermeulen. Von ihrer alten Freundin im Waschkeller hatte sie diesen Namen entlehnt – der bringt mir Glück, dachte sie.

Sie beteiligte sich bei einem Preisfechten für das Rote Kreuz, dann bei einem Reitturnier, das die Damen der Gesellschaft für ein Kriegsblindenheim gaben. Überall nahm man sie als Holländerin; bei einem großen Bazar führte sie eine Bude, die mit Niederlands Farben geschmückt war, verkaufte als Bäuerin der Insel Marken rote Edamer und gelbe Holländer Käse, die sie von Amsterdam hatte kommen lassen. Ganz fest wurde ihre Stellung, als sie eine Ausstellung der Originalblätter ihres ›Landsmanns‹ Louis Raemakers veranstaltete, der Tag für Tag im ›Rotterdamschen Courant‹ seine giftigen Zeichnungen gegen Deutschland veröffentlichte.

Sie verkaufte diese Blätter zu hohen Preisen – zum Besten der armen belgischen Kinder, denen die deutschen Barbaren die Hände abhackten. Immer wieder erzählte sie den Besuchern ihrer Ausstellung diese schmutzigen Lügen – erfand neue hinzu, berichtete mit Tränen im Auge, wie sie selbst solch jämmerlich verstümmelte Opfer gesehen und gepflegt habe.

Jedes Mittel war recht für ihre Arbeit, hatte der Herr mit dem Vollmondgesicht gesagt, jedes!

Man wählte sie in einen Ausschuss nach dem anderen; es machte sich gut, eine neutrale Ausländerin so eifrig für die alliierte Sache arbeiten zu sehen. Mehr und mehr kam sie hinein in das engste Getriebe, lernte die Stellen und Leute kennen, derentwillen man sie her gesandt hatte. Nur viel Geld kostete das und sehr viel Zeit.

Durch einen Zufall lernte sie bei einer Abendgesellschaft Konteradmiral Elliot kennen, der sich fast nie bei öffentlichen Gelegenheiten zu zeigen pflegte. Ihr Herz schlug, als sie seinen Namen hörte – das war der Mann, den sie brauchte, mehr als jeden anderen, ihn, Sir John Elliot, die rechte Hand des Lords der Admiralität. Sie nahm sich sehr zusammen an diesem Abend, sprach kaum ein paar Worte mit ihm, um so mehr aber mit seiner Frau, einer stillen, hässlichen und reichlich bejahrten Kanadierin, sehr bigott und hinterwäldlerisch, die sich in der Londoner Gesellschaft wenig glücklich und stets zurückgesetzt fühlte. Sie wurde zum Tee geladen, befreundete sich mit der Lady, ging schließlich ein und aus in ihrem Haus. So kam sie dem Admiral schnell näher; er gewöhnte sich an sie, überschüttete sie bald mit Liebenswürdigkeiten. Seine Werbungen waren ungeschickt und naiv; sie begriff, dass dieser Mann nie etwas anderes als seinen Beruf gekannt hatte – dass ihm zum ersten Male in seinem Leben das Weib entgegentrat. Sie tat, was sie konnte, diese Leidenschaft zu stärken und sie zugleich vor seiner Frau zu verbergen. Nun traf sie öfter und öfter mit ihm allein zusammen, hörte bis zum Überdruss seine kindlichen Liebesbeteuerungen an. Doch verstummte er stets, sowie sie von ferne auf die Kriegsgeschehnisse und die Politik der Admiralität zu sprechen kam.

Über Trafalgar Square fuhr sie eines Morgens; ein Verkehrshindernis machte ihren Wagen stocken, wenige Minuten nur. Als ihr Auto wieder anfuhr, fiel ihr Blick auf einen Omnibus. Ein Herr saß da mit einer Dame, legte lachend den Arm um ihre Schultern. Sie beugte sich vor, starrte hinauf – nein, sie irrte sich nicht: Jan war es!

Sie erschrak, atmete schwer. Jan war in London – war hier, wie er vordem in Paris war. Und in der selben Sendung, in der sie hier weilte! Ob er mehr erreicht hatte als sie? Sie überlegte: die junge Dame da – wer mochte das sein? Sie war einfach gekleidet, fuhr mit ihm auf dem Omnibus – ein Tippmädchen vielleicht? Sekretärin in einem Ministerium – Krieg oder Marine?

Ah, der Vetter kannte die Wege! Sie aber, sie hatte nichts erreicht bisher: hatte all die Monate nur Gerüchte gehört und Geschwätz, nicht viel mehr, als was in den Zeitungen stand. Und sie begriff im Augenblick, dass sie nie etwas erfahren würde von ihrem Freund, dem Admiral, solange er – nun, solange er nichts als ihr Freund war. Wenn sie ihn völlig beherrschte, so sehr, dass er kein Geheimnis mehr vor ihr kannte – nur dann vielleicht…

Alle Mittel waren recht – alle!

Sie entschloss sich schnell: Noch am selben Abend wurde sie seine Mätresse.

Leicht genug war ihr dieser Entschluss – doch kostete es sie maß-
lose Überwindung, sich ihm hinzugeben. Sie versuchte sich einzu-
reden, dass sie etwas Großes tue und Heldenhaftes, etwas zur Rettung
ihres zu Tode blutenden Volkes – schlief nicht auch Judith bei dem
General der Feinde? Doch gelang es ihr nicht; immer nur als Dirne
empfand sie sich und nie als Heldenjungfrau. Und dies Empfinden
schwand nicht, wurde stärker, je öfter sie mit ihm zusammen war –
fast zum Erbrechen steigerte sich ihr Ekel vor diesem Mann.

Mit diesem Gefühl aber ging ein anderes, das sie fast schwerer
noch bedrückte. Sie verlor Sir John gegenüber ihre freie und offne
Sicherheit, fühlte sich gehemmt und behindert in jeder Minute ihres
Beisammenseins. Stets von neuem raffte sie sich auf, überlegte sich
genau, wie sie es machen müsse, welchen Augenblick sie zu wählen
habe, ihm seine Geheimnisse zu entlocken. Sie sah wohl, dass er
blind und taub war bei ihr und alle Vorsicht beiseite ließ, dass es nur
wenig Klugheit bedurfte, ihn dazu zu bringen, sie völlig zu seiner
Vertrauten zu machen.

Nur ein geschicktes Ausspielen harmloser, weiblicher Neugier
zwischen zwei Liebkosungen, nur ein Schmollen und Verweigern,
wenn er zögerte, ein schnelles Gewähren, wenn er sprach.

Jede Dirne hätte das fertig gebracht, die letzten Widerstände
des Liebeshörigen zu überwinden!

Andrea versagte völlig. Wie beim Rechnen war es, wie bei der
Handarbeit – es ging eben nicht, trotz hartnäckigen Wollens.
Immer wieder versuchte sie es, nahm täglich einen neuen Anlauf; je
mehr sie sich quälte und sich abmühte, umso trostloser war der
Erfolg. Sie schrieb ihre Briefe an die holländische Deckadresse,
schämte sich, sie in den Kasten zu werfen, so nichtssagend und
überflüssig schienen ihr diese Mitteilungen.

Dann fasste sie einen verzweifelten Entschluss. Sie holte Sir
John oft ab aus dem Ministerium, wartete dort in seinem Zimmer
auf ihn. Jedermann kannte sie, frei ließ man sie aus und ein, ohne
ihr die Passkarte, die ihr der Admiral hatte ausstellen lassen, abzu-
verlangen. Soviel wusste sie: Dass ein großes Unternehmen der

englischen Flotte bevor stand, dass bis ins kleinste die Pläne ausgearbeitet waren. Sie verschaffte sich Wachs, machte Abdrücke der Schlösser seines Schreibtisches. Sie fuhr nach Whitechapel, fand nach langem Suchen einen kleinen jüdischen Trödler, der mit altem Eisenzeug handelte. Der kramte herum unter hundert alten Schlüsseln, feilte einige zurecht, verkaufte sie ihr für teures Geld.

Sie wartete eine gute Gelegenheit ab, als Sir John zu einer längeren Sitzung gerufen wurde, erklärte, dennoch auf ihn warten zu wollen, setzte sich mit ein paar Zeitungen ans Fenster. Zitternd vor Aufregung ging sie dann zum Schreibtisch, versuchte ihre Schlüssel, einen nach dem anderen. Schließlich passte einer – doch musste sie Kraft anwenden, um die Schublade aufzureißen. In diesem Augenblick öffnete sich die Tür hinter ihr; sie sprang auf, wandte sich um: vor ihr stand Captain Jeffries, der Adjutant Sir Johns. Er war augenscheinlich genau so entsetzt wie sie – sie starrten einander an, keiner vermochte ein Wort hervorzubringen.

Endlich fasste sich der Captain, rief mit lauter Stimme: »Miss Ashley! Miss Ashley!«

Ein junges Mädchen stürzte herein; er befahl ihr, die Tür hinter sich zu schließen. Dann sagte er mit scharfer Betonung: »Sie wissen, Miss Ashley, dass seit Monaten wichtigste Aktenstücke aus dem Ministerium verschwunden sind – aber Sie wissen nicht, dass ich wegen dieser Diebstähle *Sie* in dringendem Verdacht hatte! Dass ich Sie täglich deshalb beobachtete. Ich bitte Sie wegen dieses gemeinen Verdachtes um Verzeihung: hier steht die Diebin, Madame Vermeulen! Und um Ihnen eine Genugtuung zu geben, Miss Ashley, bitte ich Sie, diese … Dame gründlich zu untersuchen.«

Er setzte sich auf den Schreibtischsessel, drehte den beiden Frauen den Rücken zu. Die Sekretärin machte einen Schritt zu Andrea hin, wusste nicht, wo sie anfangen sollte. »Madame«, begann sie…

Andrea warf einen Blick auf sie – ah, das war das junge Ding, mit dem sie Jan gesehen hatte, oben auf dem Omnibus am Trafalgar Square!

Langsam löste sich ihre Starre, wich dieser kalte Schrecken, machte einer stillen Freude Platz. Sie hatte versagt – und diese unscheinbare Tippmamsell da vor ihr hatte das getan, was sie nicht konnte. Was sie bei Sir John nicht zuwege brachte, das hatte der Vetter mit Hilfe dieser kleinen Blonden längst erreicht. Sie lächelte, fühlte gut, wie lustig das war: Sie, die noch nichts getan hatte, die beim ersten Versuch kläglich gescheitert war, sie sollte nun von der Person untersucht werden, die ein ums andere mal wichtigste Schriftstücke gestohlen hatte!

Und noch ein anderes empfand sie, wohltuend und befreiend: Was auch mit ihr geschehen würde, nie wieder brauchte sie Sir Johns Küsse zu erwidern, nie wieder seine Umarmungen.

»Bitte, Miss Ashley,« sagte sie lächelnd, »untersuchen Sie mich.«

Die Sekretärin machte ihre Arbeit eifrig und gründlich, fand nichts. Doch lagen die frisch gefeilten Schlüssel auf dem Schreibtisch, andere in ihrer Handtasche – das schien Beweis genug.

Captain Jeffries nahm einen kurzen Tatbericht auf, zeichnete ihn, ließ ihn von dem Tippfräulein unterschreiben. Dann fragte er Andrea, ob sie Erklärungen abzugeben wünsche.

Sie nickte. Der Druck, der durch lange Wochen auf ihr gelastet hatte, war völlig verschwunden. Sie dachte wieder klar und ruhig, sah im Augenblick eine Möglichkeit, die Schlinge, die ihr eng um den Hals hing, ein wenig zu lockern.

»Captain«, sagte sie leichthin, »auf Ihre lächerliche Anklage habe ich kein Wort zu erwidern. Doch denke ich, dass Sie wissen, in welchem Verhältnis ich zu Ihrem Chef stehe. Nun, ich hatte Grund zu der Annahme, dass Sir John mich mit einer Dame betrüge, und ich glaubte, die Beweise dafür in diesem Schreibtisch zu finden. Ich weiß nicht, ob Sie das Ihrem Bericht beizufügen wünschen, aber ich meine, dass es gut wäre, wenn Sie Sir John davon Mitteilung machen wollten.«

Captain Jeffries verbeugte sich kurz, achselzuckend. Dann schellte er.

***

Andrea empfand ihre Haft zunächst wie eine Wohltat. Sie war allein in ihrer Zelle, brauchte sich um nichts und um niemanden zu kümmern. Sie war wieder sie selbst, hatte nicht mehr nötig, eine Rolle zu spielen, täglich und stündlich zu lügen. In allen Verhören blieb sie dabei, dass sie nichts zu gestehen habe und dass nur die Eifersucht sie zu ihrem Tun getrieben hätte. Sie merkte wohl, dass man ihr kein Wort glaubte, aber sie begriff auch, dass man ihr kaum etwas anderes beweisen konnte und dass die Versuche der Behörde, ihre Identität festzustellen, jedenfalls misslangen. Man stellte sie nicht vor Gericht, aber man hielt sie fest, über ein Jahr lang, in dem Frauengefängnis, zu Telsbury.

Die Bibel war zu Anfang das einzige Buch, das man ihr gab; sie las sie von vorne bis hinten, übersetzte ganze Kapitel in alle Sprachen, die sie kannte. Später ließ man ihr mehr Freiheit, gab ihr alle möglichen Bücher zu lesen – von Chaucer bis Shaw verschlang sie die englische Literatur. Doch erhielt sie nie eine Zeitung oder eine Zeitschrift, wusste nicht mehr, was vorging da draußen. Nun durfte sie auch im Gefängnishof spazieren gehen, zwei Stunden täglich – aber immer allein mit einer Wärterin, die kein Wort mit ihr sprach.

Sir John Elliot sah sie nicht mehr, sie vergaß ihn so völlig, dass sie sich kaum mehr vorstellen konnte, wie er eigentlich aussah. Und ähnlich erging es ihr mit allen Bekannten dieser Londoner Zeit; ohne sich dessen bewusst zu werden, verdrängte sie alles aus ihrem Gedächtnis.

Eine Ausnahme gab es: diese kleine blonde Sekretärin, Miss Ashley – immer wieder beschäftigte sie sich mit ihr, jede kleinste ihrer Bewegungen blieb ihr gegenwärtig. Londonerin war sie, aus niederer Schicht, das hörte man an ihrer Cockneysprache, die trotz aller Mühe oft die ›H‹s verschluckte und sie dafür ausspuckte, wo sie nicht hingehörten. Echte Engländerin dazu, von Kopf zu Fuß, körperlich und seelisch mit allen Eigenschaften der transkanalischen Inselmenschen beschränkter Mittelklasse. Und dennoch – sie hatte ein ums andere Mal ihr Leben gewagt und ihre Freiheit, um ihr eigenes Volk zu verraten! Sicher nicht für Geld – kleine Geschenke mochte sie nehmen, ein Kleidchen, einen Hut, ein paar Lackschuhe, auch wohl einen Ring oder Armreif, aber gewiss nicht größere Summen. Wofür also verkaufte sie ihr Land? Für ein paar süße Worte und warme Küsse – für eine Handvoll Liebe!

Tat sie, Andrea, nicht genau dasselbe wie der Vetter, wollte nicht auch sie für Küsse und Umarmungen einen Menschen kaufen und seine Geheimnisse einhandeln? Nur! Jan lachte dabei und blieb lachend der Herr – sie aber zerquälte sich, litt, und wurde zur Dirne. Und sie dachte: Er ist ein Mann – das ist es!

Im Februar des Jahres 1919 entließ man sie. Man gab ihr ihre Sachen zurück, auch das Geld, das man in ihrer Hotelwohnung gefunden hatte. Aber man duldete sie nicht einen Tag mehr im Land; ein Beamter brachte sie aufs Schiff und hinüber nach Hoek van Holland. Sie fuhr nach Amsterdam, suchte die Bank auf, auf der man ihr ein Konto eingerichtet hatte – es war längst gelöscht. Sie musste einstweilen dableiben, bis sie eine Möglichkeit fand, über die gesperrte Grenze zu kommen. Scheu war sie geworden in ihrer totstillen Gefangenschaft, es kostete sie große Überwindung, mit einem Menschen zu reden. Mühsam unterrichtete sie sich über das, was vorgegangen war in der Welt.

Sie ging nach Berlin, lebte in ihrer alten Pension. Sie fand dort zwei Schreiben ihres Vetters, eine kurze Mitteilung, vom Hotelboten gebracht, dass sie ihn gleich anrufen möge – zwei Jahre war dieser Brief alt. Dann eine Postkarte – genau wie die andere, die er ihr aus Paris gesandt hatte, an die Stockholmer Bekannte gerichtet und nachgesandt. Aus London war diese Karte – wieder gute Wünsche zum Geburtstag. Zu *dem* Geburtstag, den sie im Gefängnis verlebte.

Sie lebte still und sehr zurückgezogen, suchte mit den Pfund-noten, die ihr geblieben waren, so lange auszukommen, wie nur möglich. Sie schrieb nach Köln wegen der Hypothekenzinsen, die inzwischen aufgelaufen waren; man zahlte sie ihr sofort, doch war das Geld nichts mehr wert – Inflation!

Eines Tages erhielt sie wieder Nachricht von Jan – was sie denn mache und wie es ihr gehe? Und diesmal gab er eine Adresse an – in New York war er.

Das war die Zeit, in der die halbe Menschheit Europas nur den einen Traum und die eine große Sehnsucht kannte: Amerika. Das war das Land, in dem Milch und Honig floss – glücklich der, der drüben einen Onkel hatte, der gelegentlich ein paar Dollar sandte! Noch in derselben Stunde schrieb sie dem Vetter: unerträglich sei es in Deutschland und sie müsse hinüber.

Die Antwort ließ lange auf sich warten, aber sie kam; diesmal aus San Francisco. Er sandte ihr einen Scheck und einen Brief an einen Herrn der amerikanischen Botschaft – der würde ihr behilflich sein mit dem Pass und der Einreiseerlaubnis. Dennoch dauerte es Monate; sie verkaufte ihre Hypotheken, machte alles, was sie noch besaß, zu Geld, Dann war sie doch an Bord – fuhr übers Meer, sah die Freiheitsstatue im New Yorker Hafen und den ragenden Umriss Manhattans.

»Endlich!« flüsterte sie. »Endlich!« Als ob sie ins Paradies einfahre, so war ihr zumut.

***

Jan stand auf dem Pier, als der Dampfer einlief. Er nahm sie mit in sein Hotel, ließ sich erzählen und erzählte selbst. Er führte sie überall herum, stellte ihr eine Menge Menschen vor. Aber nach acht Tagen fuhr er wieder fort.

Dann kam die New Yorker Zeit, und es war ein neues Leben. Sie fand ihre Wohnung in Greenwich Village; ganz von selber war sie bald mitten in dem Treiben der Boheme. Sie hatte Geld von Jan für die erste Zeit – fand Beschäftigung, stets neue und andere. Sie gab Sprachstunden, ritt Springpferde zu, erteilte Fechtunterricht. Sie war eine Zeitlang Empfangsdame bei einem Zahnarzt, dann wieder drei Monate bei einer Zeitschrift Vertreterin des Musik-kritikers. Einmal, in schlechter Zeit, schrieb sie Adressen, ein andermal sammelte sie Anzeigen für eine Zeitung. Es ging ihr gut im Allgemeinen, sie verdiente genug Geld – doch war das Leben recht teuer und verschlang alles bis zum letzten Cent. Sie besuchte Oper, Theater und Konzerte – der eine oder andere ihrer Bekannten hatte stets Freikarten in der Tasche. Oft war sie eingeladen, zu Gesellschaften im Winter, hinaus aufs Land im Sommer. Sie war zu Hause im ›Ritz‹ und im ›Plaza‹, bei ›Delmonico's‹ und ›Sherry's‹, mehr noch in den Nachtkneipen des Zigeunerviertels, im ›Pepper Pot‹ und in der ›Wild Duck‹, bei ›Romany Mary's‹ und bei ›Sam Schwartz‹ in der MacDougal-Street. Sie ließ sich treiben, wie der Wind blies, war bald mit dem, bald mit jenem auf längere oder kürzere Zeit.

Sie schwamm so mit, tat wie alle taten, Männlein und Weiblein ringsum in Greenwich Village. Das spielte und sang, kritisierte und schwadronierte. Freilich der ›Job‹ war die Hauptsache: die Gelegenheit Geld zu verdienen. Das kam zuerst und zuletzt, war der Traum aller und der Wertmesser für den einzelnen – nichts galt die Begabung an sich, nur dann fand sie Anerkennung, wenn man sie umzusetzen verstand in Dollarnoten. Doch geschah das einfach und natürlich, war die selbstverständlichste Grundlage, über die keiner nachdachte. Wie große Kinder waren sie alle, die sich austobten, wenn die Klasse aus war, aber tagtäglich brav zur Schule liefen und ihre Arbeiten machten.

Lange dauerte es, bis sie empfand, wie leer das alles war. Freilich – in Greenwich Village war ein wenig mehr Kultur, ein wenig mehr Freiheit und Leben, als ringsum in der Riesenstadt. Nicht ganz so nackt und brutal war die ewige Jagd nach den ›Greenbacks‹, nach ›Booze‹ und ›Sex‹. Die Liebe verschenkte man hier, teilte brüderlich den verbotenen Alkohol, half sich auch zuweilen mit Dollarscheinen. Aber im Grund war es ganz dasselbe – drehten sich doch alle Erlebnisse nur um diese drei Dinge.

Fader und immer abgestandener schien ihr das Leben. Jung und frisch hatte sie diese neue Welt erträumt und fand nur einen dünnen Aufguss Europas – da noch am erträglichsten, wo man am getreuesten nachäffte. Mit heißem Bemühen war sie hineingesprungen in das neue Leben, hatte jede Arbeit genommen, die sich ihr bot und zugleich jedes Vergnügen. Aber in diesem Land war keine Arbeit und keine Kunst und kein Sport und nichts und gar nichts um seiner selbst willen da; was auch geschah, geschah nur und wieder, um Geld zu verdienen. Der, dem das höchstes und einziges Ziel war – nur der war hier wirklich am Platz, mochte er sein, was er wollte.

So vergingen die Jahre – gleichgültig wurde ihr alle Arbeit, schal die billige Lust. Manchmal entfloh sie, war wieder in der großen Gesellschaft, in die sie durch Preisfechten und Reiterspiele eingeführt war. Ein paar Mal konnte sie leicht den großen Schlag tun – das, was man hier so nannte – konnte den Mann heiraten mit dem dicken Geldsack. Doch wies sie jeden Antrag ab – einmal wird es doch sein müssen, dachte sie, und dann ist es immer noch früh genug. Sie versuchte zu lachen über das Leben, wie der Vetter lachte – aber es war nicht echt und nicht von Herzen, war bitter nur und nie befreiend. Und wieder rettete sie sich aus der trostlosen Goldstaubwüste der Parkavenue in den seichten Schlamm der Boheme in der Village.

Dann trat Gwinnie Briscoe in ihr Leben – sah sie im Central Park, ritt ihr nach mit ihrem Reitknecht – tagelang. Fand heraus, wessen Pferde sie ritt, kam in die Reitbahn, ließ sich ihr vorstellen. Gab sie nicht mehr frei.

Ziemlich schnell entwickelte sich diese Geschichte – bis zu dem Tage, da Gwinnie Lysol schluckte, und zu dem anderen, da Parker Briscoe sie aufsuchte in ihrer Wohnung in der Minetta Lane.

***

Oben auf dem Sonnendeck lag Andrea, träumte in ihrem Liegestuhl. Noch einmal hatte sie ihr Leben durchgelebt, in den Wintermonaten im Plaza und nun auf dem Dampfer, der lautlos durch die spiegelglatten Fluten glitt. Blau über ihr der unendliche Himmel, blau weithin die See. Verschwunden deuchten sie alle Wolken, längst vergangen die Regenschauer und bösen Stürme – so fuhr sie hinein ins blaue Glück.

Einmal noch lachte ihr die Sonne – nie wieder vielleicht. So musste sie greifen, was ihr das Schicksal bot, recht fest zugreifen, dieses eine Mal! Und wenn ihr auch alles fehlgeschlagen war – was lag daran, wenn sie diesmal aushielt?

Nichts gelang ihr in dem Leben, das hinter ihr lag. Alles zerbrach ihr; ein Berg von Scherben türmte sich die Vergangenheit. Woyland – wie fern das lag! Geworden war sie da und gewachsen – mit Gänsen und Blutegeln – mit Pferden auch und Falken. Hinauf ging ihr Weg bis an die Pforte des Glücks, bis zu dem Augenblick, wo sie den Brauttrank dem Geliebten reichen sollte, in silbernem Falkenbecher. Ein Schatten fiel und erschreckte sie – da sank ihr der Becher aus der Hand. Und noch einmal lachte ihr die Sonne auf der süßen Insel der Felsen und Meeresgrotten – und wieder fand sie nicht Wort noch Geste, den Geliebten zu halten. Sie ließ ihn ziehen zum zweiten Mal, hinaus in die Welt.

Überall hatte sie versagt, im Kleinen, wie im Großen. Viele Mädchen hielten aus auf der Klosterschule, jahrein und jahraus – sie entfloh der strengen Zucht. Als Krankenschwester – freilich mit einem gewissen Anstand hatte sie sich da herausgezogen: durch ihre Heirat zunächst und dann durch die Krankheit. Aber darum war es nicht weniger ein Fehlschlag: nie hätte sie in diesem Beruf den Krieg durchhalten können. Jämmerlich versagte sie als Spionin, erreichte nichts, wurde zur Dirne statt zur Heldin. Und als sie endlich im Zigeunerleben von Greenwich Village untertauchte, war es ein gleiches Fiasko.

Gewiss, sie hatte manche Erfolge als Sportdame. Sie verstand sich gut auf die Beizjagd, würde heute noch mit jedem es aufnehmen, der Falken steigen ließ. Sie führte den Stoßdegen wie den leichten Säbel, fand kaum mehr eine ebenbürtige Gegnerin auf Hieb oder Stich. Und es kam nur auf das Springpferd an, nicht auf sie, welchen Preis sie bei Reiterspielen gewann.

Freilich: leer ließ sie aller Sport. Die Falkenjagd allein hatte sie ausgefüllt, hatte ihr Blut fiebern lassen – heute noch schlug ihr Puls hoch, wenn sie davon träumte. Aber bitter war die Erinnerung, schmutzig getrübt durch das Bild des Falkners aus Tirol. Beim Fechten aber und beim Reiten – nur wenn sie auf dem Rücken des Pferdes saß, wenn sie die Klinge fest in der Hand hatte, nur dann war sie ganz bei der Sache. Wenn sie von Stund an nie mehr einen Fechtboden sehen würde, nie wieder einen Springgarten – sie würde kaum daran denken.

›Also nichts blieb im Grunde,‹ dachte Andrea, ›gar nichts!‹ Eine Handvoll Erinnerungen – und keine davon lauter und rein. Was sie auch anfasste, was sie formte – alles zerbrach in der Hand, noch ehe es vollendet war. Ah, bei dem Vetter war's anders! Alles war ihm ein Spielzeug, das er nur ernst nahm, solange er daran herumbastelte. Dann, wenn es fertig war, verlor er die Lust, warf es fort oder ließ es liegen, wo's grade lag. Und sie dachte: etwas hat er, was ich nicht habe. Weil ich ein Weib bin, darum ist's – darum!

Blau war der Himmel und blau das unendliche Meer. Das gute Schiff trug sie hinein in die Zukunft – da würden ihr Flügel wachsen!

***

Sie ging an Land in Plymouth, fuhr durch England, blieb ein paar Tage in London im Savoy. Man erkannte sie gut, aber niemand stellte eine Frage. Dann reiste sie nach Amsterdam, von dort nach Kleve – sie hatte ein Gefühl, als ob sie Abschied nehmen müsse von all dem, was hinter ihr lag. Sie mietete ein Auto, fuhr langsam die Landstraße hinunter, die nach Woyland führt. Stieg aus, schritt durch den Sternwald und hinauf den Katzenbuckel. Aber die Bäume waren höher geworden in zwei Jahrzehnten – keinen Blick mehr gab es auf das Schloss. Da schritt sie durch den Wald; als sei sie erst gestern hier gegangen, so bekannt schienen ihr die Wege.

Ein Reiter trabte daher, quer über die Wiesen; schnell verbarg sie sich hinter einem Eichenstamm. Der – wer mochte das sein?

Der Korvettenkapitän, der nun Herr war auf Woyland? Ah, der Mann ihrer…

Dann klang ein heller Ruf – der Reiter zügelte sein Pferd, stand, wartete. Aus dem Erlenbruch kam ein zweiter Reiter, sprengte heran in leichtem Galopp, den Falken auf der Hand. Andrea hörte sein frohes Lachen: Jan war es – Jan war auf Woyland!

Sie ging nicht weiter. Sie sah den Park nicht, nicht den Schlossgraben und die Brücke mit den bronzenen Hirschen. Sie schlich zurück zur Landstraße, fand ihren Wagen, fuhr weiter.

*   *   *
*   *
*

KAPITEL VII

ALEA JACTA!

De l'audace! Encore de l'audace!
Toujours de l'audace!

Danton

Andrea Woyland schrieb dem Vetter, dass sie in Europa sei und ihn zu sehen wünsche; sie bekam ein aufschiebendes Telegramm aus Wien, später ein anderes aus Prag, Dann schrieb er ihr, dass er sie in München erwarte; aber nicht er empfing sie am Bahnhof, sondern – Briscoe. Er brachte sie zum Hotel; doch sprach sie wenig mit ihm, da sie die Nacht durchgefahren war, kaum geschlafen hatte und sich müde und abgespannt fühlte. Sie legte sich nieder und schlief ein paar Stunden; stand endlich auf, frühstückte, ließ den Herrn sagen, dass sie erst am Abend zu sprechen sei. Sie nahm einen Wagen, fuhr hinaus nach Nymphenburg, lief durch den Park, fühlte sich sehr erfrischt, als sie zurück kam. Langsam und sorgfältig machte sie Toilette, ließ sich nicht stören, als der Page anklopfte mit der Meldung, dass die Herren sie unten erwarteten.

Dann klopfte es wieder, Jan kam ins Zimmer.

»Zum Kuckuck, Fundvogel,« rief er, »was ist denn los? Bist doch nicht krank? Den ganzen Tag lässt du uns warten – mich und deinen amerikanischen Freier!«

»Freier!?«, fragte sie,

»Nun freilich,« lachte er, »du weißt es doch recht gut – wozu Geheimnisse? Übrigens hättest du mir das schon in New York sagen können, dann hätte ich mir die Hatz durch halb Europa erspart. Mit zwanzig Ärzten habe ich verhandelt und wusste nicht mal, dass es deinethalben geschah – jetzt erst hat mich Briscoe aufgeklärt.«

Sie antwortete nicht, lackierte sich die Nägel. Da fuhr er fort; »Schade – wirklich schade! Ich hab mir große Mühe gegeben und hätte wirklich gern gesehen, wie's ausgehen würde. Gewiss: so ist's bequemer für dich. Aber sag doch, Andrea: Was hast du Briscoe von mir erzählt?«

Sie blickte auf, sah ihn an, antwortete: »Ich sagte ihm, dass ich einmal deine Maitresse war.«

Er schnalzte leicht mit der Zunge, wiegte den Kopf – sie merkte wohl, dass ihn das unangenehm berührte. »Nun ja,« sagte er zögernd, »nötig war das gerade nicht – warum immer die Wahrheit sagen?«

»Hörst du diese Wahrheit so ungern?«, fragte sie.

»Nein, nein!« rief er hastig, »Aber es geht andere nichts an. Und dann ist da noch etwas: Ich habe oft ein Empfinden, als ob ich in deiner Schuld stehe – das weißt du doch.«

»Oh, das ist es!«, sagte sie.

Er nickte. »Ja, das ist es. Man mag nicht gern daran erinnert werden, siehst du!« Er fuhr mit der Hand über die Stirn, als wolle er den Gedanken wegwischen. Nahm seine Brieftasche heraus, öffnete sie, legte einen Scheck auf den Toilettentisch, »Das hab ich heute verdient«, fuhr er lachend fort, »Briscoe bildet sich ein, dass ich Ansprüche auf dich habe; ich versuchte, es ihm auszureden – vergeblich! Er bestand darauf, mir diese Ansprüche abzukaufen, schließlich nahm ich seinen Scheck, der, – weiß Gott – hoch ist. Ich wusste gar nicht, wie viel du wert bist, Fundvogel! Nun wirst du das Geld kaum nötig haben, wenn du Briscoe heiratest – behalt's immerhin, ich kann's nicht gut annehmen.

Sie hob den Scheck auf, spielte damit, »Du hast mich also verkauft, Jan?« sagte sie langsam.

»Verkauft?« rief er, »Kann man verkaufen, was einem nicht gehört?«

Sie schwieg eine Weile, sagte dann: »Geh jetzt, Jan. Ich bin in einer Viertelstunde unten.«

Brummend ging er auf und ab durchs Zimmer, öffnete schließlich die Tür, ging hinaus.

Die Herren sprangen auf, als sie zum Tisch kam, begrüßten sie. Des Vetters Missstimmung schien verflogen, lachend kam er ihr entgegen, küsste ihre Hand. »Blendend siehst du aus, Andrea, rief er, »beim Himmel, wie eine Königin!«

Das tat ihr wohl; sie wusste, dass es ihm ehrlich war; wusste auch, dass er recht hatte.

Dann nahm Briscoe ihre Hand, seine Augen leuchteten: »Ihr Vetter sagt die Wahrheit, Miss Woyland.«

Sie setzten sich; der Kellner reichte die Cocktails und sie stießen an.

Briscoe sprach wenig; Jan führte allein die Unterhaltung. Sie sah ihn an – wie ein Junge schaute er aus, wie damals auf Woyland!

Sie hörte kaum auf das, was er erzählte, dachte zurück an die Kinderzeit.

***

Damals, als er auf der alten Lene hinausgeritten war, sie beim Düsterbach gefunden hatte mit ihren Gänsen! Er nannte sie Fundvogel, wie alle taten, behauptete, dass man sie im Krautgarten aufgelesen habe zwischen Itschen und Unken, abgeliefert habe auf der Polizei. Und gleich hatte er ein Auszählverschen bei der Hand – das musste sie auswendig lernen und das Katerlischen auch.

Andrea sann nach – wie war es doch?

> »Eins, zwei, drei!
> Auf der Polizei
> Ist ein kleines Kind gefunden,
> Wo ist es denn verschwunden?
> Niemand will's kennen.
> Wie soll'n wir's nennen?
> Fundvogel Rumpeltaschen!

Wer wird die Windeln waschen?
Ich oder du?
Müllers Kuh,
Müllers Esel,
Der bist du!«

Immer war sie ›Müllers Esel‹ gewesen, froh, alles tragen zu dürfen, was der Vetter ihr aufpackte. Manchmal bekam sie Zucker, manchmal streichelte er sie, aber öfter noch gab's Püffe und Knüffe, Schimpf und Hohn, wie es sich gehört für einen guten Esel. Kaum drei Stunden kannte er sie, als er sie fragte: »Sag mal, Fundvogel, bist du schon stubenrein?«

– Ein großer Angorakater strich durch das Speisezimmer, rieb das Fell an ihrem Kleid, hob sich hoch, bettelte. Sie gab ihm ein Stückchen Fleisch, während Jan von Mexiko erzählte und von Briscoes Ölfeldern in Tamaulipas, die er kannte.

Andrea hörte nicht zu; an die Katzen auf Woyland dachte sie. Manche, die im Feld wilderten, hatte sie geschossen mit Jans Tesching – drei Mark Schussgeld zahlte die Großmutter für jede. Aber die Felle bekam der Kutscher Jupp; die alte Griet, die Beschließerin, musste ihm eine Weste daraus machen. Das sei gut gegen Gicht, behauptete er.

Einmal war Jan zu den Pfingstferien gekommen, hatte erklärt, dass man eine Katzenorgel bauen müsse. Das hätten schon früher Leute versucht, aber es sei nichts Rechtes draus geworden, und dann sei die große Idee in Vergessenheit geraten. Wenn es gelänge, sei es ein herrliches Kunstwerk und man könne damit durch die ganze Welt ziehen und schrecklich viel Geld verdienen.

Pittje, der Reitknecht, musste ihnen Säcke geben, und der Hausmeister, der lange Klaas Schiettekatte, Baldrian zum Locken. Dann baute Jan Fallen. Keine Katze der Nachbarbauern war vor ihnen sicher; jeden Morgen staken ein paar im Baldriansack.

»Sieh doch, Fundvogel, wie sie sich drängeln,« lachte der Vetter, »die wollen alle gern mitwirken bei der Katzenorgel!« Er lief zur

Großmutter, bat sie, ihm das ›Largo‹ von Händel vorzuspielen und aufzuschreiben.

»Was willst du denn damit?«, fragte die Zentgräfin. »Und woher weißt du dummer Junge überhaupt was von Händel?«

Jan sagte, dass er die Musik im Kirchenkonzert auf der Orgel gehört habe. Aber es sei noch ein Geheimnis, was er vorhabe, sei eine Überraschung für die Großmutter. Da setzte sie sich an den Flügel und spielte den Kindern das Anfangsthema des Largo vor.

Der Junge wollte durchaus die geschriebenen Noten haben und unter jeder eine Singsilbe. »Weißt du, Großmutter,« rief er, »Do, Re, Mi, Fa – oder so etwas!«

Die Zentgräfin versuchte ihm das auszureden, belehrte ihn, dass das Largo nicht zum Singen gesetzt sei, sondern für Klavier oder Orgel. Aber sie hätte genau so leicht ihn überzeugen können, dass unreife Stachelbeeren nicht zum Essen da seien – wenn dieser Bengel sich einmal was in den Kopf gesetzt hatte, dann musste er es haben, mochte es nun gehen oder nicht.

»Ich brauch' es ja grade für eine Orgel,« rief er, »für eine Orgel zum Singen!«

Er bettelte so lange, bis sich die Großmutter hinsetzte und ihm kopfschüttelnd die Silben unter die Noten schrieb. Jan lernte das Thema auf dem Klavier, dann musste Andrea es auch mit den Fingern tippen, so gut es gehen wollte. Und immer von neuem sangen sie: »Re – si la sol sol sol fa mi re re mi fa sol la ri la sol la mi mi fa sol re re mi do ri si!«

Ihr Geheul durchhallte das Schloss; schließlich konnte es die Zentgräfin kaum mehr aushalten. Es fiel ihr ein, dass das Largo ja eigentlich eine Opernarie war; also suchte sie in der Bibliothek, bis sie Händels ›Xerxes‹ fand: ›Ombra mai fu…‹ Und sie schrieb dem Jungen den Text auf:

> ›Welch schattig Grün
> War je erquickender,
> Süßer, entzückender
> In holdem Blühn?‹

Jan meinte, dass das ›schattige Grün‹ für seine Zwecke nicht recht passend sei; also setzte er die Worte:

›Welch holder Laut
Ward je entzückender.
Reiner, erquickender,
Süßer miaut?‹

»Das müssen wir einstudieren«, erklärte er Andrea und dem Katerlischen. »Die Katzen können ruhig bei ›Do – Re – Mi‹ bleiben, das liegt ihnen besser.«

Er baute einen Käfig, der stand hoch auf ein paar Pfosten. Vorne war ein Drahtgitter, aber der Boden war nur aus Stäben zusammengesetzt, die überall Zwischenräume zeigten. Da hinein steckten sie die Katzen.

Soweit ging alles ganz gut; nun aber wurde es sehr schwierig: Man musste die Katzenschwänze durch die Stäbe erwischen. Kratzer und Bisse hatten sie beim Fangen genug bekommen, jetzt war kein Fleck mehr an ihren Händen, der nicht blutig zerrissen war – es schien, als ob der Ehrgeiz der Katzen in Bezug auf musikalische Ausbildung doch nicht allzu heftig war.

Endlich gelang es – vierzehn schöne Katzenschwänze waren durch die Stäbe gezogen und jeder einzelne mit einer langen und festen Schnur versehen.

Sie verbanden sich ihre Hände, setzten sich vor den Käfig hin und sangen den Tieren das Largo vor: »Re si la sol fa mi re…«

Am Nachmittag war große Vorstellung in der Scheune. Die Großmutter hatte den Ehrenplatz – sie musste zehn Mark Eintrittsgeld bezahlen – hinter ihr drängte sich das Gesinde, die Zofe Fanny und die beiden flachshaarigen Trampel, das Katerlischen und ihre Schwester, die Kuhmagd Stina, die hinkepotige Griet, Pittje und Klaas und alle die anderen. Jan stand am Tor, fünf Pfennig kostete der Eintritt. Dafür bekam jeder ein schönes Programm – das Katerlischen hatte sich die Finger wund geschrieben damit.

!!! Heute!!!
!!! – Zum ersten Mal in der Welt – !!!

❧ ❦

Große Vorführung der
berühmten

Katzenorgel

unter persönlicher Leitung des
Dirigenten
Jan Olieslagers

unter Mitwirkung
von
Jupp, Fundvogel und *Katerlischen.*

❧ ❦

Largo
von
G. J. Händel
(aus der Oper Xerxes).

Ausführende Künstler:

Tenöre:
**Kater: Kratzer, Ratzer,
Mauser, Sauser.**

Baritone:
**Kater: Schleicher, Streicher,
Steinerweicher.**

Bässe:
**Kater: Leisegänger, Eidechsfänger,
Sohlentapper, Spatzenschnapper.**

Soprane:
Katzen: Miez und Mau.

Alt:
Katze: Schleckemilch.

Vor den sackleinenen Vorhang traten Jan und Andrea und mit ihnen das Katerlischen und der alte Jupp. Der bearbeitete seine Harmonika, und die drei anderen sangen dazu:

»Welch holder Laut
Ward je entzückender.
Reiner, erquickender.
Süßer miaut?

Töne so süß.
Freudenvoll dank' ich euch.
Wandelt die Erde gleich
Zum Paradies, zum Paradies!«

Es gehörte schon viel guter Wille dazu, um daraus das ›Largo‹ zu erkennen. Dafür aber war die folgende Nummer umso leichter zu verstehen; sie sangen zur Harmonikabegleitung:

»Reiß der Katz den Schwanz aus!
Reiß ihn nur nicht ganz aus!
Lass ihr noch 'nen Stummel steh'n,
Dass sie kann zum Tanzen geh'n!«

Die Sänger zogen sich zurück; Jan trat vor und erklärte, dass nun die ausgezeichneten Künstler der Katzenorgel selbst in nie dagewesener Vollendung das berühmte Händelsche Largo dem geneigten Publikum zum Vortrag bringen würden. Er schob den Vorhang zurück; man sah den Käfig, von dessen Boden Sackleinen zur Erde herabhing, Jan und Andrea krochen darunter; er bediente die elf Katerschwänze, Andrea die drei Katzenschweife. Sie zogen nach Herzenslust – und das Konzert begann.

Leider dauerte die Herrlichkeit nicht lange. Die Großmutter sprang auf, riss das Sackleinen herunter und sah die Bescherung. Mit heller Begeisterung spielten ihre Enkelkinder auf der schönen

Orgel, zogen die Schnüre mit Kraft und Lust – in engstem Konnex mit den vierfüßigen Sängern. Die fauchten, bissen und kratzten einander, miauten drauflos – besonders die einäugige Altistin Schleckemilch zeichnete sich durch eine durchdringend schöne Stimme aus, während unter den Tenören der rabenschwarze Mauser Hervorragendes leistete.

Das Konzert wurde abgebrochen, sehr zum Bedauern des Publikums aus Küche und Stall, dem es ausnehmend gefiel. Den Veranstaltern gab die Zentgräfin die Reitpeitsche zu kosten, aber mehr aus allgemein erzieherischen Grundsätzen, als weil sie wirklich böse war – sie mochte nun mal die Katzen nicht leiden. Milde fiel die Strafe dieses Mal aus.

Zum alten Jupp zogen die Kinder in den Pferdestall. Der holte ihnen Milch; dann teilten sie mit ihm das Geld, »Wir sind Märtyrer der Kunst!« erklärte Jan.

Doch war es nicht so weit her mit seinem Martyrium. Er rieb sich ein paar Mal den Hosenboden – das war alles. Andrea aber hatte von der Sopranistin einen üblen Biss ins Handgelenk bekommen – das eiterte und schwoll auf. Erst war sie bei Jupp in Behandlung, der saugte die Wunde aus, gab eine Mischung von ausgelutschtem Kautabak und frischem Pferdemist drauf und verband sie dann. Das tat weh, aber es half nichts. Als die Großmutter es merkte, ließ sie anspannen und fuhr mit ihr zum Arzt nach Kleve – dort wurde das Fleisch zerschnitten und ausgekratzt. Vier Wochen lang dauerte die Heilung. – Andrea hob ihre Hand: noch heute sah man die kleine Narbe. Sie lächelte: das war die Erinnerung an Jans Katzenorgel.

***

Aus dem Saal kreischte die Jazzband herüber: ›Weinlaubs Synkopatoren‹. Andrea lächelte – welch geschmackvoller Name! Sie schrieb ein paar Worte auf die Speisekarte, schickte damit den Kellner zu dem zappelnden Kapellmeister. Der besann sich nicht einen Augenblick – wozu war er der berühmteste Jazzdirigent zweier Erdteile?

Wenn seine Leute den ›Feuerzauber‹ synkopiert hinlegen konnten, so dass jeder Ladenjüngling die krummen Beine rhythmisch danach schwang, dann war es ihnen gewiss eine Kleinigkeit, diesen Wunsch zu erfüllen.

Da legten sie los: Händels Largo. Synkopiert! Synkopiert!

Jan fuhr auf. »Kennst du das?«, fragte Andrea. Der Vetter lachte. »Mein Gott, schöne Base, um dreißig Jahre sind wir der Welt vorausgeeilt! Heute hätten wir die Katzenorgel erfinden sollen, nicht damals in Woyland! Damals gab's nur Prügel dafür – heute könnten wir in der ganzen Welt damit herumziehen, würden das Geld scheffeln und überall als größte Künstler gefeiert werden!«

***

Sie gingen hinauf, nahmen den Kaffee in Andreas' Wohnzimmer. »Nun, meine Herrn?«, fragte sie.

Briscoe zeigte die Zähne, rieb sich zufrieden die Hände. »Well, well,« begann er, »es scheint, dass die Wissenschaft noch nicht so weit ist, wie wir annahmen. Alle Autoritäten lehnen ab, Ihr Vetter hat sich große Mühe gegeben, war in Paris bei – wie heißt der Mann noch?«

»Koronoff«, sagte Jan.

»Ja, ja, nickte Briscoe, »das ist der Name. Sie würden mir entgegenkommen, wenn Sie selber berichten würden, ich werfe doch die Namen durcheinander.«

Jan rückte auf seinem Stuhl. »Da ist nicht viel zu berichten. In Wien war ich bei Steinach, dann in Berlin bei Eisenschmidt und Magnus, in Tübingen habe ich Professor Lärms aufgesucht; in Kopenhagen Knut Sand. Na und so weiter. Keiner dieser Gelehrten will etwas mit der Sache zu tun haben, trotz aller lockenden Dollarscheine. Sie machen die prächtigsten Versuche mit Seeigeln und Fröschen, mit Ratzen und Katzen, mit Enten und Gänsen, mit Affen sogar – aber an Menschen getrauen sie sich nicht heran. Nur ein wilder Scharlatan würde das heute wagen, erklärte mir

Pezard in Paris.«

»Ein Scharlatan, nur ein Scharlatan!« unterstrich Briscoe. »Sie werden verstehen, Miss Woyland, dass ich Sie nicht in die Hände eines Scharlatans fallen lasse.«

»Ist denn überhaupt einer da,« fragte Andrea, »der sich auf die Geschichte einlassen will?«

»Ja, der ist da«, erwiderte Jan. »Oder vielmehr: die ist da. Ich habe eine Ärztin gefunden, eine rabiate Person, die ganz wild auf den Fall ist. Sie erklärt ihre männlichen Kollegen, die mir absagten, insgesamt für Trottel und Feiglinge! Man habe genug an Tieren herumexperimentiert, behauptete sie, die Möglichkeit des Erfolges wäre längst klar erwiesen; es sei höchste Zeit, dass man sich endlich nach Menschenmaterial umsehe. Kurz: sie sei bereit – und sie verbürge bei normalem Verlauf vollen Erfolg.«

»Da sehen Sie, Miss Woyland,« warf Briscoe ein, »klar den Schwindel! Diese unbekannte kleine Ärztin will für vollen Erfolg garantieren, während die ersten Größen der Welt sich nicht einmal getrauen, den Fall anzunehmen. Eine Quacksalberin ist sie, nur auf's Geld aus. Die kümmert sich den Teufel um das Leben ihrer Opfer.«

»Nun, nun, Briscoe,« rief Jan, »ganz so schlimm ist's nicht. Unbekannt ist Dr. Hella Reutlinger durchaus nicht, sie hat sich längst einen angesehenen Namen gemacht, und ihre Privatklinik in Thüringen hat seit Jahren einen guten Klang. Ein Scharlatan mag sie schon sein – wenigstens das, was die strenge Wissenschaft so nennt. Aber ums Geld ist's ihr gewiss nicht zu tun, sie ist reich, wenigstens nach unseren bescheidenen deutschen Begriffen. Sie würde an diese Sache herangehen, auch wenn man ihr keinen Heller bezahlte. Ehrgeizig ist sie, möchte der Welt beweisen, dass eine Frau etwas leisten kann, was kein Mann bisher zustande brachte.«

Briscoe lachte. »Nun, das beweist die Frau jeden Tag, den Gott werden lässt. Kein Mann kann Kinder kriegen.«

»Warten Sie nur ab,« rief Jan, »vielleicht sind wir bald so weit.«

Briscoe achtete nicht auf ihn, wandte sich wieder an Andrea: »Wenn es Ihnen recht ist. Miss Woyland, möchte ich noch über andere Dinge mit Ihnen sprechen. Ich bekam ein Kabel von Gwinnie –« Er unterbrach sich, zögerte. Jan stand auf, rief: »Bitte, Mr Briscoe, ich will nicht stören. Ich warte auf Sie in der Halle, wenn's Ihnen recht ist.«

»Ich danke Ihnen«, antwortete der Amerikaner. »Darf ich Sie noch um das Gutachten des Münchener Professors bitten, das Sie mir vorlesen?«

Jan griff in die Tasche, gab ihm den Brief. »Gute Nacht, Fundvogel!«, rief er, ging hinaus.

Briscoe entfaltete den Brief, reichte ihn Andrea. »Wollen Sie das bitte lesen – Ihr Vetter sagt, dass dieser Mann die höchste Autorität sei auf unserem Gebiet. Er schreibt ausdrücklich, dass kein ernster Wissenschaftler daran denke, heute bei einem Menschen eine solche Umwandlung zu versuchen – in fünfzig Jahren vielleicht oder hundert! Wer es jetzt tue, handle nicht nur leichtfertig, sondern geradezu verbrecherisch!«

Sie nahm den Brief, las ihn. »Das ist deutlich genug«, bestätigte sie.

»Danach«, fuhr Briscoe fort, »dürfte unser Plan endgültig ins Wasser gefallen sein – Gott sei Dank! Und nun darf ich wohl von mir sprechen. Ich glaubte, dass ich nach dem Tode meiner Frau nie wieder – ich erzählte Ihnen das ja. Miss Woyland. Ich irrte mich. Ich weiß nun, dass Sie mir viel geben können – mehr, als ich jemals zurückgeben kann. Was Ihren Vetter angeht…«

Andrea unterbrach ihn: »So haben Sie ihm seine Ansprüche abgekauft – nicht wahr? Sie haben Ihr Geld umsonst ausgegeben, Mr Briscoe; er hat keinerlei Ansprüche an mich, was immer Sie sich darunter vorstellen mögen. So wenig, wie ich an ihn.«

»Oh, Sie wissen das?!« rief Briscoe. »Nun, ich tat es, weil, weil…« Er suchte, fand die Worte nicht, fuhr dann fort: »Immerhin zeigt es Ihnen, Miss Woyland, wie – wie sehr…«

Wieder stockte er. Andrea lächelte. »Lassen Sie nur, Mr Briscoe, ich weiß recht gut, warum Sie es taten, sehe es klarer vielleicht als Sie selbst. Sie sagten: ›Ansprüche‹ – aber Sie meinten etwas ganz anderes. Sie glaubten, dass mein Vetter vielleicht Ihr Nebenbuhler sein könne – und Sie wollten, dass er für Ihr Geld darauf verzichten solle. Ist es nicht so?«

»Ich glaube – ja«, antwortete er kleinlaut.

»Ich dachte mir's«, sagte sie. »Aber sehen Sie: Jan hat nichts davon begriffen. Sie hätten schon offener mit ihm reden müssen, klar ihm sagen, was Sie von ihm wollen – dann hätte er herzlich gelacht über die Zumutung, dass er bei mir Ihr – oder irgendeines anderen Menschen Nebenbuhler sein könne. Doch verüble ich's Ihnen nicht: es zeigt ja, wie viel Ihnen an mir gelegen ist, nicht wahr?«

Er nickte. »Ich habe mehr getan. Miss Woyland. Ich habe mit Gwinnie gesprochen vor meiner Abreise. Ich habe ihr dann von hier gekabelt, ihr den Fehlschlag unserer Bemühungen mitgeteilt. Hier ist ihre Antwort!« Er reichte ihr das Telegramm, Andrea las: ›Nichts so wertvoll, wie ihr Leben. Gib sie unter keinen Umständen schlechtem Arzt. Meine Liebe zu ihr groß genug, nichts für mich selber zu verlangen. Gwinnie.‹

»Sie sehen, Miss Woyland,« fuhr er fort, »dass meine Tochter verzichtet – so schwer ihr das jetzt auch fallen mag. Das wird vorübergehen. Ich neige immer mehr der Ansicht zu, dass es sich bei ihr um eine törichte Jugendschwärmerei handelt und keineswegs um eine – eine Veranlagung. Sie wird vernünftig werden, wird den jungen Durham heiraten, wird Sie lieben, wie – wie ihre Mutter.«

Andrea lächelte: »Oh – wird sie?«, murmelte sie. Hob dann die Stimme: »Das scheint alles durchaus vernünftig und ganz einfach. Unsere Seifenblase ist zerplatzt – Gwinnie verzichtet mit ein paar Tränen und mein Vetter mit Lachen. Die Bahn ist frei für Parker A. Briscoe!«

Er griff rasch ihre Hand, »Dann – dann darf ich also hoffen…«

»Hoffen?«, sagte sie langsam. »Haben Sie nur einen Augenblick aufgehört, das zu tun?« Sie fühlte, wie seine Hand zitterte, empfand, wie dieser große, starke Mann da vor ihr bis in die letzte Ader erfüllt war von ernstem Willen und heißem Wünschen. Sie löste ihre Hand aus der seinen, stand auf.

»Sie haben das angefasst, wie Ihr bestes Geschäft,« fuhr sie fort, »haben Ihren Plan gemacht und sind Ihren Weg gegangen. Nun sind Sie soweit – Sie haben mich in der Ecke, und ich sehe keinen Ausweg. Sie haben klug gehandelt und sehen wohl Ihren Vorteil.«

»Sollte ich nicht?«, flüsterte er.

»Doch! Doch!«, rief sie. »Nur – ...«

»Nur – was?«, verlangte er.

Sie sah glänzende Schweißperlen auf seiner Stirn, nahm ihr Tuch, wischte sie ab, fuhr ihm leicht mit der Hand übers Haar. »Oh, nichts«, sagte sie leise. »Gehen Sie jetzt, Parker Briscoe, ich muss ein wenig zur Besinnung kommen.

***

Mitten im Zimmer stand sie, blieb stehen auf dem Fleck, starrte minutenlang auf die Tür. Ging auf den Balkon, blickte auf den Platz und die Bäume in der mondscheinleuchtenden Sommernacht. Sah nichts, hörte nichts, versuchte zu denken. Da war ein Licht – ja, eine Laterne. Ein Mann stand darunter, wartete. Wie lange wollte er denn warten? Und worauf wartete er? Ob er in den Omnibus steigen würde – oder in die Straßenbahn?

Sie ging zurück ins Zimmer, setzte sich hin, stand wieder auf, schritt auf und nieder. In ihrem Hirn glühte die Erwartung – die Spannung, die sich angesammelt hatte durch viele Monate, sich zum Siedepunkt erhitzt hatte in dieser stillen, einsamen Zeit, seit sie zurück war in Europa.

Und nichts nun – nichts! Keine Wahl mehr und kein starker Entschluss...

War sie wirklich in die Enge getrieben? Gab es nichts anderes mehr, als die Hand des New Yorkers?

Freilich, sie konnte ihm absagen. Sie hatte genug Geld nun, konnte still für sich leben. Hierhin reisen und dorthin – einsam und allein. Sich sehnen und hoffen – worauf denn? Im besten Falle auf das, was sich heute ihr bot: einen Mann, der wie Briscoe war.

Wenn sie ihn nahm? – Sie würde in New York leben, würde im Sommer drei, vier Monate in Europa sein, Briscoe würde sie verwöhnen, jeden kleinsten Wunsch ihr erfüllen. Es würde Schwierigkeiten geben – kleinere oder größere – mit Gwinnie. Und zuweilen würde Jan auftauchen – plötzlich hereinschneien, ›guten Tag‹ sagen und wieder gehen.

Sie fühlte: das würden die hellen Tage sein, die sie ersehnte. Die würden kommen und schwinden – und sie doch so leer zurücklassen wie zuvor.

Eines wusste sie heute: Jan war ihr Leben und nichts sonst. Die Kindheit – ein Dämmerdasein in Wald und Feld, in Haus und Hof und Stall. Wenn die Ferien begannen, wenn der alte Jupp den Vetter nach Woyland kutschierte, dann erst begann das Leben. Nur um Jans willen warf sie sich fort an den Tiroler, für Jan büßte sie ein Jahr lang in der Klosterschule. Zu ihm fuhr sie nach Capri, zog mit dem Cavaliere in der Welt herum, in der stillen Hoffnung, ihn zu treffen. Weil er dasselbe tat, darum allein ward sie zur Spionin, ging hinüber nach Amerika, weil er dort war.

Nie hatte sie das bedacht, ganz unbewusst das alles getan und rein triebhaft. Aber sehr klar erschienen ihr nun die Zusammenhänge. Was hatte doch Jan einmal gesagt? ›Das ist das Unglück im Leben, dass man das Vorwort immer erst versteht, wenn man das ganze Buch gelesen hat!‹ Heute verstand sie das Vorwort – war das Buch ihres Lebens ausgelesen?

Langsam entkleidete sie sich. Wenn ihr Leben zu Ende war – wozu dann an Briscoes Seite lange Jahre noch und Jahrzehnte? War es nicht besser, Schluss zu machen, gleich und für immer? Sie hatte genug Veronal da, um drei Menschen einschlafen zu lassen zu langem Schlafe –.

Einen brennenden Durst empfand sie. Füllte ein Glas mit Wasser, trank. Spie es wieder aus – lau war es und schal. Sie schellte dem Kellner, sagte ihm durch die Tür, dass er etwas zu trinken bringen solle. Er schlug Tee vor oder Kaffee, Mineralwasser, Wein. Nein, nein, das wollte sie nicht – etwas Anregendes müsse es sein, einerlei was! Nur kalt, eiskalt. Und viel müsse es sein, sehr viel – durstig sei sie.

Der Kellner ging, sie hörte seine schlurfenden Schritte auf dem schweren Flurläufer. Sie riss die Tür auf, rief ihn zurück. Lief zum Schreibtisch, schrieb Jans Namen auf einen Umschlag. Nahm einen Bogen, schrieb darauf: ›Ich muss dich sofort sprechen!‹. Sie gab dem Kellner den Brief, trug ihm auf, ihn gleich abzugeben.

Nun wartete sie wieder. Wie der Mann da unter der Laterne, dachte sie. Auf den Omnibus, auf die Straßenbahn? Ah – auf irgendwas, das sie irgendwohin tragen sollte!

Nein, auf Jan wartete sie! – Was wollte sie denn von ihm?

Unbeweglich stand sie, schwer atmend in bebender Erregung. Der Vetter würde kommen – natürlich würde er kommen. Dann…

Es klopfte, sie rief: »Herein!« Plötzlich fiel ihr ein, dass sie im Hemd war – sie lief ins Schlafzimmer, zog den Kimono über.

Der Kellner war es. Eine große Karaffe stellte er auf den Tisch, ein Glas dazu und ein paar Strohhalme. Wünschte ›Gute Nacht‹, zog sich zurück.

Aufs Sofa setzte sie sich, schenkte ein. Führte den Trunk an die Lippen, stellte ihn wieder zurück. Keinen Tropfen trank sie. Wartete…

Wartete…

Wieder klopfte es. Jan stand im Zimmer. »Verzeih, Fundvogel,« rief er, »ich konnte mich nicht eher losmachen. Musste Whisky trinken mit Briscoe – der sieht den Himmel offen.« Er nahm das Glas, kostete. »Kalte Ente – sieh doch, eine Kalte Ente hast du dir machen lassen?! Das ist gescheit. Stoß an, auf deinen…«

Er unterbrach sich. »Was – ein Glas nur? Wolltest du den ganzen Sums allein trinken?« Er leerte das Glas, füllte es wieder und reichte es ihr.

Sie nahm es, vermochte es kaum zu halten, so zitterte sie.

»Meingott, was ist dir?«, fragte er. Setzte sich zu ihr, führte ihr das Glas an die Lippen, ließ sie trinken. Sie nickte ihm Dank; ihre Brust ging schwer, ihre Arme sanken herab. »Bist du krank?«, flüsterte er. Legte den Arm um sie, nahm ihre Hände, streichelte ihre Wangen.

Sie antwortete nicht, ließ ihn still gewähren. Wie wohl das tat, wie wohl!

Wie einem Hündchen sprach er ihr zu, »Wo tut's denn weh? – Das ist schon gut, das wird vorübergehen! – Trink, Tierchen, trink!«

Zwei große Tränen rannen aus ihren Augen, mehr dann und mehr. Er nahm ihren Kopf in beide Hände, küsste ihr die Tränen von den Wangen. Immer wieder führte er das Glas an ihren Mund – ließ sie trinken. Sie lächelte mitten im Weinen – das war Jan, dieser große Junge Jan! Das war seine Art zu Kranken: Küssen und Streicheln und Schmeicheln und immer wieder einen neuen Trunk!

Doch sie war nicht krank. War nur – …

Sie öffnete die Lippen, wie er verlangte, schluckte den kalten, süßen Champagnertrank. Sie sprach nicht, kein Wort sprach sie. Sie dachte: ›Jan – Jan – …‹

Aber nicht einmal diese kleine Silbe wagte sie laut zu sagen. Sie fühlte: dann war es aus, wenn sie sprechen würde. Dann würde er aufstehen, einen raschen Witz machen. Würde erleichtert aufseufzen, erklären, dass nun wieder alles gut sei, Gott sei Dank! Nur schlafen möge sie, recht tüchtig sich ausschlafen. Würde gehen, würde sie zurücklassen – allein.

Das war es, was sie befürchtete. Jetzt lebte sie, lebte: Jan war bei ihr.

An seine Brust sank ihr Kopf, leise schluchzte sie – ein rasches Beben lief durch ihren Leib. Er richtete sie auf, sah sie an. »Was – was ist denn?«, fragte er. Sie hielt seinen Blick durch ihre Tränen; ließ ihn nicht los. Sie fühlte, dass sie ihn hielt in diesem Augenblick, fühlte, dass er ihr eigen war. Verloren war er und nicht mehr er selbst, wenn er nicht lachen konnte – sein freies, stolzes, unverantwortliches Lachen.

Und sie fühlte auch, dass sie schön war in dieser Sommernacht:

einmal noch. Schöner noch durch die Qual, durch die Pein der Jahre und Monate, durch die wehen Schmerzen und all die Sehnsucht nach seinem Kuss. Leicht legte sie die Hände auf seine Schulter.

»Was ist denn?«, stammelte er. »Was ist denn?« Wie eine Larve fiel es von seinem Gesicht, wie ein Mantel von seinen Schultern – alle Beherrschung fiel und aller unabhängige Hochmut. Nackt saß er bei ihr und bloß – wie ein armer kleiner Junge, der die Mutter sucht.

›Jan –‹, dachte sie, ›Jan – …‹

Sehr verwirrt war er, fuhr sich mit der Hand über Stirn und Haare. Füllte das Glas zum Rand, goss es hinab; suchte nach Worten, fand nichts. Nur ihren Namen flüsterte er; »Andrea!«

Sie hob den Kopf, ein wenig nur, unmerklich fast – … Sie standen auf, wie im Traum – gingen ins Schlafzimmer, Hand in Hand.

***

Lange lag sie wach in der hellen Nacht. Richtete sich auf, immer wieder, blickte Jan an, der neben ihr schlief. Streichelte ihn, küsste ihn, Augen und Lippen. Und seinen Nacken küsste sie und Arme und Hände leise und sanft, dass er nicht erwache. Legte sich wieder, zog seinen Arm um ihre Schultern, schmiegte sich eng an ihn.

So ruhig atmete er, so still. Manchmal erschrak sie, lauschte, glaubte seinen Atem nicht mehr zu hören. Legte ihr Ohr auf seine Brust. Belauschte den Schlag seines Herzens, das Schwellen der Lunge.

Einmal regte er sich, wandte sich hin und zurück im Halbschlaf. Griff nach ihr, zog sie hin zu sich, schlang beide Arme um sie. So lag sie, still und glücklich – so schlief sie.

***

Mit einem Schrei fuhr sie auf. Sie hatte geträumt – wusste doch nicht was. Sie rieb sich die Augen, besann sich – blickte neben sich.

Leer war der Platz. Und die Stellen, wohin er achtlos seine Kleider verstreut hatte: leer.

Zum Zerspringen klopfte ihr Herz. Sie sah auf die Uhr – Mittag vorbei.

Dann, dann war er fort! Und sie war allein…

Mittag – ah; seit Stunden schon mochte er im Zug sitzen! Sie sprang auf, lief durch die Zimmer, suchte. Nirgends ein Zettel von ihm, nirgends ein paar kleine Worte? Ohne Abschied diesmal!

Sie wagte nicht zu schellen – da würde der Kellner kommen, würde ihr die Gewissheit bringen, dass Jan fort sei – wieder einmal. Mühsam schleppte sie sich zurück, fiel auf das Bett, saß da. Wozu aufstehen, wozu sich ankleiden – wozu das alles?

Sie lief zur Tür, als es klopfte. Ein Brief – und der Herr warte auf Antwort. Sie blickte auf den Umschlag – Briscoes Schrift. Sie las – ob er sie zum Lunch erwarten dürfe?

Sie ließ ihm bestellen, dass sie Tee mit ihm nehmen wolle – er möge sie abholen. Tee? Briscoe? Ah – Stunden noch Zeit und inzwischen – … Inzwischen würde sie wissen.

Gleich darauf schellte das Telefon; sie wusste, dass es Jan war. Wusste auch, ganz sicher und ganz fest, was er sagen würde: Ja, dass er nun gehen würde.

Sie nahm das Telefon ab, hörte, was er sprach. Fuhr auf, froh und dankbar: Er möchte sie noch einmal sprechen, ehe er abfahre von München. Zu den ›Vier Jahreszeiten‹ möge sie kommen, mit ihm frühstücken.

So ging er doch nicht ohne ein Wort…

Sie wusch sich, fuhr in die Kleider. Lief über die Hintertreppe hinunter, zum Seitenausgang, um Briscoe nicht in die Hände zu laufen. Rief ein Auto an, sprang hinein. Sie lächelte still vor sich hin. Wenn er nur winkte, flog sie zu ihm – aber wann, wann winkte er? Hörig, dachte sie, bin ich ihm! Hörig, sexuell hörig? Sie schüttelte den Kopf. Was lag ihr daran, heute und je? Ein paar Küsse nur, ein paar liebe Worte – was brauchte sie mehr! Seine Seele wollte sie, nichts sonst. Die er mit Füßen trat, verleugnete und verbarg. Diese Knabenseele, die kein Mensch kannte auf der Welt, keiner außer ihr.

Doch einer – vielleicht! Die Großmutter – die mochte darum wissen, die alte Frau auf Woyland. Die mochte ahnen, wie es aussah in ihm.

Nur – nie würde sie ihm helfen können. Sie, die genau so war wie er, die sich gab wie Granit so hart, damit niemand sehn sollte, wie warm und weich ihr ums Herz war.

Sie saß bei dem Vetter, fuhr ihm leicht über die Hand. Er zog sie nicht zurück, duldete ihre Liebkosung und erwiderte sie. Lachte nicht. Schweigend saßen sie.

Endlich begann er, »Wenn du nicht sprechen willst, so muss ich wohl reden.«

»Was soll ich dir sagen?«, antwortete sie. »Es ist, wie es immer war und immer sein wird: du wirst gehen und wirst mich zurücklassen. Ich liebe dich – und du liebst mich nicht. Ist es nicht so?!«

Er schüttelte langsam den Kopf. »Nein, nicht ganz so. Schau, Andrea, ich hab dich geliebt und tu's heute noch. Soweit mir Liebe möglich ist. Das ist's. Ich kann nicht geben, was nicht in mir ist.«

Sie dachte: ›Weißt du denn, was da ist – in dir? Oh, du willst es nicht wissen!‹

»Siehst du, Fundvogel,« fuhr er fort, »ich muss frei herumschwimmen. Und man kann nicht zu zweit schwimmen – es geht nicht. Für eine Weile wohl – so vom Woylandufer bis Emmerich, weißt du. Aber nicht auf die Dauer, nicht für immer und ewig: da muss man halten, muss man bleiben und sesshaft werden. Und ich will nicht verknollen!«

»Was willst du nicht?«, fragte sie.

»Verknollen!«, lachte er. »Ein hübsches Wort, nicht? Ich will dir erklären, wie ich das meine. Da schwimmen im Meer nette Tierchen herum, Seescheiden nennt man sie. Von den niederen Tieren sicher die höchsten, von den Wirbellosen die, die schon so etwas wie ein Rückgrat haben. Fast wie Fische sind sie, tummeln sich und freuen sich ihres Lebens. Aber es sind nur die Jungen, nur die Larven; wenn sie älter werden, besinnen sie sich auf ihre gute Bürgerlichkeit. Sesshaft werden sie, setzen sich fest, verlieren Gesicht und Gehör und das Höchste, was sie haben, den Rückenstrang und das Nervenrohr. Dafür scheiden sie brav Zellstoff aus, bilden damit einen Mantel, verklumpen und verknollen – sitzen da als dumme Knollen und scheußliche Klumpen ihr Leben lang. Das macht: alt sind sie nun und sesshaft. Verstehst du das? Ich will kein knolliger Klumpen werden – solange ich's kann, will ich eine junge Larve bleiben, die frei umherschwimmt im Meer!«

Sie sah ihn an – keine Falte in dem rotgebrannten Gesicht. Frisch und leuchtend das Auge, elastisch jede kleinste Bewegung.

»Du wirst nie verknollen, Jan,« sagte sie, »du nicht! Ein Genie bist du!«

»Lach mich nur aus,« rief er, »höhne nur! Ich fühl's doch so, wie ich's sage.«

»Kein bisschen Hohn«, antwortete sie. »Ich mein's ganz ehrlich. Was ist denn Genie anderes als die Fähigkeit, sich jung zu fühlen? Du wirst eine freie Larve bleiben und immer ein Junge. Darum graust dir vor allem Sesshaften und allem, was bindet und festhält – weil das das Alter ist. Graust dir auch vor mir, weil ich alt bin oder werde!«

Ohne Bedenken sagte er, schnell und leichthin: »Ja, so ist es.«

Sie presste ihre Hände zusammen. Dachte: ›Wenn du nur wüsstest, wie grausam du bist!‹ Sie sagte: »Ich aber soll nun verknollen. Parker Briscoe heiraten und sehr sesshaft werden.«

Er seufzte leicht, nickte: »Ja, Fundvogel, das wird wohl das Beste für dich sein – du bist nun einmal eine Frau. Schade, dass du das andere nicht magst.«

Sie fuhr auf: »Nicht magst? Habt ihr mir nicht gesagt, du und Briscoe, dass es nicht geht? Dass ich hundert Jahre zu früh auf die Welt gekommen sei für diese Geschichte? Dass kein Arzt und kein Gelehrter sich herantraue, dass nur ein gewissenloser Scharlatan...«

»Ach, dies dumme Wort!«, unterbrach er. »Von Leuten der Wissenschaft erfunden, von trocknen Gelehrten, die sich einbilden, sie verständen was, weil sie Mäusedreck von Pfaffen unterscheiden können! Ich sage dir, Fundvogel, mancher Scharlatan hat mehr geleistet als Dutzende ernster Männer, deren geschultes Auge nicht rechts sehen will und nicht links, Paracelsus war auch ein Scharlatan, Mohammed war einer und Moses. Aber sie fühlten, fühlten! Balle dein Empfinden zusammen, dein tiefstes Gefühl – alles erreichst du damit!«

»Tut das deine Hexe?«, rief sie. »Tut das deine Ärztin in Thüringen?«

Er wiegte den Kopf. »Ich glaube, dass sie's tut«, erwiderte er. »Besessen ist sie, wird nicht eher Ruhe geben, bis sie ihr Opfer unter dem Messer hat.«

»Und ich soll dies Opfer sein?«, rief sie. »Ist das dein Ernst, Jan? Wie groß ist die Möglichkeit, dass sie Erfolg hat? Eins auf hundert vielleicht!«

»Nein,« antwortete er, »nicht einmal. Eins auf tausend, wenn's hoch kommt.«

Sie rang nach Worten. »Und du – du, Jan – du rätst mir…«
»Lass doch, Andrea,« sagte er, »wozu drüber reden, wenn's dich aufregt? Wenn du's nicht bist, wird's eine andere sein. Seit zwei Monaten quält mich dieser Gedanke, ich habe ihn durchgesprochen, wieder und wieder, mit allen Leuten, die je sich den Kopf darüber zerbrachen. Jetzt reizt es mich – und ich will nicht nachgeben. Glaub mir, ich werde schon jemanden finden, der auf den Handel eingeht.«

Sie starrte ihn an. »Würdest du es tun, Jan, an meiner Stelle? Auf den einen Treffer hin unter tausend Nieten?«

Er besann sich nicht. »Ja,« sagte er fest, »ich würde es tun.«

»Und dann,« verlangte sie, »was dann? Wenn es gelingen sollte – was dann?«

Er zog die Augenbrauen hoch, zuckte mit den Achseln. »Dann?«, wiederholte er. »Das ist doch völlig gleichgültig! Alles Erreichte ist gleichgültig, nur auf das Handeln kommt es an.«

Ihre Stimme bebte. »Aber ich handle ja nicht einmal! Ich liege da, stumm und wehrlos und blutend. Ihr handelt, ihr allein, du und die Metzgerin.«

»Nein,« sagte er, »du irrst dich! Als der Herrgott im Paradies den Adam operierte, ihm eine Rippe herausnahm und daraus die Eva formte, da freilich hatte es der Patient leicht genug. Er schlief und träumte; als er aufwachte, war alles in bester Ordnung – nicht einmal eine Narbe war zu sehn. Aber das Kunststück kann keiner nachmachen, und dich wird kein Herrgott operieren – ein armseliger Mensch nur ist es, der aus der Eva heut einen Adam schaffen will. Die Kunst aller Ärzte aber ist einen Pappstiel wert – wenn der Kranke nicht hilft, ihnen und sich selbst. Wollen muss er und wieder wollen, mit Seele und Leib, darf nichts anderes mehr sein als nur ein einziger, starker Wille zur Gesundung. Bewusst oder unbewusst – das ist Handeln genug.«

Ihre Arme sanken herab, schwer schlug ihr Kopf auf die Tischplatte. »Mein Jesus Barmherzigkeit!« stöhnte sie.

Da lachte er höhnisch: »So ist's recht: dreihundert Tage Ablass! Geh ins Kloster zurück und bete, verdien dir das Fegfeuer ab!«

Sie richtete sich auf, biss in die Lippen. Fragte heiser: »Wo wohnt sie?«

»Wer?«, gab er zurück. »Die Reutlinger? Heilanstalt Ilmau bei Barmstädt in Thüringen. Was geht's dich an?«

»Das weißt du gut!«, sagte sie. »Ich fahre hin, heute noch.« Und sie dachte: ›Weil du es so willst, mein Gott, weil du es so willst.‹

***

Andrea saß auf ihrem Bett im Schlafwagen. Die Maschine zog an; leicht und ausgeglichen rollten die Räder auf den Schienen, sangen immer denselben Rhythmus, der langsam anschwoll, sich mit zwei Doppeltakten scharf unterbrach, dann wieder schwoll, um endlich müde und traurig abzuklingen.

Langsam entkleidete sie sich, zog den Kimono über – verschwommen leuchtete die rote Seide im Schein der kleinen Nachtlampe.

Sie hatte Briscoe nicht mehr empfangen an diesem Tag; mochte der Vetter sehen, wie er mit ihm fertig würde. In ihrem Zimmer war sie geblieben, hatte auf kein Klopfen geantwortet, noch auf den Ruf des Telefons. Fuhr dann zum Bahnhof, saß in dem Zug, der sie hinaustragen sollte – hinaus – zum Schlachthof, dachte sie. Und sie lief von selber hin, wie es das Vieh tat. Wie die Hammel, wie die Rinder – nein, gelehriger noch als die. Die gingen langsam und widerwillig, angetrieben von rohen Knütteln der Treiber. Sie aber fuhr, so schnell es nur ging, mit eignem Willen und auf eigene Kosten – ein sehr folgsames Schlachttier war sie.

Sie blickte sich um – rot war die Wolldecke, die über ihrem Bett lag, rot die Vorhänge am Fenster, an der Tür. Rot lag zu ihren Füßen der billige Teppich, rot wirkte in dem schwachen Lichtschein die polierte Holzbekleidung der Wand und der Waschtoilette, die Mahagoni vortäuschen sollte. Sie fühlte, wie dies Rot sie umfing, fühlte auf der Zunge den süßlichen Geschmack roten Blutes.

Der Rhythmus des Zuges sang ein Lied dazu. Was sang er doch?

Andrea dachte nach. Sie kannte dies Lied, hatte es oft vor sich hingesungen – wo nur und wann? Ja doch – in einem Raum, der kaum größer war als dieser – in ihrer Gefängniszelle in Telsbury. Freilich, da war nichts rot, kein kleinster Fleck. Weiß waren die Wände gekalkt, weiß lag das Leintuch auf der weißgestrichenen Pritsche. Dort hatte sie das Lied gesungen – das war ganz sicher.

Sie sann, sann; sehr allmählich fiel es ihr ein. Die Musik zuerst – leise summte sie die. Die Musik – ja, die war deutsch, von Löwe war sie. Löwe? Das war doch der, der all die Balladen komponierte – dann also musste es eine Ballade sein.

Und jetzt fand sie es. Sah sich wieder in ihrer Zelle sitzen, auf dem Bett, wie jetzt, ein Buch in der Hand, Alte schottische Lieder. Eines las sie, das sie einmal im Konzert hatte singen hören, eben die Ballade, die Löwe komponiert hatte. Die deutschen Worte hatte sie vergessen, aber die Musik klang ihr gut im Ohr. Und darum sang sie den alten schottischen Text dazu – damals in ihrer grabstillen Zelle.

Sie lauschte wieder auf den Rhythmus des Zuges. Sie brauchte nicht mehr zu suchen, wie von selbst formten ihre Lippen die blutwilden Worte:

»›Why does your brand sae drop wi' blude,
Edward, Edward?
Why does your brand sae drop wi' blude,
And why sae sad gang ye, O?‹
›O I hae kill'd my hawk sae gude,
Mither, mither;
O I hae kill'd my hawk sae gude,
And I had nae mair but he, O.‹«

Andrea stockte. Das war ein anderes – in Telsbury damals und jetzt. Hell und weiß damals, sehr einsam und still. Ihre Stimme nur, die sang, ihr Traum, der von der alten Sage träumte; Sie sah den wilden Edward, der mit triefendem Schwert in den Schlosshof kam, hörte die alte Mutter, die ihm zurief: »Wie ist dein Schwert von Blut so rot – wie traurig kommst du her?«

Irgendwo in Schottland geschah das, irgendwann in sagenferner Zeit.

Jetzt war es anders. Jetzt sang der Rhythmus, der den Raum füllte, und sie, Andrea, flüsterte nur die Worte dazu. Nicht in Schottland war es, vor aberhundert Jahren, war kein Sang und keine Sage; war hier und heute, war – sie selbst und das, was mit ihr geschah.

Wie ein blutiger Mantel klebte um sie der rote Kimono; sie riss ihn herunter, warf ihn zu Boden. Da leuchtete, rings in all dem Rot, ihr weißes Hemd. Die weiße Isa, dachte sie, Großmutters schneeweißer Islandfalke!

Sie begriff den Song nun: Edward, der blutige Mörder, das war ihr Vetter Jan und kein anderer; vor der alten Zentgräfin stand er mit gierigem Schwert. Aber nicht traurig antwortete er ihr: hochmütig lachend klang seine grausame Stimme:

»O – ich schlug meinen weißen Falken tot,
Mutter! Mutter!
O – ich schlug meinen weißen Falken tot,
War keiner so wie der! – O!«

Drohend und hart schallte sein dreifaches ›O!‹, krallte sich scharf in ihre Ohren und in ihr Hirn. Nein, keiner war wie der, keiner, wie die Falkin Isa, die Schwanenreiterin.

Sie aber, sie war die weiße Isa, die der Reiher durchstach und der Habicht in blutige Fetzen riss. *Sie* war Isa – und es war der Zentgräfin Hand, die nie und nimmer vergab und die sie jetzt noch traf, nach zwanzig Jahren noch. Darum, weil sie versagt hatte bei der Reiherjagd – und weil sie zum Falkner in den Wald gelaufen war am Tag Peter und Paul. Darum –

Darum jagte der Vetter sie nun zur Schlachtbank – darum trug er das blutschreiende Schwert und sang wild lachend zur Großmutter:

»Sic counsels ye gave to me, O!«

Ja sicher: die Großmutter riet's ihm. Und wenn ihr Herz darüber zerbrach, dennoch warf sie die weiße Isa dem Habicht zum Fraß vor. So war die Herrin auf Woyland – und so war Jan.

Andrea zitterte, fröstelte, nahm den Kimono wieder auf, hüllte sich hinein. Ihr armes Hirn schmerzte, Gedanken und Bilder verwirrten sich.

»Ich bin die weiße Isa«, flüsterte sie.

Und der Habicht wartete schon – die grausame Hilde, mit gierigen, gelben Augen. Die würde sie greifen mit den hässlichen, gelben Krallen, würde sie in Fetzen zerreißen.

Sie schlief nicht, sie legte sich nicht hin; saß die ganze Nacht aufrecht auf ihrem Bett. Frühmorgens erhob sie sich, als der Schaffner klopfte, zog sich an, stieg aus dem Zug.

Sie stand auf dem Bahnsteig – ein Träger neben ihr mit ihren Koffern und Taschen.

»Wohin?«, fragte der Mann.

Sie sah ihn an, blickte sich um. Wo war sie denn? Und wo wollte sie hin?

Eine Krankenschwester kam auf sie zu, sprach sie an. Andrea begriff, dass sie erwartet wurde, nickte hoffnungslos. Schwarz war die Schwester gekleidet, weiß gestärkt Haube und Kragen. Sah sie nicht aus wie eines der Englischen Fräulein? Wollte man sie wieder ins Kloster schaffen? Sollte dort –?

Die Pflegerin gab dem Träger ihre Befehle, nahm dann Andreas Arm. Führte sie über den Bahnsteig, die Treppen hinab durch die Unterführung und wieder hoch. Hin zu einem wartenden Zug – schob sie hinein.

Andrea starrte aus dem Fenster; es war sehr hell, doch konnte die Sonne nicht recht durch die Wolken kommen. Die schwarze Schwester sprach auf sie ein, fragte auch – es war Andrea, als ob sie in einer fremden Sprache rede, die sie nicht verstand. Sie gab sich große Mühe, begriff endlich eine Frage: Ob sie gut geschlafen habe im Schlafwagen?

»Ja, ja«, sagte sie tonlos.

Die Schwester warf ihr einen Blick zu, belästigte sie nicht mehr. Schweigend fuhren sie durch den Morgen. Zwei Stunden – drei Stunden; dann hielt der Zug. Die Schwester half Andrea beim Aussteigen, führte sie sehr sorgsam. Vor dem Bahnhof stand ein großes, geschlossenes Auto; sie half ihr hinein. Wellig war die Straße, hinauf ging es und wieder hinab. Wiesen sah sie und dunkle Laubwälder.

Dann ein Tor und einen Garten mit weißen Kieswegen, hohe Rhododendronsträucher zu beiden Seiten.

Der Wagen hielt; ein Gebäude reckte sich auf, weiß gestrichen. Glyzinen rankten hoch, hie und da hing noch eine blaue Traube im Laub. Vorne auf dem Rasen stand ein mächtiger Seifenbaum, über und über bedeckt mit weißen Blüten. Der Baum sang – tausend Bienen und Wespen summten und surrten in den Zweigen.

»Unser Sanatorium«, erklärte die Pflegerin.

Andrea versuchte sich aufzurichten, sie kam halb hoch, sank wieder zurück auf den Sitz. Die Schwester fasste sie unter die Arme, hob sie auf. Behutsam half sie ihr aus dem Auto, führte sie die breiten Stufen hinauf in das Haus. Andrea stand in der großen Diele, blickte umher; verschwommen nur erkannte sie die Gegenstände – Ledersessel, große Blattpflanzen. Dann hörte sie oben ein paar Türen – rasche Stimmen. Sie schaute auf – eine Galerie, von der sich eine breite Treppe herunterwand. Und über den dicken, dunklen Läufer dieser Treppe lief etwas, huschte – nein, flog es nicht?

Dicht bei ihr nun stand eine Frau, nickte leicht mit dem Kopf, sagte etwas.

Diese Frau wirkte noch kleiner, als sie war; die Brust war eingedrückt, die Schultern nach vorn gezogen. Sie warf den Kopf weit zurück, um zu Andrea aufsehen zu können. Sie trug ein graugelbes, enganliegendes Strickkleid, das kaum die Knie bedeckte; Strümpfe und Schuhe hatten denselben Ton. Doch hatte sie lange Ärmel, die bis an die Hände reichten, schmutziggelb krallten sich die dünnen Finger heraus. Das gestutzte Haar war ungepflegt, wucherte über Hals und Ohren, hing über die Stirn. Es war einmal weizenblond gefärbt, nun zeigte es am Scheitel wieder dunklen Nachwuchs. Grau war das Gesicht, schmal und klein die blassen Lippen, doch wenn sie lächelte, sah man über den großen Zähnen das violette Fleisch. Scharf und spitz hakte die mächtige Nase heraus, eng daran klebten die Augen, runde, hellgelbe Augen.

Sie stellte sich vor: »Dr. Reutlinger.«

Andrea flüsterte: »Dr. Reutlinger – Dr. Hilde Reutlinger.«

Die Ärztin schüttelte den Kopf: »Hilde? Nein, Hella Reutlinger heiße ich.«

Andrea stand da, regungslos, vermochte den Blick nicht abzuwenden von diesen gelben Augen. Eine Bewegung war darin, wie ein Rollen war es. In die Irre liefen ihre Gedanken. Hella? Nein, nein, der Habicht Hella war nicht mit auf der Reiherbeiz – die grausame Hilde war es, die die Isa zerriss, die Hilde!

Eiskalt war ihr, ein heftiger Schüttelfrost fasste sie und eine jämmerliche Angst. »Hilde, wisperte sie, »es war die Hilde!«

Dann sah sie, wie diese Frau langsam den Arm hob; wie Krallen schoben sich die Finger vor. Sie berührte sie, leise nur, mit Fingerspitzen und Nägeln.

Da schrie Andrea auf, schwankte.

Im Augenblick war die schwarze Schwester bei ihr, gab ihr zärtlich den Arm um den Leib, stützte sie.

»Bringen Sie sie in ihr Zimmer«, sagte die Ärztin.

Andrea ließ sich führen, quer durch die Diele und die Treppen hinauf. Noch einmal hörte sie diese scharfe Stimme: »Sie ist übermüdet – übermäßig erregt. Nun ja, das ist begreiflich – es ist keine Kinderei, dieser Entschluss! Geben Sie ihr Allional, Schwester!«

Andrea zuckte zusammen, hing auf den Schultern der Pflegerin, die sie schleppte und zog. Über die Galerie nun und durch einen langen, breiten Flur.

Eine Tür öffnete sich.

Jemand entkleidete sie, jemand zog die Vorhänge zu an den Fenstern. Man legte sie zu Bett, schob ihr Heizkissen hinein. Man hielt ihr ein Glas an die Lippen, und sie trank. Eine Hand legte sich auf ihre Stirne, kühl und hart. Leise Schritte hörte sie, dann schloss sich die Tür.

*   *   *
*   *
*

KAPITEL VIII

DER HABICHT HELLA.

Ah, que ce monde est rempli d'enchanteurs!
Je ne dirai rien des enchanteresses.

Voltaire, La Pucelle d'Orleans, Chant XVII

Jan Olieslagers kam zum zweiten Mal in den Brixener ›Elefanten‹. Er rief sofort das Krankenhaus an; erfuhr dort, dass Dr. Fallmerayer immer noch nicht zurück sei – in den nächsten Tagen erst erwarte man ihn. Jan seufzte; so musste er wieder warten. Er ließ sich die Zimmer geben, die er schon früher hatte, nicht im Hotel selbst, sondern drüben im Marzarihause, nach dem Garten zu.

Die Bedienerin begrüßte ihn: »Wieder zurück in Brixen?« Sie war sichtlich erfreut – nun war doch ein Gast da, Ende Oktober, nun würde dies Nebenhaus, das sie betreute, noch länger offengehalten werden.

Jan hieß sie Feuer anlegen, dann seine Koffer auspacken.

»Vergessen Sie nicht, Frau Gasser,« sagte er, »alle paar Stunden das Krankenhaus anzurufen. Nach Dr. Fallmerayer fragen! Ich muss ihn sprechen, sowie er zurückkommt.«

Vier Uhr erst – und schon war die Sonne herab hinter den Bergen. Er setzte sich, stand wieder auf. Was er nur machen sollte in dieser verhexten kleinen Stadt.

Er lief durch den Garten; es fiel ihm ein, dass er zum Schloss Hanstein hinaufgehen könne; seine Freunde würden lachen, ihn so schnell wiederzusehen, nach drei Tagen und einem halben. Er ging über die Wiesen, kam zur Zinggenbrücke – oder doch an die Stelle, wo die einmal gewesen war. Wie er das nur vergessen konnte in der kurzen Zeit: diese Brücke hatte doch der Eisack heruntergespült, vor zwei Wochen erst – er hatte selbst dabeigestanden und zugeschaut.

Geschah ihnen schon recht, den Brixenern! Die anderen Brücken standen fest und gut, die Adlerbrücke, die Rothbrücke und die große Doppelbrücke über Eisack und Rienz, trotz aller Wut der wilden Bergwasser. Freilich; die hatten guten Schutz, jede einzelne bewachte der Heilige Nepomuk. Auf der Zinggenbrücke aber erhob sich ein Kruzifix – vor dem hatten die Fluten keinen Respekt, das hatten sie heruntergerissen und weggespült – nun lagen die Stücke irgendwo unten im Bozener Gries.

Geschah ihnen schon recht, den Geistlichen Herrn und Bürgern von Brixen! Über tausend Jahre fürstbischöflicher Erziehung und noch so kindlich naiv, einem Christusbild Brückenschutz anzuvertrauen. Weißgott, unser Herr und Heiland Jesus Christus ist gewiss gut für die ewige Seligkeit und die Erlösung der sündigen Welt – aber was versteht er von Brücken und Flutgefahr? Die soll man einem Spezialisten überlassen, und da ist keiner besser als Johannes von Pomuk, der von der Prager Karlsbrücke, dem der böse König Wenzel die Zunge ausriss.

Er schritt über die Landstraße auf Neustift zu, langsam erst, dann schneller und schneller. Hielt ein, blieb stehen – warum eilte er denn? Er hatte gar nichts zu tun, Zeit, soviel er wollte – was lief er also?

Er zog die Schultern hoch, lachte. ›Laufjunge!‹, dachte er. ›Darum lauf ich, weil ich nun Laufjunge bin. So behandelt mich dies Weibsstück und nicht anders.‹

Dies Weibsstück – das war Dr. Hella Reutlinger. Sie gab ihm keine Ruhe, benutzte ihn ohne Bedenken.

Gewiss, er hatte sich selbst angeboten, hatte ihr erklärt, dass er alles tun und besorgen würde in dieser Angelegenheit, jede Schwierigkeit aus dem Wege räumen. Nur: *Sie* hatte nun die Zügelführung und nicht er; sie ordnete an, sie befahl; ihm blieb nichts übrig, als aufs Pünktchen das auszuführen, was sie wünschte. – Wenn das jetzt noch möglich wäre – hätte er ihr am liebsten den ganzen

Krempel hingeworfen, hätte verzichtet auf die Durchführung eines Gedankens – zum ersten Mal im Leben.

Freilich – das ging nicht mehr. Die grundlegenden Operationen waren gemacht: es gab kein Zurück mehr.

***

Einen Tag nach Andrea war er in Ilmau eingetroffen. Die Ärztin empfing ihn, zitternd vor Eifer, entwickelte ihm in jeder Einzelheit ihre Pläne. Er sah seine Base nicht; die Ärztin erklärte, dass sie das nicht wünsche, Jan begriff: sie hielt ihre Beute und wollte sie nicht loslassen. Das war ihm nicht unangenehm – was hätte er auch mit Andrea sprechen sollen? Nur quälen würde er sie.

Aber am Abend kam Briscoe, der wollte sich nicht abweisen lassen. Jan drückte sich, strich im Park herum, kam immer wieder an den weit offnen Fenstern vorbei – hörte die erregten Stimmen des Yankees und der Ärztin. Auf eine Bank stieg er, sah in dem hell erleuchteten Saal die beiden voreinander stehen – zum Sprung bereit. Jedes Wort verstand er: Briscoe kämpfte mit Gründen, die ihm unwiderstehlich schienen, bot mehr noch und mehr. Jan staunte: fantastisch waren die Ziffern. Ganz sicher: diesem Mann war es ernst mit seiner Liebe, er scheute vor keinem Opfer zurück.

»Nennen Sie selbst Ihren Preis!«, rief der New Yorker.

Aber diese kleine, hässliche Frau war standhaft. »Und wenn Sie das Vermögen der Rockefellers hätten und das der Carnegies und Vanderbilts noch dazu,« zischte sie, »Sie werden mich doch nicht kaufen! Ich pfeife auf Ihr Geld. Ich will der erste sein, der das fertig bringt, aus einer Frau einen Mann zu machen, das will ich – und alles andere ist mir egal.«

Briscoe riss sich zusammen, blieb noch immer ruhig. »Und wenn es misslingt?«, rief er. »Wenn die Patientin zugrundegeht – oder zeitlebens zum Krüppel wird – was dann? Können Sie mir bürgen für den Erfolg?«

Die Ärztin zuckte die Achseln. »Bürgen? Womit denn? Mit

meinem Wort, mit meinem Vermögen? Das nutzt Ihnen doch nichts. Wenn es misslingt – nun, dann haben wir eben verspielt, sie, ich und Sie auch! Was mich betrifft, werde ich sicher nicht jammern, werde andere Menschen finden, werde neue Versuche machen. Was aber Sie beide dann machen – darüber mögen Sie sich selbst den Kopf zerbrechen.«

Briscoe ergab sich nicht. »So fangen Sie doch gleich mit anderen an, Fräulein Doktor!« rief er. »Ich werde Ihnen herschaffen, was Sie haben wollen; wir werden genug verzweifelte Menschen finden, Männer wie Frauen, die sich gegen gute Bezahlung für Ihre Versuche hergeben.«

Sie schüttelte den Kopf. »Möglich,« sagte sie, »bei Ihren Mitteln und bei der Tüchtigkeit Ihres Freundes Olieslagers zweifle ich nicht daran. Aber Sie können lange suchen, bis Sie ein Objekt finden wie Ihren Schützling. Ich habe sie untersucht – wundervoll gewachsen ist dieser durchtrainierte Leib, fehlerlos vom Zeh zur Fingerspitze. Und gesund in jedem Organ – da ist Widerstandskraft, die schon einen Stoß vertragen kann. Nie im Leben werde ich solch prachtvolles Material wieder bekommen: es ist eine Lust, mit der Frau zu arbeiten.«

Der Yankee rieb verzweifelt seine Hände, riss sie dann auseinander – am liebsten hätte er die Ärztin erwürgen mögen. »Diese Lust wird Ihnen vergehen!«, schrie er. »Eine Schwindlerin sind Sie, eine Betrügerin: davor werde ich Sie bewahren, dass Sie auch noch zur Mörderin werden! Ich werde mit der Polizei telefonieren, werde Anzeige erstatten – da sollen Sie im Gefängnis Zeit genug haben, über Ihre Mordgelüste nachzudenken.«

Keinen Schritt wich die Jüdin zurück. Die hängenden Schultern hoben sich, strafften sich zurück, aber Hals und Kopf schoben sich noch mehr vor; es war, als wolle sie einhacken auf den großen, schweren Gegner. Ihre schmalen, blutleeren Lippen spitzten sich, ein feuchtes, säberndes Pfeifen kam heraus. Dann lachte sie, zeigte das lange, gelbe Gebiss und das hässliche, zurückweichende Zahnfleisch.

»Immerzu, immerzu, Herr!« spuckte sie. »Da steht das Telefon – rufen Sie doch! Die Gendarmen werden mir höchst willkommen sein, mein Haus von Ihrer lästigen Gegenwart zu befreien. Es wird mir ein Vergnügen sein, ihnen dies kleine Schriftstück vorzulesen.«

Sie griff in die Tasche, zog einen Bogen heraus, entfaltete ihn. Las mit lauter, gellender Stimme, las, dass sich Andrea Woyland einverstanden erkläre mit allem, was geschehen sollte. Dass sie auf ihren Wunsch und aus eignem freien Willen zu Dr. Hella Reutlinger gekommen sei, dass sie alle Möglichkeiten kenne und wohl bedacht habe, für ihre Person jede Verantwortung übernehme und im Falle eines Fehlschlages keinerlei Vorwürfe noch Ansprüche erheben wolle.

»Ist sie nicht mündig?«, zischte die Ärztin. »Ist sie nicht ihr eigner Herr?« Sie hielt ihm das Papier unter die Nase. »Lesen Sie doch – ist das ihre Unterschrift – ja oder nein?«

Briscoe wand sich, krümmte sich, als habe ihn ein tiefer Faustschlag auf die Nieren getroffen. »Das – das haben Sie erschlichen!«, stöhnte er.

Sie drang auf ihn ein, wehte ihm den weißen Bogen im Gesicht herum, »Mein Assistenzarzt war dabei, als sie unterschrieb,« gellte sie, »der und zwei meiner Pflegerinnen!«

Der Amerikaner wich vor ihr zurück, wankend, Schritt um Schritt, ließ sich endlich auf einen Stuhl fallen, »Das – das…«, versuchte er.

Aber er kam nicht weiter. Sie klatschte in die Hände, rief laut ihren Leuten. Der Chauffeur kam herein, gleich darauf ein paar Schwestern.

»Führen Sie den Herrn hinaus,« befahl sie, »er wünscht sogleich abzufahren.« Triumphierend ging sie mit langen Schritten aus dem Zimmer.

Durch das Fenster hatte Jan diese Szene genossen, als ob sie ihm auf der Bühne vorgespielt worden wäre; er war entzückt, hätte am liebsten der Ärztin laut Beifall geklatscht. Er stieg herab von seiner Bank – nun erst fiel ihm ein, wie sehr er selbst beteiligt war an diesem Spiel. Er seufzte, lief wieder durch den Garten, entschloss sich schließlich, ins Haus zu gehen.

Er fand den Amerikaner immer noch auf dem Stuhle, bleich, stier vor sich hinstarrend, »Hallo, Briscoe!«, rief er ihn an.

Der starke Mann zuckte zusammen. Erkannte ihn endlich, richtete sich mühsam hoch, rang nach Worten, »Well – well,« begann er, »ich hab das Treffen verloren. Aber ich geb's nicht auf – der Kampf wird weitergehen.«

Gequält klang es, hoffnungslos fast – und doch getragen von einem zähen, hartnäckigen Willen.

»Recht so!« ermunterte ihn Jan. Er warf das so hin, dachte sich nichts dabei. Aber, im selben Augenblick fast, hatte er ein Gefühl, als dürfe er ihn nicht im Stich lassen, müsse ihm helfen, mit ihm kämpfen um Andrea, Seite an Seite mit ihm – und gegen die gelbe Tigerin.

Schweigend fasste er seinen Arm, führte ihn hinaus zum Auto. Er schob den Führer zur Seite, nahm selbst das Steuer, jagte durch die Nacht. Was denn? War er, Jan Olieslagers, nun auch so weit wie Briscoe? Hatte auch er Angst vor seinem eigenen Mut?

Er überlegte. Des Yankees Gedanke war es – der kaufte Andrea, wollte einen Mann aus ihr schaffen, ein Spielzeug für die Launen seiner Tochter. Dann – verliebte er sich, bereute, wollte alles ungeschehen machen.

Da aber war *er* es, Jan, der das Spiel weitertrieb, sie hineinjagte ins Schlachthaus. Bereute er auch, was er getan? War er auch verliebt in diese Frau? Jetzt, plötzlich, nach all den Jahren?

»Links! Links!«, schrie der Chauffeur, »Sehen Sie den Wagen nicht?«

Ein mächtiger Holzlaster vor ihnen – hinten baumelte an einem Baumstamm ein armseliges Laternchen. Jan warf das Steuer herum, war vorbei im nächsten Augenblick. Nichts war geschehen, nur das Schutzblech war verbogen und der Lack herunter.

Sie kamen nach Barmstädt, stiegen ab im ›Goldenen Schwan‹. Es gab keinen Whisky; Jan bestellte Burgunder, ließ Briscoes Glas nicht leer werden. Sie saßen durch die halbe Nacht; der New Yorker trank und schwatzte, machte immer neue Vorschläge, wie er den

Klauen der Ärztin ihr Opfer entreißen wolle. Jan ließ ihn reden, brachte aber die Stichworte; hetzte ihn auf, gab seinen Rat. Steigerte sich mehr und mehr hinein, ergriff die krausen Gedanken des halb Trunkenen, machte Pläne daraus, verteilte die Rollen. Ereiferte sich, wurde warm – meiner Seel', es würde eine Wonne sein, der Hexe von Ilmau einen Streich zu spielen!

»Lassen Sie mich nur machen, Briscoe,« rief er, »wir werden ihr die Bude zumachen. Werden Andrea herausholen, diese Woche noch, morgen schon, ehe ihr ein Haar gekrümmt ist!«

Er sprang auf, am liebsten hätte er gleich das Auto genommen, wäre zurückgefahren noch in der Nacht. Beim Henker – hatte er nicht ganz andere Dinge zustande gebracht als das? Hinein ins Haus und ein paar Türen aufreißen. Eine schreiende Frau auf die Arme heben – hinunter die Treppen…

Fest überzeugt war er, dass er's schaffen könne und – würde. Er sah sich, wie er die Schwestern zur Seite stieß, wie er durch den Garten lief, dem Yankee die Frau ins Auto warf. Wie er dastand, die Hände in den Hosentaschen, laut der zeternden Ärztin ins Gesicht lachte.

Briscoe griff seine Hand, drückte sie fest. »Thank you,« lallte er, »thank you, brother!«

Jan fuhr zurück, machte sich los. Bruder nannte ihn Briscoe – Bruder? Was war er denn, der ihn so nennen durfte – und wer war es? Ach – einer aus New York. Irgendjemand nur – und ganz sicher ein Fremder! Was hatte der damit zu schaffen? Dies war ein Spiel zwischen ihm nur, ihm und Andrea, seiner Base, seiner Schwester und Geliebten. Ihm gehörte sie und keinem sonst: sein Ding war sie, sein Geschöpf, seine Puppe, – nach seinem Belieben mochte er sie hupfen lassen! Er erschrak fast – woher kam ihm plötzlich dieser Gedanke? Er setzte sich wieder, überlegte. Er war gewiss nicht betrunken, kaum angeregt war er. Oder doch; nicht mehr als gewöhnlich – hatte ihm nicht die Großmutter einmal gesagt, dass er eigentlich immer trunken sei?

Das, das mit Andrea, das mochte schon so sein – das war wohl so.

Nur; er hatte nie darüber nach gedacht, jetzt erst trat es, unvermittelt und stark, in sein Bewusstsein. Dann aber, wenn sie seine Sache war, warum hatte er sich durch all die Jahre kaum um sie gekümmert? Flüchtig mit ihr gespielt nur, wenn ein Zufallswind sie ihm her blies, sie wieder vergessen, sowie er ihr den Rücken kehrte? Und warum erwachte jetzt, jetzt plötzlich, in ihm das Empfinden; mir gehört sie und mir allein?

Er begriff; weil man sie mir nehmen will, darum, darum allein! Wie ein altes Trödelstück war es, das in seiner Wohnung herumlag, in der Wohnung, die er auf Wochen nur sah, alle paar Jahre einmal. Ein spanischer Dolch vielleicht oder ein eiserner Buddhakopf aus Birma – so ein Ding, das er einmal hergeschleppt hatte, das nun da lag und Staub sammelte, alberner Kram, Zeug, das vielleicht ein paar Erinnerungen weckte, wenn er's grade zur Hand nahm. Das er achtlos wieder beiseite schob und jedem lachend geschenkt hätte, der ihn darum bat. Nun aber bekam es plötzlich Wert für ihn, da ein Fremder es rauben wollte; nun war es sein Eigentum, war kostbarer Besitz, den er verteidigen musste.

Nein, diese Jüdin sollte nie und nimmer das haben, was ihm gehörte und ihm allein!

Er stand auf, ging hinaus, rüttelte den verschlafenen Pförtner.

»Das Auto!« rief er. »Ich will sogleich fahren.«

Der Mann sah ihn missmutig an, »Halb fünf!«, brummte er, »Alles schläft. Warum haben Sie nicht Gestern Abend…« Er ging doch mit, aus dem Haus in die Dämmerung. Sie kamen zum Schuppen, weckten den Chauffeur; der zog sich langsam an. Sie zogen den Wagen heraus, ölten, füllten Benzin ein.

»Bleiben Sie nur da«, rief Jan, »Ich werde allein fahren, kenne schon den Weg.«

Ein Fenster öffnete sich, man rief seinen Namen. Ach, der Amerikaner – den hatte er ganz vergessen. Er antwortete ihm nicht, winkte nur mit der Hand, sprang auf, griff das Steuer.

Frisch und kühl war der Morgen; ihn fröstelte, wie der Frühwind ihm die Haare zauste. Er stoppte, zog den Ledermantel des Chauffeurs über, der neben ihm lag. Ein Hase lief vor ihm her, schlug einen Haken den Graben hinab. Dann sah er, im Busch zur linken Hand, ein paar neugierig äugende Rehe. Er wusste, dass er abbiegen musste bei einem kleinen Haus am Waldrand, aber er fand das weiße Haus nicht, war gewiss vorbeigefahren. Er kehrte um, suchte, fuhr wieder zurück, stellte fest, dass er auf falschem Weg war. Endlich traf er ein paar frühe Feldarbeiter, fragte nach dem Weg. Sieben vorbei war es, als er vor dem Sanatorium hielt.

Er blickte sich um, die helle Sonne lachte über dem Garten. Ein alter Gärtner beugte sich über ein Rosenbeet, hinten sah er ein paar Frauengestalten, die zum Park gingen. Er stieg die Treppen hinauf; die Tür stand offen, so trat er ein. Eine Schwester kam vorbei; er sprach sie an, verlangte die Ärztin zu sehen. Wenn sie noch schlafe, solle man ihn dennoch melden; er würde warten, bis sie aufgestanden sei.

Er schritt auf und nieder in der Diele, ging zum Fenster, blickte hinaus. Nach wenigen Augenblicken schon kam die Schwester zurück: Fräulein Doktor lasse ihn bitten. Sie führte ihn die Treppe hinauf, klopfte an einer Tür, ließ ihn eintreten.

Licht brannte in dem Zimmer, eng verschlossen waren die Vorhänge. An dem großen Schreibtisch, dicht bedeckt mit Papieren, Büchern und Zeitschriften, saß Hella Reutlinger, hässlich und gallsüchtig – in demselben gelben Strickkleid, das sie gestern Abend getragen hatte.

»Ich dachte mir, dass Sie heute früh kommen würden,« begrüßte sie ihn, »nehmen Sie Platz.«

Stickig war die Luft, verbraucht und schlecht.

»Sie haben die ganze Nacht über der Arbeit gesessen, Doktor?«, begann er. »Sind nicht zu Bett gegangen?«

Sie sah ihn an, fragte scharf zurück: »Sie vielleicht?«

Er zuckte die Achseln – was ging sie das an, ob er geschlafen hatte oder nicht? Er ging zu den Fenstern, riss sie weit auf, zog die Jalousien hoch. Drehte das Licht aus, kam zurück zum Schreibtisch. Grausam hässlich sah diese Frau aus, aschfahl und übernächtigt. Schwere Säcke hingen unter den Augen; gelb und grau verschwammen die Farben der Haut; es schien, als ob eine staubige Kruste darüber läge. Schmutzig waren ihre Hände…

Sie fing seinen Blick, lachte hell. »Das ist nun so – was wollen Sie? Bei mir und bei Ihnen auch. Ob man die Nacht über Bücher durchwälzt oder Auto fährt – schmutzige Finger bekommt man, so oder so.«

Er hob seine Hände – schwarz waren sie von Öl und Staub. Er wollte sprechen, sie unterbrach ihn. »Sie brauchen sich nicht zu entschuldigen, bei mir nicht. Wollen wir erst baden? Es sind genug Badezimmer im Hause, in zwei Minuten können Sie in die Wanne steigen.«

»Nein,« sagte er, »ich will gleich wieder fort. Bin nur gekommen, meine Base abzuholen.«

Sie machte eine Bewegung. Diesmal schnitt er ihr das Wort ab. »Geben Sie sich keine Mühe, Doktor, lassen Sie das schöne Schriftstück ruhig liegen, das Sie gestern Abend Briscoe vorlasen: es macht gar keinen Eindruck auf mich. Ich will sie haben – gleich jetzt. Und ich werde sie mitnehmen, mit oder ohne Ihre gütige Erlaubnis. Das ist alles.«

Sie schwieg, sah ihn lauernd an. Fuhr nicht auf, rührte sich nicht.

Sie antwortete endlich, langsam und ruhig. »Gleich? Jetzt gleich? – Aber bitte sehr! Gehen Sie doch selbst, um sie zu holen – den Gang hinunter, die vierte Tür. Oder warten Sie: Sie wird noch nicht wach sein. Ich werde eine Schwester schicken, dass sie aufstehen soll und sich ankleiden. Wollen Sie die Freundlichkeit haben, auf die Schelle zu drücken – dort neben der Tür.«

Jan Olieslagers erhob sich, machte einen Schritt zur Tür hin.

»Warten Sie einen Augenblick«, hielt sie ihn fest. Sie suchte auf dem Tisch, nahm den Bogen mit der Erklärung Andreas, reichte ihn ihm. »Da – nehmen Sie! Zerreißen Sie's, es hat keinen Wert Ihnen gegenüber.«

Er nahm das Papier, steckte es unschlüssig in die Tasche. »Sagen Sie mir, Dr. Reutlinger,« versuchte er, »woher dieser plötzliche Umschwung? Gestern Abend noch…«

Ihre Finger trommelten auf dem Tisch, ihre Stimme nahm wieder die heisere, schartige Schärfe an. »Umschwung? Und Sie, Sie? Sind Sie nicht anderer Ansicht geworden über Nacht? Immer dasselbe, Herr Nachbar, Sie und ich! Schmutzige Finger und ein Bad nötig – was? Nicht aus den Kleidern die Nacht über! Gestern Feuer und Flamme für einen großen Gedanken und zwölf Stunden später in den Rinnstein damit! Was scheren wir uns drum, wir zwei, was wir gestern dachten!«

Ihr Hohn triefte ihm ins Gesicht, klebte fest, mischte sich mit dem öligen Autostaub.

Sie öffnete eine Schublade, nahm eine Flasche Kölnisch Wasser heraus. Goss ihr Taschentuch voll, rieb sich über Hände und Gesicht. »Da, nehmen Sie,« krächzte sie, »das ist zwar kein Bad, aber doch besser als gar nichts – für uns beide.«

Er wollte ihren Arm zurückstoßen, nahm dennoch die verlockende Flasche. Tat wie sie, wusch das Gesicht und die Hände – erfrischend war es.

Die Ärztin beobachtete ihn, jede kleinste Bewegung. »Warum soll ich Ihnen nicht sagen,« fuhr sie fort, »weshalb ich unseren Plan aufgebe – jetzt erst, in dieser Minute? Ganz einfach – weil Sie nicht wollen. Ich kann's nicht allein, brauche jemanden, der mir hilft, der mir Dinge tut, die so leicht kein anderer tun kann und will. Sie könnten es, lieber Herr, Sie sollten mein Partner sein. Ohne Sie bin ich aufgeschmissen – in diesem Land und zu dieser Zeit. Ich will Ihnen auch sagen, warum Sie mir nicht helfen wollen: weil Sie heute Nacht Ihre schöne Verwandte verkauft und verkuppelt haben – darum! Weil Ihnen die Dollarscheine des Yankees lieber sind, als das Glück dieser Frau. Meinen Sie, ich wüsste nicht, wie es steht um Ihre Base Andrea? Sie hat mir gewiss nichts davon gesagt, aber man braucht kein Psychiater zu sein, um lesen zu können in dieser wunden Seele. Sie liebt Sie, Herr, Sie allein – ekelt sich vor dem anderen. Sie aber schieben die Willenlose dem Amerikaner ins Bett – als seine Dirne, seine Geliebte oder Frau, – gleichviel! Lassen sich gut dafür bezahlen – meine Glückwünsche!

Sagen Sie doch – was verdient man, so in der großen Welt, als Zuhälter?«

Er krampfte die Hände zusammen, würgte. Diese Frau war kein Mensch mehr, ein Tier war sie, eine Bestie. »Sie lügen«, schrie er. »Sie lügen!« Seine Stimme überschlug sich, ein Kreischen kam aus seinen Lippen, dann ein Husten.

Aber plötzlich, ohne Übergang fast, lachte er. Setzte sich hin, schlug die Beine übereinander. »Beim Geier, Doktor, das wäre Ihnen gelungen um Haaresbreite! Fast hätte ich Ihre Beschimpfungen Ernst genommen. Ist Ihnen nun wohler, seit Sie den giftigen Geifer ausspien? Haben Sie Ihre Rache dafür, dass ich die schönen Träume Ihrer sensationellen Experimente, Ihres welterschütternden Ruhmes in Scherben schlage? Dass ich Ihnen die Vorschußlorbeeren von den gelb gefärbten Locken reiße?«

Sie zuckte zusammen, unwillkürlich fuhr sie mit der Hand an den Kopf. Sie schnalzte mit der Zunge: »Die Haare? Sie haben recht, ich werde sie frisch färben müssen. Wird auch nicht viel meiner Schönheit helfen – aber was tut man nicht alles für seine lieben Mitmenschen? Jedoch irren Sie, wenn Sie glauben, dass Sie meine Pläne vernichten. Ich hätte es tun können – mit Ihnen und mit der Frau, die Sie mir brachten und wieder nehmen, hätte es heute tun können und hier. Aber ich werde es auch ohne euch fertigbringen – noch in diesem Jahr vielleicht. Wenn ich Ihnen unrecht tat, wenn Sie mir nicht um des Geldes willen die Frau wegnehmen, um sie Briscoe zu geben, der Ihnen gewiss jeden Preis dafür bezahlt, nun, dann habe ich Sie eben überschätzt. Dann ist es nichts weiter als bürgerliche Angst, jämmerliche Feigheit! Denn diese Frau ist durch Sie zerbrochen – und Sie, Sie sind der Letzte, der ihr das Leben schenken will, das sie ersehnt. Leugnen Sie doch, wenn Sie können.«

Jan Olieslagers wand sich unter ihren Hieben. War es nicht wahr, war es nicht genau so, wie sie sagte?

Er wich ihr aus, sagte tonlos: »So suchen Sie doch Menschen, die mutiger sind!«

Sie ließ ihn nicht aus, betonte: »Sind wir also einig soweit? – Die mutigen Menschen – die fand ich heute Nacht. In Russland wohnen sie.«

Er war froh, dass sie ablenkte, fragte rasch: »In Russland?«

Sie nickte, griff ein paar Zeitschriften vom Tisch. »Die Russen brachen mit allen gefühlsseligen Bedenken und allem übersinnlichen Krimskrams. Da, lesen Sie, wenn's Ihnen Spaß macht. Moskau hat eine Expedition nach Afrika geschickt – wissen Sie, wozu? Um Menschen mit Affen zu kreuzen, mit Gorillas und Schimpansen – künstliche Befruchtung oder natürliche, wie's gerade geht. Gelingt's – und es wird gelingen! – dann wird dieser biologische Versuch stärker wirken, als alle anatomischen, embryologischen und serologischen Beweismittel zusammen. Noch beugen neunzig Prozent der Menschheit das Knie vor irgendeiner Gottheit, noch ist trotz aller Wissenschaft die Religion allmächtig. Wo aber bleibt sie, wenn die jähe Kluft, die nach biblischer Auffassung wie nach talmudischer und koranischer zwischen Mensch und Tier klafft, überbrückt wird? Nicht durch gelehrte Bücher, die kein Mensch liest, sondern durch lebendige Zeugen, Kreuzungen von Affen und Menschen, die in den Zoologischen Gärten jedermann bestaunen kann! Und der Moskauer Professor weiß, was er will – der alte Iwanow ist es. Das ist der, der die künstliche sparsame Spermainjektion in die Gestüte einführte, derselbe, der auch mittels dieser Arbeitsweise zwischen Arten, die sich normalerweise nie paaren können, Bastarde zustande brachte. So zwischen Ratten und Mäusen – die sind viel entfernter verwandt als Menschen und Affen, bei denen alle serodiagnostischen Verwandt-schaftsuntersuchungen positiv ausfallen.«

»Ach – Schnack!«, murmelte Jan. »Schnurren verstiegener Biologen.«

Sie lachte. »Ja, ja, alles ist Unsinn, was ihr nicht mit den Händen greifen könnt! Aber – erzählten Sie mir nicht, dass Sie die Rechte studiert hätten? Nun, wenn schon Juristen sich mit diesen Problemen beschäftigen, dann wird etwas mehr dran sein, was meinen Sie? Hier, schauen Sie; Deutsche Juristenzeitung vom letzten Dezember!

Ein langer Aufsatz darüber, wie man die Iwanowschen Lebewesen rechtlich fassen könne, diese Geschöpfe, die die Grenzen zwischen Mensch und Tier verwischen! Sind solche Halbmenschen ehefähig, erbfähig, vertragsfähig, besitzfähig? Wird man sie – kanonisches Recht! – taufen können, Herr Dr. iuris utriusque? Wie dem auch sei, Sie werden nicht umhin können, die verstiegenen Schnurren dieser Versuche bitter ernst zu nehmen. Man hätte sie längst vornehmen können – man war zu feige dazu; selbst heute noch beschränkt sich auch die fortgeschrittenste Wissenschaft auf das Tierexperiment und wagt es nicht, die Finger an den heiligen, den gottähnlichen Menschen zu legen. Nur die Russen gehen heran: Wie einst – lesen Sie doch die Bibel! – die Engel zu den Töchtern der Menschen herabstiegen, um mit ihnen ein neues Geschlecht zu züchten, so steigen heute Iwanow und seine Leute zu den Töchtern der Affen hinab. Die Russen wagen es, die allein; sie werden mir auch die Möglichkeit schaffen, meinen Traum zur Wirklichkeit zu machen: die Geschlechter zu tauschen, aus dem Mann eine Frau, aus der Frau einen Mann zu machen!«

Jan Olieslagers erhob sich, ging zur Tür, drückte den Schellenknopf und kam wieder zurück. »Ja, die Russen,« sagte er lächelnd, »die sind mutig. Die wagen's, die allein. Ich bin nur neugierig, was dabei herauskommt. Denn die Russen, wissen Sie, Ihre geliebten Russen – die sind nie Meister, immer nur entlaufene Schüler.«

Sie fuhr ihn an: »Und Sie glauben, mit solch alberner Bemerkung…«

Jan unterbrach sie. »Regen Sie sich nicht auf, Doktor. Ich rede das nur so nach – Kant hat's einmal gesagt!«

Sie sah ihn an, diesen großen, gut gewachsenen Mann da vor ihr, lächelnd und überlegen, elegant trotz der schmutzigen, abgetragenen Lederjacke des Chauffeurs, die er trug. Sie fühlte gut; diese grauen Augen kannten keine kleinen Bedenken, keine bürgerlichen Rücksichten, kannten sie so wenig, wie die Lust, mit Scheinen und Schecks die Brieftasche zu füllen. Sie fühlte, dass ihre Waffen stumpf waren, dass sie nicht einmal die Haut ihm ritzte.

Ein rasches Zittern überlief sie, verwirrt senkten sich ihre Lider. »Verzeihung«, wisperte sie.

Er kam näher, betrachtete sie neugierig. »Was ist es?« fragte er.

Sie flüsterte; »Warum denn – warum?«

Aber ein lautes Klopfen unterbrach sie; gleich darauf stand eine Schwester im Zimmer. »Fräulein Doktor wünschen?«

Sie richtete sich auf, riss sich zusammen. »Ja – ganz recht,« sagte sie, »gehen Sie auf Zimmer zwölf, Schwester, bestellen Sie…«

Sie vollendete den Satz nicht; Jan Olieslagers schnitt ihr das Wort ab. »Lassen Sie das noch, Schwester! Bringen Sie uns erst Kaffee, bitte – aber recht stark und recht heiß! Mit Ihrer gütigen Erlaubnis, Doktor – es wird uns beiden gut tun nach der durchwachten Nacht.«

Die Pflegerin nickte, ging hinaus. Es war, als ob der Ärztin frisches Blut durch die Adern strömte; im Augenblick gewann sie ihre alte Spannkraft wieder.

»Worauf warten Sie noch?«, fragte sie lauernd.

Er griff in die Tasche, legte das Schriftstück mit Andreas Unterschrift auf den Tisch. »Sie mögen es behalten«, sagte er.

Sie wiegte den Kopf, unsicher und gequält. »Und morgen,« verlangte sie, »morgen?«

Er zuckte die Achseln. »Ich stehe zu Ihrer Verfügung. Heute und morgen – solange, bis alles zu Ende ist.«

Sie nahm ein paar Bogen von ihrem Schreibtisch, reichte sie ihm hin. »Das habe ich heute Nacht ausgearbeitet – wollen Sie es für mich tun?«

Er nahm die Papiere, blickte auf die große, steile Schrift, schwer genug zu entziffern. Er begann zu lesen, stellte ein paar Fragen, die sie rasch beantwortete.

»Wollen Sie es tun?« wiederholte sie.

Er nickte.

Sie griff seine Hand, drückte sie fest. Er fühlte, wie heiß die ihre war, wie feucht und klebrig.

»So ist es abgemacht,« sagte sie, »fest abgemacht?!« Voll ruhte ihr Blick auf ihm, weich und dankbar; sie empfand wohl, dass sie ein großes Geschenk empfing. »Warum?«, fragte sie.

Er machte seine Hand los, zog die Lippen hoch vor ihrem bewundernden, fast verlangenden Blick. »Warum – ich weiß es selbst nicht«, sagte er langsam. Aber etwas riss ihn; rasch setzte er hinzu: »Doch ganz gewiss nicht um Ihrer Schönheit willen, Doktor Reutlinger.«

Sie zuckte zusammen, lachte dann auf, bitter genug: »Oh, das weiß ich wohl!« Sie beherrschte sich gleich wieder, fuhr fort: »Ich denke, Sie fangen heute schon an, Partner! Zunächst: Sie nehmen den Amerikaner auf sich, setzen es durch, dass er mich ruhig arbeiten lässt und nicht belästigt. Dann – wenn Sie den Mittagszug von Barmstädt nehmen, können Sie abends in Berlin sein.«

»Gut,« nickte er, »gut. Ich werde Sie auf dem Laufenden halten, werde schreiben oder drahten. Werde dann zurückkommen, Ihre weitern Befehle entgegenzunehmen.«

Wieder griff er ihre Hand, beugte sich rasch nieder, küsste sie. Hob den Kopf, sah ihr gelbes, triumphierendes Auge. Biss sich in die Lippen, ging zur Tür und hinaus.

»Trunken bin ich,« murmelte er, »trunken…«

Die Schwester kam, trug ein großes Silberbrett in den Händen. »Der Kaffee!« lachte sie. »Stark und heiß!«

Er griff ein Glas Wasser, leerte es hastig. Er sah, wie sie versuchte, mit dem Ellbogen die Klinke zu drücken; öffnete die Tür für sie, ließ sie eintreten.

Ein Schluchzen drang an sein Ohr – da stand vor ihrem Schreibtisch Hella Reutlinger. Ihr Leib flog, ihre Hände schlugen auf den Tisch; Tränen strömten aus ihren Augen, ein hysterisches Schluchzen und Stöhnen schüttelte sie. Dann fiel sie zurück in ihren Stuhl, warf Kopf und Brust auf den Schreibtisch, aufgelöst in wehem Weinen.

Langsam schloss er die Tür, ging die Treppe hinunter.

* * *

* *

*

Kapitel IX

Von Doppelgängern und von der Heiligen Kümmernis.

Vorahnungen sind die Augen der Seele.

Napoleon I.

Jan Olieslagers schritt über die Eisackbrücke, dann durch die Neustifter Klause. Aus dem Wirtshaus kam ein Mann heraus, lang, dünn und schmalbrüstig. Beide stutzten, betrachteten einander unter der hellen Laterne – wer war das noch? Sicher kannte er ihn – und der Fremde schien dasselbe Empfinden zu haben. Sie blieben stehen, eine halbe Minute lang musterten sie einander. Dann murmelte der Herr ein verlegenes ›Verzeihung‹, wandte sich zum Gehen. Jan lachte, ging weiter, bog nach rechts hinauf, Schloss Hanstein zu.

Komisch, das war ihm nun schon ein paar Mal geschehen in dieser stillen Stadt Brixen, als er das letzte Mal hier war, vierzehn Tage lang vergeblich auf Dr. Fallmerayer wartete: immer lief er jemandem entgegen, den er sehr gut zu kennen glaubte und der dennoch ein völlig Fremder war.

Warum es nur gerade dieser Arzt sein musste, den er nach Ilmau schaffen sollte, der und kein anderer? Aber Hella Reutlinger bestand darauf: keiner habe mehr Erfahrung, keiner kenne sich so aus, wenn es sich um Symbiose handle. Und Symbiose, mein Gott, Symbiose zwischen zwei Menschen – wer sonst könne das durchführen in diesem schwierigsten Fall?

Immer noch ging der Eisack hoch mit gelben Bergwassern;

mochte es oben ruhig fließen, unten hörte man das Reiben und Knirschen rollender Steinmassen. Unwillkürlich griff Jan an sein Herz – war da nicht dasselbe Empfinden, tief innen? Ein Schieben, Rollen und Knirschen…

Ob die Ärztin wohl auch dies unstete Gefühl hatte, das nicht aufhören wollte? Und ob es wohl Briscoe hatte, der jetzt wieder drüben war in New York? Dies Empfinden: es rollt und rollt, und kein Gott im Himmel vermag es mehr aufzuhalten…

***

In Ilmau damals – Benzin hatte er aufgefüllt, war zurückgefahren nach Barmstädt. Diesmal fand er leicht seinen Weg; fuhr langsam und still. Er überlegte, was er dem Amerikaner erzählen sollte, erfand eine Geschichte nach der anderen und warf sie fort. Seine Fantasie ließ ihn im Stich; nichts fiel ihm ein, das glaubwürdig und einleuchtend erscheinen wollte.

Aber ein Zufall kam ihm zu Hilfe. Briscoe stand am Fenster, als er beim Gasthof vorfuhr, begrüßte ihn mit einem lauten: »Hello!«

Er winkte ihm, sprang aus dem Wagen, ging zur Tür und stieg die Treppe hinauf. Der New Yorker lief ihm entgegen, hielt ihn fest. »Allein?«, fragte er hastig. »Allein?«

Jan nickte; er fasste den vor Erregung Zitternden unter den Arm, führte ihn ins Zimmer zurück. Aber Briscoe ließ ihn nicht los, klammerte sich fest an ihn, presste eng seinen Arm.

»Zu spät also?«, stöhnte er. »Sprechen Sie doch, Herr, sind Sie zu spät gekommen?«

Jan begriff im Augenblick die Gedanken des anderen. »Zu spät.«, nickte er.

Da brach der Yankee los. »Jesus Christus! Jesus Christus! Oh, ich wusste es doch! Die Teufelin hat noch in dieser Nacht – ah, gleich als wir weg waren! Ein Vieh bin ich, ein Idiot! Mich von ihr bluffen zu lassen, von ihr und dem blöden Zettel, den sie ihrem Opfer abrang! Gleich hätte ich, gleich – Jesus Christus!«

Er ließ Jan los, wankte mit schweren Schritten durchs Zimmer. Blieb dann stehen, schlang die Hände ineinander, rieb sie, als wolle er die Haut herunterscheuern.

Jan sah ihn an. »Pilatus,« murmelte er, »Pilatus!«

Briscoe horchte auf. »Was sagen Sie?«

»Pilatus! wiederholte Jan. »Sie waschen Ihre Hände in Unschuld. Reiben Sie nur tüchtig!«

Heftig riss der New Yorker die Hände auseinander, schob sie dann in die Hosentaschen, als könne er ihren Anblick nicht ertragen. »Was – was?«, stöhnte er.

»Nun ja,« lachte Jan, »ist's nicht so? Aber wenn Sie den römischen Statthalter spielen, bin ich Kaiphas, der Hohepriester. Das ist schlimmer, denke ich; von meinem Stamm ist das Schlachtlamm, von meinem Fleisch und Blut.«

Briscoe antwortete nicht, ging zum Fenster, starrte hinaus. Nach einer Weile wandte er sich; seine Stimme klang fest und ruhig. Doch Jan merkte wohl, wie er sich mühsam beherrschte, wie dieser starke Leib erbebte, wie seine Hand krampfhaft das Fensterkreuz umspannte.

»Was ist zu tun?«, stöhnte Briscoe.

Jan zuckte die Achseln. »Nichts«, erwiderte er. »Sie gaben mir das Gewehr, und ich schob die Patrone hinein. Einen sicheren Schuss aber hat auch der beste Schütze mit einer gut eingeschossenen Mauserbüchse nur auf vielleicht vierhundert Meter – und das auf die Scheibe, liegend aufgelegt und mit Zielfernrohr. Unser Ziel ist hundertmal so weit. Trotzdem schoss die Dame von Ilmau, schoss ins Blaue hinein. – Nun müssen wir abwarten, wie die Kugel fliegt. Vielleicht trifft sie dennoch ins Schwarze.«

Dumpf fragte Briscoe: »Wie lange müssen wir warten?«

»Oh, das geht nicht so schnell«, dehnte Jan. »Die Ärztin nimmt an, dass es einige Monate dauern würde nach dem ersten Messerschnitt – dann erst, wenn sich der Körper völlig erholt und gekräftigt hat, dann erst kann sie daran gehen, die eigentliche Trans…«

»Schweigen Sie, schweigen Sie!«, unterbrach ihn Briscoe. »Ich will nicht wissen, was da alles geschieht.«

»Verzeihung,« antwortete Jan, »ich glaubte ein größeres Interesse für Einzelheiten voraussetzen zu dürfen. Also gut – darnach wird es wieder manche Monate dauern. Aber so übers Jahr vielleicht dürften Sie Ihren Gedanken in helle Wirklichkeit umgesetzt sehen, dürften Ihrer Tochter den Schwiegersohn zuführen können. Vorausgesetzt natürlich – und diese Hoffnung ist unendlich gering – vorausgesetzt, dass alles gut geht. Sonst – ...«

»Was sonst?«, stöhnte der andere.

»Sonst brauchen wir eben nicht so lange zu warten«, sagte Jan. »Zwei Möglichkeiten – oder eigentlich eine nur: Sie stirbt entweder – oder sie steht vor der Gewissheit, zeitlebens ein verhunzter Krüppel zu sein; in dem Falle wird sie selbst ein wenig nachhelfen. Also Tod so oder so – Exitus letalis, wie die Mediziner sagen. Wenn nicht – eben ein Glücksfall auf tausend! – die Kugel dennoch ins Schwarze trifft.«

Er setzte sich, zeichnete mit den Fingern auf den Tisch.

Briscoe machte ein paar Schritte zu ihm hin. »Und tun – tun können wir nichts?«, stammelte er. »Helfen, meine ich."

»Helfen?«, wiederholte Jan. »Ich werde helfen, so viel ich kann. Das versprach ich der gelben Hexe, und ich werde mein Wort halten. Werde alles tun, was sie will, werde ihr heranschaffen, was nötig ist. Und es ist viel nötig, scheint es.« Er hob den Kopf, seine Augen leuchteten, wie trunken lallte seine Stimme: »Briscoe, Briscoe – ich glaube an diese eine kleine Möglichkeit! Ich glaube daran – oh, es muss gelingen, und darum wird es gelingen! Weil es so unmöglich, weil es so völlig absurd ist, gerade darum!«

Eine Sekunde schien es, als ob dieser Funke überspringen würde auf den anderen. Briscoe trat dicht an ihn heran, streckte ihm die Hand hin. Zog sie doch zurück im Augenblick, schüttelte schwer den Kopf.

»Ihr seid Fantasten, ihr Deutschen«, sagte er langsam. »Ihr wollt und wollt – und glaubt, dass euch alles gelingen müsse. Mit Gott und gegen Gott, gleichviel. Keine Grenzen kennt ihr – setzt euch hinweg über alles, was war und was ist. Hochmütig seid ihr – oh, im Geist nur, und grade die Besten von euch! – so weit fliegen eure Gedanken. Darum hasst man euch in der Welt, darum tritt man euch mit Füßen und zwingt euch in die Knie – euch zu zeigen, dass ihr doch nicht besser und klüger seid als andere Menschen.«

Jan wiegte sich hin und her. »Mag sein«, sagte er still, »mag sein. Aber deshalb werden wir uns doch nie ändern.«

Briscoe antwortete nicht. Nach einer Weile fragte er: »Wie ist die Telefonnummer des Sanatoriums?«

»Ich weiß nicht,« sagte Jan, »der Portier unten wird sie Ihnen geben. Warum?«

»Für meine Tochter«, gab Briscoe zurück. »Ich denke, dass Gwinnie anrufen wird.«

»Glauben Sie, dass das noch nützen würde?«, fragte Jan.

Der Amerikaner schüttelte den Kopf. »Nein, nun ist's zu spät dazu. Aber sie kann mit ihr sprechen, oh, ich weiß nicht...« Er unterbrach sich, sagte dann ruhig und geschäftsmäßig: »Gehen Sie zu Delbrück-Schickler in Berlin, die sind unsere Vertreter. Ich werde Ihnen dort ein Konto eröffnen lassen, auf Ihren Namen, Herr Olieslagers. Sparen Sie nicht, nehmen Sie das Beste von allem, was Sie für die Ärztin besorgen sollen. Auf diese Weise kann ich für mein Teil vielleicht dazu beitragen, dass dennoch, gegen alle Hoffnung...«

»Ich danke Ihnen«, rief Jan. »Aber ich fürchte, dass es Sie herzlich wenig kosten wird. Was wir brauchen, sind ein paar Leute der Wissenschaft und daneben eine Handvoll armer Kerle, die sich selbst verkaufen – nichts ist billiger in Deutschland zu dieser Zeit.«

***

Jan Olieslagers ging nicht hinauf nach Schloss Hanstein. Der Mond kam heraus, beschien hell seinen Weg auf halber Höhe. Oben hörte er das Johlen und Singen einiger Burschen, die zogen den Berg hinauf nach Eifas. Da würde jetzt ein grüner Buschen am Wirtshaus hängen – Heurigen gab's in der Torggelzeit. Er spürte ein rasches Verlangen, mitzugehen mit den jungen Burschen, mitzusingen und mitzutrinken. Doch stieg er hinab, ging über die Adlerbrücke und wieder hinein in die Stadt. Lief durch die Lauben, kam über den Domplatz; er hörte Klänge der Orgel, so trat er ein. Kein Gottesdienst; nur der Kantor übte – Haydn, Händel, Beethoven; Jan setzte sich: ein großer Künstler spielte da auf herrlichstem Instrument. Langsam gewöhnten sich seine Augen an die Dunkelheit. Nur wenige Kerzen brannten seitwärts in den Kapellen und in den Gängen. Still saß er und lauschte.

Dann hörte er leise Schritte. Ein altes Weibchen strich an ihm vorbei, durch den Seitengang, schlurfend und hinkend. Sie ging nach vorn, kniete nieder im Quergang, betete inbrünstig. Jan blickte hin – dort mitten in der Kirche hatte man, wie seine Vorgänger seit tausend Jahren, den letzten Fürstbischof beigesetzt. Vor zehn Tagen erst – Jan hatte den Leichenzug gesehen, in dem drei Erzbischöfe der barocken Karosse des Toten folgten, sechzehn Bischöfe und Äbte, viele hundert Geistliche, Mönche, Nonnen und endlich die ganze Stadt Brixen. Blumen lagen auf der Platte, die des Fürstbischofs Namen trug. Das alte Weib stand auf, nahm den Wedel, tauchte ihn in das Weihwasser – besprengte dreimal den heiligen Stein. Kniete nieder, betete, bekreuzte sich.

Wie sie zurückkam, humpelnd den linken Fuß nachschleifte, sah Jan ihr Gesicht – fuhr zurück. ›Das ist doch – das ist die alte Griet!‹, dachte er. Die von Woyland, die runzlige Hinkepote Griet, die Beschließerin, die das Leinenzeug unter sich hatte! Die mit allen lieben Heiligen auf du und du war, die alte Griet, die ihn pflegte und zu Bett brachte, wenn er der Großmutter Reitpeitsche zu kosten bekam.

Heftig schüttelte er den Kopf. »Dummes Zeug«, flüsterte er. Die Griet war ja längst tot, lag begraben im Kirchhof zu Kleve. Und dennoch drängte es ihn, aufzustehen, der Alten nachzulaufen, sie anzusprechen, ob nicht doch vielleicht…

Mit beiden Händen griff er die Bank, hielt sich fest. Da setzte die Orgel wieder ein – ah, Bachs Partita! Langsam lösten sich seine

Hände, hoben sich halbhoch die Arme, sanken lässig hinab. Und er trank, trank diese Töne – Stille dann. Ein paar Schritte oben auf der Galerie – das war der Orgelspieler, der fort ging. Jan saß noch eine Weile, stand endlich auf, ging zur Tür. Fand sie verschlossen, schritt wieder zurück. Im Quergang war die Seitentür offen, er ging dort hinaus. Tastete sich zurecht in dem hohen Gang, den kein Licht erhellte. Er fand eine offne Tür, trat hindurch, war in einer kleinen Seitenkapelle, die zwei Kerzen am Altar mühsam erleuchteten. Er blickte sich um; diese Kapelle hatte er früher nicht gesehen. Aber es war nichts Besonderes darin. Schlechte moderne Figuren und Altarbilder; die Wände bedeckt mit Votivtafeln – gestickt, gemalt und geschrieben. Glücklich Geheilte sprachen ihren Dank aus; der Heiligen Klara vom Kreuz für vergangenes Gallenleiden, dem Heiligen Erasmus für Leibweh, der Heiligen Radegundis für Krätze; einer auch dankte dem Heiligen Leonhard, der immer noch den Herren Ehrlich und Hata und ihrem Salvarsan sehr erfolgreiche Konkurrenz macht. Und immer wieder der Jungfrau Maria heiße Danksagungen, die waren für Seelenleiden, für Erfüllung geheimer Wünsche.

Beim Hinausgehen fiel sein Blick auf die Wand über der Tür. Farben sah er, verwischt und verwaschen. Er blickte genauer hin: alte Fresken, wie sie den Kreuzgang schmückten; er erkannte ein Kreuz: ein Bärtiger hing daran. Aber es war kein Christus – unter dem Frauengewand sah er deutlich Frauenbrüste. Unten links kniete ein buntrockiger Schelm; die gekreuzigte, schwarzbärtige Heilige hatte einen Schuh abgestreift, warf ihn dem armen Geigerlein zu. Mitten in der Luft schwebte der goldene Schuh. Ah, die Heilige Kümmernis war es!

Jan ging hinaus, tastete sich wieder durch den finsteren Flur, bog dann um die Ecke – im Kreuzgang stand er. Der volle Mond lag darüber, küsste die Bogen und Säulen. Er schritt rings herum – hinten war das Tor, das ihn zur Straße führte. Das war gewiss noch offen; sonst konnte er leicht den Museumspförtner herausklingeln, der dort wohnte. Ein leichtes Husten hörte er. Sah dann drei Schritte vor sich einen Mann auf der Brüstung sitzen; der lehnte leicht an der schlanken romanischen Säule – hell schien ihm der Mond ins Gesicht. Breitschulterig war er, groß und stark. Er wandte den Kopf, wie er Jans Schritte hörte, grinste, zeigte ein kräftiges Gebiss. Schob die Hände ineinander, begann sie zu reiben –

Jan blieb stehen, schaute ihn an.

»Briscoe?!«, rief er. »Wie in aller Welt kommen Sie denn hier her?«

Der Fremde schüttelte langsam den Kopf. »Sie irren sich, Herr.« Er richtete sich auf, grüßte leicht, schritt an ihm vorbei. Er schien plötzlich gewachsen – ungeheuer lange Beine hatte dieser Mann, wohl um Haupteslänge würde er Briscoe überragen.

Jan sah ihm nach – natürlich irrte er sich. Was war das nur, dass er immer wieder mit aller Bestimmtheit Bekannte zu sehen glaubte? Nie vorher war ihm das geschehen, und nirgends sonst in der Welt als in dieser traumwirren Stadt.

Er fand hinten das Tor offen, ging zurück zum Hotel. Sein Blick fiel auf die Uhr – zehn vorbei, so lange also hatte er im Dom gesessen? Er nachtmahlte; die Bedienerin kam, brachte ihm Nachricht, dass Dr. Fallmerayer zurückgekehrt sei; er würde heute Abend im Kaffeehaus sein und ihn dort erwarten. Jan nickte, beendete seine Mahlzeit, leerte seinen Schoppen – er war gut in diesem Jahr, der Elsässer Wein.

Er schritt hin und zurück durch das überfüllte rauchige Lokal – welcher Gast mochte der Arzt sein, den er suchte? Er fand einen Platz in der Ecke, bestellte einen Kirsch, fragte die hübsche Kellnerin nach Dr. Fallmerayer. Aber die kannte ihn nicht; seit drei Tagen erst sei sie hier als Saaltochter, sei von Bruneck gekommen.

Italienische Offiziere mit ihren Damen in den Nischen, hinten schwarzhemdige Faschisten an den Billards, andere knallten schmutzige Karten auf die Marmortische. Ein paar Schachspieler vorn, Brixener Bürger, die still rauchten und ihre Figuren rückten, nichts hörten von dem Lärm ringsum. Ein Herr, nicht weit von ihm, saß allein vor seinem Schachbrett, spielte mit sich selbst – sah dann auf, gerade als Jan zu ihm hinüberschaute.

Der vielleicht? – Aber nein! Wieder hatte er das Empfinden, als ob er diesen Menschen gut kennen müsse. Elegant sah er aus, war besser gekleidet als einer der Leute ringsum. Bleich, fast alabastern die Gesichtsfarbe, mandelförmig die dunklen Augen, ein wenig stechend. Eine kleine, schwarze Bürste auf der Oberlippe.

War das nicht der Fechtmeister? Der Levantiner? War er hergekommen in dies schöne Land mit der welschen Besatzung? Gewiss in recht zweifelhafter Eigenschaft…

Der Herr beobachtete Jan nicht weniger scharf. Lächelte dann mit raschem Entschluss, stand auf, kam her zu ihm. Er verbeugte sich leicht, sagte: »Hab ich die Ehre – Sektionschef Steiner aus Graz, nicht?«

»Nein, nein, lachte Jan, »aber Sie kennen mich gut, strengen Sie nur Ihr Gedächtnis an. Denken Sie an Capri, Cavaliere!«

»Cavaliere?«, wiederholte der Andere. »Capri? Ich war nie dort.«

Jan sah ihm gerade in die Augen. »Wirklich nicht oder wollen Sie nur nicht gern daran erinnert sein, Herr Ritter Della Torre? Oder – Herr Boris Delijannis, wenn Ihnen das lieber ist?«

Der Herr schüttelte bedenklich den Kopf. »Verzeihen Sie, das ist ein Missverständnis. Ich hielt Sie für einen Bekannten aus Graz. Was mich angeht – mein Name ist Fallmerayer.«

Jan fuhr mit der Hand über die Stirn. »Sie – Sie sind Dr. Fallmerayer?« stammelte er.

»Nicht zu leugnen,« erwiderte der Herr, »der bin ich. Chirurg, erster Assistenzarzt am Städtischen Krankenhaus – jedes Kind kennt mich in Brixen.«

»Diese gute Stadt Brixen hat erstaunliche Eigenschaften«, stellte Jan fest. »Hier wachsen die Doppelgänger wie Schwammerln beim Juliregen. – Aber gleichviel, Herr Doktor, Sie sind der Mann, den ich suche; seit drei Wochen bin ich hinter Ihnen her. Ich heiße Olieslagers, haben Sie meinen Brief erhalten?«

Fallmerayer nickte. »Vor vierzehn Tagen schon. Ich war auf Urlaub, da öffne ich keine Post; erst heute Abend habe ich Ihren Brief gelesen. Übrigens – spielen Sie Schach?«

»Ein wenig,« erwiderte Jan, »so für den Hausgebrauch. Aber wollen wir nicht lieber erst…«

Der Arzt ließ ihn nicht ausreden, holte das Schachbrett herüber, stellte die Figuren auf. »Rechts oder links?«, forderte er. »Wir können hinterher die Sache besprechen.«

»Links!«, rief Jan. Er zog Weiß, schob den rechten Läuferbauern vor, um Fianchetto zu spielen.

Diese schlechte Eröffnung schien seinem Gegner ungewohnt. Er stutzte, überlegte lange bei den ersten Zügen, fand sich nicht zurecht. Seine Gegenzüge waren schwach, sehr bald kam er in Nachteil, büßte eine Figur ein. Dann aber spielte er sehr zäh im Mittelspiel; es dauerte lange Zeit, bis er die Waffen streckte. Gleich verlangte er Revanche, spielte ein Evansgambit. Jan kannte es gut genug, gab mechanisch die richtige Fortsetzung.

Langsam leerte sich der Saal. Die Billardspieler legten ihre Queues fort, die Kartenspieler rechneten ab. Ein Tisch nach dem anderen wurde leer; die schwarzröckigen, weißbeschürzten Saaltöchter machten Kasse und wischten die Marmorplatten ab. Jan wurde ungeduldig – diese Partie konnte ewig dauern. Dennoch spielte er, so gut er konnte, versuchte nach besten Kräften, sich keine Blöße zu geben, obwohl er sah, wie sich des Gegners Stellung von Zug zu Zug verbesserte. Er versuchte ein Springeropfer, das unmittelbar die Entscheidung bringen musste, aber der Arzt lehnte es ab. Wohl fünf Minuten überlegte er diesmal; Jan betrachtete derweil seine langen, schmalen Hände. Frauenhände, alabasterfarben, sichere, beherrschte Hände, die jede schwierigste Spitzenarbeit spielend machen konnten – und jede noch so verzweifeltste Operation. Faszinierende Hände, von denen sein Blick sich nicht lösen wollte.

›Sie hat recht, die Reutlinger‹, dachte er. ›Der ist der richtige Mann!‹

Er riss sich los, als er am Zug war. Aber er fand keinen Ausweg, fühlte, dass er nicht mehr herauskonnte aus dem Druck des Gegners. Nur wenn der eine Dummheit machte, irgendein grobes Versehen – nein, nein, das würde er nicht tun. So gab er auf.

»Sie haben recht«, stellte Fallmerayer fest. »Sehen Sie, gleich nach den Eröffnungszügen hätten Sie Ihren Königsläufer statt nach…«

Jan unterbrach ihn. »Ja, ja, aber lassen wir jetzt die Analyse. Wenn's Ihnen recht ist, Herr Doktor, wollen wir zu unserm Geschäft kommen.«

Der Arzt nickte, zog Jans Schreiben aus der Tasche, entfaltete es. »Also Sie arbeiten mit der Reutlinger zusammen?«, begann er. »Nun, was Sie von mir wünschen, ist klar genug. Ich kann es machen, aber ich lehne natürlich jede Verantwortung ab. Es ist ein anderes Ding, ob ich Ratten und Karnickel zurechtschneide und wieder zusammenflicke, oder ob sich's um Menschen handelt. Ich verstehe, dass die Sache in jeder Weise vertraulich behandelt werden soll, für den ziemlich sicheren Fall nämlich, dass sie misslingt. Aber ich kenne die Reutlinger. Glückt's, so wird sie eine Mordsreklame damit machen; glückt's nicht, so kann sie dennoch den Mund nicht halten, wird in der oder jener Zeitschrift darüber schreiben. Und dann bin ich der Blamierte – denn schließlich ist mein Anteil dabei nicht der Geringste. Die Reutlinger ist reich – so soll sie wenigstens zahlen.«

»Fordern Sie nur«, antwortete Jan. »Damit Sie's wissen: Die Ärztin wird selbst bezahlt, und sehr hoch; freilich hat sie nur für den Fall eines vollkommenen Gelingens Ansprüche gestellt.«

»Da hat sie wenig Hoffnung«, meinte Dr. Fallmerayer. »Ich meinerseits kann mich nicht darauf einlassen.«

»Sollen Sie auch nicht«, sagte Jan. »Überlegen Sie, was Sie haben wollen, und stellen Sie Ihre Bedingungen – ich nehme sie an, ohne zu handeln.«

Der Arzt überlegte. »Fünf bis sechs Wochen wird die Geschichte gewiss dauern. Ich werde noch einen jungen Mediziner aus Wien mitbringen, der unter mir gearbeitet hat. Dann muss ich hier einen Vertreter stellen, ferner…«

»Nennen Sie eine Ziffer«, drängte Jan.

Zögernd kam es heraus: »Nun – zehntausend Mark – wäre das zu viel?«

Jan nickte. »Einverstanden! Reisen und Aufenthalt frei. Sollte die Sache gelingen, erhalten Sie eine besondere Belohnung von – sagen wir – hunderttausend.«

Der Arzt pfiff höhnisch. »Warum nicht gleich eine Million, wenn Sie sie doch nicht auszuzahlen brauchen!«

»Hunderttausend, sage ich«, wiederholte Jan. »Ich will Sie veranlassen, Ihre beste Kunst zu geben.«

»Die gebe ich immer«, antwortete der Andere ernst, »auch beim ärmsten Teufel, der keinen Heller zahlen kann.«

Jan zog seine Brieftasche heraus, füllte einen Scheck aus: »Hier, Herr Doktor, eine Anzahlung. Ich werde Ihnen unsere Abmachung morgen früh ins Krankenhaus schicken.«

»Es wäre mir lieber, wenn Sie sie selber bringen würden«, gab der Arzt zurück. »Wir können zusammen mit dem Chefarzt sprechen – dann gibt er mich leichter frei. Ich habe in den nächsten Tagen noch eine ganze Reihe wichtiger Operationen, die man mir getreulich aufbewahrt hat; Dienstag oder Mittwoch könnte ich frei sein.«

»Gut also«, nickte Jan. »Aber so schnell wird's nicht nötig sein: wir haben den Gegenspieler noch nicht – und diese Schachpartie wird man kaum ohne Partner spielen können.«

Dr. Fallmerayer schwieg; langsam, eine um die andere, legte er die Figuren in die Schachtel. Wieder starrte Jan auf diese herrlichen Hände.

»Sagen Sie mal, Doktor,« fragte er, »können Sie Kartenkunststücke machen?« Der Arzt sah auf.

»Ja,« bestätigte er, »damit hab ich mich schon als Gymnasiast beschäftigt. Warum?«

»Oh, kein Wunder,« meinte Jan, »mit den Händen da!«

Dr. Fallmerayer antwortete nicht, schwieg wieder, trommelte leicht auf dem Schachbrett. Plötzlich überflog ein schnelles Lächeln sein Gesicht, das rasche Aufleuchten eines Gedankens. Eine Genugtuung lag darin – vielleicht auch ein Hass. »Hören Sie,« begann er, »es ist möglich, dass ich den Mann habe, den Sie brauchen. Immerhin könnte man mit ihm sprechen. Er ist groß, stark und gesund – ein sehr schöner Mensch ist es.« Und jetzt, ganz deutlich, klang der

Hass in seiner Stimme gegen diesen – sehr schönen Menschen.

Jan fragte: »Wo ist der Jüngling?«

»Ich weiß nicht,« erwiderte der Arzt, »aber wir können das leicht feststellen. Tänzer ist er.« Er stand auf, ging an den Zeitungsständer, brachte ein paar Zeitschriften zurück. ›Das Programm‹, las Jan, ›Der Artist‹.

Dr. Fallmerayer blätterte – lange Seiten von Adressen fahrender Künstler standen da. Endlich fand er den Namen. »Hier haben wir unseren Mann!«, rief er. »Lesen Sie: Iffi und Ivo. Ab 1. September bis 31. Oktober Bad Homburg, ›Park-Hotel‹.«

»Und welcher von beiden ist es?« fragte Jan.

»Der Ivo«, lachte der Arzt, »die Iffi ist wohl seine Partnerin. Wenn wir den bekommen können – für seine neue Partnerin – dürfen wir zufrieden sein.«

$$***$$

Jan Olieslagers schlief lange am nächsten Tag. Er setzte die Abmachung auf, brachte sie ins Krankenhaus. Er sprach mit dem Chefarzt, der zunächst nichts von Urlaub wissen wollte. Doch verstand es Dr. Fallmerayer, ihn zu fassen; er regte an, dass man dem Krankenhaus ein neues Zeiss-Mikroskop stiften solle, das die bakteriologische Abteilung seit Jahren benötigte. Jan sagte es gleich zu, schrieb einen Scheck.

Er verabredete sich mit Dr. Fallmerayer für nächsten Mittwoch; fuhr für die Zwischenzeit nach Bozen und Meran. Fast eine Flucht war es; er scheute sich, in dieser Stadt herumzulaufen und immer wieder alte Bekannte zu finden, die dann völlig Fremde waren.

Nach Wochenfrist lief sein Zug in Brixen ein, genau am Mittag. Er blickte aus dem Fenster, sah sich nach Dr. Fallmerayer um, der zu ihm einsteigen sollte. Aber der Arzt war nicht da. Stattdessen kam ein junger Mann auf ihn zu, rief fragend seinen Namen. Als Jan nickte, sprang er in den Wagen und ins Abteil, griff hastig seinen Handkoffer und seine Tasche, reichte sie zum Fenster hinaus einem Träger.

»Das ist Ihr Gepäck, nicht?« rief er. »Was Sie aufgegeben haben, kann ruhig weitergehen; es wird uns am Brenner erwarten. Wir können erst mit dem Nachtzug fahren, lässt Dr. Fallmerayer sagen; er hat noch zwei Operationen heute.«

Sie stiegen aus. Jan ließ seine Sachen am Bahnhof. Er betrachtete seinen Begleiter; ein hübscher Bursch war's; blutjung, mit braunen Augen und Locken. »Sie sind also der junge Mediziner,« sprach er ihn an, »sind aus Wien – was? Sagen Sie doch, haben Sie schon Ihr Staatsexamen gemacht?«

»Vor zwei Monaten,« lachte der Junge, »ich bin froh, dass ich's hinter mir habe. Gestatten Sie: Preindl ist mein Name. Ich möchte mich auch gleich bedanken bei Ihnen – wie hab ich mich gefreut, als ich Dr. Fallmerayers Brief las! Ich bin nie herausgekommen aus Wien, müssen Sie wissen – und nun gleich zu solch einer Sache! Ganz herrlich ist's! Aber Sie wollen mich schon entschuldigen, ich muss gleich zurück zum Krankenhaus – soll bei der Operation helfen.«

Er grüßte, rannte weg mit langen Schritten, die über den Boden glitten, als ob er Ski laufe. Jan sah ihm nach – der wenigstens würde keine Unkenrufe ausstoßen: herrlich fand er diese Geschichte, ganz herrlich.

Langsam schlenderte er der Stadt zu. Schaute scharf jedem ins Gesicht, der ihm entgegenkam, suchte Ähnlichkeiten zu finden; aber diesmal schien niemand da zu sein, der einem Bekannten glich. Er kam zum fürstbischöflichen Palast, ging hinein, lief durch die Gärten. Dann fiel ihm ein, dass er zum Dom gehen könne, sich das alte Fresko der Heiligen Kümmernis bei Tage anzusehen. Er kam zum Kreuzgang – welch ein Unterschied jetzt, wo er in heller Oktobersonne glänzte! Langsam ging er hindurch, betrachtete eingehend die schönen Fresken der Wände. Dann betrat er den Gang, der zum Dom führte, doch fand er die Türe der Kapelle nicht. Er schritt wieder zurück, ging zu einer anderen Ecke des Kreuzgangs – aber da war kein Gang. Ein paar Mal lief er herum, dann wieder hinein in den Gang und zurück; das war doch lächerlich, dass er bei hellem Tageslicht die Kapelle nicht entdecken konnte, die er im Dunkeln spielend fand. Schließlich wurde ihm die Sache zu dumm; er stieg an der anderen Seite des Kreuzgangs die Treppe hinauf, die zum Diözesanmuseum führte. Er begrüßte den alten Museumsdiener, der hinter seiner Kasse saß.

»Hören Sie, Kinigadner,« rief er ihm zu, »lassen Sie sich ein paar Minuten von Ihrer Frau vertreten. Ich kann die Kapelle nicht finden, die zwischen dem Kreuzgang und dem Dom liegt; führen Sie mich bitte hin.«

»Welche Kapelle meinen Sie?« fragte der Kustos.

»Die zur rechten Hand des Ganges, der den Quergang des Domes mit dem Kreuzhof verbindet.«

Der Alte schüttelte den Kopf, »Da ist keine Kapelle.«

Jan fuhr auf. »Aber ich bin doch selbst drin gewesen, vor einer Woche erst. Es ist eine Josefskapelle, glaube ich. Nichts Besonderes drin, nur modernes Zeug und einige Dutzend Votivtafeln. Über dem Eingang ist ein Fresko, das mich interessiert – eine Heilige Kümmernis.«

Der Kustos sah ihn an, sperrte die Augen weit auf. »Lieber Herr, in ganz Brixen gibt's keine Heilige Kümmernis außer der, die im Museum hängt, oben im dritten Saal. Ein kleines Ölbild, vierzehntes Jahrhundert vermutlich. Aus dem Grödnertal soll es herkommen, aus St, Ulrich vielleicht.«

Jan ärgerte sich. »Zum Kuckuck, Kinigadner, Sie wollen mir doch nicht abstreiten, was ich mit eigenen Augen gesehen habe? Und Sie werden mir wohl zugestehen, dass ich eine Kümmernis von einem Ziegenbock unterscheiden kann. Vielleicht wissen Sie selbst nicht Bescheid über diese liebe Heilige!«

»Ich nicht Bescheid wissen!«, entrüstete sich der Kustos. »Ich, der ich seit vierzig Jahren nichts tue, als mich mit kirchlicher Kunst beschäftigen – den Heiligen möchte ich kennen lernen, dessen Geschichte ich nicht weiß! Die Heilige Kümmernis – die wunderschöne Tochter eines alten Heidenkönigs von Portugal war sie; heimlich wurde sie Christin. Der Vater wollte sie einem jungen König verheiraten, der auch Heide war – davon mochte die fromme

Jungfrau nichts wissen. Sie wollte überhaupt nicht heiraten, und erst recht keinen Heiden; sie wollte keusch bleiben und ihr Leben Jesu weihen, dem Bräutigam ihrer Seele. Aber ihr harter Vater lachte sie aus, sagte, dass sie am anderen Tage dem Heiden gehören würde, ob sie nun wolle oder nicht. Da betete die keusche Jungfrau viele Stunden lang, dass Jesus sie erretten möge vor der Schmach, die ihr drohte. Endlich ging sie zu Bett und schlief ein. Am anderen Morgen kam ihr Vater und mit ihm der heidnische Bräutigam. Sie fanden die fromme Jungfrau in ihrem Bett liegen, still schlafend – aber der Herr Jesus Christus hatte ein großes Wunder an ihr getan: in einen Mann hatte er sie verwandelt, einen langen schwarzen Bart ihr wachsen lassen. Da ergrimmte der wilde Vater, ließ ein Kreuz aufrichten im Hof seiner Burg und die eigene Tochter daran schlagen. So starb sie den Märtyrertod. Nun, lieber Herr, weiß ich was von der Legende der Heiligen Kümmernis?«

»Schön, schön, Papa Kinigadner, Sie kennen sich aus!«, ereiferte sich Jan. »Aber, dass die keusche Jungfrau aus Portugal eigentlich vom Nil stammt, das wissen Sie gar nicht, was? Dass sie Kumeris hieß und eine ägyptische Gottheit war? Eine, die mit ausgebreiteten Flügeln dargestellt wurde, Flügeln, die auf den Armen auflagen, so dass sie auf verwaschenen Wandbildern wie die Querbalken eines Kreuzes aussahen. Das war der Grund, warum sie aus ihrer Heidenwelt still ins Christentum hinüberschlüpfen konnte – wenn sie sich auch gefallen lassen musste, aus einer Gottheit zu einer simplen Heiligen zu werden. Aber das ist Gelehrtenkram, und Sie werden's mir doch nicht glauben. Also lassen wir den Zank. Führen Sie mich in die Kapelle, und ich werde Ihnen über der Tür die Heilige Kümmernis zeigen, die Sie nie bemerkt zu haben scheinen, so alt Sie auch sind – die liebe Heilige und ihr frommes Geigerlein, dem sie den Goldschuh zuwirft!« Er griff in die Tasche, zog ein blankes Zwanzigschillingstück heraus, schob es ihm hin.

Der Alte nahm es auf, betrachtete es lange. Wehmütig klang seine Stimme. »Österreichisches Gold, Gold aus Wien!«, murmelte er. »Wenn das auch bei uns wieder Kurs hätte!«

Er bedankte sich, stand auf, ging mit Jan die Treppe hinunter und über den Kreuzgang.

»Also woher kamen Sie?«, fragte er.

»Dort aus dem Dom heraus,« zeigte Jan, »dann durch diesen Gang zum Kreuzhof.«

»Und wo ist die Tür?«, verlangte der Alte. »Wo ist Ihre Kapelle?«

»Zur rechten Hand war sie,« beharrte er, »die Tür stand offen. Aber vielleicht bin ich durch einen anderen Gang gelaufen.«

Der Kustos schüttelte den Kopf. »Es gibt keine andere Verbindung zwischen Dom und Kreuzgang.« Er sah seinen Begleiter an; plötzlich schien er einen Gedanken zu fassen; listig blinkte er mit den kleinen Äuglein. »Sagen Sie mir doch,« fuhr er fort, »wann haben Sie denn die Kapelle gefunden und die Heilige Kümmernis?«

»Gestern vor einer Woche.«, stellte Jan fest. »Gegen sieben Uhr ging ich in den Dom, lauschte dem Spiel des Organisten. Als er aufhörte, saß ich noch eine Weile, fand dann das Domtor verschlossen. Das mochte gegen viertel vor zehn sein. Ich ging hier aus dem Quergang hinaus durch den Gang zum Kreuzhof und später aus dem Tor beim Museum auf die Straße.«

Der Alte nickte, lächelte verschmitzt. »Und vorher? Wo waren Sie vorher, lieber Herr? Überlegen Sie doch! Sollten Sie nicht bei der schönen Herbstzeit einen kleinen Spaziergang gemacht haben? Zum Torggeln gegangen – Sie wissen doch, was das heißt? Und dann ein wenig zu viel getrunken von dem guten Heurigen – der ist heimtückisch: erst merkt man's nicht und nachher plötzlich wirft's einen um. Da gingen Sie halt in den Dom, lieber Herr, schliefen Ihren Rausch aus bei dem schönen Orgelspiel unseres Kantors. Und endlich, halb verschlafen und halb noch selig vom jungen Wein, kamen Sie heraus und entdeckten in düsterer Nacht eine Kapelle, die nie vorhanden war, und ein schönes Fresko der Heiligen Kümmernis noch obendrein!«

»Aber ich hatte keinen Tropfen getrunken,« rief Jan, »nicht einen einzigen Tropfen…«

Er unterbrach sich – was nutzte es, dem Kustos zu versichern, dass er so nüchtern war wie ein Nonnenbauch?! Der Alte würde es doch nicht glauben. Eins war gewiss: die Kapelle gab es nicht, nur geträumt hatte er das Bild der bärtigen Frau. Schweigend schritt er neben dem Kustos. Geträumt? Etwas war wach geworden im Unterbewusstsein, ward ihm lebendig aus der Welt verborgener Wünsche. War er nicht auch dabei, eine Frau in einen Mann zu wandeln, ein Wunder zu tun, wie es der Tochter des Heidenkönigs geschah? Er lachte auf: würde seiner Base Andrea auch solch langer, schwarzer Bart wachsen?

Er drückte dem Alten die Hand. »Ich danke Ihnen, Kinigadner, leben Sie wohl.«

Der Kustos fragte: »Wollen Sie nicht das Kümmernisbild im Museum sehn? Keine Künstlerhand, nur einfache Bauernarbeit. Dennoch…«

Jan lehnte ab. »Lassen Sie nur. Wir brauchen keine Bilder mehr. Wir leben heute, Alter, heute, und nicht mehr wie vor abertausend Jahren: Lebend schaffen wir die Wunder, die ihr nur aus frommen Büchern und Bildern kennt.« Aber er dachte: ›Lebend? Wird sie wirklich leben? Oder wird sie, ans Kreuz geschlagen, elend zugrundegehen?‹

Schnell eilte er hinaus; kopfschüttelnd sah ihm der Alte nach.

Er schritt über den Domplatz, dann durch die enge Gasse, beim Finsterwirt vorbei; kam auf die Lauben.

Eine Frau sprach ihn an – ja, die Althändlerin, der er ein paar hübsche Glockspeishäfen abgekauft hatte, als er das letzte Mal hier war. Ob er nicht mit ihr gehen wolle, sie habe eine Menge Kram hereinbekommen vor ein paar Tagen, vielleicht gefalle ihm etwas? Er nickte und folgte ihr.

Alte Bilder und Spitzen, Gläser, Porzellane und Waffen, Leuchter und Holzfiguren von Heiligen. Bunt durcheinander auf Tischen und Stühlen, halb erst ausgepackt, billiger Trödel aus der Biedermeierzeit. Ein rotes Sacktuch voll Schmuck: Broschen, Ohrringe, Armreifen, schlechte Uhren und Ketten, geschmacklose Anhänger, Münzen und Ringe. Er wühlte achtlos darin herum, hob eins auf und das andere, um es näher zu betrachten, legte es gleich wieder zurück. Ein kleines Ding lag da, hell und blinkend, mit zwei Fingern griff er danach – ah, ein Schuh war es, ein kleiner goldner Schuh! Schlecht das Gold und stark mit Silber legiert, aber zierlich, nicht ohne Kunst die Arbeit. Welche Frau nur mochte am Armreif oder an der Halskette diesen Goldschuh getragen haben – wer und warum?

Er kaufte das Ding, ließ sich Papier geben und einen Briefumschlag. Schrieb: ›Das magst du dem armen Geigerlein schenken!‹ Und die Anschrift dann: ›Andrea Woyland, Ilmau bei Barmstädt, Thüringen.‹

»Bringen Sie's zur Post«, sagte er der Trödlerin, »lassen Sie's einschreiben.«

*   *   *
*   *
*

KAPITEL X

VON IFFI UND IVO.

La femme est naturelle – donc abominable.

Baudelaire

In der Halle des Parkhotels zu Homburg saß Jan Olieslagers mit seinen Begleitern. Der junge Wiener strahlte von Lust und Leben. Schon die Fahrt im Schlafwagen war ihm ein Ereignis; als sie aber in München zum Flugplatz fuhren und im Flugzeug ihre Plätze einnahmen, kannte seine Begeisterung keine Grenzen mehr. Dr. Fallmerayer war weniger entzückt; er wurde luftkrank, fluchte und spie, schwur, nie im Leben wieder seinen Leichnam solch einer verdammten Luftkutsche anzuvertrauen. Mittags schon waren sie in Frankfurt; Jan fuhr den jungen Wiener umher, nahm ihn zum Römer, zum Goethehaus. Dann im Auto nach Bad Homburg.

»Ich habe meinen Smoking mit,« sagte er, als der Portier ihnen die Zimmer anwies, »soll ich ihn anziehen zum Nachtmahl?«

»Unsinn!«, raunzte Dr. Fallmerayer.

Jan lachte: »Ziehen Sie ihn ruhig an, Dr. Preindl. Dr. Fallmerayer mag ja bleiben, wie er ist, aber wir zwei wollen uns schön machen für unsere neue Bekanntschaft. Sie wissen doch, wen wir hier treffen wollen?«

Der Wiener nickte eifrig. »Gewiss weiß ich's, bin ganz im Bilde, was alles geschehen soll. Auf mich können Sie zählen.«

Nun tranken die drei ihren Mokka in der weiten Halle, die als Wintergarten aufgemacht war. Die Musik spielte schon, auf dem niedern Podium tanzten einige Paare.

»Da sitzt er!«, sagte Fallmerayer, wies mit dem Kopf in die Ecke der anderen Seite. »Die blonde Dame neben ihm ist gewiss seine Partnerin Iphigenia, kosend Iffi genannt.«

Die beiden anderen sahen hinüber; eben erhob sich der Eintänzer, ging an einen Tisch, machte einer Dame seine Verbeugung und führte sie zum Tanz. Jan betrachtete ihn genau: eine auffallend schöne Erscheinung – der Arzt hatte nicht zu viel gesagt. Dabei hatten diese dunklen Augen etwas Melancholisches und doch Überhebliches, das durch ein leichtes, fast wehmütiges Zucken um die Lippen noch stärker zum Ausdruck gebracht wurde. Jede Bewegung, jeder Blick dieses Menschen sagte: ›Ich bin nicht das, was ich hier bin.‹

Jan beobachtete ihn während dieses Tanzes – und während manches anderen: Nicht einmal fiel der Tänzer aus dieser Rolle, die ihm sicherlich Natur war. Die Frauen, die er zum Tanz holte, hatten gewiss denselben Eindruck – empfanden einen leichten Zwang bei diesem Mann, den sie als Herrn nicht betrachten wollten und doch als Tänzer – als Bedienten also – nicht ansprechen konnten. Sie fühlten sich unfrei ihm gegenüber, was ihnen wieder eine gezierte Haltung gab – nur zwei oder drei von allen, mit denen er tanzte, gaben sich einfach und natürlich. Aber diese drei, das musste ein Blinder sehen, verehrten, liebten ihn, oder flogen doch auf den erotischen Reiz, der von ihm ausging.

Der Eintänzer war unermüdlich. Er tanzte, tanzte und half zwischendurch der Musik aus. Wenn ein besonders blöder Schlager gespielt wurde, so einer, bei dem Musik und Publikum mitjohlen sollen, dann sprang er aufs Podium, nahm das Instrument des Geigers und fiedelte selbst. Sang dazu, eindringlich und überzeugend, sehr geschickt, dem süßen Mob in Smoking und Abendkleid die vulgäre Stimmung einzutrommeln, die dem schmunzelnden Wirt die Tische mit Champagnerflaschen füllte.

»Du bist als Kind zu heiß gebadet worden!
Dabei ist dir bestimmt geschadet worden!
Mein lieber Freund, ich sag dir's ins Gesicht:

Du int'ressierst mich nicht!

Du bist als Kind zu heiß gebadet worden!

Dabei ist dir bestimmt geschadet worden!

Drum rat' ich dir, um jeden Preis,

Wenn du schon badest, bade nicht zu heiß!«

»Ich möchte auch tanzen«, rief Dr. Preindl.

»Worauf warten Sie denn?«, ermunterte ihn Jan. »Fordern Sie das Iffimädchen auf, die sitzt mutterseelenallein in ihrer Ecke, kaum einer der Herrn hat mit ihr getanzt. Freunden Sie sich mit ihr an, wer weiß, wozu's gut ist.«

Der junge Wiener tat, wie ihm geheißen; einen Tango spielte die Kapelle, so einen, der wie abgestandene Buttermilch schmeckt. Bei diesem Tanz streifte Ivo mit seiner Dame dicht an ihrem Tisch vorbei; zum ersten Mal traf sein Blick den Dr. Fallmerayers. Er stutzte, hielt inne eine Sekunde lang, nickte herüber; der Arzt erwiderte den Gruß. Als die Musik schwieg, brachte der Tänzer seine Dame zurück, kam dann heran, begrüßte ihn. »Sie hier, Herr Doktor? Das ist eine Überraschung!«

Fallmerayer reichte ihm nicht die Hand, doch forderte er ihn auf, Platz zu nehmen. Der Tänzer lehnte ab; jetzt gehe es nicht, da er doch jeden Tanz durchhalten müsse. Doch sei es bald zu Ende, die Kurgäste gingen meist früh zu Bett. Ob er später kommen dürfe – und seine Partnerin mitbringen?

»Es wird uns sehr freuen«, nickte der Arzt.

Ivo dankte, verbeugte sich. Ging zur Musik, setzte sich ans Klavier diesmal, gassenhauerte zur großen Befriedigung des Publikums:

»Mein Papagei frißt keine harten Eier,

Er ist ein selten dummes Vieh,

Er ist der schönste aller Papageier,

Doch harte Eier frißt er nie!

Er ist ganz wild auf Brustbonbons und Kuchen,

Er frißt auch Kaviar und Sellerie,

Selbst Lukutate sah ich ihn versuchen.

Doch harte Eier frißt er nie.«

»Pfui Teufel,« spuckte der Arzt, »das ist noch schlimmer, als luftfahren. Das Gedärm dreht sich einem im Leib herum, wenn man das fade Gedudel hören muss, das große Kotzen kriegt man. Man tut ja allerhand für die Wissenschaft, aber das ist fast zu viel! Nun, warte nur. Junge, ich werd's dir eintränken.«

»Sie scheinen nicht gerade gut auf ihn zu sprechen zu sein«, stellte Jan fest. »Was hat er Ihnen denn getan?«

Fallmerayer zog die Lippen herab. »Ein Mädel hat er mir ausgespannt – es war kaum seine Schuld, sie lief ihm nach. So ein Roman, wie er alle Tage vorkommt. Ihr Vater war Schulprofessor in Brixen, kleinbürgerliches Haus. Er starb, die Mutter war längst tot – kein Geld. Ein paar Freunde des Alten ließen die Tochter erziehen, ich war auch dabei. Wie's junge Gras wuchs das Ding heran, frisch und den Kopf hoch in die Luft. Es war eine Lust, sie anzuschauen – ich dachte mir immer: die könnte einmal deine Frau werden. Da sah sie, in Innsbruck, im Kabarett, den Bengel da, warf sich weg an ihn, reiste ihm nach. Keine Möglichkeit, sie umzustimmen, zurückzuholen, nichts mochte sie bewegen, von dem schönen Ivo zu lassen. Der behielt sie, bis sie ihm lästig wurde, wollte sie dann gern los sein, aber die Cilly klebte, wie eine Klette. Er hatte immer Schulden – sie gab ihm, was sie verdiente. Und womit sollte sie schon verdienen – kein halbes Jahr dauerte es, bis sie für ihn zur Dirne wurde. Wo sie heute ist, weiß ich nicht – irgendwo in der Gosse. Ich bin kein Theologe, bin Mediziner, hab' keine Verwendung für Moralbegriffe. Ich mache dem Burschen keine Vorwürfe – nicht einmal dem Mädel. Umstände – Gelegenheiten – Schicksal! Aber es ist mir damals stark an die Nieren gegangen, dass sie sich ihm an den Hals warf und mich auslachte. Heut noch hab ich's nicht verwunden und werd's vielleicht nie tun. Und darum – nennen Sie's nur kindische Bosheit von mir, wenn Sie wollen! – darum würde es mich freuen, wenn ich den Jüngling unter meinem Messer hätte.« Er griff mit der schmalen weißen Hand den Mokkalöffel, spielte damit, als ob er ein Skalpell in den Fingern habe.

»Freuen Sie sich nicht zu früh, Doktor,« sagte Jan, »noch ist's nicht so weit. Wieso glauben Sie denn, dass er unseren Vorschlag annehmen würde?«

Der Arzt schnitt in der Luft herum mit dem kleinen Löffel. »Ich kenne seine Geschichte, habe mich erkundigt damals, Cillys wegen. Er ist aus reicher Familie. Sein verstorbener Vater war Oberlandesgerichtspräsident. Nachkriegsgebilde ist er, Inflationsgröße. Er studierte, sollte das wenigstens tun; Schmiss die Scheine heraus, machte eine Dummheit nach der anderen. Bis nichts mehr da war, bis er der Mutter Geldbeutel bis zum Grund ausgemistet hatte. Heute hungert die Frau und bettelt – mit ihren drei anderen Kindern, die zehn Jahre und mehr jünger sind als er. Die Mutter glaubte an ihn und seine Versprechungen, glaubt vielleicht heute noch daran. Er ist kein schlechter Kerl, liebt seine Mutter; stundenlang hat er mir von ihr vorgeheult. Wenn er eine Summe bekommt, die seine Familie wieder auf die Beine bringt, wenn er das Feuer sieht, das seiner Mutter Herd wieder wärmen kann – vielleicht fliegt die Motte in die helle Flamme.«

Noch ein letzter Tanz; Preindl wiegte sich mit der Tänzerin. Der schöne Ivo blies auf dem Saxophon, tanzte dann mit einem säbelbeinigen Bleichgesicht, das ihm sein spitzes Kinn in die Hemdbrust bohrte. Verbeugte sich galant, blieb stehen mit ihr, hob die Stimme und sang sie an:

»Möchtest du mit mir
Auf mein Stübchen gehen ?
Hast du Zeit um zehn,
Dir's mal anzusehn?

Komm und schau mal nach.
Droben unterm Dach
Wohnt ein Junggesell –

Und der Mond scheint hell
In sein Bettgestell!«

Das blutarme Fräulein tat geziert, himmelte ihn doch an mit schiefen Flunderaugen. Wenn's nur wahr wäre, wenn ihr schöner Tänzer wirklich sie meinte! Sie seufzte; ach, nur zur Musik sang er, sang, weil er dafür bezahlt wurde, sang zu jeder Frau, die grade mit ihm tanzte.

Ivo brachte sie an ihren Tisch zurück. Der Klavierspieler klappte seinen Deckel zu, die anderen Musiker packten ihre Instrumente ein, legten die Noten fort. Rasch leerte sich die Halle.

Der Eintänzer kam zu ihnen, stellte seine Partnerin vor; Jan fragte die beiden, was sie trinken möchten.

Die große Blonde warf einen raschen Blick auf die Uhr. »Noch nicht ganz zwölf,« rief sie, »da ist die Küche noch auf. Darf ich Essen bestellen?« Sie winkte dem Kellner, verlangte kalten Aufschnitt und Eier im Glas; dann erst setzte sie sich. »Verzeihung, mein Herr,« begann sie wieder, »wir haben seit dem Frühstück nichts gegessen. Das haben wir frei, wie die Zimmer – eine herrliche Bezahlung für unsere Arbeit, was? Mittagessen können wir nicht verlangen, Tänzer müssen schlank bleiben, denkt der Herr Direktor, abends gibt's wieder was, aber wir haben uns heute gegenseitig so gegiftet, dass wir keinen Bissen angerührt haben.«

Ivo rückte unruhig auf seinem Stuhl. »Nun, Iffi, so schlimm war's doch nicht. Du warst nur ein wenig nervös…«

Sie unterbrach ihn heftig. »Da haben wir's wieder! Wie oft hab ich dir gesagt, dass du mich nicht duzen sollst, wenn fremde Herrschaften dabei sind? Sagen Sie selbst, meine Herrn, wenn der Kerl sich immer so aufspielt, als ob man ihm gehöre, wie kann man da Bekanntschaften machen, die sich lohnen?«

Der Kellner schob den Teller vor sie hin, legte ihr auf.

Sie begann sofort zu essen, sah dann auf, rief dem Kellner nach: »Noch ein Gedeck für Herrn Ivo! Und wenn Sie trinken wollen, meine Herrn, bestellen Sie nur, was Sie wollen. Uns ist's gleich, wir schütten alles herunter.«

Die Zwei aßen; sie suchte sich die besten Bissen aus, der Tänzer nahm, was sie nicht mochte. Dr. Fallmerayer grinste; aus jedem Blick, jeder Bewegung der beiden konnte man sehen, wie völlig untertänig dieser Mann seiner Partnerin war, wie sehr sie ihren Sklaven beherrschte. ›So ist's recht‹, dachte der Arzt, ›die lässt ihn schwer zahlen für all die Mädel, die er mit Füßen trat.‹ Er wandte sich an den Tänzer: »Also Ihr Geschäft geht nicht gut hier, scheint's?«

Sie lachte hell auf: »Erbärmlich geht's, gottserbärmlich! Die Saison ist vorbei, jetzt sind nur ernste Kurgäste da und keine Kavaliere. Nur Leute, die Diät halten, Wasser schlucken und ihre klapprigen Kadaver in kohlensauren Bädern herumwälzen. Gage bekommen wir nicht, dafür dürfen wir Tanzstunden geben – wenn nur jemand da wäre, der lernen wollte. Dabei können wir heilfroh sein, dass wir hier untergekrochen sind, sonst hätten wir auf der Straße gelegen.«

Der schöne Ivo legte ihr die Hand auf den Arm. »Ich bitte dich, Iffi, kannst du dich nicht etwas zusammennehmen – was sollen die Herren von uns denken?«

Sie schüttelte ihn ab, lachte ihm höhnisch ins Gesicht. »Na, was sollen sie schon groß denken? Meinst du, Hansnarr, dass die nicht wüssten, welch Gesindel wir sind?« Sie wandte sich um, fuhr mit der Hand dem jungen Wiener durchs Haar. »Dir, Bubi, dir mit deinen treuen Augen und dem braunen Wuschelkopf, dir kann man zur Not noch einreden, dass ich eine keusche Jungfer sei, was? Aber die beiden Brüder da sehn mir nicht so aus, als ob sie Pferdeäpfel für Christbaumschmuck einkaufen würden!«

Dr. Fallmerayer klopfte dem Tänzer auf die Schulter. »Kommen Sie mit auf mein Zimmer, Herr Ivo«, forderte er ihn auf. »Ich habe mit Ihnen zu sprechen, möchte Ihnen einen Vorschlag machen; eigens Ihretwegen sind wir hergekommen.«

Ivo erhob sich zögernd. »Möchtest du nicht zu Bett gehen, Iffi?«, bat er. »Du hast Schlaf dringend nötig – gestern…«

Sie unterbrach ihn heftig. »Wenn du mich nur mit deinen guten Ratschlägen verschonen wolltest! Ich bin froh, wenn ich deine

Waschlappenfratze nicht mehr zu sehen brauche – mach, dass du fort kommst.«

Der Arzt schob seinen Arm unter den des Tänzers, führte ihn weg. Sie winkte ihnen nach, sprang dann auf, riss das Klavier auf. Chopin spielte sie erstaunlich gut.

Langsam kam sie zurück.

»Ausgetobt? fragte Jan. »Das ist gut gegen schlechte Laune.«

Sie nickte, setzte sich ihm gegenüber, ohne zu antworten. Jan betrachtete sie. Sie war ungewöhnlich groß, zu lang die Beine, aber ohne Fehl in der Form; edel die Fessel. Schlank der Leib, ein wenig knochig, zu groß die Hände, schön doch Arme und Schultern, Nacken und Hals. Sehr zart die Hautfarbe – diese Frau hatte keinen Puder nötig. Ungewöhnlich schön auch die Brust, stark, doch nicht allzu voll, sie hob sich sehr deutlich ab unter der leichten Seide. Blond das Haar, glatt, kurz und gescheitelt – hinten stimmte es nicht, wollte sich nicht anschmiegen. Unter schwarz gefärbten Brauen und Wimpern helle Augen, ein wenig zu klein; der Mund wieder zu groß, aber prachtvoll das weiße, regelmäßige Gebiss. Gut geschnitten die leicht gebogene Nase, offen und glatt die Stirn, edel geschwungen die geschminkten Lippen, willensstark das kräftige Kinn.

Er schob ihr Zigaretten hinüber, »Nun, Fräulein, begann er, »wenn Ihnen Ihr Partner so zuwider und stets hinderlich ist, sehe ich wirklich nicht ein, dass Sie ihn nicht laufen lassen. Oder sind da geheime Bande, die Sie fesseln?«

Sie schnalzte mit der Zunge, »Immer dasselbe,« sagte sie, »immer dasselbe! Es scheint, als ob die Kerls – die Kavaliere meine ich, die Gentlemen – gar nichts anderes quatschen könnten. Immer einen ausfragen: wie ich zu meinem Partner stehe, ob ich ein Verhältnis mit ihm habe. Geheime Bande – was? Wo ich geboren sei, wer meine Eltern seien! Ob ich schon lange so herumhopse. Sonst noch was gefällig? Was geht das alles Sie an, Herr? Aber wenn Sie's durchaus wissen müssen – stecken Sie Geld in den Automaten – da kommt die Antwort raus. Zwanzig Mark – bah, zehn nur, ist's Ihnen soviel wert?«

Jan griff in die Tasche, gab ihr das Geld. Sie steckte den Schein in ihren Beutel, zündete eine Zigarette an. »Danke«, sagte sie. »Also sperren Sie die Ohren auf, genießen Sie diese alberne Geschichte, die langweilig ist wie Himbeerwasser. Ich traf Ivo vor einem Jahr etwa; in Hannover war's, in einer Tanzdiele. Ich flog auf ihn, gerade wie all die Gänschen es tun, war verrückt nach ihm, ganze vierzehn Tage lang; dann war's zu Ende bei mir. So weit war alles in Butter – aber stellen Sie sich mein Pech vor; dieser Trottel verliebt sich in mich. Nicht so obenhin – nein, nein, eine richtige große himmelhohe Liebe war's bei ihm und ist es noch. So fürs Leben, wissen Sie, wie's in den Büchern für höhere Töchter vorkommt. Ich glaubte nie, dass es das noch gäbe heutzutage, nun hab ich Mondkalb es an meinem eigenen Leibe erlebt. Seit ich ihm einmal ein paar kräftige Ohrfeigen herunter haute – von dem Augenblick an war's glatt aus, nicht mehr loszubringen war er! Und solcher Zauber liegt mir gar nicht, sage ich Ihnen, ich brauche selbst jemanden, der mir die Kandare ins Maul reißt und tüchtig die Sporen gebraucht – dann geh ich artig wie ein Lämmchen rund in der Manege. Was sollte ich machen? Ich hatte Mitleid mit ihm bah, alle Weiber haben Mitleid. Also dachte ich mir: vielleicht wird's gehen mit ihm. Einen Partner brauchte ich ohnehin – und ein schöner Kerl ist er ja, einer, der sich überall sehen lassen kann. Also versuchte ich, ihm Tanzen beizubringen – ich bin Exzentriktänzerin, müssen Sie wissen. Und ich kann was – auf den besten Varietes hab ich gearbeitet – zweite Nummer nach der Pause! Heiliger Bimbam, hab ich mit ihm geschuftet! Aber nichts hat genutzt – völlig unbegabt ist er. Nur das Dreckzeug, den Gesellschaftstanz, versteht er, darin ist er großer Meister, der elegante Ivo – und dazu wieder bin ich geschaffen wie ein Igel zum – na, Sie wissen schon! Blödsinn ist unsre Partnerei, jeden Direktor graut's, wenn er mich langes Gestell sieht – darum finden wir auch nichts Erstklassiges, müssen uns immer da herumdrücken, wo die Saison vorbei ist: Lückenbüßer. Ich hab's ihm hundertmal gesagt: Wir müssen uns trennen. Aber er will nicht. Kann nicht. Hörig ist er mir – würde den Fußboden abschlecken, auf dem ich herumschleife. Würde –

nun, es gibt nichts, nichts, was er nicht für mich tun würde. Nur – ich habe keine Verwendung dafür, es ekelt mich an!

»Aber so lassen Sie ihn doch,« riet Jan, »gehen Sie doch einfach.«

»Einmal werd' ich auch Schluss machen«, sagte sie langsam. »Aber dann macht er auch Schluss – mit sich selbst. Ich weiß, dass er's tut, das ist nicht leeres Gefasel bei ihm. Aufhängen wird er sich, wie sich schon einmal ein Weibsbild für ihn aufgehängt hat. Eine andere ist ins Wasser gegangen, weil er sie rausschmiss – leider hat man sie wieder aufgefischt. Noch eine – Cilly Schwingshackl heißt sie, welch schöner Name! – hat ihm neulich dreißig Mark aus Buenos Aires geschickt, sauer verdientes Geld – ich hab meine Wäscherechnung damit bezahlt.«

»Aus Buenos Aires?«, fragte Jan rasch. »Wo steckt sie denn da, die Cilly?«

Iffi lachte, »Wo soll ein Mädel da schon stecken – in Buenos Aires?! Aber so sind die Weiber, jede tut, was sie kann, für den schönen Ivo!«

Sie warf ihre Zigarette in ihr Sektglas, nahm das des jungen Wieners, leerte es.

»Jeh, bin ich vor die Hunde gegangen in dieser Zeit!«, begann sie wieder. »Ein Pechvogel bin ich! Seit ich aus der Ballettschule fort bin, hab ich stets schönes Geld verdient – nun sitz ich da. Eine Freundin hatte ich einmal, die hatte auch so einen Sklaven. Aber der war großer Kaufmann und braver Familienvater – Wolle en gros. Da lohnte es sich; ganze Aktienpakete hat sie aus ihm herausgeprügelt, und er war selig dabei. Aber Ivo? In Fetzen hängen meine Kleider, geflickt ist die Wäsche, nicht mal satt werden wir. Heut' bin ich längst so weit; nur zu winken braucht einer, und ich geh mit ihm, wenn er zahlt! Das kommt selten vor freilich; die Männer sind dünn gesät, deren Typ ich bin. Keiner reißt sich um solch Knochengestell, wenn er nicht beschwipst ist!«

»Nun, so gefährlich ist's nicht, Fräulein Iffi«, wandte der junge Wiener ein. »Mir sind Sie gleich aufgefallen, Rasse haben Sie, mein Ehrenwort! Sie gefallen mir weit besser als eine von allen Damen, die heute Abend hier waren.«

Sie schaute ihn an, streichelte ihm die Wange. »Das ist nett von dir, Kleiner! Und wenn du's auch nicht meinst, so tut's einem doch gut, ein liebes Wort zu hören – alle Jahre einmal!«

Preindl ereiferte sich: »Aber, ich mein's wirklich ganz ehrlich, Fräulein! Hab's grad so herausgesagt, wie ich's fühlte.«

»Wirklich, Bubi?«, gab sie zurück. »Wie heißt du denn?«

Er stand auf, verbeugte sich. »Dr. Preindl, praktischer Arzt.«

Sie lachte hell auf. »Arzt? Seit wann macht man seine Examina in den Windeln? Erst muss man doch stubenrein sein, nicht? Aber mir darfst du ruhig was vorschwindeln, ich nehm's dir nicht übel. Deinen Vornamen wollte ich wissen!«

»Felix«, bekannte der Wiener.

»Felix«, wiederholte sie. Sie hob das Glas, trank ihm zu. »Auf gute Freundschaft, Felix, mein Bubi!«

Sie stand auf, wandte sich an Jan. »Und nun gute Nacht, mein Herr! Eigentlich sollte ich Ihnen das Geld wieder zurückgeben – es hat mir gut getan, mich einmal ordentlich auszuquatschen. Hoffentlich sind Sie morgen noch da – dann auf Wiedersehen. Gute Nacht, Felix, mein Kind – wer weiß, vielleicht – ...«

Sie winkte mit der Hand, schritt durch die weite Halle.

***

Zwischen den Brunnen und Quellen wandelte Jan am frühen Morgen mit Felix Preindl. Auf und ab schlenderten die Kurgäste, ihre Gläser in der Hand, die Musik spielte, die Sonne strahlte im herbstlichen Kurpark.

Die beiden warteten auf Dr. Fallmerayer, aber der kam nicht. So machten sie einen Spaziergang durch den Park und hinein in den Wald, gingen zurück zum Hotel. Der Arzt war nicht unten; er schlafe noch, erklärte das Stubenmädchen.

»Soll ich ihn wecken?«, erbot sich Preindl.

Jan lehnte ab. »Lassen Sie nur. Kommen Sie, wir wollen Golf spielen.«

Sie gingen zu den Golfplätzen. Jan unterrichtete den jungen Wiener, der noch nie einen Golfschläger in der Hand hatte. Sie kamen zurück zum Mittagmahl, speisten allein. Erst als sie fertig waren, tauchte der Arzt auf.

»Endlich ausgeschlafen, Herr Chef?«, begrüßte ihn Felix. »Packen Sie aus, ich platze vor Neugierde.«

Aber Dr. Fallmerayer schüttelte den Kopf. »Erst will ich frühstücken.« Er rief den Kellner, aß und trank, ohne ein Wort zu sprechen; schweigend sahen die anderen ihm zu. Als er fertig war, sich den Mund abwischte, sagte er; »So! Wollen wir nun eine Partie Schach spielen?«

»Zehn!«, erklärte Jan. »Den ganzen Nachmittag lang, wenn Sie wollen. Aber vorher müssen Sie uns Bericht erstatten.«

»Was ist da viel zu berichten?«, antwortete der Arzt. »So schnell geht's nicht. Ich hatte den Tanzjüngling die ganze Nacht bei mir; um sieben Uhr erst entfleuchte er. Ich hab ihn gut in der Zange gehabt – wenn Seelen schwitzen können und quietschen, dann hat seine es sicher getan, heute Nacht.«

»Haben Sie ihm unseren Vorschlag gemacht?«, fragte Jan.

»Gewiss,« nickte Fallmerayer, »so in großen Zügen; die Einzelheiten hab ich ihm erspart. Aber er weiß, was er dabei gewinnen kann, und was er – verlieren soll. Er steckt bis an den Hals in brackigem Wasser und kann nicht heraus; sonst hätte er meine Rede nicht so still angehört. Jeder andere hätte mich nicht einmal aussprechen lassen, hätte losgebrüllt, ob ich verrückt wäre, ihm so etwas zuzumuten. Hätte sich die Ohren zugehalten, wäre hinausgelaufen. Mein Ivo aber saß da, wie ein Waisenmädchen am Firmungstag, wurde bleicher und bleicher, zitterte, starrte mich an mit verglasten Augen. Es war ein Glück, dass ich eine Flasche Hennessy mit heraufgenommen hatte, sonst wär's ihm ergangen, wie mir in der Luftkutsche. Ich goss ihm einen Cognac nach dem anderen ein, so rann es ihm nur aus Nase und Augen – bedenklich litt seine männliche Schönheit. Er schüttete mir sein Herz aus: seine Mutter liegt im Krankenhaus auf Kosten der Armenpflege, seine Geschwister sind in öffentlichen

Erziehungsheimen untergebracht. Er selbst hat nicht einen Heller mehr; überall Läpperschulden, beim Portier, bei den Kellnern und Stubenmädchen, die ihn täglich mahnen. Er hat ein paar faule Sachen gemacht, um sich Geld zu verschaffen, Scheckfälschungen, kleine Betrügereien; er fürchtet, vor Gericht zu kommen und mit dem Gefängnis Bekanntschaft zu machen, wenn er nicht bald zahlen kann. Natürlich versuchte er, mich anzupumpen; ich schlug's ihm glatt ab. Vermutlich wird er's auch bei Ihnen versuchen, geben Sie ihm nicht einen Pfennig, Herr Olieslagers: je enger ihm die Schlinge, um die Kehle liegt, je eher kriegen wir ihn. Er ist so herunter, so völlig verzweifelt, dass er vielleicht schon gestern Nacht sich entschlossen hätte, wenn da nicht, Gott sei's geklagt, noch ein anderer Umstand wäre. Das ist seine Freundin Iphigenia; er ist dieser Frau mit Haut und Haaren verfallen. Er hat mir das bis in die letzte Einzelheit erzählt, nämlich…«

Dr. Preindl unterbrach ihn. »Bemühen Sie sich nicht, Doktor, die Geschichte kennen wir. Zehn Mark hat sie gekostet, dafür hat sie uns Fräulein Iffi verkauft.«

»Nun, dann können Sie sich ja denken,« fuhr Fallmerayer fort, »wo der Haken hängt, an dem der Fisch zappelt. Der Jüngling ist verhext von dieser Frau, wie der Heinesche Grenadier vom Kaiser Napoleon. Seine Familie – was schert ihn die?! Lass sie betteln gehen, wenn sie hungrig sind – dem schönen Ivo ist's einerlei. Nichts anderes fühlt er, nichts lebt in seinem Hirnchen, als die Tänzerin und ihre Fußtritte, die ihn vor Wonne grunzen machen. Da hört das Denken auf und alle Logik – ich fürchte fast, wir werden wieder abziehen müssen, unser Heil woanders zu versuchen. Aber nun lassen Sie uns spielen, das ist vernünftiger – holen Sie bitte ein Schachbrett, Kollege Preindl.«

Sie gingen ins Theater an diesem Abend, speisten im Kurhaus. Als sie zurück kamen ins Hotel, war die Halle fast geleert. Iffi tanzte mit einem älteren Herrn, der halb so groß war, wie sie; er beugte sich vornüber und beobachtete entzückt seine Plattfüße, die einen gichtbrüchigen Charleston klapperten. Sie biss die Lippen zusammen, spitzte sie wieder – es sah aus, als ob sie ihrem Kavalier auf die Glatze spucken wollte. Ivo stand bei der Kapelle, saxophonte und sang dazwischen; heiser klang seine Stimme.

Die Musik schwieg, der Glatzköpfige verabschiedete sich von der Tänzerin. Ivo gab das Instrument zurück; der Klavierspieler hielt ihn fest, sprach heftig auf ihn ein. Der Tänzer suchte ihn zu beschwichtigen – es war augenscheinlich, dass der Musiker verliehenes Geld zurückforderte. »Morgen, tröstete ihn Ivo, »spätestens übermorgen.«

Die Tänzerin kam an ihren Tisch. »Darf man Platz nehmen? Sie wartete die Antwort nicht ab, setzte sich. »Wo hast du denn gesteckt, Bubi? fuhr sie fort. »Hättest dich auch einmal sehen lassen können!« Sie wandte sich an Dr. Fallmerayer. »Und Sie, Doktor – nehmen Sie nur den Ivo wieder mit hinauf! Zum Speien ist er heute, hat das große Geheule, wollte mir lange Töne vorquasseln, von ungeheuerlichen Dingen, die Sie von ihm verlangten. Aber dann kam er doch nicht mit der Sprache heraus; er könne es nicht sagen, zu grauenvoll sei es. Ich bildete mir schon ein, dass Sie den blöden Gänsen Konkurrenz machen wollten, die auf Ivos Schönheit fliegen – wenn Sie so einer sind, viel Glück! Ich lass ihn gern laufen, wickeln Sie das Christkindchen nur in Watte und Stanniol, packen Sie's in eine Schachtel mit Seidenbändchen und nehmen Sie's mit! Huch!«

Der Arzt fuhr auf, sah sie wütend an. Aber Jan kam ihm zuvor. »Sie irren, Fräulein Iffi, so einer ist Dr. Fallmerayer nicht. Aber das ist schon richtig, mitnehmen möchten wir das Christkindchen, hübsch eingepackt, gerade wie Sie's wünschen. Auch gut dafür bezahlen.«

In diesem Augenblick trat der Eintänzer an den Tisch, zaghaft und ängstlich; stotternd kam sein Gruß.

»Hast du's gehört, Ivo,« lachte sie, »bezahlen wollen sie für dich! Warum hast du mir davon kein Wörtchen geblasen? Na, wie viel ist er euch denn wert?«

»Oh, manche Tausende,« rief Jan, »man kann darüber sprechen. Jedenfalls genug, um…«

Die Tänzerin richtete sich auf, unterbrach ihn. »Tausende? Hab ich recht gehört? Seid ihr Werber, wollt ihr ihn an die Fremdenlegion verhandeln? Das hab ich nicht gewusst, dass man so viel dort bezahlt – aber mir soll's recht sein; morgen früh ziehst du ab, Ivo, heute Nacht noch! Vielleicht gefällt's dir ganz gut dabei: Hiebe wirst du schon beziehen, da unten in Marokko!«

Des Tänzers Gesicht verzerrte sich, »Nein, nein,« jammerte er, »das ist es nicht. Viel schlimmer ist es: zerschneiden wollen sie mich bei lebendigem Leib!«

»Nun, nun,« rief Jan, »man wird Sie schon wieder zusammenflicken. Es handelt sich nur um eine Operation da geht's leider nicht ganz ohne Messer. Ein wissenschaftlicher Versuch, wozu wir einen jungen, gesunden Menschen brauchen. Und Sie fühlen ja nichts – alles wird in der Narkose gemacht.«

»Und dann,« wimmerte Ivo, »wenn ich endlich entlassen werde aus der Klinik, was bin ich dann?! Meine – meine…« Unverständlich wurden seine Worte, er schluchzte, stöhnte. Warf sich über den Tisch, vergrub den Kopf in die Arme. Weinte laut. Riss sich wieder zusammen, goss ein Glas Wein herunter, stammelte: »Ich tu's nicht, tu's nicht! Und wenn ihr mir Millionen hinlegt, ich tu's nicht!«

Alle schwiegen, sahen ihn an, selbst die Tänzerin öffnete den Mund nicht. Da sagte der junge Wiener: »Feige ist er, Angst hat er, der erbärmliche Kerl! Lassen Sie ihn doch verrecken in seinem Sumpf, meine Herrn! Sie brauchen nicht mehr zu suchen – ich erfülle auch die gewünschten Bedingungen: Ich biete mich Ihnen an für den Versuch!«

Jan starrte ihn an, »Sie, Preindl, Sie –?«

Aber die Tänzerin warf ihm einen raschen Blick zu. »Ah, sieh doch einer den kleinen Felix! Hätte dich nicht für so schlau gehalten, mein hübscher Bubi – du also willst dir das viele Geld verdienen!«

»Nein,« sagte der junge Arzt, »ich huste auf das Geld. Für die Wissenschaft tu ich's.« Er stand auf, rückte seinen Stuhl. »Kommen Sie, meine Herrn, wir haben hier nichts mehr zu suchen.«

Aber Iffi hielt ihn fest am Arm.

»Nicht so schnell, Kleiner,« rief sie, »ich möchte auch noch ein Wörtchen mitreden!« Sie wandte sich an Jan. »Nur eine Frage: Ist's aus mit dem Angebot, das Sie Ivo machten?«

»Ich halte es aufrecht,« antwortete Jan, »Ivo ist größer, stärker, ist – kurz, er würde sich besser für unsere Zwecke eignen.«

»Und Sie wollen viel zahlen?«, fragte sie weiter. »Wie viel?«

»Ihr Partner wird seine Familie aus dem Elend befreien können«, sagte Jan.

Höhnisch rief sie: »Seine Familie! – Und ich? Ich? Seh' ich so aus, als ob ich mir den Luxus gestatten könne, in Wohltätigkeit zu machen? Nennen Sie Zahlen, Herr – wir werden selbst wissen, was wir mit dem Geld anfangen! Ich sehe schon: Wie beim Variete ist's, um jeden Taler drücken die Agenten die Gage. Also feilschen wir – bieten Sie, Herr!«

»Mit Vergnügen, Fräulein«, erklärte Jan. »Aber leider wollen wir nicht Sie engagieren, sondern…«

»Ivo!«, unterbrach sie. »Ich verkaufe ihn – Sie können ihn haben. Aber ich bin's, mit der Sie den Handel abschließen müssen.«

Der Tänzer rückte auf seinem Sessel, bog sich hin und zurück; nervös zuckte sein Gesicht.

»Schweig doch, Iffi«, rief er, »du weißt ja nicht, was man von mir will. Diese Herrn…«

»Nun, was denn, was?«, drängte sie. »Was verlangen sie denn schon von dir, diese Herrn? Der Kopf wird's ja nicht sein – also ein Arm, ein Bein?«

»Keineswegs,« sagte der Arzt, »Herr Ivo wird genau so gut tanzen können wie vorher.«

»Also was?«, forderte sie, »Ein paar Liter Blut, ein Ohr oder ein Auge? Oder vielleicht die Nase?«

Jan schüttelte den Kopf. »Niemand rührt sein Gesicht an; seine Schönheit bleibt ihm erhalten.«

Die Tänzerin brach in ein schallendes Gelächter aus: »Ah, ich hab's – darum also geht's! Und für den Kram wollen Sie dich noch bezahlen? Freu dich doch! Ein Wallach geht viel artiger als ein

Hengst, ein Kapaun schmeckt besser als ein alter Hahn! Wetzt die Messer, Kinderchen!«

Der Tänzer fuhr auf, ruderte mit den Armen in der Luft herum. Verzweifelt schrie er: »Lasst mich in Ruhe – ich tu's nicht! Du verstehst nicht, Iffi, was diese…«

Unerbittlich schnitt sie ihm das Wort ab. »Genug versteh' ich! Verstehe, dass dieser frische Bursch, der ein anständiger Kerl ist und Doktor und Arzt, so jung er auch ist, dass er sich lachend hergeben will für das Experiment. Ohne Geld – nur um der Wissenschaft zu dienen, in die er vernarrt ist! Dir bietet man viel Geld – deine kranke Mutter, deren Vermögen du vertan hast, kommt um im Armensaal, Wanzen und Läuse fressen deine Brüderchen. In Fetzen hängen meine Kleider, bald bin ich selbst zur Straßendirne zu schlecht! Und da schwankst du noch, du Hanswurst? Einmal, ein einziges Mal im Leben, hast du die Möglichkeit, etwas Gutes zu tun – und du Schuft wagst es, zu zögern?«

Ihre Stimme kreischte, überschlug sich. Sie sprang auf, spie ihn an, schlug ihm rechts und links die Fäuste ins Gesicht. Preindl griff sie um den Leib, versuchte, sie zurückzuziehen, aber sie schüttelte ihn ab. »Über ein Jahr hab ich versucht, mit ihm zu leben, hab ich für ihn gearbeitet; zum Dreck hat er mich gemacht, wie alles, was er anfasst! Was hast du mir versprochen. Hunderte von Malen? Dass es nichts gäbe, was du nicht für mich tun würdest! Ich solle nur warten, einmal würde schon die Gelegenheit kommen. Nun ist sie da – und du drückst dich! Jetzt ist's Schluss mit dir für immer – ich verschwinde, und du kannst lange suchen, bis du mich findest!«

Der Tänzer rührte sich nicht, starrte sie an mit umflorten Augen, kraftlos hingen seine Arme herunter.

»Wischen Sie sich wenigstens die Spucke vom Gesicht!«, sagte Jan.

Ivo hörte es nicht. Seine Lippen bewegten sich, langsam, kaum vernehmbar, kamen die Worte: »Ich – bin – einverstanden.«

Steif aufgerichtet saß er da, seine Blicke fest gebunden im Bann ihrer Augen. Erst als sie fort sah, sich wieder setzte, brach er zusammen, fiel zurück in seinen Stuhl wie ein nasses Handtuch. Ein Frösteln und Zittern kam über ihn, seine Zähne klapperten.

Fallmerayer stand auf, stellte ihn mit Preindls Hilfe aufrecht. »Kommen Sie, Ivo, wir wollen Sie zu Bett bringen. Das war ein bisschen viel für einen Tag. Schlafen müssen Sie.«

Die beiden griffen ihn unter den Schultern, führten den Taumelnden. Willenlos ließ es Ivo geschehen.

Die Tänzerin wandte sich an Jan, »Nun zu uns beiden. Lassen Sie mir bitte ein Glas Bier kommen, durstig bin ich. Dann wollen wir sprechen.«

***

Eine Stunde später klopfte Jan an Fallmerayers Zimmer, fand ihn halb ausgekleidet. »Nun?«, fragte er.

»Der Jüngling schläft«, antwortete der Arzt. »Wir haben ihm eine tüchtige Morphiumspritze gegeben, Medinal dazu. Ich glaube nicht, dass er uns morgen noch Schwierigkeiten machen wird – den hat das Schicksal beim Wickel. Und Sie? Wurden Sie handelseinig mit Iphigenien?«

Jan nickte. »Leicht war's nicht – die versteht's, ihren Vorteil zu wahren. Sie hat mich tüchtig ausgenommen; mein Geldgeber in New York wird die Augen aufsperren. Alles genau abgemacht, Punkt für Punkt: Wann das Geld für die Mutter zu zahlen ist, wohin die Kinder kommen sollen. Nichts hat sie vergessen. Morgen muss ich mit ihr zur Bank gehen, sie will ihr Geld in bar haben. Und denken Sie, wenn der schöne Ivo aus der Klinik entlassen wird, geheilt – wenn man das so nennen darf – wieder dem Leben zurückgegeben wird, dann soll man sie benachrichtigen: sie will ihn zu sich nehmen. Der Teufel begreife die Weiberlogik!« Er ging zur Tür, wandte sich wieder: »Sagen Sie doch, Doktor, was hat sich eigentlich Ihr junger Assistent gedacht, als er sich selbst anbot – zu Ehren der Wissenschaft?«

»Ich hab ihm schon die Frage gestellt,« antwortete der Arzt, »er weiß es selber nicht recht. Morgen hätte er sich's wohl wieder überlegt, aber im Augenblick war's ihm bitterer Ernst. Einerlei: Er hat uns den Vogel ins Netz getrieben. Glück haben wir gehabt.«

*   *   *
*   *
*

KAPITEL XI

GROSSER TAG IN ILMAU.

Derhalb, jr billich läser all,
wie herb auch scheint dis schreiben,
laßt's euch nicht ärgern jzumal:
man muß die warheit treiben.
Jr werd' nach eurer redlichkait
Dis schon urteilen recht
und lernen draus gelegenhait,
was euch begegnen möcht.

Fischart
An jedes Aufrecht Redlich
Teutsch geplüt und gemüt (1575)

Kurz nach Pfingsten war der große Tag für Dr. Hella Reutlinger. Jan war sehr früh vom ›Goldnen Schwan‹ herübergefahren; er fragte nach der Ärztin, wurde von einer Schwester in den Vortragssaal gewiesen. Es war das erste Mal seit fast einem Jahr, dass er sich wieder im Sanatorium Ilmau blicken ließ, von dem ihn ein unklares Gefühl fern hielt; er hatte sich mit der Ärztin zu den notwendigen Besprechungen stets nach Barmstädt verabredet. Er stieg die Treppen hinauf, fragte sich durch, fand schließlich den Saal.

Ein großer Raum, hohe Fenster an der Gartenseite. Hinten ein Podium mit einem Vortragspult, gerahmte Stiche an den Wänden, Bildnisse berühmter Ärzte und Gelehrter: Haeckel, Virchow, Behring und Koch, auch Lister und Harvey, Pasteur und Bechtereff; dazwischen Cuvier, Boerhave, Hahnemann. Gewiss gewählt nach der besonderen Vorliebe der Ärztin, andere auch wohl, weil der Zufall ihr das Bild zuführte. Dienstmägde schrubbten und scheuerten, putzten die Scheiben, trugen Stühle herein, während Gärtnerburschen Palmen, Lorbeerbäume, blühende Topfpflanzen schleppten. Die Oberschwester traf die Anordnungen, kommandierte aufgeregt.

»Ist Dr. Reutlinger nicht da?«, erkundigte sich Jan.

Die Schwester wischte mit ihrem Staublappen über eine große Gartenbank. »Sie wird gleich kommen – hoffentlich werden wir fertig bis dahin.«

»Der Saal ist lange nicht benutzt worden?«, fragte er.

»Überhaupt noch nicht«, kam die Antwort. »Früher, als Ilmau noch eine Anstalt für Nervenkranke war, diente er als Speisesaal; Fräulein Doktor ließ ihn umbauen, als sie das Sanatorium kaufte. Heute soll er eingeweiht werden.«

Die Gärtner brachten eine mächtige Trage voll Tannengirlanden. Jan lachte; »Die wollt ihr zur Festfeier aufspannen? Quer von Ecke zu Ecke? Lassen Sie doch bunte Papierblümchen hineinflechten, Schwester Oberin, dann wirkt's erst fein! Und jedes der schönen Bilder mit einem grünen Kranz einrahmen!«

Die Oberin sah ihn an. »Meinen Sie? Buntes Papier hätte ich schon, in allen Farben – ist viel von Weihnachten übrig geblieben.«

»Ausgezeichnet!«, rief er. »Lassen Sie gleich allen Christbaumflitter herholen – das wird sich herrlich in den Girlanden machen. Dann Fähnchen, überall Fähnchen – die kann man schnell herstellen. Rot, gelb, grün und blau, schwarz und weiß und silbern und golden, was nur da ist – es kann nicht bunt genug sein. Fräulein Reutlinger wird entzückt sein, wenn sie die Festesfreude sieht.«

Die Oberschwester schickte eine Magd fort, die bald darauf mit einem großen Kasten zurückkam. Jan übernahm das Kommando, setzte ein paar Schwestern hin, ließ sie Papierfähnchen schneiden und kleben; andere mussten Flitterblümchen in die Tannenkränze winden. Er rückte die Leitern, kreuz und quer ließ er Girlanden spannen. Aus Draht musste ihm ein Gärtner eine mächtige Krone zurechtmachen und mit Hortensien bespicken, die ließ er von der Decke über das Vortragspult herunter. Knallrote Pelargonien baute er auf der Rampe des Podiums auf, hing Silberkugeln in die Lorbeerbäume, vergoldete Äpfel in die Palmen. Sein Eifer teilte sich den anderen mit; zwei Dutzend Hände arbeiteten fieberhaft.

»Sollen wir nicht ein paar Schilder machen?«, schlug die Oberin vor.

Jan nickte. »Gewiss, so viel wie möglich! Pappe ausschneiden, Tannenkränze rund herum. Schöne Inschriften drauf: ›Willkommen in Ilmau!‹ – ›Ein Hoch auf die Wissenschaft!‹. Wartet, ich werde euch ein paar Verschen machen:

>   ›Zum heutigen Tage: Preis und Ehr
>   Sei Dr. Hella Reutlinger!‹

Und:

>   ›Herein, ihr Gäste, Mann für Mann!
>   Und staunt das große Wunder an!‹

Das kommt über die Tür! Dann ein paar Schilder von der Decke herab und andere auf der Wand hinter dem Rednerpult. Die Hauptsache aber – eine Inschrift über das große Haeckelbild in der Mitte. So etwa:

>   ›Welträtsel hast du uns geschenkt –
>   Doch dieses hast du nicht bedenkt!‹«

»Muss es nicht ›bedacht‹ heißen?« wandte Schwester Marta ein.

»Eigentlich schon,« rief die Oberin, »aber wir haben keine Zeit, so genau zu sein. Jeder wird's verstehen und die Hauptsache ist, dass es sich reimt!« So völlig überzeugt sagte sie das, dass Jan sich Mühe geben musste, ernst zu bleiben. Er wandte sich ab, ging ans Fenster, schaute hinaus in den Garten.

Am Tor fuhren ein paar Autos vor; einige Herrn stiegen aus. ›Die ersten Gäste,‹ dachte Jan, ›die Ärztin wird sie unten empfangen müssen. Da haben wir Zeit, den Zauber hier fertig zu machen.‹

Sein Blick fiel auf den Seitenflügel – waren dort nicht Andreas

Zimmer? Es schien ihm, als ob sich die Vorhänge bewegten, vielleicht –

Jeden Tag, wieder und wieder, kam ihm der Gedanke; Andrea. Und jedes Mal, das Jahr hindurch, hatte er ihn fortgewiesen, sich gezwungen, an etwas anderes zu denken. Was er tat in dieser Zeit, geschah für eine Sache, für Dr. Reutlingers Sache, die auch die seine war. Einem Gedanken diente er, dem wollte er Leben geben. Was hatte das Persönliche damit zu schaffen, was galt es ihm, dass es sich dabei um Andrea handelte und nur um sie? Freilich fühlte er, dass da etwas hinkte, dass es halb nur stimmte – hatte das unklare Empfinden einer Fessel, die er am Boden nachschleifte das Leben hindurch. Die er kaum merkte in Jahren und die ihn dennoch drückte in verlorenen Augenblicken. Eine Fessel, die er lösen wollte…

Kein Zweifel, die Vorhänge an ihrem offnen Fenster bewegten sich. War es der leichte Wind, der vom Park her wehte? Vielleicht stand sie dort – vielleicht flog ihr Blick zu ihm herüber? Rasch trat er zurück…

***

Kein Wind bewegte die langen Vorhänge. Andrea Woyland zog sie hin und her, mechanisch, unbewusst. Sie saß, ein wenig zurück am Fenster auf dem großen bequemen Sessel, auf dem sie so viele hundert Stunden zubrachte in diesem Jahre. Aber sie sah nicht hinüber auf die hohen Fenster des Saales, sah kaum die Eichen des Parks, in denen der Wind spielte.

Sie trug einen dunklen blauseidenen Pyjama, hellblau verschnürt bis hinauf zum Hals. Neben ihr stand ein niedres Tischchen, Zigaretten, Streichhölzer darauf, auch Bücher und Zeitungen. Sie nahm eine Zigarette, steckte sie zwischen die Lippen, vergaß doch, sie anzuzünden. Sehr langsam waren ihre Bewegungen, unentschlossen und müde.

Ein junges Mädchen kam aus dem Nebenzimmer, hielt ihr ein Glas hin, halb gefüllt.

»Schon wieder?«, flüsterte Andrea. »Halb wach bin ich – soll schon wieder schlafen?«

»Nur heute noch, Fräulein«, kam die Antwort. »Von morgen ab sollen Sie ganz wach werden, hell und weit!«

»Stellen Sie das Glas hin, Schwester,« sagte Andrea, »ich werde es gleich trinken. Heute – was ist denn heute?«

Die junge Schwester lächelte. »Heute ein ist großer Tag für Sie. Oder doch – für die anderen, die Sie sehen wollen. Heute…«

»Die anderen?«, wiederholte Andrea. »Welche anderen?« Doch war sie zu müde, weiter zu denken, nur das vermochte sie aufzunehmen, was dicht vor ihr war. »Schwester Rosmarie,« murmelte sie, »Rosmarie…«

Ein stilles Leuchten kam in ihre Augen, als sie die Pflegerin anblickte. Die trug nicht Schwesterntracht, nur die weiße Haube mit blauem Schleier über rotblondem Haar. Ein weißes, ärmelloses Sommerkleid hatte sie an, rot eingefasst. Sehr kurzberockt und weit ausgeschnitten, fast frei waren Schultern und Nacken. Zart die Gestalt, zierlich und geschmeidig. Hübsch das Gesicht, kokett das Näschen und die kleinen Ohren. Aber sehr wissend die Augen. Viele kleine Sommersprossen hatte sie.

»Schwester,« fragte Andrea, »wie lange sind Sie schon bei mir?«

»Vor drei Wochen kam ich nach Ilmau,« erwiderte die Schwester, »oder nein, am Mittwoch werden's vier Wochen sein.«

Andrea fasste ihren Arm. »So lange schon? Und die große Schwester Trude ist fort?« Sie wartete die Antwort nicht ab, zog die zierliche Schwester zu sich hin. »Ich hab Sie nie recht angeschaut, kleine Rosmarie – hübsch sind Sie, hübsch. Beugen Sie sich her zu mir, dass ich besser Ihr Gesicht sehe, noch näher. So viele Sommersprossen – lustig sind sie! Auf den Wangen, am Kinn – und den Hals hinab.« Sie hob ihre Hände, streichelte ihr Hals und Nacken. »Pardelfellchen«, murmelte sie.

Dann aber schien ein Leben zu erwachen in diesen stillen Händen. Hinab fühlten sie, drängten sich in das Kleid, suchten und tasteten. Hinauf von Schwester Rosmaries Herz stieg eine rasche Blutwelle, färbte die zarte, durchsichtige Haut. Sie zuckte zurück, als ob sie sich losreißen wolle. Beugte sich doch wieder, mehr noch als zuvor, ließ es geschehen. Ihre Wange rührte die andere Wange, die war bleich und wie Marmor kühl. Aber heiß brannten die Hände, das fühlte sie wohl.

»Wie jung deine Brüste sind«, flüsterte Andrea. »Es ist süß, mit Mädchenbrüsten zu spielen.« Ihre Augen schlossen sich, langsam sanken die Arme in den Schoß. Sie atmete tief, sah dann wieder auf. »Küss mich, kleine Rosmarie«, verlangte sie.

Die junge Schwester zauderte, hochrot leuchtete ihr Gesicht. Andrea lächelte: »Zierst du dich?« Schwester Rosmarie schüttelte den Kopf, beugte sich nieder, küsste rasch die Lippen, die sich ihr boten. Riss sich los, hoch ging ihr Atem.

»Nein, ich will mich nicht zieren«, sagte sie rasch. »Ich soll alles tun, was Sie verlangen; so ist der Befehl.«

Andrea fragte: »Wer befahl es?«

»Wer es befahl? – Sie kennen ihn gut!« Sie zögerte, sagte dann rasch: »Die Ärztin war es, Dr. Reutlinger. Aber es stand mir ja frei, es abzulehnen, wenn ich gewollt hätte. Man fragte mich – und ich ging darauf ein, freiwillig.« Unvermittelt kniete sie, ergriff Andreas Hand: blickte sie an, bittend und leise zitternd, als ob sie etwas erwarte, das sie fürchte und doch wieder verlange. Andrea verstand es nicht, strich sich mit der Hand über die Stirn, als wolle sie einen Dunst dort wegwischen. Immer war es, als ob sie in einer Wolke wandle, schwere Nebelschwaden hingen um sie herum. Sie gab es auf; fast schmerzte es, nachzudenken. Wirr suchte ihr Blick, ihre Hand griff achtlos ein Buch.

»Wollen Sie lesen?« fragte die Schwester, »Sie sollten allmählich damit anfangen, Fräu... – Fräulein.«

Andrea ließ das Buch fallen. Nein, nein, nicht lesen. Sie hatte es versucht in der letzten Zeit, war doch kaum über wenige Zeilen hinausgekommen. Dann fiel ihr Blick auf die Zigarettendose, ein goldnes Anhängsel lag daneben. Sie nahm es, reichte es der Schwester. »Nimm es«, flüsterte sie. »Ein kleiner Goldschuh ist es; den gab mir mein Vetter, mein grausamer Vetter Jan. Dem armen Geigerlein solle ich's schenken, schrieb er. Sommersprossen hast du, kleines Hascherl – du bist das ›Arme Geigerlein‹.«

Die Schwester dankte, küsste das Ding, als habe sie einen großen Schatz erhalten. Sie erhob sich, gab ihr das Glas in die Hand. »Wollen Sie jetzt trinken?«, bat sie. »Nur einmal noch und einmal noch lange schlafen. Dann nie wieder, nie – Dornröschen erwacht.«

»Und wo ist der Prinz, auf den sie wartet?«, fragte Andrea.

»Sie ist selber der Prinz,« sagte die Schwester, »weiß es nur nicht. Aber bald wird sie es wissen.«

Andrea starrte sie an, führte das Glas zum Mund, leerte es, »Geh nun, Schwester Rosmarie«, flüsterte sie. Sie lehnte sich zurück in ihrem Sessel, wartete. Erst würde sie klar denken können, klarer als zuvor. Eine kleine Weile nur, dann würden die Gedanken sich wirren, dichter die Schleier sich weben. Bis sie, wieder einmal, versinken würde. Das war nun schon so, heute wie so oft: tiefe Nacht ringsum.

Wie wenig wusste sie doch von diesem Jahr! Allional, Pantopon – wie hießen nur alle die Mittel, die man ihr gab? Und Morphium am Anfang, Schmerzen zu stillen – nein, darauf konnte sie sich gar nicht entsinnen, dass sie wirklich gelitten habe an großen Schmerzen. Aber Blumen waren immer da; dafür sorgten die Schwestern, dass ihr Zimmer nie leer wurde von Blumen.

Erwachen sollte sie, morgen erwachen aus langer Dämmerung? Würde sie dann mehr wissen von dem, was mit ihr geschah? Würde die Erinnerung wieder kehren?

Das wusste sie: ein paar Mal fuhr man sie auf der Krankenbahre durch die Gänge, in den Operationssaal. Sie hörte eine Stimme: »Zählen Sie laut.« Sie atmete Chloroformgas ein und Äther – das war ihr nicht unangenehm. Vierzehn – fünfzehn – dann war es aus.

***

Einmal – im Bett lag sie, rote Rosen standen herum. Ein Mann saß vor ihr, einer mit langem, grauem Bart und großen Brillengläsern, so scharf geschliffen, dass sie die Augen kaum erkennen konnte. Der hielt ihre Hand, fuhr ihr leise über die Stirn mit kalten Fingern, sprach dazu. Sie begriff nicht recht, was er sagte, oder vielleicht verstand sie damals die Worte und hatte sie nur jetzt vergessen? Vergessen – ja, das war es, was er zuerst ihr befahl: etwas vergessen müsse sie – was denn nur? Dann: dass sie wach sein würde und doch nicht recht wach, dass sie nichts wissen würde, nichts empfinden von dem, was mit ihr vorging. Lange Zeit würde der Nebel sie decken, wochenlang.

War es nicht so?

Nicht einmal nur geschah das – der Mann war wiedergekommen – wie oft wohl? Später brauchte er nicht mehr zu sprechen; seine Berührung genügte: Sie wusste schon, was er wollte. Wie ein Gas ging es von ihm aus, wie betäubender Äther – Dämmerungen. Blumen dufteten, süß, schwer, und durch Wolken schwüler Düfte schritt sie dahin, wie dieser Mann es befahl.

Manchmal, wenn er länger fortblieb, erwachte ein Leben und Denken. Dann war es, dass man ihr die Schlafmittel gab, immer andere, um sie nicht an eines zu gewöhnen. Laudanon, Neravan. Oder Injektionen – wie hieß noch das Zeug? Sie wusste nicht, warum das alles geschah; wenn sie fragte, wich man ihr aus. Aber sie fühlte wohl, dass etwas wuchs in ihr: neues Leben. Monate lang war das anders, da *war* sie nur, still, ruhig, fast ohne Bewegung; wie eine Pflanze war sie. Aber dann keimte es, ganz langsam, ganz allmählich. In engster Hülle stak sie, fest geschnürt – und diese Hülle löste sich. Wurde weich, schwand dahin von Tag zu Tag, freier atmeten ihre Lungen. Als ob ihr Flügel wüchsen, war es, bald würde sie auffliegen weit in die Luft.

***

So wenig nur blieb ihr aus dieser ewigen Dämmerzeit. Einmal, lange war das her, gab ihr die Schwester ein Briefchen, die große, schwarze Schwester Trude. Die starke Schwester, die sie aufhob aus dem Bett wie ein Wickelkind, die ernste Schwester Trude, die nie lächelte. Sie öffnete das Briefchen – ein kleiner goldener Schuh fiel heraus, der Schuh, den sie nun der zierlichen Rosmarie schenkte. Sie suchte ihn zwischen den Kissen, spielte damit. Von Jan kam der Goldschuh, von ihrem Vetter – wer sonst würde ihr etwas geben, Gutes oder Böses? Und, freilich, seinetwegen war sie im Sanatorium; was mit ihr hier geschah, das geschah, weil er es so wollte. Ein Wort fiel ihr ein: Salat!

»Schwester Trude«, sagte sie leise. »Wissen Sie, was mit mir geschieht?«

Die große Schwester zog die Decke hoch. »Still, still, nicht so viel sprechen.«

Aber sie beharrte: »Ich weiß es, Schwester Trude. Salat wollt ihr aus mir machen. Das hat mein Vetter so angeordnet, nicht? Als ich ein kleines Mädel war, sechs Jahr alt vielleicht, als ich die Gänse hütete auf der Großmutter Wiesen, da war mein Vetter der junge Herr. Schwimmen lehrte er mich und ich hatte Angst, wollte nicht hinein in den Bach. Er sagte, dass ich dümmer sei, als die kleinste Gossel; die könne schwimmen, wenn sie eben aus dem Ei kröche. Schrecklich dumm sei ich, zu gar nichts zu gebrauchen. Dumm wie eine Gurke sei ich; Salat müsse man aus mir machen! Und eines Sonntagmorgens – zur Kirche war das Gesinde und die Großmutter ritt durch den Wald, den Falken auf der Faust – nahm er meine Hand. ›Komm mit, Fundvogel!‹, sagte er. Er führte mich in den kleinen Hof, den hinter den Ställen, da stand ein großer, steinerner Trog, der den Pferden zur Tränke diente und den Kühen. Eine Ente schwamm drin herum mit ihren gelben Entchen – wie goldene Bälle leuchteten die in der Sonne. ›Setz dich hin,‹ sagte der Vetter, »zieh dich aus, dumme kleine Gurke.‹ Das war schnell getan; barfüßig war ich, wie immer, nur ein Hemdchen hing von den Schultern herab. Der Vetter Jan ging fort, kam bald wieder mit einem großen Bündel; auf dem Steinrand saß ich, baumelte mit den Beinen im Wasser, versuchte ein Entchen zu haschen. Aber die waren schneller als ich. Sein Bündel knöpfte er auf, packte aus:

Essig und Öl, Senf, Pfeffer und Salz. Und Estragon hatte er, Boretsch, Majoran und ein wenig Pimpernell – er wusste schon, was man braucht, um einen guten Salat zu machen. Dabei einen großen Blechtopf, grüne Farbe war darin.

›Was willst du damit?‹, fragte ich ihn.

›Frag nicht so dumm‹, lachte er. ›Jedes muss aussehen, wie es sich gehört. Goldgelb sind die kleinen Entchen – grasgrün die dummen Gurken.‹

Er nahm den Pinsel, strich mir mit der Farbe über den nackten Leib. Natürlich heulte ich, doch das störte ihn gar nicht, das war er von mir gewohnt. Dann leerte er mir Essigflasche und Ölflasche über den Kopf, streute Pfeffer und Salz ins Haar und gab tüchtig Mostert hinzu. ›Salat muss man aus dir machen,‹ lachte er, ›schönen Gurken-salat.‹ Zwei rohe Eier zerschlug er, fuhr mir mit den Händen in die Haare, rieb alles hübsch durcheinander, dass mir die Brühe lang übers Gesicht rann.

Warum ich nicht weglief, Schwester Trude? Aber er war doch der junge Herr im Schloss und für mich war er der liebe Gott. Und er hatte ja recht; das kleinste Entchen konnte schwimmen, ich aber war noch zu dumm dazu.

Plötzlich hielt er inne. ›Ich habe das Messer vergessen‹, rief er. ›Man muss dich schälen und in dünne Scheiben schneiden, um dich wirklich richtig anzumachen!‹

Der alte Jupp kam aus dem Stall, der war unser Kutscher. Jan rief ihn an: ›Komm her Jupp, leih mir mal dein Messer!‹

Der Kutscher kam auch, doch sein Messer gab er nicht her. ›Wat soll dat nu wieder bedeute?‹, fragte er.

›Ich will Salat aus ihr machen,‹ lachte der Vetter, ›weil sie dumm ist, wie eine Gurke.‹

Der Alte schüttelte den grauen Kopf. ›Du bis' mich ä Hännesje,‹ rief er, ›wo du nur all die verrückte Jedanken herkriegst! Weißte nich' mal, Jüngske, dat mer zum Salat reife Jurke nehme muß? Dä Fundvogel is doch kein Jurk, dä is höchstens en janz klein unreif Jürkske! Und nu mach bloß, dat de hier wegkömmst, du fiese

Möpp, sons' wird ich aus dich emal Salat mache, hörste?‹

Der Vetter ließ sich nicht lange bitten; er kannte den alten Jupp. Tun würde der ihm zwar nichts, aber es mochte sein, dass er es der Großmutter erzählte – die redete nicht lange, die brauchte die Reitpeitsche. Von dem Steintrog sprang er herab, schob die Hände in die Hosentaschen, trollte fort über den Hof. ›Jedes kleine Sonntagsvergnügen wird einem vergällt!‹ schimpfte er.

Mich aber, Schwester Trude, mich nahm der Kutscher mit in den Stall. Drei Stunden lang hat er an mir geschrubbt und gebürstet, bis ich wieder rein war. ›Jetzt biste kein jrün Jürske mehr,‹ sagte der Alte wohlgefällig, ›jetzt biste en knallrot Radisje!‹

Noch drei Wochen lang roch ich nach Terpentin und der Vetter hielt sich die Nase zu, wenn er mich sah.«

Aber die schwarze Schwester Trude lachte nicht über die Geschichte. Sie schob die Kissen zurecht, sagte: »Nun müssen Sie schlafen!«

***

Durch den Garten wandelte sie langsam. Schritt für Schritt; geführt, halb getragen von der großen Schwester. Im hohen Herbst war es; am Parkrand leuchteten, überdeckt mit roten Früchten, die schwer hängenden Zweige der Ebereschen, Dahlien blühten auf den Beeten und bunte Astern. Müde war sie von dem bisschen Gehen; die Schwester holte einen Liegestuhl her und sie streckte sich; still lag sie, ohne sich zu rühren. Ein wenig zurück, auf die Bank beim Haus, setzte sich Schwester Trude, nahm ihre Handarbeit. Kein Lüftchen wehte, kein Laut klang durch die tiefe Ruhe. Ein später Falter flatterte über die Berberitzen.

Dann ein Geräusch. Ein blaues, geschlossenes Auto knirschte über die Kieswege. Verschwand hinter den hohen Rhododendronsträuchern, kam wieder heraus, hielt nun vor dem Tor, Andrea blickte hinüber, sah, wie der Chauffeur absprang, den Schlag öffnete. Zwei Herren stiegen heraus, sprachen miteinander einen

Augenblick lang. Dann ging der eine die Treppe hinauf ins Haus, der Chauffeur begleitete ihn. Der andere sah ihnen nach, nahm seine Mütze ab, steckte sie in die Manteltasche, fuhr sich mit der Hand durch die braunen, wuscheligen Haare. Dann wandte er sich dem Wagen zu, setzte einen Fuß auf das Trittbrett, half einem dritten Herrn aussteigen. Faßte ihn unter den Arm, stützte ihn. Andrea sah ihn genau, sehr bleich war das junge Gesicht, tiefe Schatten lagen unter den dunklen Augen.

›Ein Kranker‹, dachte sie. Der Mann fröstelte, schlug seinen Mantelkragen hoch. Schwankend war sein Gang, er lehnte sich schwer auf den anderen. Langsam kamen die beiden näher.

Die Schwester stand, auf, trat an ihren Stuhl, stellte sich dicht vor sie hin. »Gehen Sie doch auf die andere Seite, Schwester«, bat sie. Aber die schwarze Schwester rührte sich nicht.

»Ich möchte die Leute sehen«, verlangte Andrea. »Den bleichen Herrn dort, den Kranken.«

»Er ist nicht krank,« sagte die Schwester ernst, »ganz gesund ist er.«

Sie hörte Stimmen und Tritte die Treppe hinauf. Als die Schwester zur Seite trat, waren alle im Haus, nur den Chauffeur sah sie noch und einen Krankenwärter. Die schnallten das Gepäck hinten ab, trugen es hinauf.

»Der ist für Sie da, der Mann!«, sagte Schwester Trude. Herb klang ihre Stimme und missbilligend.

»Für mich?«, fragte Andrea. »Wieso für mich? Was soll ich mit ihm tun?«

Aber die schwarze Schwester gab ihr nicht Bescheid. »Schlafen Sie jetzt«, sagte sie. »Es wird alles geschehen, wie Gott es will.«

***

Oh, diese Ruhe, diese wärmende Stille von Ilmau! Andrea empfand sie fast wie etwas, das Form hatte und Leben, wie etwas Köstliches, das man streicheln konnte, das sich leicht und sanft überall anschmiegte. Einmal nur, ein einziges Mal in diesem langen

Jahr, zerriss sie – auf eine Minute nur.

Am Fenster saß sie, am grauen Winternachmittag, blickte hinaus auf den Schnee und den schlafenden Park. Da kam die Schwester Trude, trug in beiden Händen einen großen Kasten, stellte ihn vorsichtig auf den Tisch. Und sie lächelte – wer hatte je die schwarze Schwester lächeln sehn?

Sie nahm die Drähte, steckte sie in den Steckschalter an der Wand. »Was haben Sie da?« fragte Andrea.

»Einen Lautsprecher!« antwortete die Schwester. »Warten Sie nur.« Nickte freundlich, öffnete den Kasten, drehte an den Suchern. »Berlin,« sagte sie stolz, »Tanztee im ›Adlon‹.«

Der Kasten spie. »Achtung!«, klang es. »Achtung! Hier Berlin auf Welle 505. Der berühmte Marek Weber mit seiner beliebten Kapelle wird…«

Jazz! Jazz!

Mit beiden Händen griff Andrea sich an den Kopf. Erhob sich, schrie: »Fort! Fort!« Riss heftig die Drähte aus dem Schalter. Atmete auf.

Sehr gekränkt zog Schwester Trude ab mit ihrem Kasten.

Und wieder saß Andrea am Fenster, träumte hinaus. Da schrie etwas – ein Vogel schrie. Sie öffnete das Fenster, um besser zu hören, ah, der Schrei einer Eule. Sie lauschte – alles still eine Weile, dann klang es wieder: »Hu – hu!«

Ein Raubvogelschrei – wie lange hatte sie den nicht gehört! Ihre Brust dehnte sich; weit lehnte sie sich hinaus aus dem Fenster, trank die Winterluft. Sog mit allen Poren diesen wilden Ruf des Nachtvogels.

Sie wartete, wartete – fühlte, dass sie auf einen anderen Schrei noch warte. Aber der kam nicht. Nur das unheimliche ›Huhu, Huhu‹ der Eule, nimmermehr eines Falken Schrei.

Heiß glühten ihre Schläfen, ihr Herz klopfte, übervoll von dieser plötzlichen Sehnsucht. Sehnsucht nach Woyland – nach Woyland und der Falken Schrei.

Oh, einmal noch im Leben der Falken Jagdruf!

Ihre Lippen formten sich, hell klang's durch die Dämmerung: »Kja! Kja!«

Sie wiederholte es – das war des Wanderfalkes Ruf. Und sie rief das »Käh! Käh!« der Sperber und das grausame »Iwjä!« des stoßenden Habichts. Rief der Baumfalken ungeduldiges: »Gät! Gät! Gät!«, rief: »Mi–äh!«, wie der gute Bussard Brittje.

Nichts antwortete. Auch der Eule Schrei war verstummt.

Langsam schloss sie das Fenster, trat ins Zimmer zurück. Aber die Sehnsucht blieb – Woyland, Woyland!

Wenn sie der Großmutter schreiben würde – zum ersten Mal im Leben? Sie suchte, fand schließlich einen Bleistift und ein Stück Papier, setzte sich an den Tisch.

Doch fand sie die Worte nicht. Wie sollte sie das sagen, was sie empfand; nichts bin ich mehr – nur eine Wunde noch, eine große blutende Wunde, bin nur ein Schrei noch, ein heißer Schrei: Woyland!

Nein, sie konnte der Großmutter nicht schreiben. An Jan, ja, an den Vetter, das mochte gehen.

Sie schrieb ihm: Woyland, Sie denke an Woyland, an die Groß- mutter und an ihn. An die Falken. So allein sei sie, so gottverlassen allein. Wenn sie nur etwas hätte, das sie an Woyland erinnere…

Und ob er die Großmutter nicht bitten wolle, ihr etwas zu schicken – oh, am liebsten möchte sie den Silberbecher haben. Den Nürnberger Becher Wenzel Jamnitzers, den köstlichen Becher, auf dem die Falken flogen.

Sie ließ die Hand sinken; schwer seufzte sie auf. Der Falkenbecher – ah, das war Woylands herrlichstes Stück, nie würde die Großmutter ihr den geben…

Sie zerriss das Papier. Still saß sie da und trostlos. Keine Träne – trocken brannten die Augen.

***

Jan Olieslagers hörte die heftige Stimme der Ärztin. Er wandte sich um, sah sie in der Tür stehen, wütend auf die Oberin einredend.

»Seid ihr wahnsinnig geworden?«, kreischte sie. »Das sieht ja aus, wie beim Schützenfest! Der reine Jahrmarktsrummel und Kirmeszauber! Wollen Sie nicht noch ein Karussell aufbauen, Oberschwester, Schaukeln und Schießbuden? Treten Sie doch als Kanonenkönigin auf, oder als Dame ohne Unterleib! Was fällt Ihnen ein, mein Haus in einen Narrenkasten zu verwandeln, Sie blöde Gans?«

»Wir haben es so gut gemeint...«, stotterte die Oberschwester. »Fräulein Doktor haben doch befohlen, den Saal in Ordnung zu bringen und würdig herzurichten für die Gäste.«

»Würdig,« zischte die Ärztin, »das nennen Sie würdig? Legt doch ein Pfefferkuchenherz auf jeden Stuhl, schreibt mit Zuckerguss drauf: ›Zur Erinnerung!‹ Freßt Feuer und Biergläser, tanzt auf Glassplittern, setzt einen alten Seehund aufs Podium und schreit aus, es sei eine Meerjungfrau! Malt mir die Krankengeschichte in kleinen Bildern auf eine Tafel, dass ich sie absinge als Moritat, dreht die Orgel dazu! Wo ist das Wachsfigurenkabinett, wo das Hippodrom? Wo ist der Ochse, der am Spieß gebraten wird? Sie selbst müsste man an den Spieß stecken, Sie alte Kuh, müsste Sie schmoren lassen über langsamem Feuer – das hätten Sie verdient!«

»Sehr beherzigenswerte Gedanken!«, lachte Jan.

Sie hörte es nicht. »Was steht ihr noch da,« schrie sie, »haltet Maulaffen feil? Reißt den Plunder herab, werft ihn auf den Mist und euch dazu!« Sie sprang auf eine Leiter, fasste die große Girlande und riss sie herunter.

Jan kam auf sie zu, begrüßte sie. »Schade,« sagte er, »sehr schade! Ich habe mich so auf die Gesichter der Herrn Professoren gefreut.«

»Schweigen Sie,« fuhr sie ihn an, »ich bin nicht zu Scherzen aufgelegt. Begreifen Sie denn nicht, dass dies der wichtigste Tag meines Lebens ist? Und Sie machen sich lustig...«

»Lustig?«, unterbrach er sie. »Nicht mehr als Sie, Dr. Reutlinger, mit diesem Affenklimbim hier sich lustig gemacht hätten über Ihre erlauchten Gäste! Waren Sie es nicht, die bei jeder Gelegenheit

Wut schnaubte, Gift und Galle spie über die exakte Wissenschaft? Über all die gelehrten Herrn, steifen Theoretiker und leisetretenden Experimentatoren, die es nicht wagen, selbst heranzugehen an den Speck und doch Ihnen Steine in den Weg warfen? Heute hätten Sie gute Gelegenheit, den Herrschaften zu zeigen, was Sie von ihnen denken. Sie haben das Spiel gewonnen, haben erreicht, was keinem vorher gelang – das wird morgen früh die ganze Welt wissen. Da können Sie sich das Satyrspiel leisten!«

»Danke, Herr!«, entgegnete sie. »Sie vergessen nur, dass ich nicht den Ehrgeiz habe, witzige Bierpossen aufführen zu wollen. Die Kunst geht mich nichts an; dies ist kein Theater, sondern ein Saal, der der Wissenschaft dient. Und die Wissenschaft, lernen Sie das doch endlich, hat keinen Platz für Witz und Humor, so wenig, wie das Leben.«

»Ja, ja,« nickte er, »ich weiß es schon: ›Ernst ist das Leben, heiter ist die Kunst!‹ Aber gerade weil das im Allgemeinen wirklich so stimmt, gerade darum sollte man in dies ernste und trübselige Leben einen Witz hineinknallen, wenn sich die Gelegenheit dazu gibt, und in eure langweilige Wissenschaft erst recht. Doch wie Sie wollen, Dr. Reutlinger, dies ist Ihr Haus! Wahren Sie die Würde der Wissenschaft, reißen Sie die Freudenfähnchen herab, wandeln Sie die Jahrmarktsbude in eine Trauerkapelle. Da haben Sie die rechte Weihe für Ihre Predigt.«

Sie ließ ihn reden, fuhr die Schwestern an und die Mägde. »Vorwärts, tummelt euch! Habt ihr nicht gehört, was ich befohlen habe? Heraus das Zeug, nur ein paar Lorbeerbäume in die Ecken und auf das Podium.« Sie setzte sich, sah zu, wie man die Schilder herunternahm, die Girlanden und Fähnchen.

Jan betrachtete sie. Sie trug ein schwarzes Schneiderkleid mit Weste und Jacke, wahrscheinlich zum ersten Male und eigens für diesen Tag gemacht. Ihre Haare waren frisch geschnitten, gefärbt, sorgfältig gescheitelt und frisiert. »Sie sehen erstaunlich manierlich aus«, stellte er fest.

»Danke,« erwiderte sie, »ich habe mir wenigstens alle Mühe

gegeben.« Ihr Blick fiel auf das Schild unter dem Haeckelbild. »Wer hat denn den Blödsinn ausgedacht?«, fragte sie.

Jan verbeugte sich. »Zu dienen, Fräulein Doktor, ich bin der Verfasser – auch für alles andere verantwortlich. Die Schwestern sind unschuldig – gießen Sie allen Zorn über mein Haupt. Oder üben Sie Milde, heute, am Tag Ihres Triumphs?«

»Ist es nicht auch der Ihre?«, gab sie zurück.

»Vielleicht«, sagte er langsam. »Aber, mir ist nicht recht wohl dabei. Kaum bin ich neugierig, das Ergebnis leibhaftig zu sehen: nur das Werden fesselt mich, nie das Gewordene. Sehen sie, Dr. Reutlinger, was Ihnen eine große wissenschaftliche Tat erscheint, für mich ist es nur ein grotesker Witz. Einer, wie ich Dutzende machte, von Kindheit an und bis heute – auch ein Beruf. Als ich ein Bub war, endete es meist damit, dass der Großmutter Peitsche auf meinem Rücken tanzte – und das Leben gab mir noch ganz andere Püffe. Ich bin ein gebranntes Kind – ich scheue das Feuer nicht, aber ich weiß recht gut, wie es brennt. Das wird es auch diesmal tun – darum sehne ich mich nicht gerade nach einem Wiedersehen mit meiner Base.«

»Mit Ihrem Vetter, meinen Sie!«, verbesserte die Ärztin. »Kommen sie nun, ich muss die Gäste empfangen. Dr. Fallmerayer ist auch da, er wird das Referat über seine Mitwirkung selbst halten.«

Sie gingen die Treppe hinab. Gedrängt voll Menschen war die Halle, die Türen zum Garten standen weit offen. Immer noch sah man Autos vorfahren, denen Neuankommende entstiegen. Fast nur Herrn, kaum drei oder vier Damen waren darunter. Am hintern Ende der Halle war ein Büffet errichtet, betresste Diener reichten Erfrischungen herum. Jan trennte sich von der Ärztin, die sogleich von einer Reihe junger Leute umringt war; er entdeckte Dr. Fallmerayer, ging auf ihn zu und begrüßte ihn.

»Nun, Doktor,« fragte er, »haben Sie meinen Scheck bekommen?«

»Danke,« lachte der Arzt, »hunderttausend! Aber verdient habe ich ihn nicht – Sie haben mein unerhörtes Glück bezahlt, nicht meine Kunst. Die verehrte Kollegin Reutlinger ist von heute ab eine strahlende Sonne am Himmel der Wissenschaft und ich bin zum mindesten ein Mond – dennoch bilde ich mir auf meine Arbeit so wenig ein, wie auf die einfachste Blinddarmoperation. Wenn ich noch tausend solcher Fälle bekäme – sie würden alle übel ausgehen, das ist auch heute noch meine feste Überzeugung. Solch eine Kette glücklicher Zufälle schließt sich nicht wieder zusammen.«

»Wie geht es Ivo?« fragte Jan.

»Ivo –«, erwiderte der Arzt, »das wissen Sie nicht? Tot ist er. Schade, ich hätte ihn gern heute vorgeführt. Die Heilung ließ sich sehr gut an, meine künstlichen Plastiken schienen prächtig ihren Dienst zu verrichten, wenn sie auch gewiss kein ästhetischer Genuss waren. Ich ließ den jungen Preindl hier bei ihm zurück, als ich abfahren musste; der nahm ihn zunächst in das Barmstädter Krankenhaus, brachte ihn später, als er gut transportfähig war, zu mir nach Brixen. Ich habe mir jede erdenkliche Mühe mit dem Tänzer gegeben – aber der Bengel wollte einfach nicht; nie im Leben hatte ich einen Kranken, der so wenig Genesungswillen zeigte. Nicht gerade Sabotage, aber doch passiver Widerstand. Ich schrieb seiner Tänzerin, da ich mir Hilfe von ihrem Einfluss erhoffte. Sie kam sofort, aber Ivo wollte sie nicht sehen. Er versteckte sich hinter den Schwestern – wir haben Vinzentinerinnen im Krankenhaus und Sie wissen ja, dass die Ordensdamen bezüglich der Hausordnung bei uns mehr zu sagen haben, als die Ärzte – Iphigenia wurde nicht vorgelassen; musste wieder abziehen. Sie lässt Sie grüßen – jetzt tanzt sie in Wien beim Ronacher. Ich sprach lange mit Ivo, versuchte mein Möglichstes – nichts war zu machen. Er weinte nicht mehr – so lose ihm früher die Tränen saßen – spielte den resignierten Stoiker, den Helden aus Märtyrergeschlecht. Er klagte immer über Schlaflosigkeit und Schmerzen – heute bin ich überzeugt, dass er kaum welche hatte. Er sparte sich eben sein Veronal auf; nach seinem Tod fand ich noch eine Menge in seinem Nachttisch. Sehr gut passte er die Zeit ab, als ich fort war zum Wochenende, Ski lief in den Bergen, als zugleich eine Schwester auf seinem Flur Dienst hatte, die ganz besonders dämlich war. Kurz, er wachte nicht mehr auf; längst war es vorbei, als ich zurückkam.«

Er unterbrach sich, blickte zum Tor, durch das eben ein paar Herrn eintraten, »Beim Geier,« rief er, »den hätte die Reutlinger nicht herbitten sollen!«

Jan wandte sich um. »Wen meinen Sie?« fragte er.

»Den Koronoffi«, rief der Arzt. »Sie kennen ihn ja von Paris her. Selbst die Laienwelt weiß heute, welch ein Quacksalber er ist.«

»Wer ist sonst noch erschienen?«, erkundigte sich Jan.

»Schauen Sie sich nur um,« antwortete Fallmerayer, »alles ist hier, was gut und teuer ist in der Biologie; manche haben Sie ja vor Jahresfrist selbst aufgesucht. Da steht der Steinach, lacht und strahlt – er ist sicher einer der wenigen, die der Reutlinger ihren Erfolg neidlos gönnen. Der mit ihm spricht, ist Pezard vom Pariser Biologischen Institut. Neben ihm Knut Sand aus Kopenhagen. Die drei hinten am Büffet: Riedl aus Prag, Wexer aus Freiburg, das ist der, der gerade ins Butterbrot beißt. Der dritte, der eben sein leeres Glas fortsetzt, ist Lärms, die Tübinger Koryphäe.«

»Wer ist der junge, hochelegante Herr da vorn?«, fragte Jan.

»Der?«, rief Fallmerayer. »Schau, schau, der ist auch hier! Dr. Janauschek heißt er, wir nannten ihn stets den süßen Anatol. Wir haben zusammen studiert, die Reutlinger, er und ich; der Alte, mit dem er spricht, ist unser verehrter Lehrer Professor Laibl aus Wien, der beste Plastiker der Welt! Aber, so jung ist der Anatol nicht, er zählt ein paar Semester mehr als ich.«

Der elegante Herr drängte sich durch, ging auf die Ärztin zu. Gamaschen trug er, gestreifte Hosen und ein schwarzes Jackett, eine Gardenie im Knopfloch. Jan beugte sich vor: Geschminkt war das Gesicht, gebrannt die goldig schimmernden Haare. Er streckte der Ärztin die Hand hin, man sah große dunkle Perlen an seiner Manschette.

»Wie ich mich freue, Sie wiederzusehen, Verehrteste!«, rief er. »Gut schauen Sie aus, geradezu imponierend – wahrhaftig, beinahe wie ein Mann!«

»Danke,« zischte die Ärztin, »das Kompliment kann ich Ihnen zurückgeben, lieber Anatol: beinahe wie ein Mann sehen Sie aus!«

Dr. Fallmerayer grinste. »Das ist die Reutlinger, wie sie leibt und lebt – die bleibt keinem ihr Giftröpfchen schuldig. Hören Sie doch, wie die Herren da lachen. Alles Presse, was um sie herumsteht, keine große Zeitung, die nicht vertreten ist heute. Der Witz wird dem süßen Anatol ankleben, solange er lebt!«

Ein kleiner Herr schob sich in die Halle, schwammig, sehr bleich und goldbebrillt; ihm folgten einige jüngere Herren. »Da kommen die Berliner,« rief Jan, »Geheimrat Dr. Magnus mit seinen Magnolien, die ganze Blüte des sexualwissenschaftlichen Instituts!«

Die Ärztin ging ihm entgegen. »Das ist recht, dass Sie doch gekommen sind, lieber Geheimrat,« sagte sie, »ich fürchtete schon, dass Sie wieder als Sachverständiger vor Gericht stehen müssten. Kein Mordprozess mehr ohne Dr. Magnus, den großen Mitleidspropheten, was? Welche Wonne, jeden Lustmörder den Klauen einer verrohten Justiz zu entreißen, die immer noch nicht einsehen will, dass in der neuen Weltordnung die Regel gilt: Jedem Tierchen sein Pläsierchen – wenn's nur richtig wählt! – Eine Erfrischung, Meister? Ein Glas Bier, einen Cocktail? Oh, ich vergaß – das sind verabscheuungswürdige Lastergetränke, die sich nicht vertragen mit Ihrer Sanftmut. Ein Schokolädchen also, ein Limonädchen, durch's Strohhälmchen zu schlürfen?«

Geheimrat Magnus war kein bisschen verletzt; nicht einen Augenblick verließ ihn seine sprichwörtliche Gutmütigkeit. »Gut gelaunt heute, verehrte Kollegin!«, lachte er. »Wenn ich um eine Tasse Tee bitten dürfte?«

Hella Reutlinger nickte, fasste Dr. Janauschek am Arm. »Machen Sie sich ein wenig nützlich, süßer Anatol! Bringen Sie dem Geheimrat ein Tässchen Tee – aber nicht zu stark. Und recht viel Schlagsahne und ein Zwiebäckchen dazu.« Sie klatschte in die Hände, hob ihre Stimme. »Meine Herren,« rief sie, »meine Herren! Ich glaube, dass wir vollzählig sind. Darf ich Sie nun bitten, mir in meinen Vortragssaal zu folgen?«

Mit großen, hastigen Schritten sprang sie die Treppe hinauf; langsam folgten ihr die Versammelten.

***

Nichts mehr von Jahrmarktszauber im Saal, nüchtern hingen die Stiche der Berühmtheiten auf den weiß getünchten Wänden. Langweilige Palmen räkelten sich in den Ecken und zwischen den Fenstern. Zwei mächtige Lorbeerbäume in Spitzkegelform rahmten das Rednerpult. Die Herren nahmen Platz; vorn in die erste Reihe setzte sich der riesige Professor van Heuckelum aus Utrecht, strich seinen langen, schneeweißen Bart, zog sein Hörgerät aus der Tasche und stellte es umständlich ein, bevor er es sich ins Ohr steckte. Brechend voll war es; die Schwestern schleppten noch Stühle herein, dennoch standen manche Herrn an den Wänden. Mit Mühe fanden Jan und Dr. Fallmerayer, die zuletzt eintraten, noch ein Plätzchen, hinten beim letzten Fenster; der Arzt hockte sich auf einen Palmenkübel, neben ihm lehnte Jan an der Fensterbank.

Ein Husten und Räuspern, still wurde es: Hella Reutlinger erklomm, drei Stufen hinauf, das Podium. Verschwand hinter den Lorbeeren, tauchte wieder auf beim Rednerpult. Jemand begann zu trampeln und die ganze Versammlung machte mit: erwies ihr die alte, urwüchsige Ehrung, mit der Studenten im Hörsaal den beliebten Lehrer begrüßen.

»Das tut ihr wohl, sehen Sie doch, wie sie feixt!«, raunte Dr. Fallmerayer. »Sie fühlt sich schon als Professor. Ein gutes Zeichen – manche sind hier, die statt zu trampeln, lieber ihr Missfallen durch kräftiges Scharren gezeigt hätten.«

Die Ärztin dankte leicht mit dem Kopf. Ihre Stimme klang ruhig, wenn auch ein wenig heiser, man merkte ihr an, wie schwer es ihr fiel, ihre innere Aufregung zurückzudrängen und die auswendig gelernten Phrasen aufzusagen.

»Meine Herrn,« begann sie, »von ganzem Herzen danke ich Ihnen, dass Sie meiner Einladung gefolgt sind. Wenn ich auch weiß, welch' hohe Ehre es für mich ist, die Träger der klangvollsten Namen unserer Wissenschaft in meinem Hause versammelt zu sehen, so bin ich mir doch durchaus bewusst, dass Sie alle, ebenso wie die Vertreter unserer Fachpresse und der großen Tageszeitungen, nicht um meiner bescheidenen Person willen nach Ilmau kamen, sondern nur, um den außergewöhnlich interessanten Fall in Augenschein zu nehmen, den Ihnen vorzuführen, ich heute das Vergnügen habe. Dass ich Sie bat, hierher zu kommen, bitte ich, mir nicht als Anmaßung anrechnen zu wollen: gewiss hätte ich meinen Vortrag auf dem nächsten biologischen Kongress halten können, hätte dann aber darauf verzichten müssen, Ihnen mein Versuchsobjekt in natura vorzuführen.«

So ging es weiter, Minuten lang. Sie erwähnte einige der klingendsten Namen, sprach von den bedeutendsten Arbeiten und Versuchen der letzten Jahre, machte ein paar Verbeugungen nach Wien und Chikago, nach Kopenhagen und Berlin. Das war nicht ihre Art, sich auszudrücken; gewiss hatte einer ihrer Assistenzärzte diese Einleitung aufgesetzt – man fühlte, wie sie stolperte, wie mühselig sie sich damit zurecht fand.

»Aus meinem Einladungsschreiben, meine Herrn,« fuhr sie fort, »haben Sie ersehen, um was es sich handelt – ich darf annehmen, dass Sie diese kurze Darstellung mit einigem Interesse gelesen haben, denn sonst wären Sie gewiss nicht hier. Ich bilde mir nicht ein, wesentlich Neues geleistet zu haben, ich bin nur die Wege weiter gegangen, die Sie, meine Herren, mir gewiesen haben. Was an niederen Tieren längst gezeigt wurde, in den letzten Jahren auch an verhältnismäßig höherstehenden Tieren – das ist mir zum ersten Mal gelungen, beim Menschen zu erreichen: die Vertauschung der Geschlechter!«

Sie hielt inne, ihre gelben Augen flogen über die Versammlung. Nervös strich sie ihr Manuskript zurecht, begann wieder: »Ich muss meine verehrten Herrn Kollegen um Verzeihung bitten, wenn ich meinen heutigen Vortrag nicht streng wissenschaftlich fassen werde, besonders auf allzu schwere Fachausdrücke und Begriffe, die nur im engeren Gelehrtenkreise verständlich sind, verzichte. Ich bin gezwungen, mich allgemein begreiflich auszudrücken, um auch den Herrn von der Presse volles Verständnis zu ermöglichen, ich muss auch, um diese einigermaßen mit der Materie vertraut zu machen, eine kurze Einführung vorausschicken, die vor einem rein wissenschaftlichen Forum natürlich überflüssig wäre. Sollte dennoch das eine oder andere nicht ganz klar sein, so bitte ich Sie, mich getrost zu unterbrechen. Natürlich gilt das nicht nur für die Laien, sondern erst recht für die Herren Gelehrten, denen ich für jeden Einwurf, jede besondere Frage herzlich dankbar bin – ich werde gern die gewünschten Erklärungen geben.«

Sie hob ihr Manuskript und las ab; begierig lauschten die Journalisten und machten Notizen, eine junge Dame, die neben Dr. Fallmerayer saß, schrieb eifrig jedes Wort mit. Gutmütig, fast ergeben ließen die Auguren der Wissenschaft diesen Anfängerkursus über sich ergehen. Von den ersten tastenden Schritten berichtete sie, von den Arbeiten Pflügers und Hertwigs, von den Versuchen Swingles und seiner Mitarbeiter in Amerika. Erzählte von Seeigeln und Schmetterlingen, Fröschen und Ratten. Von dem Meerschweinchen, das Lipschütz, Steinachs Schüler, aus einem Männchen in ein Weibchen wandelte, von den Enten und Hühnern der Schulen Crews und Lillies, die zu, freilich noch recht unvollkommenen, Hähnen und Erpeln wurden.

»Immer höher geht's die Leiter hinauf, meine Herren von der Presse,« sagte sie, »leider werden dabei die Schwierigkeiten immer größere. Im vergangenen Jahr traute sich unser verehrter Züricher Kollege gar an einen Affen heran – er hat uns auf unserem letzten Kongress darüber berichtet. Der Versuch glückte vollständig; leider verstarb die arme Patientin, Mimi, die Meerkatze.

Ein unterdrücktes Lachen ging durch die Reihen; selbst einige der Wissenschaftler lächelten, wussten sie doch gut genug, wie zweifelhaft und wenig beweiskräftig dieser Züricher Versuch war. Jan hörte nur halb hin; an all diesen Dingen, die ihn brennend ein Jahr über beschäftigten, schienen er plötzlich jedes Interesse verloren zu haben. Doch fühlte er, wie mehr und mehr ein Empfinden von ihm Besitz ergriff, das er nun schon seit einigen Tagen verspürte: eine Scheu, eine Angst fast, Andrea wiederzusehen.

»Ich muss fliehen«, murmelte er, »Ich muss weglaufen – wieder einmal.«

Der Ärztin Stimme hob sich, sie sprach frei nun, fuchtelte mit ihrem Papier in der Luft. »Wir in Ilmau, meine Helfer und ich, hatten mehr Glück, als unser verehrter Schweizer Kollege mit seiner Meerkatze. Vor Jahresfrist, meine Herrn, reiste ein Mann in Europa herum, der sich in den Kopf gesetzt hatte, das bei einer Frau zu erreichen, was bei der Züricher Äffin nicht gelang. Große Mittel waren ihm dazu zur Verfügung gestellt worden, er konnte sich leisten, die ersten Autoritäten aufzusuchen. Überall aber erhielt er eine glatte Absage, man lachte ihn aus. In fünfzig Jahren vielleicht sei man so weit, sagte man ihm, dann möge er wiederkommen, heute noch sei es ein Verbrechen, so mit Menschenleben zu spielen – nur ein gewissenloser Scharlatan würde sich heute dazu hergeben. Zuletzt kam er zu mir. Ich wagte es: *ich bin der verbrecherische Scharlatan!*«

Ihre Stimme kreischte, überschlug sich. »Ich wusste es doch,« brummte Fallmerayer, »sie kann nicht heraus aus ihrer Haut, kann nicht sachlich bleiben.«

Hella Reutlinger war in Fahrt. »Der Mann, von dem ich spreche, ist heute unter uns. Manche von Ihnen kennen ihn ja, werden sich seines Besuchs erinnern, vielleicht bedauern sie heute, dass sie ihm die Türe wiesen, wie einem Narren. Er hat mir nicht nur das notwendige Menschenmaterial geliefert, hat auch sonst in jeder Beziehung meine Arbeit in aufopfernder und uneigennütziger Weise unterstützt: es drängt mich, ihm heute meinen Dank auszusprechen.« Sie hob den Arm, wies mit der Papierrolle zur Fensterseite – alle Köpfe wandten sich, schauten nach hinten. Jan beugte sich nieder, das Blut schoss ihm zu Kopf; am liebsten wäre er zum Fenster hinausgesprungen.

»Da haben Sie Ihr Fett!«, flüsterte Fallmerayer.

»Verdammtes Weibsbild!«, zischte Jan.

In der zweiten Reihe erhob sich ein Herr. »Ich bitte ums Wort,« rief er, »für eine kurze Erklärung. Der Herr – ich vergaß seinen Namen – war in der Tat vor etwa einem Jahr auch bei mir in München. Ich lehnte sein Ansinnen ab, gebrauchte dabei wohl auch den einen oder anderen der von der Rednerin wiedergegebenen scharfen Ausdrücke. Ich hielt das für meine Pflicht als Gelehrter – ich füge hinzu, dass ich dem Herrn, wenn er heute wieder zu mir käme, genau dieselbe Antwort erteilen würde.«

Giftig schaute die Ärztin zu ihm herab, höhnisch klang ihre Stimme. »Das heiße ich Prinzipientreue, Charakter und Überzeugung! Sie bleiben bei Ihrer Meinung, selbst wenn…« Sie unterbrach sich, zwang sich, ruhig zu bleiben. »Vielleicht haben Sie die Güte, Herr Professor, uns später in der Diskussion zu entwickeln, inwieweit Ihr Standpunkt sich gegenüber meinem Material heute noch rechtfertigen lässt. Lassen Sie mich jetzt fortfahren, ich werde mich kurz fassen, um Ihre kostbare Zeit so wenig wie möglich in Anspruch zu nehmen. Die Frau, die uns zu unserem Versuch zur Verfügung gestellt wurde, war denkbar bestes Objekt, ein durchtrainierter Leib, gesund in jeder Beziehung.«

Sie nahm einen Bogen vom Pult, las die Anamnese vor, dann den Befund. Alter, Größenmaße, Herztätigkeit, Atmung, Nervenzustand, Reflexe, Blutdruck, Verdauung – kein kleinster Umstand war vergessen.

Seltsam, dachte Jan, kein Mensch in der Welt könnte danach Andrea erkennen. Und er überlegte, wie *er* sie beschreiben würde: grau die Augen, die Stirn…

Er hörte nicht mehr auf das, was da oben gesprochen wurde; nur zuweilen schlugen Worte, auch wohl Sätze, an sein Ohr. Totalexstirpation klang es, und er dachte: Welch häßliches Wort! Herausnahme der Ovarien, der Eileiter, des Uterus – scheußlich, scheußlich!

»Sie müssen sich das nicht so gefährlich vorstellen, meine Herrn von der Presse«, sagte die Ärztin. »Eine Operation, die alle Tage vorkommt. Überraschend schnell ging der Heilungsprozess in unserem Fall. Dann fütterten wir, durch Monate hindurch, die Patientin mit Keimdrüsen. Das Füttern bitte ich nicht wörtlich zu nehmen: die Keimdrüsen – menschliche natürlich, denn Affendrüsen sind viel zu teuer und werden nur zum Reklametrommeln benutzt – werden subkutan in Rücken oder Oberschenkel eingepflanzt; der Körper saugt sie sehr schnell auf. – Wie meinen Sie, Herr? Sprechen Sie deutlich.«

Im Hintergrunde erhob sich ein dicker Journalist. »Ich möchte wissen, wo Sie die Drüsen her bekamen?«

»Nichts leichter als das«, kam die Antwort. »Hier ist die kleine Anzeige, die wir in einigen vielgelesenen Blättern aufgaben: ›Klinik sucht kräftigen, in jeder Beziehung gesunden, jungen Mann gegen gute Bezahlung. Es handelt sich um Hergabe eines durchaus entbehrlichen Körperteils für einen anderen Menschen, Operation völlig schmerzlos.‹ Dutzende meldeten sich; wir schrieben ihnen, worauf es uns ankam, baten um Preisangabe. Das Angebot überstieg dann bei weitem unsere Nachfrage, jeder Mann weiß ja, dass von seinen beiden Keimdrüsen eine völlig genügt. Nicht uninteressant waren übrigens die Forderungen; während manche sich mit zwanzig Mark zufrieden erklärten, schätzten einige ihre halbe Männlichkeit fantastisch hoch ein. So schrieb uns ein Predigtamtskandidat aus Königsberg, dass er nach reiflicher Überlegung bereit sei – gegen Zahlung von zehntausend Mark. Er wolle heiraten und sich deshalb Wohnung und Wohnungseinrichtung anschaffen; sein Fräulein Braut habe sich mit dem schweren Opfer einverstanden erklärt. Wir verzichteten gern auf die predigtamtskandidatliche Drüse; im Durchschnitt bezahlten wir unseren Lieferanten neben freier Reise etwa hundert Mark.«

»Da bin ich wieder um eine Hoffnung ärmer!«, rief ein Witzbold und fand das gewünschte Gelächter.

»Wenn sie so weiter macht,« raunte Dr. Fallmerayer Jan zu, »wird's Bierabendstimmung! Dabei kennt sie nur den einen Ehrgeiz, sich als Wissenschaftlerin durchzusetzen, einen Lehrstuhl zu bekommen, in ihrem Clan als prima inter pares zu gelten. Im Grunde pfeift sie auf die Presse, die sie doch glaubt vor ihren Wagen spannen zu müssen – warten Sie nur, sie wird's intra et extra muros verschütten!«

»Diese erste Operation,« setzte die Ärztin ihre Rede fort, »die mein bester Assistenzarzt mit außerordentlichem Geschick und vollstem Erfolg durchführte, war glücklich vorbei, die Heilung auf schönstem Weg, als ein besonderer Umstand uns zwang, uns nach einer weiteren Hilfe umzusehen. Ich brauche wohl nicht zu bemerken, dass ich mir, gleich bei ihrer Ankunft in meinem Haus, von der Patientin schriftlich bestätigen ließ, dass sie mit allem, was geschehen sollte, einverstanden sei. Leider stellten sich nun nach der ersten Operation schwere psychische Depressionen ein, obschon die Patientin die ganze Zeit über einen erstaunlichen, wenn auch mehr unbewussten Heilungswillen zeigte. Sie kam aus freien Stücken zu mir, doch war ihr endgültiger Entschluss mit schwersten seelischen Kämpfen verbunden, die sich nach der Totalexstirpation zu fast unerträglichen Qualen verstärkten. Wir versuchten es mit allen uns zur Verfügung stehenden Beruhigungsmitteln, aber nur mit stundenweisem Erfolg.

Da erzählte mir eine meiner Pflegerinnen, Schwester Trude – auch ihr möchte ich heute danken, denn ihrer aufopfernden und dabei sehr fachkundigen Pflege ist der glückliche Erfolg nicht zum geringsten zuzuschreiben – also Schwester Trude erzählte mir von einem Dr. Bela Aranyi aus Budapest, der sich in engerem Kreis des Rufes eines besonders tüchtigen Hypnotiseurs erfreue. Ich ließ ihn kommen; schon in der ersten Sitzung erreichte er, was wir vergeblich versucht hatten: vollkommene Beruhigung. Seine Methode war eine fast lächerlich einfache, er suggerierte der Patientin, dass sie vergessen solle, was mit ihr geschehen war und noch geschehen werde. Sie behielt ihr volles Gedächtnis – nur alles das, was irgendwie Bezug auf den Versuch hatte, dem sie als Objekt diente, war in ihrem Gehirn ganz und gar ausgeschaltet. Diese Wachsuggestion hielt für Wochen an; in regelmäßigen Abständen kam Dr. Aranyi wieder, um sie zu erneuern. Nur in den kurzen Zwischenzeiten, wenn er auf unsere Depeschen hin nicht sofort herreisen konnte, zeigten sich wieder Unruhen; dann griffen wir hilfsweise zu Schlaf- und Beruhigungsmitteln, die im Allgemeinen die gewöhnliche kurze Wirkung hatten. Ich möchte bemerken, dass wir mit Skopolamin ausgesprochen schlechte, dagegen mit intravenösen Brominjektionen besonders gute Erfahrungen machten. Aber, wie gesagt, das waren nur kleine Hilfsmittel, in der Hauptsache half uns die vortreffliche Wachsuggestion des ungarischen Arztes. Auf diese Weise lebte die Patientin das ganze Jahr über in einem Dämmerzustand; auch heute noch ist sie sich keineswegs bewusst, was mit ihr geschehen ist. Doch wird sie nun bald zu vollem Bewusstsein erwachen, und zwar wird dieses Erwachen zum Mann kein plötzliches, sondern ein ganz langsames und allmähliches sein.

Ich greife vor, meine Herrschaften. Die erste grundlegende Operation hatte das weibliche Moment vernichtet, aber noch nichts Männliches an seine Stelle gesetzt. Die Raupe war nicht mehr, sie war eingesponnen; um meiner Patientin Geist hatte sich eine Hülle gelegt, sie lebte nur das Dämmerleben einer Puppe. Aus dem ›sie‹ war ein ›es‹ geworden, nun handelte es sich darum, dieses ›es‹ in ein ›er‹ zu wandeln. Zu diesem Zweck sicherte ich mir die tüchtigste Kraft, die mir bekannt war: Dr. Fallmerayer aus Brixen. Er, zusammen mit meinem Auftraggeber, besorgte mir den Mann, den wir benötigten. Er machte dann die hauptsächliche Operation.

Es handelte sich um eine Symbiose – um die gewaltigste und zugleich gefährlichste Symbiose, die je gemacht wurde. Zum Verständnis der Herrn von der Presse: Symbiose ist das Zusammenleben zweier Lebewesen; Sie werden gleich verstehen, wie das in unserem Sinne gemeint ist. Vor kurzem ging eine kleine Geschichte durch alle Blätter, die manche von Ihnen gewiss gelesen haben. Eine junge und schöne amerikanische Millionärin, hatte bei einem Autounfall ihr linkes Ohr eingebüßt; sie wünschte ein neues und schrieb einen Preis aus. Unter den Bewerberinnen suchte man das hübscheste und passendste Ohr aus; dieses wurde halb gelöst und mit dieser Hälfte der Dame angenäht. Die beiden Frauen wurden aneinandergebunden, besonders die beiden Köpfe mit Stärkebinden eng aneinander geknüpft. Während also das Ohr in der Oberhälfte bei der neuen Besitzerin anheilte, wurde es durch die untere Hälfte von der alten Besitzerin ernährt. Als der obere Teil gut angeheilt war, löste man den zweiten Teil des Ohres ab – die beiden Frauen wurden getrennt; das Ohr heilte bald ganz an, während seine Verkäuferin sich fortan mit einem Ohr begnügen musste. Das ist ein einfacher und heute nicht mehr ungewöhnlicher Fall einer menschlichen Symbiose: ein kleiner Maulwurfshügel, dem wir einen Mount Everest entgegenstellten. Dr. Fallmerayer ist zugegen; er wird Ihnen über diesen Teil unseres Experimentes persönlich Bericht erstatten.«

Der Arzt erhob sich von seinem Palmenkübel, ging nach vorn und bestieg das Podium. Er sprach trocken und sachlich, nahm nicht die geringste Rücksicht auf die Presse. Dr. Reutlinger reichte ihm einen Bogen vom Pult; er begann, wie sie, mit einer Vorlesung der Anamnese und des Status des Tänzers Ivo.

»Ich schicke voraus,« fuhr er fort, »dass ich an meine Arbeit mit größter Skepsis heranging; wenn sie mir letzten Endes doch gelang, so habe ich das weniger meiner Geschicklichkeit, als vielmehr einem beispiellosen Glück zu verdanken. Immerhin: Das Experiment ist gelungen, der Beweis für seine Möglichkeit damit erbracht. Ich machte eine Dauertransplantation, übertrug Scrotum, Penis, Samenstränge, kurz, das gesamte Gemächt, vom männlichen auf den weiblichen Körper. Mit Stärkebinden war wegen der langen Zeit nicht zu arbeiten, ich musste während der Dauer der Symbiose, die etwa vier Wochen, genau sechsundzwanzig Tage und drei Stunden währte, beide Leiber im starren Gipsverband halten. Diese Eingipsung war vollständig, umschloss sogar die Arme, da jede kleinste Bewegung verhindert werden musste. Dass die beiden diese langwierige Stilltransplantation ohne nachteilige Folgen aushielten, beweist die geradezu erstaunliche Widerstandskraft völlig gesunder Menschen.«

Er ging in Einzelheiten über, beschrieb auf das genaueste seine Operation. Die Herren von der Presse hörten auf, sich Notizen zu machen, starrten ihn mit weit aufgerissenen Augen an. Einige erbleichten; der Dicke, der hinten an der Wand stand, wischte sich den kalten Schweiß von der Stirn. Nur die kleine Journalistin, die neben Jan saß, schien völlig unbewegt; ihr Bleistift flog über das Papier, kein Wörtchen entging ihr.

»Sie hätten sich das alles ruhig mit angesehen,« flüsterte Jan, »was, Fräulein?«

»Warum nicht?«, antwortete sie gleichmütig. »Schon als Schulmädchen mußte ich meiner Mutter in der Küche helfen, da lernte ich Hühner ausnehmen und Fische reinigen. Ist das nicht viel unappetitlicher?«

Und sie schrieb mit, was Dr. Fallmerayer da oben sagte, schrieb, wie die Wunden aussahen nach der vollständigen Trennung. Keinen kleinsten Kunstgriff vergaß sie, brachte jeden Abschnitt der Krankengeschichte hübsch zu Papier. Dr. Fallmerayer sprach schnell, verweilte mit kurzen Sätzen bei den Heilungsprozessen, streifte nur das unvorhergesehne Ende des einen Patienten.

»So weit meine Mitwirkung«, schloss er, stieg die Stufen zum Saal herunter, kehrte zurück auf seinen Platz. Hella Reutlinger schickte sich an, ihren Vortrag wieder aufzunehmen, als sich in der Mitte des Saales ein langer Journalist erhob.

»Ich bitte um Verzeihung,« stotterte er, »es ist mir unklar, wie – wie – wenn…«

»Nur heraus mit der Sprache!«, ermunterte ihn die Ärztin. »Sie brauchen sich hier nicht zu zieren.«

»Nun, ich meinte,« druckste der junge Mann jäh errötend, »ich meinte – wie ist es möglich, dass, wenn… Wenn die beiden Menschen durch vier Wochen in festem Gipsverband in der Symbiose liegen, so müssen sie doch auch manchmal – manchmal – nun – menschliche Bedürfnisse fühlen, nicht? Oder bekamen sie nichts zu essen und zu trinken?« Er setzte sich rasch wieder, froh, die Worte herauszuhaben.

Die Ärztin lächelte. »Nein, lieber Herr, sie brauchten keine Hunger- und Durstkur durchzumachen; sie wurden getränkt und gespeist, wenn auch natürlich nur mit flüssiger Nahrung und nicht mehr, als zu ihrer Ernährung unbedingt erforderlich war. Wenn

Kollege Fallmerayer diesen Punkt nicht erwähnte, so geschah es, weil er für uns Fachleute eine oft vorkommende Selbstverständlichkeit ist. Für die abzuführenden Flüssigkeiten benutzt man in den Gips eingebaute Dauerkatheter, während für den Stuhlgang auf primitivere Art gesorgt wird. Sie brauchen sich darüber wirklich keine Sorgen zu machen.«

Sie strich mit der Hand über ihr Haar, fuhr dann fort: »Mein getreuer Mitarbeiter verließ uns erst, nachdem die Heilung meiner Patientin – ich darf von diesem Zeitpunkt an wohl von meinem Patienten sprechen – durchaus sichergestellt war. Von nun an machten wir noch regelmäßige Hypophyseninjektionen in den Rücken und die Achselhöhlen, um ein beschleunigtes Wachstum des neuerworbenen männlichen Elementes zu ermöglichen, gaben auch frischen Press-Saft der Nebenniere sowie in Tablettenform Hormon der Nebennierenrinde...«

Sie unterbrach sich, beantwortete die weitere Frage eines Journalisten: »Nein, mein Herr, hierzu benötigten wir keiner menschlichen Beihilfe. Widder und Stiere lieferten uns die Hypophysen und...«

»Was ist das – Hypophyse?«, verlangte vorn ein junger Mann zu wissen. Und der Dicke, der sich wieder besser fühlte, seit er die langen Alabasterhände Dr. Fallmerayers, die ihm von Blut zu triefen schienen, nicht mehr sah, der Dicke da hinten rief: »Ja – und was ist Hormon? Was ist Nebennierenrinde?«

Die Ärztin krümmte sich, bog den Hals weit vor – wie ein wütendes Fragezeichen sah sie aus. »Wollen Sie mich zum Besten halten?«, kreischte sie. »Bilden Sie sich ein, dass dies eine Kleinkinderbewahranstalt wäre? Wenn ich die Presse zu einem wissenschaftlichen Vortrag einlade, so darf ich verlangen, dass man mir Leute herschickt, denen wenigstens die allereinfachsten Begriffe geläufig sind, nicht aber eine Gesellschaft von Analpha...«

Ein schriller Pfiff unterbrach sie – das ließ sich der dicke Reporter des Generalanzeigers für Barmstädt und Umgebung nicht gefallen! Dann ein Lachen ringsum und ein Scharren – vergeblich versuchte die Ärztin zu Wort zu kommen.

»Bin ich ein guter Prophet?«, raunte Dr. Fallmerayer. »Da haben wir den Krach!«

Aber Geheimrat Magnus rettete die Lage. Gewandt schwang er die kurzen Beinchen aufs Podium, hob seinen Arm. »Meine Herren,« rief er, »meine Herren!« Gewohnt, vor der Menge zu stehen, brachte er den aufgeregten Saal bald zur Ruhe – schon vor ganz anderem Sturm hatte er lächelnd gestanden. »Sie wollen die kleine Entgleisung unserer hochverehrten Rednerin ihrer begreiflichen Erregung zugute halten; mit jedem von uns geht ja bisweilen das Temperament durch…«

»Nur mit Ihnen nicht!«, zischte Hella Reutlinger.

»Nein, mit mir nicht,« lächelte der Geheimrat, »ich bin ein friedlicher Mensch. Und also, meine Herren: Hypophyse nennt man eine Drüse am Hinterlappen des Hirns; ihre innern, Hormone bildenden Ausscheidungen haben einen Einfluss auf das Wachstum; ebenso ist die der Niere aufgelagerte sogenannte Nebenniere eine Hormon produzierende Drüse, die zum Aufbau der Mark und Rindensubstanzen dient. Hormone aber nennen wir die von diesen und anderen Drüsen gebildeten Ausscheidungen, die auf dem Blut oder dem Lymphweg die chemischen Verhältnisse anderer Organe bedingen, sie zwar nicht ernähren, wohl aber ihre Verrichtungen entscheidend beeinflussen. Genügt Ihnen das, meine Herren? Sonst bin ich gern bereit…«

Die Ärztin bog sich hin und zurück auf ihrem Pult. »Mir genügt es jedenfalls, Herr Geheimrat«, unterbrach sie ihn. »Doch stelle ich Ihnen meinen Saal gern zur Verfügung, wenn Sie später den Herrn noch eine Privatvorlesung halten wollen. Jetzt aber wollen Sie mir in Ihrer großen Sanftmut gütigst gestatten, meinen eigenen Vortrag zu Ende zu bringen; ich werde Ihre Geduld, meine Herrn, nur noch kurze Zeit in Anspruch nehmen. – In den langen Monaten, die der von Dr. Fallmerayer so glücklich durchgeführten Symbiose, der endgültigen Trennung der beiden Mitwirkenden und der Dauer-transplantation wichtigster Teile von einem auf den anderen folgten, erkannten wir allmählich auch an anderen Merkzeichen die völlig gelungene Wandlung des Geschlechts. Zunächst das Schwinden der weiblichen Fettpolster – Sie werden sich davon gleich selbst überzeugen können. Die voll entwickelten, schönen weiblichen Brüste gingen zurück, sie sind heute schon fast männlich zu nennen und werden es mit jeder Woche mehr. Ganz deutlich ist das Wachstum der Körperbehaarung zu beobachten, mit durchaus männlichem Charakter; ebenso entwickelte sich ein prächtiger, wenn auch kleiner und zierlicher Adamsapfel. Die Stimme meiner Patientin war ein tiefer sonorer Alt – sie hat von ihrem Wohlklang nichts eingebüßt, aber doch heute eine männliche Klangfarbe angenommen.« Sie drückte auf die Schelle. »Und nun werde ich Ihnen den jungen Mann vorstellen, der vor Jahresfrist als Frau in mein Haus kam.«

Die Türe hinten am Podium öffnete sich, zwei Krankenwärter rollten eine Bahre herein, schraubten sie hinten hoch. Von Kopf zu Füßen in weiße Leintücher gehüllt, lag ein Mensch darauf. Hella Reutlinger trat heran.

»Wie ich Ihnen den Namen meines Patienten nicht nennen durfte,« erklärte sie, »so darf ich Ihnen auch sein Gesicht nicht zeigen. Ich mußte diese Rücksicht, die meine Auftraggeber ausdrücklich verlangten, nehmen; mußte heute auch ein starkes Schlafmittel geben, um meinem Patienten das peinliche Bewusstsein der öffentlichen Vorführung zu ersparen.« Sie schlug das Laken zurück, entblößte den Kopf – den eine schwarze Halbmaske bedeckte.

»Ein Schleier hätte es auch getan«, murmelte Fallmerayer. »Aber nein, die Reutlinger muss eine Maske nehmen, drunter geht's nicht! Das wirkt geheimnisvoll, das regt die Fantasie an! Ich wette: dafür vergeben ihr die Herren Reporter den Kindergarten und die Analphabetenbande.«

Mit einem Ruck riss die Ärztin das Leintuch herab, tief schlafend, leblos fast und so weiß wie das Tuch lag da ein männlicher Leib. »Wollen sich die Herren herbemühen – in einzelnen Gruppen vielleicht. Zunächst möchte ich die Herren Gelehrten bitten, näherzutreten.«

Nur einen kurzen Blick hatte Jan hinaufgeworfen. Ein rascher

Schauder überlief ihn, wie eine Gänsehaut: das – das war Andrea!

»Entschuldigen Sie mich, Doktor,« sagte er, »ich möchte das nicht sehen.« Er ging zur Tür und hinaus. Lief auf und nieder im Flur; empfand Durst, ging die Treppe hinab. Trat zum Büffet, ließ sich ein Glas Wasser geben, leerte es in einem Zug. Dann eilte er in den Garten, setzte sich auf eine Bank hinter den Rosenbeeten. Träumte ins Blaue. ›Andrea,‹ dachte er, ›Andrea…‹

***

Nach einer Weile erhob er sich, wandelte über die Gartenwege wie ein Trunkener. Kam in den Park, hörte ein Rauschen und Plätschern, schritt das Bächlein entlang. Ein kleiner Fall, ein paar glatte Steine herunter, eine Holzbrücke dabei – er lehnte sich auf das Geländer, sah hinab. Ein Fröschlein sprang, Wasserjungfern surrten herum. Unter ihm, unbeweglich fast, lauernd auf das, was die Schnelle ihr zur Beute werfe – eine Forelle. Wie hübsch sie ist, dachte er.

Weiter ging er; schwer lag um ihn der Duft blühenden Faulbaums. Er blickte sich um – wo stand doch der Baum?

Da schimmerte es weiß durch die Haseln. Dicht über dem Boden, drüben in den Buchen, hinter der kleinen Wiese. Er sprang über den Bach, drängte sich durch die Büsche – sah eine Hängematte, niedrig gespannt, ein Mädchen darauf. Weiß das einfache Kleidchen, rot eingefasst – auf dem blonden Haar eine Schwesternhaube mit blauem Schleier. In beide Hände vergraben der Kopf – sie weinte und schluchzte.

Jan zögerte, ging dann doch über die Wiese. Trat zu ihr hin, legte ihr leicht die Hand auf die Schulter.

»Rosmarie« sprach er.

Erschreckt fuhr sie auf, richtete sich hoch. »Du,« flüsterte sie, »du?« Nahm ihr Tuch, trocknete die Tränen.

»Warum weinst du?« fragte er.

Sie sah ihn mit großen bittenden Augen an. »Du weißt es ja.«

Er schüttelte unzufrieden den Kopf. »Lass das Weinen; es nutzt nichts und wird nie nutzen. – Ist etwas geschehen?«

»Geschehen?«, wiederholte sie langsam. »Sie – er – hat mich geküsst.«

»Und,« forderte er, »und?«

»Sonst nichts«, sagte die kleine Schwester. »Er hat mich gestreichelt und war gut zu mir. Er hat mir einen kleinen Goldschuh geschenkt – ich hab mich gefreut, weil er von dir kam.« Sie lächelte in hellen Tränen – wie ein Sonnenschein war es bei letztem Regentropfenträufeln.

»Armes Geigerlein!« lachte er. »Und du, Rosmarie, was tatest du?«

Sie griff seine Hand. »Ich tat, was du befahlst. Ich war so lieb, wie ich konnte, ich küsste sie – ihn – wieder.«

»Fiel es dir schwer?«, fragte Jan,

Sie schwieg einen Augenblick, dachte nach. »Nein – ja – ich weiß nicht recht. Er ist nicht – du – und doch ist er: du! So wirr ist das alles. Er ist ein Mann und weiß es nicht, ist nur…«

»Das ist doch unmöglich«, rief er. »Sie muss jetzt wissen, dass…«

Schwester Rosmarie unterbrach ihn: »Nein, nein, sie weiß es nicht. Sie ist ganz wach und doch nicht wach, begreift alles, sieht alles und ist doch wieder blind für so manches, als ob das unsichtbar sei. Die Ärztin sagt, dass das sich nun ändern würde, dass sie bald ganz erwachen solle, vielleicht morgen schon. Aber heute noch lebt sie im Vergangenen, lebt in dir, spricht von dir. Mein Vetter, sagt sie, mein – grausamer Vetter Jan.«

Er antwortete nicht, setzte sich neben sie auf die Hängematte, begann leise zu schaukeln. Sie stemmte den Fuß auf den Boden, hemmte den Schwung. »Lass sein«, sagte sie. »Grausam bist du – da hat sie recht. Zu ihr und zu mir – zu wie vielen noch? Mich nahmst du, verführtest du…«

»Was,« rief er, »ich? Es will mir scheinen, als ob…«

Sie legte ihm die kleine Hand auf den Mund. »Schweig du,

schweig, mein Freund. Ich weiß, was du sagen willst: dass ich dir nachlief, dich nicht in Ruhe ließ, vor dir kniete, bettelte und flehte, dass du mich zu dir nehmen solltest zur Nacht. Gewiss war es so. Aber wer trieb mich dahin? Du, du! Du lachtest herein in mein stilles Leben, du machtest mein Blut sieden – dein Blick, deine Hand, deine Augen. Bis ich nichts sah und nichts fühlte, als nur dich.«

»Gut also,« rief er, »ich verlockte dich: mein ist die Schuld. Doch wenn ich's nicht tat, wär' ein anderer gekommen über kurz oder lang. Das ist mal so in dieser Welt. Darum: was soll's?«

»Das soll's,« gab sie zurück, »das: Kein anderer hätte je gefordert, was du fordertest! Jeder hätte mich genommen, um meiner selbst willen, weil ich jung bin und hübsch. Du nicht. Du stelltest deine Bedingung, die ich halb nur begriff, so heiß verlangte ich nach dir. Wenn du gewünscht hättest, ich solle mir einen Strick kaufen, mich aufzuknüpfen – auch das hätte ich getan. Dann erst nahmst du mich in deine Arme, als ich dir schwor, nachher zu gehören – ihm – ihr – gleichviel! Und um mich fester noch zu binden, kauftest du mich, wie du den Tänzer Ivo kauftest!«

Überrascht sah er sie an. »Den Tänzer? Was weißt du von dem?«

»Die Schwester Trude erzählte es mir,« erwiderte sie, »die früher das Fräulein pflegte – die weiß es von ihm selber. Gekauft hast du den Tänzer, botest ihm viel Geld für seine arme Familie, dafür gab er seine – nun, du weißt, was er hergab. Erst das – und dann sein Leben. Du dachtest: das ist ehrlicher Handel, einfach und bequem. Gabst mir auch Geld; jetzt hab ich ein Bankkonto. Mein alter Vater braucht nicht mehr als Nachtwächter um die Fabrik herumzu-laufen, kann wieder nach Herzenslust im Bruch und im Rohr, in Wald und Heide nach Motten und Käfern suchen, durch Mikroskope gucken und in entomologischen Zeitschriften darüber schreiben, wenn er glücklich auf einer Milbe noch eine Schmarotzermilbe entdeckt hat! Und meine Brüder können studieren – alle beide.«

Er schob den Arm um ihren Leib, drückte sie still an sich.

»Ist das so schlimm, Rosmarie? Ist dein Opfer zu groß und mein Preis zu klein?«

Sie schmiegte sich an ihn, barg ihren Kopf an seiner Brust. Leise kamen die Worte: »Dein Preis war groß. Liebster, das weiß ich wohl. Du nahmst mich mit nach Andalusien: fünf Wochen lang war ich im Sonnenland, fünf Wochen mit dir. Überreich bin ich bezahlt für das, was ich tun soll. Ich beklage mich nicht, werde alles tun, was du willst. Nur kann ich's nicht ändern, dass ich unglücklich bin – da ich so glücklich mit dir war. Und, dass nie, nie wieder…«

Er küsste die Tränen von ihren Augen. »Wer sagt das, Mädchen? Die Welt ist weit, und es gibt noch manches Land, wo die Sonne scheint.«

Sie blickte ihn an, ihre Augen leuchteten. »Ist das dein Ernst?«, rief sie. »Nimmst du mich noch einmal hinaus mit dir?«

Er fasste ihre Hand, drückte sie fest. »Ich versprech' es dir. Sieh, Rosmarie, was ich tat in diesem Jahr, war schwer genug – und mir war, das magst du glauben, nicht sehr wohl dabei. Nun gibt es kein Zurück mehr. Das Werk ist getan – die Puppe lebt: Jetzt muss sie auch laufen lernen und –. Still, langsam, ohne dass sie es merkt. Da musst du helfen – kein Mädchen kenn ich, das das besser könnte, als du! In dir steckt alles: Mutter und Dirne, Gouvernante auch und kleine Prinzessin: du bist die rechte Mischung. Wirf deinen jungen Glanz, betöre ihn wie im Märchen die Königstochter den Hirtenjungen, wieg ihn in Träume, wie die Mutter ihr Kind wiegt. Reize, locke ihn mit brünstigen Lippen und Blicken, wie Frau Venus den frommen Ritter lockt, sprich mit ihm, lehre ihn, wie die Gouvernante den Knaben lehrt. Wandle mit ihm im Liebes- garten, lass ihn kosten von allen süßen Früchten. Spiele dein Spiel, würg deine Scham herunter – schließ deine Augen, denke, dass ich es sei! Du fühlst ja selbst: wenn er nicht ich ist, mein Vetter, ist er doch, vergiß das nicht! Dann, Kind, wenn er dich nahm, wenn du ihm Geliebte warst so wie mir, zärtlich und sanft, auflodernd in Glut – dann darfst du zurück. Nimm einen Atlas, such dir aus, wohin du willst. Ich reise mit dir, drei Monate lang. Bist du's zufrieden?«

»Ja,« flüsterte sie, »ja – drei lange Monate lang.«

Er zog sie eng an sich, legte ihr die Lippen ans Ohr. »Und wenn es so kommen sollte, Schwesterlein, dass du von ihm ein Kind...«

Da fuhr sie auf; »Nein,« rief sie mit bebender Stimme, »nein! Wenn ich ein Kind haben soll, will ich's von dir!«

Sie glitt herab, kniete vor ihm, grub ihren Kopf in seinen Schoß. Weinte in seine Hände und küsste sie. Er ließ sie gewähren, streichelte ihre Locken. Hob sie nach einer kleinen Weile hoch auf die Arme, legte sie in die Hängematte, schaukelte sie leicht. Sang leise dazu:

> »Ein Spielmann ist aus Franken kommen.
> Den hat der Tod beim Schopf genommen.
> Sankt Peter kam zur Himmelstür
> Und schob den eisernen Riegel für.
> Sankt Peter fragt' die alten Weib':
> ›Was soll geschehn mit seinem Leib?'
> ›Das soll, das wird mit ihm geschehn:
> Er soll zum Tiefel – Teufel gehen!‹
> Rosen im Tal,
> Mädchen im Saal,
> Schönste Rose Marie!«

»Nein,« murmelte sie, »nein. Er soll nicht zum Teufel gehen – dableiben soll er!«

»Meinst du?«, sagte Jan. Dann summte er wieder:

> »Da kamen tausend Kindelein:
> ›Sankt Peter, laß den Spielmann ein!
> Er fiedelt uns ein Rosenband,
> Der Spielmann ist uns wohlbekannt!‹
> Da sprach der Herr: ›Ihm sei verziehn,
> Die Kindlein han Gefalln an ihm.
> Ei, Petrus, hurtig aufgetan,
> Die Kinder solln ein Tänzchen han.‹

Rosen im Tal,

Mädchen im Saal,

Schönste Rose Marie!«

»Liebster,« flüsterte sie, »Liebster!«

»Nun ist es Zeit,« sagte er, »nun musst du gehen. Man wird dich erwarten im Haus.«

Sie nickte, stand auf. Seufzte leicht, umschlang ihn, schmiegte sich noch einmal in seine Arme. Riss sich dann los, küsste ihn rasch. Wandte sich, lief über die Wiese.

Er sah ihr nach, lächelnd, wie die schlanke Gestalt mit leichtem Schritt über die Gräser sprang. Wie sie verschwand in den dichten Haselbüschen. Fort, fort…

Und sein Lächeln schwand, finster wurde sein Blick.

***

Langsam folgte er ihr durch Park und Garten, trat ins Haus. Leer die Empfangshalle – so war es immer noch nicht zu Ende? Er stieg die Treppe hinauf, lauschte an der Tür: wirres Stimmengemisch, wie das Rhabarbergebrumm hinter den Kulissen. Er trat ein – überall sich unterhaltende Gruppen. Das Podium gedrängt voll. Und, immer noch auf der hochgeschraubten Bahre liegend, tief schlafend, leblos fast und so bleich, wie das Leinen ringsum, immer noch das halbe Gesicht mit schwarzer Maske bedeckt – Andrea.

Jan drängte sich durch, fand endlich Fallmerayer in eifrigem Gespräch mit ein paar Professoren. Er fasste seinen Arm, zog ihn zur Seite. »Nun ist genug gegafft worden«, sagte er. »Bitte, Doktor, veranlassen Sie, dass das Schaustück weggeschafft wird.«

Der Arzt nickte. Er ging aufs Podium, sprach ein paar Worte mit der Reutlinger, gab dann den Krankenwärtern seine Anweisungen. Die hüllten rasch den Leib in die weißen Laken, schraubten die Bahre herab, rollten sie hinaus. Unwillkürlich folgten ihnen alle Blicke.

Hella Reutlinger bestieg wieder das Rednerpult, klatschte kräftig in die Hände, »Meine Herrn,« rief sie, »meine Herrn! Wir sind zu Ende – ich spreche Ihnen noch einmal meinen Dank aus. Wenn es Ihnen recht ist...«

Der dicke Journalist unterbrach sie. »Einen Augenblick noch, Fräulein Doktor, eine Frage nur, die meine Leser interessieren wird. Sie haben uns auseinandergesetzt, dass alle vorbereitenden Arbeiten von Gelehrten in Wien und Edinburgh, in New York und Tübingen gemacht wurden. Sie haben gesagt, dass Ihre Patientin freiwillig kam und einen erstaunlichen Genesungswillen mitbrachte, dass der anonyme Herr Ihnen alle Schwierigkeiten aus dem Wege räumte. Dass Ihr Assistenzarzt die erste Operation machte und Dr. Fallmerayer die zweite, die Dauerstillplantation in der Symbiose. Dass ein Arzt aus Budapest die Patientin in einem Dämmerzustand erhielt, der sie dies schwere Jahr überstehen ließ, dass die Schwester Trude sie aufopfernd pflegte. Nun sagen Sie mir nur, liebes Fräulein: was haben *Sie* eigentlich bei der ganzen Sache getan?«

Triumphierend blickte er sich um – das war sein Gegenhieb für die ›Analphabetenbande‹!

Giftig sah ihn die Ärztin an, ihre Finger krampften sich wie Habichtkrallen. Dann aber, scheinbar unvermittelt, erheilten sich ihre Züge. »Ja,« flötete sie, »ja, mein verehrter Herr Berichterstatter vom Barmstädter Generalanzeiger, da haben Sie Recht, das ist eine sehr schwierige Frage! – Als Christoph Kolumbus auszog von Palos, da waren auch vorbereitende Arbeiten gemacht worden; die Gelehrten wussten allmählich, dass die Erde rund sei, und dass man nur weit genug fahren müsse nach Westen, um Land zu finden. Seine drei Schiffe gaben ihm die katholischen Majestäten, Ferdinand und Isabella; befehligt wurden sie von Kapitänen, und die Segel setzten Matrosen. – Was ich getan habe, fragen Sie, lieber Herr? Nun dasselbe, was Kolumbus tat: ich habe Amerika entdeckt.«

»Bravo!«, rief einer der Ärzte. Ein vergnügtes Lachen scholl rings um sie herum, der wohlbeleibte Jüngling verkroch sich in die Menge. Dieser handgreifliche, glückliche Schlusserfolg schien sie aufzustacheln. »Laufen Sie mir nicht fort, Herr,« rief sie ihm zu, »nur ein Wörtchen noch für Ihre lieben Leser! Wir wollen dabei nicht stehen bleiben. Wie auch Kolumbus und seine Leute nicht auf der Insel Santo Domingo stehen blieben, sondern weiter zogen, Mexiko entdeckten, Panama und Peru, zwei große Weltteile, endlich den Seeweg nach Indien. Wir werden es machen wie sie, werden weiter suchen und finden. Was heute noch ein Zufallsergebnis erscheint, eine Spielerei, die dem Glück soviel wie menschlicher Kunst ihre Entstehung verdankt, das wird bald Allgemeingut werden. Wenn Sie, meine Herren von der Presse, einmal nach Berlin kommen, wird sich Geheimrat Magnus ein Vergnügen daraus machen, Ihnen in seinem sexualwissenschaftlichen Institut allerlei merkwürdige Menschen vorzuführen. Er betrachtet es als seine Pflicht, beim Polizeipräsidium durchzusetzen, dass männlich empfindenden Frauen die Erlaubnis erteilt wird, Männerkleider zu tragen, während umgekehrt homoerotische Männlein in Damenkleidern umherstolzieren dürfen. Zu jeder Tageszeit werden Sie im Zirkus Magnus frühere Dienstmädchen finden, die jetzt als Matrosen dienen, oder einstige Metzgerburschen, die sich nun als Chansonetten bewundern lassen. Leider ist diese Berliner Metamorphose nur eine sehr oberflächliche – oben hui, unten pfui: unter den Röckchen und in den Hosen ist alles beim alten geblieben. Das wird nun anders werden in Zukunft: man wird die Irrtümer der Natur korrigieren, wird jedem Menschen das Geschlecht geben, zu dem sich seine Seele bekennt.«

Geheimrat Magnus rieb sich die Nase, lachte gut gelaunt, »Verwechselt, verwechselt das Bäumchen!«, rief er.

Die Ärztin sah ihn böse an, wieder gereizt über den harmlosen Scherz. Ihre erhitzte Fantasie übersteigerte sich, bissig fuhr sie ihn an: »Glauben Sie das nicht, Herr Geheimrat? Ich sage Ihnen, wir werden auch dabei nicht haltmachen, werden noch weitergehen! Was heute nur bei einer Frau gelang, die zum Manne wurde, das wird uns morgen bei einem Mann gelingen – wir werden ein Weib aus ihm machen. Und wenn wir das können, wenn wir dem entmannten Mann einen Uterus einfügen können – warum soll es nicht ein befruchteter sein? Mehr noch: ein von ihm selbst vorher befruchteter? Denken Sie nur, so könnten Sie das von Ihnen selbst gezeugte Kindlein austragen und gebären – wären Vater und Mutter in einer Person!«

Sie fühlte, wie sie sich vergaloppierte, mußte doch den absurden Witz herausschreien. Schweißtropfen perlten auf ihrer Stirn, hastig wischte sie sie ab. Ein Wort fiel ihr ein, das Jan vorhin gebraucht hatte: Satyrspiel! Sie griff es auf, fuhr hastig fort: »Meine Herrn und besonders Sie, lieber Geheimrat, nehmen Sie einer überarbeiteten Frau das nicht übel – Sie wissen alle: nach dem ernsten Drama das Satyrspiel! Nochmals Dank, meine Herrn! Ich habe mir erlaubt, ein kleines Mahl für Sie richten zu lasen; es wird in einer halben...« sie hob den Arm, warf einen raschen Blick auf ihre Uhr, »nun, in spätestens drei Viertelstunden bereit sein. Darf ich Sie bitten, vielleicht inzwischen sich meinen Garten und den Park anzusehen?«

Sie griff ihre Papiere, stieg herab vom Podium. Langsam leerte sich der Saal.

* * *
* *
*

Kapitel XII

Wind weht von West.

Aperimi sa zenna, pro intrare,
Dae parte de Luisu su pastore.
Non mi lasses in pena, nè in fora
E de su prus istadi in bon' ora!

Sardisches Lied

Mit siebzehn Schrankkoffern reiste Gwinnie Briscoe. Dazu Handkoffer, Ledertaschen, Hutschachteln. Das alles hatte ihre Jungfer Nancy eingepackt, die kleine Französin; die wäre für ihr Leben gern mit nach Europa gefahren. Sie bat und flehte, aber Gwinnie blieb unerbittlich. »Nein, es geht nicht,« erklärte sie, »du bist zu hübsch, das ist gefährlich. Ich will meinen Mann für mich allein haben, und nicht jeder hat so ein Einbahnhirn, wie Tex es hat. Der fährt ja mit – er kann mir als Zofe helfen.«

Nancy flennte, und Tex machte ein langes Gesicht.

»Dein Vater braucht mich als Sekretär auf der Reise«, wandte er ein. »Außerdem verstehe ich nichts von Zofendiensten.«

»Widersprich nicht,« erklärte Gwinnie, »du musst es eben lernen.«

Tex Durham war sehr missgestimmt; so gern Nancy mitgefahren wäre, so gern wäre er zurückgeblieben. Hölle und Hades – was sollte er denn in Europa? Gwinnie fuhr hin, um diesen – diesen Herrn Woyland zu heiraten, was sollte er dabei? Aber dann: Wie konnte er nein sagen, wenn Gwinnie Briscoe befahl?

»Es ist eine große Ehre für dich, Texie«, hatte sie gesagt. »Du wirst mein Brautführer.«

359

Dieses Jahr war eine endlose Quälerei für ihn gewesen; täglich hatte sie neue Wünsche, und jeder einzelne davon war voll von Stacheln und Dornen. Alle Monat kamen genaue Berichte von Jan Olieslagers; Tex mußte sie vom Büro sofort zur Park Avenue bringen. Beigefügt waren deutsch geschriebene Darlegungen Hella Reutlingers, ihrer Assistenzärzte und Dr. Fallmerayers – die sollte Tex übersetzen. »Du hast doch Deutsch gelernt in der High School und im College,« erklärte sie, »also musst du's können. Und du darfst keinem Menschen auf der Welt die Papiere zeigen – es sind streng geheime Dokumente von höchster wissenschaftlicher Bedeutung.« Das gefiel ihr sehr gut; dreimal wiederholte sie es: streng geheime Dokumente von höchster wissenschaftlicher Bedeutung! Tex saß die Nächte über, wälzte dicke Wörterbücher und kratzte sich den Kopf – nicht drei Zeilen brachte er aufs Papier. Dann brach er das strenge Geheimnis, zog einen jungen Deutschen ins Vertrauen, der als Lehrling der ›Central Trust‹ seine Dienste widmete. Dieser Jüngling, bisher mächtig stolz auf seine englischen Kenntnisse, sah alle Himmel einstürzen, als er statt des gewohnten und geliebten Kaufmannsjargons plötzlich ebenso scheußlichen Gelehrtenjargon vor sich sah. Nicht einmal in Deutsch verstand er das – und sollte es nun in Englisch übertragen! Aber Tex war der Privatsekretär des allmächtigen Bosses; er gab ihm deutlich genug zu verstehen, dass seine Tage bei der ›Central Trust‹ gezählt seien, wenn er nicht mal diese kinderleichte Übersetzungsarbeit leisten könne. So machte sich der Banklehrling an die Arbeit – mit Eifer und Gottvertrauen. Was er lieferte, war erstaunlicher Unsinn, gespickt mit verschrobensten Wörtern und Redensarten, die er aus dem Lexikon auflas. Tex begriff nichts davon und erklärte ihn zu einem gottverdammten Narren und Nichtswisser; dennoch brachte er, beklommenen Herzens, Gwinnie die erste Übersetzung. Die las sie und war höchlichst befriedigt, je wüster und unverständlicher das alles war, je mehr hochtönende Worte, die sie nie gehört hatte und deren Sinn sie nicht verstand, darin vorkamen, um so besser gefiel es ihr.

»Ich habe dich unterschätzt, Tex Durham,« erklärte sie, »zum ersten Mal hab ich ehrliche Hochachtung von dir, hélas! Du hast wirklich etwas gelernt. Da sieht man wieder, dass Harvard die beste Universität der Welt ist!«

Tex Durham nickte. Er klopfte dem Banklehrling belobigend auf die Schulter und ließ ihn von nun an alle Übersetzungen machen. Der Jüngling arbeitete mit heiligem Feuer, immer farbenglühender und krauser wurden seine Arbeiten. Gwinnie war entzückt; sie beschloss, später alles binden zu lassen – wie würde sich Harvard freuen, wenn man der Bibliothek diesen wertvollen Band zum Geschenk machte! Tex schwieg; er hegte seine Zweifel. Er empfahl den jungen Mann auf das Wärmste dem Abteilungschef, verschaffte ihm auch ein paar Mal Gehaltserhöhungen, was ihn freilich nicht hinderte, ihm zu sagen: »Nun – ich weiß, nicht – aber ein verdammter Narr sind Sie trotzdem!«

Tex wusste also: Diese Deutsche, diese Miss Woyland sollte drüben zu einem Mr Woyland verwandelt werden, und diesen Mr Woyland wollte Gwinnie heiraten. Im Anfang nahm er das als einen schlechten Scherz, gewohnt, bei Gwinnie tagtäglich neue Narreteien zu entdecken. Aber allgemach schien ein bitterer Ernst draus zu werden; wenn er auch von den ›streng geheimen Dokumenten‹ kein Wort begriff, so waren doch die englischen Berichte Jans einfach und klar und nicht misszuverstehen.

Diese Berichte waren stets an Briscoe gerichtet; der warf nur seufzend und händereibend einen raschen Blick hinein, gab sie dann an Tex, um sie Gwinnie bringen zu lassen. Im Anfang telefonierte sie, kabelte sie, schrieb auch; doch bedeutete man ihr von Ilmau aus, dass Andrea keinerlei Nachricht von ihr empfangen dürfe, da sie nichts von ihrem Zustand wisse, sich vielmehr in einer Art Dämmerschlaf befinde. Dies Wort ›Dämmerschlaf‹ sagte Gwinnie sehr zu, noch besser gefiel ihr ›Wachsuggestion‹. Sie versuchte, darüber zunächst mit ihrem Vater zu reden, aber der lehnte es – ein für allemal – übelgelaunt ab, über etwas zu sprechen, das auf Miss Woyland Bezug hatte. Da unterhielt sie sich mit Tex, befahl ihm, sich mit Ärzten in Verbindung zu setzen, um Genauestes zu erfahren.

Tex seinerseits beauftragte den Banklehrling, der in der Leihbibliothek sich mühsam ein paar Bände zusammensuchte, blühenden Unsinn daraus zusammenkochte, sein eigenes Gewürz hinzutat und die Brühe über Tex an Gwinnie Briscoe weitergab, die sie mit bestem Appetit auslöffelte. Er vergaß nicht, Tex Durham die Konsultationsgebühren für seine Besuche bei teuersten Ärzten zu berechnen.

Eines Tages hatte Tex einen großen Gedanken. »Hör mich an, Gwinnie Briscoe,« sagte er, »du hast also vor, diesen Menschen zu heiraten?«

»Welchen Menschen?«, fragte sie. »Wenn du Mr Woyland meinen solltest, den ich allerdings heiraten werde, so verbiete ich dir, je anders von ihm zu sprechen, als mit den Ausdrücken größter Hochschätzung.«

Aber Tex Durham ließ sich nicht irremachen. »Du kannst doch nicht leugnen, dass er ein Mensch ist, Gwinnie! Ich wollte dich fragen, ob du dein feierliches Versprechen vergessen hast?«

»Welches Versprechen?«, fragte sie.

»Nun,« antwortete er, »dass – wenn du je einen Mann heiraten würdest – nur ich dieser Mann sein würde!«

Gwinnie sah ihn groß an. »Ja,« sagte sie, »das habe ich dir versprochen, ich erinnere mich sehr gut daran. Aber du hast sie ja selbst kennengelernt – du wirst doch nicht behaupten wollen, dass Miss Woyland damals ein Mann war?«

»Gewiss nicht«, rief Tex. »Dennoch scheint es, dass sie das heute ist.«

Sie nickte. »Es scheint nicht nur so: Es ist so; und davon wirst du dich sehr bald überzeugen können. Ich hoffe, dass du gut Freund mit ihm wirst und stets bereit bist, wenn er dich brauchen sollte.«

Er gab sich große Mühe, ruhig zu bleiben. »Es handelt sich durchaus nicht darum, Gwinnie, ob ich mit ihm gut Freund werde oder nicht, sondern nur darum, ob er ein Mann ist! Wenn er das ist – und du sagst es ja selbst – dann darfst du nicht ihn heiraten, sondern nur mich. Wenigstens wenn du dein Versprechen halten willst. Das ist doch klar.«

Sie ereiferte sich. »Wie kannst du wagen, daran zu zweifeln – natürlich halte ich mein Versprechen! – Aber klar ist es gar nicht. Oder vielmehr: es ist an und für sich ganz klar, aber du machst es unklar – hélas! Dieser Fall ist ein Novum für die Wissenschaft und also auch ein Novum für das Leben und damit erst recht ein Novum für ein Versprechen. Und deshalb kann in dieser Beziehung in Bezug auf Miss Woyland von einem Mann gar keine Rede sein. Das begreifst du doch hoffentlich?«

»Das begreife ich ganz und gar nicht«, rief Tex. »Ein Mann ist ein Mann, und eine Frau ist eine Frau – genau so, wie ein Versprechen ein Versprechen ist.«

Gwinnie war ehrlich entrüstet. »Halsstarrig bist du, das ist es! Du willst es eben nicht begreifen – und das kommt daher, weil deine Geistesverfassung die eines – jesuitischtalmudischen Rabulisten ist! So, nun weißt du's!«

Tex Durham schnappte nach Atem. »Was soll ich sein, was? Wo hast du schon wieder die wüsten Worte aufgetrieben?«

»Ich habe sie in einem Buch gelesen – und sie sind wirklich sehr charakteristisch für dich«, stellte sie fest. »Du verstehst nicht, was das heißen soll? Bezeichnend für deine Bildung, Tex! Ich möchte wissen, wozu du in Harvard gewesen bist. Also merk's dir gut: ein jesuitischrabulistischer Talmudist bist du!«

Tex Durham tat, als ob er gut wisse, was das bedeute, war sehr gekränkt und erklärte, nie wieder einen Fuß über diese Schwelle zu setzen. Aber am nächsten Tage rief ihn Gwinnie an, sagte gnädig, dass sie ihm für diesmal noch vergeben wolle – er müsse sich nur Mühe geben, einfach und klar zu denken. Er dachte: ›Was sie klar und einfach nennt!‹ Aber er ging doch wieder zu ihr.

Mit siebzehn Schrankkoffern reiste Gwinnie Briscoe. Drei davon ließ sie mit vieler Mühe in ihren Zimmern aufstellen, vierzehn mussten im Gepäckraum verstaut werden: die Folge war, dass Tex seine Zeit im Gepäckraum zubringen mußte, tief in des Dampfers Bauch. Gwinnie benötigte stets etwas, das nicht da war, und er mußte es suchen. Die Schlüssel passten nie; den ganzen Vormittag arbeitete er, um eine rote Bluse zu finden – wenn er sie glücklich anbrachte, war es doch die falsche.

Er beklagte sich bitter, aber Gwinnie machte ihm begreiflich, dass es ganz allein seine eigene Schuld sei. Er habe doch gewusst, dass Nancy nicht mitsolle – nun, warum habe er da nicht beim Einpacken geholfen? Dann würde er wissen, wo alles zu finden sei!

***

Sie kamen nach Cherbourg, zwei Monate, auf den Tag fast, nach dem großen Tag in Ilmau. Jan Olieslagers erwartete sie am späten Abend auf dem Pier, brachte sie zum Hotel; hatte gleich eine lange Besprechung mit Briscoe. Er fand den New Yorker sehr gealtert, bleich und fahl, die Schläfen waren grau geworden, selbst sein Händereiben hatte etwas Müdes und Resigniertes. »Sie sehen überarbeitet aus, Herr Briscoe«, sagte er.

Der Amerikaner zuckte die Achseln. »Überarbeitet? Das bin ich wohl.«

»Viel verdient in dem Jahr?«, fragte Jan.

Briscoe strich die Hand über den Tisch, als ob er die Frage beiseite schieben wolle, lachte dann leicht auf. »Viel, sogar sehr viel! Aber nicht darum hab ich mir keine Ruhe gegönnt, keinen Tag und keine Stunde. Nur um die Gedanken loszuwerden, die Gedanken an – Sie wissen ja.«

Er zog seine Pfeife aus der Tasche, stopfte sie sorgfältig, setzte sie in Brand. Langsam fuhr er fort: »Ich bin herübergekommen, um diese Sache in Ordnung zu bringen, ich hoffe, dass Sie mir dabei helfen werden. Das ist das eine. Dann – ich hatte das Bedürfnis, mit Ihnen zu sprechen. Seit all der Zeit habe ich alles in mich hineingefressen, konnte mich keinem Menschen erschließen und wollte es auch nicht. Doch muss es einmal heraus, sonst ersticke ich daran. Sie, Herr Olieslagers, wissen gründlich Bescheid, wie's um mich steht. Sie sind der Einzige, zu dem ich reden kann. Wollen Sie mich anhören?«

Jan unterdrückte einen Seufzer, nickte.

»Wenn es Ihnen Erleichterung verschafft – nur zu, Briscoe.«

Der Amerikaner rückte in seinem Stuhl, tat ein paar Züge aus seiner Pfeife. Begann dann, schwieg wieder und rauchte, nahm einen neuen Anlauf. Jan unterbrach ihn nicht, saß ihm still gegenüber. Endlich kam Briscoe in Fluss, immer noch stotternd, mühsam nach Worten suchend. Was er sagte, war schlicht und einfach, dennoch oft schief und hinkend; ihm fehlten alle Ausdrücke, sein Empfinden zu schildern. Doch sprach ein Spiel um die Mundwinkel, sprachen die Hände und die traurigen Augen – Jan verstand gut, wie es aussah in dieser Seele. Rührend fast kam es heraus, wie von Knabenlippen: Zertrümmert lag die eine große Hoffnung, die eine Liebe seines Lebens. Seine Frau – er sei glücklich mit ihr gewesen, habe geglaubt, dass es keine andere Frau für ihn gäbe als sie, dass er nur sie lieben würde. Dankbar sei er ihr, werde es immer sein – aber er wisse heute, dass dies ruhige Glück, diese stille einfache Liebe ein Nichts gewesen sei, verglichen mit dem, was er an Andreas Seite hätte finden können, wenn…

Ganz nüchtern und hässlich sagte er das. Mit ihr, mit Andrea, hätte er ein Rockefeller werden können an Liebe und Glück, mit seiner guten, lieben Frau sei er nur ein ›Piker‹ gewesen. Ein Piker – ein armseliger Nebbich aus der Wall Street, der höchstens ein paar Dutzend Millionen sein eigen nenne. Besser als nichts und gewiss ganz gut, wenn man nichts anderes kenne. Aber wenn man erst einmal wisse, was wirklich Macht sei und Reichtum! Das wisse er seit manchen Jahren; nun, genau so sei es mit der Liebe. Nur: da würde er zeitlebens ein Piker bleiben.

Er sprach lange, eintönig und flach; dazwischen rauchte er; Jan hörte geduldig zu. Das Bild, das Briscoe von Andrea im Herzen trug, war sehr übertrieben, falsch und geschminkt, trug Halo und Heiligenschein; aber es war gewiss, dass er sie immer so sehen würde und nur so, selbst wenn er zwanzig Jahre mit ihr verheiratet sein würde.

Und Briscoe litt. Nicht eine Sekunde wurde er das Gefühl los, dass er sein eigenes Glück in Scherben schlug. Freilich war alles gut gegangen, über Erwarten gut; Andrea lebte, war gesund und wohl; so hatte ihn das Geschick davor bewahrt, zum Mörder zu werden. Dennoch blieb der Stachel und stak tief im Fleisch: gegen die Natur hatte er gehandelt und gegen Gottes Willen. Er empfand: Zu spät kam seine Reue, viel zu spät, um die Lawine, die im Rollen war, aufzuhalten. So geschah ihm recht, als er sein Spiel verlor – Gottesurteil war es.

Nun blieb ihm nichts mehr als sein Stuhl in der ›Central Trust‹, Geld und Geldesmacht. Auch die naive Liebe zu seiner Tochter hatte sich durchaus geändert in diesem Jahr. Nicht, dass eine Erkaltung seiner Gefühle eingetreten wäre, eine Art dumpfer Eifersucht ihn fasste, weil nun sie und nicht er Andreas Lippen küssen würde. Das nicht oder doch nur im Verborgenen schlummernd und stets unterdrückt von jedem bewussten Gedanken. Aber wie er die Liebe zu seiner verstorbenen Frau, wie er diese heute selbst in ganz anderem Lichte sah, so war auch Gwinnie nicht mehr dieselbe für ihn. Sie galt ihm nicht mehr als Dreh und Angelpunkt aller Welten – Andrea war das und würde es bleiben, solange er lebte, sie, die Frau, die nun nicht mehr war.

Er wiederholte sich oft, brachte immer wieder dieselben Gedankenreihen. Seine Pfeife erlosch, er vergaß, sie neu zu stopfen. »Ich kann für die beiden arbeiten,« überlegte er, »für Gwinnie und ihren Mann. Und für ihre Kinder – meinen Sie nicht, Olieslagers, dass sie bald Kinder haben werden? Ich werde für sie arbeiten, werde noch viele Millionen auf die anderen legen, noch manche große Unternehmungen an mich bringen. Das wird mich beschäftigen. Aber ich weiß – nun bin ich ganz allein.«

Er war zu Ende, schwieg. Brütete vor sich hin, dumpf und ergeben. Jan fühlte: dieser Mann hatte abgeschlossen mit dem Leben, das ihm keinen Ausweg mehr bieten konnte aus dem stets gleich rollenden Rad des Alltags. Oder lag ihm da eine stille Hoffnung, wenn er von Kindern sprach, die Gwinnie haben mochte? Kinder, die sein eigenes Blut hatten und das Blut der Geliebten?

Jan wartete. Aber Briscoe sprach kein Wort mehr, rührte sich nicht, blickte starr vor sich hin. Jan hatte das Empfinden, als müsse er seine Hand greifen, sie fest drücken. Aber er tat es nicht. Stand nur auf, drückte die Klingel. »Well, Briscoe,« sagte er, »wir wollen einen Whisky Soda trinken.«

Der Amerikaner antwortete nicht, saß immer noch unbeweglich. Als der Kellner kam, bemerkte er, dass seine Pfeife längst kalt war, er stopfte sie frisch. Dann nahm er das Glas, das ihm Jan mischte.

»Danke, Olieslagers«, sagte er. »Ich bin froh, dass ich's einmal jemandem sagen konnte. Ich weiß, dass es Sie langweilt – trotzdem möchte ich Sie bitten, mich morgen noch einmal anzuhören. Und übermorgen früh – nachmittags fährt mein Schiff. Dann sind Sie mich los.«

Jan fuhr hoch. »Was soll das heißen, Briscoe? Sie wollen wieder zurück mit dem nächsten Dampfer? Wollen nicht mit nach Paris – ich schrieb Ihnen doch, dass – mein Vetter dort ist?!«

Briscoe erwiderte: »Ich will ihn nicht mehr sehen, Ihren Vetter. *Sie* müssen Gwinnie nach Paris bringen, müssen alles anordnen; Durham, mein Sekretär, wird Ihnen helfen.«

Jan sprang auf, schüttelte den Kopf. »Nein, Briscoe, das tue ich nicht. Um die Wahrheit zu sagen: Ich will ihn auch nicht sehen, habe mit hundert Kniffen und Pfiffen bisher jede persönliche Zusammenkunft mit ihr – mit ihm, meine ich – vermieden. Ich will's nicht tun und kann's nicht!«

Briscoe sah ihn an, seine Augen erhellten sich, zum ersten Mal spielte ein Lächeln um seine Lippen. Seine Hände fanden sich, rieben sich mit einer gewissen Genugtuung. Langsam sagte er: »Also so steht es, Herr? Wir treiben im selben Boot, scheint's – draußen im Meer, weit fort vom Hafen.« Er nahm sein Glas, trank ihm zu. Fuhr dann fort: »Dennoch müssen Sie nach Paris, müssen tun, was zu tun ist. Wenn's ein Spiel in der Wall Street wäre, würde ich meinen Weg schon finden, aber in diesen Dingen sind Sie zehnmal gescheiter als ich. Richten Sie's so ein, dass Sie ihn nicht treffen, wenn Sie das nicht wünschen – aber bringen Sie unsere Rechnung ins reine. Vor allem: Haben Sie die Urkunden?«

Jan zog seine Brieftasche heraus, entnahm ihr ein paar Papiere. »Hier sind sie. Es hat viel Scherereien gemacht: Preußische Standesämter verbessern nicht gern, was sie einmal schwarz auf weiß haben. Die beschworenen Aussagen Dr. Hella Reutlingers und ihrer Assistenzärzte genügten nicht; das sind ja nur Privatpersonen; der Kreisarzt mußte selbst den Fall begutachten. Immerhin, jetzt ist alles in Ordnung: Auch gesetzlich gibt es heute keine weibliche Person Andrea Woyland mehr, nur noch einen Mann dieses Namens. Der Standesbeamte hatte noch seine besondern Skrupel; es war keine Eintragung einer Namensänderung, sondern nur einer Geschlechtsänderung beantragt – dennoch widerstrebte es seinem Empfinden, einem Mann den weiblichen Vornamen zu lassen. Er hat sich mit Glanz aus der Affäre gezogen – mit Hilfe eines kleinen ›s‹, eingeklammert wohl verstanden. Wollen Sie bitte einen Blick auf das Blatt werfen – Andrea(s) lautet heute der Name auf der Geburtsurkunde, wie auf dem Pass.«

Briscoe beugte sich vor, »Wie einfach und bequem: ein kleines, in Klammern gesetztes ›s‹ – darauf läuft's hinaus zuallerletzt!« Er versuchte ein Lächeln dabei, wollte es leichthin sagen – doch klang es gepresst und gequält. »Eine Frage noch,« setzte er rasch hinzu, »die ich im Interesse meiner Tochter stellen muss. Nach dem, was ich Ihnen eben erzählte, werden Sie verstehen, dass ich die Berichte der Ärzte überhaupt nicht, die Ihren nur sehr flüchtig durchlas. Darum: Besteht nicht der geringste Zweifel daran, dass der Inhaber dieses Passes in jeder Beziehung – nicht nur auf dem Papier – ein Mann ist?«

»Der Inhaber dieses Passes«, wiederholte Jan, »hat in den letzten Wochen den Beweis seiner Männlichkeit einer Frau gegenüber erbracht. Auf Rat der Ärztin wurde von mir…«

Briscoe unterbrach ihn heftig, »Verschonen Sie mich mit Einzelheiten – es genügt mir Ihr Ja oder Nein!«

»Also: ja!«, bestätigte Jan, »Andrea Woyland ist ein Mann so gut wie Sie und ich.«

Der New Yorker nickte; schweigend saßen sie einander gegenüber.

Nach einer Weile fragte Briscoe: »Ist er allein in Paris? Niemand mit ihm zur Begleitung?«

»Als mein Vetter die Heilanstalt verließ,« antwortete Jan, »begleitete ihn die – die – nun, eine Pflegerin. Sie ist nicht mehr nötig, doch hielt ich es für besser, ihn nicht allein zu lassen. Ich ließ daher einen jungen Mann kommen – wenn Sie unsere Berichte gelesen hätten, würden Sie von ihm wissen. Ein junger Arzt ist es, Dr. Preindl; er assistierte eine Zeitlang im Sanatorium. Aber Andrea erinnert sich gewiss nicht an ihn – denn in dieser Zeit war sie kaum bei Bewusstsein. Er ist Wiener und ein fröhlicher Bursch; er wird meinen Vetter aufheitern. Ich habe ihn dem Namen nach als Sekretär angestellt für Tage oder Wochen, wie wir wollen – er ist froh, Paris kennen zu lernen; ich denke, dass er schon dort eingetroffen ist.«

»Gut«, nickte Briscoe. »Noch etwas von Wichtigkeit?«

»Ich glaube kaum«, erwiderte der andere. »Es sei denn, dass mein Vetter nun, als Mann, die Titel seines Vaters zu führen berechtigt ist; er heißt heute: Andreas, Herr von Schloss und Land Woyland, Erbexe auf Zülpich und Zentgraf zu Kranenburg bei Rhein. Manche Töchter aus der Wall Street wurden Ladies und Marquisen, Baroninnen und Herzoginnen – solch schöne Titel hat so leicht keine aufzuweisen. Vielleicht legt Miss Briscoe Wert darauf.«

Briscoe zuckte die Achseln. »Vielleicht. Und jetzt lassen Sie uns die geschäftliche Seite erledigen. Ich wünsche nicht, dass Herr Woyland von seiner künftigen Frau abhängig sei; ich habe daher auf seinen Namen bei der Bank…«

Trocken und ruhig setzte er Jan alle Anordnungen auseinander, die er getroffen hatte. Übergab ihm Vollmachten, bat ihn, einstweilen wenigstens, als eine Art Vormund zu handeln. Er selbst wolle möglichst wenig damit zu tun haben; auf der anderen Seite könne man nicht gut verlangen, dass ein – ein so junger Mann, von wenigen Monaten erst, geschäftliche Erfahrungen habe. Jan möge daher…

Spät in der Nacht erst trennten sich die beiden. Briscoe streckte ihm die Hand hin. »Also auf morgen, sagte er. »Wir wollen einen

Spaziergang machen – es ist verdammt nett von Ihnen, dass Sie mir noch mal zuhören wollen.«

***

Ungefähr um die gleiche Zeit, zu der Briscoes Dampfer von Cherbourg abfuhr, lief auch der Zug aus der Halle, der Gwinnie und ihre Begleiter nach Paris bringen sollte. So hatte sich Briscoe von seiner Tochter im Hotel verabschiedet; nur Jan brachte ihn an Bord, fuhr dann schnell zum Bahnhof. Er fand Gwinnie am Zug stehend, während ein paar Träger ihr Handgepäck verstauten; Tex Durham war nicht zu sehen. Im letzten Augenblick kam er angelaufen, mit einem mächtigen Paket unter dem Arm; er schwang sich über das Gitter, rannte zum Zug, riss die schon geschlossene Tür auf und sprang hinein. Völlig außer Atem ließ er sich auf seinen Sitz fallen, legte das Paket neben sich, wischte den Schweiß von der Stirn.

»Das sieht dir ähnlich!«, rief Gwinnie. »Fast wärst du zu spät gekommen.«

»Ist's meine Schuld? japste er. »Noch vom Bahnhof weg musst du mich schicken, das Zeug einzukaufen. Als ob wir's nicht gerade so gut in Paris haben könnten!«

»Kennst du Paris?«, gab sie zurück. »Weißt du, wo man da einkaufen kann? Hier aber habe ich gerade den richtigen Laden entdeckt. Wie viel hast du gekauft?«

»Drei Dutzend,« sagte Tex, »in allen Größen und Formen. Komische Dinger sind dabei.«

»Darf ich fragen, was für wichtige Sachen Sie noch einkaufen mussten?«, erkundigte sich Jan.

»Pfeifen,« antwortete Gwinnie, »für meinen Verlobten. Hoffentlich hast du den Tabak nicht vergessen, Tex! – Wissen Sie vielleicht, ob Herr Woyland jetzt Pfeifen raucht?«

»Bisher nicht,« lachte Jan, »aber vielleicht wird er auf den Geschmack kommen. Wollen Sie ihm die Pfeifen als Hochzeitsgeschenk mitbringen?«

Gwinnie nickte tiefernst. »Ja, und noch andere Sachen. Ich habe schon in New York viel gekauft und dann hier, gestern und vorgestern; alles, was mir einfiel. Hast du die Liste da, Tex?«

Tex Durham öffnete die Handtasche, nahm große Bogen heraus, die er Jan reichte. Wie die Preisliste eines Warenhauses – Ringe, Uhren, Zigarettendosen, Manschettenknöpfe, Hemden, Kragen, Unterhosen und Strümpfe, Spazierstöcke, Tennisschläger, Golfschläger, Füllfederhalter und Schlipse, Schreibpapier, Operngucker, Pelze und Mäntel, Anzüge aller Art…

»Wenn die nur passen!« sagte Jan.

»Sicher passen sie!«, rief Gwinnie. »Sie haben mir ja die Maße geschickt.«

»Ich habe Ihnen Maße geschickt?«, fragte er erstaunt.

»Gewiss,« meinte sie, »das wissen Sie nicht mehr? In dem Bericht der Ärztin standen die Maße: Größe, Brustumfang, eingeatmet und ausgeatmet, alles.«

Jan unterdrückte ein Lachen. Die ärztlichen Messungen, die Dr. Reutlinger vorgenommen hatte, als Andrea – die Frau! – ins Sanatorium kam – danach hatte der geschäftstüchtige New Yorker Schneider gearbeitet. Warum auch nicht, wenn ihm gleich Dutzende Anzüge bestellt und gut bezahlt wurden!

»Ich dachte mir,« fuhr Gwinnie fort, »dass Herr Woyland von seinen frühern Sachen doch nichts mehr gebrauchen kann. Wissen Sie, ob er sich schon viel angeschafft hat?«

»So das Nötigste«, sagte Jan. »Mein Vetter wird entzückt sein über die Ausstattung, besonders über die Anzüge. Stecken Sie nur in jede Tasche eine Pfeife hinein. Miss Briscoe – das wirkt sehr verlobt.«

»Hörst du, Tex,« rief sie, »erledige das, sowie wir in Paris sind.«

Sie wandte sich an Jan. »Da Sie Herrn Woylands Vetter sind, sind Sie doch auch mein Vetter, wenn wir verheiratet sind. Also müssen Sie mich Gwinnie nennen, und ich werde Jan zu Ihnen sagen.«

Er verbeugte sich leicht. »Mit Vergnügen – vorausgesetzt, dass mein Vetter damit einverstanden ist. Vielleicht ist er eifersüchtig.«

»Glauben Sie?«, fragte sie. »Oh, ich möchte sehr gern, dass er recht eifersüchtig wäre!«

Je mehr sie sich Paris näherten, umso schweigsamer wurde sie, saß still in ihrer Ecke, schaute zum Fenster hinaus. Ein paar Mal schlossen sich ihre Augen, öffneten sich wieder, fielen dann ganz zu. Sie knabberte mit ihren Zähnen an den Fingerspitzen herum; schließlich entschlummerte sie fest, den kleinen Daumen im Mund. Jan betrachtete sie – ein entzückendes Spielzeug, dachte er, vollendet in jeder Einzelheit, künstlich und bizarr – kaum menschlich mehr. Aber – wie lange würde man damit spielen wollen?

Kurz vor Paris wurde sie wach, rieb sich die Augen. Griff den Beutel, wusch Hände und Gesicht mit Kölnisch Wasser. Nahm ihren Spiegel, puderte und malte ihr Gesicht, unruhig und nervös.

»Haben Sie telegrafiert?«, fragte sie.

Jan verneinte. »Ich dachte, wir wollten ihn überraschen.«

»Das ist gut«, seufzte sie, »dann kann ich mich erst zurecht machen. Himmel, wie ich aussehe!«

Sie fuhren zum ›Hotel Crillon‹; Jan fragte nach Herrn Woyland. Der Portier klingelte hinauf, gab Antwort: der Herr sei ausgegangen, doch würde Madame gleich herunterkommen.

Gwinnie griff das Wort, ihre Hände zitterten. »Madame?«, fauchte sie. »Welche Madame?«

»Beruhigen Sie sich, Gwinnie«, lachte Jan. »Der Mann sagt nur Madame – das ist so Brauch hier. Er meint Mademoiselle, nämlich Fräulein…«

»Welches Fräulein meint er?«, unterbrach sie heftig.

»Die Pflegerin«, antwortete er, »die Krankenschwester, die meinen Vetter vom Sanatorium herbrachte. – Da kommt sie schon.«

Rosmarie stieg aus dem Lift, in dunklem Schwesternkleid mit blauem Schleier. Ihre Augen strahlten, als sie Jan sah; rasch kam sie auf ihn zu. Gwinnie musterte, sie von Kopf zu Füßen.

»Wie geht's, Schwester Rosmarie«, begrüßte Jan sie. »Mein Vetter ist nicht zuhause?«

Sie schüttelte den Kopf. »Er ist schon früh ausgefahren mit dem

Herrn, der vorgestern ankam, dem Wiener Arzt. Die beiden sind nach Versailles, wollten zum Tee zurück sein.«

Gwinnie wandte sich Tex Durham zu. »Was stehst du da, Tex, sperrst den Mund auf? Sag mir: wie gefällt sie dir?«

Tex fuhr auf: »Wer? Die Dame – die Schwester? Recht gut – sehr hübsch ist sie.«

»Hübscher als ich?«, verlangte Gwinnie. Sie wartete seine Antwort nicht ab. »Schwester«, fuhr sie fort, »soviel ich weiß, ist Herr Woyland – mein Verlobter – ganz gesund.«

»Ganz gesund«, nickte die Schwester.

»Also braucht er Ihre Dienste nicht mehr«, stellte sie fest. »Es wäre mir lieb, wenn Sie noch heute gehen würden. Wenden Sie sich bitte an Herrn Durham, falls Sie Ansprüche…«

Jan unterbrach sie. »Miss Briscoe, ich möchte Sie darauf aufmerksam machen, dass ich – bis zu Ihrer Heirat – auf Wunsch Ihres Vaters sowohl für Sie wie für Ihren Verlobten selbst nach dem Rechten sehen werde. Sie kämen mir also entgegen, wenn Sie keinerlei Anordnungen treffen, sondern Ihre Wünsche gütigst mir mitteilen wollten. Was die Pflegerin angeht, so hatte ich schon bestimmt, dass sie heute Abend ihren Dienst verlässt. Packen Sie bitte Ihre Koffer, Schwester Rosmarie – fahren Sie zum ›Hotel Meurice‹, Rue Rivoli.«

Gwinnie Briscoe spitzte die Lippen, wiegte ihr Köpfchen hin und zurück, machte eine kleine Verbeugung. »Oh, mit Vergnügen, Herr Vetter Olieslagers!«, maulte sie, »Sie mögen mir befehlen, soviel Sie wollen, ich will gern gehorchen, wenn nur das geschieht, was ich wünsche. Mir ist's ganz gleich, wer die Schwester fortschickt, Sie oder ich – wenn sie nur geht. Aber sagen Sie mir bitte: Wohnen Sie hier mit uns oder vielleicht auch im ›Hotel Meurice‹? Ich meine nur – hélas! – die Schwester könnte Sie pflegen, wenn Sie Schnupfen bekommen.«

»Danke, Base Briscoe,« lachte er, »das ist ein gescheiter Gedanke! Mittlerweile wollen Sie vielleicht Ihre Zimmer ansehen und sich ein wenig in Ordnung bringen. Ich werde Sie zum Tee in der Halle erwarten, werde Ihnen Bescheid schicken, wenn mein Vetter da ist.«

Er sah ihr nach, während sie mit Tex in den Aufzug stieg.

Schwester Rosmarie legte leicht die Hand auf seinen Arm. »Meine Zeit ist um?«, fragte sie. Er nickte; da fragte sie wieder: »Bekomme ich meinen Lohn? Wann fahren wir?«

»In wenigen Tagen,« antwortete er, »sowie ich hier fertig bin. Tu jetzt, wie ich dich hieß – frag im Meurice nach den Zimmern, die auf meinen Namen bestellt sind.«

Sie drückte ihm rasch die Hand, eilte fort.

Jan wählte einen Platz, von dem aus er alle Eintretenden leicht überschauen konnte; er ließ sich Zeitungen geben, verschanzte sich dahinter, warf alle paar Minuten einen raschen Blick auf den Eingang.

***

Tex Durham nahm ein Bad, kleidete sich wieder an. Dann stand er am Fenster und schaute auf die Straße hinab, die Hände in den Hosentaschen. Er war schlecht gelaunt, murmelte ein paar Mal: »Gottverdammt!«, sagte auch einmal halblaut: »Wenn ich nur wieder zurück in New York wäre!« Sonst tat er nichts.

Da klopfte es; das Stubenmädchen brachte ihm einen Zettel. Er las: »Komm sofort herüber! Sehr unglücklich! Gwinnie.« Tex seufzte, spuckte zum Fenster hinaus.

Auf dem Sofa lag Gwinnie, halb angezogen, eine große Karaffe Eiswasser stand vor ihr. Sie fischte sich mit dem Finger ein Stückchen Eis aus dem Glas und steckte es in den Mund. Ringsumher standen offene Schrankkoffer, überall auf Tischen und Stühlen waren Kleidungsstücke zerstreut, der ganze Boden lag voll davon.

»Komm her, Texie,« flüsterte sie, »nah heran.« Als er vor ihr stand, griff sie rasch das Glas, spritzte ihm das Wasser ins Gesicht.

Durham unterdrückte mühsam einen guten Fluch. »Du sollst dich schämen, Gwinnie!«, rief er. »Schleppst mich in dies verdammte Land, weil du diesen verdammten neugebackenen Kerl heiraten willst – obwohl du mir versprochen hast, mich zu nehmen.

Schüttest mir Wasser ins Gesicht – ich bin's gründlich satt. Heute Nacht fahr ich ab.«

Sie sprang auf, fröhlich lachend, griff einen seidenen Rock, der auf dem Tisch lag, trocknete ihn ab. »Verzeih mir, Texie, ich mußte es tun. Ich war so ungeheuer unglücklich! Jetzt geht's wieder. Dein dummes Gesicht hat mich ganz vergnügt gemacht.« Sie trocknete seine Haare, nahm einen Kamm und kämmte ihn. »Nicht abreisen, Texie, hörst du? Du darfst mich doch nicht ganz allein hier zurück lassen.«

»Ich bin überflüssig,« rief er, »du hast ja diesen Menschen da – deinen Verlobten!«

»Wie kannst du so sprechen, Texie,« schmollte sie, »Du hast mir selbst erzählt, wie sehr du ihn verehrst, hast dir, als er wegfuhr von New York, heimlich ein Bild besorgt und es von ihm unterschreiben lassen.«

»Von ihm?«, entrüstete sich Durham. »Damals war er noch eine sie!«

»Ja«, sagte sie überzeugt, »aber es ist doch die gleiche Person – oder fast die gleiche. Und die unsterbliche Seele ist sicher dieselbe.«

Tex nahm ihr den Rock aus der Hand, warf ihn fort. »Was wischst du denn noch in meinem Gesicht – es ist längst trocken. Und von unsterblichen Seelen verstehe ich gar nichts, hab nie eine gesehen. Sag mir lieber, warum du unglücklich warst?«

»Das Stubenmädchen ist schuld daran«, antwortete Gwinnie. »Kein Wort verstand sie von dem, was ich sagte, und mit meinen Sachen weiß sie auch nicht Bescheid. Schau dich nur um – da fragst du noch, warum ich unglücklich bin? Was soll ich anziehen, Texie?«

***

Jan hockte immer noch hinter seiner Zeitung; je länger er dasaß, umso größer wurde seine Unruhe. Er ertappte sich dabei, dass er dieselben dummen Anzeigen las und wieder las – Theater,

Vaudeville, Kino – Worte, Worte. Er legte das Blatt auf die Knie, hob es doch gleich wieder hoch – nein, nein, er wollte nicht gesehen werden. Schließlich riss er ein Loch in die Seiten, lugte hindurch, wie er es einmal in einem albernen Detektivstück gesehen hatte – nun hatte er das Empfinden, als ob all die Menschen ringsum nach ihm schielten.

Und die beiden kamen nicht, kamen nicht.

Dann hörte er, halb hinter sich, eine Stimme – ah, Dr. Preindl! »Ganz, wie Sie wollen, mir ist's gleich, ich kenne das eine Theater so wenig wie das andere.«

Und die Antwort kam: »Also fragen wir den Portier, Doktor, was er uns empfiehlt – die Karten können wir auch gleich bei ihm besorgen.«

Andreas Stimme, Jan erkannte sie gut. Ihre Stimme – und doch nicht die ihre, tiefer klang es, sonorer, ein wenig herb. Kalt wurde ihm, er drehte sich in seinem Sessel, den beiden noch mehr den Rücken zukehrend – da fiel sein Blick in den großen Säulenspiegel. Der junge Wiener – lachend und froh, genau so, wie er ihn verlassen hatte vor Jahresfrist. Und neben ihm: Andrea.

Nein, dies Gesicht war nicht verändert, ein wenig nur schmaler geworden. Aber frisch die Farben und gesund, wie eines, das den Tag im Freien verbrachte. Die Figur – war sie nicht größer früher? Das täuschte wohl – die Herrenkleidung machte es. Schlank sah Andrea aus – vielleicht ein bisschen zu stark an den Hüften. Der junge Arzt nahm eine Zigarette aus seiner Dose, Andrea zündete am Tisch ein Streichholz an, reichte es ihm – Jan sah die Hände: schmal und lang, sehr weiß. ›Frauenhände‹, flüsterte er. Aber sonst – nichts Weibisches – kein Zweifel, der da stand, war ein Mann!

Ein wirres Gefühl ergriff ihn. Eine Befreiung, Erlösung, fast ein Gefühl der Dankbarkeit: es ist gelungen! Zum ersten Mal empfand er das. Als er sie in Ilmau sah, nackt und tief schlafend, auf dem Podium des Vortragssaales, in weiße Laken gehüllt auf der Krankenbahre und die schwarze Halbmaske vor dem Gesicht – da wusste sein Hirn wohl, dass sie es war, sie, Andrea, die nun ein Mann war, doch empfand er es nicht: völlig fremd war ihm das Schaustück. Jetzt erst fühlte er das – ein schwerer Druck, eine enge Beklemmung fiel von seiner Brust. Tief atmete er auf.

Aber zugleich, und fast stärker noch, fasste ihn ein anderes Empfinden – ein jäher Schmerz um etwas plötzlich und auf immer Verlorenes. Das, was er als Knabe gefunden, was ihn über dreißig Jahre durchs Leben begleitete, immer wieder auftauchte da und dort, das, was – obgleich er's nicht wahr haben mochte – sein Ureigenstes war, nur ihm gehörte und keinem sonst in der Welt, das war nicht mehr. Es gab keine Frau mehr, die Andrea hieß. Und er fühlte: Sein Bestes und Herrlichstes – ah, sich selbst – hatte er weggeworfen, um einer frechen Laune willen!

Er biss die Zähne aufeinander. »Man muss sich damit abfinden«, flüsterte er.

Da kam, in blauem Mantel, eine kleine Tasche in der Hand, Schwester Rosmarie die Treppe herab, lief gerade hinein in die beiden, blieb erschreckt stehen.

»So eilig?«, lachte Andreas, »Wohin?«

»Sie sind angekommen«, erwiderte sie, »Ihre Verlobte, Ihr Vetter und noch ein Herr. Man hat mich weggeschickt, ich soll ins Hotel Meurice gehen.«

»Weggeschickt?«, fragte er. »Wer denn?«

»Ihr Vetter!« antwortete die Schwester. Sie schlug die Augen nieder, hob sie wieder, öffnete halb die Lippen – ein leuchtender Glanz lag über ihr.

Jan sah im Spiegel ihr Gesicht. ›Wie ein Buch‹, dachte er, ›wie ein Bilderbuch mit fingerdicken Lettern. Ein Kind könnte es lesen!‹

»Oh, mein Vetter!«, wiederholte Andreas. Er zögerte, ein rasches Lächeln spielte um seine Mundwinkel. »Grüß ihn von mir, hörst du, Rosmarie!« Dann suchte er in den Westentaschen, nahm einen Ring heraus – ein köstlicher Sternsaphir mit Brillanten gefasst. Jan erkannte ihn – das war der Ring, den ihr Briscoe in München geschenkt hatte.

Andreas griff die Hand der Schwester, schob ihr, über den Handschuh, den Ring auf den Finger. »Noch zu groß für deine kleine Hand«, lachte er, »du musst ihn dir kleiner machen lassen.« Er schwieg einen Augenblick, fuhr dann fort: »Also grüß den Vetter und sag ihm…« Er nahm ihren Kopf, flüsterte ihr ins Ohr. Bis an die Haarwurzeln errötete Schwester Rosmarie. Riss sich los, lief mit kleinen Schritten durch die Halle.

Die beiden sahen ihr nach, wandten sich dann der Treppe zu. »Halt, wir vergessen die Theaterkarten«, rief Preindl. »Bestellen Sie Tee für uns, ich werde zum Portier gehen.«

Andreas winkte dem Kellner – da erklang, oben vom Treppenabsatz, ein leichter Schrei. Andreas blickte hinauf – Gwinnie Briscoe stand da. Griff mit der Hand das Geländer – sprang dann die Stufen hinab. Auf ihn zu, warf sich in seine Arme, lag an seiner Brust. »Du,« flüsterte sie, »du…«

*   *   *
*   *
*

Kapitel XIII

Le Nez de la Rigolette.

We're off with the
wraggle taggle gypsies – oh!

Englisches Volkslied

Fast jeden Abend saßen die beiden, Felix Preindl und Tex Durham, in ihrer kleinen Weinkneipe. Ein ›Bistro‹ nach dem anderen hatten sie aufgesucht; Tex ging nach den Namen. Aber hier blieben sie länger, hier wurden sie Stammgäste, nirgends fühlten sie sich so wohl, wie in dieser Kneipe: ›Au chien qui fume‹.

Tex war sehr schnell auf den Geschmack gekommen. Im Anfang war es nur Champagner, erst süßer, allmählich herber. Dann Bordeaux und danach Burgunder – jetzt wusste er schon den guten Wein der Touraine zu schätzen. Auch ein Bock dazwischen oder ein Glas Absinth – schon seit Wochen war kein Tropfen Whisky mehr über seine Lippen gekommen; mit Entsetzen dachte er an die alkoholischen Genüsse im Freiheitsland.

Der junge Wiener belehrte ihn. Nicht, dass der ein großer Kenner war – außer von Heurigem und von Bieren aller Arten verstand er auch nicht viel – aber er brachte doch Tradition mit und hatte gute Nase und Zunge. Er bildete sich rasch und teilte seine Weisheit dem neuen Freund mit. Dazu kam, dass man sein Französisch zur Not verstehen konnte, während Tex nur ein näselndes Gequäke zustande brachte, das grade so gut tibetanisch sein konnte. So wurde – und nicht nur im Trinken – Felix der Führer, wenn auch Tex, nachdem er einmal Blut geleckt hatte, der Verführer war und die treibende Kraft – jeden Tag von neuem.

Die Zwei hatten sich selbständig gemacht. Tex hatte seine völlige Unfähigkeit zur Kammerzofe so glänzend bewiesen, dass Gwinnie endlich auf seine Dienste verzichtete. Sie hatte den Plan, gleich nach London zur Trauung zu fahren, aufgegeben, hatte erklärt, dass sie zunächst sich ausstatten müsse: der Kram, den sie von New York mitgebracht habe, sei nicht zu gebrauchen. Sie verbrachte ihre Tage bei Worth und Paquin, Lelong und Patou, bei der Agnes und bei der Caroline Reboux, kaufte auch einen neuen Packard. Abends war sie in der Oper oder im Theater – ihren Verlobten ließ sie nicht einen Schritt von ihrer Seite. So waren Felix und Tex auf sich selbst angewiesen, sahen das Brautpaar nur zum Tee, wobei sie Gwinnies neue Toiletten bewundern durften.

Sie holten sich beim Portier Ratschläge ein, der sie natürlich zur Rue Chabaneix schickte, wo ihnen zur Auswahl gleich ein paar Dutzend pudelnackter Weibsbilder in jeder Haar und Hautfarbe vorgeführt wurden. Aber ihre Begeisterung für diesen Fleischmarkt erkaltete sehr bald; sie zogen auf eigene Entdeckungsfahrten aus, bevorzugten die kleinen Kabaretts, wo sie möglichst dicht beim Podium sitzen konnten.

In solch einem Bums saßen sie in der ersten Reihe; Tex längst völlig trunken, Felix auch nicht viel nüchterner. Ein Komiker sang – Felix notierte sich getreu alle Patoisworte, die er nicht verstand, um am nächsten Tage den Kellner danach zu fragen. Tex schlief und schnarchte; der Komiker interessierte ihn nicht, so wenig wie die Sängerin, die ihm folgte.

Aber dann erhielt er von dem Wiener einen Rippenstoß. »Wach auf, die Gommeuse kommt, die Rigolette!« Die Rigolette war Tex' großer Schwarm; er konnte nicht genug von ihr bekommen. Sie hatte die frechste kleine Stupsnase, die er je gesehen hatte, und ihr großer Trick war es, zwischen den Strophen sich diese Nase zu schnäuzen – von oben her. Sie suchte in ihrem Busen, in den Strümpfen nach einem Taschentuch, fand keins, erbat sich schließlich eins vom Publikum – je nach seiner Größe, Farbe und Art machte sie dann Gassenwitze über den Spender. Tex kaufte immer neue, hatte alle Taschen voll und warf sie ihr zu – große, rote Bandanas, baumwollene Bauerntücher, teuerste Tücher mit breitem Rand von Mechelner Kanten, lachs und olivenfarbene Seidentüchlein, wie die geschminkten Lilienknäbchen sie tragen. In halblanger Ballettkrinoline trat die Rigolette auf, das schwarze Haar auf halber Stirn zum Pony verschnitten, hinten kraus gelockt, doch mit einem Pinsel, der sich hinter dem rechten Ohr spitz vorschob und auf der Backe klebte. Die dünnen Arme waren ungewöhnlich lang; sie trug schwarze Handschuhe, die nur wenig über den Knöchel gingen. Ihr Tanz war ein wüstes Gemisch aus allen Stilen, aber Leib und Glieder waren in steter Bewegung; wie aus Gummi schien sie gemacht. Dazu sang oder sprach sie ohne Unterlass, verzerrte und verhöhnte alles und sich selbst dazu. Während des Tanzens zog sie sich aus, immer war noch etwas darunter, das wie ein Kostüm wirkte. Zum Schluss hatte sie außer den Handschuhen nur noch schwarze Strümpfe an, die unterhalb des Knies mit rosa Strumpfbändern gehalten wurden, dazu über Brüsten und Schoß drei mächtige Glasdiamanten.

Das war der Augenblick, in dem Tex handelnd eingriff: »Auôtez les deiamants!«, brüllte er, »Auôtez les deiamants!«

Aber die Rigolette war ein tugendhaftes Mädchen; es fiel ihr nicht ein, ihre Diamanten abzulegen. Sie putzte ihre Auferstehungsnase und lachte ihn aus.

Eines Nachts, zum Schluss der Vorstellung, kam der Kellner zu ihnen, bat Tex, noch etwas warten zu wollen: die Rigolette wolle mit ihm sprechen.

»Sie hat sich in dich verliebt«, lachte Felix,

Aber Tex hegte durchaus nicht solche Hoffnung, glaubte vielmehr, dass sie ihn wegen seines allabendlichen Brüllens zur Rede stellen wolle. Sie irrten sich beide; die Rigolette tat weder beleidigt noch verliebt. Sie habe rein geschäftlich zu sprechen, erklärte sie, nahm die verlegene Einladung der beiden an und folgte ihnen in den ›Rauchenden Hund‹. Dort machte sie Tex den Vorschlag, er möge in Zukunft doch seinen Bedarf an Taschentüchern bei ihr decken. Sie habe viele hundert, viel mehr, als sie je im Leben verbrauchen könne, sie würde sie ihm zum halben Preis lassen, das sei für beide ein gutes Geschäft. Man einigte sich rasch; Tex übernahm einen Pappkasten mit fünfhundert ausgesuchten Taschentüchern, den sie gleich mitgebracht hatte, verpflichtete sich außerdem, bei jedem Besuch ein weiteres Dutzend zu kaufen, die sie bei der Kasse hinterlegen wolle. Dann belehrte ihn die Rigolette, dass er ihr nur nicht die teuren und schlechten Blumen auf die Bühne werfen solle, die die Blumenfrau im Kabarett verkaufte. Er solle ihr überhaupt keine Blumen verehren, auch keine Schokolade in die Garderobe schicken, das sei weggeworfenes Geld. Wenn er ihr durchaus etwas schenken wolle, so solle er vorher mit ihr darüber reden – dann wolle sie selbst mit ihm einkaufen gehen, damit er nicht übervorteilt würde.

Tex fragte, was sie denn brauche. Und die Rigolette meinte: eine Nähmaschine. Sie habe zwar eine, aber die habe sie von der Großmutter geerbt; eine uralte sei es, die man noch mit der Hand drehen müsse, und das sei sehr lästig, wenn man alle Kostüme selber nähe. Sie wisse einen Althändler, der eine sehr schöne zum Verkauf habe, so gut wie neu; die könne er billig bekommen, wenn er gleich entschlossen zugreife.

Tex erklärte sich bereit; am anderen Morgen kauften sie die Nähmaschine und trafen sich nun täglich. Bald brachte die Rigolette für Felix eine Freundin mit, Marie-Berthe, eine hübsche, kleine Weißnäherin, die noch einfacher und bescheidener in ihren Ansprüchen war. Es ließ sich nicht leugnen, dass die beiden Jungen sich wohl dabei standen: für vier gaben sie weniger aus, als vorher zu zweit und hatten mehr für ihr Geld. Und die Liebe, die Liebe gab's umsonst noch obendrein, ganz wie selbstverständlich und ohne jedes Getue. Dazu lernte Felix in wenigen Wochen Französisch, wie der waschechteste Pariser; Tex lernte zwar nichts, aber seine Taschentuchgommeuse, die Rigolette, konnte bald genug mit ihm Englisch plauschen. Mehr noch: alle Gedanken an Gwinnie wischte sie völlig aus seinem Hirn; er ertappte sich dabei, dass er Herrn

Woyland, ihren Verlobten, dankbar betrachtete, dafür, dass er ihm Gwinnie abgenommen hatte. Solange er Gwinnie kannte, hatte sie die unmöglichsten und verrücktesten Dinge von ihm verlangt, die ihm höchst zuwider waren, und hatte ihm nie etwas dafür gegeben. Die kleine Pariserin aber vergalt ihm dutzendfältig alles, was er für sie tat, und was sie verlangte, war denkbar einfach und vernünftig.

Weihnachten kam und Neujahr; immer noch waren sie in Paris.

»Wann ist die Hochzeit?«, fragte Felix. »Wann fahren wir nach London?«

Tex zog die Schultern hoch. »Ich weiß nicht. Sie spricht kein Wort davon.«

»Er auch nicht«, sagte Felix. Sie kamen überein, nicht einmal danach zu fragen; sie fühlten sich wohl in Paris, und jeder Tag war ein Gewinn. Früh genug würde man doch wieder zurück müssen in die Tretmühlen nach Ost und West, ins Krankenhaus und ins Bankbüro.

***

Andreas Woyland stand im Abendanzug vor dem Spiegel, strich mit der Hand übers Kinn. Kein Zweifel, er mußte sich rasieren – vor vierzehn Tagen erst und nun schon wieder. Er zog Frack und Kragen aus, nahm Seife, Pinsel, Rasierapparat – ach, keine Klinge mehr da! Er schellte dem Kellner, befahl ihm, Klingen zu besorgen. Brannte dann eine Zigarette an, ging auf und ab in dem großen Zimmer, lachte still vor sich hin.

Rasieren, wie komisch das war! Und sicher lästig – darin hatte eine Frau es besser. Jetzt ging es ja noch, aber wenn das so weiter wuchs an Kinn und Oberlippe, würde er sich jeden Morgen schaben müssen. Nun, er würde sich dran gewöhnen, es als selbstverständlich nehmen, würde sich nicht mehr, wenn er das kleine Giletteding in die Hand nahm, im Spiegel anstaunen: sieh doch – du bist ein Mann!

Kleine Mädel, dachte er, haben oft den heißen Wunsch, ein Bub zu sein. Und, wenn sie älter werden, erst recht. Hatte er, als er noch eine Sie war, das jemals gewünscht? Auf Woyland, als ihr die Gänse nachliefen, als der Vetter sie schalt, dass sie dumm sei, wie Kartoffeln, nicht reiten könne und nicht schwimmen, da dachte sie wohl, dass sie das gleich verstehen würde, wenn sie nur ein großer Junge sei, wie er. Später war's nicht viel anders: wenn sie versagte im Leben, wieder und noch einmal, kam ihr der Gedanke: nie würde das geschehen, wenn sie ein Mann wäre, wie Jan, ihr Vetter. Aber, wenn man's recht bedachte, ein eigentlicher Wunsch war das nie, eine Feststellung nur, eine Überlegung. Und selbst dann, als Parker Briscoe zu ihr kam und sie kaufte, selbst damals hatte sie kaum solche Sehnsucht. Sie begriff, dass ihr Leben zu Ende war und sah die Möglichkeit eines neuen Lebens – der Wunsch, ein Mann zu sein, spielte kaum eine Rolle dabei. War es nicht vielmehr umgekehrt, hing sie nicht in letzter Minute noch mit jedem Atemzug, jedem roten Blutstropfen an ihrem Leben als Frau? Bis, wie alle anderen, auch ihr letzter Versuch in Stücke brach, bis, nach dem kurzen Traum einer Nacht, des Vetters lachender Korsarenmund sie hinunterjagte von dem sinkenden Wrack. Da schritt sie, taumelnd und blind, über die Planke der Vernichtung.

Zehntausend Stunden lang trieb sie im Ozean der Vergessenheit. Aber keine Welle riss sie hinunter, kein Hai fasste sie, keine raue Klippe zerfetzte ihren Leib. Das Meer spie sie aus; auf sanften Strand spülte sie lindeste Woge. Da wachte sie auf.

Nun war er ein Mann und war es zufrieden so. Als er die Augen aufschlug, nach der Vorstellung in Hella Reutlingers Vortragssaal, von der er nichts wusste, saß Schwester Rosmarie an seinem Bett, lächelte ihn an, streichelte leicht seine Hände. Er lebte still und ruhig in ihrer Pflege, aber von Tag zu Tag schwand die Dumpfheit, die auf ihm lastete, löste sich der Nebel vor seinen Augen. Dann eines Tages kam die Ärztin, und mit ihr kam Dr. Fallmerayer; sie setzten sich hin zu ihm und erzählten. Reichten ihm endlich die Hand, beglückwünschten ihn: nun sei er ein Mann.

Andreas begriff jedes Wort, das sie sagten, doch war es ihm, als ob sie von einem Fremden sprächen und nicht von ihm. Sehr langsam erst kam ihm das Bewusstsein des neuen Lebens, tastend nur. Schritt um Schritt fühlte er sich ein in die andere Natur. Und das war seltsam: rasch genug gewöhnte er sich an einschneidende Unterschiede, während ihm unscheinbare Kleinigkeiten, eingewurzelte weibliche Gewohnheiten viel Schwierigkeit machten. Er lächelte, als er eine neue Zigarette entzündete: immer noch strich er, wie eine Frau, das Zündholz fort von sich und nicht zu sich hin, wie jeder Mann es tat. Und gestern erst, als ihm Gwinnie über den Teetisch die Streichholzschachtel zuwarf, während er mit beiden Händen die große Zeitung hielt, spreizte er wie eine Frau beide Beine weit auseinander, um sie mit dem Kleid im Schoß zu fangen, so dass die Schachtel zwischen den Beinen zu Boden fiel. Keinem, der als Mann geboren war, wäre das geschehen; unwillkürlich hätte er die Beine zusammengezogen. Nun, auch das würde er schon lernen.

***

Der Kellner brachte die Klingen, Andreas rasierte sich. Zog seinen Frack wieder an, gab ein wenig ›Juchten‹ auf das Taschentuch. ›Juchten‹ von Atkinson – war das nicht das Parfüm, das der Vetter liebte? Nicht bei sich freilich – bei Frauen nur. Und wenn er schon den Vetter nachahmte, so…

Er überlegte. Nachahmte? Aber gewiss äffte er Jan nach. Gab sich wie er, sprach wie er – oft ertappte er sich darauf, dass er seine Gedankengänge dachte, seine Redensarten gebrauchte. Einmal, als er die rotblonde Rosmarie im Arm hielt, fuhr sie auf, starrte ihn an. Sie wollte nicht heraus mit der Sprache, aber er drang in sie und gab nicht nach. Da kam es heraus: die Worte, die er eben gesagt – leichte, spielerische Worte tändelnder Liebe, süße Worte, die dennoch herb klangen – die kannte sie gut. Ein anderer schon hatte sie zu ihr gesprochen, und der andere war Jan.

»Das hat er *dir* gesagt?«, fragte er.

»Ja«, flüsterte die zierliche Schwester. Sie hob den Blick, sah ihn an, verwirrt und erschreckt. Sie sagte nichts, aber ihr Gesicht war eine einzige Frage.

Er verstand sie gut, nickte. »Ja, Rosmarie, zu mir hat er's auch einmal gesagt. Als ich auf seinen Beinen saß, so wie du jetzt auf meinen, damals, als ich noch eine Frau war.« Eine halbe Träne stahl sich in sein Auge. Aber er wischte sie fort, lachte hell – so wie der Vetter lachen würde.

Jan ahmte er nach – war das nicht natürlich? Wen denn sonst sollte er zum Vorbild nehmen? Den Levantiner vielleicht – oder den Arzt, ihren zweiten Mann, den sie kaum gekannt hatte? Oder sonst einen der Männer, die durch ihr Leben liefen, wie wirre Schemen, deren Namen er kaum noch wusste? Er pfiff leise vor sich hin – und es war wieder der Pfiff des Vetters, der ihm in den Ohren klang.

Er ging hinüber zu Gwinnie, trat ins Wohnzimmer. Sie war nicht da, er hörte sie nebenan im Schlafzimmer. »Noch nicht angezogen, Gwinnie?«, fragte er. »Wir werden zu spät zur Oper kommen – eil dich doch!«

»Ja, ja!«, rief sie zurück. »Bestell Tee für uns!«

Er tat, wie ihm geheißen. Sein Blick fiel auf die Kommode, da standen sechs große Bilder, alle gleich gerahmt – die Fotos, die sie damals in New York hatte machen lassen. Bilder von ihm – von ihr vielmehr. Wie das durcheinander ging: er – sie! ›Er‹ mußte er denken in der Gegenwart – aber doch ›sie‹ in der Vergangenheit. Kein Wunder, dass sich Schwester Rosmarie so oft versprach – ihn, im Anfang wenigstens, immer mit ›Fräulein‹ ansprach. Gwinnie war gescheit, sagte gar nichts, nicht einmal den Vornamen gebrauchte sie.

Ja, das mußte er ihr sagen, dass sie diese Bilder nun bald weglegen solle. Wenn sie verheiratet waren, ging es doch nicht gut an, dass sie die Bilder ihres Mannes als Frau herumstehen hatte. Und warum hatte sie ihn noch nicht einmal gebeten, sich neu aufnehmen zu lassen – als Mann? Das mußte er tun, morgen noch. Mußte der Ärztin nach Ilmau ein Bild schicken – dieser graugelben Frau mit der Habichtnase, die ihn so oft in Träumen quälte. Jetzt war das vorbei – nein, jetzt hatte er kein bisschen Angst mehr vor Hella Reutlinger. Bah, ein Mann war er jetzt. Ja, und Gwinnies Vater konnte man ein Bild schicken und der ernsten Schwester Trude und dem Vetter…

Dem auch, dem Vetter Jan auch? Wo steckte er nun schon wieder? Und warum hatte er nicht einmal geschrieben? Jetzt stand kein Geschlecht mehr zwischen ihnen, kein quälendes Anziehen und Abstoßen – jetzt mochten sie doch gute Freunde sein.

Der Kellner brachte den Tee; er half ihm, den Tisch abzuräumen, der voll lag von Gwinnies Sachen – die war auch nicht glücklich, wenn nicht ihre halbe Garderobe rings auf den Möbeln verstreut war. Als er sich umwandte, ein paar Schuhe auf den Sessel warf, stieß er an das Teebrett, das der Kellner hielt, schüttete die Sahne auf seinen Ärmel. Er zog den Frack aus, gab ihn dem Kellner mit zum Saubermachen; derweil zog er Gwinnies Kimono über. Grün war er, wie junger Reis vor der Blüte. Große goldene Drachen waren drauf gestickt.

»Immer noch nicht fertig?«, rief er. »Der Tee ist da!«

»Gleich, gleich!«, antwortete Gwinnie.

Er nahm den Obi, hielt ihn in der Hand. Lachte: von rechts nach links lag der Kimono, wie bei einer Frau; es fehlte nur, dass er die große Schleife hinten gebunden hätte! Er stellte die Teesachen auf dem kleinen Tisch neben dem Sofa zurecht – da stand wieder eins der Bilder. Er schaute es an – damals trug sie ein Tuch um den Kopf, wie einen Turban gewunden, ach ja, sie hatte gerade ihre langen Haare heruntergeschnitten. Das war der erste Schritt und – Schnitt.

Dann wand er den Obi um den Kopf, wie auf dem Bild. Trat vor den Spiegel – war noch eine Ähnlichkeit da mit der Frau von einst?

Da ging die Türe, Gwinnie kam herein. »Andrea!«, rief sie.

Andrea? Was denn? Warum sagte sie den Mädchennamen?

»Ich hab mir Milch über den Ärmel gegossen – hab deinen Kimono angezogen«, erklärte er. »Komm, lass uns Tee trinken.«

Ganz still, wie auf Zehenspitzen kam sie auf ihn zu. »Wie hübsch du aussiehst – wie in New York.« Sie streichelte seine Wangen mit zärtlichen Fingern. »Hélas – wenn du noch deine langen Haare hättest! Wie ein Mantel waren sie, wie ein goldener Mantel!«

»Ein schöner Anblick wäre das!«, lachte er. »Haare zum Knie herunter und einen Frack dazu.«

»Nein, keinen Frack,« seufzte sie, »keinen Frack.«

***

In der Halle trafen sie Tex Durham und Dr. Preindl.
»Wohin wollt ihr?«, fragte Gwinnie.

»Bummeln!« sagte Tex. »Erst zum Abendessen, dann ins Apollon.«

»Was ist das – ein Theater?«, fragte sie.

»Nein, ein Rummelplatz,« erklärte Felix, »so wie der Wurstlprater oder wie Coney Island. Aber in Sälen natürlich – jetzt im Winter.«

Gwinnie wandte sich an Andreas. »Oh, das ist lustig! Lass uns mitgehen – die Oper läuft uns nicht fort.«

»Aber wir sind schon verabredet«, wandte Tex ein.

»Verabredet?«, fragte sie, »mit wem…« Ein plötzliches Niesen unterbrach sie, sie suchte in ihrem Beutel nach einem Taschentuch, »Ich hab mein Tuch vergessen – gerade wenn man's am nötigsten braucht. Spring hinauf, Tex, hol mir eins.«

Tex griff in die Tasche, reichte ihr ein handgroßes Spitzentuch. »Schon da«, lachte er, »Wenn's nicht reichen sollte – bitte!« Und er zog noch zwei Tüchlein aus der Tasche.

Gwinnie putzte sich die Nase, betrachtete misstrauisch die Tücher. »Seit wann hast du Damentücher?«, fragte sie. »Vielleicht noch mehr davon?«

Sie untersuchte ihn, griff in seine Taschen, holte eins nach dem anderen heraus, »Was soll das?«, fuhr sie fort, »gleich wirst du's mir erzählen! Du weißt, dass ich für dich verantwortlich bin.«

»So – auf einmal?«, rief Tex.

»Du bist eine Halbwaise, Tex,« erklärte sie, »du bist von deinem dahingeschiedenen Vater meinem Vater anvertraut worden. Dem und deiner Mutter bin ich Rechenschaft schuldig – es ist eine schwere Verantwortung. Bist du in die Klauen leichtfertiger Frauenspersonen gefallen?«

Todernst sagte sie das, völlig überzeugt für den Augenblick; dabei malte sie mit dem Rotstift an ihren Lippen. Tex stand vor ihr wie ein begossener Pudel, sperrte den Mund weit auf.

»Antworte,« verlangte sie, »rechtfertige dich, wenn das möglich ist.«

»Ach, Unsinn«, stotterte er. »Wir brauchen die Taschentücher für – für – für eine theatralische Aufführung. Sonst kaufe ich sie immer an der Kasse – aber heute wollten wir die Mädchen… Ach, ich habe über dreihundert Taschentücher oben.«

Gwinnie puderte an ihrer Nase herum; salbungsvoll, wie ein Methodistenprediger, sprach sie: »Dreihundert solcher Spitzentücher hast du? Ich blicke in einen Pfuhl! Erklär dich näher, Tex Durham.«

Mit unverhohlener Wonne betrachtete Andreas seine Verlobte, hätte sie am liebsten auf den Mund geküsst, vor allen Leuten. Unglaublich komisch wirkte der Gegensatz: diese auf treublauen Stelzen stolzierenden Redensarten abgestandener Gouvernantenweisheit, dieser Hohle-Faß-Ton einer Sonntagsschule in Petersham, Massachusetts – und dazu dies kleine, mondäne Ding, dies süße, zerbrechliche, buntbemalte Porzellanpüppchen!

»Antworte! forderte sie. »Schlägt dein Gewissen so, dass deine Zunge sich schämt? Treten Sie her, Dr. Felix Prei – Prä – den scheußlichen Namen werde ich nie lernen! Sie sind sein Kumpan, sind der Genosse seiner Verirrungen – gestehen Sie: Was bedeuten diese Spitzentücher?« Sie warf einen letzten Blick in den kleinen, runden Spiegel, machte noch einen raschen Wischer mit dem goldgefassten Hasenpfötchen.

Dr. Preindl war nicht weniger verlegen als Tex. »Es ist ganz harmlos,« versuchte er, »die Taschentücher sind nur … – nur – Anerkennungen der Kunst einer Künstlerin.«

»Wie heißt diese Künstlerin,« forschte Gwinnie, »und was tut sie? Versuchen Sie nicht, mich anzulügen, Felix, ich werde ein Affidavit mit Ihnen aufnehmen, hören Sie, ein – Affidavit!

»Ein – was?«, japste Felix.

»Ein Affidavit!«, betonte Gwinnie mit höchster Wichtigkeit. »Wissen Sie nicht, was das ist? Europäische Bildung – hélas! Also sehen Sie im Lexikon nach. Sagen Sie die volle und ungeschminkte Wahrheit – ich bin darauf gefasst, auch das Abscheulichste zu hören.«

Der junge Wiener fasste Mut. »Aber es ist gar nichts Abscheuliches dabei, Miss Briscoe, sagte er. »Sie heißt Rigolette und ist eine Gommeuse...«

Gwinnie unterbrach ihn. »Was ist sie? Eine...«

»Eine Gommeuse!«, lachte Andreas. »Weißt du nicht, was das ist? Amerikanische Bildung – hélas! Also, sieh im Lexikon nach!« Und er dachte: genau dasselbe hätte in diesem Augenblick der Vetter gesagt.

»Sie tritt im Kabarett auf«, fuhr Felix fort. »Sie singt und tanzt und putzt die Nase dabei. Dazu braucht sie Taschentücher – die schenkt ihr Tex aus Begeisterung für ihre Kunst. Das ist alles.«

»Das ist gar nicht alles«, stellte Gwinnie fest. »Glauben Sie nicht, dass Sie mich hinters Licht führen können! Es ist edel von Ihnen, dass Sie sich als Schutz und Schirm vor Ihren Freund stellen, aber es wird Ihnen nichts nützen – ich blicke durch Sie hindurch.« Sehr gut gefiel ihr das, sie wiederholte es noch einmal: »Ich blicke durch Sie hindurch, wie durch einen Spieg..., nein, wie durch einen leuchtenden Kristall! Dreihundert Taschentücher – wer liefert diese Taschentücher?«

»Die Rigolette«, sagte Felix. »Sie verkauft sie ihm wieder, hinterlegt sie an der Kasse, oder bringt sie ihm mit zum...«

»Sprechen Sie zu Ende«, befahl Gwinnie. »Wohin bringt ihm die Nasenputzkünstlerin die Taschentücher?«

Sehr bedrückt, völlig in die Enge getrieben, gestand Felix: »Er trifft sie im ›Rauchenden Hund‹ nach der Vorstellung.«

Tex warf ihm einen bösen Blick zu, »Aber nicht allein!«, rief er. »Felix ist auch dabei und seine Freundin, die Marie-Berthe.«

Triumphierend sah Gwinnie auf, »Nun kommt es heraus – seine Freundin! Dann also ist die Nasenputzerin deine Freundin, Tex?!« Sie holte tief Atem, erklärte, innigst erfüllt von der Bedeutung ihrer Mission: »Verworfene, ich werde euch den Rachen dieser vampirischen Kreaturen entreißen – wir gehen in das Kabarett!«

»Unbedingt,« unterstützte Andreas sie mit Nachdruck, »du musst diese armen Missgeleiteten auf den rechten Pfad zurückführen. Das ist Christenpflicht, Gwinnie!«

Sie schielte zu ihm hinauf, zweifelnd und misstrauisch – war ihm das ernst?

Er wandte sich zur Seite, sein Lächeln zu verbergen – dabei empfand er: Nicht er sagte das, dachte das, er nicht. Ein anderer tat es, der irgendwo herumlief in der Welt – sein Vetter, Jan!

»Wir können nicht ins Kabarett gehen;«, erklärte Tex, »es ist geschlossen. Und Felix sekundierte ihm: »Ja, auf vier Tage; es wird umgebaut.«

»Also gehen wir zum Apollon«, fiel Gwinnie ein. »Dahin habt ihr die Damen ja wohl bestellt, nicht wahr, ihr Lotterbuben?«

Die beiden sahen sich an, jeder hoffte, dass der andere noch einen Ausweg finden würde. Aber Gwinnie schnitt jeden Versuch einer Erwiderung ab. »Also, Tex, sieh nach, ob unser Auto da ist! – Das Weitere wird sich finden, ich werde diesem Taschentuch-geheimnis auf den Grund gehen.«

»Auf den tiefsten Grund!«, echote Andreas.

***

Die jungen Herrn hatten einen Tisch im ›Griffon‹ bestellt; kaum hatte man Platz genommen, als ihre Freundinnen erschienen. Sie stutzten einen Augenblick, ehe sie nähertraten. Die Herren standen auf, Gwinnie nahm ihr einglasiges Lorgnon aus dem Beutel, betrachtete scharf, eine nach der anderen, die Sünderinnen.

»Tiens qu'elle est drole!« rief die Rigolette.

Doch die sanfte MarieBerthe fügte hinzu: »Mais gentille, vraiment tres gentille!«

Ziemlich gequält war die Unterhaltung. Tex und Felix löffelten stumm ihre Suppe, Gwinnie ließ kein Auge von den Pariserinnen, die ihr gegenüber saßen. So sprach nur Andreas; die beiden Mädel standen ihm völlig unbefangen Antwort. Plötzlich zog Gwinnie ein Spitzentuch heraus, warf es über den Tisch der Rigolette zu. Die sah ihre Bewegung, fing das Tuch, schwenkte es durch die Luft. Begriff im Augenblick; sprang auf, spielte mit dem Tuch, wie auf der Bühne, sprudelte eine Fülle rascher Worte hinaus. Gwinnie erfasste nur die Hälfte, aber genug, um zu verstehen, dass sie von ihr sprach und sie mit lustigen Komplimenten überschüttete. Dann knüllte die Rigolette das Tuch zusammen, warf es hoch in die Luft, fing es auf mit den Zähnen, nahm es mit spitzen Fingern, schnaubte sich die Stupsnase – von oben her. Sang dazu einen Kehrreim:

>
> »Ah! C'est le nez, c'est le nez, c'est le nez,
> Le nez capricieux de la Rigolette!
> Regardezle bien, ce blaireau trompette,
> Il est rigolo
> Comme un vrai museau!
> Il y pleut dedans, mais il est si chouette,
> Le p'tit nez en l'air de la Rigolette!«

So komisch machte sie das, dass die Nebentische laut lachten; Andreas klatschte in die Hände, Gwinnie Briscoe versuchte ihr möglichstes, ernst zu bleiben, als aber die Rigolette vor sie hintrat, einen tiefen Knicks machte und ihr mit einem feierlichen »Voila, Madame – un petit souvenir de la Rigolette!« das Taschentuch zurückreichte, konnte sie nicht mehr an sich halten, lachte mit den anderen.

Sie wandte sich an Andreas, sagte zu ihm, wie zur Entschuldigung: »Ich werde nun mit bestechender Liebenswürdigkeit vorgehen.«

Andreas nickte. »Ja, das tu, das wird gewiss zum Ziel führen.«

Das Gespräch kam nun rasch in Fluss; nur Tex und Felix, die an beiden Enden des Tisches saßen, nahmen kaum daran teil. Sie trauten dem Frieden nicht und erwarteten jeden Augenblick den Ausbruch scharfer Feindseligkeiten. Andreas teilte ihr Misstrauen nicht: Solange die Frauen von Hüten sprachen, würde der Waffenstillstand gesichert sein. Die Pariserinnen fragten und Gwinnie erzählte, was sie in dem, was in jenem Modehaus gekauft hätte. Sie sprach auch von den Kleidern, die sie von New York mitgebracht hatte und die jetzt unnütz herumlagen; wenn die Damen sich dafür interessierten, würde es ihr ein Vergnügen machen, sie ihnen zu geben. Doch müssten sie volles Vertrauen zu ihr haben, betonte sie, so wie sie ihnen Vertrauen schenke.

Rigolette nickte: Ja gewiss, solch Vertrauen sei die Hauptsache – keine Geheimnisse, offen müsse man sein, damit käme man am weitesten in dieser Welt! Nur, sie könnten natürlich die Kleider nicht annehmen, ohne sich zu revanchieren. Aber sie wisse Plätze, wo man um die Hälfte billiger einkaufe als bei Worth und Patou, ja für ein Drittel nur und fast ebenso gut.

Gwinnie bedauerte, dass sie leider keinen Gebrauch davon machen könne – sie könne nicht Dinge tragen, die »fast so gut« seien.

Aber Marie-Berthe wusste Rat: sie kenne ein Wäschegeschäft, wo man das Allerbeste am Allerbilligsten bekäme. Und sie verlange keine Prozente, nein, das tue sie nicht – nur aus Freundschaft würde sie sie hinführen, weil die Miss so hübsch und sympathisch sei. Und was Parfüms angehe, so habe sie eine Base, die bei…

Mit jedem Gang und mit jedem Glas wurde die Stimmung angeregter; beim Eis schien es, als ob die Frauen schon seit Jahren beste Freundinnen seien. Als die Rechnung kam, griff Rigolette danach; erklärte, dass man den Kellnern auf die Finger schauen müsse. Sie studierte eifrig, fand auch glücklich ein paar Pfirsiche, die kein Mensch gegessen hatte. Vor der Tür pfiff der Pförtner ihr Auto heran, aber die Gommeuse meinte, dass man die paar Schritte zum Apollon zu Fuß gehen könne. Die Frauen schritten voran, eingehakt, Gwinnie in der Mitte.

»Da schau,« brummte Tex, »ein Herz und eine Seele! Das ist echt Gwinnie Briscoe.«

»Ist schon besser, als wenn sie Krach gemacht hätte«, lachte Felix. »Die Rigolette hat sie schnell zahm gemacht.« Er wandte sich an Andreas. »Ich bekam einen Brief von Ihrem Vetter, er lässt Sie grüßen.«

»Danke«, sagte Andreas. »Wo steckt er denn?«

»In Ägypten«, antwortete der Wiener. »Er wird aber nächsten Monat zurück sein. Ich hab den Brief in der Tasche, kann Ihnen gleich die Adresse geben.«

Im Apollon war's wie auf der Straße: die Herren tappten hinterdrein, während die drei Frauen voraus zogen. Sie warfen mit Bällen nach Puppen, schossen in der Schießbude nach Tonpfeifen, versuchten, Ringe über Taschenmesser zu werfen. Dann sprangen sie auf die hängenden Karussellpferde; die Rigolette erwischte ein geflügeltes Ringelschwanzschwein, dem sie mit vielem Anstand die Nase putzte. Sie kletterten die Wackeltreppe zur Rutschbahn hinauf, sausten auf dem Bauch hinunter, johlend und schreiend. Marie-Berthe äußerte Bedenken um Gwinnies kostbare Toilette, aber die lachte: es gäbe noch genug in den Häusern der Champs-Élysées. Und sie klommen wieder hinauf, rutschten hinab, dicht aufeinander, überpurzelten sich unten, sprangen wieder hoch, kreischend vor Lust.

Als sie die künstliche Rodelbahn bestiegen, gerade in die Schlitten hinein wollten, blieb Gwinnie plötzlich stehen, starrte wie gebannt nach unten. Ihr kleiner Mund verzerrte sich, mit der Hand presste sie ihr Herz, das stillzustehen schien. Rigolette hielt sie fest, sah, wie sie erbleichte, unter Schminke und Puder, fühlte, wie sie zitterte.

»Was ist es?«, fragte sie besorgt.

Gwinnie flüsterte: »Da – da – hélas!«

Die Gommeuse folgte ihrem Blick. Unten an einem Tisch sah sie die drei Herrn. Tex, ein wenig abseits, saugte an einem Glas

Absinth. Felix Preindl saß und schrieb etwas, über ihn beugte sich Andreas, seine Hand ruhte vertraulich auf des anderen Schulter.

»Was denn nur?«, fragte MarieBerthe.

Gwinnie stieß einen Schrei aus, riss sich los, rannte hinunter. Sie stieß Tex beiseite, stand vor den anderen. »Was – was soll das bedeuten?«, schrie sie.

Andreas richtete sich auf. »Was meinst du, Gwinnie? Er schreibt mir meines Vetters Adresse auf.«

Sie sah ihn an, schüttelte den Kopf erst, nickte dann heftig. »Oh«, flüsterte sie, »ja!« Schluchzte, warf sich heftig in seine Arme. »Verzeih mir!«

Die Pariserinnen tauschten Blicke. »Eifersüchtig!«, sagte Marie-Berthe. Aber die Rigolette zuckte die Achseln, zog die Lippen hoch. »Vielleicht,« meinte sie, »aber das ist es nicht allein. Armes Wurm!«

Die beiden stiegen in die Rodelschlitten, glitten hinab über künstlichen Schnee. Kamen zu den anderen. Gwinnie machte keine Miene, ihr Benehmen zu erklären; selbst als Tex Durham ihr freundschaftlich zuraunte: »Was machst du denn? Wie ein Idiot benimmst du dich!«, antwortete sie bescheiden: »Ich weiß, Texie.« Aber sie ließ Andreas' Arm nicht mehr los an diesem Abend. Sie zogen weiter, von einer Herrlichkeit zur anderen; tanzten auch zwischendurch. Erst allmählich taute Gwinnie wieder auf, fand ihre Sicherheit wieder, lachte harmlos mit den anderen. Doch blieb die Stimmung eine gedrückte: nichts mehr von der Ausgelassenheit der ersten Stunde.

Sie verabschiedete sich herzlich von der Rigolette und ihrer Freundin, versprach, ihnen die Kleider morgen zuschicken zu lassen. Ja, und sie würde es sie wissen lassen, wenn sie mit ihnen einkaufen gehen wolle. Noch aus dem Auto winkte sie ihnen, rief Tex zu: »Bringt eure Mädel nach Hause – die sind viel zu gut für euch!« Sie lachte nervös, lehnte sich an Andreas Schulter, weinte still vor sich hin. Er ließ sie gewähren, streichelte leise ihre Hände.

Die vier fuhren zum ›Rauchenden Hund‹, waren froh, wieder in ihrer Ecke zu sitzen. »Glaubst du, dass sie uns die Kleider schicken wird?«, fragte Marie-Berthe. »Die schickt sie sicher,« erklärte die Rigolette, »aber mit uns einkaufen geht sie nicht.«

Tex meinte, das könne man nicht wissen, bei Gwinnie Briscoe sei alles möglich. Und die Kleider aus New York kenne er, man könne ein Geschäft damit anfangen, so viele seien es. »Nicht einmal angehabt hat sie die meisten!«, schloss er.

Die Gommeuse hob ihr Glas und setzte es wieder zurück, sie schien eifrig nachzudenken. »Es stimmt nicht,« sagte sie vor sich hin, »etwas stimmt da nicht.« Dann blickte sie auf, fragte: »Was ist mit dem Herrn – mit ihrem Verlobten?«

»Was soll mit ihm sein?«, lachte Felix. »Andreas Woyland heißt er, ist ein Mann wie jeder andere.«

»Wenigstens hier in Europa – und heute«, fügte Tex hinzu.

»Und sonst, was war er sonst?«, drängte die Rigolette.

Tex wies sie ab. »Oh, nichts,« sagte er, »das ist ein Geheimnis.« Und er fügte hinzu: »Ein Geheimnis von höchster wissenschaftlicher Bedeutung! So nennt es Gwinnie Briscoe, und also ist es so. Und darum darf man nicht darüber sprechen.«

Aber Rigolette ließ nicht nach: »Die kleine Miss befiehlt und ihr müsst gehorchen, was? Aber sie hat auch gesagt, heute Abend erst, dass man Vertrauen haben müsse – keine Heimlichtuerei, offen müsse man sein unter Freunden. Und darum waren wir ganz offen zu ihr, Marie-Berthe und ich, haben ihr alles erzählt, was sie wissen wollte.«

»Was wollte sie denn wissen?«, fragte Felix.

»Wahrscheinlich,« antwortete sie, »ob ihr zwei bei uns Unterricht nehmt im Rosenkranzbeten oder im Nasenputzen! Wir haben ihr erzählt, dass ihr schon ausgelernt und euer Examen abgelegt habt. Aber das sag ich euch: Keine Stunden mehr, wenn ihr das große Geheimnis nicht enthüllt – da könnt ihr allein schlafen heute Nacht.«

»Eigentlich ist es gar kein Geheimnis mehr,« meinte Felix, »die ganze Welt weiß es heute, die wissenschaftliche wenigstens.«

»Dann heraus damit,« drängte die Gommeuse, »was ziert ihr euch?«

»Nun,« sagte Tex, »es ist schon etwas, das ihr nie gehört habt und so leicht nicht wieder hören werdet. Nämlich: In New York war Mr Woyland noch eine Miss Woyland! War eine Frau. Dann ist sie umgewandelt worden, operativ – mittels Totalexstirpationen, Symbiosen, Transplantationen, Dauersuggestionen und solchem Zeug. Das müsst ihr euch von Felix erzählen lassen, der hat dabei mitgewirkt.«

»Du, Freundchen?«, lachte Marie-Berthe. »Kannst du auch aus mir einen Mann machen?

Aber die Rigolette verfolgte ihre Gedanken. »Und was hat die Miss damit zu schaffen?«, fragte sie.

»Die war die Ursache der ganzen Geschichte!«, erklärte Tex. »Sie verliebte sich in Miss Woyland – ich war damals noch so dumm, dass ich nichts davon merkte. Hab's erst später langsam begriffen. Miss Woyland wollte nichts von ihr wissen, da nahm Gwinnie Gift. Sie wurde gerettet – aber alles kam nun heraus. Und ihr Vater – mein Boss, Parker A. Briscoe von der ›Central Trust‹ – der hatte den großen Gedanken. Frau und Frau – das war höchst shocking und unanständig; aber wenn Miss Woyland ein Mann war, war ja alles in bester Ordnung. Nun kann Gwinnie ihn heiraten; sie werden glücklich sein ihr Leben lang, wie's im Märchen heißt: happy ever after!«

»Und die Miss,« verlangte Rigolette, »was ist mit der Miss?«

»Was soll mit ihr sein?«, fragte Tex zurück. »Gar nichts.«

Die Rigolette beugte sich vor. »Was mit ihr geschehen ist, will ich wissen. Ist sie geblieben, wie sie war?«

Tex verstand sie nicht, sah sie verwundert an.

»Gewiss ist sie so geblieben – nichts ist mit ihr geschehen. Sie liebt ihn – das hast du doch gesehen heute Nacht.«

Hin und zurück wiegte sich die Gommeuse. »Sie liebt ihn,« dehnte sie, »liebt ihn? – Sie bildet sich ein, ihn zu lieben, das glaub ich wohl. Aber – sie liebte doch sie, nicht wahr? Und wenn sie so ist – wenn sie sie liebt, kann sie nimmermehr ihn lieben, das ist ganz sicher. Das weiß sie nur nicht, aber einmal wird sie's schon merken.

Und dann ist's aus mit dem ›happy ever after‹ – das schöne Märchen ist ausgeträumt und die ganze Wissenschaft kann sich begraben lassen!«

Sie streckte die kleine Nase in die Luft, schnupperte herum. »Oh, ich hab's gemerkt, dass da was nicht stimmte!«, rief sie. »Man spürt's an der Nasenspitze; da kitzelt's, wenn's irgendwo brenzlich riecht! – Armes Würmchen, armes, kleines Regenwürmchen!«

Sie seufzte – dann lachte sie laut. Warf ihr Taschentuch hoch, sang:

> »Ah! C'est le nez, c'est le nez, c'est le nez,
> Le nez capricieux de la Rigolette!
> Regardezle bien, ce blaireau trompette,
> Il est rigolo
> Comme un vrai museau!
> Il y pleut dedans, mais il est si chouette,
> Le p'tit nez en l'air de la Rigolette!«

***

Mitte Februar kam Jan nach Rom. Noch einmal den Führer spielen, Vatikan und Forum und Engelsburg und Kapitol, von früh bis spät – so gierig trank die kleine Rosmarie. Gewiss war es ihm lästig, den ganzen Tag Auskunft zu geben – kein Mensch konnte das alles wissen, was sie fragte. Aber er war es schon gewohnt und antwortete darauf los als Biedermann; was er nicht wusste, das log er hinzu. Was machte es, ob er dies sagte oder das: sie würde es ja doch vergessen in wenigen Wochen. Herrgott, er hatte seine Pflicht getan bei diesem Kind, reichlich und überreichlich. Hatte sie bezahlt wie der freigebigste Bankmensch, mit Geld und Kleidern und Schmuck, bezahlt wie der zärtlichste Liebhaber mit Küssen und süßen Worten, wie der gutmütigste Onkel Professor mit Weisheit und Bildung. Und dennoch hatte er das Empfinden, als ob es noch nicht genug sei, als müsse er immer noch etwas zugeben – pour la bonne bouche – Lagniappe, wie die Leute in New Orleans sagen. Sie war tapfer, als sie endlich abfuhr, und sie weinte nicht. Sie sprach kein Wort, als sie in den Zug stieg, doch verstand er gut, was sie wollte: ›Ist es nun aus, ganz sind für immer?‹ Da gab er ihr noch eine große Lagniappe, ein Zumäßchen, das ihre Augen leuchten machte, sagte: »Also auf Wiedersehen, kleine Rosmarie. Ich schreibe dir, wenn ich dich wieder mitnehme!«

Es tat ihm leid, dass sie fort war; er würde sie vermissen die erste Zeit. Vermissen, bis…

Bis? Oh, es würde schon etwas kommen, worüber er die rotblonde Schwester vergessen würde. Und ihre süßen, kleinen Sommersprossen.

Es tat ihm leid, und doch war er froh, dass sie fort war. Müde war sein Mund, vom Küssen und Reden. Nun konnte er schweigen.

Jeden Morgen, wenn die Sonne schien, fuhr er hinaus auf die Via Appia. Nicht im Auto, in einer alten Pferdekutsche im Schritt oder leichten Trott – oh, es wäre ein Verbrechen, hier im Auto zu fahren. Weiter, weiter zwischen den Grabhügeln, hinaus in die Campagna. Da draußen, stets an gleicher Stelle, beim Tor di Selce saß ein uralter, langbärtiger Bettler. Dort stieg Jan aus, ließ den Wagen warten, ging eine Weile zu Fuß. Der Bettler begrüßte ihn, streckte ihm Hand entgegen und Hut. Ein Neapolitaner war es, den es irgendwie in die Römerstadt verschlagen hatte. Aber es war, als ob er sich nicht hineintraue, dorthin, wo doch so viele gute Plätze waren und so viele Fremde mit offener Hand. Hier draußen saß er, weit ab von der Welt – wer kam hier vorbei? Jan erwiderte seinen Gruß, doch hob er den Kopf dabei, schnalzte mit der Zunge, gab ihm nichts, sagte: »Fassa vacca!« Dann lächelte der Alte. Er ging ihm nach, doch kam er nicht nahe, blieb immer entfernt, zehn Schritt und mehr, streckte den Hut vor, wenn der Fremde sich umwandte. Jan gab ihm nichts, zuckte die Schultern, sagte; »Panza azzecata k' 'e rine!«

Und der zerlumpte Bettler nickte, grinste vergnügt. Wenn er zum dritten Male vorbeiging, hob Jan die Hand auf des Alten Geste, führte sie zum Munde, knipste mit dem Nagel des Daumens an den Zähnen. Das heißt: »Nein! Nein! Nein!« in der Lazzaronisprache. Und er sagte dazu; »Felinie nelle sacchei«, das bedeutet: ›Spinnweben in allen Taschen.‹

Der alte Lumpenkerl nickte bedächtig und seufzte mitleidig, strich den schmutzigen Weißbart. Aber er grinste dennoch und lächelte, fast wurde ein Lachen daraus. Er wusste gut: das würde kein fremder Herr sagen, der ihm nicht reichlich geben würde. Ein ›Pazzo‹ war der natürlich, ein Verrückter, wie alle Fremden; er spielte sein Spiel, und da mußte man mitspielen – das lohnte sich.

Jeden Morgen war das so, draußen beim Tor di Selce auf der Via Appia. Und jeden Morgen bekam der Alte sein Geld. Wieder zurück dann zwischen den Grabhügeln, in der kalten Februarsonne.

Am Abend, wenn es dämmerte, war Jan beim Pantheon. Ging hinten herum, blieb stehen, schritt auf und nieder, blickte die Mauern hinab, wo sich müde der alte Tempel aus der Grube reckte. Viele Katzen schlichen dort umher, oben und unten, zwischen den Gittern und über die Steinplatten. Große Katzen, graue und gelbbraune, doch war keine weiße darunter und keine schwarze. Er warf ihnen Fleischstücke zu, Leber und Lungen aus dem Metzgerladen, der um die Ecke lag. Sie fraßen es wohl, aber langsam nur und gelangweilt, lagen daherum, still und stumm in der Dämmerung. Er kannte sie seit zwanzig Jahren schon – stets, wenn er nach Rom kam, ging er zu den grauen Katzen hinter das Pantheon. Immer würden sie da sein, in alle Ewigkeit der ewigen Stadt, und waren schon da vor zwei Jahrtausenden – seit der Tempel stand. Heidnische Katzen waren es, Seelen aller Götter und Halbgötter des Pantheons.

Oben, in Santa Maria Maggiore, strichen auch Katzen herum. Aber das waren kleine Katzen, schwarze und weiße und gepardete, armselige, verhungerte Katzen, Seelen christkatholischer Priester und Nonnen. Verschlagene, feige Katzen, die ein Tritt aufscheuchte und verjagte, die sich versteckten hinter Altären und in Kapellen. Nichts hatten sie gemein mit den großen und grauen, den edlen Tieren vom Pantheon.

Er war doch froh, dass sie fort war, die zierliche Rosmarie. Sie würde fragen: ›Was ist das, Pantheon?‹ Und er würde antworten: ›Ein Tempel für alle Götter ist's; Kaiser Augustus' Schwiegersohn Agrippa baute ihn – das steht da zu lesen auf dem Fries über dem Portikus. Und dieser korinthische Portikus ist wirklich etwas Herrliches, ganz Herrliches. Ja, und sechshundert Jahre später machte ein Papst eine christliche Kirche daraus. Und der Raffael liegt hier begraben und andere Maler – das war wieder so tausend Jahre später. Damals tat man noch etwas für die Kunst. Ja, und, und…‹ Das würde er sagen. Aber er würde sie nicht nach hinten führen, würde nicht mit ihr auf die Katzen starren, halbe Stunden lang. Würde sie hinausnehmen zur Via Appia, würde ihr das Grabmal der Metella zeigen, des Maxentius Zirkus und die Katakomben. Doch die kleine Affenkomödie mit dem verlausten alten Bettler – die würde er nicht vor ihr aufführen.

Er dachte nach – wen denn möchte er mit zu ihm hinaus nehmen? Wen hinter das Pantheon führen zur Dämmerzeit? Eine vielleicht, Andrea.

Aber die war nicht mehr. Die war ein Mann, wie er, reiste, wie er, mit einem Püppchen durch die Welt. Nur: Gwinnie würde nicht so unersättlich sein wie Rosmarie, würde nicht so viel Fragen stellen. Ihr Vater war ein großer Mann in der Wall Street und kein deutscher Schulprofessor. Und er dachte: ›Das ist bequem für den Fundvogel, dass Gwinnie Briscoe nicht neugierig ist auf Namen und Daten und Bilder und altes Gerümpel.‹

Jeden Abend, wenn er hinaufstieg zum Pinciohügel, hinauf zu seinem Hotel, verdichtete sich sein Empfinden, straffte sich, wies schließlich auf einen Punkt: jetzt liegt ein Brief da. Er lächelte: welche Zusammenhänge! Ein alter Bettler beim Tor di Selce, leise, graue Dämmerkatzen hinter dem Pantheon – und darum ein Brief? Logik von Kartenschlägerinnen: ›Eichel Zehn – eine Reise liegt vor Ihnen; Eckstein Aß – Sie werden einen Brief erhalten!‹ Dennoch – etwas umwob ihn in diesen stillen Tagen, und das war ein Warten und Erwarten.

Kein heißes und fieberhaftes – ein kühles, ruhiges Warten. Er kostete es aus, genoss diesen leichten Reiz, der ihn doch kaum berührte. Darum fuhr er weit hinaus auf die Gräberstraße, darum strich er umher hinter den Mauern des Pantheons.

Jeden Abend erhielt er seine Briefe. Er warf einen Blick darauf, steckte sie achtlos in die Tasche. Zuschriften von Läden und Geschäften, wie sie jeder Fremde bekam, dann gleichgültige Nachrichten von diesem oder jenem. Der Brief, den er erwartete, war nicht dabei – der Brief nicht.

Woher dieser Brief kommen sollte, wusste er nicht. Manchmal dachte er; vielleicht von Andrea – von Andreas. Vom Fundvogel, dachte er, das mochte gehen für jeden Fall. Einmal hatte ihm Dr. Preindl berichtet; seither hatte er nichts mehr gehört. Jetzt mussten sie längst verheiratet sein – dann – wohin waren sie?

**

Eines Tages lag doch ein Brief da, mit Rotstift durchkreuzt und mit Expresszetteln beklebt. Nicht vom Fundvogel freilich – von Woyland kam die Nachricht, war ihm nachgesandt von Kairo. Nur wenige Zeilen: er möge kommen, sobald er könne. Auf dem Umschlag ein Gruß der Großmutter – zittrig war ihre Hand.

Jan wiegte den Brief mit spitzen Fingern auf und nieder, als ob er sein Gewicht prüfen wollte. Entfaltete ihn wieder, las ihn noch einmal. Kein beunruhigendes Wort stand darin – solche Briefe hatte er im Leben zu Dutzenden bekommen: die Großmutter hatte eben Sehnsucht nach ihm. Ihre Hand zitterte – je nun, das war natürlich bei der alten Frau, die nun bald achtzig Jahre zählen würde.

Dennoch – etwas rief aus dem Brief – was denn nur? Wie ein Zwang war es, wie ein Drängen und Ziehen. Er zögerte nicht; rief dem Portier zu, dass man seine Koffer packen, seine Rechnung ihm geben solle. Der Bettler am Tor di Selce würde vergebens warten morgen früh – wie die Katzen hinter dem Pantheon zur Dämmerzeit.

Kapitel XIV

Vom Roten Stein.

Wer mag streiten wider Gott
und Groß-Naugard?

Hanseatisches Sprichwort (XIV. Jahrh.)

Das ließ sich Tex nicht nehmen, die neuen Aufnahmen vom Atelier d'Ora abzuholen. So gut, wie er, könne kein Mensch mit Fotografen umgehen, erklärte er, er habe es gründlich in New York gelernt. Andreas und Felix warteten unten.

Strahlend stieg Tex aus dem Aufzug, schwenkte einen großen Umschlag in der Luft, reichte ihn Andreas.

»Wie sind die Bilder?«, fragte der Wiener.

»Wie sie sind?«, rief Tex und rieb sich die Hände, wie sein Boss tat. »Wie sie sind? Einfach großartig! Das eine – das da! – müssen Sie mir schenken, Mr Woyland.«

Andreas betrachtete das Foto. »Pose siebzehn; stehend mit Zigarette! Sie können es gerne haben, wenn Sie mir dafür das New Yorker Bild zurückgeben.«

Tex nickte eifrig. »Abgemacht. Wissen Sie noch, dass ich Sie damals bat, doch bei uns zu bleiben, bei Gwinnie und mir? So – als Tante!? Wenn ich die neuen Fotos betrachte und Sie heute vor mir stehen sehe – da möchte ich Sie als Neffen adoptieren! Felix und ich wirken neben Ihnen wie zwei alte Klapperschlangen, prächtig schauen Sie aus, blühend und jung – wahrhaftig, wie Apollon!«

»Nein, männlicher noch,« fiel der Wiener ein, »schön und stark, wie ein Halbgott, wie der Held Achilles.«

Andreas lächelte, errötete fast – freute man sich als Mann auch so über solche Schmeicheleien? Er betrachtete die Bilder, eins nach dem anderen, schielte darüber hinweg auf die kleine Spiegelscheibe an der Tür des Aufzugs. Und er fühlte: Tex hatte recht, freilich hatte er recht!

Sie wählten aus – welches Bild sollte er Gwinnie bringen? Oh, die würde alle haben wollen! Und von welchen sollte man nachbestellen und wie viel?

»Kann ich auch eins haben?«, fragte Felix.

»Bitte, wählen Sie nur«, sagte Andreas.

»Das im Reitanzug,« entschied der junge Arzt, »das sieht am männlichsten aus. Und wenn es nicht zu unverschämt ist, möchte ich um das New Yorker Bild bitten, das Tex zurückgeben soll. Ich würde mir die beiden nebeneinander hängen – aus wissenschaftlichen Gründen!«

»Und dann jedem Besucher einen hübschen Vortrag drüber halten, nicht wahr?«, lachte Andreas. »Das fehlte noch! Wenn Sie mir Ihr Bild als Amme geben, mit Zwillingen an der Brust, dann sollen Sie die Aufnahme haben – eher nicht.«

Tex Durham klatschte in die Hände. »Felix als Amme – so ist's recht, Woyl…, Herr Woyland, meine ich.«

»Sie können ruhig den Herrn fortlassen«, sagte Andreas.

Tex klopfte ihm vergnügt auf die Schulter. »Danke schön. Dann will ich Sie Andrew nennen. Wir wollen Schmollis trinken, wie's mir Felix gezeigt hat.«

»Gern, Texie«, nickte er, »mit Ihnen und Felix auch. Heute Abend noch im ›Rauchenden Hund‹ – wenn Gwinnie zu Bett ist.«

Arm in Arm zogen die drei über den Boulevard, fröhlich plaudernd und lachend.

Es passte gut, als sie zum ›Crillon‹ kamen, dass Gwinnie grade beim Friseur war. So legte Andreas die beiden jungen Leute unten als Wachhunde an, um Gwinnie festzuhalten, falls sie vor der Zeit zurück sein sollte; er selbst eilte auf ihre Zimmer. Machte sich sofort an die Arbeit, nahm eins der New Yorker Fotos nach dem anderen aus dem Rahmen, steckte die neuen Bilder dafür hinein. Befriedigt sah er sich um – aus den Frauen waren Männer geworden. Das war schnell gegangen, hatte kaum zehn Minuten gedauert. Er lachte; in Wirklichkeit war's nicht ganz so einfach.

Dann fiel ihm ein, dass Gwinnie neben dem Bett noch ein Bild stehen hatte; er ging ins Schlafzimmer. Aber dieses Foto war nicht aus dem Rahmen zu bringen, es schien hinten festgeklebt. Er zerrte und riss, es gelang ihm nicht. Da ließ er es stecken, schob das neue Bild dicht unter das Glas, so, dass es das alte bedeckte. Befestigte wieder die Haken, stellte den Silberrahmen auf den Tisch.

Er ging zurück ins Wohnzimmer, nahm die New Yorker Fotos. Er fasste sie mit beiden Händen, machte Miene, sie zu zerreißen, um die Fetzen in den Papierkorb zu werfen. Zögerte – Gwinnie mochte deshalb gekränkt sein. Er schob sie in den Umschlag, trug sie hinüber in sein Zimmer, steckte sie in ein Fach der Kommode tief unter seine Hemden. Da lagen sie gut.

Nicht ein Bild Gwinnies stand in seinem Zimmer. Er besaß überhaupt keins; nur ein paar kleine Amateurbildchen, die Tex geknipst hatte. Sie steckten in der Briefmappe, aber wann hatte er die geöffnet? Einmal, vor ein paar Wochen, als ihm Felix Preindl des Vetters Adresse gab. Da lag noch der Briefbogen: ›Lieber Vetter Jan!‹ stand darauf, nichts sonst. Er hatte, damals, ein Empfinden gehabt, als müsse er ihm sich mitteilen. Hatte es heute noch und immer. Aber was denn nur, was? Schreiben – ach, um sich klar zu werden über das, was er empfand, und es dem Vetter klarzumachen, hätte er viele Bogen bedecken müssen – auch dann noch wäre es kaum halb gelungen. Wenn Jan da wäre, wenn er mit ihm sprechen könnte, würde es schnell gehen, in einer halben Stunde – der Vetter verstand es, Gedanken herauszuschälen, die sich tief verbargen unter immer neuen Häuten.

∗∗∗

Eins war sicher: er begehrte Gwinnie Briscoe. Dieses schlanke, süße Figürchen, mit dem gemalten Porzellanköpfchen. Dieses Jüngferchen, dessen helle Sinne weit offen waren, dieses Püppchen, in dessen Brust ein heißes Lebensfeuer glühte. Und Gwinnie sperrte sich, das war nicht weniger gewiss. Sie liebte ihn, heute wie in New York, zeigte diese Liebe stets von neuem und alle Tage. Sie war eifersüchtig auf jeden Menschen, mit dem er sprach, auf jedes Ding fast, das er berührte. Er fühlte gut, dass er allein ihr Leben und Denken erfüllte, dass es für dieses Mädchen nichts in der Welt gab, außer ihm. Und doch sperrte sie sich. Als sie ankam, war ausgemacht, dass sie nach wenigen Tagen nach London fahren wollten, weil es in England schneller ging mit der Trauung. Aber Gwinnie zog die Reise hinaus, erklärte, dass sie erst Kleider kaufen müsse. Tage vergingen, Wochen und Monate. Ein paar Mal schon hatten sie den Tag zur Abfahrt bestimmt, immer wieder hatte Gwinnie einen Grund gefunden, zu bleiben. Einmal, im Dezember, war sie mit der Nachricht gekommen: man könne nicht reisen, im Kanal herrsche ein wilder Sturm. Und sie brachte ein Zeitungsblatt – irgendwo war ein Schiff untergegangen. Kurz darauf war das Wetter schön und blau der Himmel – Gwinnie tat, als bemerke sie es nicht. Andreas ließ sie gewähren; Trauung oder nicht, was lag ihm daran? Vielleicht war's besser so, vielleicht würde es nicht gehen mit der Ehe, und dann war es leichter und bequemer, so auseinanderzugehen. Mochte ihr Vater auf die Zettel von Kirche und Standesamt Wert legen, wenn Gwinnie eine Abneigung dagegen hatte, so konnte ihm das gleich sein – man mochte ja immer noch heiraten, wenn sie ein Baby bekommen sollte. Nur – worauf wartete sie dann?

Gwinnie sperrte sich, das stand fest. Tat es nicht aus Laune, nicht aus wohldurchdachter Koketterie und gewiss nicht aus Prüderie. Sträubte sich aus einem wirren Instinkt heraus, den sie selbst nicht begriff. Sträubte sich immer wieder, oft bei den lächerlichsten Gelegenheiten. Und sie litt darunter, zerquälte sich. Nahm einen neuen Anlauf, überhäufte ihn mit Liebkosungen und Zärtlichkeiten, zeigte ihm unverhüllt ihre große Liebe.

Das würde er nie vergessen, wie lieb sie war am Silvestertag. Starker Frost, das war selten in Paris. Sie waren hinausgefahren nach St. Cloud, liefen Schlittschuh auf dem See im Park. Er gab ihr Unterricht, lehrte sie die ersten Schritte. Sie glitt aus und fiel, sprang wieder auf, lachte, versuchte von neuem. Wenn sie müde war, sich auf die Bank setzte, lief er ihr vor, zeigte ihr alles, was er konnte. »Das musst du auch lernen, Gwinnie,« rief er, »ich werd's dir schon beibringen.« Da fühlte er einen stechenden Schmerz im linken Fuß, aber er achtete nicht darauf. Es ging vorüber im Augenblick, kam doch wieder, ein paar Mal. Später, als sie in der Bretterbaracke saßen, heißen Grog tranken, vergaß er es. Der Mond war hoch; sie schickten ihr Auto voraus, beschlossen eine Strecke zu Fuß zu gehen durch den klaren Winterabend. Aber kaum waren sie heraus aus der Wirtschaft, als er den Stich von neuem spürte, bei jedem Schritt nun und viel stärker und heftiger als auf den Schlittschuhen. Er schlug die Zähne aufeinander, verbiss den Schmerz, marschierte los mit kräftigen Tritten, um sie nicht zu erschrecken. Sie merkte es doch und fragte ihn. Nichts sei es, sagte er. Vermutlich nur, weil er in ungewohnten Stiefeln gelaufen sei, in seinen gewöhnlichen Tagesstiefeln. Er müsse sich, morgen schon, besonderes Schuhzeug machen lassen zum Eislaufen, wie er's immer getragen habe. Er hinkte nun sichtlich und sie stützte ihn – sehnsüchtig sah er nach vorne, ob sie das Auto noch nicht erreichten. Dann seufzte er und stöhnte; der Schmerz bei jedem Auftreten war nicht mehr zu ertragen. »Vielleicht«, meinte er, »hab ich...« Er setzte sich entschlossen auf den Boden, zog den Stiefel aus – im Augenblick verschwand der Schmerz. Und er fuhr mit der Hand in den Stiefel, hielt ihn hoch: »Da fühl nur, Gwinnie, ein spitzer Nagel hat sich durchgebohrt! Kein Wunder, dass es weh tut, wenn man da hineintritt.« Er versuchte, den Nagel zurückzubiegen, hämmerte mit dem Schlittschuh. Aber es gelang nicht. Da zog er auch den anderen Schuh aus, warf beide in hohem Bogen über den Straßengraben. »Ich werde so laufen,« lachte er, »bis wir zum Auto kommen. Die Leute werden sich wundern, wenn ich auf Strümpfen ins ›Crillon‹ einziehe.«

Sie marschierten drauflos, aber es dauerte noch eine gute Weile, bis sie den Wagen fanden. Gwinnie wickelte ihm die Pelzdecke fest um seine frierenden Füße. Im Hotel fuhren sie hinauf im Aufzug; der Liftjunge starrte gebannt – Schlittschuhe in der Hand und keine Stiefel! Gwinnie riss ihre Tür auf, rief ihm zu: »Warte, ich bin gleich bei dir.« Er ging in sein Zimmer, zog sich aus, warf den Kimono über. Wie er im Badezimmer saß, gerade die Socken abstreifen wollte, kam Gwinnie. Sie war noch in Hut und Pelz, brachte Watte und Verbandmull, Jodlösung und essigsaure Tonerde. Sie kniete vor ihm, zog ihm die Socken aus, vorsichtig und behutsam. Beide Füße starrten vor Schmutz von dem Marsch über die Landstraße; der linke war dazu mit Blut verklebt. Er nahm den Fuß in die Hände, betrachtete ihn. »Es ist gar nichts,« stellte er fest, »nur waschen muss ich mich.«

Sie hieß ihn still sein; so erregt war sie, dass er sie gewähren ließ. Sie sah sich um – aber es gibt keine Waschschüssel in modernen Badezimmern. So rückte sie ihm den Stuhl an die Wanne, bat ihn, die Beine hineinzustecken. Sie selbst stieg hinein, wie sie war, ließ das Wasser laufen. Kniete hin, wusch ihm die Füße, jede Zehe und jeden Nagel, ruhte nicht, bis der letzte Schmutzfleck herunter war. Nahm dann das Frottiertuch, rieb ihn ab, salbte und massierte.

›Wenn sie lange Haare hätte,‹ dachte er, ›würde sie mir damit die Füße trocknen.‹

***

Kein Zweifel, dass ihn Gwinnie liebte mit all ihrem Herzblut. Dann aber – warum entwand sie sich ihm, wenn er zärtlich wurde? Warum schloss sie die Tür ab, nach dem Gutenachtkuss, blieb allein im Schlafzimmer? Wollte sie ewig seine – Verlobte bleiben? Schließlich…

Er war sich klar darüber: dies Versagen Gwinnies reizte ihn noch mehr. Nicht, dass sie das beabsichtigte – oh nein, sie merkte es wohl – diese Erkenntnis machte sie glücklich und unglücklich zugleich. Glücklich; sie wollte von ihm begehrt sein, mehr noch und mehr. Und dennoch unglücklich – warum denn?

Er begriff sehr gut ihre leisesten Regungen, verstand jeden Augen-
schlag, jede kleinste Bewegung, jedes halb nur gesprochene Wort.
Verstand das Alles viel besser als irgendein Mann in der Welt – nun,
das war kein Wunder, dachte er. Wenn man selber eine Frau war
so lange Zeit, mußte man's ja in den Fingerspitzen fühlen, wie eine
Frauenseele empfand. Das war sein großer Vorteil – und ein böser
Nachteil zugleich.

Denn ganz und gar nicht begriff er, wie er – als Mann – darauf
erwidern sollte. Nichts nützten ihm da all seine Erfahrungen als Frau
und herzlich wenig das kleine Erlebnis mit Rosmarie. Rosmarie, das
war die Lehrmeisterin und Probiermamsell, die der kluge Hofmarschall
dem jungen Erben der Krone ins Bett legt, ehe er seine Prinzessin
heiratet. Eine von der Bühne zumeist, schön und gescheit, erfahren in
allen Künsten der Liebe und ganz sicher ärztlich begutachtet. Wenn
sie ihre Pflicht gut erfüllt hat – und das tut sie gewiss – wird sie
Kammersängerin, bekommt einen Orden und Pension und die
Reklame noch obendrein: ›Das ist die, mit der unser Kronprinz…‹
Genau das war Schwester Rosmarie. Und er war dem Vetter dankbar
für seine gute Wahl.

Aber das, was ihm hier nötig war, hatte er nicht von Rosmarie
gelernt: ein Überwinden von Hemmungen, ein Erobern und ein
kluges Benutzen von Gelegenheiten. Ein Don Juan sollte er sein,
überlegte er, ein rechter Verführer, und war ein tapsiger Schuljunge.
Wie im Märchen ist's, dachte er: dicht vor ihm lag der große Garten,
und die goldenen Früchte lachten ihn an. Aber ein hohes Gitter
ringsum und die Tür fest verschlossen. Wenn er nur den Vetter da
hätte – der kannte die schwanke Gerte, deren Zauberschlag alle
Tore weit sich öffnen ließ!

***

Der spitze, rote Merkstein fiel ihm ein, der im Park von Woyland
am Weg stand, nicht weit von der Hirschbrücke. An dieser Stelle
war ein Woyland – der Urgroßvater, oder auch dessen Vater – einmal

von einem gehetzten Eber angegriffen worden. Sein Stoß ging fehl, er stolperte über eine Eichenwurzel, lag am Boden, hilflos vor den Gewehren des mächtigen Schwarzkittels. Da flog sein bester Rüde heran, biss sich fest, hing an des Keilers Ohr. Der Eber schleuderte ihn ab, warf ihn hoch, riss ihm von unten herauf den Leib auf. Das Tier verblutete, rettete doch mit seinem Leben das Leben des Herrn. Der sprang auf, griff seine Saufeder, erlegte die wütende Bestie. Und dem zum Gedenken ließ er den roten Sandstein errichten, der sich wie eine Pyramide auf flachem Basaltsockel erhob. Einen Eber zeigte die eine Seite, einen springenden Rüden die andere; die dritte erzählte den Jahrestag des Geschehnisses.

Dieser rote Denkstein nun war der Schrecken Miras – so hieß die Trakehner Stute, die ihr die Großmutter schenkte, als Andrea vierzehn Jahre alt wurde – ein prächtiges Tier mit dem Elchgeweihbrand des Gestüts auf der linken Hinterhand.
Mira sprang über Gräben und Steine und Stubben, jagte über die Wiesen und schwamm im Rhein – hatte immer Lust und zu allem. Die schokoladenbraune Fünfjährige fühlte sich wohl in ihrer geräumigen Box, wieherte, wenn ihre Herrin kam, wälzte sich und streckte alle Viere in die Luft. Sie genoss ihr Futter, liebte Striegeln und Kardätschen, war vergnügt und gutgelaunt den lieben, langen Tag. Und nur eine schwarze Wolke dräute an dem blauen Himmel ihres jungen Lebens – das war der Stein an dem Weg im Park. Sie war nicht daran vorbeizubringen, scheute, hob sich auf der Hinterhand, brach aus in die Büsche. Andrea versuchte es immer von neuem, mit Zungenschnalzen und Halsklopfen und freundlichem Zureden, auch mit Reitpeitsche und Sporn – nichts wollte nützen: das Tier, das keinen Willen kannte, außer dem seiner jungen Herrin, das diesen Willen im Augenblick verstand und ihm freudig gehorchte, schien plötzlich von einer geheimen, stärkeren Macht besessen, die nicht zu brechen war. Vier Tage lang quälte sich Andrea mit dem Tier ab – dann ließ sie es gehen. »Warte nur, Mira,« sagte sie, »bis der Vetter kommt, der wird's dir schon zeigen.«

Als Jan zu den Ferien kam, ritt sie mit ihm durch den Park, zeigte ihm die merkwürdige Angst der Stute vor dem roten Stein. Mira führte ihr Spektakelstück auf, stieg, ging rückwärts, kaute nervös auf Trense und Kandare. Das Mädchen mochte anstellen, was es wollte, die Stute war nicht heranzubringen an den Stein – es war, als ob eine gespenstische Kraft davon ausginge, die dem armen Tier wilden Schrecken einjagte.

»Was hat sie nur?«, fragte Andrea. »Vielleicht riecht sie etwas?«

»Mag sein,« nickte der Student, »das kann man nicht wissen. Dass sie was hat, ist freilich gewiss – Komplex nennt man das heute, aber mit dem Wort kann man auch nichts anfangen. Vielleicht hat sie als kleines Füllen einmal geträumt, dass sich, der Mutter straffe Zitze in eine steinharte Pyramide verwandelt habe, und kann darum solche Dinger nicht ausstehen. Aber leider gibt's noch keinen Pferde-Freud…«

»Keinen – was?«, fragte Andrea.

Jan sprang von seinem Gaul. »Keinen Freud für Pferde!«, lachte er. »Der Freud ist ein Wiener Professor, der hat die Komplexe erfunden und schreibt moderne Traumbücher – die sind genau so dumm, wie die alten. Psychoanalyse nennt er das – das wirst du später einmal begreifen, Fundvogel.«

Er trat zu der Stute, nahm ihren Kopf in seine Arme. Er klopfte ihren Hals, streichelte die weiche Schnauze, flüsterte ihr leise Worte zu. Mira beruhigte sich ein wenig, da fasste er den Zügel, führte sie vor, ohne mit den Liebkosungen und Schmeichelworten aufzuhören. Er deckte mit seinem Leib den Stein ab, so führte er sie vorbei. An der anderen Seite ließ er das Tier wenden, führte es wieder vorbei – drei, viermal wiederholte er das. Nahm Zucker aus der Tasche, gab ihn der Stute, flüsterte ihr unaufhörlich ins Ohr. Endlich ließ er sie dicht an den roten Stein treten, legte ein Stückchen Zucker oben auf die Spitze. Die Flanken der Stute flogen, sie zitterte über die ganze Haut, aus der überall der Schweiß brach. Und dennoch, trotz tödlicher Angst fühlte sie sich sicher in Jans Armen, in dem weichen Klang seiner flüsternden Stimme. Sie kam näher. Schritt um Schritt, stand vor dem Stein, nahm den Zucker von der Spitze.

Wieder und wieder – immer ruhiger wurde das Tier. Endlich ließ er es los, küsste noch einmal die weiche Schnauze.

»Nun reite, Fundvogel«, befahl er.

Und die Stute gehorchte dem leichten Schenkeldruck des Mädchens, schritt vorbei an der roten Pyramide.

Jan sprang wieder auf seinen Fuchs. »Sie hat ihre Angst verloren, die Mira«, sagte er. »Nun weiß sie, dass es nicht so gefährlich ist mit dem bösen Stein.«

»Was hast du ihr ins Ohr gesagt?«, fragte Andrea.

»Wenn ich's nur selbst wüsste!«, lachte der Vetter. »Jungen Pferden und Hunden und Mädchen muss man gut zureden im rechten Augenblick. Aber was, das weiß ich nicht – so tralalala, was einem gerade einfällt. Aufs Wort kommt's nicht an, nur auf den Klang lauscht man in Angst und Glück.«

***

Das fiel ihm ein. War's nicht genau so mit Gwinnie? Sie war zärtlich und hingebend in ihrer Liebe, verstand seinen Willen im Augenblick und gehorchte ihm freudig – scheute dennoch vor einem dummen Stein. Ging rückwärts, stieg auf die Hinterhand, brach aus in die Büsche, wie die Trakehnerin Mira. Wenn er sie nur einmal, nur ein einziges Mal an dem Stein vorbeibringen könnte, dann, dachte er, würde sie gewiss ihre Angst verlieren, würde das leckere Zuckerstückchen nehmen und mit Lust verzehren.

Ein Komplex war es, eine seelische Hemmung – heute begriff er besser, was der Vetter damals meinte. Wenn die Angst überwunden war, einmal nur, würde sie auf immer verschwunden sein. Begriff Gwinnie denn nicht, dass es das Glück war, das sie selbst suchte und ersehnte? War nicht die Hingabe der Frau in den Armen des geliebten Mannes die herrlichste Wonne, die es gab? Oh, viel tiefer und gewaltiger als der kurze Rausch, den der Mann empfand! Das wusste er heute – und kein Mensch auf Erden konnte es besser wissen, als er. Er, der als Frau in des Vetters Armen…

Er hob die kleinen Bildchen auf, die in der Schreibmappe lagen – wie süß sah Gwinnie aus! Wenn er es machen würde wie Jan – ihren Kopf in die Arme nehmen, ihr Schnäuzchen küssen, leise ins Ohr ihr flüstern? – Was? So trallala – was ihm gerade einfiel. Aber das war es ja, es fiel ihm nichts ein und gewiss nicht das Richtige! Schämen würde er sich vor ihr, wie ein Gymnasiast aus Kleve bei der ersten Tanzstunde.

Er nahm den Briefbogen, der die Worte trug: ›Lieber Vetter Jan‹. Er brauchte ihm ja nichts auseinanderzusetzen, brauchte nur zu schreiben: ›Ich hab dich nötig. Ich bitte dich: komm!‹ Er wusste, dass der Vetter herkommen, dass er ihm helfen würde. Er griff die Füllfeder, schraubte sie auf. Zögerte, schraubte sie wieder zu. Nahm den Bogen und zerriss ihn – nein, nein, er mußte es selbst finden! Er war ein Mann, so gut wie der Vetter. Hatte Woylandblut, wie er, und mehr davon.

***

Wochen und wieder Wochen – noch hatte die Trakehnerin nicht Zucker genommen vom roten Stein. Noch war alles beim alten; Tex und Felix zogen aus mit ihren Freundinnen, Andreas mit Gwinnie. Er ritt mit ihr, nahm sie auf den Fechtboden, lehrte sie den Säbel führen und den Stoßdegen. Zuweilen auch machte er sich frei, begleitete die beiden; tat das hinter ihrem Rücken, wenn sie zu Bett ging, legte es doch so an, dass sie es merken mußte. Er rechnete auf ihre Eifersucht – nun wird sie eine heftige Szene machen, dachte er. Und dieser Szene wird eine Versöhnung folgen, und bei der Versöhnung wird sich Gelegenheit geben…

Aber Gwinnie merkte nicht nur sein Ausbrechen, merkte auch seine Absicht dabei. Sie verschluckte alle Eifersucht – und also gab's gar keine Szene und keine Versöhnung und erst recht keine Gelegenheit. Keinen kleinsten Vorwurf machte sie ihrem Verlobten; nur Tex stellte sie zur Rede. Genauen Bericht mußte er geben, jedes Wort erzählen, das man gesprochen hatte, jede Bewegung, die Andreas gemacht, ihr wiederholen. Stundenlang dauerte ein solches Verhör, und so groß war immer noch ihr Einfluss auf den Jungen, dass er ihr getreulich Rechenschaft ablegte der Wahrheit gemäß.

Keuchend kam er dann zu Andreas, klagte sein Leid.

***

»Hast du Gwinnie gesagt, dass ich die Rigolette geküsst habe?«, fragte Andreas.

Tex sah ihn erstaunt an, »Wie soll ich das sagen? Du hast sie ja nicht geküsst.«

Andreas fuhr ihn an: »Das ist doch gleich, das ist doch ganz gleich! Sag ihr das nächste Mal, dass ich sie aufs Knie nahm und tüchtig abküsste. Dass ich sie streichelte und umhalste, dass ich...«

Aber Tex Durham weigerte sich, »Das fällt mir nicht ein«, erklärte er. »Es ist schlimm genug so, das kannst du mir glauben, Andrew! Gwinnie quält sich und leidet – sie ist nun einmal verrückt nach dir. Sie weiß recht gut, dass du's absichtlich tust und nur ihretwegen – das hat sie selbst gesagt. Aber sie leidet dennoch.«

»So soll sie leiden,« rief Andreas heftig, »was geht's dich an? Lass sie leiden, bis...« Er stockte, der Gedanke griff ihn: Das war der Vetter, der aus ihm sprach! So würde der jetzt schreien, heftig und hart, würde zugleich empfinden wie er: zärtlichstes Mitleid. »Hör, Tex,« fuhr er fort, »Gwinnie hat recht; absichtlich tu ich's. Tu's, um sie zu quälen. Ich muss es tun – ihretwegen. Sie muss – vorbei an dem roten Stein. Einmal, nur ein einziges Mal – dann ist alles gut!«

»Was muss sie?«, fragte Tex Durham, riss die Augen weit auf.

Andreas wandte sich ab. »Ach – lass nur!« Er wiegte den Kopf. War das nicht wieder Sporn und Peitsche? Jan machte es anders, um die Trakehnerin über den Weg zu bringen.

Tex zuckte die Achseln, brannte seine Pfeife an.

»Wie du willst, Andrew. Ich möchte nur, dass ihr beiden mich mit euren verstiegenen Gefühlen verschonen wolltet.« Er seufzte laut. Wie einfach, ist doch die Liebe, dachte er, wie hübsch und bequem und selbstverständlich! Vorausgesetzt freilich, dass man so vernünftige Freundinnen hatte, wie Felix und er. Man sagte sich, was zu sagen war, man trank und küsste und lachte und scherzte. Man neckte sich auch und ärgerte sich ein bisschen – dann vertrug man sich nachher noch einmal so gut. Aber diese beiden, Gwinnie und Andreas, machten sich das Leben schwer um nichts und wieder nichts. Sie liebten einander und darum quälten sie sich – wie närrisch war das! Dass Gwinnie übergeschnappt war, das war ihm seit langem klar, aber dass auch Andreas…

Und mit dem stand es nicht besser. Was sagte er doch – sie müsse vorbei an dem roten Stein? Was das schon wieder heißen sollte! Ah – Narren waren sie, alle beide!

Als er aus Andreas' Zimmer trat, öffnete sich die Tür an der anderen Seite des Flures; Gwinnie rief ihn herein. »Du warst bei ihm, Tex! Was hat er gesagt?«

Tex Durham hatte genug von diesen Kreuzverhören. »Ich bitte dich, Gwinnie, lass mich zufrieden. Ich hab dir alles erzählt, was ich wusste und…«

Aber sie gab ihn nicht frei. »Was er *jetzt* gesagt hat, will ich wissen.«

Tex wand sich; seine Rolle gefiel ihm gar nicht. Zuträger sein vom einen zum anderen – und er würde, trotz bestem Willen, die Sache nur noch schlimmer machen! Dennoch gehorchte er, gab Bericht. »Er verlangte, dass ich das nächste Mal dir viel mehr noch erzählen soll – auch, was er gar nicht getan hat! Ich soll dir vorlügen, dass er die Rigolette geküsst und umarmt habe – natürlich hab ich's ihm abgeschlagen.«

»Warum wollte er das?«, forschte sie.

»Deinetwegen«, antwortete Tex.

»Er redet genau solch unsinniges Zeug zusammen, wie du manchmal! Er müsse dich quälen, behauptet er, müsse dich – einmal wenigstens – vorbeibringen an einem roten Stein. Dann sei alles gut. Begreifst du das?«

Groß und rund leuchteten ihre Puppenaugen. Sie überlegte, schüttelte langsam den Kopf. »Ein roter Stein, nein, das weiß ich nicht, warum er's so nennt. Aber ich glaube, ich weiß, wie er's meint.«

Tex sah sie verwundert an. »Wenn du's weißt, warum tust du dann nicht, was er will? Wird ja nichts Besonderes sein – eine dumme Kleinigkeit, in die er sich verbissen hat, und von der er sich nun einbildet, dass seiner Seele Seligkeit davon abhänge. Jesus, ich hab hundertmal Sachen gemacht, die mir gar nicht behalten, bloß dir zuliebe, Gwinnie. Je mehr du dich sträubst, um so mehr wird er drauf versessen sein– also tu ihm schon den Gefallen!

Ganz langsam sagte sie: »So? – Meinst du? Dann könnte ich – gerade so gut – dich heiraten.«

»Was?«, rief er. »Mich?«

Sie nickte. Traurig, trostlos fast, klang ihre Stimme. »Ja dich. Oder Felix. Oder sonst einen – hélas!«

Tex ließ seine Pfeife fallen, jappte nach Luft.

»Mich? Oder Felix? Ja – willst du ihn denn nicht heiraten? Liebst du ihn nicht mehr?«

»Oh Tex,« rief sie, »wie kannst du so fragen! Ich lieb ihn, lieb ihn – mehr als alles in der Welt – oh, wie ich ihn liebe! Das ist's gerade – sonst könnte ich doch morgen früh abreisen, nicht wahr? Ich lieb ihn, siehst du, lieb ihn – und doch, doch…«

Sie machte eine Bewegung, als wolle sie sich in seine Arme werfen. Aber sie nahm nur seine Hände, drängte die ihren hinein, als ob sie Schutz suchte. Keine Träne kam aus ihren Augen, doch ihre Lippen zuckten; wehmütig, qualvoll kam es: »Oh, oh – hélas…«

***

Tex Durham war heilfroh, als er heraus war aus ihrem Zimmer. Er warf einen scheuen Blick auf Andreas' Tür – wenn nur der ihn jetzt nicht auch wieder erwischte. Rasch sprang er die Treppen hinauf, stürmte zu seinem Freund Felix, warf sich in einen Sessel.

»Uff!«, stöhnte er. »Uff! Schließ die Tür ab – keinen Laut, wenn jemand klopfen sollte, hörst du! Ich hab genug davon.«

Preindl tat, wie er geheißen, »Was hast du denn?«, fragte er.

»Sie sind verrückt,« flüsterte Tex, »sie sind alle beide vollkommen verrückt!« Und er erzählte dem Freund, was er in den letzten Stunden erlebt hatte, aber er verwirrte alles so sehr, dass Felix kaum daraus klug wurde. »Was hältst du davon?«, schloss er.

Der Wiener zuckte die Achseln. »Gar nichts«, sagte er trocken. »Das ist eine Sache für Psychologen.«

»Psychologen sollen sich aufhängen!«, spuckte Tex.

Felix lachte. »Wenn ich dir raten soll – lass die Finger davon.«

»Ich will ja nichts lieber!«, rief Tex. »Dräng ich mich ihnen denn auf? Komm, lass uns gehen, ich bin froh, wenn wir bei unseren Mädeln sitzen.«

›Ah, unsere Pariser Mädel!‹, dachte Felix. Aber er dachte es im schönsten Argot, wie er's im ›Rauchenden Hund‹ gelernt hatte, sagte: »Ah, nos Parigottes de Paname!«

***

Sie liefen die Hintertreppe hinab, um niemandem zu begegnen.

Andreas zerbiss sich die Lippen, ging auf und nieder in seinem Zimmer. »Ich muss es tun,« murmelte er, »ich muss es tun!« Tex hatte schon recht; je mehr Gwinnie sich sperrte, umso besessener war er; nicht mehr los wurde er diesen Gedanken. Welch erbärmliche Arbeit, dachte er, ein kleines Mädchen zu verführen, eines dazu, das ihn liebte mit allen Fasern seines Leibes! Dennoch – es war die erste Aufgabe, die an ihn herantrat, seit er ein Mann war.

Wie Achill sähe er aus, hatte Felix Preindl gesagt; schön, jung und stark, wie ein Halbgott. Fühlte er nicht seine Kraft, wenn er im Fechtklub den Säbel schwang? Merkte er nicht, wie die Frauen sich nach ihm umschauten, wo er nur ging und stand?! Achill – hatte nicht einmal Petronella auf Woyland dasselbe gesagt, die

Falknerstochter, als sie vor den Rubensteppichen standen? Damals war er noch ein kleines Mädchen, ein Mädchen, wie es Achill auf dem Bild war. Aber Odysseus warf ihm ein Schwert hin und der Sohn der Thetis griff danach – da fielen die Frauenröcke, da ward das Mädchen zum Mann. Auch zu ihm kam der Held aus Ithaka – der war nicht Briscoe, der nicht. Der war nur Diomed, sein Begleiter – aber Odysseus, voll von Listen und Ränken, Odysseus, der ihm das Schwert brachte, war Jan. Ihm allein folgte er in das neue Leben, zum Kampf der Männer.

Wie ein Halbgott sähe er aus, hatte der junge Wiener gesagt, wie Achill, der strahlende Held. Helden mussten Taten vollbringen – das war heute nicht anders, als vor abertausend Jahren. Auch ihm würden schon Arbeiten erwachsen; das war gewiss. Schien die erste Aufgabe noch so lächerlich klein, er mußte sie lösen, durfte hier nicht versagen, gerade darum nicht, weil es die erste war. Er mußte Sieger bleiben in diesem ersten Kampf, musste sich selber den Beweis führen, dass er ein Mann war. Sich selbst – ja, und dem Vetter. Mochte es doch Blut kosten und Wunden hüben und drüben – was lag daran!

***

An diesem Abend ging Andreas früh auf sein Zimmer, gleich nach dem Abendessen. Er zog sich aus, warf sich aufs Bett, aber er schlief nicht. Eine Postkarte war angekommen, ein paar Worte standen darauf von des Vetters Hand: »Hallo, Fundvogel, was machst du?« Und hinten ein Bild von Schloss Woyland nach einem alten Stich – so wie es aussah zur Ritterzeit. So war Jan auf Woyland – dachte an ihn.

Wenn der jetzt in seiner Haut steckte, der Vetter Jan, dann wäre längst alles, wie es sein sollte. Dann würde es leise klopfen, die Tür würde sich öffnen – ah, die kleine Gwinnie! Sie würde das Licht ausdrehen, zu ihm kommen, sich aufs Bett setzen. »Was willst du, Gwinnie?«, würde er fragen.

Oh, möchte sie sagen, draußen sei ein Gewitter, da habe sie Angst. Und ob sie nicht, ein ganz kleines bisschen nur, zu ihm einkrauchen dürfe unter die Decken?

»Draußen scheint der Mond«, würde er lachen, »und alle Sterne leuchten! Aber wenn du solche Angst hast, Närrchen, so ganz schreckliche Angst…«

Wie ein Geschenk würde es sein, dankbar würde sie ihm die Hände küssen.

Andreas lauschte – aber die Tür blieb zu, niemand klopfte. Er müsste zu ihr hinübergehen, müsste auf ihrem Bette sitzen. Wenn er da säße – oder; wenn Jan da säße…

»Trallala«, würde er sagen. Nicht aufs Wort kam's an, wenn man mit Pferden sprach, mit jungen Hunden und kleinen Mädchen. Nur auf den Klang und den Ton. Die Worte mochten andere sein und die Sprache verschieden – aber der süße Laut war derselbe. Den hatte der Vetter gesungen – bei dem Mädchen, das ihm die Briefe schrieb nach Woyland; bei der Sekretärin im Admiralitätspalast zu London – dafür verkaufte sie ihm sehr geheime Papiere – bei der zierlichen Schwester Rosmarie, die dafür allein es geschehen ließ, dass er sie einem Fremden ins Bett legte. Und – und – bei wie vielen noch?!

Andreas warf sich herum, richtete sich dann auf – es schmerzte – auch heute noch – wenn er an diese Frauen dachte.

Auch zu ihm hatte der Vetter so süße Worte gesungen, zu ihr vielmehr. Andreas schloss die Augen, rief jedes zärtliche Wort zurück, das der Vetter gesagt hatte. Damals in Capri, und wieder, als er sie in Rom besuchte. Dann in Berlin, und einmal, ach, nur einmal für wenige Stunden in New York, als sie von Europa kam. Und endlich, das letzte Mal, in der Sommernacht in München. In den Ohren klang ihm des Vetters betörende Stimme, tönte wieder in Herz und Hirn – wie köstlich das war!

Er sprang auf vom Bett, taumelte, griff die Stuhllehne. Besann sich – das war vorbei nun: er war ein Mann. Aber – so, so mußte er zu Gwinnie sprechen.

Rasch, rasch, solange er noch erfüllt war von dem süßen Klang. Er warf den Kimono über, zog die Wildlederschuhe über die nackten Füße. Ging hinaus und über den Flur, stand vor Gwinnies Tür.

Einen Augenblick zögerte er, trat dann ein, ohne zu klopfen. Dunkel und Stille.

Da drehte er das Licht an. Auf dem Sofa saß Gwinnie, noch im Abendkleid, starrte ihn an mit großen Augen.

»Was ist dir, Gwinnie?«, fragte er.

»Oh, nichts«, gab sie zurück. Traurig war ihr Blick. Etwas verwirrte ihn – was war das nur? Er suchte; das war es, dass nichts vor ihr stand auf dem Tisch, nicht einmal ein Glas Eiswasser. Ja gewiss, da sollte Champagner stehen. Wie damals in München.

Dann würde er sprechen – wie Jan damals sprach: »Sieh doch. Kalte Ente! Das ist gescheit. Aber – ein Glas nur? Wolltest du den ganzen Sums allein trinken?«

Er würde das Glas an ihre Lippen führen...

Sein Hirn fieberte. So erfüllt war er von Erinnerung, dass er laut sprach: »Trink doch, trink!«

»Was soll ich trinken?«, fragte Gwinnie.

Er schüttelte den Kopf, besann sich, setzte sich zu ihr, nahm ihre Hände, streichelte ihre Wangen.

Seltsam war sein Empfinden: der Mann, der da saß bei der süßen Docke, der Mann war Jan. Er, Andreas, war es, freilich – und dennoch war es der Vetter. Wie Champagnerschaum prickelte in seinem Hirn dies überlegene Bewusstsein.

Wie einem Hündchen sprach er ihr zu. »Wo tut's denn weh? – Das ist schon gut, das wird vorüber gehen! – Trink, Tierchen, trink!«

An seine Brust sank ihr Kopf, leise schluchzte sie, ein rasches Beben lief durch ihren Leib.

»Es ist meine Schuld,« flüsterte sie, »es ist ganz allein meine Schuld.«

»Was denn nur?«, tröstete er sie, »Was denn? Nicht weinen, Kindchen, es wird ja alles gut werden.« Er nahm ihren Kopf in beide Hände, küsste zwei große Tränen von den Wangen.

»Ja«, nickte sie, »Wenn ich nur erst vorbei bin, an dem roten Stein. Nur einmal daran vorbei.«

»Was?«, fragte er.

Sie drängte sich eng an ihn. »Tex sagte es – du musst's mir erklären.«

Da erzählte er ihr von des Urahnen Eberjagd und von dem roten Denkstein im Park zu Woyland. Von der Trakehnerin mit dem Elchgeweihbrand auf der linken Hinterhand, der fünfjährigen Mira, die scheute und ausbrach, schweißgebadet in zitternder Angst. Und von Jan, der ihren Hals klopfte und ihre Nüstern küsste, der ihr ins Ohr flüsterte und sie vorbeiführte an dem bösen Stein.

Gwinnie horchte auf. »Und dann ging sie immer vorbei?« fragte sie. »Hatte nie wieder Furcht?«

Hand in Hand saßen sie, schweigend. Nach einer Weile sagte Gwinnie: »Ich weiß, wie du's meinst.«

Er bog sich hinab zu ihr, küsste ihr kleines Ohr, flüsterte leise. Aus seinen Lippen tropfte es, wie ein Läuten ferner Abendglocken, heiß und schwül wie ein Sommerwind, voll von des Lindenbaums Düften. Er wusste nicht, was er sprach – endlose Worte nur, zärtliche, süße, wirre Worte.

»Willst du?«, fragte er.

»Ja,« flüsterte sie, »ja und ja!«

Sie schaute ihn an, wie ein Mondlichttraum glänzten ihre Augen. »Drei Tage noch«, sagte sie langsam. »Dann bin ich bereit.«

Sie hob den Kopf, bot ihm die halboffenen Lippen.

Sein Herz schlug hoch, als er zurückkam in sein Zimmer. Wie ein Jubeln war es und Singen, wie ein Triumph. So war es doch gelungen, so hatte er doch …

Er? Oder sein Vetter Jan – in ihm? Einerlei, dann war es doch er – er war der trunkene Sieger.

Er nahm die Karte aus Woyland, las sie noch einmal. Nahm eine andere, schrieb die lachende Antwort: »Was ich mache? – Trallala! – Fundvogel.«

*   *   *
*   *
*

KAPITEL XV

»PARTITA«.

Were mankind murderous or jealous
upon you, my brother, my sister?
I am sorry for you, they are not
murderous or jealous upon me.
All has been gentle with me,
I have no account of lamentation.
(What have I to do with lamentation?)

Walt Whitman

Drei Tage – und Gwinnie erschöpfte sich in verliebten Spielereien, es war, als müsse sie in ständiger Berührung mit ihm sein. Sie ließ seine Hand nicht mehr los; presste sie eng, wenn sie auf dem Sofa oder im Auto sich an ihn schmiegte. Auf der Straße, wenn er seinen Arm unter den ihren schob, mußte sie doch seine Hand fassen, in der dunklen Loge der Oper zog sie sie immer wieder an ihre Lippen. Selbst beim Speisen schob sie die Finger über den Tisch, streichelte leise seine Hand. Andreas erwiderte sanft ihre Zärtlichkeiten, empfand glücklich dieses stete Aneinanderdrängen, das nicht mehr abriss, das still und allmählich wuchs und sie schließlich vereinigen sollte – nach dreier Tage Frist. Als ob sie zusammenwachsen wollten, so war es – Hände und Arme und Lippen – und sie selber am Ende.

Die Welt um sie her ging sie nichts mehr an, sie vergaßen sie; sahen es nicht, dass jeder Mensch sie anstarrte. Ein wenig spöttisch, ein wenig mitleidig, ein wenig neidisch auch – und doch voll lächelnder Güte, voll des glückwünschenden Wohlwollens, das das Gebaren kindlich Verliebter bei allen Zuschauern auslöst.

»Merkst du was?«, fragte Tex.

Felix nickte. »Ein Blinder riecht's, wenn er's nicht sehen kann. Nun ist's soweit – nun werden wir bald nach London reisen.«

»Hochzeit machen«, seufzte Tex. »Dann ist's aus mit unserer Pariser Herrlichkeit.«

»Ich gönn ihnen ihr Glück«, sagte der Wiener.

Und sein Freund bestätigte; »Sie haben sich lange genug gequält.«

Sie beratschlagten, was sie ihnen zur Hochzeit schenken sollten, kamen überein, das mit Marie-Berthe zu besprechen und der Rigolette – die würden schon etwas Passendes finden und billig einkaufen.

Als Andreas an diesem Abend Gwinnie den Gutenachtkuss gab, wollte sie sich nicht aus seinen Armen reißen. In der Tür standen sie, eng aneinandergeschmiegt, beide im Pyjama, nur ein wenig dünne Seide zwischen ihnen.

»Auf morgen«, sagte er.

Und sie flüsterte: »Dann bin ich dein. Morgen Nacht – ja!«

Als er im Flur stand, öffnete sich noch einmal ihre Tür; sie lief ihm nach, drückte ihm etwas in die Hand. »Für dich!«, rief sie. Wieder lagen sie sich in den Armen, pressten Lippen auf Lippen.

Ein Stubenmädchen kam vorbei, kicherte; sie merkten es nicht.

»Morgen Nacht,« flüsterte Gwinnie, »morgen Nacht – ja!«

Andreas ging in sein Zimmer, zerriss das Papier, öffnete die kleine Schachtel, fand eine goldene Tabakdose wundervollster Arbeit. Aus der Zeit der Régence, mit Brillanten besetzt, die rot unterlegt waren, so dass sie in zartestem Rosa schimmerten. Er streichelte die Dose – welcher Prinz von Frankreich mochte sie einst seiner Geliebten geschenkt haben? Er gab seine Zigaretten hinein, nahm eine wieder heraus, zündete sie an. Nur einen Zug tat er – es war ihm, als ob es noch ein letzter Kuss sei von Gwinnies rot bemalten Lippen.

***

Er schlief fest in dieser Nacht, traumlos und sehr lange; halb elf war es, als er erwachte. Sein Blick fiel auf die köstliche Dose – er stand schnell auf, badete, zog sich hurtig an. Er klingelte, fragte, ob das Fräulein schon Frühstück bestellt habe, nickte befriedigt, als der Kellner antwortete, dass sie sich noch nicht gemeldet habe – da würde er Zeit haben, seine Gegengabe zu kaufen. Er befahl, ihr auszurichten, dass sie warten möge mit dem Frühstück; er werde bald zurück sein.

In der Halle stieß er auf Tex und Felix, die gerade ins Haus kamen; Tex rannte scheu an ihm vorbei, aber den Wiener hielt er fest.

»Schon so früh ausgewesen?«, fragte er.

»Ja,« antwortete Felix, »das heißt...«

Andreas sah ihn an, lachte dann hell auf. »Ach so, ich verstehe!«, rief er. »Noch übrig geblieben von gestern, was? Gut geschlafen bei deiner kleinen Freundin?«

»Danke der gütigen Nachfrage,« sagte Felix, »ganz ausgezeichnet.«

»Ihr zwei Bummler!«, lachte Andreas. »Zur Strafe musst du mit mir zur Rue de la Paix, Ringe aussuchen für Gwinnie.«

Die Eheringe fand er gleich im ersten Laden, wählte zwei schmale, einfache Goldreifen. Aber nichts schien ihm gut genug zum Verlobungsring: von einem Geschäft zogen sie zum anderen. Schließlich wählte er einen großen Smaragd, völlig wolkenlos.

Mit weit aufgerissenen Augen bestaunte ihn Felix.

»Sie wird sich freuen!«, rief er.

Andreas lächelte zufrieden. »Meinst du?«

Sie kamen an einem Blumenladen vorbei, im Schaufenster stand eine große Vase voll weißer Rosen. Andreas kaufte sie alle, gab Auftrag, sie Gwinnie ins Hotel zu schicken.

»Brautnachtblumen,« dachte er, »Rosen der Brautnacht!«

***

Als sie zurückkamen zum Hotel, reichte ihm der Portier ein Telegramm. Er riss es auf, las die Worte: »Kommt sofort nach Woyland. Jan.« Er stutzte – eine leichte Beklemmung fasste ihn.

›Kommt‹ – das bedeutete sie beide, ihn und Gwinnie. Also Jan hatte der Großmutter von Gwinnie erzählt und natürlich von ihm – und von all dem, was mit ihm geschehen war. Und die Großmutter wünschte – …

Dann – dann müssten sie vorher nach London fahren. Müssten heiraten, nur seine Frau konnte er der Großmutter bringen. Oder doch – seine Verlobte könnte er bringen: er würde vorausfahren, Gwinnie mit dem nächsten Zuge folgen, begleitet von ihren Beschützern, Felix Preindl und Tex Durham.

Sie fuhren schweigend hinauf im Aufzug; er bat Felix, Gwinnie und Tex zu holen – zum Frühstück sei es zu spät, so wolle man zusammen zu Mittag speisen.

Hochzeit auf Woyland, dachte er. Da würde man Gwinnie frische Myrten ins Haar geben, die wie Frankfurter Würstchen rochen. Und sie müsste der Urahne schweres Atlaskleid tragen mit den acht Metern Schleppe – das würde die Großmutter gewiss verlangen. Dies Brautkleid, das – mein Gott, dieses Kleid hatte inzwischen ja eine andere Hochzeit mitgemacht! Die – seiner Tochter! Wie hieß sie doch, wie hieß sie doch? Und *die* würden sie auf Woyland sehen und ihren Mann, den Kapitän und beider Kind – nicht einmal die Namen wusste er! Und Gwinnie, die kleine Gwinnie, würde Stiefmutter sein und Stiefschwiegermutter und Stiefgroßmutter – alles zusammen und auf einmal!

Er fühlte, wie sein Vetter Jan hell lachen würde: Gwinnie als Großmutter! ›Bah,‹ würde er sagen, ›wird sie nicht zugleich auch Enkelkind, – Schwiegerenkelkind sogar? Da hebt sich's auf.‹

Er versuchte ein Lächeln, doch gelang es ihm nicht, es krampfte sich in der Brust und im Hals. Lebendig sah er etwas, das ihm längst tot war, grinsend reckte sich aus vergessenem Nichts die Vergangenheit. Woyland – Woyland, das war ihm Kindheit und Glück, Pferde und Falken, Jan und die Großmutter und das Katerlischen und der alte Kutscher Jupp. Das lebte in ihm, als sei's gestern gewesen, davon hatte er Gwinnie viel erzählt. Aber nichts, nichts von dem anderen – das war weggewischt aus seinem Gedächtnis.

War längst tot und begraben – und hob sich nun doch aus der Gruft.

Er müsste es Gwinnie sagen, ja, das ging nicht anders. Aber heute nicht, heute noch nicht – Morgen erst, morgen!

***

Es klopfte heftig; Tex und Felix traten ein, »Wo ist Gwinnie?«, rief er ihnen entgegen.

»Sie macht nicht auf,« antwortete Tex, »und die Tür ist verschlossen.« Er hielt einen Briefbogen in der Hand, schwenkte ihn hin und her; jetzt erst bemerkte Andreas seinen verstörten und betretenen Ausdruck.

»Sie macht nicht auf, sie antwortet nicht«, wiederholte Tex. »Das Mädchen sagt, dass sie nicht geschellt habe heute Morgen. Aber in der Nacht, um halb zwei etwa, rief sie das Mädchen. Gab ihr diesen Brief für mich – ich bekam ihn erst, als ich heute Morgen zurückkam.«

Andreas griff den Bogen, las laut: »Texie, sag ihm: Es geht nicht. Ich weiß, es ist meine Schuld allein. Ich versprach es ihm, aber es geht doch nicht, nein, nein! Ich kann nicht vorbei an dem roten Stein – hélas! Sag ihm, er solle mir verzeihen. Sag ihm: ich lieb ihn, lieb ihn, nur ihn und immer nur ihn. Gwinnie.«

Die drei sahen einander an, keiner fand ein Wort. Es war Andreas, als ob etwas breche in ihm, als ob eine wilde Kraft tief aus ihm ein Stück herausreiße. Dann empfand er: die Ringe – wozu die Ringe?

Endlich sagte der Wiener: »Sie ist abgereist. Heimlich und zur Nacht.«

Tex Durham nickte: »Ja – Lebewohl und Adieu! Nach New York ist sie.«

Andreas fühlte, dass sie selbst nicht glaubten, was sie sagten. »Wir müssen zu ihr«, murmelte er.

Im Flur trafen sie den Hausdiener, der Ersatzschlüssel holte.

Ohne Schwierigkeit öffneten sie die Tür, der Schlüssel lag auf dem Tisch. Im Zimmer Gwinnies gewöhnliche Unordnung, Kleider und Wäsche verstreut – keine Spur einer plötzlichen Abreise. Sie gingen zur Schlafzimmertür, klopften und riefen. Keine Antwort.

Aber diese Tür konnten sie nicht öffnen, von innen steckte der Schlüssel. »Ich werde den Schlosser holen«, sagte der Hausdiener.

Andreas schüttelte den Kopf, warf sich mit aller Kraft gegen die Tür. Tex zog ihn zurück, trat mit wohlgezieltem Tritt die Füllung heraus. Griff dann mit dem Arm durch die Öffnung, schloss von innen auf.

Gwinnie Briscoe lag in ihrem Bett. Sorgfältig frisiert, gemalt und gepudert, die Nägel poliert. Nur der linke Arm schaute aus den Decken heraus und ihr Puppenköpfchen, das sich eng auf das Spitzenkissen drückte. Geschlossen waren die Augen, wie im Schlaf lag sie da; den kleinen Daumen fassten die roten Lippen. Auf ihrer Brust lag der Silberrahmen – aber sein Bild war nicht mehr darin. Sein Bild, das Bild von Andreas, lag auf dem Boden vor ihrem Bett: ihr Bild steckte in dem Rahmen, Andrea Woylands Bild.

Der junge Arzt drängte sich vor, hob das Leinentuch – Blut, geronnenes Blut überall. Er nahm den Revolver, der ihrer Rechten entfallen war, beugte sich nieder, untersuchte die kleine Wunde.

»Mitten durchs Herz«, murmelte er.

Andreas hörte: ein Schuss, dumpf und verdeckt. Andreas fühlte: ein Schuss und ein leichter Schmerz in der Brust. Er schrie, streckte beide Arme in die Luft – Tex fing den Ohnmächtigen auf.

***

Andreas fuhr auf aus tiefem Schlaf – richtete sich hoch im Bett. Einen Schmerz spürte er – nein, nicht in der Brust, im Leib war das. Er blickte sich um – die Vorhänge waren geschlossen, die kleine Tischlampe brannte. Und bei der Lampe saß Dr. Preindl, ein Buch in der Hand; er erhob sich gleich, kam zu ihm ans Bett. »Nun,« fragte er, »wie fühlst du dich?«

Andreas griff mit der Hand an den Kopf, dann an den Leib. Im Augenblick kam ihm die Erinnerung: Er sah Gwinnies süßen Kopf, sah, wie der Arzt sich über sie beugte. Sah den kleinen Revolver und das Blut, das Blut. Ja – und dann war's wie ein Schlag und ein Schuss – er verlor die Besinnung.

Immer noch tastete er mit den Händen an sich herum. »Tut's weh?«, fragte Felix. »Wo denn?«

Andreas schüttelte den Kopf; langsam sagte er: »Ich – glaube – es ist – nur Hunger.«

Dr. Preindl lachte. »Kein Wunder, neun Uhr ist's vorbei, den ganzen Tag hast du nichts gegessen. Aber erst wollen wir messen.« Er nahm das Fieberthermometer vom Nachttisch, schob es ihm in die Achsel. Er schellte dem Kellner, bestellte Sandwiches, Wein und Wasser. Er fühlte den Puls, legte sein Ohr an die Brust, belauschte das Herz. Dann zog er das Thermometer heraus, nickte befriedigt. »Ich dachte's mir – das Fieber ist vorbei.«

»Welches Fieber?«, fragte Andreas.

»Deins!«, erwiderte der Arzt. »Wir trugen dich her, Tex und ich, zogen dich aus. Ein paar Stunden lang hast du mir Angst gemacht – über vierzig und schönste Delirien!«

»Und Gwinnie?«, flüsterte er.

»Sie ist tot,« sagte Felix still, »das weißt du ja. Frag nicht weiter, du darfst dich jetzt nicht aufregen: ein Kollaps ist genug.«

»Nur eins sag mir,« verlangte er, »liegt sie noch – in – ihrem Blut?«

Der Arzt griff seine Hand, drückte sie. »Bleib ruhig, ich bitte dich darum. Sie liegt noch da – aber ich habe sie natürlich gewaschen und frisch betten lassen. Die Behörden waren hier – alles ist geordnet. Morgen magst du sie sehen – wie ein Porzellanpüppchen sieht sie aus. Die Blumen kamen, die du heute früh kauftest – die hab ich ihr hingestellt. Auch dein Bild ließ ich ihr, es liegt auf ihrer Brust.«

Andreas dachte: die Rosen duften an ihrem Bett, die weißen Brautnachtrosen. Sie sieht sie nicht und sie riecht sie nicht – das ist gut, das ist recht gut so! Darum ging sie – weil sie diese Nacht nicht wollte, diese Nacht mit ihm. Und hielt doch sein Bild in der Hand – sein Bild als Frau.

»Arme, kleine Gwinnie«, flüsterte er.

Der Kellner kam. Felix zwang ihn zu essen, reichte dem Freund die Butterbrötchen, eins nach dem anderen, mischte ihm den Wein.

»Ich hab nach Woyland telegrafiert, an deinen Vetter, sagte er. »Er hat geantwortet, dass er mit dem Auto nach Köln fahren würde. Er wird versuchen, dort ein Flugzeug zu bekommen, dann ist er noch in der Nacht hier. Sonst morgen früh mit dem Nordexpress.«

»Ich werde aufstehen«, sagte Andreas.

»Das wirst du nicht tun«, bestimmte der Arzt. »Sollte dein Vetter in der Nacht eintreffen, werde ich dich wecken.« Er warf eine Tablette in das Glas, rührte mit der Gabel darin herum. »Schluck das,« fuhr er fort, »schlaf dich gesund, damit du morgen frisch bist.«

***

Unruhig wälzte sich Andreas, wachte auf und schlief wieder ein. Er hörte elf Uhr von Notre-Dame, dann wieder ein Uhr. Als er drei Stunden später aufwachte, hatte er das Empfinden, als sei eine unendlich lange Zeit verstrichen. Das mit Gwinnie, wann war das geschehen? Jahre schienen ihm verstrichen seither.

Er fühlte deutlich: Schmerzen trug seine Seele. Doch nicht um Gwinnie – das war vorbei. Viel älter war diese Wunde und war doch so frisch: immer war sie und würde ewig bleiben.

Gwinnie Briscoe – ein kleines Geschehen in seinem Leben, wie manche anderen. Gwinnie Briscoe – ein rasches Erlebnis in New York, schon vergessen auf der Fahrt nach Europa. Ward ihrer je gedacht in der Zeit von Ilmau? Sie tauchte wieder auf in Paris – und nun, kein Zweifel, gefiel sie ihm. Er hatte sie lieb und kämpfte um sie, so gut er kämpfen konnte. Verlor dennoch sein Spiel und sie zu gleich – nun blieb ihm nichts als getäuschter Ehrgeiz, unerfüllte Hoffnung. Ein Fehlschlag war es, ein Versagen der Kraft, wie es oft ihm geschehen war – er mußte es vergessen, mußte diese

Erinnerung verdrängen: so verlangte es sein Wille zum Leben.

Vorbei, vorbei, fühlte er. Nicht mehr daran denken…

Sehr klar erkannte er das. Empfand dennoch, zu gleicher Zeit, diese Erkenntnis als etwas häßliches, unsympathisch egoistisches, als etwas, dessen er sich schämen müsse. Wie ein Verrat kam es ihm vor, Verrat an jemandem, der sich nicht wehren konnte. Wenn er sonst schon nichts tun konnte – wenigstens ein stilles Gedächtnis sollte er der Toten bewahren.

Gedächtnis? Aber welcher Menschen Bild trug er denn in seiner Erinnerung? Hatte er nicht alle längst daraus verdrängt, so sehr, dass sie ihm nur wieder einfielen in Verbindung mit irgendeinem Geschehnis, nie aber allein? Nur den Vetter spiegelte seine Seele – ja, auch die Großmutter, nur diese zwei. Er fühlte: nie würde Gwinnie Briscoe in seinem Herzen einen Denkstein haben, auch wenn er das noch so sehr wollte. Wenn er je im Leben ein blondes Mädchen träfe, die am Daumen lutschen, oder eine, die mit aufgeworfenen Lippen ›Hélas‹ seufzen würde – dann freilich mochte ihm das Bild auftauchen: Gwinnie. Sekundenlang – und nicht länger.

Das würde, unweigerlich, so sein! Vielleicht war es grausam und roh – doch war es sicher ein gesundes Empfinden. Krankhaft aber und gegen die Natur war das andere: Gewissensbisse. Wie hieß nur der Heilige, den die alte Griet in solchen Fällen anrief? Ja doch, der Heilige Ignaz von Loyola – der half allen von Gewissensbissen Gequälten.

Wie ein leichtes Fieber war es, das verflogen war. Klar lagen jetzt die letzten Monate vor ihm wie ein plötzlich geöffnetes Buch mit größten Lettern: Kein Wort von Liebe stand darin. Ein kleines Flämmchen, mühsam angeblasen, ein verzerrtes Empfinden, in das er sich hineingeträumt und hineingequält hatte. Wie anders, wie ganz anders war das, was seine Seele für Jan fühlte! Und wenn er die Seele aus dem Spiel ließ, nur an den Leib dachte und an die Sinne – ah, sein Empfinden für Gwinnie mochte sich nicht einmal mit dem für Rosmarie vergleichen. Mit ihr – wie einfach und natürlich war das alles! Wie künstlich und gequält mit der anderen! Etwas jagte ihn da hinein – sein Wille? Nein, nein, nicht sein eigner Wille war es. Jan wollte es, Jan trieb ihn vorwärts – wie er die zierliche Schwester ihm zuschob, die Lehrmeisterin der Liebe, die Probiermamsell, so wollte er ihn auch mit der Prinzessin vereinigt sehen, mit Gwinnie Briscoe.

Ob ihm das bewusst war, dem Vetter? Oder ob der – wie so oft – es nur so hinträumte, ohne dass es ihm je zum Bewusstsein kam?

Jan würde kommen, Jan würde ihn mitnehmen nach Woyland. Ah – und die Großmutter würde er wiedersehen. Sie hatte nach ihm verlangt, zum ersten Mal nach all der Zeit; keine Frage würde sie stellen, würde ihn anschauen mit großen, grauen Augen, ihn leise streicheln über die Haare, über Stirn und Wangen. Das würde heißen: »Nun bist du wieder da, Fundvogel!« Und alles würde sein, wie es einstmals war.

***

Gegen Morgen schlief er wieder ein, schlief fest für ein paar Stunden. Hörte dann, halbwach ein Glockenläuten – sehr fern klang es und dünn, wie von Nebel erdrückt. Diese Glocke – wo klang sie doch, woher kannte er ihren weinerlichen Ton? Und der Regen, der an die Scheiben schlug, gestern und heute und morgen?

Wie hart dies Lager war! Und wie stickig die Luft in dem engen Raum! Diese heisere Glocke – ja, ja, die Gefängnisglocke von Telsbury! Nun müssten sie aufstehen, all die tausend Frauen, müssten an ihre Arbeit, Socken stricken für die Tommies in Flandern. Sie, Andrea, brauchte nicht aufzustehen, sie würde allein bleiben in ihrer Zelle. Ob man ihr heute ein neues Buch geben würde? Den Band da mit den schottischen Balladen kannte sie nun schon auswendig. Sie warf sich herum, lauschte dem klatschenden Regen, träumte krauses Zeug.

Träumte: Über die Landstraße lief sie zwischen kahlen Bäumen, lief durch Pfützen und Schlamm, zog ihr Tuch über den Kopf,

fröstelnd in Regen und Nebel. So müde war sie, zum Umfallen müde. Dann ein Lichtschein ringsum – undeutlich erkannte sie ein schmales Bett. Jan lag darin, still, unbeweglich. Aber sie nannte ihn nicht Jan – Saunders nannte sie ihn, Clerk Saunders.
Und sie sprach:

>»Ist da Raum dir zu Häupten, Saunders,
>Ist da Raum dir zur Seit?
>Oder Raum dir zu Füßen, Saunders,
>Wo ich sanft, sanft mag ruhn?«

Aber es kam die Antwort von bleichen Lippen:

>»Kein Raum mir zu Häupten, Margret,
>Kein Raum mir zur Seit,
>Tief und eng ist mein Bett
>Unter gierigen Würmern.«

Nun sah sie, dass es kein Bett war, in dem er lag, ein offenes Grab war es. Ah – man hatte ihn gefasst, hatte ihm den Prozess gemacht, ihn an die Wand gestellt – das geht schnell bei Spionen! Sie sprang auf von ihrer Pritsche, bedeckt von kaltem Schweiß. »Jan!«, jammerte sie, »Jan!«

Andreas hörte den Schrei, den er selbst ausgestoßen hatte, fand sich sitzend auf seinem Bett. In Paris war er, im ›Hotel Crillon‹ – weit hinter ihm lag das Gefängnis von Telsbury und die Zeit, da er eine Frau war.

***

Etwas zog ihn zum Fenster; er riss die Vorhänge zurück. Klatschender Regen, ein trüber hässlicher Tag. Langsam fuhren die Autos; ein Schutzmann im schwarzen Gummiumhang zappelte mit den Armen, Regenschirme krochen über die Gehsteige. Unter dem

Wetterdach des Hoteleingangs kam ein Mann hervor – Tex war es; er lugte nach beiden Seiten die Straße hinunter, als ob er jemanden erwarte. Dann kam der Portier, hielt den riesigen Hotelschirm über ihn. Ein Wagen fuhr vor – war das nicht Gwinnies Packard? Er hielt vor dem ›Crillon‹ – Felix Preindl stieg aus und nach ihm Jan. Tex schüttelte ihm die Hand; dann verschwanden die drei unter dem Wetterdach.

Andreas blieb stehen am Fenster, wartete. Aber der Vetter kam nicht. War ihm das wichtiger, mit den beiden zu sprechen, als mit ihm? Mit den – den Fremden! Er pfiff ärgerlich, ging ins Badezimmer, kleidete sich dann langsam an. Er unterdrückte den Wunsch, hinaus-zugehen, Jan zu suchen; bestellte sein Frühstück, setzte sich, aß und trank ohne Lust. Wo blieb nur der Vetter?! Endlich stand er auf, ging hinaus. Sein Blick fiel auf Gwinnies Tür. Sein Gefühl sträubte sich dagegen, hineinzugehen, dennoch empfand er das als eine zwingende Pflicht. So entschloss er sich, öffnete die Tür, die nicht abgesperrt war. Das Wohnzimmer war ein wenig geordnet, Kleider und Wäsche waren in die Schränke gehängt; zögernd ging er ins Schlafzimmer. Das Bett war leer; traurig ließen auf dem Nachttisch die weißen Rosen ihre Köpfe hängen.

›Man muss die Stängel schneiden,‹ dachte er, ›muss Salz ins Wasser geben. Dann werden sie sich erholen.‹ Er atmete tief, empfand es wie eine Erleichterung, dass Gwinnie fort war.

Er hörte Schritte im Wohnzimmer, ging zurück.

»Ah, da bist du, Fundvogel!«, rief der Vetter.

»Jan?«, antwortete er, »Bist schon lange hier, was?«

Jan nickte, »Fast zwei Stunden – allerhand zu erledigen, das die jungen Leute vergessen hatten. Setz dich, Fundvogel.«

Er blieb vor ihm stehen, reichte ihm eine Zigarette. Fuhr dann fort: »Also, zunächst habe ich mit New York gesprochen, Briscoe wünscht, dass man seine Tochter hinüberbringt – Durham und Dr. Preindl werden sie begleiten. Zu diesem Zweck muss die Leiche – verzeih, Fundvogel – etwas präpariert werden; darum hab ich sie wegschaffen lassen. Mit alldem wollte ich dich nicht belästigen;

Preindl meinte auch, dass du noch schlafen würdest…«

Andreas antwortete nicht. Sie saßen einander gegenüber, schwiegen, sahen sich an.

»Du schaust gut aus, Fundvogel,« begann Jan nach einer Weile, »gesund und…«

Er unterbrach ihn, spottete: »Blühend und stark, ja! Felix sagt: wie ein Halbgott, wie der Held Achill! Tex meint: wie Apollon. Du brauchst dich also nicht zu bemühen!«

Der Vetter lächelte. Wieder stockte die Unterhaltung.

»Nun?«, fragte Andreas.

»Was – nun?«, kam es zurück.

Andreas zerdrückte seine Zigarette. Er griff in die Taschen – da war noch die kleine Schachtel. Er nahm sie heraus, öffnete sie, hielt sie Jan hin. »Da,« sagte er, »da sind die Ringe, die ich gestern kaufte. Das ist nun aus – das ist vorbei. – Was willst du nun? – Was soll jetzt mit mir geschehen?« Heiß wurden seine Schläfen, sein Herz hämmerte, rasch und hart kamen die Worte. »Denn du machst doch mein Leben, nicht wahr, Jan?«

Der Vetter sah ihn erstaunt an. »Ich?«, fragte er. »Eher könntest du mir vorwerfen, dass ich mich stets zu wenig um dich kümmerte.«

Bitter klang es: »Du hast mein Leben gemacht, du allein. Alles. Ob du es weißt oder nicht: Nie tat ich etwas, das du nicht wolltest. Und darum: Was soll jetzt geschehen?«

Jan riss die Augen auf, hilflos war sein Blick, wie eines Schuljungen, der seine Aufgabe nicht weiß.

»Kein Wort begreif ich, Fundvogel«, sagte er. »Aber wenn du Rat haben willst, was du tun sollst – nimm Woyland!«

»Woyland?!«, rief er.

Jan nickte. »Auch die Großmutter wünschte es. Sie sprach mit mir davon, ehe sie starb.«

Andreas sprang auf. »Sie ist tot – die Großmutter ist tot?«

»Darum drahtete ich dir, zu kommen«, sagte er.

»Darum?«, rief Andreas. »Ich glaubte – dass sie es veranlasste. Glaubte, dass – sie mich zu sehen wünschte.«

»Das tat sie«, sagte der Vetter. »Sie hoffte, noch einmal hochzukommen, Herrin zu werden über die Krankheit. Und es sah fast so aus, eine Woche lang – sehr unvermutet kam das Ende.«

»Du warst dabei, als sie starb?«, fragte er. »Was sagte…«

Jan unterbrach ihn. »Nein, sie schickte mich hinaus – eine halbe Stunde zuvor. Im Vorzimmer saß ich am Harmonium, spielte auf ihren Wunsch die Partita. Einsam sterben die Woylands.«

Andreas nickte. Sagte langsam: »Wie sie leben – einsam. Die Großmutter. Und ich. Auch du, Jan.«

Er mochte es nicht wahr haben, warf hochmütig den Kopf zurück. »Nie war ich einsam.«

»Doch, doch«, beharrte Andreas. »Vielleicht weißt du's nur nicht.« Weich, zärtlich klang seine Stimme. »Wo du auch warst, und mit wem – immer warst du allein. Wundert dich das? So viel weißt du – und doch nichts von dir selbst. Oder: Du willst es nicht wissen, machst dir selbst etwas vor: trallala!«

Er zog seine Tabaksdose heraus, reichte sie ihm. »Zigarette? Hübsch, was? Abschiedsgabe der kleinen Puppe, der du mich als Bräutigam schenktest. Böses Geschenk – sie starb daran. Starb…«

Er sprach nicht weiter. Dachte: ›… starb am selben Tag, wie die Großmutter. Zur selben Stunde viel leicht…‹

Sie schwiegen; dann sagte Jan: »Weißt du, Fundvogel, sehr lieb hatte dich die Großmutter.«

Andreas wiederholte: »Sehr lieb, ich weiß es.« Und er dachte: ›Sehr lieb – wie dich, Jan. Aber mehr nicht liebte sie uns, als wir sie liebten, ich – auch du, Jan.‹ Er schloss die Augen – sah den einsamen Schlosshof von Woyland in der Abendsonne. Von den Wiesen kamen sie, laufend und lachend, der Knabe Jan und das kleine Mädel. Da hielt ihr der Junge die Hand auf den Mund: »Ssst! Ssst! Schweig still, Fundvogel.« Zog sie mit unter der Großmutter Fenster – Musik klang heraus.

Still standen sie da und lauschten; nicht eines Fingers Glied rührten sie.

»Sie spielt Bach«, sagte der Vetter.

Das kleine Mädel nickte. Sie verstand es nicht, glaubte, dass die Großmutter den Bach spiele, den Düsterbach, in dem ihre Gänse schwammen. Der rauschte und plätscherte – und das, dachte sie, das spielt die Großmutter auf dem Harmonium.

Aber der Junge sagte: »Es ist die Partita. Das heißt: Abreise und Abschied. Und sie spielt es, weil meine Zeit nun bald um ist – weil ich fort muss von Woyland.«

Das kleine Mädel nickte. »Ja,« sagte sie, »darum spielt sie's.«

Andreas dachte: nun saß Jan am Harmonium, spielte Bach, spielte die Partita. Spielte sie für die Großmutter – weil ihre Zeit nun um war, weil sie fort mußte von Woyland.

»Großmutter,« flüsterte er, »herrliche Großmutter!«

»Ich bin ihr Bote«, sagte Jan. »Sie lässt dir sagen: Du sollst Woyland nehmen.«

Andreas richtete sich hoch. »Das soll ich tun? Es gehört doch dem Kapitän – wie heißt er denn?«

»Ja, dem gehört's,« erwiderte Jan, »aber ich denke, er wird's gern abgeben. Er fühlt sich nicht wohl an den Weiden des Niederrheins, versteht sich nicht mit den Leuten. Nach seinen Bergen im Allgäu sehnt er sich zurück.«

»Und sie?«, fragte Andreas. »Sie…"

Er nahm es auf. »Sie? – Deine To…, seine Frau? Nun, ich meine, dass sie auch mehr – nun, mehr nach den Bergen neigt. Wenig Erbteil der Mutter, glaube ich, mehr von… Die Großmutter wusste es, das war ihr großer Kummer. Sie ließ es sie nie merken; nie war sie hart zu ihr, nie wie zu uns. Versuchte gut zumachen, was sie an dir verschuldete. Ich sprach mit den beiden: Wenn du Woyland willst, ist es dein.«

Andreas dehnte das Wort. »Woyland?! – Das ist ein Königreich!«

Jan lachte. »Du siehst es mit der Kindheit Augen. Es ist ein Schloss und ein Land – wie's viele andere gibt. Du bist reich, du weißt nicht, wie reich du bist: Siebenmal kannst du Woyland kaufen.«

Andreas antwortete nicht, setzte sich, starrte still vor sich hin.

Jan trat zu ihm, streichelte ihm mit der Hand übers Haar, über Stirn und Wange – ah, so wie einst die Großmutter tat. »Bald ist Frühling auf Woyland,« sprach er, »schon blühen die Weidenkätzchen – lass die Falken fliegen! Woyland wartet auf dich: du bist sein Herr. Bist Erbexe auf Zülpich, Zentgraf zu Kranenburg bei Rhein...«

»Bin ich das?«, fragte er. »Seit wann denn?«

»Das weißt du nicht?«, rief Jan. »Die Großmutter wünschte nicht, dass du die Titel führtest, nachdem das – das geschah. Du fragtest nicht danach, so bliebst du Andrea Woyland. Dann aber, als du ein Mann wurdest, wurdest du das, was dein Vater war – urkundlich und standesamtlich. So nimm dein Erbe.«

»Die Großmutter ist tot,« sagte Andreas langsam, »keine Herrin mehr auf Woyland. Sehr allein werde ich sein.«

»Nein, Fundvogel,« rief Jan, »das wirst du nicht sein. Schwester Rosmarie bekommt ein Kind von dir...«

Er unterbrach ihn heftig. »Von mir? Oder ist es – von dir?!«

Jan zog die Schultern hoch. »So oder so – wer kann's wissen? Von mir oder von dir – ist das nicht dasselbe? Unser Kind ist es. Woylandblut wird es haben. Legitimiere das Kind oder adoptiere es – es gibt genug Wege. Lass es wachsen auf Woyland, lehre es Gänse hüten und Reiher beizen.«

»Und du, Jan?«, fragte er. »Wirst du bei mir bleiben auf Woyland?«

Nur einen Augenblick zögerte der Vetter – dennoch merkte er es. »Nun?«, drängte, er, »wirst du bleiben?«

»Gewiss«, antwortete Jan. »Bin ich nicht Woylands Vasall und nächster Agnat?«

Andreas seufzte, lachte dann. Oh, er kannte den Vetter: Der würde kommen und gehen, würde nie eines anderen sein, immer nur er, stets nur sein eigener Herr.

»Ich brachte etwas von Woyland«, sagte Jan. »Die Großmutter gab es mir für dich. Das Beste und Liebste, was sie besaß: Meister Jamnitzers Falkenbecher.«

Andreas sah auf. »Den?«, sagte er langsam. »Wer soll daraus

trinken? – Ein Brautbecher ist es, weißt du das? Wir zwei leerten ihn, du und ich; damals glaubte ich, ich sei deine Braut. – Sag doch, wärst du geblieben, wenn ich zu dir gekommen wäre in jener Nacht?«

Jan zuckte die Achseln. »Vielleicht, vielleicht nicht – ich weiß nicht.« Er fuhr mit der Hand über die Stirn; sehr verträumt klang seine Stimme. »Fundvogel – lass doch die alten Geschichten. Meine Schuld oder deine – wir können's nicht ändern. Und die Liebe – je heißer und glühender sie ist, um so mehr brennt sie und quält. Armselige Menschen sind wir, Männer und Weiber – halbe Geschöpfe nur. Blutegel sollten wir sein oder Mondmenschen; dann vielleicht wäre es wert, der Liebe zu leben!«

Ein Leuchten kam aus seinen Augen, ein Zucken spielte um seine Lippen. Andreas kannte es gut, dies Gemisch von Glauben und leichtem Spott; so sah der Knabe aus, wenn er seine Märchen erzählte.

»Und dann, Jan, was dann?«, verlangte er.

Leicht kam die Antwort: »Oh, dann wäre alles gut, höchst vollkommen würden wir sein! Sie sind Mann und Weib zugleich, die Blutegel – weißt du noch, Fundvogel, wie gut sie anbissen bei dir? Die Blutegel sind kluge Geschöpfe. Vom Telefon und vom Rundfunk, vom Auto und Flugzeug wissen sie freilich nichts, aber in der Liebe sind sie uns weit über. Sie zeugen als Mann und empfangen als Weib – zu gleicher Zeit und in doppelter Lust. Und genau so machen's die Mondmenschen – der Plato hat sie erdacht, erzählt im ›Gastmahl‹ davon. Denk nur, Fundvogel, wenn wir Mondmenschen wären!«

Andreas seufzte leicht. »Dann, ja dann!«, sagte er.

Jan sprang auf; völlig verändert klang seine Stimme, hell und scharf wie der Schwung einer Reitpeitsche.

»Komm mit nach Woyland, Fundvogel! Lass deine Falken fliegen!«

ENDE

ANHANG

Begriffserklärung

A

Affidavit, das –> Begriff aus der mittelalterlichen Rechtssprache. Nach deutschem Recht die ›Versicherung an Eides statt‹.

Agnat, der –> Männlicher Blutsverwandter der männlichen Erblinie.

allgemach –> Adverb: allmählich, nach und nach.

Allional –> Ein schmerzstillendes Beruhigungs- und Schlafmittel. 1924 bis 1987 von der Hoffmann-La Roche AG hergestellt und vertrieben; dann als Barbiturat aus dem freien Handel genommen.

Aloysiuskragen, der –> Stehkragen, auch: Tulpenkragen; meist weiß, manchmal abknöpfbar.

Altmond, der –> Im Abnehmen begriffener Vollmond.

Argot, das, der –> Idiom der französischen Gauner und Bettler, Jargon, Sang.

B

Beschließer(in), der (die) –> Aufseher(in), Haushälter(in), im Personalstab für die Hauswäsche zuständige Person, die deshalb über Schlüssel für alle Räume verfügt.

Booze-Party, die –> Slang: booze, vom Mittelenglischen bousen, exzessives Trinken hochprozentiger alkoholischer Getränke. Während der in den Vereinigten Staaten von 1920 bis 1933 herrschenden Prohibition waren BoozePartys die Alternative zu den städtischen Flüsterkneipen. Man fuhr an, durch Mund-zu-Mund-Propaganda bekannt gegebenen Terminen, zu den Moonshinern (Schwarzbrennern) – deren Risiko dadurch verringert wurde, dass für sie der Transport entfiel – aufs Land und trank die, meist in abgelegenen Scheunen, frischgebrannten »spirits« – oft mit verheerenden Folgen. Während der Prohibition stiegen die Fälle von Trunkenheit am Steuer um 81 %, wobei hier allerdings der gleichzeitige zahlenmäßige Anstieg der überhaupt vorhandenen Autos berücksichtigt werden muss.

C

Crimson Rambler –> Kletter/Schlingrose (Turner, 1894.), die mit Büscheln aus kleineren, purpurroten, wildrosenartigen Blüten überreich blüht und sehr angenehm duftet.

D

Docke, die –> von mittelhochdeutsch tocke, althochdeutsch tocka; ein Wort von landschaftlich höchst unterschiedlicher Bedeutung: Puppe bzw. Schwein. »Süße Docke« kann man also sowohl als »süße Puppe« wie auch als »süße Sau« verstehen.

Doctor iuris utriusque –> Doktor beider Rechte, des weltlichen wie des kirchlichen (kannonischen) Rechts.

E

Eidam, der –> Schwiegersohn

Eintänzer, der –> Ein Eintänzer war in der Zwischenkriegszeit ein Angestellter von Tanzschulen bzw. in der gehobenen Gastronomie der bei Tanzveranstaltungen weibliche Gäste zum Tanz aufzufordern hatte. Der Beruf kam nach dem Ende des Ersten Weltkriegs auf. Seine damalige Popularität hängt auch mit dem endgültigen Machtverlust der Aristokratie zusammen. Nach dem Ersten Weltkrieg war in allen Gesellschaftsschichten ein eklatanter Männermangel/Frauenüberschuss zu verzeichnen, der sich natürlich auch auf die Auswahl an Männern beim Tanz auswirkte. Die Blütezeit der Eintänzer waren die Jahre nach 1918, als sich viele aus der Armee entlassene Offiziere auf diese Art ihren Lebensunterhalt verdienen mussten. Da sie sich ausgezeichnet zu benehmen wussten und elegante Kleidung tragen konnten, waren sie bei den Lokalbetreibern wie bei den Damen geschätzt. Ab Mitte der 1920er Jahre wurden auch Tanzpaare für Showeinlagen engagiert, welche die neuen Gesellschaftstänze (z.B. Foxtrott, Shimmy, Charleston oder Black Bottom) in perfekter Weise präsentierten.

enthauben –> Verb, jagdsprachlich: einem Beizvogel die Haube, die ihm die Sicht nimmt, abnehmen.

Erbex(in), der (die) –> Landeigentümer(in), der (die) keinem Grundherren untersteht.

F

fatschen –> von lat. Fascis = Bündel; fest einwickeln (Verb)

G

Ganser, der –> auch: Ganter = männliche Gans, Gänserich.

gehaubt –> Adjektiv, jagdsprachlich: Ein gehaubter Beizvogel trägt die Haube, die ihm die Sicht nimmt.

Gespiele, der / Gespielin, die –> Jemand, der als Kind mit einem anderen Kind häufig zusammenkommt und mit ihm gemeinsam spielt; Spielkamerad/in. Vertraute/r; enge/r Freund/in.

Gewehre des Schwarzkittels –> Die Eckzähne im Unterkiefer des Wildschweins nennt man jagdsprachlich »Gewehre«, die im Oberkiefer heißen »Haderer«.

Glockspeishäfen –> Glockspeis, auch: Glockenspeise, ist das Bronzegemisch, dass man zum Glockengießen verwendet. Früher goß man aus den Resten noch verschiedene Gegenstände: Kannen, Schalen, Häfen (> Töpfe).

Gössel, das –> aus dem Niederdeutschen, Verkleinerungsform von gos = Gans: Gänseküken.

Gommeuse, die –> Sexuell notierter Jargon aus der Zeit ab 1900 für Kaffeehaussängerinnen. Von franz. gommeux > gummiartig.

Großer Blaufuß –> Isländischer Falke, Falco rusticolus islandus.

H

hélas –> franz.: leider (Adverb); weh (Interjektion).

Heroin, das –> 1896 entwickelte Bayer ein Verfahren zur Synthese von Diacetylmorphin und ließ sich am 26. Juni des gleichen Jahres für diesen Pharmawirkstoff den Markennamen ›Heroin‹ schützen. Heroin wurde in einer massiven Werbekampagne in zwölf Sprachen als ein oral einzunehmendes Schmerz- und Hustenmittel vermarktet. Es fand auch Anwendung bei etwa 40 weiteren Indikationen, wie Bluthochdruck, Lungenerkrankungen, Herzerkrankungen, zur Geburts- und Narkoseeinleitung, als »nicht süchtigmachendes Medikament« gegen die Entzugssymptome des Morphins und Opiums. Das »heldenhafte« Mittel Heroin sollte also alle Vorteile von Morphin, aber keine Nachteile haben. Als Nebenwirkungen wurden lediglich Verstopfung und leichte sexuelle Lustlosigkeit beschrieben, weshalb das Opioid von Ärzten und Patienten zunächst überaus positiv aufgenommen wurde. Bereits 1904 wurde aber erkannt, dass Heroin, genau wie Morphin und sogar noch stärker als dieses, zur schnellen Gewöhnung und Abhängigkeit führt. Auf der ersten Opiumkonferenz 1912, wurde zum ersten Mal ein staatenübergreifendes Verbot diskutiert, welches ausschließlich politisch und nicht medizinisch motiviert war. 1931 gab Bayer dem politischen Druck nach und stellte die Produktion ein.

Hinkepote, die –> landschaftlich: Hinkende

Hochmachen –> jagdlich; Verb: zum Auffliegen bringen.

Holzknubben, der –> mittelniederdeutsch knubbe = Knorren, Baumstumpf

I

Itsche, die –> Kröte

J

Jungfernleder, das –> volkstümliche Bezeichnung des Apothekenproduktes Pasta Gummosa, welches vor allem als Naschwerk und Hustenbonbon nachgefragt wurde und aus Gummi arabicum, Zucker, Eiweißschaum und aromatischen Pflanzenauszügen bestand. Andere Namen: Pasta Althaeae, weisse Reglise, weisser Lederzucker, Eibischpasta.

K

»Kalte Ente«, die –> Clemens Wenzeslaus von Sachsen, der letzte Erzbischof und Kurfürst von Trier, soll das Getränk erfunden haben. Er wünschte nach einem Gastmahl auf der Terrasse des Koblenzer Schlosses anstelle des üblichen heißen Mokkas ein »kaltes Ende« und ordnete an, je eine Flasche Moselwein, Rheinwein und Champagner zusammenzugießen und mit einer Zitrone sowie Zitronenmelisse zu würzen. Das Getränk wird mit Eiswürfeln gekühlt und kalt serviert. Durch Verball-hornung entstand daraus »Kalte Ente«. Harold Borgman, der Eigentümer der *Pontchartrain Wine Cellars* in Detroit, brachte die »Kalte Ente« unter der Übersetzung »Cold Duck« 1937 in die USA. Den Weißwein ersetzte er durch kalifornischen Rotwein.

Knickerbockerklub, der –> Der Knickerbocker Club (auch als »The Knick« bekannt), ein exklusiver Herrenklub, wurde 1871 von Mitgliedern des Union Club of the City of New York gegründet. Das heutige Clubhaus, eine neo-georgische Struktur in der 2 East 62nd Street, wurde 1913 beauftragt und 1915 fertig gestellt. Es wurde von William Adams Delano und Chester Holmes Aldrich entworfen und zum Wahrzeichen der Stadt New York erklärt.

Konnex, der –> bildungssprachlich; 1. zwischen Dingen bestehende Verbindung, bestehender Zusammenhang; 2. persönlicher Kontakt

Konteradmiral, der –> In den angloamerikanischen Seestreitkräften wird der Rang analog als »rear admiral« bezeichnet. Ewers benutzt diese Bezeichnung in falscher Schreibweise.

Kotzen, der –> auch: Kolter = Decke, Steppdecke

Krautwälscher, der –> Weltreisender, Vielgereister, der im Ausland erlernte Sprachen und Sitten vermischt und somit Krautwälsch/Kauderwelsch spricht.

Kümmernis, Heilige –> Wilgefortis (abgeleitet von lat. „virgo fortis", starke Jungfrau), auch: Ontkommer (niederländisch), dann in der frühen Neuzeit auch ikonografisch verändert und als Kümmernis bezeichnet, war eine fiktive Volks-heilige, deren Legende im Spätmittelalter entstand. Sie wird als Gekreuzigte im langen Gewand, bärtig und gekrönt dargestellt. Sie wurde weder heiliggesprochen noch sonst wie von der Kirche offiziell als Heilige anerkannt. Als Wilgefortis wurde sie 1583/86 ins Martyrologium Romanum aufgenommen, inzwischen aber wieder gelöscht. Ihr Gedenktag ist der 20. Juli.
Die »Erklärung«, mit der Ewers Jan Olieslagers die Darstellung der Hl. Kümmernis auf eine ägyptische Gottheit namens Kumeris zurückführen lässt (S. 292), ist frei erfunden.

L

Läpperschulden, die –> Unverbriefte, geringfügige Schuldbeträge bei verschie-denen Gläubigern. Auch: Handschulden.

Levante, die –> Als Levante (ital. für »Sonnenaufgang) bezeichnet man im weiteren Sinne die Länder am östlichen Mittelmeer, folglich alle Länder, die östlich von Italien liegen, besonders die griechische Halbinsel und die griechischen Inseln in der Ägäis, die mediterranen Küstengebiete der Türkei, Zypern, den Libanon, Palästina, das historische Syrien und Ägypten. Im engeren Sinn umfasst die geografische Bezeichnung Levante Küsten und Hinterland der Anrainerstaaten der östlichen Mittelmeerküste, also die heutigen Staaten Syrien, Libanon, Israel, Jordanien sowie die palästinensischen Autonomiegebiete.

Lukutate –> In den späten 1920er Jahren kam – auch in Reformhäusern – eine Vielzahl von Verjüngungsproduken auf den Markt. In einer Werbeanzeige von 1927 pries der Hannoveraner Reformwarenhersteller Hiller eine »Verjüngungsfrucht« namens Lukutate, angeblich eine indische Beere, an. Instinktiv würden alternde Elefanten und Papageien in der Wildnis nach dieser Frucht suchen, die nun – Dank der Bemühungen des Unternehmens – auch in der Zivilisation erhältlich sei. *»Lukutate ist das Drüsen- und Verjüngungsmittel der Zukunft.«* Tatsächlich existiert keine Lukutate-Beere. Das bis zu 7,-- Reichsmark teure Produkt Lukutate-Mark enthielt neben einheimischen Obstsorten als wesentlichen Bestandteil Tamarindenmus, später auch andere tropische Früchte.

Lysol –> ist der Markenname des weltweit ersten Desinfektionsmittels. Es wird bis heute vertrieben. Es wurde 1889 von Gustav Raupenstrauch entwickelt, der damals als Abteilungsleiter bei der chemischen Versuchsstation und der Lebensmitteluntersuchungsanstalt in Wiesbaden arbeitete. Er verwendete dafür rohe Karbolsäure, einem Gemisch aus Phenol und isomeren Methylphenolen, die aus Steinkohlen und Buchenholzteer gewonnen werden. In Verbindung mit Kali-Schmierseife konnte er das wasserlösliche Mittel herstellen, das noch im gleichen Jahr patentiert wurde. Lysol wurde auch als Antiseptikum eingeführt und zur Prophylaxe bei Infektionskrankheiten. Wichtige Anwendungen waren von Beginn an in der Chirurgie und in der Geburtshilfe. Das USamerikanische Unternehmen Lehn & Fink Inc. aus New York produzierte es ab 1912 selbst für den US-amerikanischen Markt und vertrieb ab den späten 1920er Jahren Lysol als Produkt zur Frauenhygiene. Das Mittel wurde mittels Vaginalspülung auch zur Empfäng-nisverhütung verwendet. Von den 1930er bis in die 1960er Jahre soll diese Methode die populärste Geburtskontrolle gewesen sein. Die USamerikanische Werbung attestierte hohe Sicherheit und Wirksamkeit durch Referenzen europäischer Ärzte.

M

Machandel, der –> norddeutsch: Wacholder

Medinal –> Barbital, das unter den Markennamen Veronal (für die reine Säure) und Medinal (für das Natriumsalz) vertrieben wurde, war das erste kommerziell erhältliche Barbiturat. Es wurde von 1903 bis Mitte der 1950er Jahre als Schlafhilfe eingesetzt.

Mostert, der –> Mostrich, Senf

N

Neutitschein –> Neutitschein = Nový Jičín ist eine Stadt im Moravskoslezský kraj in Tschechien. Nový Jičín liegt 32 km südwestlich von Ostrava und hat heute etwa 24.000 Einwohner. Das historische Stadtzentrum wurde 1967 zum städtischen Denkmalreservat erklärt.

Niggerschlampe, die –> Selbstverständlich ein übles Schimpfwort; da es aber mehr über die Person aussagt, die es verwendet, als über jene, die damit tituliert wird, wird es hier nicht einer »politisch korrekten« Form geopfert.

Nucke, die –> nicht vorauszuahnende, unangenehme Eigenheit, Schwierigkeit, die im Umgang mit einer Sache, Person Ungelegenheit bereitet.

P

Pardel, der –> Leopard.

Phaiakenland, das –> Die Phaiaken sind ein Volk der griechischen Mythologie, das nach Homers »Odyssee« in Scheria lebte, einem, bedingt durch die vorherrschenden Westwinde, sehr fruchtbaren Land, in dem alles in Fülle wuchs.

R

Rhabarbergebrumm –> Anspielung auf »Rhabarber-Barbaren«, einen jener vielen »Zungenbrecher«, den Schauspieler zum »Aufwärmen« ihrer Stimme verwenden.

S

säbernd –> Adjektiv, lautmalerisch: sabbernd, rasselnd, brabbelnd, blubbernd.

Salvarsan –> Der Chemiker Alfred Bertheim synthetisierte im Labor von Paul Ehrlich von 1906 an über 600 Arsenverbindungen. In vielen Tierversuchen wurde schließlich das Präparat 606 am 31. August 1909 von Paul Ehrlich und Sahachiro Hata positiv getestet gegen den Erreger der Syphilis. Der Wirkstoff Arsphenamin wurde von Hoechst produziert und kam 1910 als Salvarsan in den Handel.
Der Name, zusammengesetzt aus den lateinischen Wörtern salvare – retten, heilen, sanus – gesund, heil und einem Rest des Wortes Arsen, bedeutet heilendes Arsen. Tatsächlich stellte Salvarsan einen Meilenstein in der Arzneimittelforschung dar. Zum ersten Mal stand der Medizin ein gezielt antimikrobiell wirkendes Medikament gegen eine gefährliche Infektionskrankheit zur Verfügung. Darüber hinaus war Salvarsan nicht nur gegen die Syphilis, sondern auch gegen Framboesie, Rückfallfieber und andere Spirochaeteninfektionen wirksam. Salvarsan war derart kostbar, dass sich während des Ersten Weltkrieges sogar der Export in die USA mit einem Handels-U-Boot lohnte.

Saufeder, die –> Eine Saufeder ist ein kurzer Spieß, der heute nur noch zum Töten eines angeschossenen Wildschweines dient. Sie entspricht im Aufbau weitgehend der Flügellanze, einem Lanzentyp, der im frühen Mittelalter zur Kriegsführung eingesetzt wurde. Es galt früher durchaus als königliche Mutprobe, sich nur mit der Saufeder auf Wildschweinjagd zu begeben.

sechsbuttig –> Adjektiv. Dies bezieht sich auf die »Aszú« genannte Art des Tokajer, einen Cuvee, bei dem auf 100 Liter jungen Wein aus den Traubensorten Furmint, Hárslevelő, Sárga muskotályos, Zéta oder Kövérszőlő insgesamt 120 kg BotritisBeeren von der ursprünglichen und zwei weiteren dieser Traubensorten zugesetzt werden. Durch die enorme Zuckermenge, die in den BotritisBeeren enthalten ist, hört die Gärung schon auf, wenn etwa 15% Alkohol entstanden sind – und es bleibt noch viel Restzucker im Wein. Beim sechbuttigen Aszú sind es 150 g Zucker pro Liter. Zum Vergleich: Ein trockener Wein beinhaltet ca. 1 g Restzucker pro Liter.

Sch

schackernd –> Verb, jagdsprachlich für das Rufen der Elstern.

schliefen –> Verb, Jägersprache: in einen Bau schlüpfen.

Schmollis –> Der Ausdruck Schmollis (auch: Smollis, Schmolles) ist bereits vor 1795 belegt als Zuruf unter Studenten, verbunden mit der Aufforderung, Brüderschaft zu trinken und damit einen vertrauteren Umgang zu pflegen. Die Herkunft des Wortes ist unklar.

›Schnüßchen und Öhrchen‹ –> Sauerkraut mit salzigem Mett aus Schweineschnauzen und –ohren.

schwank –> Adjektiv; von mittelhochdeutsch swanc,
1a) dünn, schlank und biegsam
1b) zum Schwanken neigend, schwankend
2. in sich nicht gefestigt; unstet; unentschieden.

Schwarzkittel –> jagdsprachlich: Wildschweine (Sus scrofa)

Schweizer, der –> agrarsprachlich: »ausgebildeter Melker«

St

Stellungmachen, das –> Substantiv, Neutrum, veraltet für Modellstehen, modeling/modelling.

Evers verwendet hier das Wort aber auch für »Stellung beziehen«, in Bezug auf etwas einen bestimmten Standpunkt einnehmen. Die Doppeldeutigkeit lässt den Ersatz des veralteten Begriffs nicht zu.

T

Tesching, das –> leichtes kleinkalibriges Gewehr.

transkanalisch –> Wortschöpfung: von der anderen Seite des (Ärmel)Kanals.

V

Vederspil –> mittelhochdeutsch; Federspiel: zwei über einen Bügel zusammengebundene Taubenflügel zum Zurücklocken des Beizvogels.

Auch: Synonym für die Beschäftigung mit der Beizjagd.

W

Wadlstrümpf, die –> Kniestrümpfe mit breitem, oft andersfarbigem oder verziertem Abschluss.

Wune, die –> Ins Eis gehauenes Loch; Wuhne.

Z

Zigeuner, die –> »Zigeuner« ist umgangssprachlich der Oberbegriff für eine Reihe von Bevölkerungsgruppen, denen ihre Sprache, das indoarische Romanes, und mutmaßlich auch eine historischgeographische Herkunft (indischer Subkontinent) gemeinsam sind.

Der Zentralrat Deutscher Sinti und Roma lehnt die Bezeichnung »Zigeuner« als diskriminierend ab. Angeblich habe sich das Wort aus »(umher) ziehender Gauner« entwickelt. Dafür gibt es jedoch etymologisch keinen Hinweis oder Beweis«, da sich das Wort nur bis zum spätmittelhochdeutschen zegīner, zigīner zurückverfolgen lässt, dessen Bedeutung mit »Unsteter« gleichzusetzen ist, dessen Herkunft jedoch ungeklärt ist.

Die Zuschreibung »ziehender Gauner« aber ist eine Erfindung der Nationalsozialisten, die mit gezielten Diffamierungen und Verfolgungen den als Porajmos (Romanes, deutsch: »das Verschlingen«) bezeichneten Völkermord an den europäischen Roma einleiteten.

Tatsächlich wehren sich heute viele, der zu den Kalderasch (Lovari, Boyhas, Luri bzw. Luli, Tschurari), den Gitanos (Gruppen aus Spanien, Portugal, Nordafrika und Südfrankreich) und den Manusch (Valsikanen, Gaygikanen, Piemontesi) gehörenden Gruppen sehr vehement dagegen, einfach als »Roma« (Männer) oder gar als »Sinti« bezeichnet zu werden. Der Begriff »Sinti«, der sich vom indischen Namen der heute zu Pakistan gehörenden Region Sindh ableitet, tauchte erst 1787 in der »Sulzer Zigeunerliste« auf und hat mit der französischen, deutschen oder italienischen Abstammung der Manusch nichts zu tun.

»Manusch«, die ursprüngliche, ältere Bezeichnung dieser Völkergruppe fand 1597 erste urkundliche Erwähnung.

Auch fühlen sich diese Gruppen vom Zentralrat Deutscher Sinti und Roma nicht vertreten, selbst wenn sie heute ständig oder zeitweise auch in Deutschland leben. Ihre Sprachen unterscheiden sich vom Romanes, wie Jiddisch von Hebräisch.

Korrekt muss man also die Eigenbezeichnungen der Kalderasch, Gitanos und Manusch verwenden, wie es die Europäische Kommission gegen Rassismus und Intoleranz (ECRI) bereits 1998 mit ihrer »Allgemeinen politischen Empfehlung Nr. 3« den Mitgliedsstaaten des Europarats empfohlen hat.

Kann man das wegen mangelnder Informationen über die Herkunft der Gruppe nicht, darf man sich mit der europaweit als allgemein akzeptiert geltenden Bezeichnung »Kale« behelfen. Das Wort, das sich von »kalo«, Romanes für »schwarz«, ableitet, gehört ebenfalls zu den aus dem 18. Jahrhundert bekannten Eigenbezeichnungen für die Gesamtheit der roma und romnija. Es ist weder geschlechts noch abstammungsspezifisch.

Ewers benutzt das Wort »Zigeuner« in verschiedenen Zusammenhängen, jeweils ohne diskriminierende Konnotation.

Namedropping (Verzeichnis historischer Persönlichkeiten)

D

de Meyer, Baron –> Adolphe Edward Sigismund Meyer, geboren am 1. September 1868 in Paris, war war der Sohn eines deutsch-jüdischen Pariser Bankiers Adolf Meyer und seiner aus Schottland stammenden Ehefrau Adele Watson. Er nahm privaten Mal- und Zeichenunterricht beim bekannten Maler Claude Monet. Seine frühen Werke waren vor allem vom Pictorialismus beeinflusst. In den folgenden Jahren spezialisierte er sich mehr und mehr auf die Porträtfotografie und nahm 1910 die ersten Modeaufnahmen für die Vogue in Paris auf. Somit war er ein Pionier auf dem Gebiet der späteren Modefotografen, da vor dem Ersten Weltkrieg die Modezeitschriften auf skizzierte Zeichnungen angewiesen waren. Er war vorwiegend in England und in Amerika für Vogue, Vanity Fair und Harper's Bazaar tätig. Die von ihm porträtierten Persönlichkeiten reichten von Mary Pickford, John Barrymore, Lillian Gish, Charles Chaplin und Josephine Baker über Claude Monet bis zu König Georg V. und Königin Mary.
Adolphe Meyer heiratete 1900 in London die geschiedene High Society Lady Olga di Brancaccio (1871–1930), Tochter der italienischen Marchesa di Castelluccio, und gerüchteweise die natürliche Tochter des Prince of Wales und späteren Königs Eduard VII. Durch seine Homosexualität galt die Heirat als «Getrennte Betten-Ehe». Kurz nach der Heirat wurde Meyer, Enkelsohn des Großkaufmanns und Dresdner Ehrenbürgers Johann Meyer, vom sächsischen König Friedrich August III., durch Bemühungen des Prince of Wales, zum Baron de Meyer geadelt.
Zu Beginn des Ersten Weltkriegs, übersiedelten die de Meyers nach New York, wo Adolphe de Meyer bis 1921 als Fotograf für Vogue und Vanity Fair arbeitete. 1922 wurde de Meyer Cheffotograf für Harper's Bazaar in Paris, wo er die folgenden 16 Jahre verbrachte.
1938, zu Beginn des Zweiten Weltkriegs, kehrte de Meyer in die Vereinigten Staaten zurück. Er starb am 6. Januar 1946 in Los Angeles.

E

Ehrlich, Paul –> Paul Ehrlich wurde am 14. März 1854 im Regierungsbezirk Breslau als zweites Kind von Ismar und Rosa Ehrlich geboren. Der Vater war Likörfabrikant und königlicher Lotterie-Einnehmer in Strehlen, einem etwa 5000 Einwohner großen Ort in der Provinz Niederschlesien. Ismar Ehrlich war Vorsteher der jüdischen Gemeinde; trotzdem gab er seinem einzigen Sohn den christlichen Namen „Paul". Ehrlich selbst konvertierte später nicht – wozu sich viele jüdische Kollegen aus Karrieregründen genötigt sahen – zum Protestantismus, pflegte jedoch die jüdischen Bräuche und Vorschriften eher nachlässig. Ehrlich studierte Medizin in Breslau und Straßburg mit einem kurzen Aufenthalt in Freiburg und wurde 1878 in Leipzig, wohin sein Doktorvater Julius Cohnheim gewechselt war, promoviert. Nach dem Studium arbeitete er als Assistent und Oberarzt unter Theodor Frerichs – dem Begründer der experimentellen Klinischen Medizin – an der Charité in Berlin. Die Schwerpunkte seiner wissenschaftlichen Arbeit lagen in dieser Zeit auf Histologie, Hämatologie und Farbenchemie. 1882 wurde ihm der Titel „Professor" verliehen.

Nach einer beruflichen Krise, weil er sich mit Frerichs' Nachfolger Carl Gerhardt nicht verstand, und einer Lungentuberkulose, die er in Ägypten auskurierte, stand Ehrlich 1889 ohne Stelle oder Aussicht auf einen Lehrstuhl da. Er richtete sich eine private Praxis und ein kleines Labor in Berlin ein. 1890 wurde er an der Friedrich-Wilhelms-Universität zum außerplanmäßigen Professor ernannt. 1891 holte ihn Robert Koch an sein Institut für Infektionskrankheiten, wo er besonders an immunologischen Fragen arbeitete. Für das neue Arbeitsfeld wurde 1896 das Institut für Serumforschung und -prüfung gegründet, dessen Direktor Ehrlich wurde. Im selben Jahr wurde Ehrlich auch zum „Geheimen Medizinalrat" ernannt. 1899 wurde sein Institut nach Frankfurt am Main verlegt und in Institut für experimentelle Therapie umbenannt. 1904 erhielt Ehrlich eine ordentliche Honorarprofessur in Göttingen. 1906 ermöglichte eine großzügige Spende von Franziska Speyer den Bau des Georg-Speyer-Hauses in Frankfurt, dessen Direktor Ehrlich in Personal-union wurde. Hier entwickelte er die Chemotherapie, deren erstes Beispiel 1909 das „Salvarsan" gegen Syphilis wurde.

1907 erhielt Ehrlich den nur selten vergebenen Titel „Geheimer Obermedizinalrat". 1908 wurden seine immunologischen Arbeiten mit dem Nobelpreis ausgezeichnet. 1911 wurde ihm die Liebig-Denkmünze des Vereins Deutscher Chemiker verliehen. Ehrlich, der Vorlesungen immer als lästige Pflicht empfunden hatte, wurde 1914 zum ordentlichen Professor für Pharmakologie an der neu gegründeten Frankfurter Universität berufen. Jedoch verhinderte er erfolgreich, dass das Georg-Speyer-Haus in die Universität eingegliedert wurde. Von 1911 bis zu seinem Tod war Ehrlich Mitglied des Senats der 1911 gegründeten Kaiser-Wilhelm-Gesellschaft.

Paul Ehrlich starb am 20. August 1915 in Bad Homburg vor der Höhe und wurde auf dem jüdischen Friedhof an der Rat-Beil-Straße in Frankfurt am Main begraben (Block 114 N).

G

Genthe, Arnold –> Arnold Genthe, geboren am 8. Januar 1869 in Berlin, war der Sohn von Hermann Genthe (1838–1886) und Louise Zober. Der Vater war Latein-, Griechisch-, Deutsch- und Turnlehrer am Berlinischen Gymnasium zum Grauen Kloster. Sein Großvater war der Schriftsteller Friedrich Wilhelm Genthe (1805–1866).

Genthe folgte in der Ausbildung seinem Vater. 1894 erhielt er den Doktorgrad in Philologie an der Friedrich-Schiller-Universität Jena, wo er mit Adolph Menzel bekannt war, einem Cousin seiner Mutter. 1895 folgte Genthe einer Einladung, für zwei Jahre als Lehrer nach San Francisco zu gehen. Um die Eindrücke der lebendigen Stadt festzuhalten, erwarb er eine Kamera und brachte sich die Fotografie bei. Genthe hatte ein großes Interesse an der ansässigen chinesischen Bevölkerung und begann, in San Fanciscos Chinatown fotografische Studien zu betreiben: Er lichtete Kinder, alte Leute, Händler oder die Drogenabhängigen in den Opiumhöhlen ab; manchmal versteckte er seine Kamera, um natürliche, ungestellte Aufnahmen zu bekommen oder um seine Fotomotive nicht zu verschrecken. Manchmal entfernte er Anzeichen westlicher Kultur aus den Bildern, indem er sie zuschnitt oder löschte.

In den späten 1890er Jahren beteiligte Genthe sich erfolgreich an mehreren Ausstellungen an der Westküste. 1897 eröffnete er sein eigenes Fotoatelier und begann selbständig zu arbeiten. Schnell wuchs seine Reputation als ausgezeichneter Porträtfotograf, und so zählten bald zeitgenössische Schauspielgrößen wie Sarah Bernhardt oder Nance O'Neil zu seinen Kunden, aber auch Literaten und Mitglieder der Boheme wie Jack London, Frank Norris oder Mary Hunter Austin. Genthe war zu Lebzeiten einer der prominenteren Vertreter des Pictorialismus in den USA.

Genthes Fotostudio sowie sein gesamter Besitz wurde bei dem Erdbeben im April 1906 zerstört, lediglich die Negative von Chinatown, die in einem Banktresor lagerten, blieben verschont. Kurz nach dem Beben besorgte sich Genthe eine neue Kamera und dokumentierte die Folgen der Katastrophe. Diese Aufnahmen sowie die über 200 Fotografien aus der ursprünglichen Chinatown sind historisch äußerst wertvoll.

1908 zog Genthe nach New York, wo er erneut Anerkennung als Porträtfotograf fand. In Genthes New Yorker Atelier entstanden unter anderem eindrucksvolle Porträts von Greta Garbo, noch bevor diese international bekannt war, und die mutmaßlich die Karriere der Schauspielerin entscheidend mit gefördert haben sollen.

Des Weiteren zeichnete sich Genthe als Spezialist in der Tanzfotografie aus und fertigte zahlreiche Aufnahmen berühmter Tänzerinnen wie Isadora Duncan, Anna Pawlowa oder Ruth St. Denis an. Diese Fotografien veröffentlichte er 1916 in dem Werk The Book of Dance. Außerdem nutzte der Fotograf das Autochromverfahren, ein frühes Farbfotografie-Verfahren.

Arnold Genthe verstarb am 9. August 1942 im Alter von 73 Jahren in New York an einem Herzanfall. Seinen umfangreichen fotografischen Nachlass vermachte er der Library of Congress.

H

Hata (Sahachirō) —> Hata Sahachirō wurde am 23. März 1873 als Yamane Sahachirō in Tsumo, Mino-gun, der heute Masuda genannten Provinz Japans geboren. 1887 wurde er von der Hata-Familie adoptiert. Er besuchte die Dritte Oberschule, an der Inoue Zenjirō Innere Medizin und Araki Torasaburō medizinische Chemie lehrten. Bei seinem Militärdienst forschte er am Institut für Infektionskrankheiten (heute Teil der Universität Tokio) unter Kitasato Shibasaburō an der Pest.

1907 ging er nach Deutschland, wo er zuerst am Robert-Koch-Institut unter August von Wassermann forschte, und dann an das Institut für experimentelle Therapie in Frankfurt am Main als Assistent von Paul Ehrlich. Bekannt wurde Hata durch seinen Beitrag zur Entwicklung des Arsphenamins, des ersten Medikaments gegen die Syphilis. Er wurde zweimal für den Nobelpreis für Medizin nominiert, erhielt ihn aber nie. 1920 wurde Hata Professor für Mikrobiologie an der medizinischen Fakultät der Keiō-Universität in Tokio und im Jahr 1922 wurde er Mitglied des Gesundheitskomitees im japanischen Innenministerium. Hata Sahachirō starb am 22. November 1938 in Tokio.

M

Murray, Nicholas –> Nickolas Muray, geboren am 15. Februar 1892 in Szeged, Ungarn als Miklós Mandl, war der Sohn des Postangestellten Samu Mandl und seiner Frau Klára Lövit. Die Familie jüdischer Herkunft ließ ihren Namen in Murai ändern. Zwei Jahre nach seiner Geburt zog die Familie nach Budapest. Er fühlte sich schon in jungen Jahren durch antisemitische Angriffe gedemütigt, was in ihm den Wunsch weckte, die Beschränkungen einer ungerechten Gesellschaft zu überwinden und die Welt zu erkunden. Mandl ließ sich an der Budapester Schule für Grafik in den Bereichen Fotografie, Lithografie und Fotogravüre ausbilden. Er schloss mit einem internationalen Zertifikat ab und belegte danach einen dreijährigen Kurs für Farbfotogravüre in Berlin, wo er sich unter anderem mit der Herstellung von Farbfiltern befasste. Danach arbeitete er für den Berliner Ullstein Verlag.

1913 verließ der 21-jährige Miklós Murai mit 25 Dollar in der Tasche Europa und zog nach New York, wo er seinen Namen zu Nickolas Muray änderte. Er besuchte Abendkurse zum Erlernen der englischen Sprache und bezeichnete sich als Atheist. Er fand eine Arbeitsstelle bei Stockinger in Greenpoint (Brooklyn) und 1916 bei Condé Nast. 1916 heiratete er seine erste Frau, die ungarische Dichterin Ilona Fulop. 1918 erhielt er die amerikanische Staatsbürgerschaft.

1920 eröffnete Muray zusätzlich ein eigenes Porträtstudio in seinem Appartement in Greenwich Village. Wenig später erschienen seine Fotografien bekannter New Yorker Persönlichkeiten regelmäßig in Harper's Bazaar, sodass er seinen Angestelltenjob aufgeben konnte. 1926 schickte ihn Vanity Fair nach London, Paris und Berlin und 1929 nach Hollywood für Aufnahmen von Prominenten. Er fotografierte zu dieser Zeit beispielsweise Joan Crawford und Douglas Fairbanks am Strand. Seine Bilder wurden in vielen weiteren Publikationen veröffentlicht, so in Vogue, Ladies' Home Journal, McCall's und The New York Times. Zu den anfangs in Schwarz-weiß porträtierten Personen gehörten unter anderem Fred Astaire, Marlene Dietrich, Dwight D. Eisenhower, F. Scott Fitzgerald, Claude Monet, Franklin D. Roosevelt, George Bernard Shaw und Gloria Swanson. Muray schuf insgesamt etwa 10.000 Porträts.

Nach dem Beginn der Weltwirtschaftskrise verringerte Muray seine Tätigkeit als Porträtfotograf und wandte sich mehr der Werbebranche zu, in der er als Pionier der Farbfotografie galt und als Meister des farbigen Pigmentdruckverfahrens (carbon print). Für Ladies' Home Journal schuf er 1931 die erste farbige Druckvorlage nach einer Farbfotografie, eine Werbeseite, die 17 mit Badeanzügen bekleidete Modelle in Miami darstellt. Sein Werk wurde international in vielen Einzel- und Gruppenausstellungen gezeigt.

Muray war ein Sammler zeitgenössischer mexikanischer Kunst. Murays Freund, der mexikanische Künstler José Miguel Covarrubias, machte den Fotografen mit seinen Künstlerfreunden bekannt, deren Werke dieser zu sammeln begann. Neben

Frida Kahlo und Covarrubias waren es beispielsweise Werke von Rufino Tamayo, Juan Soriano, Fernando Castillo, Guillermo Meza und Roberto Montenegro. Die Sammlung, die zum Bestand des Harry Ransom Center der University of Texas at Austin gehört, wurde 2004 unter dem Titel *The Covarrubias circle: Nickolas Muray's collection of twentieth-century Mexican art* in einem Buch publiziert.

Zugleich war Nickolas Muray Sportler: Im Säbelfechten war er 1927 Landesmeister. 1928 und 1932 gehörte er dem »United States Olympic Fencing Team« an. Sein größter Erfolg war bei den Olympischen Spielen 1932 in Los Angeles der vierte Platz mit der Mannschaft. Nach dem Abschluss seiner sportlichen Karriere betätigte er sich 1956, 1960 und 1964 als Referent bei den Olympischen Spielen. Er hatte in seinem Leben insgesamt 60 Medaillen gewonnen und wurde gerühmt als »*One of the twenty greatest fencers in American History.*«

1961 erlitt er beim Fechten im New York Athletic Club einen Herzanfall und konnte reanimiert werden. Vier Jahre später, am 2. November 1965, erlitt Nickolas Muray bei der Ausübung seines Lieblingssports erneut einen Herzinfarkt, diesmal mit tödlichem Ausgang.

St

Steinmetz, Proteus –> Charles Proteus Steinmetz, geboren am 9. April 1865 in Breslau als Carl August Rudolph Steinmetz, war ein deutsch-amerikanischer Elektroingenieur, der Theorien zum Wechselstrom entwickelte. Steinmetz studierte ab 1883 bis 1888 an der Universität Breslau Elektrotechnik. Wie sein Vater litt er an Kleinwuchs. 1888, im Jahr seiner Doktorarbeit, verfasste er als bekennender Sozialist einschlägige Texte, was zur politischen Verfolgung im Rahmen der Sozialistengesetze unter Otto von Bismarck führte. Infolgedessen floh er nach Zürich in die Schweiz, wo er Bekanntschaft mit den Brüdern Gerhart und Carl Hauptmann und ihrem Kreis schloss. Im Jahr 1889 emigrierte er in die USA nach Yonkers im US-Bundesstaat New York.

Er arbeitete zunächst für Rudolf Eickemeyer und beschäftigte sich auf dem Gebiet des Ferromagnetismus, unter anderem zur magnetischen Hysterese und zur Problematik von Wirbelströmen. 1893 wurde die Firma Eickemeyer von der damals neu gegründeten Firma General Electric übernommen. Weitere Arbeiten von Steinmetz betrafen Lichtbogenlampen, die er systematisch im Betriebsverhalten untersuchte und als Flutlicht zur künstlichen Ausleuchtung großer Areale nutzte.

Steinmetz engagierte sich in Schenectady, wo er lebte, auch in der Stadtverwaltung. Von 1901 bis 1902 war er Präsident des American Institute of Electrical Engineers (AIEE), von 1913 bis 1923 erster Vizepräsident der International Association of Municipal Electricians (IAME), einer Vorläuferorganisation der International Municipal Signal Association (IMSA).

Steinmetz verfasste 13 Bücher, rund 60 Artikel, war Inhaber von 200 Patenten und Ehrenmitglied in der Studentenverbindung Phi Gamma Delta.

Er starb am 26. Oktober 1923 in Schenectady und wurde im Vale Cemetery beigesetzt.

Nach ihm ist die Steinmetzschaltung benannt, eine elektrische Schaltung für Elektromotoren. Des Weiteren geht auf ihn die in der Elektrotechnik übliche Bezeichnung j statt i für die imaginäre Einheit zurück.

Übersetzung fremdsprachiger Textteile

Französisch

»Ah! C'est le nez, c'est le nez, c'est le nez,
Le nez capricieux de la Rigolette!
Regardezle bien, ce blaireau trompette,
Il est rigolo
Comme un vrai museau!
Il y pleut dedans, mais il est si chouette,
Le p'tit nez en l'air de la Rigolette!"

»Ah! Dies ist die Nase, die Nase, die Nase,
Die launische Nase der Rigolette!
Schauen Sie die gut an, diese trottelige Trompete,
ist possierlich
wie eine richtige Nase!
Es regnet rein, aber sie ist so schön in der Luft,
die kleine Nase der Rigolette!«

Ah, que ce monde est rempli d'enchanteurs!
Je ne dirai rien des enchanteresses.

Ah, die Welt ist voll von Zauberern!
Ich werde nichts über die Zauberinnen sagen.
Voltaire (1694 – 1778): La Pucelle d'Orleans, Chant XVII

De l'audace!
Encore de l'audace!
Toujours de l'audace!

Die Unverfrorenheit!
Mehr Dreistigkeit!
Immer Kühnheit!

Verkürzt und falsch zitiert aus:
»Pour les vaincre, il nous faut de l'audace, encore de l'audace, toujours de l'audace, et la France est sauvée.«
»Um sie überwinden, brauchen wir Unverfrorenheit, mehr Dreistigkeit, immer Kühnheit, und Frankreich wird gerettet.«
Georges Jacques Danton (1759 - 1794) du 2 septembre 1792

Seule avec mon âme!

Allein mit meiner Seele!

Verkürzt und falsch zitiert aus:
»Seul avec mon âme, comment auraisje pu soutenir des travaux qui sont audessus de la force humaine, si je n'avais point élevé mon âme.«

Allein mit meiner Seele, wie könnte ich die Arbeit unterstützen, die jenseits der menschlichen Kraft ist, wenn ich nicht meine Seele erhoben hatte.«
Maximilien de Robespierre, (1758 - 1794): Discours contre la ›Dechristianisation‹ du 2 décembre 1792

»Tiens qu'elle est drôle!«
»Mais gentille, vraiment tres gentille!«

»Nun, die ist komisch!«
»Aber schön, wirklich sehr schön!«

Niederländisch

»Mevrouw, de weduwe Stroobakker, koninklijkgediplomecrde en praktizeerende Vroedvrouw«

Vorstellungsformel:
»Meine Damen, die Witwe Stroobakker, königlich diplomierte und praktizierende Hebamme«

moie Meisje –> schönes Mädchen

Sardisch

Aperimi sa zenna, pro intrare,
Dae parte de Luisu su pastore.
Non mi lasses in pena, nè in fora
E de su prus istadi in bon' ora.

Italienisch:
Aprimi la porta per entrare,
te lo chiede Luigi il pastore,

Non lasciarmi in Pena (Dispiaciuto)
E ne fuori, in più stammi bene.

Öffne mir die Tür damit ich eintreten kann,
fragte Dich Luigi, der Pastor.
Lass mich nicht mehr im Kummer
und dort draußen, sei mir gut.

(Übersetzung: Graziella Millefiori)

Schottisch

Falsch zitiert: have.
Korrekt:
And I will love thee still, my dear,
Till a' the seas gang dry.

Standard english:
And I will love you still, my Dear,
Till all the seas go dry.

Und ich werde dich noch lieben, mein Liebling,
bis [zu dem Tag, da] alle Meere ausgetrocknet sind.

Aus: A Red, Red Rose von Robert Burns [1759 - 1796]

Spanisch

»Me dicas vriardâ de jorpoy, bus ne sino braco!«

»Ich bin in Wolle gekleidet, aber ich bin kein Lamm!«

Aus: »Carmen« von Prosper Merimee; Libretto zur gleichnamigen Oper von
Georges Bizet.
Ob es sich bei diesem »Zigeunerischen Sprichwort« wirklich um eine Redewendung
der Gitanos handelt, ist fraglich.